FATAL DECEPTION – VERLASSE MICH NICHT

FATAL SERIE 5

MARIE FORCE

Originaltitel: Fatal Deception © 2020 HTJB, Inc.
Copyright für die deutsche Übersetzung aus dem Amerikanischen: Fatal Deception
– aus dem Amerikanischen von Chris Trautmann
Cover: Kristina Brinton
Buchdesign und Satz: E-book Formatting Fairies

ISBN: 978-1950654932

Die Fatal Serie

Fatal Affair – Nur mit dir (Fatal Serie 1)
Fatal Justice – Wenn du mich liebst (Fatal Serie 2)
Fatal Consequences – Halt mich fest (Fatal Serie 3)
Fatal Destiny – Die Liebe in uns (Fatal Serie 3.5)
Fatal Flaw – Für immer die Deine (Fatal Serie 4)
Fatal Deception – Verlasse mich nicht (Fatal Serie 5)
Fatal Mistake – Dein und mein Herz (Fatal Serie 6)
Fatal Jeopardy – Lass mich nicht los (Fatal Serie 7)
Fatal Scandal – Du an meiner Seite (Fatal Serie 8)
Fatal Frenzy – Liebe mich jetzt (Fatal Serie 9)
Fatal Identity – Nichts kann uns trennen (Fatal Serie 10)
Fatal Threat – Ich glaub an dich (Fatal Serie 11)
Fatal Chaos – Allein unsere Liebe (Fatal Series 12)
Fatal Invasion – Wir gehören zusammen (Fatal Serie 13)
Fatal Reckoning – Solange wir uns lieben (Fatal Serie 14)
Fatal Accusation – Mein Glück bist du (Fatal Serie 15)
Fatal Fraud – Nur in deinen Armen (Fatal Serie 16)

1

„Kann es denn wirklich so viele verschiedene Sorten Käsemakkaroni geben?", fragte Lieutenant Sam Holland den U.S.-Senator Nick Cappuano.

Sams normalerweise unerschütterlicher Gatte machte ein ziemlich verstörtes Gesicht angesichts der riesigen Auswahl. „Woher sollen wir denn wissen, welche wir kaufen müssen?"

Es gab Spiralen und andere Formen und etwas, das „Leicht gemacht" hieß, doch Sam befürchtete, dass es für alle anderen leicht war, nur nicht für sie. „Vielleicht sollten wir warten, bis Scotty hier ist und ihn dann seine Lieblingssorte selbst aussuchen lassen."

„Ich möchte, dass wir das dahaben, was er gerne mag. Wie schwer kann das denn sein?"

Sam ließ den Blick noch einmal über die Regale schweifen und fand, es könnte durchaus schwer werden. „Man hätte auch nicht gedacht, dass es so viele verschiedene Sorten Chicken Nuggets gibt, oder?"

Vor dieser Frage schien er zu kapitulieren. Sam schob den Einkaufswagen zur Seite und nahm Nick in den Arm. Überrascht von dieser seltenen Zuneigungsbekundung in der Öffentlichkeit erwiderte er die Umarmung. „Wie soll ich ihn davon überzeugen, dauerhaft bei uns zu leben, wenn ich für einen dreiwöchigen Besuch nicht mal das mit den Käsemakkaroni geregelt bekomme?"

„Das Essen wird ihm völlig egal sein, Nick. Ihm ist es wichtig, mit dir zusammen zu sein."

„Und mit dir."

Sam schaute sich in dem vollen Supermarkt um und fühlte sich überwältigt von der Aufgabe. Mörder zu jagen war leicht gegen diesen Einkauf. „Was machen wir überhaupt hier?"

Leise lachend küsste Nick ihre Wange und löste sich anschließend von ihr. „Wir machen das, was ganz normale Leute tun, wenn sie einen Gast haben, der eine Weile bei ihnen wohnt."

„Dann sind wir jetzt also ganz normale Leute?"

„Zumindest für ein paar Minuten." Nick nahm die Packung mit dem Aufdruck „Leicht gemacht" aus dem Regal und legte sie in den Einkaufswagen. „Hoffen wir mal das Beste."

„Wenn er die nicht mag, sag ich ihm, dass du sie ausgesucht hast."

„Das ist nett von dir, Babe", sagte er und lenkte den Wagen zum Gang mit den Chicken Nuggets. „Ich habe übrigens nachgedacht."

Sam genoss den Anblick seines Hinterns in der engen Jeans, während sie ihm durch den Supermarkt folgte. Er hatte volles braunes Haar, das sich an den Enden kringelte, haselnussbraune Augen und einen Mund, der geschaffen war für die Sünde. Und er setzte diesen Mund regelmäßig sündhaft gut ein. „Worüber?"

„Wir brauchen Hilfe."

„Wobei?"

„Lass es mich anders formulieren – wir brauchen jemanden, der unser Leben organisiert, besonders, da Scottys Besuch bevorsteht. Was ist, wenn wir tief in der Arbeit stecken und uns gerade mal nicht loseisen können?"

Sam überlegte. „Dann könnte er zu meinem Vater gehen."

„Stimmt, aber dein Dad und Celia haben auch ihr Privatleben. Wenn Scotty bei uns wohnt, sind wir für ihn verantwortlich."

„Was meinst du denn, was wir brauchen?"

„Jemand, der sich um ihn kümmert, wenn wir nicht zu Hause sind. Der ihn zum Training fährt, wenn wir es nicht schaffen. Der dafür sorgt, dass das Haus nicht verwüstet ist, die Sachen von der Reinigung abgeholt und die Rechnungen bezahlt werden. Jemand, der für das Abendessen sorgt und für einen geregelten Alltag."

Sam rollte mit den Schultern und fand die Vorstellung, jemand dafür zu bezahlen, dass sie bevormundet wurde, wenig verlockend. „Ich weiß nicht …"

„Jemand, der Käsemakkaroni und Chicken Nuggets kauft", fügte er mit diesem charmanten Lächeln hinzu, bei dem sie jedes Mal weiche Knie bekam. „Du wirst nie wieder einen Supermarkt betreten müssen."

„Solche Versprechungen sind unfair, Senator."

„Wir brauchen jemanden wie Shelby." Diese kleine, energiegeladene Person hatte ihre Traumhochzeit in nur sechs Wochen organisiert. „Eine, die sich gegen dich behaupten kann", fügte er hinzu und duckte sich, da sie scherzhaft nach ihm ausholte.

„Warum muss es eine *Sie* sein? Ich stelle mir da eher einen leckeren muskelbepackten Kerl namens Sven vor."

Nick warf ihr über die Schulter einen Blick zu und verdrehte die Augen. „Es muss keine *Sie* sein. Einfach nur jemand, der es mit dir aufnehmen kann."

Obwohl er damit vollkommen recht hatte, hätte sie das niemals zugegeben. „Du bewegst dich auf dünnem Eis, mein Freund." Sie folgte ihm durch einen Gang mit Tiefkühlkost und durch einen anderen wieder zurück, bis er vor einer verwirrenden Auswahl an Chicken Nuggets stehen blieb. „Vielleicht wäre Shelby ja offen für eine kleine berufliche Veränderung."

Lachend legte Nick den Arm um sie. „Wir könnten sie fragen."

„Sie wird nicht wollen. Ihr Laden boomt."

„Weiß man nie. Fragen kostet nichts. Möglicherweise kennt sie jemanden, der interessiert wäre."

„Machen wir das wirklich?"

„Wir hören uns mal um und schauen, was dabei herauskommt."

„Und du glaubst, diese *Sie*, die dir vorschwebt, wüsste dann genau, welche Chicken Nuggets sie kaufen muss?"

Nick öffnete die Tür eines Tiefkühlers, nahm eine Packung Hähnchenbruststücke heraus, betrachtete sie und stellte sie wieder zurück. „Schlimmer als wir kann sie auch nicht sein."

„Das ist mal sicher." Sams Handy klingelte. „Vom Klingelton gerettet."

Er sah sie stirnrunzelnd an. Ihrem seltenen freien Tag war reichliches Jonglieren mit Terminen vorangegangen, deshalb hoffte sie, dieser Anruf würde ihre gemeinsamen Pläne nicht zunichtemachen. Sie hatten sogar die übliche Einladung zum Sonntagsessen in Leesburg, Virginia, bei seinen Ersatzeltern, dem Senator im Ruhestand Graham O'Connor und seiner Frau Laine, abgelehnt.

Sam klappte ihr Handy auf. „Holland."

Während Sam telefonierte, studierte Nick die Hähnchenbrust-Optionen. Er war schon seit Tagen nervös wegen Scottys bevorstehender Ankunft. Der dreiwöchige Besuch war tatsächlich ein Probelauf für alle. Der Junge, den Nick auf seiner Wahlkampftour in einem Kinderheim in Richmond kennengelernt hatte, war zu einem engen Freund des Paares geworden. Als Nick ihn gefragt hatte, ob er dauerhaft bei ihnen leben wollte, hatte Scottys Zögern ihn überrascht. Im Nachhinein konnte Nick verstehen, dass es dem Zwölfjährigen schwerfiel, den Ort zu verlassen, der sein Zuhause geworden war.

Umso mehr hatte er sich gefreut, als Scotty ein Baseball-Camp in der Gegend erwähnt und vorgeschlagen hatte, er könne für die Dauer des Camps bei ihnen wohnen. Nick wollte, dass es für alle perfekt wurde, daher seine Nervosität. Denn in ihrem Leben war nichts je perfekt. Die meiste Zeit war es sogar ein blutiger Zirkus – buchstäblich –, weil Sam Mörder jagte, während er Wahlkampf machte.

An einem normalen Tag konnten sie von Glück sagen, wenn sie zehn ungestörte Minuten miteinander hatten. Wozu ein Kind in diesen Irrsinn mit hineinziehen? Aber welche Wahl blieb ihnen? Er war ihnen ans Herz gewachsen, und jetzt konnte Nick nur hoffen, dass sie ihm genauso wichtig werden würden.

„Was ist los?", erkundigte sich Sam.

Nick riss sich vom Anblick der Chicken Nuggets los und sah sie an. „War das beruflich?"

Sie schüttelte den Kopf. „Tracy hatte mal wieder einen Riesenkrach mit Brooke." Sams Schwester steckte seit Monaten mitten im Dritten Weltkrieg mit ihrer Teenager-Tochter. „Es wird immer schlimmer.“

„Das ist hart.“

„Trace ist völlig fertig mit den Nerven.“ Sie hob die Hand, um sein Gesicht zu streicheln.„Warum machst du diese besorgte Miene?“

„Ich habe an Scotty gedacht.“

„Was denn?“

„Was, wenn dieser Besuch ein Desaster wird? Was, wenn wir unsere einzige Chance mit ihm vermasseln?“

Sam trat näher, legte ihm die Hände auf die Schulter und sah in seine intensiven blauen Augen. „Es wird kein Desaster. Es wird die Realität. Er muss doch sehen, wie unser Leben wirklich ist – das Gute, das Schlechte, das Hässliche. Es hat doch gar keinen Sinn, da irgendetwas zu beschönigen. Wenn er tatsächlich bei uns lebt, muss er doch erfahren, auf was er sich einlässt und mit wem.“

Amüsiert und gerührt von ihren Bemühungen, ihn aufzumuntern, sagte er: „Und mit wem lässt er sich ein?“

„Mit zwei Menschen, die ihn lieben, die sich um ihn kümmern und ihn unterstützen werden – immer.“

„Du hast recht. Natürlich hast du recht.“

„Habe ich meistens“, erwiderte sie mit einem frechen Grinsen, das ihn zum Lachen brachte.

„Ich weigere mich, das einer Antwort zu würdigen, sonst muss ich mir das noch für den Rest meines Lebens anhören.“ Er nahm erneut eine Packung Chicken Nuggets aus dem Tiefkühler und warf sie in den Einkaufswagen. „Hoffen wir mal, dass wir etwas gefunden haben, das er essen wird. Wenn alle Stricke reißen, gibt es ja immer noch sein Lieblingsessen – Spaghetti.“

„Das können selbst wir nicht vermurksen.“

„Na, beschrei es nicht.“

Sie nahm seine Hand und verschränkte ihre Finger mit seinen. „Es wird toll werden, das verspreche ich dir.“

Da seine wunderbare Frau wirklich oft recht hatte, glaubte Nick ihr. Zum ersten Mal seit Tagen ließ seine Nervosität ein wenig nach. Vielleicht würde ja doch alles gut werden.

. . .

Nachdem sie zu Hause die Lebensmittel verstaut hatten, machte Nick sich auf die Suche nach Sam und fand sie im Arbeitszimmer vor dem Computer. „Äh, entschuldige. Freier Tag. Schon vergessen?"

„Ich muss mal kurz reinschauen, danach gehöre ich ganz dir."

Er legte von hinten die Arme um sie und stutzte, als er bemerkte, dass sie die Sachen auf seinem Schreibtisch umgeräumt hatte – mal wieder. „Also ehrlich, Samantha. Muss das denn jedes Mal sein?"

Die Küsse, die er an den kitzligsten Stellen ihres Nackens platzierte, brachten sie noch mehr zum Lachen.

Dann schaltete er kurzerhand den Monitor aus. „Du bist fertig." Sie mit weiteren Küssen umgarnend sagte er: „Was hältst du von einem Ausflug nach Georgetown? Ich wette, dieser Workaholic Shelby ist heute in ihrem Laden. Wir könnten vorbeischauen und Hallo sagen. Wenn sie nicht da ist, essen wir irgendwo was und machen einen Schaufensterbummel."

Sie legte ihm den Arm um den Nacken und zog ihn für einen richtigen Kuss zu sich herunter. „Nur Schaufensterbummel?"

„Was immer du möchtest, meine Liebe."

„Oh, das klingt gut."

„Dann lass uns fahren."

Sie nahmen ein Taxi in das mondäne Viertel, in dem Shelby eine kleine Hochzeitsboutique führte. „Verdammt", bemerkte Sam, als sie das Geschlossen-Schild an der Eingangstür sah. „Es war wohl zu viel erwartet, dass sie heute offen haben würde."

„Sieh mal." Nick deutete auf den pinkfarbenen MINI Cooper, der auf der gegenüberliegenden Straßenseite parkte. „Wem sonst könnte der gehören?"

„Stimmt."

„Ruf sie an, vielleicht empfängt sie uns."

Sam nahm ihr Handy aus der Tasche und wählte die Nummer.

„Haben Sie es schon vergeigt mit Ihrem sexy Senator?", meldete sich Shelby.

„Ha-ha, nein, ich habe es nicht bereits vergeigt mit ihm", erwiderte Sam mit einem Lächeln für Nick. „Aber vielen Dank für Ihr Vertrauen. Wir stehen vor Ihrem Laden. Haben Sie Zeit für einen kurzen Besuch?"

„Für Sie? Aber immer!"

Sam klappte ihr Telefon zu. „Sie kommt."

Eine Minute später erschien Shelby an der Tür, um sie hereinzulassen. Die zierliche blonde Frau im pinkfarbenen Jogginganzug begrüßte die beiden mit Umarmungen und entzückten Quietschlauten, obwohl ihr Gesicht verschwollen und gerötet war. „Ihr seht fantastisch aus! Das Eheleben bekommt euch definitiv. Seid ihr wegen des Ersatzkleids hier? Vera hat es mir bis zum Ende des Monats versprochen. Ich kann immer noch nicht glauben, dass jemand ein Vera-Wang-Original zerschnitten hat!"

„Was ist los, Shelby?", wollte Sam wissen. „Haben Sie geweint?"

„O nein, nein. Allergien." Sie führte die zwei nach hinten in ihr Büro. „Die setzen mir um diese Jahreszeit höllisch zu."

Sam verzog hinter Shelbys Rücken das Gesicht, um Nick zu signalisieren, dass sie der Frau kein Wort glaubte.

Als sie in pinkfarbenen Ledersesseln saßen und jeder ein Glas pinkfarbener Limonade in der Hand hielt, klatschte Shelby in die Hände und stieß ein weiteres Quietschen aus. „Es ist schön, Sie beide zu sehen! Ich freue mich total, dass Sie vorbeigeschaut haben. Das Kleid müsste bald da sein. Dummerweise haben wir Vera mitten in der Frühjahrs-Hochzeitssaison erwischt."

„Eigentlich sind wir nicht wegen des Kleids hier, obwohl wir Ihre Hilfe bei dem Versuch, es zu ersetzen, sehr zu schätzen wissen", erklärte Nick und sah zu Sam. „Es gibt einen anderen Grund."

„Und welcher wäre das?", wollte Shelby wissen.

„Wir hoffen, dass Sie vielleicht jemanden kennen, der an einem Job interessiert ist."

„Was für ein Job?"

„Im Grunde suchen wir jemanden, der unser Leben organisiert." Sam erläuterte ihr die Situation mit Scotty – dass er eine Weile bei ihnen wohnen würde, sie jedoch darauf hofften, ihn adoptieren zu können und deshalb jemanden bräuchten, der ihnen bei den täglichen Kleinigkeiten half. „Kennen Sie jemanden, der dafür geeignet ist?"

Als sie zu Ende gesprochen hatte, rannen Shelby Tränen übers Gesicht.

Alarmiert warf Sam ihrem Mann einen Blick zu, ehe sie sich wieder an Shelby wandte. „Was ist denn los?"

„Es tut mir so leid." Shelby versuchte hektisch, die Tränen in den Griff zu bekommen. „Ich bin in letzter Zeit das reinste Nervenbündel. Es sind die Hormone, die schaffen mich. Und das Unternehmen. Ich versuche herauszufinden, was ich tun soll, und nun tauchen Sie hier auf und wollen ..."

„Wir wollen Sie", erklärte Sam, „oder jemanden, der genau so straff organisiert ist wie Sie."

„Und mit ihr fertig wird", ergänzte Nick, mit dem Daumen auf Sam deutend.

Sam warf ihm einen bösen Blick zu, und Shelby musste lachen, trotz der Tränen. „Ich sollte es erklären. Ich habe versucht, schwanger zu werden. Ich weiß, es scheint verrückt zu sein, aber ich bin zweiundvierzig und ich habe es satt, auf Mr. Right zu warten. Ich will unbedingt ein Baby, verstehen Sie?"

Nick ergriff Sams Hand und drückte sie. „Ja, das verstehen wir." An das Baby zu denken, das sie im Februar verloren hatten, riss eine noch nicht verheilte Wunde wieder auf.

„Ich erlebe Paare an den schönsten Tagen ihres Lebens und wünsche mir die ganze Zeit, dass ich auch irgendwann diesen glücklichsten Tag haben werde. Bevor Sie vorbeigekommen sind, habe ich hier gesessen, Papierkram erledigt und geheult, während ich mich gefragt habe, wie lange ich das noch aushalte. Ich werde entweder das Unternehmen aufgeben müssen oder den Babywunsch, denn ich kann schlecht mit glücklichen Menschen zusammenarbeiten und mir dabei die ganze Zeit die Augen aus dem Kopf heulen."

Sam horchte auf. „Heißt das, Sie ..."

„Es wäre mir eine Ehre, mit Ihnen beiden zusammenzuarbeiten – und Ihnen dabei zu helfen, sich um Scotty zu kümmern, der wirklich absolut liebenswert ist."

„Im Ernst?" Nick war erstaunt. „Was ist mit Ihrem Unternehmen?"

Shelby zuckte die Schultern, als sei es keine große Sache, ein erfolgreiches Unternehmen aufzugeben. „Ich habe Leute, die es für mich weiterführen können. Ich werde aus der Ferne ein Auge darauf haben."

„Sind Sie sich sicher?", wollte Sam wissen.

„Ihr Besuch heute war das Zeichen, auf das ich gewartet habe. Ich brauche eine Veränderung, und erneut mit Ihnen zusammenzuarbeiten, wäre wunderbar. Solange Sie keinen Anstoß an gelegentlichen Tränen nehmen."

„Ganz und gar nicht", versicherte Nick ihr.

Sam nickte zustimmend. „Wann können Sie anfangen?"

„Wie wäre es Montag in einer Woche?"

„Wow, das wäre großartig", sagte Nick. „Das ist der Tag nach Scottys Ankunft."

„Ich muss mich noch einige Monate lang um die Wochenend-Hochzeiten kümmern, die ich schon angenommen habe. Ich hoffe, das ist okay."

„Selbstverständlich", sagte Sam, noch immer nicht ganz überzeugt von Nicks Plan, der sich jedoch ziemlich leicht verwirklichen zu lassen schien. Sie war sich außerdem nicht sicher, wie sie sich in der permanenten Gegenwart einer anderen Frau mit Fruchtbarkeitsproblemen fühlen würde, wo sie doch schon genug mit ihren eigenen Sorgen auf diesem Gebiet zu kämpfen hatte. „Ich sollte vielleicht noch die Uniform erwähnen."

Nick sah Sam an. „Welche Uniform? Darüber haben wir nicht gesprochen."

Ohne eine Miene zu verziehen sagte Sam: „Pink ist absolut nicht gestattet. Ich fürchte, sonst wird das nichts."

Nick und Shelby lachten, genau wie Sam erwartet hatte. „Ich kann nicht glauben, dass das passiert", meinte Shelby und gab ein weiteres Quietschen von sich. „Es ist, als ob meine Gebete erhört worden wären."

„Für uns auch", versicherte Nick ihr, als Sams Telefon klingelte. „Mist", murmelte sie und warf ihm einen bedauernden Blick zu. „Das ist die Zentrale."

„Da war's mit unserem freien Tag", wandte er sich an Shelby. Während Sam beschäftigt war, klärte er mit Shelby die Gehaltsfrage.

Geschockt lauschte Sam der routinierten Auflistung der Details aus der Einsatzzentrale.

Nick sah zu ihr. „Was ist los, Babe?"

Ihre Stimme war kaum mehr als ein Flüstern. „Victoria Kavanaugh wurde ermordet."

2

W eißt du, was passiert ist?", erkundigte Nick sich, als sie in einem Taxi zurück nach Capitol Hill rasten, wo sie in das eigene Auto umsteigen konnten.

Sam wusste, dass er an seinen engen Freund dachte, den stellvertretenden Stabschef des Weißen Hauses, Derek Kavanaugh, und dessen wunderschöne, lebhafte Frau Victoria.

„Derek ist nach Wochenendsitzungen in Camp David nach Hause gekommen und hat sie auf dem Küchenfußboden gefunden. Warte mal." Sie hob den Zeigefinger. „Cruz, wir haben einen Mord." Sam nannte ihrem Partner die bisher bekannten Fakten. „Wir sehen uns dort."

„Was ist mit Maeve?", erkundigte Nick sich nach der kleinen Tochter der Kavanaughs.

„Sie befand sich nicht im Haus."

„Dann ist sie …"

„Wir wissen es nicht. Victoria könnte sie bei jemandem gelassen haben …"

„Technisch betrachtet gilt sie demnach als vermisst."

„Vorübergehend."

„Du lieber Himmel", flüsterte Nick. „Armer Derek."

Sam schaute aus dem Fenster, während die Stadt in einem verschwommenen Durcheinander aus Menschen und Gebäuden vorbeiflog. In Washington herrschte derzeit hohe Luftfeuchtigkeit.

Die Einheimischen nannten es die Hundstage des Sommers. Als das Taxi vor dem Haus hielt, gab Nick dem Fahrer einen Schein, dann eilten sie zu Nicks Wagen, der näher war als Sams.

„Er hat Monate gebraucht, bis er den Mut gefunden hat, sie um ein Date zu bitten", sagte Nick, während er die zwei Blocks bis zum Haus der Kavanaughs fuhr.

Sam nahm Nicks Hand und hielt sie zwischen ihren Händen. „Es tut mir schrecklich leid. Sie war reizend. Ich kann nur ahnen, was er jetzt durchmacht."

Er sah sie an. „Du wirst nicht gegen ihn ermitteln, oder?"

„Ich werde ihn befragen müssen. Allerdings war er mit dem Präsidenten zusammen, als sie ermordet wurde. Das dürfte ein ziemlich solides Alibi sein."

„Und Maeve?"

„Sie zu finden, wird oberste Priorität haben."

„Ist es okay, wenn ich Harry anrufe?", fragte er, auf Dereks und seinen gemeinsamen Freund anspielend. „Derek würde ihn bei sich haben wollen."

„Klar. Ich sehe kein Problem darin."

Als sie aus dem Wagen stiegen, kam ihnen ein Streifenpolizist entgegen.

„Was haben wir?", fragte Sam.

„Lieutenant." Der junge Officer nickte Nick zu. „Mr. Kavanaugh ist nach zwei Tagen in Camp David nach Hause gekommen und hat seine Frau tot auf dem Küchenfußboden gefunden. Ihre dreizehn Monate alte Tochter befindet sich nicht im Haus. Er hat die Großeltern, Tanten, Onkel und Freunde der Familie angerufen, um zu erfahren, ob das Kind sich bei einem von ihnen aufhält." Der Officer zeigte auf Derek, der telefonierend vor dem Haus auf und ab ging.

„Danke." Sam deutete auf Nick. „Der Senator begleitet mich."

„Ja, Ma'am."

Sie gingen zu Derek, der sichtlich in sich zusammenfiel, als er sie auf sich zukommen sah. Rasch beendete er sein Telefonat.

„Jemand hat Vic umgebracht", sagte er ungläubig.

„Es tut mir schrecklich leid." Nick umarmte den Freund und hielt ihn, während der hilflos schluchzte.

Da Kummer ihr stets Unbehagen bereitete, hielt Sam sich im

Hintergrund und ließ ihren Mann tun, was er am besten konnte. Sie wollte schnellstmöglich ins Haus und mit der Arbeit beginnen. Nick hielt Derek lange umarmt und versicherte ihm mit sanfter Stimme, dass sie alles in ihrer Macht Stehende für ihn und Maeve tun würden.

„Ich kann Maeve nicht finden", brachte Derek zwischen zwei Schluchzern hervor. „Niemand hat sie. Vic meinte, sie wollten ein Frauen-Wochenende machen, während ich arbeite ... Wenn ich doch nur hier gewesen wäre. Wer kann das getan haben?"

„Das wissen wir noch nicht, Derek", sagte Sam. „Aber ich verspreche dir, wir werden es herausfinden, und wir werden Maeve finden." Sie versicherte ihm das trotz des unguten Gefühls, das sie beschlich. Inzwischen konnte das Kind überall sein. Sie verdrängte diesen deprimierenden Gedanken und konzentrierte sich. „Ich benötige deine Hilfe."

„Was immer ich tun kann." Derek wischte sich die Tränen aus dem Gesicht.

„Ich muss für ein paar Minuten ins Haus, und anschließend fahren wir in die Stadt, um zu reden."

„Ich gelte nicht als Verdächtiger, oder? Ich hätte ihr niemals etwas antun können. Sie war mein Leben."

„Man sagte mir, du hättest ein solides Alibi."

Derek nickte. „Ich war das ganze Wochenende mit dem Präsidenten, dem Beraterstab und der Wahlkampfleitung zusammen."

„Gut." Sie sah zu Nick. „Bleib hier, bis ich zurück bin, ja?"

Ihr Mann nickte, denn er wusste, dass sie von ihm erwartete, dass er Derek tröstete, während sie sich den Tatort ansah.

Der Streifenpolizist hielt ihr das gelbe Absperrband hoch, und sie duckte sich darunter hindurch. Drinnen ging sie in die Küche im hinteren Teil des Hauses, wo die Gerichtsmedizinerin Dr. Lindsey McNamara die Leiche untersuchte. Victorias langes dunkles Haar war um ihren Kopf auf dem Boden aufgefächert. Blutergüsse bedeckten ihr Gesicht, die Lippen waren blau. Sie trug schwarze Yogapants und ein gelbes T-Shirt.

Sam verzog das Gesicht beim Anblick der Frau, die sie so oft getroffen hatte in den Monaten, seit sie mit Nick zusammen war.

Lindsey schaute auf, in ihren grünen Augen lag Mitgefühl. „Zu

Brei geschlagen und dann erwürgt", sagte die Gerichtsmedizinerin, auf die Prellungen an Victorias Hals deutend.

Die umgeworfenen Stühle und das zerbrochene Geschirr auf dem Boden waren offenbar Spuren eines Kampfes.

„Irgendwelche Hinweise auf ein Sexualdelikt?", erkundigte Sam sich.

„Dem ersten Augenschein nach nicht. Ich werde nach der Autopsie mehr wissen. Auf jeden Fall hat sie sich gewehrt." Lindsey hob Victorias rechte Hand, um ihr die Prellungen an den Fingerknöcheln zu zeigen. „Ich bin froh, dass sie ein paar Treffer anbringen konnte."

„Genützt hat es ihr nichts."

„Sieht auch nach Hautfetzen unter den Nägeln aus", fügte Lindsey hinzu.

Sam rief die Spurensicherung und unternahm anschließend einen Gang durch das sehr gut ausgestattete Haus, das voller Fotos von dem blonden kleinen Mädchen hing, das der Mittelpunkt des Lebens der Eltern war. Dazwischen befanden sich noch andere Fotos von Derek mit seinem Chef, dem Präsidenten der Vereinigten Staaten, sowie anderen politischen Größen, außerdem Fotos von seinen Eltern und, der Ähnlichkeit nach zu urteilen, von seinen Geschwistern und deren Familien.

Seine gerahmten Urkunden von der Yale University und der Yale Law School hingen im Arbeitszimmer zusammen mit einer der John F. Kennedy School of Government in Harvard sowie Victoria Tafts Urkunde vom Bryn Mawr College. Sam zog ihren Notizblock aus der Gesäßtasche und schrieb sich Victorias Mädchennamen auf, außerdem das Jahr ihres Collegeabschlusses. In den Regalen im Arbeitszimmer standen Sportpokale, die Sam sich genauer ansah. Alle gehörten Derek. Fußball und Lacrosse hatte er auf der St. George's School in Rhode Island gespielt.

Sam fand es seltsam, dass sie keine Fotos von Victoria entdecken konnte, auf denen sie mit jemand anderem als ihrem Ehemann und ihrer Tochter zu sehen war. Im Elternschlafzimmer, das in Blautönen mit weißen Akzenten gehalten war, nahm sie ein Foto in silbernem Rahmen in die Hand, das Derek, Victoria und Maeve zeigte, und betrachtete die ermordete Frau genauer. Ihr fielen das fröhliche Lachen und die glücklich leuchtenden braunen Augen auf.

Sie dachte an das, was sie über Victoria wusste – allgemeine Eindrücke, Unterhaltungsfetzen der vergangenen acht Monate. Sam, die sich selbst ein wenig für einen Modefreak hielt, war sich neben Victoria mit ihrer natürlichen Eleganz und mühelosen sexy Ausstrahlung wie eine Amateurin vorgekommen.

Sam hätte Victoria glatt um diese Anmut beneidet, wenn sie nicht warmherzig, echt und witzig gewesen wäre. Sam hatte sie stets als glückliche, zufriedene Person erlebt, die ihren eher zurückhaltenden, aber kultivierten Mann liebte und ganz verzückt war von ihrer süßen kleinen Tochter.

Eine tiefe, alles durchdringende Traurigkeit breitete sich in Sam aus bei dem Gedanken daran, dass Victoria eine gute Freundin hätte werden können, wenn Sam sich die Zeit genommen hätte, sie besser kennenzulernen.

„Wir werden dein kleines Mädchen finden“, flüsterte Sam, ehe sie ein Räuspern hinter sich hörte. Sie stellte das Foto wieder auf den Nachtschrank und drehte sich zu ihrem Partner Detective Freddie Cruz um. Dessen dunkles Haar war zerwühlt, und er wirkte allgemein verschlafen und zerknittert. Seit er mit seiner Freundin Elin zusammengezogen war, sah er ständig aus, als sei er gerade aus dem Bett gefallen – was meistens auch den Tatsachen entsprach.

„Was haben wir hier?“, erkundigte er sich und schaute sich in dem großen Schlafzimmer um.

Sam unterrichtete ihn über das, was sie bisher wusste. „Die Spurensicherung ist unterwegs“, erklärte sie. Die Detectives würden jeden Quadratzentimeter des Hauses auf der Suche nach Beweisen untersuchen.

„Sie war eine Freundin von dir, nicht wahr?“

Sam sah auf das Foto. „Wir haben uns gelegentlich gesehen. Ihr Mann und Nick sind gute Freunde, aber ich kannte sie nicht allzu gut. Sie hatte immer ihr Baby dabei, deshalb war es nicht leicht, über etwas anderes als über Maeve zu plaudern.“ Sam verschwieg, dass sie eifersüchtig auf Victoria gewesen war wegen des Babys, das Sam verwehrt blieb. „Ich brauche Mr. Kavanaugh im Hauptquartier, damit wir loslegen können. Kannst du die Nachbarn befragen und auf die Spurensicherung warten?"

„Mach ich."

„Danke." Sam ging nach unten, wo Lindsey den Abtransport von Victorias Leiche überwachte.

Dereks Wehklagen beim Anblick des Leichensacks brach Sam das Herz. Sie konnte sich nicht vorstellen, was er empfand – und wollte es auch gar nicht. Die Vorstellung, ihren wundervollen Mann durch einen gewaltsamen Tod zu verlieren, war unerträglich.

Ihr wundervoller Mann tröstete gerade seinen Freund, der hemmungslos weinte.

Von der anderen Straßenseite aus schossen Fotografen der Zeitungen der Stadt Fotos von den beiden Männern.

„Jag sie weg", fuhr Sam Freddie an. „Herzlose Bastarde."

Darren Tabor vom *Washington Star* überquerte die Straße. „Was haben Sie hier, Lieutenant?"

„Warum müsst ihr Aasgeier Fotos vom unvorstellbaren Kummer eines Mannes schießen?"

„Weil er der stellvertretende Stabschef des Präsidenten ist und getröstet wird von einem der beliebtesten Senatoren des Landes." Darren zuckte die Schultern. „Mit dem Foto verkaufen wir morgen eine ganze Menge Zeitungen."

„Das ist krank."

„Kann sein."

Sam dachte an das Versprechen, das sie der toten Victoria gegeben hatte, und zwang sich, Blickkontakt herzustellen zu dem ernsthaften jungen Mann, der ihr einmal einen sehr großen persönlichen Gefallen getan hatte, was sie nicht so leicht vergessen würde. „Gebt bekannt, dass Kavanaughs Tochter, die dreizehn Monate alte Maeve, vermisst wird. Vermutlich wurde sie am Tatort gekidnappt."

„Heiliger Strohsack."

„Tun Sie es, Darren. Je schneller alle nach ihr Ausschau halten, umso eher finden wir sie. Cruz, geh ins Haus und hol ein Foto von dem Kind. Beeil dich."

„Schon unterwegs."

„Verbreitet es, so schnell ihr könnt", wandte Sam sich wieder an Darren, der ein bisschen blasser wirkte, als er ohnehin schon gewesen war.

„Das mache ich. Wenn es noch etwas gibt, was Sie mir verraten können, wissen Sie ja, wo ich zu finden bin."

Sam nickte ihm nur kurz zu und eilte zurück zu Derek und Nick. Ihr Freund Dr. Harry Flynn hatte sich zu ihnen gesellt und umarmte Derek.

„Wir müssen Maeve finden", meinte Derek schluchzend. „Wer auch immer das Vic angetan hat, er hat Maeve entführt."

„Wir werden sie finden, aber dazu brauchen wir deine Hilfe. Ich möchte, dass du jetzt ins Hauptquartier mitkommst. Aber bevor wir aufbrechen, musst du noch deine Familie anrufen und alle anderen, die von Victorias Ermordung und Maeves Entführung nicht erst aus den Medien erfahren sollen."

„O Gott, meine Eltern", meinte Derek. „Als ich sie angerufen habe, um zu erfahren, ob Maeve bei ihnen ist, habe ich ihnen erklärt, sie könnten Vic nicht sprechen … Ich habe denen noch gar nichts erzählt, weil … weil … ich habe es einfach nicht fertiggebracht."

„Soll ich sie für dich anrufen?", erkundigte Harry sich.

„Würdest du das tun?" Derek schien erleichtert zu sein durch das Angebot seines Freundes. „Ich glaube nicht, dass ich die Worte herausbringen würde … Das würde es so real machen …"

„Was ist mit Victorias Familie?", erkundigte sich Sam.

Derek schüttelte den Kopf. „Sie hatte keine. Ihre Eltern starben vor Jahren, bevor ich sie kennenlernte, und sie war Einzelkind."

„Tanten, Onkel, Cousinen?"

„Nicht dass ich wüsste."

Sam fand es seltsam, dass Victoria niemanden hatte, aber sie ließ sich nichts anmerken, um ihn nicht noch zusätzlich zu belasten.

„Ja, nur zu, ruf seine Familie an", wandte sie sich an Harry, der Dereks Telefon von ihm entgegennahm.

„Soll ich ihnen von Maeve erzählen?", wollte Harry wissen.

„Du kannst es ihnen ebenso gut sagen", antwortete Sam. „Ich habe den *Star*-Reporter gebeten, es zu verbreiten, es wird also bald in den Nachrichten erscheinen."

Harry nickte. „Wir sehen uns auf dem Revier", sagte er zu

Nick. „Ich will dort sein, falls Derek mich braucht." Er entfernte sich, um den Anruf zu machen.

„Fährst du uns zum Hauptquartier?", fragte Sam Nick, als die Spurensicherung am Tatort erschien. „Ich will den Geiern kein Foto liefern, auf dem zu sehen ist, wie er in einen Streifenwagen einsteigt, obwohl er gar kein Verdächtiger ist."

„Selbstverständlich. Komm, Derek, wir bringen dich in die Stadt, damit Sam herausfinden kann, was passiert ist und wie wir Maeve zurückbekommen."

Während Sam sich mit dem verantwortlichen Detective der Spurensicherung unterhielt, führte Nick seinen Freund zum Rücksitz seines Wagens und ließ ihn einsteigen.

Sam stieg eine Minute später ein und lächelte ihrem Mann kurz zu, dankbar für seine Hilfe. Für gewöhnlich blieb es an ihr hängen, sich um die Trauernden zu kümmern, und gerade diesen Teil ihres Jobs hasste sie am meisten. Was sollte man sagen zu jemandem, dessen Leben durch eine Gewalttat für immer verändert worden war?

Mit dem Ellbogen schob Nick die Armlehne hoch, sodass Derek nicht zwischen den Sitzen hindurchsehen konnte, und nahm Sams Hand, die er den ganzen Weg bis in die Innenstadt in seiner hielt.

„Ich weiß, dein Schmerz ist unermesslich, und ich fühle zutiefst mit dir und Maeve", sagte Sam, sobald sie sich mit Derek in einem der Verhörräume des Hauptquartiers befand. „Trotzdem musst du mir die vergangenen Tage möglichst genau schildern. Deine Termine, Victorias Termine, alles Ungewöhnliche, das sie oder jemand anderes vielleicht gesagt oder getan hat."

Dereks hellbraunes Haar stand ihm zu Berge, als sei er mit den Händen hindurchgefahren, und seine braunen Augen waren vom Weinen gerötet. Er hatte die Ellbogen auf den Tisch gestützt, ließ den Kopf hängen und schwieg sehr lange.

Seine tiefe Trauer mitanzusehen, ließ Sam vor Wut und Anspannung vibrieren. Jemand, den sie kannte und der zu ihren Freunden zählte, war in ihrer Stadt ermordet worden, und das machte sie stinksauer. Diese Wut würde sie anspornen, bis sie die

Person gefunden hatte, die Victoria getötet und Maeve entführt hatte.

„Ich wollte nicht nach Camp David", begann Derek schließlich, und seine Stimme war kaum mehr als ein Flüstern. „Gestern war Vics Geburtstag, deshalb wollte ich bei ihr und Maeve sein."

„Was war der Grund für das Wochenende in Camp David?", fragte Sam.

„Wir haben an der Parteitagsrede des Präsidenten gefeilt. Der Nominierungsparteitag findet in zwei Wochen in Charlotte statt." Er sah sie an. „Nicks Name wurde genannt für die Grundsatzrede." Derek atmete schwer aus. „Ich wollte ihn morgen deswegen anrufen." Derek schien erst jetzt wieder klar zu werden, dass sich alle seine Zukunftspläne geändert hatten.

Sam war zwar erstaunt, dass ihr Mann für diese Ehre in Betracht gezogen wurde, doch sie konnte jetzt nicht darüber nachdenken, wo ein Mord und eine Entführung sie beschäftigten. „Hatte Victoria Probleme mit irgendwem?"

„Nein. Du weißt doch, wie sie war, temperamentvoll und freundlich. Alles, was ich nicht war." Eine neue Welle von Schluchzern schüttelte seine muskulöse, aber drahtige Gestalt, und er stützte den Kopf in die Hände. „Es tut mir leid. Ich weiß, du brauchst meine Hilfe, aber ich kann die ganze Zeit nur daran denken, wo Maeve wohl ist und wie ich ohne Vic leben soll."

Sam fühlte mit ihm und zog ihren Stuhl näher an seinen, um ihre Hand auf Dereks zu legen. „Ich weiß, es ist alles ein Albtraum, aber die Zeit ist nicht auf unserer Seite, was Maeve angeht. Ich will hier nicht die Statistik bemühen, aber wir müssen sie rasch finden." Sie beobachtete, wie er sich zusammenzunehmen versuchte. „Bist du dir sicher, dass Victoria in jüngster Zeit keine Probleme oder Konflikte mit irgendwem hatte?"

„Zumindest hat sie mir nichts erzählt."

„Aber normalerweise hätte sie das getan?"

„Ich denke schon. Wir stehen uns nahe." Dass er die Gegenwartsform benutzte, machte Sam noch trauriger. Familienangehörige von Mordopfern sprachen nach deren plötzlichen Tod fast ausnahmslos im Präsens von ihnen. Der arme Derek hatte noch einen weiten Weg der Trauerbewältigung vor sich. „Ich arbeite viel – zu viel, besonders in letzter Zeit, wo die heiße Phase des Wahlkampfes beginnt. Es ist also möglich, dass etwas vorgefallen ist und sie nicht die Gelegenheit gefunden hat, es mir zu erzählen.“

„Wäre etwas Größeres passiert, während du mit dem Präsidenten in Camp David warst …“

„Dann hätte sie mich angerufen. Ich mag zwar einen wichtigen Job haben, aber sie wusste, dass sie und Maeve an erster Stelle kamen – immer.“

„Ich muss dich nach deiner Arbeit fragen und ob irgendwer oder irgendetwas dort im Zusammenhang mit dieser Tat stehen könnte.“

„Das ist meine Aufgabe“, meldete sich eine bekannte Stimme von der Tür her.

Sam verkniff sich ein genervtes Stöhnen, als FBI Special Agent Avery Hill und ihr Boss, Chief Farnsworth, den Raum betraten. Hill hatte sich bereits in eine frühere Ermittlung eingemischt, bis Farnsworth ihn nach Quantico zurückgeschickt hatte.

„Ich habe es im Griff, Hill“, sagte Sam in ihrem besten geringschätzigen Ton. „Aber nett, dass Sie mal vorbeigeschaut haben.“

„Da ich derjenige bin mit Top-Secret-Zugang und nicht Sie …“, begann er mit seinem weichen Südstaatenakzent, der zweifellos bei den meisten Frauen gut ankam. Pech für ihn, dass Sam nicht wie die meisten Frauen war. „… werde ich mir Mr. Kavanaughs Arbeit und mögliche Verbindungen ansehen.“

Leider war dieser Kerl auch noch sehr attraktiv, und Sam musste sich eingestehen, dass sie vielleicht interessiert gewesen wäre, ihn näher kennenzulernen, wenn sie nicht seit Kurzem glücklich verheiratet gewesen wäre. Er trug die goldblonden Haare zurückgekämmt, was ihm dank der markanten Wangenknochen und ausdrucksstarken bernsteinfarbenen Augen, mit denen er Sam fixierte, ausgezeichnet stand.

Natürlich wählte Nick genau diesen Augenblick, um ebenfalls den Raum zu betreten und sich danach zu erkundigen, ob Derek etwas zu trinken oder zu essen wünschte. In den letzten acht Monaten war Nick zu einem inoffiziellen Mitglied ihres Teams geworden. Einige Male hatten sie ihn beinahe vertretungsweise eingesetzt, deshalb dachte sich niemand etwas dabei, als er auch jetzt in den Raum kam, in dem sein Freund befragt wurde. Als Nick die Spannung zwischen Sam und dem Agent bemerkte, hob er nur leicht eine Braue.

„Vergessen wir mal das Zuständigkeitsgerangel", sagte Farnsworth mit warnendem Blick zu Sam. „Schließlich haben wir alle ein Ziel – Maeve Kavanaugh zu finden und Victorias Mörder zu fassen."

Wenn der Mann, den Sam früher „Onkel Joe" genannt hatte, diesen Ton anschlug, hatte Widerspruch keinen Sinn. „Folgen Sie mir", befahl er ihr und Hill.

„Entschuldige mich für einen Moment", sagte Sam zu Derek, verärgert über die Unterbrechung.

Auf dem Weg vorbei an Nick verdrehte sie die Augen. Farnsworth ging voran in einen Konferenzraum, in dem Detective Ramsey von der Sondereinheit für Sexualdelikte sie zusammen mit einem Kollegen bereits erwartete.

Er nickte Sam zu. „So sieht man sich wieder, Lieutenant."

„Detective." Ihre Wege hatten sich kurz vor Sams Hochzeit gekreuzt, als sie bei ihm Informationen zu einem alten Fall gesucht hatte, der möglicherweise im Zusammenhang mit den ungeklärten Schüssen auf ihren Vater stand. Aber die Spur hatte sich als Sackgasse erwiesen.

„Das ist mein Partner Detective Harper", stellte Ramsey seinen jüngeren Kollegen vor, der Sam die Hand schüttelte.

„Ich habe viel von Ihnen gehört", meinte der junge Polizist. „Freut mich, Sie endlich kennenzulernen."

Ramsey bedachte das vermeintliche Anbiedern mit einem bösen Blick, weshalb Harper die Hand nach dem Händeschütteln schnell wieder zurückzog.

Sam war nie dahintergekommen, was Ramsey eigentlich gegen sie hatte. Vermutlich wurmte ihn einfach die Tatsache, dass er zehn Jahre älter war als sie, sie aber zwei Dienstgrade über ihm stand. Was auch immer. Sein fragiles Ego war das Letzte, was sie momentan beschäftigte.

„Ich werde Ihnen jetzt erklären, wie die Sache läuft", verkündete Farnsworth, als Sams Mentor Detective Captain Malone sich zu ihnen gesellte. Farnsworth zeigte auf Sam. „Sie leiten die Ermittlungen im Mordfall Victoria Kavanaugh. Hill ist verantwortlich für die Suche nach möglichen Verbindungen zum Job ihres Mannes. Und Ramsey leitet die Suche nach dem vermissten Kind. Hat irgendwer ein Problem damit?"

Sam hatte sehr wohl ein Problem damit. Ihr Team konnte gut ohne Hilfe die Ermittlungen durchführen, aber sie hielt lieber den Mund, denn der Chief erwartete, dass sie tat, was man ihr sagte.

„Wer die Zusammenarbeit verweigert, wird von den Ermittlungen ausgeschlossen und hat mit entsprechenden disziplinarischen Maßnahmen zu rechnen", fuhr Farnsworth fort.

Hill grinste Sam selbstzufrieden an. Offenbar rechnete er fest damit, dass sie sich disziplinarischen Maßnahmen ausgesetzt sehen würde, bevor dieser Fall gelöst war.

Leck mich, dachte sie und war entschlossen, ihr Drittel der Ermittlung zu lösen, während die anderen beiden noch über ihre eigenen Schwänze stolperten. Dieser Gedanke brachte sie zum Lächeln.

Der Chief sah sie an. „Habe ich mich klar genug ausgedrückt, Lieutenant?"

„Ja, Sir", erwiderte sie in ihrem freundlichsten Ton.

Da er dieses sofortige Nachgeben von ihr nicht gewohnt war, von der Freundlichkeit ganz zu schweigen, musterte Farnsworth sie misstrauisch, ehe er sich den anderen zuwandte. „Ramsey? Hill?"

Beide Männer murmelten zustimmend.

„Und jetzt an die Arbeit, und halten Sie mich auf dem Laufenden. Lieutenant, Sie müssen um sieben die Medien informieren."

„Und wenn wir bis dahin noch keine Ergebnisse vorweisen können?", wollte Sam wissen.

„Finden Sie etwas", erwiderte Farnsworth im Hinausgehen, die anderen beiden im Schlepptau.

„Na klar, kein Problem." Als sie allein waren, wandte Sam sich an Cruz, der zu ihnen gestoßen war. „Was hat die Befragung in der Nachbarschaft ergeben?"

„Wir haben uns den ganzen Block vorgenommen, aber niemand hat etwas Ungewöhnliches bemerkt oder gehört. Natürlich wollten alle Nachbarn genau wissen, was passiert ist."

Die Leute waren stets auf geradezu obszöne Weise neugierig bei jeglichen Verbrechen, solange sie selbst nicht Opfer geworden waren. „Ruf Gonzo, Arnold, McBride und Tyrone zusammen. Wir benötigen jede Hilfe, die wir bekommen können in diesem Fall."

„Und natürlich willst du ihn vor Hill und Ramsey lösen", bemerkte Freddie.

Sie grinste. „Logo!"

3
___

„Erzähl mir von Victoria“, bat Sam und bedauerte erneut, sich nie die Zeit genommen zu haben, diese Frau besser kennenzulernen.

Hill stand an der geschlossenen Tür des Verhörraumes und verfolgte die Befragung.

Sam gab sich Mühe, so zu tun, als sei er gar nicht da, was nicht leicht war, da er sie die ganze Zeit anstarrte.

„Was denn?“ Derek hatte schon Ramsey und Harper unzählige Fragen über seine Tochter beantwortet. Die zwei mobilisierten inzwischen die ganze Sondereinheit für die Suche nach Maeve. Als Erstes würden sie den Amber Alert aktivieren, ein spezielles Alarmsystem, das die Suche nach vermissten Kindern in der gesamten Bevölkerung beschleunigte.

„Wo ist sie aufgewachsen? Was weißt du über ihre Kindheit?“

„Ihr Mädchenname war Taft. Sie ist in Ohio bei ihren Eltern aufgewachsen. Über ihre Kindheit hat sie nie viel gesprochen. Ich hatte den Eindruck, es war keine allzu glückliche Zeit.“

„Was hat sie studiert?“

„Geschichte und Politikwissenschaften.“

„Was hat sie nach dem College gemacht?“

„Sie hat für ein Lobby-Unternehmen gearbeitet, den Job jedoch aufgegeben, als sie geheiratet hat. Sie konnte dieser Tätigkeit schlecht weiter nachgehen, weil ich für einen Senator gearbeitet habe, vor allem, da dieser das Amt des Präsidenten angestrebt hat. Da wäre ein Interessenkonflikt entstanden."

„Kannst du mir den Namen des Unternehmens aufschreiben, in dem sie gearbeitet hat?"

Derek zog Block und Stift heran, als sie ihm beides über den Tisch zuschob.

„Wer waren Victorias engste Freunde? Wen hat sie regelmäßig getroffen, der über ihre Aktivitäten Bescheid wusste?"

„Das sollte ich eigentlich wissen", meinte er zerknirscht. „Aber ich fürchte, in der wenigen Zeit, die wir miteinander verbracht haben, haben wir nicht oft darüber gesprochen, wer in ihrer Spielgruppe war."

„Sie gehörte also zu einer Spielgruppe?"

„Zu einigen, glaube ich. Sie und Maeve waren ziemlich aktiv."

„Und sie hat nie darüber gesprochen, wen sie bei diesen Aktivitäten kennengelernt hat?"

„Ich weiß, es mag schrecklich klingen, aber mir waren diese Leute egal. Ich arbeite so viel, dass ich zu Hause nur über Maeve und uns reden wollte, und ich wollte ..." Er stockte und stützte erneut den Kopf in die Hände.

„Was wolltest du, Derek?"

„Ich wollte mit ihr allein sein, mit ihr zu Bett gehen ..." Seine Hände vor dem Mund dämpften seine Stimme. „Ich kann nicht glauben, dass ich ... dass wir nie mehr ... Nie mehr wieder."

Sam fühlte nach wie vor mit ihm. Zum ersten Mal seit dem Beginn der Befragung schaute sie zögernd zu Hill. Sie bemerkte, dass ein Wangenmuskel in seinem Gesicht zuckte, ehe er Blickkontakt aufnahm und ihr dadurch Unterstützung signalisierte, für die sie angesichts Dereks Kummer dankbar war.

„Wir brauchen ihr Handy", erklärte Hill. „Die Kontaktliste wird uns einen ersten Anhaltspunkt liefern."

Da der Agent ihr die Worte aus dem Mund genommen hatte, reagierte sie mit einem vorwurfsvollen Blick, und der Moment des Zusammenhalts war vergessen.

„Das ist wahrscheinlich in ihrer Handtasche", sagte Derek. „Da hat sie es aufbewahrt, wenn sie zu Hause war. Ich könnte mir vorstellen, dass ihre Freundin Ginger, die sie im Krankenhaus bei der Geburt von Maeve kennengelernt hat, ihre anderen Freundinnen kennt."

„Das hilft uns weiter", erwiderte Sam. „Entschuldige uns bitte für eine Minute."

Hill folgte ihr aus dem Raum hinaus.

„Ich dachte, Sie wollten still zuschauen, bis ich fertig bin", sagte Sam.

„Ich versuche nur zu helfen", verteidigte Hill sich mit einem charmanten Lächeln, das tatsächlich den gewünschten Effekt hatte, auch wenn Sam das niemals zugeben würde.

„Tun Sie mir einen Gefallen und lassen Sie das. Ich habe die Sache im Griff."

„Was immer Sie sagen, Lieutenant."

Seine herablassende Art brachte ihm einen weiteren verärgerten Blick ein. „Ihr Mann kann sich wirklich glücklich schätzen", bemerkte er mit einem Lachen, das zusätzlich an Sams Nerven zerrte.

„Ja, kann er wohl", entgegnete sie betont vage. Sollte er sich doch ausmalen, wie glücklich Nick war. Hätte irgendjemand eine Vorstellung davon, würde er sie für sexsüchtig halten. Unter normalen Umständen hätte dieser Gedanke sie zum Lachen gebracht. Aber an dieser Situation war überhaupt nichts lustig.

„Möchten Sie, dass ich Ihren Partner darum bitte, für die Herbeischaffung des Handys zu sorgen?", fragte Hill.

„Sicher, danke." Da sie diesen schmeichlerischen Agenten offenbar nicht loswurde, konnte er sich wenigstens nützlich machen. „Das würde mir helfen."

„Warten Sie auf mich, bevor Sie die Befragung fortsetzen", sagte Hill über die Schulter, schon auf dem Weg ins Kommissariat, um Freddie zu finden.

Sam streckte ihm hinter dem Rücken die Zunge heraus und fühlte sich dadurch gleich viel besser.

„Wie läuft es, Babe?"

Beim Klang von Nicks Stimme drehte sie sich um. „Wo kommst du denn her?"

„Ich habe dich rauskommen sehen. Was ist mit diesem Hill los?"

„Was meinst du?"

„Er beobachtet jede deiner Bewegungen wie ..." Nick schaute an ihr vorbei und schien nach den richtigen Worten zu suchen.

„Wie was?"

Er richtete seine ausdrucksvollen blauen Augen auf sie und sagte: „Wie ich mir vorstelle, dass ich es tue."

„Bist du eifersüchtig?"

„Habe ich denn Grund dazu?"

„Du machst wohl Witze. Unsere gemeinsame Freundin wurde ermordet, und wir reden darüber, wie ein Kollege mich ansieht? Als hätte ich irgendeinen Einfluss darauf!"

Mit den Schultern zuckend erwiderte er: „Es gefällt mir nicht."

Sam stellte sich auf die Zehenspitzen, um ihrem Mann einen Kuss zu geben – eine seltene Ausnahme ihrer Keine-Zuneigungsbekundungen-im-Dienst-und-in-der-Öffentlichkeit-Regel. „Du bist sehr süß, wenn du eifersüchtig bist."

Seine Brauen zogen sich zusammen, ein Zeichen seiner Verärgerung. „Samantha ..."

„Tut mir leid, stören zu müssen", sagte Freddie, der gerade um die Ecke kam. „Hill meinte, du willst, dass ich Victorias Telefon hole?"

Sam löste sich von Nick. „Du störst nicht. Bring das Telefon ins Labor. Ich will, dass jeder aus der Kontaktliste befragt wird, wann sie zuletzt von ihr gehört oder ob sie Maeve vielleicht heute noch gesehen haben. Dann brauchen wir einen Bericht über jede Nummer, ebenso ein Protokoll sämtlicher Telefonate des vergangenen Monats."

„Wird gemacht."

„Wo bleibt unsere Verstärkung?"

„Gonzo und Christina sitzen im Zug auf dem Rückweg aus New York City, wo sie seine Schwester besucht haben. Er meinte, er hat das freie Wochenende mit dir geklärt, bevor er losgefahren ist."

„Ja, stimmt. Ich hab's vergessen."

„Arnold ist in Florida bei seinen Eltern. Er sagt, auch das sei vorher mit dir geklärt gewesen."

„Vermutlich hat er recht. Was ist mit McBride und Tyrone?"

„Die sind bei der Hochzeit von Tyrones Bruder in Baltimore. McBride meinte aber, sie könne kommen, wenn du sie brauchst.

Allerdings wird es mindestens eine Stunde dauern, bis sie hier ist. Sie sagt, es sei mit dir geklärt gewesen ..."

„Ja, schon gut! Alle haben ihre Pläne vorher mit mir abgesprochen, und ich habe es vergessen! Verklag mich doch."

Freddie fing an zu grinsen, doch ihre finstere Miene bremste ihn gleich wieder.

„Telefon. Labor. Sofort."

„Geht klar, Boss", rief er im Weggehen.

„Manchmal tut er mir leid", bemerkte Nick.

„Er kann sich glücklich schätzen, mit mir zu arbeiten, und das weiß er auch."

„Natürlich weiß er das."

„Ich muss wieder zurück und mehr über Dereks Leben erfahren. Dabei würde ich ihn viel lieber trösten, als ihn zu befragen."

„Das Beste, was du für ihn tun kannst, ist, seine Tochter zu finden und denjenigen, der seine Frau getötet hat. Harry und ich werden für ihn da sein, wenn du fertig bist."

„Gut", sagte sie und drückte seinen Arm. „Er wird sicher dankbar dafür sein, dass ihr hier seid."

Er verabreichte ihren Schultern eine kurze, aufmunternde Massage, als Hill auf dem Flur erschien.

„Sind Sie bereit, wieder an die Arbeit zu gehen, Lieutenant?"

Nick drückte noch einmal sanft zu, dann ließ er sie los und murmelte leise: „Arschloch."

Überrascht von der untypischen und unberechtigten Feindseligkeit ihres sonst so sanftmütigen Ehemannes, flüsterte sie: „So redet man aber nicht von einem FBI-Agenten."

„Seit wann brauchst du Hilfe von den Feds?"

„Seit ich keinen Top-Secret-Zugang habe, er aber schon. Jemand muss Dereks Arbeit auf mögliche Zusammenhänge durchleuchten. Kann ich jetzt wieder da reingehen?"

„Lass dich von mir nicht aufhalten, aber halt dich von diesem Typen fern. Den mag ich nicht."

„Sagtest du bereits." Sam verdrehte die Augen und betrat den Verhörraum wieder, wo Hill gerade eine Cola für Derek öffnete.

Er deutete auf die Cola light, die er zusammen mit einer Dose

Wasser mit Zitronen-Limetten-Geschmack auf den Tisch gestellt hatte. „Möchten Sie auch etwas zu trinken, Lieutenant?"

„Von mir aus." Zu gern hätte sie die Cola genommen, entschied sich jedoch für das aromatisierte Wasser, aber nur, weil Nick möglicherweise vom Beobachtungsraum alles verfolgte. Sie wollte sich später keine Vorwürfe anhören, sie sei der Cola-light-Versuchung erlegen, wo sie doch wegen ihres verdammten Magens seit Monaten auf dieses Getränk verzichtete.

„Tut mir leid, dass ich dich habe warten lassen", wandte sie sich an Derek, sobald sie wieder bei ihm am Tisch saß.

„Ich werde noch verrückt, weil ich mich ständig frage, wo Maeve ist. Es muss doch etwas geben, was ich tun kann. Ich sollte mich selbst auf die Suche nach ihr machen, statt hier herumzusitzen und endlos Fragen zu beantworten."

„Das Beste, was du tun kannst, ist, bei den Ermittlungen mit uns zusammenzuarbeiten. Jeder Polizist in der Region sucht nach ihr."

„Sie könnte überall sein. Wer weiß, wann das passiert ist?"

„Die Gerichtsmedizinerin arbeitet daran, uns einen genaueren Zeitpunkt zu nennen. In der Zwischenzeit möchte ich, dass du mir von deinem letzten Gespräch mit Victoria berichtest."

„Das war spät gestern Abend. Ich war nach einem Achtzehn-Stunden-Tag endlich in meinem Zimmer."

„Fiel dir etwas Ungewöhnliches an dem Anruf auf?"

„Nein. Wir waren beide müde nach einem langen Tag der politischen Strategieentwicklung und des Kleinkindhütens. Es war ein kurzes Telefonat."

„Sprechen wir darüber, wie ihr euch kennengelernt habt."

„Man sagte mir, ich würde dich hier finden", begrüßte Harry seinen Freund Nick, als er Sams Büro betrat.

Nick, dessen Füße auf dem Schreibtisch lagen, den er zwanzig Minuten lang aufgeräumt hatte, bedeutete Harry, im Besuchersessel Platz zu nehmen.

„Was gibt es Neues?", fragte Harry.

„Zuletzt haben sie darüber gesprochen, wie Derek und Victoria sich kennengelernt haben."

„Erinnerst du dich noch daran, wie er hinter ihr her war, nachdem er sie kennengelernt hat?", meinte Harry mit traurigem Lächeln.

„Ja, das totale Desaster." Ihr scheuer, bescheidener, aber mit scharfem Verstand gesegneter Freund war von der dunkelhaarigen Schönheit völlig hin und weg gewesen. Nick hatte Derek kennengelernt, kurz nachdem John O'Connor im Senat vereidigt und Nick der neue Stabschef des Senators geworden war. Derek war Berater des damaligen Senators Nelson, der inzwischen Präsident war.

Wehmütig dachte Nick an die goldenen Zeiten zurück, als John noch gelebt und Derek überlegt hatte, wie er Victoria um ein Date bitten sollte. „Wie lief es mit seinen Eltern?"

„Schrecklich, wie du dir vorstellen kannst. Sie sind völlig niedergeschlagen wegen Maeve und Victoria. Ich weiß, wie sie sich fühlen. Wer um alles in der Welt hätte Victoria umbringen wollen?"

„Ich habe keine Ahnung. Jeder hat sie geliebt. Besonders Derek." Nick ließ den Gedanken gar nicht erst zu, wie er sich wohl fühlen würde, wenn ihm etwas Derartiges zustoßen würde. Es war schon schlimm genug, dass er jeden Tag in der Furcht lebte, seine Frau plötzlich zu verlieren. „Ich musste gerade daran denken, wie lange er gebraucht hat, bis er den Mut aufgebracht hat, sie um ein Date zu bitten."

Harry fuhr sich über das Gesicht, eine Geste der Müdigkeit, die Nick gut nachvollziehen konnte. Es war alles nur schwer zu fassen. „Der arme Kerl war so schüchtern und sie so lebhaft. Wir dachten, es würde nie funktionieren."

Sam betrat das Büro. „Derek braucht eine Pause", erklärte sie und wirkte mitgenommen von der zermürbenden Befragung. Als sie den aufgeräumten Schreibtisch sah, stutzte sie. „Jedes Mal? Das ist eine Krankheit!" Zu Harry sagte sie: „Kannst du ihm nicht was gegen seine krankhafte Pingeligkeit verschreiben?"

„So wenig wie dir gegen deine chronische Unordentlichkeit, meine Liebe", erwiderte Harry mit einem Lächeln.

Sam zeigte ihm den Finger.

„Möchtest du dich setzen?" Er bot ihr den Sessel an.

„Nein, ich muss mich bewegen."

„Wie geht es Derek?", erkundigte sich Nick.

„Er hat sich ganz gut gehalten, bis wir angefangen haben, uns darüber zu unterhalten, wie sie sich kennengelernt haben und wo sie zusammengekommen sind."

„Im Fitnessstudio", sagten Harry und Nick im Chor.

„Wir sind dabei gewesen", erklärte Nick. „Er war sofort fasziniert von ihr."

„Trotzdem hat er eine Ewigkeit und sehr viele Schubser von uns gebraucht, bis er den Mut aufgebracht hat, sie um ein Date zu bitten", fügte Harry hinzu.

„Ich habe für ihn vorgefühlt und sie gefragt, ob sie sich vorstellen könnte, mit ihm auszugehen", berichtete Nick.

„Weißt du noch, wie sauer er deswegen auf dich war? Er meinte, wir seien doch nicht mehr auf der Highschool."

Nick musste grinsen bei der Erinnerung. „Er war aber nur wütend, bis ich ihm gesagt habe, sie warte darauf, dass er sie frage."

„Seine Eltern wollen ihn dringend sprechen", informierte Harry Sam und hielt Dereks Handy hoch, als Agent Hill im Türrahmen erschien.

„Hast du was dagegen, wenn ich ihm das Telefon bringe und bei ihm bleibe, während er seine Familie anruft?", fragte Nick.

„Nur zu", erwiderte Sam. „In diesem Zustand ist er uns keine Hilfe."

Nick stand auf, gab ihr einen Kuss auf die Stirn und drückte sie kurz, wobei er darauf achtete, dass Hill es mitbekam. Dann verließ er das Büro und machte sich auf den Weg zu Derek. Es gefiel ihm nicht, wie dieser Agent seine Frau ansah. Es gefiel ihm kein bisschen.

„Ich wollte dich morgen anrufen", sagte Harry zu Sam, als sie allein waren.

Hill war ins Kommissariat gegangen, um einen Anruf zu erledigen.

„Weswegen?", fragte Sam den attraktiven dunkelhaarigen Doktor mit den hinreißenden Grübchen. Er war zu einem guten Freund geworden, seit sie mit Nick zusammen war.

„Mach die Tür zu."

Sie folgte seiner Bitte, fragte sich jedoch, warum er so geheimnisvoll tat.

„Auf meinem Kalender ist eine Notiz aufgetaucht, dass am Freitag die Wirkung deiner Dreimonatsspritze endet. Entweder musst du dir erneut eine geben lassen oder dir bewusst sein, dass du jederzeit wieder schwanger werden könntest."

Sam war es gelungen, dieses Datum zu verdrängen, während sie die ersten Monate ihrer Ehe genoss, ohne sich mit *dem Thema* auseinanderzusetzen, jetzt, wo sie wusste, dass es tatsächlich funktionierte.

Vor der vierten Fehlgeburt im Februar, nach einer Auseinandersetzung mit einem Mordverdächtigen, hatte sie geglaubt, nie wieder schwanger werden zu können. Dass sie es nach allem trotzdem konnte, hatte sie seither unablässig beschäftigt.

„Sam?"

Sie zwang sich, ihn anzusehen. „Drei Monate sind noch nie so schnell vergangen."

„Die Zeit verfliegt, wenn man schrecklich verliebt und frisch verheiratet ist." Er schaute zur Tür, dann sah er wieder sie an. „Ich weiß, dies ist kaum der richtige Ort und der richtige Zeitpunkt, aber wenn du reden willst, weißt du, wo du mich findest."

Sam nickte. „Danke."

Ein paar Minuten später klopfte Nick an die Bürotür. „Komm rein", rief Sam.

„Derek telefoniert nicht mehr." Er betrachtete sie genauer. „Was ist los?" Er sah zu Harry, dann sah er wieder sie an.

„Nichts", sagte Sam und versuchte das Unbehagen, das Harrys Erinnerung ausgelöst hatte, abzuschütteln. Wie er schon gesagt hatte, dies war weder der richtige Zeitpunkt noch der richtige Ort.

Nick hielt ihr die Hand hin.

Sie nahm sie und ließ sich von ihm den Flur entlang zum Verhörraum führen. Da dieser Bereich am Sonntagabend weitgehend verlassen war, hatte sie diesmal keine Einwände gegen die zärtliche Geste.

„Was ist denn los?", wollte er besorgt wissen.

„Wir reden später darüber, ja?"

„Wenn es dir gut geht, geht es mir auch gut", erwiderte er, doch sie merkte, dass ihm ihr Ausweichen nicht passte.

„Herrgott noch mal", beschwerte Hill sich, als er auf den Flur hinaustrat und die beiden nah beieinander und Händchen haltend entdeckte. „Wenn Sie das Geschmuse mit Ihrem Mann irgendwann beendet haben, Lieutenant, können wir ja vielleicht wieder an die Arbeit gehen, ja?"

„Sie können mich mal kreuzweise, Hill. Das Opfer war eine Freundin von uns."

Hill wurde sofort ernst. „Dann muss ich mich entschuldigen. Ich bin drinnen, wenn Sie so weit sind, mit der Befragung fortzufahren."

Sam legte ihre Stirn an Nicks wundervolle Brust. „Ich hätte das nicht sagen sollen. Jetzt muss ich mich entschuldigen, und das hasse ich."

Nick lachte leise und drückte sie ein letztes Mal. „Du schaffst das."

Sie hob den Kopf, um ihm ins Gesicht zu sehen. „Wie ist es mit Dereks Eltern gelaufen?"

„Schrecklich. Die stehen natürlich völlig neben sich. Er konnte ihnen ausreden, hierherzukommen, aber irgendetwas müssen sie tun. Ich habe ihnen gesagt, wir melden uns, sobald Derek hier fertig ist, dann holen sie ihn ab."

„Das ist gut. Er sollte im Augenblick nicht allein sein."

„Kann er denn gar nichts tun, was bei der Suche nach Maeve hilft? Es macht ihn verrückt, dass er hier festsitzt, während sie verschwunden ist."

„Mir fällt nichts ein, aber wenn doch, sage ich ihm sofort Bescheid."

„Danke, Babe."

„Du kannst eigentlich nach Hause fahren. Wir werden bald fertig sein, und dann holen seine Eltern ihn ja ab."

„Ich werde auf dich warten. Ich will außerdem bleiben, falls Derek mich braucht."

Sam tätschelte seine Brust. „Ich bin zurück, so schnell ich kann."

„Lass dir Zeit."

Chief Farnsworth kam zu ihnen. Er sah abgehetzt aus. Sam

konnte sich nicht erinnern, den Chief jemals derartig aufgelöst erlebt zu haben.

„Sir? Geht es Ihnen gut?"

„Ich habe einen Anruf vom Präsidenten erhalten. Vom Präsidenten der Vereinigten Staaten."

„Oh." Sam war dem Präsidenten und der First Lady einige Male begegnet, seit sie mit Nick zusammen war. Sie und Nick hatten sich sogar im Rosengarten des Weißen Hauses verlobt. „Was hat er gewollt?"

„Er ist sehr aufgebracht über das, was Victoria Kavanaugh zugestoßen ist und will wissen, was wir unternehmen, um den Mörder und das Baby zu finden. Er hat mir außerdem versichert, dass Mr. Kavanaugh das ganze Wochenende beim Stab des Weißen Hauses in Camp David war. Falls diese Frage auftaucht."

„Damit ist das Alibi wasserdicht", stellte Sam fest.

„Es gibt kaum etwas Besseres, als wenn sich der Präsident für einen verbürgt", meinte der Chief. „Er wollte, dass ich Mr. Kavanaugh sein tiefstes Bedauern ausdrücke. Würde es Ihnen etwas ausmachen?"

„Nein, nur zu, gehen Sie hinein." Zu Nick sagte sie: „Ich erzähle dir nachher alles."

„Ich werde hier sein."

4

Die ganze Nacht wurde nach Maeve Kavanaugh gesucht. Nachdem der Amber Alert ausgerufen worden war, kamen die ersten Hinweise herein. Die Detectives der Sondereinheit für Sexualdelikte gingen jedem einzelnen nach, doch gegen ein Uhr morgens mussten sie sich eingestehen, dass sie bei der Suche nach dem vermissten Baby kein Stück weitergekommen waren. Die zunehmende Müdigkeit machte die Sache nicht besser.

„Ich möchte, dass Sie alle nach Hause gehen, ein wenig schlafen und sich um halb sieben wieder zum Dienst melden", wandte Farnsworth sich an Sam, Cruz, Hill, Ramsey und Harper. „Überlasst alles Weitere vorerst der Nachtschicht. Lasst Mr. Kavanaugh unter der Bedingung gehen, dass er die Stadt nicht verlässt und bittet ihn, sich ohne Rücksprache mit uns nicht an der Suche nach seiner Tochter zu beteiligen."

Sam nickte zustimmend.

„Ich danke Ihnen allen für die gute Arbeit heute." Mit diesen Worten entließ Farnsworth sie.

Sam kehrte in den Verhörraum zurück, wo Nick und Harry ihrem Freund Derek Gesellschaft leisteten.

„Und?", fragte Derek und stand auf.

„Es tut mir leid, nein", sagte Sam. „Es kommen aber laufend Hinweise herein, seit die Fahndung herausgegeben wurde, und wir gehen jedem nach. Es könnte einige Zeit dauern ..."

Diese Neuigkeiten entmutigten Derek, und er ließ sich wieder auf den Stuhl fallen. „Und die haben wir nicht." Er wandte sich an Nick und Harry. „Was, wenn sie auch tot ist? Was mache ich dann?"

„Denk nicht daran", riet Harry ihm. „Es gibt keinen Grund zu der Annahme, dass sie tot ist."

„Ich bin es in Gedanken wieder und wieder durchgegangen", erklärte Derek. „Mir fällt beim besten Willen niemand ein, der einen Grund gehabt haben könnte, uns so wehzutun. Vic hatte keinen einzigen Feind auf der Welt, und ich auch nicht. Mein Job ist hart und unberechenbar, aber ich bin es nicht. Ihr Jungs wisst das."

„Natürlich wissen wir das." Nick legte Derek tröstend die Hand auf die Schulter. „Es könnte auch alles nur Zufall gewesen sein. Jemand, der sie irgendwo gesehen hat ... man weiß es nicht."

„Ich habe arrangiert, dass du morgen früh mit jemandem von der Spurensicherung durch das Haus gehst, um festzustellen, ob irgendetwas von Wert fehlt", sagte Sam. „Ein Diebstahl würde uns zumindest ein Motiv liefern."

„Glaubst du, es handelt sich um einen aus dem Ruder gelaufenen Einbruch?", wollte Derek wissen und wirkte fast hoffnungsvoll bei dieser Vorstellung.

Sam überlegte, ob sie ihm die Wahrheit sagen sollte – dass der Gang durchs Haus mit der Spurensicherung reine Routine war – oder lieber das, was er hören wollte. „Ich neige eher nicht zu der Annahme, dass es sich um einen Einbruch gehandelt hat", erklärte sie zögernd. „Victoria wurde übel geschlagen und Maeve entführt. Ein Einbrecher würde bloß ins Haus gelangen und mit der Beute entkommen wollen. Er hätte sie nicht derartig geschlagen oder ihr Kind mitgenommen. Mir erscheint die Tat sehr persönlich."

Derek sackte in sich zusammen. „Ich kann mir nicht vorstellen, wer uns so sehr gehasst haben könnte. Ich begreife es nicht."

„Sam und ihr Team werden der Sache auf den Grund gehen", versicherte Nick ihm.

„Das wird mir Vic auch nicht zurückbringen", meinte Derek voll Bitterkeit.

Diese Bemerkung traf den Kern dessen, was Sams Job so schwer machte. Sie konnte den Familien der Opfer Gerechtigkeit verschaffen, aber niemals den Verlust wettmachen oder den Schaden heilen, den das Leben der Hinterbliebenen erlitten hatte. „Du kannst jetzt übrigens gehen", sagte sie. „Wir möchten, dass du in der Stadt bleibst und vorher mit uns klärst, falls du eigene Schritte bei der Suche nach Maeve unternehmen willst."

„Ist es okay, wenn ich meine Eltern in Herndon besuche?"

„Kein Problem." Sam zog Stift und Block aus der Tasche. „Schreib die Adresse und deine Handynummer auf."

Derek schrieb die gewünschten Informationen auf und reichte ihr den Block zurück.

„Nach dem Gang durch das Haus morgen muss ich noch einmal mit Ihnen sprechen", wandte sich Agent Hill an Derek. „Wir haben noch einiges zu klären, was mögliche Zusammenhänge mit Ihrer Arbeit betrifft."

Resigniert verzog Derek das Gesicht. „Na gut."

„Ich bringe dich zu deinen Eltern", bot Harry an. „Dann müssen sie um diese Uhrzeit nicht extra herfahren."

Als Harry ihn aus dem Raum führte, blieb Derek vor Sam stehen. „Finde mein kleines Mädchen. Bitte finde sie."

Sam drückte seinen Arm. „Ich werde mein Bestes tun, und das gilt für jeden hier im Department."

„Danke." Dereks Stimme brach. „Ihr wart alle großartig."

„Es tut uns so leid wegen Vic", sagte Nick. Derek nickte und verschwand mit Harry.

„Hill", sagte Sam.

Der Agent, schon auf dem Weg hinaus, drehte sich um und hob fragend eine Braue.

„Ich entschuldige mich für das, was ich vorhin gesagt habe und dafür, dass ich Ihnen gegenüber kurz angebunden war. Es war ein aufreibender Tag."

„Halb so schlimm. Aber ich muss doch fragen – sollten Sie diese Ermittlung leiten, wenn das Opfer eine Freundin von Ihnen war?"

„Wir standen uns nicht allzu nahe. Unsere Männer sind enge Freunde, daher kannte ich sie."

„Na schön. Dann bis morgen."

„Bis morgen." Als sie allein waren, wandte Sam sich an Nick. „Das war unangenehm."

„Du hast es doch gut gemacht."

„Lass uns für ein paar Stunden nach Hause fahren." Bevor sie mit ihm zusammen war, hätte sie an einem Fall wie diesem die ganze Nacht gearbeitet. Doch jetzt ging Nick vor, schon allein deshalb, weil er die Sache nicht ruhen lassen würde, wenn sie es nicht tat. Er hatte eine anstrengende Arbeitswoche inklusive Wahlkampf vor sich, bevor Scotty eintraf, und konnte sich eine Nacht ohne Schlaf nicht leisten. Ihn an die erste Stelle zu setzen gehörte zu den größten Veränderungen, die Sam in ihrem bis dahin doch ziemlich eingleisigen Leben vorgenommen hatte.

Nick hatte den Arm um sie gelegt, als sie aus dem kühlen, klimatisierten Hauptquartier hinaus in die drückende Schwüle traten. Kaum waren sie draußen, stürzte sich eine Meute aus Reportern auf sie.

Sam wimmelte sie ab, indem sie erklärte, es werde um sieben Uhr Informationen geben, vorher nicht.

Nick führte sie durch die Menge zu ihrem Wagen und hielt ihr die Beifahrertür auf.

„Diese Geier", murmelte sie, während die Reporter sogar dem Wagen nachliefen, als sie vom Parkplatz fuhren.

„In Anbetracht von Dereks Job wird das eine große Story", bemerkte Nick.

„Ja", pflichtete Sam ihm bei. Das enorme Medieninteresse würde den ohnehin schon schwierigen Fall nicht leichter machen.

Auf der Fahrt nach Hause rekapitulierte Sam noch einmal die vergangenen Stunden und dachte darüber nach, was sie über Victoria erfahren hatte, über Derek und ihren Alltag, ihr Leben. Da war nichts Auffälliges, kein Anhaltspunkt, dem man hätte nachgehen können, um auf die Spur des Mörders zu kommen – und des Kidnappers.

Die Vorstellung, was dieses süße Baby durchmachen musste, erfüllte Sam mit Furcht und Abscheu. Sie wusste nur allzu gut, wie unmenschlich manche Leute sein konnten.

„Was ist los, Liebes?", fragte Nick und ergriff ihre Hand, während er den Wagen durch die verlassenen Straßen der Hauptstadt lenkte.

Sie hielt seine Hand fest und fühlte sich durch seine verlässliche Gegenwart getröstet. „Ich muss an Maeve denken. Wenn solche Dinge passieren, bin ich beinahee dankbar dafür, dass ich keine eigenen Kinder habe. Ich habe keine Ahnung, wie Derek das heute Abend durchstehen konnte. Ich wäre wahnsinnig geworden."

„Das ist er bestimmt auch. Eigentlich ist er stets ruhig und gefasst. Ich habe ihn noch nie so außer sich und aufgewühlt erlebt wie heute."

„Der arme Kerl. Das ist eine schreckliche Sache."

„Und du hast wirklich keinerlei Anhaltspunkt, wo Maeve sein könnte?"

„Noch nicht, und mit jeder weiteren Stunde, die vergeht, sinkt die Wahrscheinlichkeit, dass wir sie lebend finden."

„Himmel."

Zu Hause angekommen, schaltete Nick die Alarmanlage aus und ging in die Küche. „Ich weiß ja nicht, wie es bei dir aussieht, aber ich komme um vor Hunger."

„Ich könnte auch etwas essen."

Gemeinsam bereiteten sie sich Truthahnsandwiches zu. Er schenkte sich eine Cola ein und ihr ein Wasser mit Eis.

„Es ist nicht fair, dass du das trinken darfst, während ich mich auf Wasser beschränken muss", beschwerte sie sich und biss herzhaft ins Sandwich.

„Ich bin nicht derjenige, der sich fast ein Loch im Magen eingefangen hat durch jahrelange Cola-light-Sucht."

„Das ist wahrscheinlich längst verheilt, also kann ich mir doch wohl ab und zu eine genehmigen, oder?"

„Einmal eine Süchtige, immer eine Süchtige."

„Manchmal bist du echt nicht witzig", bemerkte sie und räumte die Teller in die Spülmaschine ein.

Er legte von hinten die Arme um sie, und seine Lippen fanden die Stelle an ihrem Nacken, die sie jedes Mal zu Wachs werden ließ unter seinen Händen. „Aber sonst bin ich schon witzig. Hast du selbst gesagt."

Lächelnd drehte sie sich um und schlang die Arme um ihn. Sie legte den Kopf an seine Schulter und hielt sich an ihm fest, während er dasselbe tat. Sie atmete seinen Duft ein, den Geruch ihres Zuhauses, wie immer dankbar für alles, was er in ihr Leben gebracht hatte und in der Gewissheit, dass er selbst an den schlimmsten Tagen für sie da sein würde.

Sie hielten einander lange, ehe Nick ihr einen Kuss auf den Kopf gab, ihre Hand nahm und Sam die Treppe hinauf nach oben führte.

„Ich muss duschen", sagte Sam.

„Ich auch."

Sie betrachtete ihn misstrauisch. „Stimmt das?"

„Jap." Er grinste unschuldig. Als er sein Hemd auszog, schaute Sam lüstern auf seine Bauchmuskeln und leckte sich die Lippen.

„Wohin schaust du?"

„Auf eine meiner Lieblingssachen."

Er verdrehte die Augen, verlegen wie immer, wenn sie eine Bemerkung über sein sexy Aussehen machte.

„Wie wär's, wenn du mir ein paar von *meinen* Lieblingssachen zeigst?" Er zupfte an ihrer Bluse, half ihr heraus und öffnete ihren BH mit solchem Geschick, dass es sie sprachlos machte. „Da sind sie."

„Nick ..."

„Hm?"

Sie folgte ihm ins Badezimmer und zog sich ganz aus, während er das Wasser anstellte. „Ist es falsch, dass ich glücklich bin, mit dir hier zu sein und das zu tun, was wir immer tun, während das Leben unserer Freunde zerstört wurde?"

„Es ist nicht falsch, Babe. Du hast Stunden damit zugebracht, alles für Derek und die Lösung des Falls zu tun. Es ist absolut in Ordnung, dass du dir jetzt ein wenig Zeit für dich nimmst." Er schob sie vor sich her unter die Dusche und fing an, ihren Rücken einzuseifen. „Du nützt weder ihm noch sonst wem, wenn du vollkommen erschöpft bist."

„Die ganze Zeit, als ich mit Derek geredet habe, musste ich daran denken, was ich tun würde, wenn mir das passiert ... wenn ich nach Hause käme und dich fände..." Sie schüttelte sich. Es war schlicht unerträglich, daran zu denken.

Seine Lippen waren weich an ihrer Schulter. „So was denke ich ständig, wenn du zur Arbeit gehst. Dann frage ich mich, ob dies wohl der Tag ist, an dem ich einen Anruf erhalte, weil dir etwas zugestoßen ist. Und dann versuche ich mir vorzustellen, wie ich jemals ohne dich leben soll."

Sam drehte sich zu ihm um und hielt ihn fest auf eine Art, wie sie es sonst nie tat, denn sie brauchte mehr denn je das Gefühl, dass er da war. Der Verlust von jemandem, den sie gekannt hatten, einer Frau, die ihren Mann ebenso geliebt hatte wie Sam Nick, machte den Fall noch viel persönlicher.

„Es ist ein schreckliches Gefühl", sagte sie.

„Ja, das ist es."

„Es tut mir leid, wenn ich es nicht ernst genommen habe, dass du mit dieser ständigen Sorge leben musst."

„Ich wusste ja, worauf ich mich einlasse." Er lächelte und betrachtete ihr Gesicht eingehend, bevor er eine Hand an ihre Wange legte und seine Lippen sanft, beinahe andächtig auf ihre presste. „Ich bin dankbar für jede Minute, die wir miteinander verbringen können. Selbst wenn du mich verrückt machst, was meistens der Fall ist, sind es die besten Minuten, die ich jemals mit jemandem verbracht habe."

„Ich empfinde es genauso, auch wenn du mich mit deiner ewigen extremen Pingeligkeit in den Wahnsinn treibst."

Lachend drückte er sie gegen die Wand der Dusche und küsste sie leidenschaftlicher und absichtsvoller.

Sam schlang ihm die Arme um den Nacken, presste ihre Brüste gegen seine Brust und hakte ihre Beine um seine. Sie fuhr mit der Zungenspitze über seine Unterlippe, was ihn veranlasste, scharf die Luft einzusaugen. „Schlaf mit mir, Nick." Noch während sie diese Worte aussprach, dachte sie an Harrys Warnung und fragte sich, ob der Verhütungsschutz nach wie vor funktionierte. Doch in diesem Moment zählte nur, Nick so nah wie möglich zu sein.

Er legte ihr die Hände unter den Po, hob sie an und senkte sie auf seine Erektion, sie auf eine Weise ausfüllend, wie nur er es konnte.

Überwältigt von einer Flut von Emotionen, ließ sie den Kopf gegen die Wand zurücksinken.

Nick nutzte diese Gelegenheit, um eine Spur kleiner Liebesbisse von ihrem Hals bis zu ihrem Ohr zu hinterlassen.

Sie wollte ihn schon warnen, keine Knutschflecken zu

hinterlassen, aber daran dachte er wahrscheinlich selbst. Er dachte immer an alles.

Die Hände nach wie vor an ihrem Po, nahm er sie mit auf einen langsamen Ritt.

Sie schlug die Augen auf und stellte fest, dass er sie genau beobachtete. Sie legte ihm die Hand in den Nacken und zog ihn zu einem Kuss zu sich herunter. „Nick", brachte sie keuchend hervor, als er ein weiteres Mal tief in sie eindrang. „Schneller."

Er beschleunigte sein Tempo, und Sam vergaß beinahee zu atmen, als er sie zu einem plötzlichen, spektakulären Finale trieb. Sie klammerte sich an seine Schulter, während er ein letztes Mal hart in sie eindrang und am ganzen Körper erbebend zum Orgasmus gelangte. Noch lange danach stand er an sie gelehnt und nahm das Zittern auf, das sie in Wellen durchlief.

„Tut mir leid, dass ich grob war."

„Warst du nicht. Ich habe es geliebt." Sie streichelte sein Gesicht und zeichnete die Konturen seines sexy Mundes nach. „Ich liebe dich."

„Ich liebe dich auch. Ich weiß nicht, was mit mir geschieht, wenn wir auf diese Weise zusammen sind. Jedenfalls ist es nie vor dir so gewesen."

Sam wollte nicht an die Frauen denken, mit denen er vor ihr zusammen gewesen war. Sie kannte keine von ihnen, wohingegen Sams Exmann ihnen beiden nur Ärger gemacht hatte, seit sie mit Nick zusammen war. „Was immer es ist, mit mir passiert das Gleiche."

Er zog sich aus ihr zurück, und sie duschten zu Ende.

Sam trocknete sich die Haare, putzte sich die Zähne und ging ein paar Minuten nach Nick ins Bett. Wie jede Nacht schmiegte sie sich in eine Arme und legte den Kopf an seine Brust. Früher hatte sie es gehasst, neben jemandem zu schlafen. Jetzt konnte sie es nicht ertragen, ohne ihn zu schlafen.

„Wirst du mir erzählen, was vorhin mit Harry war?"

„Warum kannst du nicht einer von diesen Ehemännern sein, die nichts mitbekommen und denen alles egal ist außer Sex?"

Nick lachte. „Weil du mit einem solchen Kerl schon mal verheiratet warst und es, soweit ich mich entsinne, nicht gut ausging."

Sie stieß ihn in die Rippen, was ihn zusammenzucken ließ. „Das war jetzt aber unter der Gürtellinie."

„Stimmt es etwa nicht?", fragte er mit einem frechen Grinsen.

„Kein Kommentar."

„Was war nun mit Harry?"

Sich ihm gegenüber an die Wahrheit haltend, obwohl sie es, wie fast alles andere auch, lieber für sich behalten hätte, wie sie es während ihrer Ehe mit dem passiv-aggressiven Peter getan hatte, sagte sie: „Harry hat mich daran erinnert, dass die Wirkung der Dreimonatsspritze, die er mir vor der Hochzeit gegeben hat, in dieser Woche endet."

„Oh."

„Ja, genau."

Er fuhr ihr durch die langen Haare, was Sam tröstlich fand.

„Und, was meinst du?", fragte er nach längerem Schweigen.

„Ich denke seit Monaten darüber nach und weiß nach wie vor nicht, was ich tun soll."

„Ich denke auch dauernd darüber nach."

„Der Schmerz ist nicht mehr so frisch wie damals, kurz nachdem es passiert ist." Es schnürte ihr ein wenig die Kehle zu, trotz ihres innigen Wunsches, diese Unterhaltung nicht emotional werden zu lassen. Wie sollte sie eine Schwangerschaft in Betracht ziehen, wenn sie nicht einmal darüber reden konnte, ohne gleich in Tränen auszubrechen? „Aber ich muss jeden Tag an unser Baby denken. Ich denke an alle, aber dieses eine …"

„Ich weiß. Glaub mir, ich weiß." Er hielt sie fester, eine Hand an ihrem Hinterkopf, damit sie an seine Brust geschmiegt blieb. „Du musst nichts entscheiden, ehe du nicht bereit bist."

„Na ja, wir müssen schon eine Entscheidung treffen oder abstinent leben, bis wir etwas entschieden haben."

„Ich kenne das Wort nicht, das du gerade benutzt hast."

Sam prustete los. „Nein, das kennst du tatsächlich nicht, was?"

„In der Hinsicht hast du mich eben zu sehr verwöhnt, deshalb habe ich ziemlich hohe Erwartungen."

Sam war dankbar für den Humor, den er in diese stets angespannte Unterhaltung brachte.

„Wenn du noch nicht bereit bist, eine Entscheidung zu treffen, lass dir noch eine Spritze geben", schlug er vor. „Was sind drei Monate, wenn wir noch unser ganzes Leben vor uns haben?"

„Es würde dir nichts ausmachen?"

„Ich habe es dir bereits gesagt und werde es weiterhin sagen – hier geht es nur um dich und das, was du willst. Ich will, was du willst."

„Und ich will dir die Familie schenken, die du nie hattest."

„Die habe ich doch längst, Samantha. Wenn es nur du und ich sind – und hoffentlich Scotty –, dann habe ich mehr, als ich mir erhoffen konnte, und mehr, als ich jemals hatte." Er hob ihren Kopf von seiner Brust, um sie anzusehen. „Du musst mir glauben, wenn ich das sage. Ich möchte nicht, dass du dich in dieser Sache von mir unter Druck gesetzt fühlst."

„Das tue ich nicht. Du warst wie immer wundervoll in dieser Sache, vom ersten Tag an."

„Wirst du etwas tun für mich?"

„Natürlich."

„Wirst du mit mir darüber reden, statt alles in dich hineinzufressen und mit dir selbst auszumachen wie beim letzten Mal?"

Sam fühlte sich immer noch schuldig wegen der ersten Dreimonatsspritze, die sie sich ohne Absprache mit ihm hatte verabreichen lassen. Aber damals, nur wenige Wochen nach der traurigsten Fehlgeburt von allen, hatte sie nicht mehr klar gedacht, um es milde auszudrücken. „Ich verspreche dir, ich werde mit dir reden. Es tut mir leid, dass ich es beim letzten Mal nicht getan habe."

„Das ist Vergangenheit. Alles, was jetzt zählt, ist die Zukunft."

„Bis wir uns entschieden haben, was wir tun werden, sollten wir, na ja ... vielleicht auf Geschlechtsverkehr verzichten."

„Warte mal ... Was hast du gerade gesagt?"

Sam brach in Gelächter aus angesichts seiner entsetzten Miene. „Du hast mich verstanden. Wenn wir es tun, dann will ich, dass wir es bewusst tun. Es soll nicht aus Versehen passieren."

Er legte sich auf sie. „Du sagst also", begann er, ihren Hals mit Küssen bedeckend, „dass es hiervon nichts mehr gibt, bis wir uns für das eine oder andere entschieden haben?" Er bewegte das Becken und drang mit einem einzigen Stoß tief in sie ein.

„Nick!", rief sie lachend. „Wir müssen darüber reden!"

„Ja, müssen wir", pflichtete er ihr bei und erstickte ihren Protest mit einem Kuss. „Und das werden wir auch. Aber wenn wir tatsächlich eine Pause einlegen, brauche ich es jetzt noch mal, damit ich durchhalte, bis sich alles wieder normalisiert hat."

Sam ließ die Hände über seine festen Rückenmuskeln gleiten, die sich anspannten, während er sie liebte. „Irgendwann werden wir ganz normale Verheiratete sein und aufhören, das jeden Tag tun zu wollen, oder?"

„Himmel, ich hoffe nicht."

Sam schwebte auf einer Wolke aus Belustigung, Begierde und Liebe, und sie staunte darüber, wie es ihm gelang, sie mit mehr Lachen als Tränen durch diese Unterhaltung zu bringen. Das war definitiv ein erstes Mal.

Er legte seine Stirn an ihre, während er seinen gleichmäßigen Rhythmus und die Bewegungen seines Beckens beibehielt. „Ich würde sofort alles opfern, was ich habe, bis auf dich natürlich, um dir das Baby zu schenken, nach dem du sich so sehr sehnst."

„Und dafür liebe ich dich. Würde ich dich nicht schon aus einer Million anderer Gründe lieben, das allein würde es besiegeln."

„Apropos besiegeln ..." Er hakte einen Arm unter ihr Bein, um den Winkel zu verändern. „Was hältst du davon, wenn wir das zusammen tun?"

„Ich sage, gib dein Bestes." Sam bog sich ihm entgegen, als das allzu vertraute Verlangen sie durchströmte und in ein glühend sinnliches Gefühl zwischen ihren Schenkeln mündete.

„Du weißt, wie sehr ich die Herausforderung mag."

Und es gelang ihm mithilfe seiner außergewöhnlichen Liebestechniken, sie beide gleichzeitig zu einem berauschenden Höhepunkt gelangen zu lassen.

Sam würde morgen früh müde sein, doch als sie an Derek Kavanaugh und seinen tragischen Verlust dachte, hielt sie ihren Mann ein wenig fester, erfüllt von der Kraft, die seine Liebe ihr gab, damit sie sich dem stellen konnte, was der morgige Tag ihr bringen würde.

5

Noch lange, nachdem Nick eingeschlafen war, dachte Sam an Victoria, Maeve, Derek, das Verhütungsdilemma und hundert andere Dinge. Mit all diesen Gedanken im Kopf kam Schlaf nicht infrage. Langsam, um Nick nicht zu stören, stand sie auf und ging über den Flur zum begehbaren Wandschrank, um sich eine Jogginghose und ein T-Shirt anzuziehen.

Mithilfe ihrer Schwestern ersetzte sie allmählich die Kleidungstücke – einschließlich ihres einzigartigen Hochzeitskleids –, die ihre ehemalige Freundin Melissa im Verlauf einer Ermittlung vor einiger Zeit zerschnitten hatte. Zuletzt hatte sie gehört, Melissa unterziehe sich einer psychologischen Begutachtung, um zu klären, ob sie psychisch einem Verfahren wegen mehrfachen Mordes sowie Einbruch, Vandalismus und einer Reihe anderer Anklagepunkte gewachsen war. Sam hatte Zweifel, was die seelische Verfassung dieser Frau anging, aber ihr war vor allem wichtig, dass Melissa nicht mehr frei herumlief, nachdem sie die meisten Menschen, die ihr im Lauf ihres Lebens einmal „Unrecht" angetan hatten, umgebracht hatte.

Als Sam nach unten ging, dachte sie an den wilden Nachmittag hier in ihrem Haus, an dem Freddie zum ersten Mal im Dienst seine Waffe abgefeuert hatte. Er hatte Melissa die Hand abgeschossen, um sie daran zu hindern, den Sprengstoff zu zünden, den sie an einer Weste befestigt am Leib trug. Sam schenkte sich ein Glas Wasser ein und erschauerte bei der Erinnerung an jenen Tag. Sie und Nick wären beinahe zusammen mit ihrer gesamten Truppe vom Antlitz dieses Planeten getilgt worden. Dank Freddies raschem Handeln war die Katastrophe verhindert und eine Mörderin gefasst worden.

„Ein Arbeitstag wie jeder andere", murmelte sie, um die düsteren Gedanken zu vertreiben. Im Arbeitszimmer startete sie Nicks Computer und loggte sich in den MPD-E-Mail-Account ein, um zu sehen, ob es irgendwelche Neuigkeiten bei der Suche nach Maeve gab. Bis jetzt nichts. „Verdammt." Je länger das Kind verschwunden blieb ... „Hör auf, in diese Richtung zu denken. Pessimismus hilft auch nicht weiter."

Sie nutzte die Ruhe, um sich mit den Details des Falls näher zu befassen, und setzte dafür das einfachste verfügbare Mittel ein – die Internetsuche. Sie gab die Namen Victoria Taft, Victoria Taft Kavanaugh sowie Victoria Kavanaugh ein. Zu Victoria Taft fand sie eine Presseveröffentlichung von vor fünf Jahren von Calahan Rice, einem Lobbyunternehmen der Autoindustrie in der K Street.

Sam schrieb sich den Namen und die Adresse der Firma auf und las einige der Zeitungsartikel, in der Victoria als Kontaktperson genannt wurde. Die Suchmaschine führte sie außerdem zu einer Heiratsanzeige von Derek und Victoria in der *Washington Post* und dem *Washington Star.* Victorias Eltern wurden als „die Verstorbenen Greg und Betty Taft aus Defiance, Ohio" genannt. Auch diese Namen schrieb Sam sich auf.

Die Hochzeit hatte im Sewall Belmont House stattgefunden, nahe Capitol Hill. Sam notierte sich auf ihrer To-do-List, dass sie Nick fragen wollte, welche Erinnerungen er an die Hochzeit der beiden hatte. Harry war Dereks Trauzeuge gewesen und eine Frau namens Felicity Rider die Brautjungfer. Sam setzte sie auf die Liste der Leute, mit denen sie sprechen wollte.

Als Nächstes schaute sie sich die Internetseite von Bryn Mawr an, einem kleinen Frauen-College in Pennsylvania. Sam fragte sich, warum jemand ausgerechnet auf ein allein Frauen vorbehaltenes College gehen wollte, aber sie nahm an, dass es manchen Frauen einfach angenehm erschien. Für sie wäre das nichts.

Beim Lesen der Informationen über das College gerieten die

Worte wieder einmal durcheinander, denn ihre Dyslexie erinnerte sie daran, dass sie übermüdet war. Sam fand den Link zum Verein ehemaliger Studenten, suchte eine E-Mail-Adresse und schickte eine Nachricht dorthin, in der sie andeutete, dass sie in einem Mordfall ermittelte und nach Informationen suchte über Victoria Taft – wann sie ihren Abschluss gemacht und was sie studiert hatte.

Nachdem sie alles, was sie über Victoria finden konnte, gelesen hatte (was nicht viel war), beschäftigte sie sich mit Derek. Das Ergebnis der Online-Suche nach ihm war viele Seiten lang, voller Hinweise auf seine Mitwirkung an der Gesetzgebung unter Senator Nelson, später Präsident Nelson. Mit den vor ihren müden Augen durcheinander tanzenden Worten kämpfend entdeckte sie, dass Derek als zweiter Berater des Präsidenten für die Verbindung zwischen dem Weißen Haus und dem Kongress zuständig war.

Ihrer Recherche zufolge schien er von den Kongressmitgliedern beider Lager sehr geschätzt zu werden, genau wie von seinem Boss, der ihn mehrfach öffentlich gewürdigt hatte. Derek war hinter den Kulissen der Kritiker des Weißen Hauses gewesen bei der Vermittlung des wegweisenden Einwanderungsgesetzes während Nelsons erster Amtszeit.

Der Senat sollte damals über dieses von Nicks damaligem Chef, Senator John O'Connor, unterstützte Gesetz abstimmen, als dieser ermordet wurde. Genau an diesem Tag war Sam wieder mit Nick in Kontakt gekommen, nach einem denkwürdigen One-Night-Stand sechs Jahre zuvor. Seitdem waren sie zusammen. *Kaum zu glauben*, dachte sie, während die Müdigkeit ihr zu schaffen machte, *das ist erst acht Monate her*.

Die Suchergebnisse reichten bis zu Dereks sportlichen Erfolgen auf der Highschool zurück, seiner Aufnahme in verschiedene studentische Ehrenverbindungen, seinen vier Jahren als Vizepräsident seines Jahrgangs in Yale und einer Abhandlung, die er als Co-Autor geschrieben hatte in seiner Zeit auf der JFK School of Government in Harvard. Sie fand außerdem einen Link zu seinem Bruder Kevin Kavanaugh, einem DEA-Agenten.

„Na fabelhaft", murmelte Sam und rechnete damit, dass der Bruder von der Drogenfahndung jeden Moment auftauchte und sich in ihre Nachforschungen einmischte.

Doch als die Dyslexie zu schlimm wurde und sie die Augen nicht mehr offen halten konnte, schaltete sie den Computer aus und ging wieder nach oben. Ein Blick auf den Wecker auf dem Nachtschrank verriet ihr, dass es 4:13 Uhr war. Ein Stöhnen unterdrückend zog sie sich aus und legte sich wieder zu ihrem Mann ins Bett.

Zufrieden seufzend schmiegte sie sich an ihn, und er zog sie noch fester an sich, als brauche er sie sogar im Schlaf nah bei sich.

Während sie versuchte, ihre Gedanken zu beruhigen, rekapitulierte sie noch einmal, was sie über die Kavanaughs erfahren hatte. Seltsam, dass die über Derek verfügbaren Informationen bis in seine Highschool-Zeit zurückreichten, während Victorias Leben erst mit einem Job bei einem Lobby-Unternehmen in Washington, D.C., anzufangen schien. Doch statt noch weiter darüber zu grübeln, fiel sie in tiefen Schlaf.

„Sam, wach auf, Babe.“

Sam konnte Nick hören, wie er versuchte, sie zu wecken, aber sie genoss den Schlaf zu sehr, sodass nicht einmal er sie dazu bringen konnte, damit aufzuhören.

Er küsste sie von ihrem Hals aufwärts bis zu ihren Lippen. „Babe, du hast das Weckerklingeln verschlafen.“

Sie schlug die Augen auf und schaute in sein attraktives Gesicht. Eine hervorragende Art, einen vermutlich beschissenen Tag zu beginnen. „Wie spät ist es?“

„Sechs.“

Sam stöhnte. „Ich muss in einer halben Stunde im Hauptquartier sein.“

„Dann solltest du lieber in Gang kommen.“

„Will aber nicht.“ Sam streckte die Hände nach ihm aus, um noch einmal von seiner Wärme und Liebe umfangen zu sein. Sie hätte alles dafür gegeben, diesen Tag mit ihm im Bett verbringen zu können.

„Ich weiß, das ist das Letzte, was du hören willst“, sagte er, erneut ihren Hals küssend, „aber denk dran, dass heute Abend Grahams Wohltätigkeitsveranstaltung stattfindet.“

Sam stöhnte und hämmerte mit ihren Fäusten auf Nicks

Rücken. „Nicht heute Abend! Du hast gesagt, es ist erst in ein paar Wochen!"

„Ja, das habe ich gesagt. Vor ein paar Wochen", erwiderte er belustigt.

„Ich habe seit gestern einen neuen Fall, da kann ich unmöglich eine Benefizgala besuchen!" Sie dachte an das champagnerfarbene Kleid, das von einer aufsteigenden Designerin aus Virginia für sie genäht worden war, wegen der Publicity, die ihr diese Veranstaltung einbringen würde. Anscheinend war Sam jetzt zusätzlich zu allen anderen Rollen, die sie neuerdings einnahm, auch noch eine Stil-Ikone. Wegen der Senatsregeln zur Annahme von Geschenken hatte Nick allerdings darauf bestanden, das Kleid zu bezahlen.

„Samantha", sagte er in jenem ernsten Ton, den er sich für wirklich wichtige Momente aufsparte, „du musst los. Ich habe dir von Anfang an gesagt, dass du mir für diese Veranstaltung eine feste Zusage geben musst. Die rechnen fest mit uns beiden, und ich kann Graham da wirklich nicht enttäuschen."

Sein Ersatzvater und Mentor, Senator im Ruhestand Graham O'Connor, war nach wie vor eine Größe in der Demokratischen Partei Virginias. Er war der Grund, weshalb Nick im Senat saß, und seine Unterstützung war entscheidend für Nicks Kampagne zur Wiederwahl.

Am liebsten hätte sie noch weiter gejammert, doch wie konnte sie das, wo er doch recht hatte? Er hatte erklärt, dass Graham seine Unterstützung für den Wahlkampf zeigen wollte und hatte beide, Nick und Sam, eingeladen. Bisher hatte Sam ihren Mann kaum unterstützt, deshalb fand sie, als er sie fragte, einen Abend könne sie ruhig opfern für ihn. Natürlich konnte sie.

„Also ist alles klar, oder?" Er massierte weiter auf wundervolle Weise ihren Nacken.

„Ja, alles klar."

„Dann bist du gegen sechs zu Hause und bereit zum Aufbruch um halb sieben?"

„Ja!"

„Und du wirst mich nicht warten und rätseln lassen, wo du steckst? Ich werde mir keine Sorgen machen müssen, dass meine kostbare Frau, von der ich wirklich wenig verlange, mich versetzt hat?"

Noch mehr Stöhnen, denn er verlangte wirklich nicht viel von ihr. „Ja!"

„Ja, du wirst mich nicht versetzen oder ja, du wirst pünktlich fertig sein?"

Sie stieß ihn scherzhaft gegen die Brust. „Ja, ich werde bereit sein. Und jetzt lass mich aufstehen, du schweres Biest."

„Ich bin noch nicht fertig."

„Ich weiß, was du vorhast."

„Was denn?", fragte er grinsend.

„Du willst mich wütend machen und einen Streit vom Zaun brechen, damit wir hinterher Versöhnungssex haben können. Aber ich kenne dich inzwischen, und so leicht bin ich nicht mehr zu haben. Du kannst es also ruhig probieren, aber du wirst mich nicht wütend machen."

„Samantha", sagte er äußerst herablassend. „Wenn ich will, kann ich dich in zwei Sekunden wütender als eine nasse Henne machen. Zu deinem Glück bin ich heute Morgen gnädig. Wenn ich mich darauf verlassen kann, dass du heute Abend pünktlich bist, ist mein Job hier erledigt."

Als er sie auf den Mund zu küssen versuchte, drehte sie sich weg. „Ich küsse dich nicht, nach dem, was du gemacht hast. Auf keinen Fall. So anregend diese Unterhaltung auch gewesen sein mag, ich muss wirklich los. Wenn du dich also freundlicherweise von mir herunterbequemen würdest ..."

„Erst, wenn du mich küsst."

„Dir ist schon klar, dass ich in allen möglichen Methoden trainiert bin, um dich von mir herunterzubekommen, und sollte ich mich dazu entschließen, diese Methoden anzuwenden ..."

Mit diesem schiefen Lächeln, das sie so liebte, küsste er sie, bis sie nachgab. „So", meinte er und rollte von ihr herunter, damit sie aufstehen konnte. „Jetzt kann ich dich für zwölf ganze Stunden gehen lassen."

„Ich habe es zugelassen."

Er setzte sich auf seiner Seite des Bettes auf und streckte sich. „Wenn du meinst, meine Liebe."

Obwohl sie gar keine Zeit dafür hatte, kroch sie hinter ihn und drückte ihre Brüste gegen seinen Rücken.

Er sog scharf die Luft ein, genau wie sie es vorausgesehen hatte, und sein ganzer Körper wurde von Anspannung erfasst, als sie die Hand an seiner Vorderseite hinuntergleiten ließ, um ihn mit erotischen Liebkosungen wieder zum Leben zu erwecken. „Was tust du da?"

Sie schwieg, bis er hart und bereit war, dann ließ sie ihn los. „Ich habe das letzte Wort", antwortete sie und küsste ihn auf die Schulter. Dann sprang sie aus dem Bett und lief ins Badezimmer.

„Ich habe es zugelassen!", rief er ihr hinterher.

Lachend lief Sam unter die Dusche.

So sehr ihr das Geplänkel mit ihrem Mann auch gefallen hatte, jetzt blieb ihr keine Zeit mehr zum Frühstücken. Ihr Magen knurrte jedoch, daher beschloss sie, sich unterwegs zum Hauptquartier, wo um halb sieben das Meeting stattfinden würde – in sechzehn Minuten also –, etwas zu kaufen.

Aus einer verschließbaren Kassette im Nachtschrank nahm sie ihre Waffe, Handschellen und Dienstmarke. Sie schob die Pistole ins Hüfthalfter, klemmte die Marke an den Hosenbund ihrer Jeans und verstaute die Handschellen in der einen Gesäßtasche, ihr stets präsentes Notizbuch in der anderen. Dann stöpselte sie ihr Handy vom Ladegerät ab und steckte es in eine der vorderen Taschen.

Nick kam aus dem Badezimmer, ein Handtuch tief um die schmale Taille gewickelt. Er fuhr sich durch die nassen Haare, wobei sich seine Brustmuskeln auf sehr erotische Weise anspannten.

Wie immer war Sam ganz hin und weg von seinem Anblick. „Du starrst mich an", bemerkte er, während er seinen Anzug aus dem Kleiderschrank holte. „Außerdem kommst du zu spät, also mach dich auf den Weg."

„Du kommandierst ziemlich viel herum heute Morgen."

„Du brauchst ganz schön viel Beaufsichtigung."

„Bin immer noch nicht wütend." Sie stellte sich auf Zehenspitzen und küsste ihn ausführlich. Dann tätschelte sie sein frisch rasiertes Gesicht und sagte: „Trotzdem, netter Versuch,

Senator. Tu mir einen Gefallen, ja? Wenn du heute Morgen noch Zeit hast, schick mir eine E-Mail, in der alles steht, woran du dich im Zusammenhang mit Victoria erinnerst, seit ihr euch kennt. Erzähl mir von ihrer Hochzeit und auch sonst alles, was mir einen tieferen Einblick vermitteln könnte."

„Klar, kann ich machen."

„Ich kann online nichts über sie finden, was vor ihre Zeit bei Calahan Rice zurückreicht. Das ist doch eigenartig, oder?"

Er zuckte die Schultern. „Vielleicht hat sie bis dahin nur ein unauffälliges Leben geführt."

„Ein unauffälliges Leben zu führen ist das eine. Aber es ist, als hätte sie praktisch gar keines geführt, und das verstehe ich nicht. Jeder, der in den letzten zwanzig Jahren gelebt hat, hat doch eine Vergangenheit, und die taucht normalerweise in irgendeiner Form online auf. Zum Beispiel in Form von College-Abschlüssen, Führerschein, solche Sachen. Bei ihr finde ich überhaupt nichts."

„Wann hast du diese Entdeckung gemacht?"

Mist, dachte sie und wünschte sich wieder einmal, ihr Gatte wäre nicht so scharfsinnig. „Ich konnte nicht schlafen und habe daher die Zeit sinnvoll genutzt."

Seine Miene sprach Bände. „Du wirst völlig erledigt sein heute, weil du nur ein paar Stunden geschlafen hast."

„Ich komme schon zurecht und werde später die muntere, perfekte Politikerfrau spielen."

Er sah sie lächelnd an. „Das möchte ich erleben. Sei vorsichtig da draußen."

„Bin ich immer. Wirst du heute bei Derek sein?"

„So viel ich kann. Ich habe zwei Anhörungen und am Nachmittag ein Bürgertreffen im Rathaus via Skype, da kann ich also nicht weg."

„Das wird er sicher verstehen."

„Harry nimmt sich den ganzen Tag frei, um bei ihm zu sein."

„Versuche, einen guten Tag zu haben."

„Du auch. Findet das Baby."

„Ich hoffe, die von der Nachtschicht haben irgendetwas gefunden, dem wir nachgehen können. Ich werde dich auf dem Laufenden halten. Bis später, Babe." Sam ging nach unten und lief eine Minute später die Rampe zum Gehsteig hinunter. Sie fuhr schneller durch Capitol Hill, als sie sollte, das um diese frühe Uhrzeit noch still war. Vor einem Lebensmittelladen in der D Street hielt sie in zweiter Reihe und kaufte sich einen Bagel.

Sie stand an der hinteren Vitrine und versuchte sich zwischen Apfelsaft und Cranberrysaft zu entscheiden, obwohl sie sich nach einer Cola light sehnte, als eine Spiegelung im Glas ihre Aufmerksamkeit auf den vorderen Bereich des Ladens lenkte, wo ein Mann in einem dicken Mantel eine Waffe hin und her schwenkte.

Shit. Noch während sie den Bagel fallen ließ und sich hinter einem der Regale duckte, dachte sie daran, dass sie zu spät zu ihrem Meeting kommen würde. Mit pochendem Herzen schickte sie eine Textnachricht an Freddie und Gonzo, in der sie um Verstärkung bat.

Eine auf dem Boden liegende Frau bedeutete Sam, still zu sein.

Sam drehte sich zur Seite, damit die Frau ihre Dienstmarke und die Pistole sehen konnte.

In den Augen der Frau flackerte Erleichterung auf.

Sam hob den Zeigefinger an die Lippen, damit die Frau ruhig blieb, während Sam an ihr und an einem älteren Mann vorbeikroch, der im Brotgang lag. Minuten vergingen, die sich anfühlten wie Stunden. Unterdessen verstaute der Angestellte Bargeld in einer Plastiktüte. Sam bemerkte, dass seine Hände zitterten.

Der Räuber tänzelte von einem Bein auf das andere, sichtlich high von irgendetwas.

Eine junge Frau kam schwungvoll zur Tür herein und registrierte offenbar nicht, dass sie gerade einen potenziellen Albtraum betrat.

Sam wollte ihr zurufen, sie solle in Deckung gehen, doch als der Räuber seine Waffe auf sie richtete, stieß sie einen Schrei aus und warf sich zu Boden. Kluges Mädchen. Wimmern und Schniefen aus dem Gang nebenan verriet Sam, dass sich dort noch weitere Unbeteiligte versteckten. Mindestens fünf, schloss Sam, während sie beobachtete, wie der Bewaffnete seine Aufmerksamkeit wieder auf den panischen Mann hinter dem Verkaufstresen richtete.

„Beeilung!"

Sam stellte Blickkontakt zu dem Angestellten her, hielt ihre Marke und die Pistole hoch und ermutigte ihn mit einem kurzen Nicken, ruhig zu bleiben.

Der Räuber spürte, dass hinter ihm etwas vorging und wirbelte herum, um den übrigen Laden genauer in Augenschein zu nehmen.

Sam duckte sich hinter einer Warenauslage und hielt den Atem an. Solange er glaubte, er sei von unbewaffneten Kunden umgeben, waren sie vermutlich relativ sicher. Sollte er jedoch Wind davon bekommen, dass sich unter ihnen ein Cop befand, konnte die Sache schnell aus dem Ruder laufen.

Als ihm klar wurde, dass Hilfe da war, schien sich der Angestellte zu beruhigen. Seine Hände zitterten nicht mehr so heftig, und seine Bewegungen, mit denen er die Kasse leerte, wurden langsam und präzise.

Da ihre Gegenwart ihm die Panik nahm, hoffte Sam, ihn nicht zu enttäuschen.

„Was ist mit dem Safe?", wollte der Räuber wissen.

„Dazu habe ich keinen Zugang." Der Angestellte schaute erneut zu Sam, was den Bewaffneten veranlasste, sich erneut umzudrehen.

Da er nichts Verdächtiges erkennen konnte und alle auf dem Boden lagen, wo sie hingehörten, widmete er sich wieder dem Angestellten.

Jetzt oder nie, entschied Sam, sprang auf und eilte von hinten auf den Räuber zu. Sie war noch einen Schritt von ihm entfernt, als er ihr Kommen spürte. Er schwang herum und traf sie mit der Waffe direkt ins Gesicht. Obwohl der Schlag sie völlig benommen machte, wusste sie, dass sie sterben würde, wenn sie zögerte.

„Unten bleiben!", schrie sie den anderen Leuten im Laden zu. Sie packte den Arm des Kriminellen und drehte ihn gewaltsam auf den Rücken, sodass er die Pistole fallen lassen musste. Innerhalb von zehn Sekunden hatte sie ihn auf dem Boden und seine Hände mit Handschellen hinter dem Rücken gefesselt. „Heiliger Strohsack", murmelte der Angestellte. „Das war der Hammer!"

Die übrigen Leute im Laden rappelten sich hoch und kamen zu ihr.

„Sie blutet", stellte einer von ihnen fest.

„Wir brauchen einen sauberen Lappen und Eis", rief ein anderer.

Als Freddie und Gonzo mit der Verstärkung eintrafen, wurde Sam bereits von sieben neuen besten Freunden versorgt.

„Lasst euch von uns nicht stören", meinte Freddie, aber Sam merkte ihm die Erleichterung darüber an, sie lebendig und den Räuber überwältigt zu sehen. Er nahm sein Funkgerät vom Gürtel und gab durch, der Täter könne abtransportiert werden. Für Sam bestellte er einen Krankenwagen.

„Ich brauche keine Sanitäter", protestierte sie, obwohl sie bereits Probleme bekam, mit dem rechten anschwellenden Auge etwas zu sehen. Zu den Leuten, die ihr zu Hilfe geeilt waren, sagte sie: „Es geht schon wieder. Danke."

Freddie betrachtete sie genauer. „Äh, ich bin ungern der Überbringer schlechter Nachrichten, Lieutenant, aber du hast eine klaffende Wunde in der Wange. Du brauchst definitiv ärztliche Versorgung."

„Ach komm schon! Ich habe deinen Mordfall, mit dem ich mich beschäftigen muss. Ich kann nicht den halben Tag in der Unfallstation verbringen."

Ihr ansonsten stets umgänglicher Kollege zuckte nur die Schultern. „Du kannst nicht mit aufgeschlitztem Gesicht herumlaufen. Du bist auch so schon furchteinflößend genug."

„So schlimm kann es nicht sein." Sie wandte sich an den Angestellten. „Gibt's hier irgendwo einen Spiegel?"

Er deutete in den hinteren Bereich des Ladens. „In der Toilette."

Mit Freddie im Schlepptau stieg Sam auf dem Weg zur Toilette über ihren fallen gelassenen Bagel. Sie schaltete das Licht ein, warf einen Blick in den Spiegel und wäre beinahe ohnmächtig geworden. „Ach du Scheiße", flüsterte sie und musste sofort an den Wohltätigkeitsball heute Abend denken sowie an das schöne Abendkleid, das sie dort tragen wollte, um eine von Nicks Wählerinnen zu unterstützen. Wahrscheinlich sollte sie der Designerin die Chance geben, irgendwie aus dem Arrangement auszusteigen.

„Hab ich dir ja gesagt", meinte Freddie und schnappte sich auf dem Rückweg durch den Laden eine Tüte Donuts mit Puderzucker aus einem der Regale. Während er seine Lieblingsspeise bezahlte, zog Sam ihr Handy aus der Tasche, um Nick anzurufen.

Sie hatten die Abmachung getroffen, dass er Vorkommnisse oder beunruhigende Ereignisse direkt von ihr erfuhr, und zwar schnellstmöglich. Das führte regelmäßig zu Telefonaten mit ihrem Mann an turbulenten Arbeitstagen.

„Haben wir uns nicht eben gerade noch gesehen?", sagte er.

Wie immer beruhigte der Klang seiner Stimme sie. „Okay, also, es ist etwas passiert, aber mir geht's gut." Sie hasste es zutiefst, ihm Dinge zu berichten, von denen sie vorher wusste, dass sie ihn auf die Palme bringen würden. Noch unangenehmer aber fand sie seinen gekränkten Gesichtsausdruck, wenn sie ihm etwas Wichtiges verschwiegen hatte.

„Definiere ‚etwas' und ‚gut'." Normalerweise hätte sein strenger Ton sie zum Lachen gebracht, aber dies war nicht der richtige Zeitpunkt zum Lachen.

Während sie sich einen Moment Zeit nahm, um ihre Worte sorgfältig zu wählen, ging sie zurück nach vorn in den Laden, wo Streifenpolizisten den Räuber vom Boden aufhoben und hinausführten. „Ich wollte mir einen Bagel in einem Laden in der D Street kaufen und bin dabei in einen Raubüberfall geraten. Ich habe den Bewaffneten überwältigt, und jetzt ist alles gut."

„Definiere ‚überwältigt'."

Sie biss die Zähne zusammen, denn sie schuldete ihm die ganze Wahrheit. „Ich habe ihn von hinten angegriffen, und es wäre auch alles glatt gegangen, hätte er mich mit der Waffe nicht im Gesicht getroffen."

Nick sog hörbar die Luft ein. „Um Himmels willen, Sam. Dann bist du verletzt."

„Nur ein Kratzer. Die bringen mich in die Unfallstation, damit es genäht wird." Sie hob den Zeigefinger, um die Sanitäter zurückzuhalten, bis sie das Gespräch mit ihrem Mann beendet hatte. „Echt keine große Sache – du musst auch nicht herkommen. Du hast mit deinen Anhörungen und der Rathausversammlung genug um die Ohren. Außerdem braucht dein Freund dich. Ich untersage dir also, zur Notaufnahme zu kommen, hörst du?"

Nach längerem Schweigen antwortete er: „Du kannst mir keine Vorschriften machen. Das weißt du, oder?"

„In diesem Fall kann ich das schon."

„Da du wie üblich eine große Klappe hast, nehme ich dich beim Wort, dass es dir gut geht. Aber ich werde dir nicht versprechen, dass ich nicht vorbeikomme, um nach dir zu sehen."

„Ich werde den Ärzten sagen, dass ich dich nicht sehen will."

„Das wird Schlagzeilen über unsere nicht existierenden Eheprobleme geben. Willst du das etwa?"

Sie musste zugeben, dass er recht hatte.

„Nur meine Frau bringt es fertig, sich irgendwo einen Bagel kaufen zu wollen und dabei eine Pistole ins Gesicht geschlagen zu bekommen. Wenn ich darüber nachdenke, wie gefährlich das Ganze höchstwahrscheinlich war ... Und du fragst dich, warum ich mir ständig Sorgen um dich mache."

„Denk einfach nicht dran und hör auf, dir Sorgen zu machen. Alles ist in Ordnung, ehrlich."

Da die Sanitäter allmählich vom Warten auf sie genervt waren und der Lappen, den man ihr zum Stoppen der Blutung gegeben hatte, inzwischen durchgeweicht war, winkte sie die beiden heran. „Ich muss Schluss machen. Bis heute Abend."

„Samantha ..."

Ihr Herz tat jedes Mal einen kleinen Hüpfer, wenn er sie so nannte. „Ja?"

„Ich liebe dich. Und ich bin froh, dass dir nichts passiert ist."

„Ich dich auch, Senator. Bis später."

6

———

Bevor man sie gehen ließ, erhielt Sam noch einmal den Dank und die Umarmungen der Leute, die während des Überfalls mit ihr zusammen in dem Laden gewesen waren. Der Angestellte war besonders dankbar und versprach Sam lebenslang Gratisdonuts.

Die Sanitäter geleiteten sie zum Krankenwagen, wo sie die Wunde versorgten, was sich anfühlte, als würden sie ihr Batteriesäure ins Gesicht schütten. Der Schmerz war derart heftig, dass sie beinahe ohnmächtig wurde. Sie hatte Mühe, ihr Harter-Cop-Image nicht zu beschädigen, indem sie laut losplärrte.

„Sorry", meinte der eine Sanitäter nur.

Wahrscheinlich genoss er es, ihr größtmögliche Schmerzen zu verursachen, um ihr die Warterei heimzuzahlen.

Sam konzentrierte sich auf ihre Atmung während der Fahrt zur Notaufnahme des George Washington University Hospital, wo sie im vergangenen Jahr schon fast Stammgast gewesen war. Im Krankenhaus brachte man sie in ein Behandlungszimmer, wo sie zu ihrer Erleichterung einen Arzt traf, den sie kannte. Anderson, wenn sie sich richtig erinnerte. Da momentan nur ein Auge voll funktionierte, konnte sie den auf seinen weißen Kittel gestickten Namen nicht lesen.

„Sie schon wieder?", begrüßte er sie mit einem Grinsen.

„Was soll ich sagen? Der Service hier ist so großartig, dass ich einfach immer wiederkommen muss.“

Nachdem die Sanitäter sie von der Trage in ein Krankenbett verfrachtet hatten und verschwunden waren, näherte sich der Arzt ihrem Gesicht und untersuchte sie, bis Sam am liebsten um Gnade gewimmert hätte. Als er endlich fertig war, zitterte sie und kämpfte mit Übelkeit.

„Das erfordert plastische Chirurgie“, verkündete er.

„Ach hören Sie schon auf! Können Sie es nicht einfach nähen und mich gehen lassen? Ich muss mich um einen Mord und eine Entführung kümmern.“

„Glauben Sie mir“, erwiderte er lachend, „Sie wollen nicht, dass ich das nähe. Eine Berühmtheit wie Sie muss sich doch Sorgen machen wegen einer großen hässlichen Narbe im Gesicht.“

„Das ist eine Kampfansage“, knurrte sie. „Nur zu Ihrer Information – ich bin keine Berühmtheit. Ich bin eine Polizistin, und ich muss zur Arbeit.“

„Sie mögen ein Cop sein, aber Sie sind außerdem eine Prominente. Da werd' ich nicht mitgehen.“

„Hat man Ihnen diese Grammatik im Medizinstudium beigebracht?“

„Und hat man Sie diesen Charme auf der Polizeiakademie gelehrt?“

Trotz des Schmerzes, den es ihr verursachte, machte sie ein finsteres Gesicht. Doch er zuckte nicht mal mit der Wimper. Sie hasste es, wenn das passierte. Ihr finsterer Blick war üblicherweise ziemlich wirkungsvoll.

„Ich piepse mal die von der Plastischen Chirurgie an und komme später wieder, um Ihnen zu sagen, wie lange Sie unser Gast sein werden.“

„Doc.“ Sie schluckte. „Sind dafür Spritzen nötig? Ins Gesicht?“

„Ein paar, aber die werden Sie schnell betäuben. Seien Sie unbesorgt.“

Na klar, ich soll unbesorgt sein, dachte sie, während nackte Angst sich in ihr ausbreitete. Das Einzige, was Sam noch mehr Angst machte als Spritzennadeln, war fliegen. Nein, Spritzen waren schlimmer.

Definitiv schlimmer. Und Spritzen ins Gesicht mussten das

absolut Schlimmste sein. Lieber nahm sie es mit zehn bewaffneten Räubern auf, als eine Spritze ins Gesicht zu bekommen.

Freddie kam herein, gefolgt von Captain Malone.

„Ich hab Ihnen den Stammkundenrabatt gutschreiben lassen", bemerkte der Captain. „Darum brauchen Sie sich also nicht mehr zu kümmern. Sie sind nur noch einen Vorfall entfernt von einem kostenlosen Notaufnahme-Besuch."

„Sehr witzig. Ich habe eine Tote im Leichenschauhaus und ein vermisstes Baby. Und jetzt muss ich hier sinnlos herumsitzen, bis McSteamy mich zusammennähen kann."

„Wer?", fragte Freddie.

„Der Plastische Chirurg."

„Der Typ heißt McSteamy?", meinte Malone perplex.

„Schauen Sie denn nicht *Grey's Anatomy*?" Diese eine Sendung verpasste Sam nie. Wusste denn nicht jeder, wer McSteamy war? „Du schaust es dir an, oder?", wandte sie sich an ihren Partner.

„Sorry, ich habe zu viel zu tun für solchen Blödsinn", erwiderte Freddie.

„Klar", sagte Sam. „Ich weiß auch, womit du so beschäftigt bist." Sie schob den Zeigefinger der einen Hand in die Faust und wackelte dazu mit den Brauen. Dummerweise brannte ihr Gesicht dadurch wie von den Bissen tausender Feuerameisen.

Mit einem gekränkten Blick schlug Freddie ihr auf die Hände. „Ach halt den Mund, Sam."

Natürlich brachte seine Verlegenheit sie zum Lachen. Mission erfüllt.

„Kinder", meinte Malone tadelnd. „Behaltet die Hände bei euch."

Dr. Anderson kehrte in das Behandlungszimmer zurück. „Es wird eine Stunde dauern", verkündete er eisern. „Vielleicht auch zwei."

„O nein! Ich kann nicht zwei Stunden hier herumsitzen, wenn da draußen ein Mörder und ein Kidnapper frei herumlaufen!"

„Ich fürchte, mehr kann ich nicht tun", entgegnete Anderson.

„Gibt es denn niemanden sonst in diesem Krankenhaus, der mich nähen und anschließend entlassen kann?"

„Vertrauen Sie mir, wenn ich Ihnen sage, dass Sie den

Spezialisten für diesen Job haben wollen. Wenn der fertig ist, behalten Sie kaum eine Narbe zurück. Ich bin gleich wieder da. Bleiben Sie ruhig."

„Ruhig bleiben ist nicht ihre Stärke", murmelte Malone, während der Arzt ging.

„Das habe ich gehört", sagte Sam.

Ihr Mentor, groß und stämmig, mit klugen Augen und stoppelkurzen silbergrauen Haaren, grinste.

„Ich kann nicht tatenlos hier herumsitzen." Zu Freddie sagte sie: „Wenn ich nicht ins Hauptquartier kann, muss das Hauptquartier eben zu mir kommen. Holt sofort alle hierher. Sag Jeannie, sie soll eine Tafel mitbringen. Und falls sie nicht wegkönnen, ohne dass Hill genau Bescheid wissen will, ist das auch in Ordnung. Los, beeil dich." Während Freddie sich auf den Weg machte, schüttelte Malone den Kopf.

„Sie sind mir vielleicht eine, Holland."

„Ich habe noch jede Menge zu tun und danach einen Termin."

„Was denn für einen Termin?"

„Eine Wohltätigkeitsveranstaltung für Nicks Wahlkampf heute Abend. Große Sache. Er hat mich Wochen im Voraus reserviert."

Malone brach in schallendes Gelächter aus.

„Was ist denn daran so komisch?"

„Warten Sie ab, bis er Ihr Gesicht sieht. Darf ich dabei sein? Bitte!"

Sam probierte, ihre übliche finstere Miene aufzusetzen, aber das verursachte ihr höllische Schmerzen, deshalb begnügte sie sich mit der Standardgeste und zeigte ihm den Finger.

„Lassen Sie bloß nicht Stahl diese Respektlosigkeit gegenüber einem Vorgesetzten sehen", ermahnte Malone sie und spielte dabei auf ihren Erzfeind an. „Der wird sofort wieder eine Anhörung bei den Internen Ermittlungen ansetzen."

„Soll er. Das war es wert."

Eine Krankenschwester kam mit den Folterinstrumenten herein.

„Was ist das?", wollte Sam alarmiert und ängstlich wissen.

„Ich beginne mit einer Infusion, damit wir etwas Flüssigkeit in Sie hineinbekommen."

„Mein Mund funktioniert gut."

„Das stimmt", pflichtete Malone ihr bei.

Sam ignorierte ihn. „Bringen Sie mir eine Flasche Wasser, die trinke ich gleich aus." Alles, bloß keine weitere Nadel.

Die Krankenschwester hielt den Infusionsbeutel hoch. „Das ist nicht nur Wasser. Es handelt sich um Elektrolyte, die Sie wegen des Blutverlustes brauchen."

„Besorgen Sie mir ein Sportgetränk. Das da will ich nicht."

„Anweisung des Arztes."

Sam verschränkte die Arme vor der Brust. „Keine Infusion." Die Krankenschwester sah Malone an, der nur die Schultern zuckte. „Es hat nicht viel Sinn, mit ihr zu streiten, wenn sie in dieser – oder sonst irgendeiner – Stimmung ist."

„Reizend", meinte die Schwester und verließ den Raum. Sam schwankte fast vor Erleichterung, als ihr klar wurde, dass sie gerade um die Infusion herumgekommen war. Ein vertrautes sirrendes Geräusch vom Flur ließ sie aufhorchen, und dann kam auch schon ihr Vater im Rollstuhl herein.

Ihre Stiefmutter Celia war direkt hinter ihm.

„Wir sind gleich gekommen, als wir gehört haben, dass du hier bist", erklärte Skip und verzog das Gesicht beim Anblick ihrer Verletzung.

Sam freute sich, sie zu sehen, blieb jedoch misstrauisch. „Und woher wisst ihr, dass ich hier bin?", fragte sie, obwohl sie es natürlich genau wusste.

„Ich kann meine Quelle nicht preisgeben", erwiderte ihr Vater und kam näher, um sich die Sache genauer anzusehen.

Wegen seiner Lähmung und seiner Besorgnis kam Sam ihm bereitwillig entgegen, damit er besser sehen konnte.

Er stieß einen leisen Pfiff aus. „Der hat dich ganz schön erwischt, was?"

„Ich hab's ihm heimgezahlt."

„Daran habe ich nicht den geringsten Zweifel, Mädchen."

„Sie macht den Krankenschwestern das Leben schwer", erklärte Malone, wahrscheinlich aus Rache für den Finger, den sie ihm vorhin gezeigt hatte.

„Vielen Dank, dass Sie mich bei meinem Dad verpetzen", beschwerte Sam sich. „Ist es nicht längst Zeit für Ihre morgendliche Donut-Pause?"

„Oh." Malones Miene hellte sich auf. „Donuts. Kann ich euch was mitbringen?"

Die anderen verneinten, und er versprach, gleich wieder zurück zu sein.

„Meinetwegen müssen Sie sich nicht beeilen", rief Sam ihm hinterher.

„Warum machst du der Krankenschwester das Leben schwer?", fragte Celia, die selbst Krankenschwester war.

„Die wollen mich unnötigerweise mit Nadeln stechen."

Skip lachte über ihre Gereiztheit. „Du siehst aus wie mit zwölf, als du deinen Fahrradunfall hattest und man dir eine Tetanusspritze geben wollte."

„Spritzen hab ich damals nicht gebraucht und heute auch nicht."

Celia strich ihr die Haare aus der Stirn und gab ihr einen mütterlichen Kuss auf die unverletzte Wange. „Lass sie sich um dich kümmern, Schätzchen. Die wissen, was sie tun."

Wie jedes Mal gerührt von Celias liebevoller Fürsorge erwiderte Sam: „Warum müssen denn bei allem, was sie tun, Spritzen dabei sein? Und warum muss mein Mann euch anrufen, wenn ich ihm am Telefon erkläre, dass alles in Ordnung ist?"

„Weil er sich Sorgen um dich gemacht hat und nicht selbst herkommen konnte, um nach dir zu sehen", sagte Skip. „Deshalb hat er die zweitbeste Option gewählt."

„Ihr müsst nicht bleiben. Der von der Plastischen wird mich nähen, und dann gehe ich wieder an die Arbeit."

„Wir bleiben, bis du fertig bist." Die blauen Augen ihres Vaters, vom gleichen Farbton wie Sams, signalisierten, dass Widerspruch zwecklos war. „Für den Fall, dass du uns brauchst."

Als Celia auf den Flur hinaustrat, um einen Anruf von ihrer Schwester entgegenzunehmen, richtete Skip seine beeindruckenden Augen erneut auf seine Tochter.

„Was?", fragte Sam und verspürte plötzlich den Drang, hin und her zu rutschen. Er war einer von zwei Leuten, die sie wirklich nervös machen konnten.

„Ich habe am Wochenende mit Joe zu Abend gegessen",

erzählte er und meinte damit seinen langjährigen Freund, den Polizeichef.

Sams Unbehagen nahm zu, da sie merkte, dass ihr Vater wegen irgendetwas sauer war. „Wie nett. Ich weiß ja, wie gern du ihn siehst." Sein ehemaliger Kollege vom MPD hatte ihm aufopferungsvoll zur Seite gestanden seit den Schüssen, die Skip vor zweieinhalb Jahren zum Querschnittsgelähmten gemacht hatten.

„Er hat eine Sache erwähnt, die mich doch überrascht hat, besonders, da meine eigene Tochter damit zu tun hat, ohne es mir gegenüber auch nur einmal erwähnt zu haben."

Jap, er war sauer. Sam wünschte, sie wüsste, worüber er redete, um sich entsprechend rechtfertigen zu können, was vermutlich nötig sein würde. Wann immer er wütend auf sie war, hatte er für gewöhnlich einen guten Grund dafür. „Was war's denn?", fragte Sam, obwohl sie schon ahnte, dass sie es gar nicht hören wollte.

„Der Fall Fitzgerald."

„Oh." Sams Magen zog sich bedenklich zusammen. „Ach, das."

„Ja, das. Mein ungelöster Fall, den du wieder aufgerollt hast, als ich vor einiger Zeit im Krankenhaus an das Beatmungsgerät angeschlossen war und dir nicht sagen konnte, dass du die Finger davon lassen sollst."

„Du verstehst nicht …"

„Da hast du verdammt recht, ich verstehe es nicht! Ich habe dir schon einmal gesagt, du sollst diesen Fall ruhen lassen, und daran hat sich seither nichts geändert."

Sam starrte ihn mit offenem Mund an, was neuen Schmerz in ihrer verletzten Wange auslöste. „*Alles* hat sich seitdem geändert. Der Tag, an dem du mich zum ersten Mal aufgefordert hast, die Finger von der Sache zu lassen, war der Tag, an dem du angeschossen wurdest. Und wir dachten, du würdest sterben, als du eine Lungenentzündung hattest. Ich wollte die Akte für dich schließen. Ich habe es für dich getan."

„Ach ja? Und als ich nicht den Anstand besaß, zu sterben, warum hast du mir da nicht erzählt, dass du den Fall ohne meine Erlaubnis neu aufgerollt hast?"

„Ich sage es nur ungern", erwiderte Sam, beunruhigt von seiner untypischen Feindseligkeit, „aber es ist nicht mehr dein

Fall. Solltest du es vergessen haben – ich bin jetzt verantwortlich für die Mordkommission und für sämtliche Fälle, alte und neue. Es sind jetzt *meine* Fälle." Kaum hatte sie die Worte ausgesprochen, wurde Sam klar, dass sie genau das Falsche gesagt hatte.

Die nicht gelähmte Seite seines Gesichts verzog sich vor Zorn. „Gut zu wissen, dass du dir nicht zu schade bist, deinem gelähmten Vater gegenüber die Vorgesetzte zu spielen."

„Du meine Güte, jetzt spielst du die Gelähmten-Karte aus?"

„Leider habe ich nicht mehr viele Karten auf der Hand. Ich kann es nicht fassen, dass ich es durch Joe erfahren musste. Hast du eigentlich eine Ahnung, wie peinlich es ist, aus seinem Mund zu hören, was mein Kind mir hätte erzählen müssen? Und dann sein erstauntes Gesicht zu sehen, als ihm klar wurde, dass ich nicht die geringste Ahnung habe? Du hast mir versprochen, üble Sachen nicht mehr von mir fernzuhalten. Ich bin enttäuscht, dass du das Versprechen gebrochen hast."

Seine Worte trafen sie wie Pfeile ins Herz. Sie hatte ihn in Verlegenheit gebracht und gekränkt, und das tat ihr weh. Sam fand keine Worte. Zu hören, er sei enttäuscht von ihr, war schlimmer als alles andere, was er hätte sagen können. Und das wusste er auch.

„Ich sage dir jetzt, wie es laufen wird. Du hast einen neuen Fall, wie ich weiß. Sobald du es schaffst, will ich ein Treffen mit dir, McBride und Tyrone. Ich will erfahren, was die beiden wissen, mit wem sie geredet haben und was dabei herausgekommen ist. Habe ich mich klar genug ausgedrückt?"

Würde irgendein anderer ehemaliger Polizist vom MPD in diesem Ton mit ihr reden, würde sie ihm raten, sich zum Teufel zu scheren. Aber da es sich um ihren Vater handelte und damit um einen der wichtigsten Menschen in ihrem Leben, sagte sie nur: „Ja, Sir."

„Gut."

„Ich habe den alten Fall benutzt, um McBride nach der Gewalttat gegen sie wieder zurück in den Dienst zu bringen", erklärte Sam mürrisch. „Und die beiden haben nichts Neues herausgefunden."

„Ich will einen vollständigen Bericht – von ihnen. Und zwar bald."

„Schön."

Sam war überzeugt, dass ihre Miene ebenso viel Sturheit verriet wie seine. Der Apfel fiel eben nicht weit vom Stamm. Sie saßen in unbehaglichem und unüblichem Schweigen zusammen, bis Celia zurückkam.

Ihr Blick ging zwischen den beiden hin und her. „Was ist passiert?", fragte sie ihren Mann.

„Nichts."

Bevor ihre Stiefmutter in den Streit hineingezogen werden konnte, tauchte Freddie mit McBride, Tyrone, Gonzo und Arnold auf. Den entsetzten Mienen ihrer Kollegen beim Anblick von Sams Gesicht nach zu urteilen, sah die Verletzung immer schlimmer aus, je mehr Zeit verging. Na klasse.

Als McBride und Tyrone ihren Vater im Zimmer entdeckten, registrierte Sam, wie die zwei schnell einen erschrockenen Blick wechselten. *Verdammt,* dachte Sam. Was hatte das nun wieder zu bedeuten? Sie wünschte, sich damit ausgiebiger befassen zu können, doch im Augenblick mussten sie sich auf den Fall Kavanaugh konzentrieren.

„Soll ich verschwinden?", fragte Skip.

Diese Frage schmerzte sie. Natürlich wollte sie nicht, dass er verschwand. Ohne ihn wäre sie nie darauf gekommen, dass Melissa hinter der Mordserie Anfang des Jahres steckte. Er war ein enorm wichtiges Mitglied ihres Teams, und das wusste er auch. „Nein, ich will nicht, dass du gehst."

Freddie beobachtete die Szene skeptisch; ihm entging die Spannung zwischen Vater und Tochter nicht.

„Ich bin im Wartezimmer, wenn ihr mich braucht", sagte Celia, schon auf dem Weg aus dem mittlerweile überfüllten Behandlungszimmer.

„Ich hoffe, ihr hattet alle ein angenehmes Wochenende", wandte Sam sich an ihre Detectives und nahm die Tafel von McBride entgegen. Dann schilderte sie die Fakten des Falls und machte gleichzeitig Notizen auf der Tafel. Die war viel kleiner als das Whiteboard, das sie sonst immer benutzte, aber es würde vorerst reichen.

„Lindseys Bericht ist heute Morgen gekommen." Freddie gab Sam den Laborbericht der Gerichtsmedizinerin.

Sie überflog ihn kurz. „Todesursache war Strangulieren durch manuelle Kraftanwendung. Keine Spuren sexueller Gewalt. Lindsey konnte unter Victoria Kavanaughs Fingernägeln DNA sicherstellen, die sie zur Analyse ins Labor geschickt hat." Sam war froh, zu wissen, dass Victoria um ihr Leben gekämpft hatte. „Das ist noch nicht viel, aber zumindest besteht Hoffnung, dass wir einen Treffer bei der DNA erzielen."

„So viel Glück haben wir nie", bemerkte Freddie.

„Wie weit ist die Sondereinheit bei der Suche nach dem Baby?", wollte Sam wissen.

„Die geht allen Hinweisen nach, die seit der Fahndung hereingekommen sind", sagte Gonzo. „Bis jetzt war noch nichts dabei."

„Wenn wir Victorias Mörder finden, finden wir bestimmt auch das Baby", vermutete Sam. „Nur ist es fraglich, ob Maeve dann noch am Leben sein wird."

„Zunächst einmal", meldete sich Lindsey McNamara an der Tür, „müssen wir herausfinden, wer eigentlich gestern getötet wurde."

Die Worte der Gerichtsmedizinerin weckte die Aufmerksamkeit aller Anwesenden. Ihre langen roten Haare hatte sie für die Arbeit zu einem Pferdeschwanz zusammengebunden, und die grünen Augen waren auf Sam gerichtet. „Autsch."

„Vergessen Sie das", sagte Sam. „Wovon reden Sie?"

„Ich lasse routinemäßig die Fingerabdrücke aller Opfer, die bei mir landen, durch das AFIS laufen", erklärte sie und meinte damit das *Automated Fingerprint Identification System*, ein Computersystem zur Erkennung von Fingerabdrücken. „Bei den Abdrücken unseres Opfers ergab sich eine Übereinstimmung mit einer Denise Desposito."

Sams Blut rauschte spürbar durch ihre Adern, während sie abzuschätzen versuchte, welche Konsequenzen das für den Fall hatte – und für Derek.

„Desposito hat ein langes Vorstrafenregister, hauptsächlich wegen Betrügereien – Krankenversicherung, Sozialversicherung, Dienstleistungen des Gesundheitswesens. Vor sechs Jahren musste sie eine längere Haftstrafe verbüßen, nachdem das FBI systematische Betrügereien aufgedeckt hatte. Im Grunde hat sie von erschwindelten staatlichen Hilfeleistungen gelebt."

„Moment mal", meinte Freddie. „Wenn unser Opfer Denise Desposito ist und sie vor sechs Jahren für längere Zeit gesessen hat, wie konnte sie dann verheiratet sein und ein Kind haben?"

„Hatte sie nicht", informierte Lindsey ihn. „Die sechsunddreißig Jahre alte Denise Desposito wurde bei einer Auseinandersetzung im Gefängnis getötet, einen Monat nach ihrer Inhaftierung."

Sam atmete schwer aus. „Was zum Geier." Sie schüttelte ungläubig den Kopf. „Unser Opfer ist also nicht Victoria Taft Kavanaugh, was auch erklärt, weshalb es online praktisch keine Spuren von ihr gibt. Und obwohl die Fingerabdrücke mit denen von Denise Desposito übereinstimmen, ist sie auch nicht diese Frau, oder?"

„Nein", bestätigte Lindsey.

„Wer zur Hölle ist sie dann?"

7

„Alle raus", befahl Dr. Anderson, als er einige Minuten später mit einem anderen Arzt zurückkehrte.

Sam und ihr Team versuchten noch zu verarbeiten, was Lindsey ihnen erzählt hatte.

„Cruz", wandte Sam sich an ihren Kollegen, „fahr zu Calahan Rice in der K Street und finde so viel wie möglich über die Frau heraus, die als Victoria Taft bekannt war. Gonzo, du und Arnold, ihr macht Felicity Rider ausfindig, die Brautjungfer bei der Hochzeit der Kavanaughs."

„Was können wir tun?", fragte McBride.

„Sie können das Zimmer verlassen, damit wir sie nähen können", verkündete Anderson.

„Schaut, ob ihr eine Victoria Taft aus Defiance, Ohio, findet", sagte Sam, den Arzt ignorierend. „Die Eltern heißen Greg und Betty."

„Machen wir." McBride notierte sich die Informationen.

„Ich komme ins Hauptquartier nach, sobald ich hier fertig bin. Wir treffen uns dort."

„Das reicht jetzt", meldete Anderson sich erneut zu Wort und schob die anderen aus dem Behandlungsraum. „Alle raus."

„Meine Eltern können bleiben", sagte Sam, plötzlich von Angst gepackt, als der Plastische Chirurg sich ihr als Dr. Simsbury vorstellte. Während sie für die Behandlung vorbereitet wurde, wünschte sie, sie hätte Nick doch erlaubt, herzukommen. Celias Anwesenheit war zwar tröstlich, aber niemand konnte ihn ersetzen.

„Ein kurzer Stich zur Betäubung", sagte Simsbury und näherte sich ihrem Gesicht mit einer beängstigend langen Nadel.

Sam musste ihre ganze Selbstbeherrschung aufbringen, um nicht zu schreien oder seinen Arm zu packen, damit er aufhörte – und wenn sie ihm dabei den Arm brach, war das auch in Ordnung. Der „kurze Stich" brannte wie Feuer, sodass ihr die Tränen in die Augen traten.

„Du hast es fast geschafft, Schätzchen", sagte Celia und drückte Sams Hand.

„Eine noch", verkündete Simsbury.

Diesmal machte Sam die Augen zu, um die Nadel nicht näher kommen zu sehen. Der zweite Einstich brannte genauso. Ihr brach der kalte Schweiß aus, und sie sog tief Luft in ihre Lungen.

„Wir werden Ihnen ein Beruhigungsmittel geben, Sam", schlug Anderson vor. „Ihre Herzfrequenz geht durch die Decke."

Erschrocken riss sie die Augen auf. „Nein!" Ein Beruhigungsmittel würde sie unbrauchbar für den Job machen. Sie konnte es sich nicht leisten, heute benommen zu sein. Ganz abgesehen davon, dass dazu vermutlich eine weitere Spritze nötig sein würde. „Nähen Sie mich endlich und lassen Sie mich gehen."

„Das wird eine Weile dauern", sagte Simsbury. „Sie können es sich ruhig bequem machen."

Sam hätte ihm am liebsten den Kopf abgerissen. Glaubte er denn wirklich, sie würde es sich *bequem* machen, während er ihr das Gesicht zunähte? Da die Diskussion darüber nur Zeit rauben würde, die sie nicht hatte, verkniff sie sich jeden Kommentar und schloss stattdessen die Augen, um es sich „bequem" zu machen.

Das Nächste, was sie wahrnahm, war Celia, die sie wachrüttelte. „Sam? Schätzchen, sie sind fertig."

Wie bitte? Hatte sie das Nähen der Wunde etwa verschlafen? „Was haben die mir gegeben?"

„Nichts. Du bist einfach eingeschlafen."

„Das ist unglaublich." Wenigstens tat ihr Gesicht nicht mehr weh. Das wàr immerhin schon etwas. „Wie spät ist es?"

„Mittag."

Sam stöhnte und stand zu schnell auf, was ihr Schwindel verursachte. Celias Hände auf ihren Schultern stützten sie.

„Du musst es ruhig angehen, Schätzchen. Du hattest einen Schock und hast viel Blut verloren. Deshalb wird dir für den Rest des Tages ein wenig schwummrig sein."

„Na klasse. Wo ist Dad?" Ihr fiel die Meinungsverschiedenheit mit ihm wieder ein; eine weitere Angelegenheit, um die sie sich heute kümmern musste.

„Im Wartezimmer. Er konnte es nicht ertragen, dabei zuzusehen, wie sie dein Gesicht nähen."

„Könnt ihr mich zum Hauptquartier mitnehmen?"

„Ich nehme an, wir können dich nicht davon überzeugen, dir den restlichen Tag freizunehmen, oder?", meinte Celia.

„Auf gar keinen Fall."

„Du kannst erst gehen, wenn sie dich mit einem Schmerzmittel entlassen haben, denn das wirst du brauchen, sobald die Betäubung nachlässt."

„Ich gebe ihnen noch fünf Minuten, dann bin ich weg."

„Du bist ganz schön anstrengend, weißt du das?"

„Das bekomme ich öfter zu hören."

Lachend verließ Celia den Raum, um den Doktor zu suchen. Unterdessen sammelte Sam ihre Kleidung ein. Ihre blutbefleckte Jeans lag auf einem Stuhl, doch von ihrer Bluse sowie ihrem BH war nichts zu sehen. „Äh, hallo?", rief sie in den Flur hinein. „Wo ist mein Shirt?"

Kurz darauf kam eine Krankenschwester mit einer Garnitur Krankenhauskluft herein.

„Wo sind meine Sachen?"

„Ruiniert."

Verdammt, dachte sie, denn sie hatte die Bluse gemocht. Nachdem Melissa ihre Sachen zerschnitten hatte, waren ihr ohnehin nicht mehr viele Kleidungsstücke geblieben. Umso schlimmer, noch weitere zu verlieren, die sie mochte. „Und woher kriege ich jetzt einen BH?"

Die Krankenschwester zuckte die Schultern. „Das ist Ihre Sache."

Sam murmelte etwas, während die Schwester wieder ging. Da sie ohne BH schlecht im Hauptquartier erscheinen konnte und es viel zu warm für einen Pullover war, musste sie wohl oder übel noch einmal nach Hause, bevor sie zur Arbeit fuhr. Dieser Tag war wirklich verkorkst! Sie fragte sich, ob wenigstens irgendjemand ihren Wagen zum Hauptquartier gefahren hatte. Hoffentlich hatte Freddie sich darum gekümmert. „Planänderung", verkündete sie, als Celia mit Dr. Anderson im Schlepptau zurückkam. „Ich muss vor der Arbeit noch mal nach Hause."

„Kein Problem. Wir bringen dich, wohin auch immer du musst."

Während Anderson eine ermüdende Liste von Nachsorge-Prozeduren aufzählte, wedelte Sam ungeduldig mit der Hand. „Kommen Sie zum Ende, Doc. Ich muss los."

Er betrachtete sie voller Missfallen. „In den ersten achtundvierzig Stunden muss die Wunde bedeckt bleiben, danach halten Sie sie sauber."

„Ich werde mich darum kümmern", versprach Celia.

„Ein Rezept für Schmerzmittel." Er gab Sam das Stück Papier. „Und ein Termin zur Nachuntersuchung in zwei Wochen bei Dr. Simsbury, den Sie auch bitte einhalten."

„Großartig, danke." Sam nahm die Zettel von ihm entgegen und eilte zur Tür, das schwummrige Gefühl ignorierend. „Bis dann."

„Bis bald", präzisierte Anderson mit spöttischem Lächeln, wofür Sam ihm ein weiteres Mal den Finger zeigte.

Freddie nahm die Treppe hinauf zu dem zweistöckigen Bürogebäude und folgte den Richtungshinweisen zu den Büros von Calahan Rice. Hinter einer Rauchglastür prangten im Empfangsbereich die Logos der einzelnen amerikanischen Autofirmen, darüber ein „Kauft-in-Amerika"-Banner.

Wie subtil, dachte er.

„Kann ich Ihnen helfen?", erkundigte sich die dunkelhaarige Rezeptionistin und musterte ihn unverhohlen. Seit er mit Elin schlief, schienen andere Frauen deutlich mehr an ihm interessiert zu sein als vorher. Merkten die irgendwie, dass er endlich Sex hatte, und zwar viel? Egal. Elin war die Einzige, mit der er Sex haben wollte, und es war besser, nicht mittags an einem Arbeitstag an Sex mit ihr zu denken.

„Detective Cruz." Er zeigte ihr seine Dienstmarke. „MPD. Ich bin auf der Suche nach Informationen über eine frühere Angestellte namens Victoria Taft."

„Ich bin erst seit einem Jahr hier, deshalb habe ich nie von ihr gehört. Lassen Sie mich eine der Geschäftsführerinnen holen. Die wird Ihnen weiterhelfen können. Sie ist schon ewig hier."

„Danke." Während er wartete, nahm Freddie in dem behaglichen Wartezimmer Platz und blätterte in einer Sportzeitschrift durch die Reportage über die magische Saison der D.C. Federals. Die ganze Stadt war begeistert von der ersten siegreichen Saison des jungen Teams. Letztes Jahr hatte das Team noch Tickets verschenken müssen, um Zuschauer in das Stadion zu locken. In diesem Jahr war es schwierig, überhaupt an welche heranzukommen.

Eine kühl wirkende blonde Frau in einem schwarzen Business-Kostüm und mit hohen Absätzen kam in den Wartebereich. „Detective Cruz?"

Freddie legte die Zeitschrift weg und stand auf. „Ja." Er zeigte ihr seine Dienstmarke.

Sie warf einen langen Blick darauf. „Ich bin Susan Jacobson, geschäftsführende Teilhaberin. Was kann ich für Sie tun?"

„Ich bin auf der Suche nach Informationen über eine ehemalige Angestellte."

„Victoria Taft."

„Ja."

Ihre Haltung geriet ein wenig ins Wanken. „Ich habe gehört, dass sie ermordet worden ist, und mich schon gefragt, wann die Polizei hier auftauchen würde."

„Dies war ihre letzte Arbeitsstelle vor ihrer Heirat."

„Ich weiß. Ich war auf ihrer Hochzeit. Kommen Sie mit nach hinten."

Freddie folgte ihr in ein großes Büro am Ende eines langen Korridors. Auf dem Weg dorthin kamen sie an einer Reihe Büros vorbei, in denen Angestellte vor Computern saßen oder telefonierten. Wann immer er Leute in Büros arbeiten sah, war er dankbar für einen Job, den er liebte. Auch wenn der manchmal unerträglich stressig, gefährlich und traurig war, gab es doch viele aufregende und zutiefst befriedigende Seiten daran. Außerdem war Freddie viel unterwegs und musste nicht in Büros wie diesen herumsitzen. „Ziemlich was los hier", bemerkte er.

„Ja, besonders seit den Rettungsaktionen für die Autoindustrie. Wir haben reichlich zu tun, um sicherzustellen, dass der Kongress weiterhin die Arbeiter der amerikanischen Autoindustrie unterstützt."

„Eine lohnenswerte Aufgabe, scheint mir."

„Das glauben wir auch", erwiderte sie, sichtlich erfreut über seine Bemerkung.

Susan bedeutete ihm, in ihrem Besuchersessel Platz zu nehmen. „Da ich mir schon dachte, dass wir bald von der Polizei hören würden, habe ich Victorias Personalakte bereitgelegt." Sie überreichte ihm eine Mappe.

Er überflog kurz den Inhalt, der aus dem Ausdruck einer Online-Bewerbung bestand, einem Empfehlungsschreiben eines Kongressabgeordneten aus Ohio, einer Empfehlung von Ford wegen der Beteiligung an einem Projekt sowie Victorias Kündigungsschreiben.

„Es ist nicht viel", sagte Susan. „Aber sie war eine gute Mitarbeiterin. Engagiert und professionell. Wir haben sie auf größere und bessere Aufgaben vorbereitet, als sie Derek Kavanaugh kennenlernte. Natürlich haben wir verstanden, dass sie ihren Arbeitsplatz hier nicht behalten konnte, wenn der Chef ihres Mannes für das Amt des Präsidenten kandidierte."

„Was wussten Sie über ihr Privatleben, abgesehen von der Beziehung zu Mr. Kavanaugh?"

„Nicht viel, um ehrlich zu sein. Ich habe fast ein Jahr lang mit ihr zusammengearbeitet, aber erst heute wird mir klar, nachdem ich von ihrem Tod erfahren habe, dass ich sie überhaupt nicht gut kannte. Sie wissen sicher, wie das ist – manche Menschen haben eine Persönlichkeit für die Arbeit und eine für das Private."

Freddie nickte, obwohl die Leute, mit denen er arbeitete, privat mehr oder weniger so waren wie im Job.

„Sie hat nicht viel über ihr Privatleben erzählt, bis sie Derek kennenlernte. Es war für uns alle offensichtlich, dass er es ihr ziemlich angetan hatte."

„Also war sie erst verschwiegen, was Privates anging, und dann wurde sie redseliger?"

„Sie hat uns keine Einzelheiten anvertraut, das nicht, aber sie konnte nicht verbergen, dass sie sich in ihn verliebt hatte. Sobald einer von uns seinen Namen erwähnte, lief sie rot an. Solche Sachen."

„Dann schien es wahre Liebe zu sein?"

„O ja, eindeutig. Jeder, der bei der Hochzeit war, hatte den Eindruck, dass die zwei eine erfolgreiche Ehe führen würden."

„Könnten Sie mir eine Kopie ihrer Akte anfertigen?"

„Selbstverständlich." Susan drückte den Summer, um die Sekretärin hereinzurufen, und bat sie, die Kopien anzufertigen. Während sie warteten, sagte Susan: „Sie sind Sam Hollands Partner, nicht wahr?"

„Stimmt."

„Wie ist sie so?"

„Eigentlich genauso wie in den Medien", antwortete Freddie zögernd. Sams Berühmtheit war nach der Heirat mit Nick sprunghaft gestiegen, weshalb Freddie sich große Mühe gab, ihre Privatsphäre zu schützen. „Sie ist eine großartige Vorgesetzte und Freundin."

„Ja, den Eindruck hat man. Ich bewundere die beiden sehr."

„Ich auch."

Die Sekretärin kehrte mit den Kopien zurück, und Freddie stand auf. „Danke für Ihre Hilfe." Er überreichte ihr seine Karte. „Wenn Ihnen noch etwas einfällt, das für unsere Ermittlungen wichtig sein könnte, dann erreichen Sie mich unter dieser Nummer."

„Mach ich." Ihr freundliches Lächeln ließ ihre kühle Fassade verschwinden. „Ich hoffe, Sie finden denjenigen, der Victoria umgebracht hat, und Sie finden das Baby."

Erst in diesem Moment begriff Freddie, dass sie ihn möglicherweise interessiert ansah. „Wir tun, was wir können."

„Ich werde Sie hinausbegleiten."

„Das ist nicht nötig", versicherte er ihr, in der Hoffnung, sie zu entmutigen, was immer sie sich auch vorstellte. „Ich finde selbst den Weg. Nochmal danke."

Er hatte das unbehagliche Gefühl, dass sie ihm beim Hinausgehen hinterherschaute.

Felicity Rider arbeitete als parlamentarische Assistentin in Capitol Hill für den Sprecher der Minderheitsfraktion im Senat, William Stenhouse.

„Woher kenne ich den Namen dieses Mannes?", fragte Arnold seinen Kollegen Gonzo.

„Abgesehen davon, dass er die Nummer zwei im Senat ist, meinst du?", fragte Gonzo seinen jüngeren Partner, der manchmal ein bisschen schwer von Begriff war.

„Mann, ja. So viel weiß ich auch."

„Er hat zum engeren Kreis von Sams Verdächtigen gehört, als Senator O'Connor ermordet wurde", erklärte Gonzo, als sie das Hart Senate Office Building betraten. „Er und der erste Senator O'Connor waren jahrzehntelang erbitterte Feinde. Als John O'Connor in der Nacht vor seiner ersten großen Gesetzesabstimmung tot aufgefunden wurde, hat Graham O'Connor Stenhouse verdächtigt. Graham meinte, Stenhouse wolle seinen Sohn lieber tot sehen als erfolgreich im Senat."

„Jetzt fällt es mir wieder ein."

In Stenhouse' riesigem Büro zeigten sie ihre Dienstmarken am Empfang und erkundigten sich nach Felicity. Man führte sie in einen Konferenzraum, in dem Bilder, Tafeln und Andenken an die grandiose Karriere des Senators aus Missouri jeden Zentimeter Wandfläche bedeckten.

„Der Typ hat ja eine hohe Meinung von sich", murmelte Arnold.

„Gilt das nicht für alle?"

„Nicht für Nick."

„Stimmt." Der Mann ihrer Chefin stammte aus einfachen Verhältnissen, und Gonzo konnte sich nicht vorstellen, dass Nicks prestigeträchtiger Job ihm jemals zu Kopf steigen würde, wie es ganz offensichtlich bei Stenhouse der Fall war.

Felicity kam einige Minuten später herein. Sie war groß und attraktiv, mit braunem Haar und braunen Augen, und die

Begegnung mit den Polizisten schien sie zu beunruhigen und nervös zu machen.

Nachdem die beiden ihre Dienstmarken gezeigt und sich vorgestellt hatten, bat Gonzo sie, sich an den Tisch zu setzen.

„Es geht um Victoria", sagte Felicity mit tonloser Stimme.

Gonzo nickte. „Waren Sie eine enge Freundin?"

„Eine Zeit lang, ja. Ich kann nicht glauben, dass sie tot ist. Ich bin immer noch dabei, den Schock zu verarbeiten."

„Unser herzliches Beileid", sagte Gonzo. „Es würde uns helfen, von Ihnen zu erfahren, wie Sie beide sich kennengelernt haben und auch sonst alles, was Sie uns erzählen können. Möglicherweise ist es für die Ermittlung von Bedeutung."

„Ich habe sie seit einigen Jahren nicht mehr gesehen. Wie sind Sie überhaupt auf mich gestoßen?"

„Sie waren bei ihrer Hochzeit als Brautjungfer aufgelistet, daher haben wir angenommen, Sie seien enge Freunde."

„Waren wir. Nach ihrer Heirat mit Derek haben wir uns kaum noch gesehen."

Ein Blick auf ihre linke Hand verriet, dass sie keinen Ehering trug. „Und das hat Sie geärgert?"

Sie zuckte die Schultern. „Anfangs ja, natürlich, aber so etwas passiert eben. Viele Frauen vergessen ihre alleinstehenden Freundinnen, sobald sie glücklich verheiratet sind. Ist mir nicht zum ersten Mal passiert und sicher auch nicht zum letzten Mal."

„Wann haben Sie sie zuletzt gesehen?", fragte Gonzo.

„Bei der Babyparty, die Dereks Mutter vor anderthalb Jahren für sie ausgerichtet hat."

„Was können Sie uns über Victorias Leben erzählen, bevor sie nach Washington kam?", wollte Arnold wissen.

„Nicht viel. Sie stammte aus Ohio, aber ihre Eltern waren schon tot. Keine Geschwister. Ich weiß noch, dass sie mir leidtat, als wir uns kennenlernten, weil sie gar keine Angehörigen mehr hatte. Sie hat Weihnachten ein paarmal mit meiner Familie verbracht, aber dann traf sie Derek, und damit hatte sich das erledigt."

„Die wahre Liebe?", fragte Derek.

„Oh, ganz bestimmt. Sie war vom ersten Tag an verrückt nach ihm. Er brauchte Wochen, bis er sie um ein Date bat. Ich dachte, das Warten auf ihn würde sie wahnsinnig machen. Sie war drauf und dran, ihn zu fragen, als er endlich den Mut fand. Er sah sehr gut aus und war wundervoll. Ich konnte verstehen, warum sie so verliebt in ihn war. Ihr gefiel natürlich auch die Tatsache, dass er erfolgreich war. Das war ihr wichtig."

„Inwiefern?"

„Sie sagte immer, sie wolle nur Mutter und Hausfrau sein, sobald sie eine Familie hätte. Während andere Frauen sich heutzutage schwer ins Zeug legen, um Karriere und Familie unter einen Hut zu bringen, hatte sie die altmodische Vorstellung, mit den Kindern zu Hause zu bleiben. Und eine Ehe mit ihm würde ihr das garantieren."

„Können Sie uns ein paar ihrer anderen Freunde aus dieser Zeit nennen und uns sagen, wo wir die finden können?"

„Caroline Horan war eine davon. Ich glaube, sie arbeitet bei einem PR-Unternehmen in der Massachusetts Avenue. Leslie Newman war eine weitere. Als ich das letzte Mal von ihr hörte, war sie Veranstaltungsorganisatorin im Willard. Victoria hat beide in dem Yogastudio kennengelernt, das sie regelmäßig besucht hat."

„Wissen Sie zufällig, ob sie noch in Kontakt mit ihr standen?"

„Das weiß ich wirklich nicht. Es waren ihre Freunde, nicht meine."

„Sie waren sehr hilfreich." Gonzo gab ihr seine Karte. „Wenn Ihnen noch etwas einfällt, melden Sie sich bitte."

Sie nahm die Karte von ihm. „Glauben Sie, dass Sie das Baby finden werden, bevor ..."

„Wir tun alles, was wir können", versicherte Gonzo ihr.

Felicity ging voran aus dem Konferenzraum.

Wenn dieser Fall gelöst war, entschied Agent Avery Hill, während er von Herndon zum Regierungsbezirk fuhr, würde er sich aus D.C. versetzen lassen. Einige Zeit in Phoenix oder San Diego würde ihn auf den Boden zurückbringen und ihm helfen, sich auf das zu konzentrieren, was ihm am meisten bedeutete in seinem Leben – die Karriere.

Seit Monaten war er neben der Spur und aus dem Gleichgewicht, seit er Lieutenant Sam Holland zum ersten Mal begegnet war und jene spontane Reaktion auf eine Frau verspürt hatte, die er bis dahin nur vom Hörensagen gekannt hatte, ohne sie selbst je erlebt zu haben. In seinem ganzen Erwachsenenleben hatte er sich vor allem für zierliche, freche Blondinen interessiert. Umso erschütternder, plötzlich mit achtunddreißig festzustellen, dass er in Wirklichkeit offenbar eine große, großmäulige, draufgängerische, mutige, ärgerliche und schlichtweg hinreißende Frau bevorzugte, mit honigfarbenen Haaren, die ihr als wilde Lockenpracht auf den Rücken hinabreichten, wenn sie die Klammer daraus löste, mit der sie sie während der Arbeit zusammenhielt.

Er hatte außerdem feststellen müssen, dass er hellblaue Augen bevorzugte, die eine Ausdrucksskala von scharfsinnig über misstrauisch bis zu kalt abdeckten – wenn sie ihn ansah, den gefürchteten Eindringling. Ein Ausdruck von inniger Liebe war allein ihrem Mann vorbehalten.

Sobald Avery sich in ihrer Nähe aufhielt, war es ihm nahezu unmöglich, sich von ihrem Anblick loszureißen. Und das war ihrem frisch angetrauten und sie bekanntermaßen innigst liebenden Ehemann gestern Abend schrecklich schnell aufgefallen.

Avery hatte in den vergangenen Monaten beunruhigend viel Zeit damit verbracht, über diese Frau nachzudenken, über sie zu lesen und sich mehr oder weniger wie ein zum ersten Mal verknallter Schüler zu benehmen. Als er den Anruf wegen des Mordes an Victoria Kavanaugh erhalten hatte und gebeten wurde, Sam in dem Fall zu beraten, hatte er gleichzeitig jubeln und jammern wollen. Zuerst hatte er gedacht: *O nein, ich muss sie wiedersehen,* was sich schnell wandelte zu: *Dem Himmel sei Dank, ich kann sie wiedersehen!*

Auf dem Weg von Quantico in die Hauptstadt am späten Sonntagnachmittag hatte er sich innerlich darauf einzustellen versucht, ihr erneut zu begegnen. Vielleicht war es beim ersten Mal nur eine komische einmalige Reaktion gewesen, die sich in den darauffolgenden Monaten von selbst erledigen würde. Er war ein vernünftiger Mann, der sich bisher etwas auf seine Selbstbeherrschung eingebildet hatte. Seine Karriere gründete unter anderem darauf, dass er gelassen, logisch, geduldig und all das war, was einen effektiven Agenten ausmachte.

Doch an seiner Reaktion auf den unverschämten weiblichen Lieutenant war überhaupt nichts logisch, und mit seiner Gelassenheit war es in dem Punkt auch nicht weit her. Und dann noch festzustellen, dass sie die berühmte Polizistin war, die vor Kurzem den Senator geheiratet hatte ... Er stieß die Luft aus, als er sich an den Moment erinnerte, in dem er zwei und zwei zusammengezählt und begriffen hatte, dass sie tabu war. Das hatte ihn umgehauen, und davon hatte er sich bis heute nicht ganz erholt.

Ein kurzer Blick in ihr Gesicht gestern Abend hatte diesen Fluch bestätigt. Es war doch keine einmalige, zufällige Reaktion gewesen, sondern etwas Lebensveränderndes, das nicht mehr weggehen würde, egal, wie oft er sie sah. Und jetzt sollte er mit ihr erneut an einem Fall arbeiten, wo er doch gerade einen Punkt erreicht hatte, an dem er nicht mehr jede Minute jeden Tages an sie denken musste ... Nun, das war verdammt unfair.

Die unfassbare Ironie des Ganzen entging ihm nicht. Er, der stets jede Frau hatte haben können, verschaute sich ausgerechnet in eine, die er nicht nur nie würde haben können, sondern die schon seinen schieren Anblick nicht ertrug. Es wäre zum Lachen komisch gewesen, wenn es nicht so erbärmlich wäre.

Deshalb wollte er unbedingt die Gegend verlassen, um sie nie wiederzusehen, sobald der Fall Kavanaugh abgeschlossen war.

Nachdem er den Vormittag mit einem derangiert aussehenden Derek Kavanaugh im Haus von dessen Eltern in Herndon verbracht hatte, konnte Hill zur laufenden Ermittlung nicht viel beitragen. Sie waren alles durchgegangen, woran Kavanaugh im vergangenen Jahr gearbeitet hatte, hatten Themen betrachtet, die vielleicht kontrovers oder polarisierend gewesen sein mochten, doch nichts konnte als eindeutiges Motiv für einen Mord oder eine Entführung herhalten.

Während er zum Hauptquartier fuhr und über das Gespräch mit Kavanaugh nachsann, lauschte er den Nachrichten zur vollen Stunde, aus denen er von Sams Heldentat an diesem Morgen erfuhr.

„Herrgott noch mal", flüsterte er, als ihm klar wurde, dass sie auch leicht hätte angeschossen werden können. Der Radiosprecher erwähnte ein Überwachungsvideo aus dem Laden, das bereits online kursierte, und Avery fragte sich, wie Sam wohl darüber dachte. „Was spielt es für eine Rolle, was sie denkt?", sagte Hill laut. „Sie geht dich nichts an, und sie wird dich niemals etwas angehen. Es ist an der Zeit, mal wieder realistisch zu werden."

Doch noch während er diese Worte aussprach, wusste er, dass er nicht ruhen würde, ehe er sich mit eigenen Augen vergewissert hatte, dass es ihr gutging.

Das Erste, was Sam bemerkte, als Celia auf den Parkplatz vor dem Hauptquartier fuhr, war die Horde Reporter, die sich vor dem Eingang versammelt hatte. „Würde es dir etwas ausmachen, mich um die Ecke zum Eingang des Leichenschauhauses zu bringen?" Sam hasste es, ihre Stiefmutter darum bitten zu müssen, denn Celia hatte Skip schon die zwanzig Minuten allein lassen müssen, die sie brauchte, um Sam zur Arbeit und anschließend wieder zurück nach Hause zu fahren. Keine von beiden wollte ihn länger als nötig allein lassen.

„Kein Problem."

„Danke. Hauptsache, ich entgehe den Geiern."

Celia lachte. Dann fragte sie: „Was war eigentlich zwischen dir und deinem Vater vorhin los?"

„Nichts. Warum?"

„Tisch mir keinen Blödsinn auf, Sam Cappuano. Raus damit."

Verblüfft von dem ungewohnt schroffen Ton ihrer Stiefmutter, antwortete Sam: „Er ist wütend, weil ich ihm nichts davon erzählt habe, dass ich einen seiner alten Fälle wieder aufgerollt habe, während er Anfang des Jahres im Krankenhaus gelegen hat."

„Der Fall Fitzgerald?"

„Genau", bestätigte Sam, erneut überrascht. „Du weißt davon?"

„Selbstverständlich weiß ich davon. Er hat viel davon gesprochen, als er noch im Dienst war. Bevor ..."

Ihrer aller Leben war sauber geteilt – in die Zeit vor den Schüssen und die danach. „Ich vergesse immer, dass ihr zwei euch lange heimlich getroffen habt vor den Schüssen."

Celias hübsches Gesicht errötete, wie jedes Mal, wenn dieses

Thema zur Sprache kam. „Wir hatten schon vor, es euch zu erzählen, irgendwann."

„Ich mache euch keinen Vorwurf, dass ihr es so lange wie möglich für euch behalten habt", sagte Sam und dachte an die Bomben, die ihr Exmann an ihrem und an Nicks Wagen befestigt hatte. Dadurch war ihre bis dahin geheim gehaltene Beziehung aufgeflogen. „Sobald es jeder weiß, ändert das alles."

„Ja, stimmt. Dein Dad war damals immer noch verbittert wegen deiner Mutter, obwohl es Jahre vor unserem Kennenlernen passiert ist."

Sam dachte an das, was ihre Schwester Tracy vor einigen Monaten darüber gesagt hatte, dass es zwei Seiten der Geschichte gebe, was mit ihren Eltern passiert sei. Seither hatten sie nicht mehr darüber gesprochen. Zwar kam Sam damit klar, die Version ihrer Mutter nicht zu kennen, doch Tracys Kommentar hörte nicht auf, sie zu beschäftigen. Sie wollte nicht neugierig sein, war es aber trotzdem, und sie würde nicht umhinkommen, ihre Schwester irgendwann zu fragen, was sie denn gemeint hatte.

Sam hatte ihre Mutter seit über fünf Jahren weder gesehen noch mit ihr gesprochen. Nach der Hochzeit hatte sie eine Karte erhalten, in der ihre Mutter angedeutet hatte, sie würde Sam gern sehen und Nick kennenlernen. Auch diese Bitte beschäftigte Sam seit Monaten, bis jetzt hatte sie jedoch nicht darauf reagiert. „Wie dem auch sei, Dad ist sauer auf mich, weil ich ihm nicht erzählt habe, dass wir den Fall Fitzgerald noch einmal aufgerollt haben."

„Ich nehme an, Joe hat es ihm gesagt?"

„Ja." Sam fühlte sich schon wieder schuldig. „Wir haben nichts Neues entdeckt, deshalb habe ich gar nicht daran gedacht, ihm davon zu erzählen."

„Vor allem, weil er dir ja bereits gesagt hatte, du sollst die Finger davon lassen."

Sam sah ihre Stiefmutter erschrocken an. „Du weißt auch davon?"

„Ich weiß, dass ihr an dem Tag, an dem er angeschossen wurde, einen eurer seltenen Streits hattet und es dabei um den Fall Fitzgerald ging. Das letzte Mal, als ich vor den Schüssen mit ihm gesprochen habe, sagte er, es habe darüber eine Auseinandersetzung mit dir gegeben."

In den Tagen danach, als es so unsicher gewesen war, ob er die Schüsse überleben würde, hatte Sam befürchten müssen, dass ihre letzten Worte an ihren Vater diejenigen gewesen waren, die sie ihm voller Wut entgegengeschleudert hatte. „Was glaubst du, warum er so unerbittlich darauf pocht, dass ich die Finger von der Sache lasse?"

„Vielleicht solltest du ihm diese Frage stellen."

„Kennst du den Grund?"

„Nein. Aber irgendetwas, was mit diesem Fall zu tun hat, nagt an ihm. Er hat mir nie verraten, was es ist."

„Den Mörder eines kleinen Jungen nicht zu finden, würde jedem Detective zu schaffen machen, noch lange nach seiner Dienstzeit."

„Das ist wohl wahr, aber ich habe immer vermutet, dass es um mehr geht als um die Lösung des Falls." Celia hielt vor dem Eingang zur Leichenhalle. „Da wären wir, meine Liebe. Wenn du mir das Rezept für das Schmerzmittel gibst, löse ich es auf dem Rückweg ein. Du kannst es dir dann später bei mir abholen."

Obwohl Sam nicht vorhatte, Medikamente zu nehmen, die sie groggy und nutzlos machen würden, fehlte ihr die Zeit, um zu widersprechen. Also gab sie ihrer Stiefmutter das Rezept. „Danke. Für alles. Ich weiß nicht, wie ich jemals ohne dich zurechtgekommen bin."

„Ach, Schätzchen." Celia beugte sich über die Mittelkonsole, um Sam kurz zu umarmen. „Sei vorsichtig, ja? Dein Vater leidet jedes Mal, wenn du verletzt wirst. Und ich auch."

Gerührt gab Sam ihr einen Kuss auf die Wange. „Mach ich. Bis später."

8
_____

Sam eilte ins Gebäude und lief durch die Flure bis ins Kommissariat, wo ihre Kollegen sich um einen Computer versammelt hatten.

„Spiel's noch einmal ab", hörte sie Gonzo sagen. „Wow, genau da, seht euch das an!"

„Absolut der Hammer", meinte Cruz. „Der Typ hat keine Ahnung, was ihn da erwischt."

„Knallhart", bemerkte Arnold.

Auf Zehenspitzen stehend schaute Sam ihrem Partner über die Schulter. Auf dem Bildschirm war die Szene aus dem kleinen Lebensmittelladen zu sehen. Als man sah, wie die Waffe sie getroffen hatte, verzog sie wie alle anderen das Gesicht. „Na schön, Leute, die Show ist vorbei."

Die Detectives erschraken heftig über Sams unerwartete Anwesenheit, was ihr gefiel. Sie mochte es, ihre Leute auf Trab zu halten. „Konferenzraum, in fünf Minuten."

„Heiliger Scheiß", meinte Freddie, als er ihr Gesicht sah. „Das ist ja noch bunter als vorher."

McBride zuckte zurück und wandte sich ab, als könnte sie den Anblick nicht ertragen.

Erneut dachte Sam an ihre Pläne für den Abend. Ihren Ehemann zu enttäuschen, stand nie besonders hoch auf ihrer Prioritäten-Liste, weshalb sie entschlossen war, zu dieser

Wohltätigkeitsveranstaltung zu gehen, selbst wenn sie aussah wie eine Gestalt aus einem Horrorfilm.

Auf dem Weg in ihr Büro, wo sie vor dem Meeting ihre E-Mails durchsehen wollte, kam Agent Hill auf sie zu, mit glühendem Blick. Was hatte das zu bedeuten? Die stille Intensität dieses Mannes erzeugte Unbehagen bei ihr.

„Geht es Ihnen gut?", erkundigte er sich und musterte sie mit seinen durchdringenden Augen von oben bis unten, was ihr Unbehagen nur weiter verstärkte.

„Bestens, und ich kann es kaum erwarten, wieder an die Arbeit zu gehen. Wir treffen uns in fünf Minuten im Konferenzraum." Sie ging in ihr Büro und schloss die Tür, um ihn gar nicht erst zu ermutigen, ihr zu folgen. Ihr Verstand riet ihr nämlich, sich lieber sehr weit fernzuhalten von diesem sexy Agenten.

Die Begegnung abschüttelnd, startete sie den Computer und überflog rasch ihre E-Mails, unter denen sich eine Antwort von Bryn Mawr befand: „Lt. Holland, wir konnten keinen Eintrag über eine Studentin des Namens, nach dem sie sich erkundigt haben, finden. Vielleicht war sie in der fraglichen Zeit unter einem anderen Namen eingeschrieben? Wenn Sie über zusätzliche Informationen verfügen, unterstützen wir Ihre Suche gerne weiter." Die Nachricht war kaum eine Überraschung nach dem, was Lindsey herausgefunden hatte, aber es war eine weitere Bestätigung, dass alles, von Victorias Namen bis zu ihren Fingerabdrücken und ihrem Collegeabschluss, konstruiert war. Warum? Das war die Frage des Tages.

Außerdem befand sich unter ihren E-Mails eine von Nick. „Hey, Babe. Wie geht es meinem hübschen Lieblingsgesicht? Nicht zu ramponiert, hoffe ich." Sam zuckte innerlich zusammen und stellte sich vor, was er sagen würde, wenn er sah, was von ihrem ehemals hübschen Gesicht geblieben war. Das Make-up, das die Katastrophe kaschieren konnte, die sie bei einem kurzen Blick in den Spiegel zu Hause erblickt hatte, war leider noch nicht erfunden. Trotz ihrer Entschlossenheit, zu dieser Benefizgala zu gehen, würde er sie vermutlich anflehen, darauf zu verzichten, damit sie seine Unterstützer nicht verschreckte.

„Wie dem auch sei", fuhr er fort, „du hast dich nach meinen Eindrücken von Victoria und Derek erkundigt. Also, hier sind sie."

Sam überflog die weitere Nachricht, druckte sie aus und nahm sie mit in ihr Meeting. Er hatte geendet mit: „Kann es nicht erwarten, dich nachher zu sehen und zu pusten, damit es besser wird. Liebe dich."

Gestärkt durch seine Liebe, schickte sie ihm eine kurze Nachricht, um ihn wissen zu lassen, dass alles in Ordnung mit ihr und sie bei der Arbeit sei. Sie beendete sie mit: „Wir sehen uns um sechs", damit er wusste, dass sie ihre Pläne nicht vergessen hatte. Sie würde ihm die Entscheidung überlassen, ob er sie nach Begutachtung des Schadens noch dabeihaben wollte oder nicht.

Sam war die Letzte, die den Konferenzraum betrat. Als sie das Meeting gerade eröffnen wollte, kam Chief Farnsworth mit Captain Malone im Schlepptau herein.

Farnsworth betrachtete eingehend ihr verletztes Gesicht. „Das war ausgezeichnete Arbeit heute Morgen, Lieutenant."

„Danke, Sir. Ich war nur zur richtigen Zeit am richtigen Ort."

„Da ist Ihr Gesicht bestimmt anderer Meinung."

„Ich hab Ihnen ja gesagt, es ist übel, Chief", meinte Malone.

„Shit happens", sagte Sam, denn sie wollte unbedingt vorankommen. Außerdem hasste sie es, im Mittelpunkt der Aufmerksamkeit zu stehen.

„Ich sehe eine Belobigung auf Sie zukommen", bemerkte Farnsworth.

„Oh, na ja, hm, danke." Irgendwann würde sie lernen, ein Kompliment entgegenzunehmen.

Farnsworth verdrehte die Augen und nahm seinen üblichen Platz im hinteren Teil des Raumes ein.

Froh, vom heißen Stuhl herunter zu sein, sagte Sam: „Cruz, du fängst an, danach Gonzo, Hill und McBride. Lasst mal hören, was ihr habt."

Die anderen berichteten, und Sam hörte sich jede Einzelheit genau an, während sie über dem entscheidenden Punkt brütete – dass Victoria Taft Kavanaughs gesamtes Leben bis zur Begegnung mit Derek und ihrer Heirat eine Lüge gewesen war. Es wurmte sie, dass sie diese wertvolle Information schon bald mit dem FBI-Agenten teilen musste, der sie nicht aus den Augen ließ, während die Kollegen ihre Berichte vortrugen.

Warum tat er das? Hatte seine Mutter ihrem glatten

Südstaaten-Gentleman nicht beigebracht, dass es unhöflich war, Leute anzustarren?

„Hill“, wandte sie sich brüsk an ihn, „Sie sind an der Reihe. Was können Sie uns niedrigen Detectives, denen der Zugang zu Top-Secret-Angelegenheiten verwehrt ist, mitteilen?“

„Nicht viel“, erwiderte er in diesem schmeichelnden Akzent, der ihr Herz früher vielleicht hätte schneller schlagen lassen, bevor sie einen Mann kennengelernt hatte, der ihr Herz und ihre Seele erobert hatte, sodass für keinen anderen mehr Platz war. Hill berichtete kurz von seinem Vormittag mit Derek, wobei er etwas ausführlicher den Gesetzesentwurf beschrieb, an dem Kavanaugh gearbeitet hatte. Außerdem schilderte er, mit welchen Kongressmitgliedern und Mitarbeitern Derek für die Sache des Präsidenten aneinandergeraten war.

„Über wie viele Leute reden wir?“

„Fünf“, antwortete Hill.

„Geben Sie uns eine Liste“, forderte Sam ihn auf. „Sollten wir uns mal ansehen.“

„Dachte ich mir auch.“ Hill überreicht ihr die in weiser Voraussicht angefertigte Liste.

„Danke“, murmelte sie und gab Freddie ein Zeichen, die Liste an sich zu nehmen. „Ich habe Nick gebeten, mir alles aus seiner Erinnerung zu schildern, was uns vielleicht ein wenig Aufschluss über Derek und Victoria gibt, ihre Hochzeit und so weiter. Aber ich konnte nichts entdecken, was wir nicht bereits wissen.“

Sam stand auf und schrieb mit einem abwischbaren Stift Victorias Lebensdaten auf ein Whiteboard, angefangen mit ihrem Einstieg bei Calahan Rice, eines der wenigen gesicherten Details über sie.

„Sie hat Kavanaugh dreißig Tage später kennengelernt“, sagte Hill, seine Notizen konsultierend. „Im Fitnessstudio, das er schon seit Jahren besucht hat. Sie fingen einen harmlosen Flirt an, doch er brauchte einen Monat, bis er sie um ein Date bat.“

Sam heftete mit einem Magneten ein Foto der lebenden Victoria an die Tafel, neben das Bild aus der Leichenhalle, das Lindseys Bericht beigefügt war.

„Wir wissen außerdem, dass die Frau auf diesen Fotos nicht Victoria Taft Kavanaugh ist.“

Hill, Farnsworth und Malone meldeten sich alle gleichzeitig zu Wort.

„Wie meinen Sie das?", wollte Farnsworth wissen.

„Wer ist Sie dann?", fragte Malone.

Hills freundliche Miene wich prompt einem wütenden Ausdruck. Wenigstens starrte er sie nicht mehr aufdringlich an. „Und wann wollten Sie mir das mitteilen?"

„Jetzt gerade."

„Erklären Sie uns das", forderte Farnsworth sie auf.

Sam berichtete ihnen, was Lindsey herausgefunden hatte und was in der E-Mail aus Bryn Mawr stand, nämlich, dass es keine Studentin namens Victoria Taft dort gegeben hatte in der Zeit, aus der die Abschlussurkunde in Victorias Haus stammte.

„Wir haben keine Unterlagen über einen Greg oder eine Betty Taft in Defiance, Ohio, gefunden", berichtete Jeannie. „Ich habe auch die Sozialversicherungsnummer überprüfen lassen, die beim Kraftfahrzeugamt hinterlegt war."

„Gute Überlegung", lobte Sam sie, begeistert davon, dass ihre Freundin wieder voller Elan arbeitete, nachdem sie Anfang des Jahres Opfer einer ungeheuerlichen Entführung und sexueller Gewalt geworden war. „Was hast du in Erfahung bringen können?"

„Die Nummer war für einen William Eldridge zugelassen", berichtete Jeannie. „Aus den Unterlagen geht hervor, dass er vor acht Jahren im Alter von sechsundfünfzig gestorben ist. Ich habe eine Todesanzeige in der *Washington Post* gesehen, die sein Todesdatum bestätigt."

„Also hat nicht nur irgendwer bei der Datenbank für Fingerabdrücke Mist gebaut, sondern wir haben es auch noch mit Sozialversicherungsbetrug zu tun?", fragte Hill, der sich erhob und die Hände in die schmalen Hüften legte.

„Ich würde gern verstehen, weshalb man beim Kraftfahrzeugamt zwar seine Sozialversicherungsnummer angeben muss, aber niemand diese überprüft", beschwerte Sam sich.

„Das ist Ihre drängendste Frage?", meinte Hill.

Da Sam es nicht gewohnt war, von jemandem aus ihrem Team infrage gestellt zu werden, sprang sie sofort darauf an. „Was ich meine, Agent Hill, ist: Wenn das Kraftfahrzeugamt sich die Mühe gemacht hätte, die Sozialversicherungsnummer zu überprüfen, wären wir dieser Gaunerei, oder um was auch immer es sich handeln mag, schon vor Jahren auf die Spur gekommen. Und zwar bevor eine Frau ermordet und ihr Baby entführt wird."

„Wir können die Tatsache nicht ignorieren, dass es irgendeine Verbindung zur Arbeit ihres Mannes geben muss", erklärte Hill.

„Wenn Sie davon überzeugt sind, finden Sie doch die Verbindung", konterte Sam.

Sie versuchten einander mit Blicken zu bezwingen, bis Gonzo sich räusperte.

Sam wandte sich ab von diesem ärgerlichen Agenten, innerlich aufgewühlt von der Konfrontation. „Ich bin nicht der Ansicht, dass Dereks Arbeit der Schlüssel ist", sagte sie, um wieder zur Sache zu kommen.

„Weil er Zugang zu geheimen Informationen hatte, wäre seine Frau auch irgendwann überprüft worden", meinte Hill.

„Hätte diese Überprüfung gewissenhaft stattgefunden, wäre dabei schon alles aufgeflogen."

Diese Aussage hing in der Luft, während alle im Raum schweigend über die Konsequenzen nachsannen.

„Damit deuten Sie an, dass derjenige, der die Überprüfung durchzuführen hatte, höchstwahrscheinlich in die Machenschaften eingeweiht war, um was auch immer es sich dabei handeln mag", sagte Sam und versuchte, die mögliche Tragweite des Betrugs zu erfassen.

Hill zuckte die Schultern. „Ich nehme an, das werden wir herausfinden, wenn wir ein bisschen tiefer graben."

„Wer ist denn für die Sicherheitsüberprüfungen zuständig?", wollte Gonzo wissen.

„Der Verteidigungssicherheitsdienst, aber die setzen häufig Leute vom NCIS, FBI oder anderen Bundesbehörden ein."

„Können Sie uns den Namen des Überprüfers besorgen, der für Victorias Sicherheitscheck zuständig war?"

„Ich werde mich darum kümmern", sagte Hill. „Aber in der Zwischenzeit muss jemand Mr. Kavanaugh erzählen, was wir über seine Frau erfahren haben."

Sämtliche Augen richteten sich auf Sam. Es brach ihr das

Herz, Derek mitteilen zu müssen, dass die Frau, die er geliebt hatte, ihn in allen Belangen belogen hatte, einschließlich ihrer Identität.

„Cruz und ich werden das übernehmen", sagte sie.

„Na klasse", murmelte ihr Partner, was ihm einen bösen Blick von ihr einbrachte.

Lieutenant Archelotta von der IT-Abteilung betrat den Raum. Als einziger Kollege, mit dem Sam jemals etwas gehabt hatte, löste seine Gegenwart stets einen Moment der Beklommenheit bei ihr aus. Das war dieses Mal nicht anders, und sie registrierte, dass Hill diese Schwingungen offenbar wahrnahm. Natürlich tat er das.

„Ich habe gehört, dass hier ein Meeting wegen des Falls Kavanaugh stattfindet", meinte Archie und gab ihr einen Stapel Papiere. Groß und gut aussehend, mit dunklen Haaren, war er genau das gewesen, was sie nach ihrer Trennung von Peter gebraucht hatte. „Das sind die Protokolle der ankommenden und abgehenden Telefonate der letzten dreißig Tage von Victorias Telefon."

„Danke für die schnelle Arbeit", meinte Sam und reichte die Protokolle an Gonzo weiter.

„Ich lasse euch mal weiterarbeiten", meinte Archie mit munterem Winken auf dem Weg zur Tür hinaus.

„Bevor wir das Meeting vertagen – niemand lässt ein Wort darüber verlauten, was wir über Victoria Kavanaugh erfahren haben", warnte Sam die anderen. „Bis wir genauer wissen, womit wir es hier zu tun haben, müssen wir den Deckel fest auf dieser Ermittlung halten. Habe ich mich klar genug ausgedrückt?"

Die anderen Detectives im Raum reagierten mit Kopfnicken und bestätigendem Gemurmel.

„Ich werde es nicht tolerieren, sollte etwas durchsickern", meldete sich Farnsworth zu Wort. „Alle halten den Mund."

„Gonzo, Arnold, McBride und Tyrone, ihr teilt die Telefonprotokolle unter euch auf und macht euch sofort an die Arbeit", befahl Sam. „Cruz, du kommst mit mir."

„Und was mache ich?", fragte Hill mit diesem herablassenden Ton, der Sam auf die Nerven ging.

„Ich habe keine Ahnung, Agent Hill. Was machen Sie?"

„Er begleitet Sie beide", legte Farnsworth fest. „Nehmen Sie ihn mit, wenn Sie zu Kavanaugh fahren, um ihm zu sagen, was Sie über seine Frau herausgefunden haben."

„Drei sind einer zu viel", protestierte Sam.

„Dann lassen Sie eben Cruz hier, damit er bei den Telefonprotokollen hilft", sagte der Chief in strengem Ton. „Je eher wir diese Daten sichten, umso schneller finden wir möglicherweise heraus, wer diese Frau wirklich war. Vielleicht finden wir dann auch ihren Mörder – und ihre Tochter." Mit einem teuflischen Funkeln in den Augen fügte der Chief hinzu: „Und bevor Sie nach Herndon fahren, müssen Sie die Presse auf den neuesten Stand bringen. Die gieren nach Informationen über den missglückten Raubüberfall und Ihren Zustand. Die haben ihr versprochenes Briefing um sieben Uhr heute Morgen nicht bekommen, deshalb sind sie besonders ausgehungert, zumal sie den ganzen Tag schon auf Sie warten mussten."

Sam verkniff sich ein Stöhnen bei der Vorstellung, auch noch den Reportern gegenübertreten zu müssen.

Die anderen verließen den Raum, und sie blieb mit dem Agenten zurück, der sie anstarrte. Der Tag wurde immer besser.

„Da ich weiß, wohin wir fahren müssen, und da meine beiden Augen funktionieren, werde ich fahren", verkündete Hill.

„Meine Augen funktionieren bestens."

Er betrachtete ihr Gesicht genauer. „Hm, klar, wenn Sie meinen. Ich werde trotzdem fahren."

„Meinetwegen! Dann fahren Sie doch! Ist mir doch egal! Ich brauche etwas zu essen, bevor wir aufbrechen."

„Ich muss noch tanken, also essen wir unterwegs. Gehen wir."

Sam hatte den leisen Verdacht, ihr Mann würde extrem wenig davon halten, dass sie die nächsten Stunden allein mit Agent Hill verbrachte. Es wäre wohl am besten für alle, wenn sie das Nick gegenüber einfach zu erwähnen vergaß. Als sie in ihr Büro ging, um ihre Brieftasche und den Autoschlüssel zu holen, ließ die Betäubung in ihrem Gesicht allmählich nach.

Sie kramte in ihrer Schreibtischschublade, fand eine Packung Ibuprofen und schluckte drei davon mithilfe einer der halb leeren Flaschen Wasser, die ihr Mann ordentlich auf der linken Seite ihres Schreibtisches aufgereiht hatte. Er war unfassbar pingelig, aber sie liebte ihn trotzdem.

„Bereit?", fragte Hill im Türrahmen.

„So bereit, wie ich eben sein kann, um das Leben eines Menschen zu zerstören, der dachte, sein Leben sei bereits zerstört."

Das erste Mal hörte Nick von dem Video, auf dem Sams Kampf zu sehen war, durch Graham O'Connor, als er ihn wegen der Spendenveranstaltung am Abend anrief.

„Es ist überall in den Nachrichten zu sehen", berichtete Graham.

Das Telefon ans Ohr haltend, verließ Nick sein Büro und ging zu den TV-Bildschirmen im Konferenzraum, auf denen die verschiedenen Nachrichten der Kabelsender liefen. Graham hatte nicht übertrieben, als er behauptet hatte, das Video sei überall zu sehen. Zumindest lief es gerade auf allen Bildschirmen. Gebannt verfolgte er, wie Sam sich dem Räuber von hinten näherte und dessen Arm plötzlich nach hinten schwang, sodass er sie mit der Waffe direkt im Gesicht erwischte.

Glücklicherweise setzte sie das nicht außer Gefecht. Ein Schauer überlief Nick, als ihm klar wurde, wie gefährlich die Situation tatsächlich gewesen war. Oft genug war es seiner Fantasie überlassen, sich auszumalen, was vorgefallen war. Diesmal sah er es mit eigenen Augen. Seine Fantasie war ihm lieber.

„Nick? Bist du noch da?"

Er riss sich von den Bildschirmen los und kehrte in sein Büro zurück, doch das Unbehagen blieb. Sie hatte einen heftigen Schlag abbekommen, den sie bei der Schilderung des Vorfalls heruntergespielt hatte. „Ja", sagte er zu Graham, „ich bin noch da."

„Geht es Sam gut?"

„Sie sagt, es sei alles in Ordnung." Es hatte ihn ziemliche Überwindung gekostet, sich von der Notaufnahme fernzuhalten, obwohl ihn doch alles zu Sam hinzog – wie jedes Mal. „Ein Plastischer Chirurg hat ihr Gesicht genäht, und jetzt arbeitet sie schon wieder."

„Wir würden vollstes Verständnis haben, wenn sie es heute Abend nicht schafft."

Nick wusste, dass es absolut dumm war, und doch ärgerte ihn die Vorstellung, ohne sie zu gehen. Er bat sie nie darum, ihn bei seiner Arbeit zu unterstützen. Alles in ihrer beider Leben drehte sich um ihre Arbeit, ihre Fälle, ihre Ermittlungen. Kaum hatte sich dieser Gedanke in seinem Kopf geformt, bereute er ihn auch schon. Sie war verletzt, verdammt noch mal. Sie hatte mehreren Menschen das Leben gerettet, ihr eigenes eingeschlossen. Welches Recht hatte er da, wütend zu sein, weil ihre Verletzungen ihm möglicherweise seinen großen Abend verdarben? Aber war es denn falsch, bei einer für seine Karriere wichtigen Veranstaltung seine Frau an seiner Seite haben zu wollen? „Das wird sie wohl entscheiden", sagte er zu Graham. „Ob ihr danach ist. Ich sage dir Bescheid, sobald ich etwas gehört habe."

„Nicht nötig. Wenn sie kommt, kommt sie. Falls nicht, wird jeder Verständnis haben."

„Ich fühle mich mies. Wir haben das Monate im Voraus geplant."

„Du musst dich nicht entschuldigen. Wir wissen besser als die meisten Leute, wie unberechenbar ihr Job sein kann."

„Das ist nett von euch. Danke für euer Verständnis."

„Keine Ursache. Da ist aber noch etwas, worüber ich mit dir sprechen wollte. Ich hatte gehofft, das heute Abend tun zu können, aber es wird wahrscheinlich zu turbulent sein."

„Um was geht es denn?"

„Ich habe einen Anruf von Halliwell erhalten", erklärte Graham und meinte damit den neuen Vorsitzenden der Demokratischen Partei. Halliwell hatte Mitchell Sanborn nach dessen Verhaftung Anfang des Jahres ersetzt. „Er wollte meine Meinung dazu hören, ob du wohl bereit wärst, die Grundsatzrede auf dem Parteitag der Demokraten zu halten."

Nick war sprachlos. Indem sie ihn zum Mittelpunkt des Parteitages machten, bereiteten sie ihn für die Präsidentschaftskandidatur bei der nächsten Wahl vor. Die Demokratische Partei hatte ihr Interesse bereits in der Vergangenheit bekundet, aber das würde seine Bewerbung für das höchste Amt im Weißen Haus offiziell machen. „Was hast du ihm gesagt?"

„Ich habe vorgeschlagen, er soll direkt mit dir sprechen",

erwiderte Graham lachend. „Du brauchst mich bestimmt nicht mehr hinter den Kulissen zum Strippenziehen. Zu meiner Zeit hätte ich für deine Umfragewerte sonst was getan. Die präparieren dich bereits, Nick. Das hast du begriffen, oder?"

„Ich habe in meinem ganzen Leben noch keine Wahl gewonnen, und jetzt bereiten sie mich auf den höchsten Job vor", sagte Nick, zugleich amüsiert und erstaunt. Und traurig. Dies sollte Johns Moment sein. Nick hatte das nie vergessen.

Nach einer langen Pause sagte Graham: „Du denkst an John, nicht wahr?"

„Immer."

„Ich auch. Letzte Woche wollte ich ihn anrufen, ich hatte schon das Telefon in der Hand. Dann fiel es mir wieder ein ... Wenn das passiert, bin ich wieder bei jenem ersten schrecklichen Tag."

Nick versuchte zwar, nie daran zu denken, wie er seinen besten Freund und Boss tot aufgefunden hatte. Doch es war auch der Tag gewesen, an dem er, Jahre nach einem denkwürdigen One-Night-Stand, wieder mit Sam zusammengekommen war. Dass etwas so Großartiges mit einem tieftraurigen Ereignis zusammenhing, verblüffte ihn bis heute. Nick richtete den Blick auf ein Foto von John, das auf der Kommode stand. „Geht mir genauso. Plötzlich will ich ihm etwas erzählen, ihn nach seiner Meinung fragen. Öfter, als ich zugeben möchte."

Graham musste sich räuspern. „Was wirst du Halliwell sagen?"

„Das hängt wohl davon ab, wann und ob er fragt."

„Er wird fragen. Du bist ihre erste Wahl. Anscheinend wollte Derek Kavanaugh mit dir darüber sprechen, aber dann wurde seine arme Frau ... Gibt es irgendetwas Neues über das Baby?"

„Ich habe noch nichts gehört."

„Himmel, was der Mann durchmachen muss."

„Das ist nicht schön." Von Harry hatte Nick mittags gehört, dass Derek heute in einer schlimmen Verfassung war. Je mehr Zeit ohne ein Lebenszeichen von Maeve verstrich, desto mehr litt Derek.

„Der reinste Albtraum", meinte Graham und sprach aus Erfahrung. „Noch mal wegen des Kongresses ..."

„Wenn sie mich bitten, werde ich es machen. Natürlich werde

ich es machen, aber du und Laine, ihr sollt wissen, wie sehr ich mir im Klaren darüber bin, dass es eigentlich Johns Platz wäre." Es war nicht das erste Mal, dass Nick sich Sorgen darüber machte, seine Ersatzeltern könnten denken, er schlage Kapital aus den Möglichkeiten, die der Tod ihres Sohnes ihm eröffnet hatte.

„Das wissen wir, mein Sohn. Selbstverständlich wissen wir das. Aber wir sind auch sehr stolz auf dich. Ich hoffe, das weißt du."

„Danke", sagte Nick leise. Es tat immer wieder gut, von dem Senator im Ruhestand, der ihn, einen ehrgeizigen jungen Mann, damals unter seine Fittiche genommen hatte, zu hören, er sei stolz auf Nick. Graham hatte ihm ein Leben geboten, von dem Nick als junger Mann nicht einmal zu träumen gewagt hätte. „Du kannst dir nicht vorstellen, was mir das bedeutet."

„Ich kann es nicht erwarten, dich auf dem Parteitag zu erleben. Du wirst sie begeistern. Sogar die Republikaner werden dich reihenweise wählen."

Diese Vorstellung war so absurd, dass Nick einfach lachen musste. „Na klar doch."

„Ganz schöner Kampf, der sich da vor den Parlamentswahlen entwickelt, was?"

„Allerdings. Der Ausschuss macht sich Sorgen wegen Arnie", sagte Nick, in Anspielung auf den unfassbar reichen Geschäftsmann Arnold „Arnie" Patterson, der als unabhängiger Kandidat für das Amt des Präsidenten kandidierte. „Je näher wir der Wahl kommen, desto mehr wächst die Zahl seiner Anhänger. Im Gegensatz zu Nelson und Rafael", er meinte den amtierenden Präsidenten sowie dessen Rivale von der Republikanischen Partei, „droht Arnie jedenfalls sicher nicht auf der Zielgeraden das Geld auszugehen."

„Ich kann mir nicht vorstellen, dass dieses Land bereit ist für solche wie ihn." Graham klang voller Abscheu. „Niemand weiß genau, wie er zu seinem Geld gekommen ist. Alles an ihm ist zwielichtig."

„Aber er verspricht den Leuten, was sie hören wollen – niedrigere Steuern, weniger Reglementierungen, mehr Gewicht auf Familienwerte, ein Christ mit liberalem Einschlag. Er bietet von beiden Seiten das Beste, und das macht ihn für die Wähler attraktiv.“

„Meine Befürchtung ist, dass er Nelson Stimmen kostet und dadurch Rafael einen leichten Sieg beschert“, meinte Graham. „Halliwell sagt jedenfalls, dass Nelsons Lager besorgt ist.“

„Bis November kann noch viel passieren“, sagte Nick. „Ich habe ihn im Wahlkampf erlebt, und mir ist diese Unberechenbarkeit aufgefallen, die seinen Beratern Kopfzerbrechen bereitet. Sieh dir nur mal an, wie viele Mitarbeiter er verschlissen hat seit dem Memorial Day. Ich habe gehört, er lässt seine Söhne die Show machen, das garantiert zumindest eine gewisse Kontinuität.“

„Es heißt, sobald ein Mitarbeiter nicht seine Meinung teilt, ersetzt er ihn. Ich wette, der würde seine eigenen Kinder feuern, wenn sie ihm nicht nach dem Mund reden.“

Nick lachte. „Diese Strategie sollte ich übernehmen. Das würde jedenfalls für kürzere Mitarbeitermeetings sorgen.“

„Bestimmt“, meinte Graham belustigt. „Scotty wird also bald wieder in der Stadt sein?“

„Wir holen ihn am Sonntag. Drei gemeinsame Wochen. Wir können es kaum erwarten.“

„Bring ihm mit auf die Farm zum Reiten.“

„Mach ich.“

„Dann bis heute Abend.“

„Ich freue mich darauf.“

Nick beendete das Gespräch und betrachtete eine ganze Weile Johns Foto. Er dachte an die gemeinsamen Jahre in Harvard, an die Wochenenden bei den O'Connors in Leesburg und an die fünf Jahre, die er an Johns Seite während dessen Amtszeit im Senat gearbeitet hatte. Zum ersten Mal seit einer ganzen Weile ließ er den Kummer und die Sehnsucht zu. Nick hätte liebend gern seinen Sitz im Senat und die damit verbundene Popularität hergegeben, für einen einzigen weiteren Tag mit seinem besten Freund.

Sam trat aus dem Haupteingang des Hauptquartiers, hinein in den reinsten Wahnsinn. Fragen wurden ihr in einem einzigen lauten

Gebrüll entgegengeschleudert, während Blitzlichter zuckten. Ihre übel zugerichtete Visage würde am Morgen auf allen Titelseiten prangen.

„Was können Sie uns über den Raub verraten?"

„Mit wie vielen Stichen wurden Sie genäht?"

„Gibt es schon eine Spur zu Maeve Kavanaugh?"

„Werden Sie den Präsidenten befragen?"

„Ist Derek Kavanaugh ein Verdächtiger?"

Sam hob die Hände, um die Menge zu beruhigen. Als die Fragen unablässig weiter abgefeuert wurden, konzentrierte sie sich auf einen Laternenmast auf dem Parkplatz hinter ihnen, bis die Meute verstand, dass sie kein Wort sagen würde, bevor die Reporter endlich still waren. Es dauerte einige Minuten, aber schließlich begriffen sie alle die Botschaft.

„Ich werde jetzt eine Erklärung abgeben und anschließend einige Fragen beantworten", verkündete sie. „Die Ermittlungen zum Mord an Victoria Kavanaugh und der vermutlichen Entführung Maeve Kavanaughs dauern an. Mr. Kavanaugh ist kein Verdächtiger. Ich wiederhole, Derek Kavanaugh gilt nicht als verdächtig, etwas mit der Ermordung seiner Frau oder der Entführung seiner Tochter zu tun zu haben." Obwohl sie diesen Punkt wiederholt hatte, würde Dereks Unschuld vermutlich hinter der blutrünstigen Sensationsgier verschwinden, die ein Mord auslöste, der bis in die höchsten Kreise der Nelson-Regierung reichte.

„Momentan haben wir nicht vor, mit dem Präsidenten zu sprechen, allerdings hat er bereits Mr. Kavanaughs Alibi für den Zeitraum des Mordes und das Verschwinden des Kindes bestätigt. Er war bei einer Strategieberatung des Teams des Präsidenten und seiner Wahlkampfleiter, das übers Wochenende in Camp David abgehalten wurde." Sie machte eine Pause, in der sie Blickkontakt zu einigen der ihr bekannteren Reportern herstellte. „Und noch einmal für die Schwerhörigen – Mr. Kavanaugh ist kein Verdächtiger."

Bevor sie weitere Fragen brüllen konnten, atmete Sam tief ein und hoffte, dass die Schmerztabletten schnell wirken würden, denn ihr Gesicht fing an, wehzutun. „Wir bitten Sie um Ihre Mithilfe durch die weitere Verbreitung des Fotos von Maeve

Kavanaugh. Unsere Detectives verfolgen jede Spur, die im Zusammenhang mit dem Verschwinden des Mädchens stehen könnte."

„Gibt es denn schon irgendeinen Verdächtigen?", wollte eine der Barbie-Puppen-TV-Reporterinnen wissen. Sam konnte sich deren Namen nie merken. Die sahen alle gleich aus.

„Wir gehen einigen Hinweisen nach."

„Was können Sie uns über den Raubüberfall heute Morgen sagen?", fragte Darren Tabor.

„Ich bin sicher, Sie haben das Video gesehen." Sam zuckte die Schultern. Je schneller sie denen das gab, was sie wollten, desto eher konnte sie vermutlich wieder an die Arbeit zurückkehren. „Ich wollte mir einen Bagel kaufen, habe den Typen bemerkt, der mit einer Waffe herumfuchtelte, per Textnachricht Verstärkung angefordert und mich in den vorderen Teil des Ladens begeben, wo ich den bewaffneten Räuber überwältigen konnte. Das wäre alles dazu."

„Sie haben den Teil ausgelassen, in dem der Kerl Ihnen seine Pistole ins Gesicht geschlagen hat", rief jemand.

Sam deutete auf ihr Gesicht. „Ich dachte, dieser Teil sei ziemlich offensichtlich."

Die Menge lachte.

„Wie viele Stiche?"

„Ich habe nicht mitgezählt."

„Hat der Senator schon Ihr Gesicht gesehen?"

„Noch nicht", antwortete sie und hätte die Worte am liebsten gleich wieder zurückgenommen. Sie hatte das schon deshalb nicht erwähnen dürfen, weil er jetzt wenig mitfühlend erschien, denn er war nicht gleich ins Krankenhaus geeilt. Die alte Sam hätte sich nicht darum geschert, was die Reporter dachten, doch die neue Sam hatte einen Politiker zum Mann, der mitten in seinem ersten Wahlkampf steckte.

„Er hat heute Morgen in Anhörungen gesessen", erklärte sie mit zusammengebissenen Zähnen. „Noch Fragen?" Ohne ihnen auch nur eine halbe Sekunde für eine Antwort zu gönnen, verkündete sie: „Dann wär's das fürs Erste." Sie nickte Hill zu, damit er ihr durch die Horde zum Parkplatz folgte.

„Ich habe keine Ahnung, wie Sie diese ständige Beobachtung

aushalten", bemerkte Hill, als sie die Reporter hinter sich gelassen hatten.

„Das gehört zu meinem Job", sagte Sam, an Smalltalk mit dem Agenten nicht interessiert.

„Ich meinte Ihr Privatleben."

Sie bedachte ihn mit einem Blick, der wahrscheinlich nicht so wirkungsvoll war wie üblich, da ihr Gesicht momentan nicht richtig funktionierte. „Ich wusste, worauf ich mich einlasse."

Als sie sich seinem unscheinbaren Wagen näherten, drückte er den Knopf für die Fernbedienung. „Hm."

Sam stieg auf der Beifahrerseite ein. „Was soll das heißen?"

„Ich sagte nur ,hm'."

„Das sagt man für gewöhnlich anstelle dessen, was man eigentlich meint."

„Tatsächlich?" Er sagte das in diesem Akzent, der vermutlich bei anderen Frauen feuchte Höschen erzeugte.

Eine Minute später fuhr er bei einem Imbiss vor, wo sie Sandwiches und Softdrinks kauften.

„Was ist Ihr Problem?", wollte Sam wissen, als sie wieder unterwegs waren.

„Mir war nicht klar, dass ich ein Problem habe", erwiderte er, sein Truthahnsandwich verschlingend, während sie in nordwestlicher Richtung durch den Innenstadtverkehr fuhren, auf dem Weg zur Route 66 West.

Sam hatte sich ein Thunfischsandwich gekauft und geglaubt, es sei leichter zu essen, doch ihr Gesicht schmerzte zu sehr, um kauen zu können. „Hat Ihre Mutter Ihnen nicht beigebracht, dass es unhöflich ist, Leute anzustarren?"

„Was soll das nun wieder heißen?"

„Sie starren mich an. Die ganze Zeit." Aus dem Augenwinkel bemerkte sie, wie er errötete, und hätte am liebsten gelacht. Der ach so coole FBI-Agent wurde rot wie ein Schulmädchen.

„Ich habe schon von Ihrem beeindruckenden Ego gehört, Lieutenant. Aber glauben Sie mir ruhig, wenn ich Ihnen versichere, dass ich an den Fall denke, nicht an Sie – wenn ich Sie angeblich anstarre."

Aus irgendeinem Grund glaubte Sam ihm nicht. Es war mehr als das – etwas, was sie lieber auf sich beruhen lassen sollte, auch wenn sie normalerweise solchen Dingen unbedingt auf den Grund gehen wollte. „Ihnen ist also zu Ohren gekommen, dass mein Ego beeindruckend ist, was?"

Hill lachte. „Es passt, dass Sie das als Kompliment auffassen."

„Warum sollte ich nicht? Ich habe guten Grund, ein bisschen großspurig zu sein. Kennen Sie meine Aufklärungsquote?"

Die Augen verdrehend entgegnete er: „Wer kennt die nicht? Ihr Gesicht ist in letzter Zeit öfter in der Zeitung zu sehen als das des Präsidenten."

„Das stimmt jetzt aber nicht."

„Wenn Sie meinen. Reden wir über Derek Kavanaugh und wie wir das Treffen angehen wollen."

„Puh, müssen wir?"

„Ich fürchte, ja. Sie haben gestern Abend erwähnt, dass Sie ihn privat kennen?"

„Er und Nick sind Freunde. Seit Jahren. Ich kenne ihn erst seit Weihnachten. Wir haben uns hin und wieder mit ihnen getroffen."

„Was hielten Sie von ihr?"

„Es gab nichts, was man an Victoria nicht mögen konnte", sagte Sam. „Sie war großartig und lebhaft, hatte Stil und Humor. Liebte ihren Mann sehr und ihr Kind. Zumindest hatten wir diesen Eindruck." Was sie nachträglich über die Ermordete erfahren hatte, stellte Sams Ansichten über diese Frau jedoch grundsätzlich infrage. „Aber wer weiß schon, ob sie nur eine gute Schauspielerin war, die die hingebungsvolle Ehefrau spielte, während sie in Wahrheit Teil einer ruchlosen Verschwörung epischen Ausmaßes war."

„Menschen sind zum Kotzen", sagte Hill und überraschte sie mit dieser Unverblümtheit.

„Ja, oft stimmt das leider." Sam legte ihren Kopf gegen den Sitz, plötzlich erschöpft. „Wo fangen wir hier überhaupt an?"

Hill sah sie verblüfft an. „Fragen Sie mich wirklich nach meiner Einschätzung?"

„Halten Sie die Augen auf die Straße gerichtet und schieben Sie meine Worte auf ein vorübergehend beeinträchtigtes Urteilsvermögen infolge heftiger Schmerzen."

„So schlimm?" Er klang, als interessiere ihn das aufrichtig.

„Es fühlt sich nicht gerade toll an, so viel ist mal sicher." Sie klappte die Sonnenblende herunter, um einen Blick in den Spiegel zu werfen. „Heiliger Strohsack", flüsterte sie. Die gesamte rechte Seite ihres Gesichts war violett verfärbt und geschwollen. Dazu prangte quer über der Wange ein Stück weißer Verband. Ihr rechtes Auge war komplett zugeschwollen. „Wow, noch spektakulärer als beim letzten Blick in den Spiegel." Wieder dachte sie mit einem flauen Gefühl im Magen an die Benefizgala am Abend und bereute, dass sie in den Spiegel geschaut hatte.

„Es ist in der Tat ein Statement."

Sam musste unwillkürlich lachen, trotz ihres Vorsatzes, ihm gegenüber distanziert zu bleiben.

„Da Sie mich nach meiner bescheidenen Meinung gefragt haben, schlage ich vor, wir beginnen mit den Leuten, deren Identität gestohlen wurde. Hoffentlich können Cruz und die anderen uns ein paar Spuren aus den Telefonprotokollen präsentieren. Und dann wäre da noch der für die Sicherheitsüberprüfung zuständige Mitarbeiter. Im Grunde haben wir eine Menge Ansätze."

„Ja, sieht ganz danach aus." Aus dem Beifahrerfenster auf die vorbeisausende Welt draußen schauend, sagte sie: „Das wird sich noch als große Sache herausstellen, oder?"

„Ich fürchte, da haben Sie recht, aber es wäre schließlich nicht Ihre erste große Ermittlung. Allein im vergangenen Jahr haben Sie wegen Morden an Senatoren und Anwärtern für den Obersten Gerichtshof ermittelt. Außerdem haben Sie den Sprecher des Weißen Hauses verhaftet, den Vorsitzenden der Demokraten und einen langjährigen Senator. Man sollte meinen, solche Sachen sind für Sie inzwischen Routine."

„Wie kommt es, dass Sie alles über mich wissen, während ich überhaupt nichts über Sie weiß?"

Sein Lächeln war sexy und zweideutig; Sam bereute ihre Frage sofort.

„Was möchten Sie denn wissen?"

„Nichts. Vergessen Sie, dass ich gefragt habe." Aus irgendeinem Grund fühlte es sich bereits wie Ehebruch an, mit diesem Mann Vertraulichkeiten auszutauschen.

„Ich bin in Charleston, South Carolina, aufgewachsen. Ich habe die Citadel Highschool besucht, eine Weile als Army Ranger gedient, später bei einer Sondereinheit. Hab die Armee nach zehn Jahren verlassen und bin seitdem beim FBI. Das ist in groben Zügen die Geschichte des Special Agent Avery Hill."

Etwas an der Art, wie er das sagte, verriet Sam, dass sich noch viel mehr hinter dieser Geschichte verbarg. Nicht, dass sie sich jemals die Zeit nehmen und weiter forschen würde. Das würde sie nur einer Grenze näherbringen, die sie nicht einmal überschreiten würde, wenn man ihr eine Pistole an die Schläfe hielte.

Nach längerem Schweigen nahm Hill die Ausfahrt nach Herndon. „Wie lautet der Plan bei Kavanaugh?"

„Ich werde es ihm wohl ganz direkt sagen. Meiner Erfahrung nach ist das die beste Methode, mit solchen Dingen umzugehen."

„Einverstanden." Er räusperte sich. „Dann werden Sie diejenige sein, die es ihm ganz direkt beibringt, oder?"

Sam lachte in sich hinein. „Ich hab's begriffen, Hill. Machen Sie sich keine Sorgen."

„Ich fand nur, es ist vielleicht etwas leichter, wenn er es von einem Freund oder einer Freundin hört."

„Ich kann mir nicht vorstellen, wie irgendwas von alldem leicht sein soll."

„Ja, Sie haben natürlich recht. Der Mann tut mir leid."

„Mir auch."

9

Kurze Zeit später bogen sie in eine Wohnsiedlung aus gepflegten Häusern im Kolonialstil ein, eine Gegend, in der brave Bürger ihre Kinder großzogen und mit ihren Ehepartnern auf der Veranda saßen, während sie langsam alt wurden. Nach erneutem mehrmaligem Abbiegen parkte Hill hinter einem schwarzen BMW, den Sam überall als den Wagen ihres Mannes identifiziert hätte. „Na fabelhaft", murmelte sie.

Zusätzlich zu der vorhersehbaren Reaktion auf ihr verletztes Gesicht konnte Sam sich schon ausmalen, welche Bemerkung Nick dazu machen würde, dass sie hier mit Hill auftauchte. Sie wappnete sich innerlich gegen die Bemerkungen und die schlimme Aufgabe, die mit Derek vor ihr lag, und stieg aus dem Wagen. Gemeinsam mit Hill ging sie zum Haus.

Nick öffnete die Tür. „Schön, dich hier zu treffen." Seine Miene wurde sofort sanfter beim Anblick ihres ramponierten Gesichts. Aber als er ihren Begleiter sah, verhärteten sich seine Züge gleich wieder.

„Befehl vom Chief", erklärte sie leise, als er sie eintreten ließ. „Was machst du eigentlich hier? Ich dachte, du hättest eine Bürgerversammlung."

„Erst um vier. Lass mich mal dein Gesicht ansehen." Er nahm sie bei der Hand und führte sie in ein Wohnzimmer.

„Ich gebe Ihnen eine Minute", sagte Hill, bevor er in der Küche verschwand.

Nick zog sie vor das Panoramafenster und betrachtete eingehend ihr Gesicht. „Nicht so schlimm, hast du gesagt?"

„Es sieht schlimmer aus, als es sich anfühlt", spielte sie die Angelegenheit herunter, wie sie es jedes Mal tat.

„Irgendwie bezweifle ich das." Er küsste sie zärtlich auf die Stirn. „Hat man dir etwas gegen die Schmerzen gegeben?"

„Ich habe das Rezept noch nicht eingelöst."

„Natürlich nicht."

„Ich habe andere Pillen genommen. Mir geht's gut. Ehrlich."

„Komm her." Er schloss sie in die Arme, und sie schmiegte die unverletzte Wange an seine Brust. Sie war fest entschlossen, sich eine Minute dieses Trostes zu gönnen, den nur er ihr bieten konnte, ehe sie nach nebenan gehen und Derek Kavanaughs Leben vollends zerstören würde.

„Hast du das Video gesehen?", fragte sie.

„Was glaubst du wohl?"

Sam hätte das Gesicht verzogen, doch das wehrte sich. „Tut mir leid, dass du das sehen musstest."

„Du warst sehr beeindruckend." Ihr ins Ohr flüsternd fügte er hinzu: „Und sehr sexy."

Sam lachte laut. „Das kannst auch nur du sagen."

„Das hoffe ich doch sehr."

„Ach, komm schon, Nick. Farnsworth hat mir befohlen, ihn mitzunehmen. Du weißt, dass ich ihn nicht um mich haben will."

„Ich wünschte, du könntest sehen, wie er dich ansieht."

Sie hatte es gesehen, doch das würde sie ihrem Mann gegenüber niemals zugeben, denn er würde sich nur darüber aufregen. „Das ist sein Problem. Machen wir es nicht zu unserem. Bitte, ja? Wir haben schon genug um die Ohren, da können wir unnötige zusätzliche Probleme nicht gebrauchen."

Widerstrebend, zumindest kam es ihr so vor, nickte er.

„Ich muss mit Derek sprechen. Und was ich ihm zu sagen habe, wird ihn schwer aufwühlen."

„Noch mehr als die Tatsache, dass seine Frau ermordet und seine Tochter entführt wurde?"

„Ja."

„Wow.“

„Normalerweise würde ich dich auf keinen Fall dabei sein lassen, aber wenn Hill einverstanden ist, solltest du es dir anhören. Denn Derek wird die Unterstützung von jemandem brauchen, der die Zusammenhänge kennt.“

„Okay“, erwiderte Nick zögernd.

Sam konnte ihm das nicht verdenken. Sie wäre auch lieber irgendwo anders gewesen statt mitten in Derek Kavanaughs schlimmstem Albtraum. „Gib mir eine Sekunde, um mit Hill zu reden. Und hör auf, ein Gesicht zu machen, als wolltest du jemanden umbringen, sobald sein Name fällt.“

„Wenn er auch nur einen Schritt zu weit geht bei dir, will ich es wissen. Verstanden?“

„Du meine Güte, Nick! Wir sind Kollegen! Profis!“

„Ist mir egal. Ich will dein Wort darauf, Samantha.“

Sie holte tief Luft und schämte sich ein wenig dafür, dass sie seine Eifersucht aufregend fand. „Ich verspreche es. Zufrieden?“

„Ich werde zufrieden sein, wenn dieser Fall abgeschlossen ist und wir seine Rücklichter sehen, sobald er aus der Stadt hinausfährt.“

Sie piekste ihn in den Bauch. „Du bist echt anstrengend, weißt du das?“

„Du bist noch viel anstrengender.“

„Stimmt“, gab Sam zu. Warum es abstreiten? Sie stellte sich auf Zehenspitzen, um ihn zu küssen, was sich als schwierig und schmerzhaft erwies. „Bleib hier und benimm dich. Das meine ich ernst. Ich will nicht, dass du dich vor ihm wie ein Alphamännchen aufführst. Hast du mich verstanden?“

„Ja! Geh. Rede mit deinem *Kollegen*.“

Sam ging in die Küche, wo Hill sich mit einer älteren Frau unterhielt, vermutlich Dereks Mutter.

„Lieutenant Holland, dies ist Mrs. Kavanaugh“, stellte Hill sie vor.

Sie war schlank und hatte kurzes graues Haar. Ihre Augen waren rot gerändert, und sie wirkte erschöpft und kummervoll. Sam erkannte die Ähnlichkeit mit ihrem Sohn. „Sie sind Nicks Samantha“, sagte sie, als sie sich erhob, um Sam zu umarmen.

„Ja“, bestätigte Sam und erwiderte verlegen die Umarmung.

Zuneigungsbekundungen von Fremden waren ein weiterer Punkt auf der langen Liste von Dingen, die ihr unangenehm waren. „Mein herzliches Beileid."

„Danke, meine Liebe. Ich nehme an, Sie müssen mit Agent Hill sprechen, deshalb gehe ich."

„Wir werden alles tun, was wir können", versprach Sam ihr.

„Daran habe ich keinen Zweifel", erwiderte Mrs. Kavanaugh und tätschelte auf dem Weg hinaus Sams Arm.

„Nette Frau", bemerkte Hill, als sie allein waren. „Die haben das alles nicht verdient."

„Niemand verdient das." Sie hielt inne und überlegte. „Na ja, einige wohl schon, aber nicht diese Leute."

Die Andeutung eines Lächelns erschien auf Hills anziehendem Gesicht, was dessen Wirkung noch verstärkte. „Bereit, mit Derek zu reden?"

„Bevor wir das tun, wollte ich Sie fragen, wie Sie es fänden, wenn Nick dabei wäre. Er hat eine Unbedenklichkeitsbescheinigung, und ich dachte, es ist vielleicht ganz gut, wenn Derek jemanden dabeihat, der ihm nahesteht und –"

„Sam", unterbrach er sie, ihren Vornamen das erste Mal gebrauchend. „Stopp. Ist gut. Ich schließe mich Ihrer Meinung an."

Ein wenig durcheinander von dieser Vertraulichkeit und seinem raschen Nachgeben, begab Sam sich nach nebenan. Sie winkte Nick, ihnen in ein kleineres Wohnzimmer zu folgen, wo Derek auf dem Sofa schlief. In seinem Cherry-Blossom-Festival-5-K-T-Shirt und der zerschlissenen Jogginghose, die vielleicht noch aus der Zeit stammte, als er in diesem Haus gewohnt hatte, besaß er kaum noch Ähnlichkeit mit dem geschliffenen Profi, der er vor zwei Tagen noch gewesen war.

So ungern sie seinen vermutlich ersten Schlaf, seit seine Welt gestern implodiert war, auch störte, es musste sein. Sie drehte sich zu Nick um, in der Gewissheit, dass er Verständnis haben würde für das, was er tun musste.

Und tatsächlich ging ihr Mann zum Sofa und rüttelte Derek sanft wach. „Wach auf, Sam ist hier, und sie muss mit dir reden."

Derek schlug die Augen auf, und Sam konnte den Moment genau ausmachen, als die schreckliche Wirklichkeit ihm wieder zu

Bewusstsein kam und die Tatsache, dass sein bisheriges Leben vorbei war. Er richtete den Blick auf sie und setzte sich auf. „Ist es Maeve? Habt ihr sie gefunden?"

Sam schüttelte bedauernd den Kopf und machte damit seine Hoffnung zunichte. Wie war das wohl, fragte sie sich, nicht zu wissen, wo das eigene Kind war? Unvorstellbar.

Mit wildem Blick schaute Derek zu Nick, dann zu Hill und wieder zu ihr. „Was? Was ist passiert?"

Sam setzte sich neben ihn auf das Sofa und wünschte, sie könnte ihm ersparen, was er gleich hören würde. „Im Zuge unserer Ermittlungen sind wir auf einige Ungereimtheiten bei Victoria gestoßen."

„Was denn für Ungereimtheiten?"

„Zum einen haben wir nichts online über sie gefunden aus der Zeit vor ihrer Tätigkeit bei Calahan Rice."

„Na und? Das heißt doch nichts."

„Das ist noch nicht alles." Sam holte tief Luft. „Die Gerichtsmedizinerin überprüft bei der Autopsie routinemäßig die Fingerabdrücke. Und diese stimmten mit einer sechsunddreißigjährigen Frau namens Denise Desposito überein, die bei einer Auseinandersetzung im Gefängnis vor sechs Jahren gestorben ist."

Nick starrte sie fassungslos an.

Derek stand auf und stemmte die Hände in die Hüften. „Moment mal ... du behauptest also ..."

„Sie war nicht die, für die du sie gehalten hast." Sam versuchte es so kurz und schmerzlos wie möglich zu machen.

Dennoch zeichnete sich der Schmerz in Dereks Miene ab. „Wie meinst du das?"

„Die beim Fahrzeugamt hinterlegte Sozialversicherungsnummer gehörte einem William Eldridge, der vor acht Jahren im Alter von sechsundfünfzig Jahren gestorben ist."

Derek begann in dem kleinen Raum auf und ab zu gehen. Plötzlich blieb er stehen und wandte sich an die anderen. „Das verstehe ich nicht."

„Wir auch nicht", erwiderte Hill.

„Es hat eine Sicherheitsüberprüfung nach unserer Heirat

gegeben", erklärte Derek. „Wenn sie gelogen hat, was ihre Identität betrifft, hätte man das damals nicht feststellen müssen?"

„Nur wenn die Überprüfung von jemandem durchgeführt wurde, der nicht in diese Sache verwickelt war", gab Hill zu bedenken.

„Was heißt das nun wieder? Verwickelt in was?"

„Es heißt genau das, was ich sagte", meinte Hill. „Wir vermuten, dass Victoria Teil irgendeiner Verschwörung war. Ob freiwillig oder unfreiwillig, muss sich noch zeigen."

„Wollen Sie damit andeuten, dass sie ... dass wir ... Es war alles eine Lüge?"

„Das wissen wir noch nicht sicher, Derek", sagte Sam, bewegt von der Qual in seiner Stimme. „Du solltest keine voreiligen Schlüsse ziehen, ehe wir nicht mehr wissen. Offensichtlich hat irgendwer einen ziemlichen Aufwand betrieben, um ihr eine falsche Identität zu verschaffen, die anscheinend an dem Tag begonnen hat, an dem sie in Washington angekommen ist, also etwa dreißig Tage, bevor du sie kennengelernt hast."

„Du willst mir also erklären, jemand habe unser Kennenlernen arrangiert? Unsere ganze Beziehung, unsere Ehe, unsere Familie ... alles eine Lüge? Wie kann es eine Lüge gewesen sein? Sie liebt mich. Nick! Komm schon, du weißt das. Du hast es mit eigenen Augen gesehen!"

„Ja, das habe ich", bestätigte Nick.

„Dann sag es ihnen! Es war keine Lüge! Diese Art von Liebe hätte sie nicht vortäuschen können!" Dereks Stimme brach. Er schlug sich eine zitternde Hand vor den Mund. „Das kann nicht wahr sein", flüsterte er. „Sie hat mich geliebt. Das weiß ich."

Sam stand auf, ging zu ihm und legte ihm ihre Hand auf den Arm. „Wir arbeiten wirklich hart an der Aufklärung dieser Zusammenhänge. Ich verspreche dir, wir werden der Sache auf den Grund gehen."

„Es war nicht alles eine Lüge. Davon werdet ihr mich niemals überzeugen können."

„Wir müssen alles wissen, was du uns über ihre Vergangenheit erzählen kannst. Alles, was sie vielleicht über ihre Familie berichtet hat, Erinnerungen aus ihrer Schulzeit, Freunde, Cousins, Orte, an denen sie gelebt oder gearbeitet hat."

Derek fuhr sich durch die Haare, sodass sie ihm zu Berge standen. „Sie hat nicht viel über ihre Vergangenheit geredet. Ich hatte den Eindruck, sie habe eine schlimme Kindheit gehabt, deshalb habe ich das Thema nicht angeschnitten."

„Was meinen Sie damit, Sie hätten den Eindruck gehabt?", wollte Hill wissen.

Derek kehrte zum Sofa zurück, setzte sich und stieß einen müden Seufzer aus. „Manchmal hatte sie einen geradezu gehetzten Blick, als sei es ihr unerträglich, in Gedanken in die Vergangenheit zurückzukehren. Ich hab sie nicht gedrängt. Ich wollte ihr diesen Schmerz nicht zumuten. Außerdem war es mir nicht wichtig. Für mich zählte nur, wer sie jetzt war. Der Mensch, den ich liebte." Er hielt inne, dachte einen Moment nach und sah dann mit flehender Miene auf. „War ich so dumm?"

„Ich glaube nicht, dass es dumm ist, für jemanden etwas zu empfinden", antwortete Sam.

„Manchmal schon", murmelte Hill.

Sam wandte sich an ihn. „Was haben Sie gesagt?"

„Nichts." Er winkte ab. „Fahren Sie fort."

Sam musterte den Agenten, ehe sie sich wieder an Derek wandte. „Wie war das bei der Planung eurer Hochzeit? Kam es dir nicht seltsam vor, dass sie niemanden eingeladen hat?"

„Sie hatte bereits Freunde hier in D.C., also gab es Leute, die sie einlud. Außerdem war es eine kleine Hochzeit."

„Es würde uns sehr helfen, wenn du noch einmal nachdenken könntest, ob du dich an irgendwen aus ihrer Vergangenheit erinnerst, den sie vielleicht erwähnt hat."

„Stammte sie wirklich aus Ohio?", fragte Derek.

„Das wissen wir nicht", gestand Sam.

„Ich werde darüber nachdenken", versprach Derek.

Sam fragte sich, wie er überhaupt an etwas anderes denken konnte. „Danke. Wir müssen zurück in die Stadt, aber du hast ja meine Nummer."

Derek nickte.

„Es tut mir schrecklich leid, dass ich dir das sagen musste."

Er zuckte hilflos die Schultern. „Mir tut es leid, dass mein gemeinsames Leben mit ihr auf Lügen aufgebaut war."

Nick setzte sich neben Derek. „Das waren nicht alles Lügen,

Derek. Ich habe euch beide zusammen gesehen. Sie hat dich geliebt. Niemand wird mich vom Gegenteil überzeugen können."

„Danke. Das hilft mir."

„Leider muss ich zurück nach Capitol Hill für eine Bürgerversammlung", erklärte Nick. „Ich schaue später noch mal bei dir vorbei, und Harry wird auch bald zurück sein."

„Danke, dass du zu mir herausgekommen bist", meinte Derek mit tonloser Stimme. „Ich weiß, wie beschäftigt du bist."

„Kein Problem."

„Ach, Derek", sagte Sam, „es ist wirklich wichtig, dass du mit niemandem darüber redest, nicht einmal mit deinen Eltern, was wir über Victoria herausgefunden haben. Falls es Bestandteil einer umfangreicheren Machenschaft war, wollen wir uns möglichst lange nicht in die Karten schauen lassen."

„Ich verstehe."

„Ich rufe dich später an", sagte Nick. „Und du weißt ja, wie du mich erreichen kannst, wenn es nötig sein sollte. Jederzeit, Tag und Nacht."

„Danke, Nick." Derek streckte sich auf dem Sofa aus und bedeckte sein Gesicht mit den Händen.

Nick deutete mit einer Kopfbewegung zur Tür an, dass sie gehen sollten.

„Ich lasse ihn nur ungern so allein", gestand Sam.

„Geht mir genauso", sagte Nick.

„Ich bin mir sicher, er will, dass wir herausfinden, was zur Hölle da läuft", erklärte Hill.

„Ich nehme dich mit zurück in die Stadt", sagte Nick zu Sam.

Sie schaute zu Hill, unschlüssig, was sie tun sollte und was sie wollte. „Oh, also, tja ..."

„Fahren Sie nur", ermunterte Hill sie. „Ich werde mir mal ansehen, wer die Sicherheitsüberprüfung vorgenommen hat, als Derek Victoria geheiratet hat. Wir treffen uns im Hauptquartier."

„Klingt vernünftig", erwiderte Sam. Als sie in Nicks komfortablem BMW saßen, sagte sie: „Du hättest mich auch fragen können, statt mir einfach zu eröffnen, dass ich mit dir fahre."

„Was soll das denn heißen?"

„Ich mag es nicht, wenn du dich so … ehemännlich aufführst vor meinen Kollegen."

Nick prustete. „Ich bin dein Mann, und dementsprechend sollte ich mich auch für den Rest meines Lebens so verhalten."

„Aber nicht vor den Leuten, mit denen ich zusammenarbeite!"

„Ich mache dich nur ungern darauf aufmerksam, dass du nicht mit Hill zusammenarbeitest. Zum Glück."

„Nick! Darum geht es nicht!"

Leise lachend legte er seine Hand auf ihre und hielt sie fest, als Sam sie zurückziehen wollte. „Tut mir leid, wenn ich das falsch angegangen bin. Aber ich werde mich nicht dafür entschuldigen, dass ich Zeit mit dir verbringen will, wann immer sich die Chance bietet, besonders, wenn du verletzt bist, Schmerzen hast und es vor mir zu verbergen versuchst."

Oh, sie hasste es, wenn er solche Dinge sagte, während sie gerade richtig wütend werden wollte! „Versuch dich nicht mit deinem Charme herauszuwinden."

„Warum nicht? Normalerweise funktioniert es."

Weil sie seinem Charme so wenig widerstehen konnte wie einer Schachtel Pralinen, wenn sie vor ihr stand, verschränkte sie ihre Finger mit seinen, neigte den Kopf zur Seite und schloss die Augen. Der Schmerz machte sich bemerkbar und erzeugte ein flaues Gefühl im Magen, das ihre für gewöhnlich geschärften Sinne trübte. „Es war schrecklich, Derek diese Nachricht überbringen zu müssen."

„Ich weiß, Babe."

„Er wird immer daran denken, dass ich diejenige war, die ihm diese grässliche Wahrheit überbracht hat."

„Er weiß, dass du nur deinen Job machst."

„Manchmal hasse ich meinen Job."

„Und ich hasse ihn immer."

Das brachte sie zum Lachen, und das half schon ein bisschen. Mit ihm zusammen zu sein half immer.

„Aber du bist eben so gut darin", fügte er hinzu. „Was du heute in diesem Laden vollbracht hast, war bewundernswert. Du hast vielen das Leben gerettet, dein eigenes eingeschlossen."

Komplimente machten sie verlegen, selbst wenn sie von ihm

kamen. Das war diesmal nicht anders. „Ich bin froh, dass ich dort war. Es ist ja gut ausgegangen.“

„Für alle, bis auf den Räuber und dein Gesicht.“

„Es tut mir leid, dass das ausgerechnet heute passieren musste. Aber sei unbesorgt, ich werde heute Abend da sein, voll motiviert und guter Dinge.“

„Du musst nicht mitkommen, wenn dir nicht danach ist. Ich würde es absolut verstehen.“

„Ich komme mit, und damit basta.“

Als Nicks Handy klingelte, ließ sie seine Hand los, damit er es aus der Jacketttasche ziehen konnte. Er reichte es an sie weiter. „Schau mal, wer das ist.“

Sie las den Namen vom Display ab und lächelte. „Scotty.“ Sie hatten ihm ein Telefon gekauft, damit er sie jederzeit anrufen konnte. „Hi, Kumpel“, meldete sie sich.

„Sam! O Mann! Ich hab das Video gesehen. Bist du okay?“

Es tat ihr leid, dass er sich so besorgt anhörte. Ihr war gar nicht in den Sinn gekommen, ihn anzurufen. Im Nachhinein wurde ihr klar, dass sie das wohl besser hätte tun sollen. „Mir geht es bestens. Wo hast du denn von dem Video gehört?“

„Ich habe im Schwimm-Camp gehört, wie Leute sich darüber unterhalten haben, und als ich nach Hause gekommen bin, haben Mrs. L und ich es uns auf dem Computer angeschaut. Du warst toll. Fand Mrs. L auch. Sie meinte, du warst wie Wonder Woman.“

„Oh, danke. Es war ein bisschen verrückt, aber zum Glück ist es glimpflich ausgegangen.“

„Hat es wehgetan, als er dich mit seiner Waffe im Gesicht getroffen hat? Ach, das ist natürlich eine blöde Frage, oder?“

Sam lachte. „Es hat sich nicht allzu gut angefühlt. Aber die haben es genäht, und jetzt arbeite ich schon wieder.“

„Bist du bei Nick?“

„Ja, er fährt mich gerade in die Stadt zurück. Möchtest du mit ihm sprechen?“

„Gleich. Kannst du ein echt großes Geheimnis für dich behalten?“

„Mann, fragst du mich das ehrlich?“

Scotty lachte prustend los, und es klang sehr danach, wie Nick oft über sie lachte. „Sorry. Klar kannst du. Gehört ja zu deinem Job, oder?"

„Und ob."

Nick grinste und genoss ganz offensichtlich ihren Teil des Dialogs mit dem Jungen, den sie beide in ihr Herz geschlossen hatten.

„Was ist denn nun dein großes ...“

„Nicht aussprechen! Ich will nicht, dass er es hört!"

„Okay. Du meine Güte!"

„Senator O'Connor hat mich zu der Benefizgala heute Abend eingeladen. Mrs. L fährt mich nach Ashburn. Wir brechen bald auf. Eigentlich wollte ich es euch nicht sagen, aber ich dachte, da du verletzt bist und so, gehst du vielleicht nicht hin."

„Ich gehe auf jeden Fall", versicherte sie ihm, entschlossener denn je, jetzt, wo sie wusste, dass er auch kommen würde. „Das ist eine gute Neuigkeit. Er wird begeistert sein."

„Pass auf, dass er sich nicht fragt, worüber wir reden."

„Ja, Sir", sagte Sam entzückt. „Wir freuen uns auf dieses Wochenende – und die nächsten drei Wochen."

„Ich mich auch. Ich zähle schon die Tage."

Sam grinste und legte ihre Hand auf Nicks Bein. „Möchtest du mit Nick sprechen?"

„Klar, wenn das geht."

„Für dich hat er immer Zeit. Das gilt für uns beide. Ich hoffe, das weißt du."

„Ja, weiß ich. Das ist cool, Sam. Echt."

„Kann es kaum erwarten, dich wiederzusehen."

„Geht mir auch so."

Sie reichte das Telefon an ihren Mann weiter und legte den Kopf auf seine Schulter, während er eine angeregte Unterhaltung mit Scotty führte, von der sich mehr als die Hälfte um die Red-Sox-Statistik sowie die unglaubliche Saison der D.C. Federals drehte.

„Meinst du Willie Vasquez?", fragte Nick.

Sam kannte den Namen des Star-Centerfielders der Federals.

„Der kommt zu eurem Camp? Wow, das ist ja klasse. Ich wünschte, ich könnte mich krankmelden, um an diesem Tag mit dir zum Trainingslager zu kommen." Nick lachte über das, was

Scotty am anderen Ende der Leitung sagte. „Na schön, Kumpel. Wir sehen uns Sonntag. Wir freuen uns."

Sam nahm das Telefon von ihm entgegen und schob es zurück in seine Anzugtasche, bevor sie den Platz an seiner Schulter wieder einnahm und seinen vertrauten Duft einatmete.

„Er ist so aufgeregt wegen des Trainingslagers und der drei Wochen, die er bei uns verbringen wird", sagte Nick. „Ich hoffe, er entscheidet sich, für immer zu bleiben."

„Ich glaube, er wird irgendwann zu diesem Entschluss kommen, Babe", sagte Sam. „Du kannst es ihm nicht verdenken, dass er vor solch einer enormen Umstellung Angst hat."

„Das nehme ich ihm auch nicht übel. Kein bisschen. Schließlich bitten wir ihn, sein gesamtes Leben zu ändern."

„Wir werden dafür sorgen, dass er sich bei uns dermaßen zuhause fühlt, dass er nie wieder weg will."

„Das ist das Ziel. Und jetzt verrate mir, worüber ich begeistert sein werde?"

„Es steht mir nicht frei, diese Information an dich weiterzugeben."

„Es gefällt mir gar nicht, dass ihr zwei euch gegen mich zusammentut."

„Jetzt weißt du, wie ich mich fühle, wenn ihr beide das macht."

Als sie in den Stop-and-Go-Verkehr auf der Route 66 gerieten, legte Nick den Arm um Sam. „Mach die Augen für ein paar Minuten zu. Ich merke doch, wie erschöpft du bist."

„Tu nicht so, als würdest du mich so gut kennen."

„Ich tue nicht nur so."

Lachend stieß sie ihm den Ellbogen in die Rippen.

„Benimm dich, solange ich fahre, und mach ein Nickerchen. Das hier wird noch eine Weile dauern."

Als Sam ihre brennenden Augen schloss, kreisten ihre Gedanken um die Details des Falls, die Unterhaltung, die sie mit McBride und Tyrone über den Fall Fitzgerald führen musste und um das Gespräch, das sie alle mit ihrem Dad über die Situation würden führen müssen. Ihr Verstand war so müde wie der Körper, und schließlich überließ sie sich der Dunkelheit, die sie von all dem wegbrachte.

10

———

„Babe, wach auf. Wir sind beim Hauptquartier.“

„Noch nicht“, murmelte sie und schmiegte sich enger an ihn. Er legte den Arm um sie und gab einen leisen, gequälten Laut von sich. „Du weißt, dass ich viel lieber mit dir zusammen wäre, aber ich muss zurück nach Capitol Hill. Wegen des dichten Verkehrs bin ich ohnehin schon spät dran.“

Widerstrebend setzte Sam sich auf und rieb sich den Schlaf aus den Augen. Als sie dabei ihr verletztes Gesicht berührte, sog sie scharf die Luft ein. Wie hatte sie das vergessen können? Die Müdigkeit abschüttelnd, sah sie Nick an. „Danke fürs Mitnehmen.“

Er betrachtete sie mit seinen klugen braunen Augen, denen nie etwas entging, zumindest nicht, was Sam betraf. „Fühlst du dich ein bisschen besser nach dem Nickerchen?“

„Sobald ich richtig wach bin, bestimmt.“ Sie schaute sich um und stellte fest, dass sie vor dem Eingang zur Leichenhalle standen. „Haben sich vor dem Haupteingang wieder die Reporter gedrängelt?“

„Kann man wohl sagen. Hunderte von ihnen. Mir war klar, dass du dafür nicht bereit bist.“

„Ich hatte schon eine Begegnung mit denen, das reicht für heute.“ Sie gab ihm einen Kuss, was ihr erneut Schmerzen bereitete. „Danke, dass du daran gedacht und mich hier in Sicherheit abgesetzt hast.“

„Jederzeit. Geh es ruhig an heute Nachmittag. Du hast einen ziemlichen Schlag abbekommen am Morgen, auch wenn du die ganze Zeit versuchst, es herunterzuspielen.“

„Ich würde dir ja sagen, mach dir keine Sorgen ...“

„Aber das wäre reine Zeitverschwendung.“

„Wir sehen uns in einigen Stunden.“

„Ja.“

Sam hielt den Schmerz aus und gab Nick einen letzten sinnlichen Kuss.

„Das war gemein.“

Sie grinste, so gut sie das mit einer Gesichtshälfte konnte. „Bis später, Senator.“ Inzwischen ganz wach und energiegeladen, stieg sie aus dem Wagen und lief durch die flirrende Hitze in die Kühle der Leichenhalle.

Im Gang kam ihr Lindsey McNamara entgegen. „Hey“, begrüßte sie Sam, als sie deren verletztes Gesicht bemerkte. „Doppel-Autsch.“

„Halb so wild. Sieht schlimmer aus, als es ist. Gibt's was Neues?“

Lindsey schüttelte den Kopf, was ihren Pferdeschwanz in Schwingung versetzte. „Noch nicht. Ich dränge das Labor, sich mit den Ergebnissen der Analyse der DNA zu beeilen, die wir unter Victorias Fingernägeln gefunden haben.“

„Gut. Danke.“ Sam wollte weitergehen.

„Wir sehen uns heute Abend? Bei der Benefizgala?“

Sam drehte sich noch einmal um. „Sie gehen hin?“

Lindsey wurde knallrot. „Terry hat mich gebeten, ihn zu begleiten. Ich hoffe, das ist in Ordnung.“

„Klar“, erwiderte Sam, wie jedes Mal verärgert darüber, dass ihre Arbeitswelt sich mit der ihres Mannes überschnitt. Da es aus beiden Welten schon zwei Paare gab, passierte das für Sams Geschmack viel zu oft. „Warum nicht?“

„Nur so. Ich wollte sichergehen, dass Sie kein Problem damit haben.“

„Es ist ein freies Land“, sagte Sam und bedauerte diese patzige

Antwort sofort. „Tut mir leid. Ich bin immer noch dabei, alles unter einen Hut zu bringen."

„Was alles?"

„Meinen Job, seinen Job, die Berührungspunkte, die Beziehung zwischen Ihnen und Terry und Gonzo und Christina. Manchmal scheint mir das ein ziemliches Durcheinander zu sein."

Lindsey lachte. „Ich erkläre es Ihnen nur ungern, aber das Leben ist nun mal ein Durcheinander."

„Wem sagen Sie das. Ich muss wieder. Wir sehen uns."

In der Lobby lief sie Chief Farnsworth und Captain Malone über den Weg. Der Gott der Produktivität ließ sie heute völlig im Stich.

„Wie ist es mit Kavanaugh gelaufen?", erkundigte sich der Chief.

„Mehr oder weniger, wie zu erwarten war. Er will nicht wahrhaben, dass sie in allen Belangen gelogen hat. Man kann ihn nicht davon überzeugen, dass sie ihn nicht geliebt hat und ihr gemeinsames Leben nicht echt war. Und Nick hat bestätigt, dass es nie gespielt oder arrangiert wirkte." Sam kam ein Gedanke. „Vielleicht war sie engagiert worden, um Nelsons Wahlkampf und Regierung zu unterwandern. Mag aber auch sein, dass sie sich wirklich verliebt hat. Vielleicht hat gerade das sie umgebracht."

„Ein denkbares Motiv unter vielen", bemerkte Farnsworth.

„Wir gehen der Idee mal nach."

„Was macht das Gesicht?"

„Bestens", versicherte Sam ihm und schob das Kinn vor, um ihren Worten Nachdruck zu verleihen. „Finden Sie nicht?"

„Absolut", meinte Malone, ohne eine Miene zu verziehen. „Der jüngste Eingriff hat es noch mal deutlich verbessert."

Farnsworth verkniff sich ein Lachen.

„Sehr witzig."

„Mal etwas weniger Witziges", meinte der Chief und wurde wieder ernst. „Melissa Woodmansee hat das Department wegen angeblicher Polizei-Brutalität verklagt."

Sam war geschockt. Dass dieses mörderische Miststück die Frechheit besaß, die Polizei zu verklagen, war unfassbar. „Es war ein sauberer Schuss", erklärte sie. „Hätte Cruz ihr den Auslöser nicht aus der Hand geschossen, hätte sie uns alle umgebracht."

„Niemand bestreitet diesen Teil. Die Klage richtet sich eher dagegen, wie Sie Melissas Verletzung dazu benutzt haben, die Morde zu gestehen."

„Ich habe bloß verhindert, dass sie verblutet, bis der Krankenwagen kam!"

Farnsworth hob eine Braue. „Es hat Ihnen nicht möglicherweise Vergnügen bereitet, auf ihren blutigen Armstumpf zu treten und ihr Informationen für den Preis von Schmerzmitteln zu entlocken?"

„Verdammt, ja! Ich würde es jederzeit wieder tun. Warum hätten wir sie von ihren Qualen erlösen sollen, bevor sie ein Geständnis abgelegt hat, mit dem wir den Fall abschließen konnten?"

„Das müssen Sie dem Richter erklären", meldete sich eine neue Stimme zu Wort.

Sam wirbelte herum und entdeckte ihren Erzfeind Lieutenant Stahl, der sie süßlich angrinste. Bei seinem Anblick hätte sie sich am liebsten übergeben. „Mal wieder in Schwierigkeiten, Lieutenant? Ts, ts, ts. Die scheinen Sie ja geradezu anzuziehen."

„Sie können mich mal, Stahl."

Sein Gesicht nahm den für ihr Aufeinandertreffen typischen violetten Farbton an. Er wandte sich an Farnsworth und Malone. „Sie lassen zu, dass sie so mit einem Vorgesetzten spricht?" Stahl ließ keine Gelegenheit verstreichen, Sam daran zu erinnern, dass er der dienstältere Lieutenant von ihnen beiden war.

„Gehen Sie wieder an die Arbeit", blaffte der Chief ihn an.

Mit einem hasserfüllten Blick auf Sam watschelte er davon.

„Ich dachte, Sie wollten ihn loswerden?", erinnerte Sam den Chief.

„Ich versuche es, aber er will nicht in den Vorruhestand."

„Weil er nichts Besseres zu tun hat, als mir im Nacken zu sitzen."

„Vergessen Sie ihn. Der Leiter der Rechtsabteilung wird Sie wegen der Klage kontaktieren, um Ihre Aussage und die Ihrer Kollegen aufzunehmen."

„Meinetwegen. Was auch immer. Versuchen Sie das mal hinauszuschieben, bis wir den Fall Kavanaugh abgeschlossen haben."

„Ich werde tun, was ich kann.“

„Wo haben Sie Agent Hill gelassen?“, fragte Malone.

„Er musste sich um irgendeine FBI-Sache kümmern. Nick war bei Kavanaughs Eltern und hat mich zurück in die Stadt mitgenommen.“

„Gut“, meinte Farnsworth. „Ich habe schon befürchtet, Sie würden mir gestehen, dass Sie seinen Leichnam verbuddelt und die Schaufel versteckt haben.“

„Bringen Sie mich lieber nicht auf Ideen. Kann ich jetzt wieder an die Arbeit gehen?“

„Unbedingt.“

Als sie ins Kommissariat stürmte, fragte sie sich, ob dieser Tag noch frustrierender werden konnte. „Ich hoffe doch sehr, dass irgendwer hier Neuigkeiten für mich hat“, verkündete sie. Beim Klang ihrer Stimme hoben alle die Köpfe. Das entzückte sie – ein Lichtblick an diesem ansonsten vermurksten Tag. „Konferenzraum, in fünf Minuten. Cruz, sieh mal zu, dass du Ramsey hierherbekommst, damit er uns über den Stand der Suche nach dem Baby informiert.“

„Wird gemacht.“

In ihrem Büro nahm Sam die Packung mit den Schmerztabletten und schluckte drei weitere. Damit blieb nur noch eine übrig, deshalb warf sie die auch noch ein.

Gonzo erschien im Türrahmen und betrachtete ihr Gesicht. „Es sieht jetzt noch spektakulärer aus.“

„Wurde mir schon gesagt. Was gibt es?“

„Ich, äh, habe mich gefragt ...“

Dieses für ihn untypische Stammeln ließ sie stutzen. „Spuck's aus, Mann.“

„Christina hat mich gebeten, sie heute Abend zur Benefizgala zu begleiten.“

„Natürlich hat sie das.“ Gonzo war mit Nicks Stabschefin Christina Billings verlobt.

Ihr unerschütterlicher Kollege wirkte tatsächlich verlegen, was Sam faszinierte. „Wir haben uns einen Babysitter besorgt, und ich habe mir einen Smoking geliehen. Aber wegen des Falls und allem ...“

„Du kannst um sechs gehen. Übergib alles an die Spätschicht.“

„Wirklich? Wenn du mich noch brauchst und ich bleiben soll …"

„Versuchst du es mir auszureden, weil du gar nicht hingehen willst?"

Wieder wurde er verlegen. „Irgendwie möchte ich schon. Wegen Alex haben wir nie einen freien Abend zum Ausgehen." Er zuckte die Schultern. „Wenn das okay ist für dich."

Genau aus diesem Grund passte ihr die Überschneidung ihrer Arbeitswelt mit der von Nick nicht. Sie gestattete Gonzo, früher als üblich Feierabend zu machen, damit er die Wohltätigkeitsgala ihres Mannes besuchen konnte. Was für ein Durcheinander. „Es ist okay. Und jetzt los."

„Danke", sagte er und ging in den Konferenzraum.

Sam trat nach ihm ein und war froh, Sergeant Ramsey sowie dessen Partner dort anzutreffen. „Wie läuft es mit der Suche nach Maeve?" Obwohl Sam hoffte, dass ihre Ermittlungen sie vor Ramseys Team auf die Spur des verschwundenen Kindes bringen würde, musste sie doch Kontakt zu den Detectives der Special Victims Unit halten.

„Seit wir die Fahndung herausgegeben haben, werden wir von angeblichen Sichtungen überschwemmt", berichtete Ramsey. „Wir gehen jedem Hinweis nach."

Für den Sergeant sprach, dass er aussah, als hätte er seit mehr als einem Tag nicht mehr geschlafen.

„Cruz, Gonzales, was habt ihr in den Telefonprotokollen entdeckt?", wollte Sam wissen.

„Vor allem einen Haufen verschiedener Telefonnummern", antwortete Cruz. „Viele der Ortsverbindungen konnten wir Frauen zuordnen, die Kinder in Maeves Alter haben." Er gab ihr einen Ausdruck einer Liste mit fünf Namen, Adressen und Telefonnummern. „Wir arbeiten jetzt an den Nummern der Ferngespräche."

Sam schaute auf ihre Uhr. „Noch neunzig Minuten, bis ich zu Hause sein muss. Cruz, wir fahren zu einer von Victorias Mama-Freundinnen."

„Gut."

Er sagte es ohne seinen üblichen Enthusiasmus. Was hatte das schon wieder zu bedeuten? „McBride und Tyrone, auf ein Wort, bevor ihr aufbrecht. Alle anderen gehen wieder an die Arbeit." Zu ihrem Partner sagte sie: „Ich bin gleich bei dir."

McBride und Tyrone tauschten einen unbehaglichen Blick, während sie darauf warteten, dass die anderen den Raum verließen.

„Was gibt es denn, Lieutenant?", erkundigte sich Jeannie, als sie drei allein waren.

„Meinem Dad ist zu Ohren gekommen, dass wir den Fall Fitzgerald wiederaufgerollt haben, als er im Krankenhaus gelegen hat."

Das Unbehagen der beiden Detectives nahm bei der Erwähnung des Namens Fitzgerald deutlich zu.

McBride schluckte. Hart.

Sam war augenblicklich alarmiert. „Er will die Ergebnisse eurer Nachforschungen erfahren."

„Das haben wir dir doch schon berichtet", meinte Tyrone und warf seiner Partnerin erneut einen nervösen Blick zu. „Wir konnten nichts Neues in Erfahrung bringen."

„Na schön", sagte Sam und beließ es dabei. War sie damals derart intensiv mit ihrem eigenen Fall beschäftigt gewesen, dass sie die merkwürdigen Schwingungen nicht bemerkt hatte, die zwei ihrer besten Detectives aussandten?

Jeannie hielt den Blick zu Boden gerichtet.

„Mein Dad will mit euch beiden über eure Nachforschungen sprechen. Würde es euch etwas ausmachen ..."

„Es stimmt nicht", sagte Jeannie so leise, dass Sam sie fast nicht hörte.

„Wie bitte?" Sam hatte plötzlich das Gefühl, dass dieser Tag doch noch schlimmer werden konnte.

„Es stimmt nicht, dass wir nichts Neues herausgefunden haben", gestand Jeannie.

Tyrone traten beinahe die Augen aus dem Kopf. „Jeannie!"

„Halt den Mund, Will. Ich werde sie nicht länger belügen."

Die beiden Partner trugen einen stummen Kampf mit Blicken aus, der Sam nur noch mehr beunruhigte. „Ihr solltet lieber anfangen zu reden, Leute", erklärte sie. „Und zwar sofort."

Eine ganze spannungsgeladene Weile sagte keiner ein Wort, bis Jeannie schließlich aufsah und Blickkontakt mit Sam herstellte. Der gequälte Ausdruck in den hübschen braunen Augen des weiblichen Detective ließ Sam das Blut in den Adern gefrieren. Sam ahnte gleich, dass sie lieber nicht wissen wollte, um was es ging, was immer das auch sein mochte.

„Du darfst nicht vergessen, was damals geschehen ist", begann Jeannie. „Dein Dad lag im Krankenhaus, und du warst dir nicht sicher, ob er es schaffen würde. Wir hatten da jemanden, der absolut nette Leute umbrachte, und du hast Drohbotschaften erhalten."

„Ich erinnere mich", sagte Sam angespannt. „Weiter."

„Wir, äh, wir fingen ganz von vorne an, als handle es sich um einen neuen Fall", erklärte Jeannie.

Sam nickte. Sie hätte es genauso gemacht.

„Uns wurde klar ..."

„Was?"

„Dein Dad. Er, na ja ... er ist einigen ziemlich offensichtlichen Spuren nicht nachgegangen."

Es traf Sam mit einer Wucht, als wäre ihr die Waffe noch einmal ins Gesicht geschlagen worden. Damit hatte sie absolut nicht gerechnet. Benommen zwang sie sich zu atmen. „Was für Spuren?"

„Zum einen", übernahm Will, „hat er nie mit Cameron Fitzgeralds Freundin gesprochen. Wir halten es für möglich, dass Cameron etwas mit dem Tod seines Bruders zu tun gehabt haben könnte, aber man hat ihn wenige Tage nach dem Verschwinden seines Bruders zum Militär gehen lassen. Das fanden wir seltsam, neben einigen anderen Dingen."

„Welchen anderen Dingen?" Sams Herz klopfte, als wollte es aus ihrer Brust springen. War dies der Grund dafür, dass ihr Vater ihr verboten hatte, den Fall wieder aufzurollen? Tausend Gedanken wirbelten ihr gleichzeitig durch den Kopf. Und warum, um alles in der Welt, hatten zwei ihrer vertrauenswürdigsten Detectives sie belogen?

„Es gab alle möglichen Ungereimtheiten", fuhr Jeannie fort. „Der Gerichtsmediziner meinte, dein Dad sei damals ‚neben der Spur' gewesen, weigerte sich jedoch, das näher auszuführen. Er ist deinem Vater zugetan und wollte seinem Ruf nicht schaden. Wir übrigens auch nicht."

Sam erinnerte sich an die Unterhaltung mit ihrer Schwester Tracy, bei der es um irgendetwas zwischen ihren Eltern während der damaligen Ermittlung gegangen war. Bei der Vorstellung, in diesem Hornissennest herumzustochern, brach Sam der kalte Schweiß aus.

Die zwei Detectives standen nervös vor ihr.

„Ich würde gern wissen", sagte Sam mit leiser, ruhiger Stimme, „warum ihr geglaubt habt, mich anlügen zu müssen, als ihr mir erklärt habt, es gebe nichts Neues in dem Fall."

„Wir haben es getan, um deinen Dad zu schützen", gestand Jeannie in flehentlichem Ton. „Hätten wir zu dem Zeitpunkt die Wahrheit ans Licht gebracht und wäre dein Dad gestorben, hätte man nur das über ihn gesagt. Das konnten wir nicht zulassen."

„Ich weiß eure Sorge um mich und meinen Dad zu schätzen, aber ihr hattet kein Recht, diese Entscheidung zu treffen."

„Wir haben geglaubt, in deinem Sinne zu handeln", meinte Will.

„Ich wollte die Wahrheit."

„Es tut uns leid, Sam", sagte Jeannie. „Wir dachten, wir tun das Richtige."

„Mein Vater hat sich erholt, und trotzdem habt ihr es weiter verschwiegen. Ihr habt mir nicht gestanden, dass ihr mich belogen habt."

„Wir haben es in Betracht gezogen", räumte Will ein.

Sam streckte die Hand aus. „Ich will eure Waffen und Dienstmarken."

Die zwei starrten sie an.

„Warum?", wollte Jeannie geschockt wissen.

„Ihr habt eine Vorgesetzte belogen. Ihr seid für eine Woche ohne Gehalt suspendiert." Sam hielt den Blicken stand, obwohl sie innerlich starb. Ganz zu schweigen davon, dass dies der denkbar ungünstigste Zeitpunkt dafür war, zwei ihrer besten Officer zu verlieren.

„Lieutenant", sagte Jeannie.

„Eure Dienstmarken und Waffen", wiederholte Sam.

Will sah Jeannie an, in seinen Augen schimmerten Tränen.

Jeannie nickte ihrem Partner zu und zog die Handfeuerwaffe

aus ihrem Schulterhalfter. Sie legte die Pistole und das goldene Detective-Abzeichen in Sams Hand.

Will folgte ihrem Beispiel.

„Ich bin von euch beiden sehr enttäuscht. Geht nach Hause. Meldet euch nächsten Dienstag Punkt sieben Uhr wieder zum Dienst."

„Ja, Ma'am", erwiderten beide.

Sam schaute ihnen hinterher, als sie den Raum verließen.

Will drehte sich noch einmal zu ihr um. „Lieutenant …"

„Geh."

Jeannie nahm ihren Partner beim Arm und zog ihn mit sich.

Sam brauchte einige Minuten, um sich zu sammeln und ihre Emotionen unter Kontrolle zu bringen, bevor sie den Konferenzraum verlassen konnte. Die Waffen in ihren Händen zogen sofort die Aufmerksamkeit der anderen im Kommissariat auf sich. Geschockt und bestürzt beobachteten die Kollegen, wie McBride und Tyrone ihre persönlichen Sachen aus ihren Büroabteilen holten und ohne ein Wort gingen.

Mit noch immer pochendem Herzen und einem klammen Gefühl vom kalten Schweiß ging Sam zu ihrem Büro und lief unterwegs prompt in Lieutenant Stahl hinein. Während sie von seinem mächtigen Bauch abprallte, kämpfte sie gegen die Welle der Übelkeit, die dieser Kontakt ihr verursachte.

Natürlich bemerkte er die Waffen und Dienstmarken in ihren Händen. „Probleme, Lieutenant?"

„Nein."

„Warum haben Sie diese Waffen und Dienstmarken?"

„Geht Sie nichts an."

„Sie wissen verdammt gut, dass es eine Sache der Internen Ermittlungen ist, wenn Sie aus Ihren Reihen jemanden suspendieren", klärte er sie unnötigerweise auf. Er war in diese Abteilung versetzt worden, nachdem sie seine frühere Position als Leiter der Mordkommission erhalten hatte. Seitdem machte er ihr das Leben schwer.

Er wusste genauso gut wie sie, dass diese Angelegenheit nur über McBride oder Tyrone bei der Abteilung Interne Ermittlungen landen konnte, nämlich dann, wenn die beiden gegen die Suspendierung Einspruch einlegten. Sam war jedoch überzeugt davon, dass sie das nicht tun würden. Es wäre töricht von ihnen, dagegen zu protestieren.

„Ich weiß nicht, wovon Sie sprechen", sagte Sam. „Gehen Sie mir aus dem Weg. Ich habe Arbeit zu erledigen."

Wie vorauszusehen, lief er wieder einmal dunkelrot an. Normalerweise bereitete ihr das Vergnügen, doch jetzt war es ihr herzlich egal. „Damit werden Sie nicht durchkommen", drohte Stahl.

„Sprechen Sie mit der Hand", erwiderte sie und zeigte ihm den Finger. Sie begab sich in ihr Büro und legte die Waffen in ihre oberste Schreibtischschublade. Mit wehmütigem Blick auf die Dienstmarken, die McBride und Tyrone sich in ihren Karrieren mehr als verdient hatten, warf sie auch diese in die Schublade und schloss sie ab.

Das war der Moment, als ihre Hände anfingen zu zittern. Hatte sie wirklich richtig gehandelt? „Natürlich", murmelte sie. „Die haben dich angelogen. Das kannst du ihnen nicht durchgehen lassen. Wenn du das tust, verlierst du die Kontrolle über alles."

„Lieutenant?"

Sam drehte sich um und entdeckte Cruz im Türrahmen. Er sah sie mit großen Augen bestürzt an.

„Ich bin gleich bei dir", sagte sie und nahm sich einen weiteren Moment Zeit, um sich zu sammeln, bevor sie ins Kommissariat zurückkehrte. Alle Blicke richteten sich auf sie. Sam spürte die Erwartungen, die auf ihr lasteten, körperlich. Sie nahm Haltung an.

Da Stahl bereits herumschnüffelte, traf sie in diesem Augenblick die Entscheidung, kein Wort darüber zu verlieren, was mit McBride und Tyrone passiert war.

„Gehen wir, Cruz." Die spürbare allgemeine Enttäuschung wog noch schwerer als die Erwartung.

Freddie musste laufen, um sie einzuholen. Schweigend verließen sie das Hauptquartier. Draußen vor dem Gebäude sagte Sam: „Frag mich nicht, denn ich werde nicht darüber sprechen."

„Ich wollte gar nicht fragen." Er zog den Autoschlüssel aus der Tasche und hielt ihn hoch.

Sie bedeutete ihm, zu fahren. „Wohin?", fragte sie.

„Laut den Telefonprotokollen und Dereks Aussage schien Ginger Dickenson Victorias beste Freundin zu sein. Sie hat einen Sohn in Maeve Kavanaughs Alter. Auch sie ist Vollzeitmutter und wohnt ein paar Blocks von den Kavanaughs entfernt in deiner Gegend."

„Was macht der Mann beruflich?"

„Er ist ein hohes Tier bei der Heimatschutzbehörde, direkt dem Minister unterstellt."

„Gute Arbeit."

„Danke."

Sam war versucht, diesen ungewöhnlich kurz angebundenen Ton zu ignorieren, fragte dann aber doch: „Bist du wegen irgendetwas sauer?"

Er warf ihr einen Blick zu, schaute dann wieder auf die Straße. „Nein."

Sam hatte langsam genug von diesem Tag. „Sag es mir einfach, ja?"

„Ich bin nicht sauer."

„Irgendwas bist du aber."

„Vielleicht ein bisschen verärgert."

„Soll ich es dir aus der Nase ziehen?"

„Hill. Seit er da ist, spiele ich nur noch die zweite Geige."

Ah, dachte sie, die Gefühle ihres sensiblen Partners waren verletzt. „Ich will ihn ebenso wenig hier haben wie du. Ich befolge nur die Anweisungen."

„Das weiß ich", sagte er mürrisch. „Ich kann ihn nicht leiden. Irgendwas stört mich an dem."

„Nick auch."

Diese Information hellte Freddies Miene auf. „Er kann ihn also auch nicht leiden?"

„Er kennt ihn kaum, aber ihn stört auch etwas an ihm. Wenn man Hill ein wenig näher kennt, ist er gar nicht so übel. Er befolgt auch nur die Anweisungen und macht seinen Job. Und wir können bei diesem Fall jede Hilfe benötigen."

„Das mit dem Kind zieht sich hin."

„Ja." Sam sah aus dem Fenster auf die vorbeifliegende Stadt. Es war besser, nicht daran zu denken, was Maeve möglicherweise durchmachte – falls sie noch am Leben war. „Ich muss dir etwas sagen, worüber du dich aufregen könntest. Aber vorher musst du wissen, dass es totaler Schwachsinn ist."

Er sah sie erneut an. „Was denn?"

„Melissa Woodmansee verklagt das Department wegen Polizeibrutalität."

Er reagierte entsetzt. „Du machst Witze."

„Sieh auf die Straße!"

„Sag mir, dass das ein Scherz ist."

„Ist es nicht, allerdings wird sie damit nicht durchkommen. Das glaubt jeder. Na ja, bis auf Stahl, aber der zieht vermutlich perverses Vergnügen aus allem, was uns schlecht dastehen lässt."

„Es war ein sauberer Schuss. Hätte ich ihre Hand nicht abgeschossen, hätte sie uns alle umgebracht."

„Das steht außer Frage."

„Aber wie zur Hölle kann sie uns dann verklagen?"

Die Tatsache, dass er fluchte – und das Wort „Hölle" zu benutzen kam bei ihm einem Fluch sehr nahe –, bewies, wie aufgebracht er war. „Eigenartigerweise geht es gar nicht um deine Rolle in dem Geschehen, sondern um das, was nach dem Schuss passierte."

„Was meinst du damit?"

„Ich habe ihre Schmerzen ausgenutzt, um ein Geständnis zu erpressen."

„Du hast eine Mörderin aus dem Verkehr gezogen."

„Offenbar hat sie ein Problem damit, wie ich es getan habe."

„Das wird im Sande verlaufen", meinte er grimmig. „Mann, wir beide haben Belobigungen bekommen für das, was wir an jenem Tag getan haben. Das muss doch auch irgendwie zählen."

„Wir werden sehen."

Er warf ihr einen Blick zu. „Machst du dir Sorgen deswegen?"

„Um Himmels willen, nein. Ich habe meinen Job gemacht. Und ich würde es ganz genauso wieder tun, wenn es sein müsste."

„Ich auch", erklärte er mit Bestimmtheit.

Sam wusste, es hatte ihn Wochen schlafloser Nächte und Pflichttermine beim Polizeipsychologen gekostet, um zu dieser Überzeugung zu gelangen. Es ärgerte sie maßlos, dass er sich wegen Melissa jetzt doch wieder infrage stellte. „Lass es nicht an dich ran. Wir wissen beide, dass wir das Richtige getan haben. Es gibt also keinen Grund, sich Sorgen zu machen."

Ein langes Schweigen folgte, während dem er über ihre Worte nachzudenken schien. „Kann ich dich etwas fragen, was nichts mit der Arbeit zu tun hat?"

„Klar." Sam war erleichtert, dass er die Nachricht von der Klage besser als erwartet aufgenommen hatte. Plötzlich holten die schlaflose Nacht, die Verletzung, die mit dem bizarren Fall verbundene Anspannung sowie die Situation mit McBride und Tyrone sie ein, und tiefe Erschöpfung überfiel sie.

„Was hat es zu bedeuten, dass Elin Geheimnisse hat vor mir?"

„Definiere ‚Geheimnisse'."

„Sie schreibt Textnachrichten im Badezimmer, wenn sie glaubt, dass ich schlafe. Solche Sachen."

„Freddie ..."

„Sie betrügt mich nicht."

„Wie kannst du dir da sicher sein?"

„Ich weiß es einfach", erwiderte er angespannt. „Es läuft wirklich gut zwischen uns. Besser denn je, seit wir zusammengezogen sind. Das würde sie mir nicht antun."

„Was könnte denn sonst der Grund für ihre Heimlichtuerei sein?"

„Ich habe keine Ahnung. Das frage ich dich ja."

Sam dachte einen Moment darüber nach, dann dämmerte ihr die Antwort und brachte sie zum Lachen. Prompt brannte ihr Gesicht. Dass sie nicht gleich darauf gekommen war, schob sie auf den Nebel, der sich seit dem Schlag mit der Pistole heute Morgen über ihren Verstand gelegt hatte.

„Was ist denn so lustig, verdammt?"

„Was ist nächste Woche?"

„Weiß ich nicht. Wovon redest du?"

„Denk mal nach."

„Ach du Schande. Mein Geburtstag."

„Kommt nicht jeden Tag vor, dass man dreißig wird."

„Organisiert sie eine Party?"

„Das verrate ich dir nicht."

„Komm schon, Sam."

„Auf keinen Fall. Das wirst du nicht aus mir herausbekommen."

„Ha", meinte er. „Es ist jedenfalls besser als die anderen Möglichkeiten, die ich in Betracht gezogen habe."

„Mir bereitet es ein wenig Sorge, dass du ihr nicht vollkommen vertraust."

„Tue ich doch."

„Wirklich?"

Freddie umfasste das Lenkrad so fest, dass seine Knöchel weiß hervortraten. „Manchmal frage ich mich ..."

„Was denn?"

„Was sie eigentlich an mir findet."

„Du meine Güte, Freddie! Sie kann sich glücklich schätzen, mit dir zusammen zu sein, und das weiß sie auch."

„Und du bist kein bisschen voreingenommen", entgegnete er amüsiert.

„Überhaupt nicht", sagte sie und dachte an Jeannie und Will. „Ich will dich etwas fragen."

„Was immer du möchtest."

„Bin ich zu freundlich im Umgang mit meinen Detectives?"

Das entlockte ihm ein lautes Lachen. „Freundlich? Du?"

Sam verkniff sich eine scharfe Bemerkung. Es ärgerte sie, dass er lachte, wo es ihr doch ernst damit war. „Du weißt schon, was ich meine."

„Wir betrachten dich alle als Freundin und Mentorin, aber wir vergessen nie, dass du in erster Linie unser Boss bist. Nie."

„Ich kann gar nicht nur euer Boss sein. Ihr seid mir alle wichtig."

„Das wissen wir, Sam."

„Mal hypothetisch gesprochen: Wenn du während einer Ermittlung etwas erfährst, was mir und meiner Familie ernstlich Probleme bereiten würde – würdest du es mir erzählen oder für dich behalten, um mich zu schützen?" Damit war sie schon sehr nahe daran, ihm anzuvertrauen, was mit McBride und Tyrone passiert war.

„Ist die Information entscheidend für die Ermittlung?"

„Ja."

Freddie dachte darüber nach, dann sagte er: „Ich würde es dir erzählen."

Sam nickte, getröstet durch seine Worte. „Gute Antwort."

Er hielt am Gehsteig vor Ginger Dickensons Haus und machte den Motor aus. „Was auch immer mit McBride und Tyrone gewesen sein mag, ich bin sicher, du hattest keine andere Wahl."

„Hatte ich nicht."

„Okay."

Sie war ihm wie immer dankbar für seine Unterstützung und öffnete die Beifahrertür. „Bringen wir das hinter uns. Ich muss noch zu einer Benefizgala."

„Obwohl du aussiehst, als hättest du zehn Runden mit Mike Tyson hinter dir?"

Sam zuckte die Schultern. „Nick wusste, worauf er sich einlässt, als er mir das Jawort gegeben hat."

Das brachte Freddie erneut zum Lachen. „Und ob er das wusste."

Sam folgte ihm zu dem Backsteinhaus mit schmiedeeisernen Akzenten. Er klingelte, und sie warteten mindestens eine Minute, bis sie drinnen Schritte hörten.

„Wer ist da?", fragte eine weibliche Stimme.

„MPD", antwortete Freddie. „Lieutenant Holland und Detective Cruz." Sie hielten ihre Dienstmarken hoch, damit die Frau sie durch den Spion sehen konnte.

Mehrere Riegel wurden zurückgeschoben, dann schwang die Tür auf. Ginger Dickenson war zierlich, mit langen hellbraunen Haaren, die sie zu einem losen Knoten hochgebunden hatte. Sie trug Yogapants und ein T-Shirt, das ihre schlanke Figur betonte. Zwischen ihren Beinen erschien ein pummeliges Kleinkind. Sie beugte sich herunter, um es hochzuheben. „Was kann ich für Sie tun?"

„Dürfen wir ein paar Minuten Ihrer Zeit beanspruchen, Mrs. Dickenson?", fragte Sam.

„Sie sind die, die mit dem Senator verheiratet ist."

„Ja." Sam biss die Zähne zusammen. Sie würde sich nie an die Prominenz gewöhnen, die ihre Heirat in der Hauptstadt ausgelöst hatte.

Ginger trat zur Seite. „Kommen Sie herein."

Sie folgten ihr in ein Wohnzimmer, in dem die Spielzeuge des Kindes verstreut herumlagen. Ginger war offenbar gerade dabei gewesen, Wäsche zusammenzulegen. Sie nahm die Fernbedienung und schaltete den Fernseher aus.

Sam fragte sich unwillkürlich, wie es wohl war, sich tagsüber ausschließlich um ein Kind zu kümmern, ein bisschen Wäsche zusammenzulegen und Fernsehen zu schauen. Wahrscheinlich würde sie sich ohne ihre Arbeit, die ihr ganzes bisheriges Erwachsenleben geprägt hatte, zu Tode langweilen. Trotzdem – wäre es nicht schön, die Gelegenheit zu bekommen, herauszufinden, wie sich das anfühlte? Und prompt meldete sich die vertraute Sehnsucht beim Anblick des Kleinkindes, das um den Couchtisch lief. Sie schüttelte das Gefühl ab, bevor die Traurigkeit erneut von ihr Besitz ergriff.

„Es geht um Victoria", vermutete Ginger mit misstrauischem Blick erst zu Sam, dann zu Freddie.

„Ja", gestand Sam.

„Gibt es schon etwas Neues von Maeve?"

„Noch nicht."

Ginger setzte sich aufs Sofa und bedeutete ihnen, auf dem Zweiersofa Platz zu nehmen. „Lieber Himmel. Ich kann an nichts anderes denken als daran, wo sie sein mag und was sie womöglich durchmacht."

„Uns geht es genauso", erwiderte Sam. „Wir tun alles in unserer Macht Stehende, um sie zu finden. Wie lange kannten Sie Victoria?"

„Seit wir die Kinder hatten. Wir waren Zimmergenossinnen im Krankenhaus. Mein Trevor wurde am gleichen Tag wie Maeve geboren, das verband uns von Anfang an. Wir wurden enge Freunde. Ich kann nicht glauben, was passiert ist. Wer hätte Victoria denn etwas antun wollen? Sie war der netteste Mensch. Und Derek ... was muss er nun durchmachen."

„Er ist verständlicherweise sehr verzweifelt", sagte Sam.

„Er wird nicht verdächtigt, oder?", erkundigte Ginger sich.

„Nein."

„Das ist gut." Ginger wirkte sichtlich erleichtert. „Er hat sie sehr geliebt. Ich habe meinem Mann gesagt, dass ich den Glauben an die Menschheit verlieren würde, sollte sich herausstellen, dass er es war."

„Was hat Victoria Ihnen über ihre Familie erzählt?", fragte Sam.

„Abgesehen von Derek und Maeve hatte sie keine Familie. Ihre Eltern waren tot, und sie war Einzelkind. Ich weiß noch, wie sehr ich sie bedauerte, als sie mir davon erzählte. Nur hatte sie überhaupt nichts Trauriges an sich. Im Gegenteil, sie war ein positiver, aufgeschlossener Mensch, obwohl sie, gelinde gesagt, so viel durchgemacht hat."

„Haben Sie andere Freunde von ihr kennengelernt?", erkundigte Cruz sich.

Ginger schüttelte den Kopf. „Es war eher andersherum. Die einzigen Leute, die sie in der Stadt kannte, waren ehemalige Kollegen von Calahan Rice. Ich habe sie meinen Freundinnen vorgestellt, und die mochten sie auf Anhieb. Sie passte in unsere Clique, als hätte sie schon immer dazugehört. Einmal im Monat hatten wir Frauenabend und gingen aus, hatten Spielgruppen für die Kinder. Solche Sachen."

„Sie erwähnten, Derek habe seine Frau sehr geliebt", sagte Sam.

„Und wie. Man musste nur in ihrer Nähe sein, um das zu merken. Die strahlten diese totale Verliebtheit aus." Ginger wandte sich direkt an Sam. „Sie kannten sie doch auch, da müssen Sie doch wissen, was ich meine."

„Ja, sie schienen sehr glücklich zu sein."

„Ja", bestätigte Ginger.

„Hat sie seine Liebe in gleichem Maße erwidert?"

„Oh, absolut! Sie hat ständig über ihn geredet, na ja, über ihn und Maeve. Sie war sehr verliebt in ihn."

„Sie haben sie nie etwas Negatives über ihn oder die Ehe sagen hören?", wollte Freddie wissen.

Ginger schüttelte den Kopf. „Wir zogen sie damit auf, dass sie nie mitmachte, wenn wir manchmal über unsere Ehemänner herzogen. Ich vermute allerdings, dass sie wegen seines Jobs mehr darauf achtete, wie sie über ihn redete. Andererseits glaube ich auch, dass sie einfach nichts Schlechtes über ihn zu sagen wusste. Es war wirklich bewundernswert."

„Haben Sie in den vergangenen Wochen irgendwelche Veränderungen bei ihr bemerkt?", fragte Sam.

Ginger überlegte einen Moment. „Sie war vielleicht ein bisschen neben der Spur, aber sie hatte eine hartnäckige Erkältung. Bevor sie krank wurde, hat sie mir erzählt, Derek spreche davon, ein weiteres Baby mit ihr zu bekommen." Gingers Augen füllten sich mit Tränen. „Ich verstehe einfach nicht, wie das passieren konnte."

„Wir versuchen es herauszufinden", versicherte Sam ihr. „Stand irgendeine Ihrer Freundinnen ihr näher als Sie?"

„Nein, wir standen uns am nächsten."

„Würden Sie uns bitte die Namen und Telefonnummern der anderen Frauen aus Ihrer Clique aufschreiben?"

Ginger nahm den Notizblock von Freddie entgegen. Als sie fertig war, reichte sie ihm den Block zurück und wandte sich an Sam. „Die anderen Frauen und ich haben die Berichterstattung über Ihre Hochzeit im Fernsehen verfolgt. Victoria war furchtbar aufgeregt, weil sie dabei sein würde. Sie und Derek fanden, Sie seien perfekt für ihren Freund." Ginger wischte sich eine Träne fort, die ihre Wange hinunterrollte. „Ich dachte, das würde Sie vielleicht interessieren."

Sam stand unbeweglich da, erstaunt von ihrer eigenen plötzlichen Traurigkeit.

„Lieutenant?", sagte Freddie und hob fragend eine Braue.

Sam begegnete Gingers tränenerfülltem Blick. „Danke, dass Sie es mir erzählt haben. Sie war eine liebenswerte Person."

„Danke, dass Sie uns Ihre Zeit geopfert haben", fügte Freddie hinzu.

„Ich hoffe, Sie finden denjenigen, der ihr das angetan hat. Und bitte, finden Sie Maeve."

„Wir tun, was wir können", versprach Freddie ihr.

11

Jeannie McBride saß geschockt neben Will, der sie nach Foggy Bottom fuhr, wo sie mit ihrem Freund Michael wohnte.

„Ich kann nicht glauben, dass das passiert ist", sagte sie zum zehnten Mal, seit sie das Hauptquartier verlassen hatten.

„Es ist unsere eigene verdammte Schuld", meinte Will. „Wir hätten ihr im April schon die Wahrheit sagen müssen."

„Das konnten wir damals nicht. Ihr Dad lag im Krankenhaus. Niemand wusste, ob er durchkommen würde. Wolltest du verantwortlich dafür sein, möglicherweise seinen Ruf zu zerstören, während er stirbt?"

„Wir hätten nicht lügen dürfen."

„Tja, das haben wir aber, und jetzt sind wir am Arsch."

„Kostet uns das unsere Karriere?", fragte Will.

„Woher zur Hölle soll ich das wissen? Ich war noch nie suspendiert." Furcht breitete sich in ihr aus und erinnerte sie an die grauenvollen Tage und Wochen nach der Gewalttat, der sie zum Opfer gefallen war. „Ich glaube nicht. Sie ist sauer, und das zu recht. Vielleicht können wir darauf hoffen, dass sich die Sache in Wohlgefallen aufgelöst hat, wenn wir unsere Suspendierung abgesessen haben."

„Sollten wir dagegen angehen?"

Jeannie starrte ihn fassungslos an. „Hast du den Verstand verloren? Wie sollten wir, bitte schön, dagegen angehen, dass wir unsere Vorgesetzte belogen haben? Und willst du wirklich, dass das gesamte Department den Grund unserer Suspendierung erfährt?"

„Werden die das nicht ohnehin herausfinden?"

„Nicht, wenn die drei Beteiligten den Mund halten. Das Schlimmste, was passieren kann, ist, dass die Leute von unserer Suspendierung erfahren, aber nicht wieso."

„Sie kann uns also einfach so nach Hause schicken? Ohne rechtliches Verfahren?"

„Selbstverständlich kann sie! Das Verfahren kommt erst, wenn wir Einspruch dagegen einlegen, was wir aber nicht tun werden. Verstanden?"

„Ja", antwortete er murrend. „Hab verstanden. Mist, eine Woche ohne Bezahlung ... das bringt mich um."

„Ich kann dir Geld leihen, falls du welches brauchst. Es ist ja ohnehin alles meine Schuld. Ich hatte die Idee, ihr zu sagen, dass wir nichts Neues herausgefunden haben – und ich habe ihr die Lüge heute gestanden, ohne mich vorher mit dir abzusprechen."

„Was soll's, wir hängen da alle beide mit drin."

Als sie vor Michaels Haus hielten, konnte Jeannie sich nicht aufraffen, die Tür zu öffnen, hineinzugehen und sich zu überlegen, wie sie die nächste Woche ohne Job überstehen sollte. Sie musste etwas finden, was sie genügend beschäftigte, damit ihre Dämonen sie nicht finden konnten.

„Haben wir das Richtige getan?", fragte Will mit unsicherer Stimme, die ihn mehr nach einem ängstlichen Schuljungen klingen ließ als nach einem hartem Detective.

„Ja, haben wir", erwiderte sie, ohne zu zögern. „Sobald sie Zeit hat, darüber nachzudenken, wird sie verstehen, warum wir das getan haben." Noch während sie das aussprach, rechnete Jeannie damit, davon zu träumen, wie Sam ihr sagte, sie sei enttäuscht von ihr. Das würde sie niemals vergessen. Nach allem, was sie gemeinsam nach der Gewalttat gegen Jeannie durchgemacht hatten und besonders, wie Sam ihr zur Seite gestanden hatte, sah sie in Sam mehr als eine Vorgesetzte. Inzwischen war Sam längst eine enge Freundin. Umso bitterer empfand Jeannie, dass sie ihre Chefin und Freundin enttäuscht hatte.

„Was sie gesagt hat ... dass wir sie enttäuscht haben ..." Wills

Stimme schwankte; offenbar ging es ihm genauso wie Jeannie. „Das hat wehgetan.“

„Ja, stimmt. Tut mir leid, dass ich dich da mit hineingezogen habe.“

„Mir war vollkommen bewusst, was wir tun und weshalb, also vergiss es.“

Jeannie fand es nett, dass er die Schuld mit ihr teilen wollte, aber letztlich hatte er nur getan, was sie von ihm verlangt hatte. Als seine Vorgesetzte musste sie das Ganze allein auf ihre Kappe nehmen. „Dir ist klar, warum wir niemandem den Grund für unsere Suspendierung verraten dürfen, oder?“

„Keine Sorge. Von mir wird es niemand erfahren. Wirst du es Michael sagen?“

Jeannie sah zu dem Haus, das seit dem Angriff auf sie ihr sicherer Hafen gewesen war. Mittlerweile hatte sie ihre Wohnung aufgegeben und war vor einem Monat offiziell zu Michael gezogen. Alles war bisher gut gelaufen, und nun das. „Ich nehme an, ich werde erklären müssen, weshalb ich nicht zur Arbeit gehe. Er weiß sowieso, was passiert ist. Er war dagegen, dass ich Sam anlüge. Er hat mir prophezeit, dass sich das irgendwann rächen würde.“

„Anscheinend hatte er recht.“

„Freude und Genugtuung wird er deswegen bestimmt nicht empfinden.“ Sie sah Will an. „Komm morgen früh vorbei, dann schreiben wir den Bericht, den wir ihr damals schon hätten geben müssen.“

Wills jungenhaft attraktives Gesicht hellte sich auf. „Ich werde da sein.“

„Und versuch dir keine Gedanken zu machen. Sie weiß, dass wir gut sind in unseren Jobs. Das wird auch irgendwie von Gewicht sein.“

„Ich hoffe, du behältst recht.“

Jeannie stieg aus dem Wagen und winkte ihm hinterher, als Will davonfuhr. Schweren Schrittes trottete sie die Eingangsstufen hinauf. Sie spürte die Last körperlich. Als sie die Tür aufschloss, stutzte sie, denn die Alarmanlage war nicht eingeschaltet. Aufgrund des Sicherheitssystems hatte sie sich nach der brutalen

Vergewaltigung und Gewalt beschützt gefühlt und konnte wieder zu sich kommen. „Michael?"

Er kam die Treppe hinunter, überrascht, sie zu sehen. „Hey, Liebes. Warum bist du schon zu Hause?"

Bei seinem Anblick verlor Jeannie die Fassung. Sie rannte zu ihm und schlang die Arme um ihn.

„Was denn, Schatz? Was ist los?"

Sie barg das Gesicht an seiner Brust und nahm den Trost an, den er ihr ohne zu zögern anbot. „Ich bin suspendiert worden."

„Was? Warum?"

„Fitzgerald." Ironischerweise hatte Sam ausgerechnet diesen alten Fall dazu benutzt, um Jeannie nach dem, was ihr widerfahren war, zurück in den Job zu locken. Und jetzt hatte dieser Fall zur ersten disziplinarischen Maßnahme ihrer Karriere geführt.

„Sie hat herausgefunden, dass du den Bericht zurückgehalten hast."

Jeannie nickte. „Ich hätte auf dich hören sollen."

„Damals hast du geglaubt, das Richtige zu tun. Das kann dir niemand vorwerfen."

„Das wollte sie heute aber nicht hören."

„Sie hält wahnsinnig große Stücke auf dich, Jeannie. Sowohl privat als auch beruflich. Das weiß jeder."

Ihn das sagen zu hören, brachte sie vollends aus der Fassung. „Sie hat gesagt, ich habe sie enttäuscht."

Er drückte sie an sich. „Ach, Baby."

„Ich werde das wieder in Ordnung bringen", schwor sie. „Egal, was ich dafür tun muss, ich werde es wieder in Ordnung bringen."

Da es schon halb sechs war, als sie Gingers Haus verließen, ließ Sam sich von Freddie vor ihrem Haus in der Ninth Street absetzen. „Holst du mich morgen früh um sieben ab?"

„Ich werde da sein."

„Pass gut auf meinen Wagen auf. Ich weiß, dass du es nicht gewohnt bist, Autos ohne Fehlzündungen und qualmenden Auspuff zu fahren." Sam verlor nie den Spaß daran, ihn mit seinem alten Mustang aufzuziehen, auf den er so stolz war.

Er verdrehte die Augen. „Erzähl mir von der Party, die Elin für mich organisiert."

„Verschwinde", forderte sie ihn zum Abschied auf und stieg aus. „Es gibt keine Party."

„Ich werde ihr sagen, dass du es mir verraten hast", rief er durch das offene Fenster.

„Ich habe dir überhaupt nichts verraten! Herrgott! Fährst du endlich?"

Er warf ihr einen finsteren Blick zu. „Nimm den Namen des Herrn nicht unnütz in den Mund."

„Dann gib mir keinen Grund dazu!" Sie ging zum Haus ihres Vaters, angefeuert von der Wut, die ihr Partner in ihr entfacht hatte. Doch mit jedem Schritt auf die Rampe zu, die zur Tür hinaufführte, wuchs der Wunsch, einfach kehrtzumachen und davonzulaufen.

Schwüle Hitze hing über der Stadt und schaffte Sam. Schweiß, der nicht nur auf die Temperaturen zurückzuführen war, lief ihr den Rücken hinunter, während sie die Rampe hinaufging. Sie konnte an einer Hand abzählen, wie oft sie und ihr Dad sich ernsthaft gestritten hatten. Nach dem heutigen Tag würde sie wahrscheinlich auch die Finger der anderen Hand brauchen.

Sie klopfte an die Tür und trat ein. Die Jalousien waren heruntergezogen, um die Hitze draußen und die kühle Luft der Klimaanlage drinnen zu halten.

„Hi, Sam", begrüßte Celia sie, die aus der Küche kam und Sams Gesicht prüfend betrachtete. „Na ja, hätte vermutlich schlimmer kommen können."

„Ach ja? Wie denn, bitte schön?"

„Äh, weiß ich auch nicht."

„Heute Abend ist Nicks Benefizgala, und ich muss mit diesem Gesicht da hin."

„Tracy war hier. Sie meinte, sie habe genau das Richtige, um die Prellung zu kaschieren."

„Mit einer Farbrolle?"

Celia lachte. „Das hat sie nicht erwähnt, aber sie sagt, es bewirke Wunder und man benutze es an Filmsets. Anscheinend hat sie gezielt danach gesucht, als sie gehört hat, was dir passiert ist."

„Ich habe die besten Schwestern auf der ganzen Welt." Sie waren stets für sie da, wenn sie sie brauchte. „Hast du heute auch schon mit Ang gesprochen?" Die jüngere von Sams beiden älteren Schwestern sollte jeden Moment ihr zweites Kind zur Welt bringen.

„Sie war hier, und sie hat sich elend gefühlt. Die Hitze macht ihr zu schaffen."

„Ist ja bald vorbei." Und dann würde ihre Schwester ein zweites wunderschönes Kind haben, während Sam immer noch hoffte, eines Tages das erste zu bekommen. „Kann ich dich was fragen?"

„Selbstverständlich, Schätzchen. Alles."

„Du weißt ja, dass ich dachte, ich könnte nicht schwanger werden ..."

Celia nickte. „Ich weiß, dass die letzte Schwangerschaft ein ziemlicher Schlag für dich war. Aber wenigstens weißt du jetzt, dass du schwanger werden kannst."

„Darin liegt in gewisser Weise das Problem. Wie kann ich das noch einmal riskieren? Es war beinahe erträglicher, in dem Glauben zu leben, dass ich nicht schwanger werden kann."

„Nach allem, was du durchgemacht hast, ist es nur verständlich, dass du Angst vor einer erneuten Schwangerschaft hast."

„Die Wirkung der Dreimonatsspritze, die ich mir vor der Hochzeit habe geben lassen, endet jetzt."

„Ich wusste gar nicht, dass du das gemacht hast. Aber ich muss zugeben, dass es eine gewisse Erleichterung ist, zu wissen, dass du verhütet hast. Ich hatte gehofft, du würdest wieder schwanger werden, und wusste nicht, woran es lag, dass du es nicht geworden bist."

„Ich habe einfach noch Zeit gebraucht, um zu entscheiden, ob ich es noch einmal probieren will."

„Was sagt Nick dazu?"

„Dass es bei mir liegt. Er will, was immer ich will."

Celia legte ihr die Hand auf den Arm. „Warum überrascht mich das nicht? Er ist ein wundervoller Mann."

„Ja, das ist er wirklich, und er hat sich in dieser Sache von Anfang an fantastisch verhalten." Sam atmete tief und erschauernd ein. Nach allem, was an diesem Tag passiert war, sollte sie besser nicht über dieses belastete Thema nachdenken. Aber die bevorstehende Geburt ihrer neuen Nichte hatte diese alten Gefühle wieder erwachen lassen. „Tracy und Ang sind so gut zu mir, und ich liebe sie über alles, trotzdem bin ich eifersüchtig auf sie. Ist das nicht schrecklich?"

„Nein, Schätzchen, es ist absolut verständlich. Schließlich haben sie das eine, das dir verwehrt geblieben ist bisher. Natürlich bist du eifersüchtig." Celia umarmte sie fest. „Willst du wissen, was ich an deiner Stelle tun würde?"

Sam nickte. Ab irgendeinem Punkt in den vergangenen Monaten war ihre neue Stiefmutter zu einer ihrer engsten Freundinnen geworden.

„Starte noch einen Versuch. Sei dir jedoch von vornherein bewusst, dass es so oder so verlaufen kann. Sei darauf vorbereitet, beide Möglichkeiten zu akzeptieren und die jeweiligen Konsequenzen zu tragen. Wenn es nicht klappt, schließe mit dem Thema ab und zieh andere Möglichkeiten in Betracht. Falls du es nämlich nicht noch einmal probierst, läufst du Gefahr, es für den Rest deines Lebens zu bereuen und dich zu fragen, wie es hätte sein können."

„Wie du es formulierst, klingt das alles so einfach." Sam wischte sich die Tränen ab, die plötzlich ihr Gesicht benetzten. Auch das war klar gewesen. Sie konnte nicht ohne Tränen über diese Dinge sprechen.

„Es ist nicht meine Absicht, herunterzuspielen, was du durchgemacht hast. Vier Fehlgeburten können jeden mutlos machen."

„Du hast ein gutes Argument angeführt", räumte Sam ein. „Ich würde mich immer fragen, was passiert wäre, wenn ich es ein weiteres Mal versucht hätte."

„Was versucht?", wollte Skip wissen, der gerade im Rollstuhl in die Küche kam.

„Ein Baby zu bekommen", antwortete Sam, sich die letzten Tränen wegwischend, denn sie wusste, dass ihn der Anblick aufwühlen würde. Als sie die Verletzung in ihrem Gesicht berührte, sog sie scharf die Luft ein.

„Bist du etwa ... du weißt schon ..."

„Schwanger?" Sam war über seine Reaktion belustigt. Er machte sich gern vor, seine drei kleinen Mädchen seien noch unberührt, obwohl das ganz offensichtlich nicht der Fall war. „Im Augenblick nicht."

„Oh. Aha. Okay."

„Könnte aber sein, dass ich es bald bin", erklärte sie, da ihr klar wurde, dass die klugen Worte ihrer Stiefmutter sie zu einer Entscheidung gebracht hatten. Ja, sie würde es ein weiteres Mal versuchen.

„Bist du dir sicher, dass das eine gute Idee ist?", meinte er zögernd.

„Verdammt, nein. Ich bin mir gar nicht sicher. Wahrscheinlich ist es eine schreckliche Idee. Aber Celia hat recht, wenn sie sagt, dass ich mich stets fragen würde, was wohl passiert wäre, wenn ich einen weiteren Versuch unternommen hätte."

„Ich weiß nicht, ob ich es aushalten könnte, dich das alles noch einmal durchmachen zu sehen, mein Mädchen."

„Ich weiß auch nicht, ob ich es ertragen könnte. Aber wie könnte ich es nicht probieren, jetzt, wo ich weiß, dass es möglich ist?" Verdammte Tränen. Sie hasste es, dass sie nicht in der Lage war, über dieses Thema zu sprechen, ohne welche zu vergießen.

Celia reichte Sam ein Taschentuch.

Diese wischte sich die Tränen vom schmerzenden Gesicht. „Ich bin aber gar nicht hergekommen, um mit dir darüber zu reden."

„Um was geht's denn?", wollte ihr Dad wissen.

„Hat mit der Arbeit zu tun."

„Ich bin in der Küche, falls ihr mich braucht", erklärte Celia und gab Sam einen Kuss auf die Stirn. „Kopf hoch, Schätzchen. Ich weiß, es ist eine schwierige Entscheidung, aber wir sind immer für dich da."

„Danke. Das hilft mir schon."

Celia verließ den Raum, und Skip richtete den Blick auf Sam. Sie versuchte, einen klaren Verstand zu behalten und ihre Emotionen unter Kontrolle zu bekommen. „Ich habe mit McBride und Tyrone gesprochen."

„Und?"

Sam setzte sich auf das Sofa und zwang sich, ihrem Vater in die

Augen zu sehen, obwohl sie seinen durchdringenden Blick lieber gemieden hätte. „Sie haben gelogen."

„Worüber?"

„Sie haben gesagt, sie hätten nichts Neues entdeckt. In Wahrheit sind sie auf einige Spuren gestoßen, denen sie hätten nachgehen müssen. Sie waren erstaunt, dass du das nicht getan hast damals."

Er ließ sich nichts anmerken, sondern fragte: „Warum haben sie gelogen? Haben sie das gesagt?"

„Du hast im Krankenhaus gelegen. Wir wussten nicht, ob du es schaffst. Sie haben sich Sorgen um deinen Ruf gemacht und wollten mich nicht zusätzlich belasten, wo ich doch schon solche Angst um dich hatte."

„Und was jetzt?"

„Um ehrlich zu sein, ich bin mir nicht ganz sicher. Ich habe das erst vor Kurzem erfahren und beide für eine Woche ohne Bezahlung suspendiert."

„Weil sie dich angelogen haben."

„Ja."

„Ich nehme an, du konntest nicht anders handeln."

Sam hätte ihn am liebsten angeschrien, er solle ihr endlich verraten, weshalb er Fragen in einem Mordfall bewusst unbeantwortet gelassen hatte. „Nein, konnte ich nicht, aber ich habe nicht vor, irgendwem den Grund für ihre Suspendierung zu nennen. Ich wäre dir also dankbar, wenn du es auch nicht tun würdest."

„Wenn sie Beschwerde einlegen, wirst du es den Internen Ermittlungen sagen müssen."

„Sie werden keine Beschwerde einlegen." Sam machte eine Pause, wartete, hoffte, er würde etwas sagen, aber das tat er nicht. „Du wirst mir nicht verraten, warum?"

„Nein, werde ich nicht."

Sam war perplex. „Im Ernst? Du lässt mich hängen?"

„Ich werde dir das Gleiche sagen, was ich dir gesagt habe, als wir uns das erste Mal über diesen Fall unterhalten haben. Weißt du noch?"

„Wie könnte ich es vergessen? Es war der Tag, an dem du angeschossen wurdest."

„Und was habe ich damals gesagt?"

„Du hast gesagt, ich soll die Finger davon lassen."

„Das Gleiche sage ich dir jetzt auch."

„Wie soll das funktionieren?" Sie stand vom Sofa auf, damit sie auf und ab gehen und sich auf diese Weise ein wenig abreagieren konnte. „Ich habe zwei Detectives, die wissen, dass sich hinter der Geschichte mehr verbirgt, als in deinem Bericht stand. Was soll ich denn deiner Meinung nach tun?"

„Das liegt wohl bei dir. Hättest du getan, was ich dir geraten habe, und dich herausgehalten, würden wir diese Unterhaltung gar nicht führen, oder?"

„Du bringst mich in eine unmögliche Lage."

„In die hast du dich selbst gebracht."

„Ich habe es für dich getan! Um deinen letzten ungelösten Fall aufzuklären! Er hat Jeannie wieder zurück an die Arbeit gebracht nach der Gewalt gegen sie. Ich dachte, ich tue etwas Gutes."

„Es war gut, dass du ihr einen alten Fall gegeben hast. Das war eine kluge Entscheidung. Zu dumm nur, dass es dieser Fall sein musste."

„Da wird sie mir sicher zustimmen, da der verantwortliche Detective mauert und die erneute Ermittlung ihr eine Suspendierung eingebracht hat." Sam löste die Klammer aus ihren langen Haaren und fuhr mit den Fingern hindurch. „Was soll ich jetzt tun?"

„Lass. Die. Finger. Davon. Das tust du."

„Warum verrätst du es mir nicht?"

Sein grimmiger Blick war Antwort genug. Was auch immer er vor ihr verbergen mochte, er hatte nicht die Absicht, es ihr anzuvertrauen.

„Na fabelhaft", sagte Sam. „Vielen Dank auch für deine Hilfe. Ich weiß das wirklich zu schätzen. Kann dir gar nicht sagen, wie sehr. Richte Celia aus, dass ich sie morgen sehe." Sie war schon an der Tür, als ihr ein neuer Gedanke kam. Der war allerdings so ungeheuerlich, dass es ihr den Atem nahm. „Hat das etwa mit den Schüssen auf dich zu tun? Hast du die ganze Zeit gewusst, wer auf dich geschossen hat, und mich absichtlich ins Leere laufen lassen?"

„Nein! Absolut nicht. Ich habe keine Ahnung, wer auf mich geschossen hat. Das schwöre ich."

Vor Erleichterung gaben fast Sams Knie nach, doch gönnte sie ihm nicht die Genugtuung, zu sehen, wie aufgewühlt sie innerlich war. Ohne ein weiteres Wort marschierte sie aus seinem Haus und die Rampe hinunter auf den Gehsteig. Sam konnte sich nicht erinnern, wann sie je so wütend auf ihn gewesen war. Und enttäuscht von ihm. Solche Auseinandersetzungen hatte es nur wegen des Fitzgerald-Falls gegeben und damals, als er gegen ihre Heirat mit Peter Gibson war. Es war ihr Job, denen Gerechtigkeit zu verschaffen, die das nicht selbst konnten. Tyler Fitzgerald hatte es nicht verdient, dass ihr Dad offensichtlichen Spuren nicht nachging.

Ein Blick auf ihr Smartphone verriet ihr, dass der Besuch im Haus ihres Vaters viel länger als geplant gedauert hatte. Es war jetzt fünf nach sechs. Sie lief die Rampe zu ihrem Haus hinauf.

Nur der Anblick ihres sexy Ehemannes im Smoking konnte die vergangenen zwanzig Minuten aus ihrem Gedächtnis tilgen. Ihn in diesem feierlichen Outfit zu sehen, erinnerte sie an die besten Tage ihres Lebens. „Tut mir leid. Ich weiß, ich bin spät dran, aber ich mache schnell."

Er hielt sie fest, als sie an ihm vorbei die Treppe hinaufeilen wollte. „Hast du geweint?"

Natürlich bemerkte er es. „Ein bisschen vielleicht."

„Weswegen?"

„Celia und ich haben über das Problem gesprochen." Sam wusste, dass sie nicht mehr erklären musste. Er würde wissen, was gemeint war.

Seine Miene verriet Besorgnis. „Und?"

Sie stellte sich auf Zehenspitzen, um ihn zu küssen. Dabei wurde ihr klar, dass sie das Küssen aufgeben musste, bis ihr Gesicht verheilt war. „Lass uns im Wagen reden, ja?"

„Klar. Tracy ist oben mit dem magischen Make-up."

„Die denkt immer mit."

„Gut, oder?" Er versuchte nur halbherzig, seine Belustigung zu verbergen.

„Ach, sei still und lass mich gehen. Mein Mann wird sauer, wenn ich nicht rechtzeitig fertig bin."

„Auf jeden Fall. Also geh. Wir wollen schließlich nicht, dass er wütend auf dich wird."

„Nein, wollen wir nicht." Sam eilte die Treppe nach oben. „Er ist viel zu begeistert von Versöhnungssex."

Er lachte. „Sam", rief er ihr hinterher.

Sie drehte sich zu ihm um. „Ja?"

„Du musst keine Farbe auftragen, wenn es zu wehtut."

Nur ihr halbes Gesicht gehorchte beim Versuch zu lächeln. „Das wird schon klappen. Ich beeile mich." In ihrem Zimmer rief sie nach Tracy, die aus dem angrenzenden Badezimmer kam. Als sie Sams Gesicht sah, zuckte sie zusammen.

„Du meine Güte", flüsterte sie. „Tut es sehr weh?"

„Und wie. Ich werfe schon den ganzen Nachmittag Pillen ein."

„Solltest du heute Abend nicht lieber zu Hause bleiben?"

„Wahrscheinlich, aber das kann ich ihm nicht antun, Trace. Es dreht sich immer nur alles um meine Arbeit. Jetzt ist er mal an der Reihe. Außerdem wird Scotty auch dort sein, was Nick noch gar nicht weiß."

„Ihr werdet für Aufmerksamkeit sorgen, aber das tut ihr ja immer."

„Ich habe gehört, du hast magisches Make-up, mit dem ich wie neu aussehen werde?"

Tracy prustete. „Um das da zu verbergen, bräuchtest du richtige Farbe."

„Ah, jetzt verletzt du meine Gefühle."

„Mal sehen, was wir tun können." Tracy führte sie ins Badezimmer, wo sie ihren Schminkkoffer aufgestellt hatte.

„Hast du was von Ang gehört?", erkundigte Sam sich und nahm in dem Sessel Platz, den Tracy aus dem Schlafzimmer geschleppt hatte.

„Nur Gemecker. Sie hat die angenehme Phase der Schwangerschaft verlassen. Es nervt sie."

Die Worte „da wäre ich nicht drauf gekommen" lagen Sam auf der Zunge, doch sie verkniff sich eine solche Bemerkung, damit Tracy sich nicht mies fühlte. Kaum im Sessel, überkam sie Müdigkeit, sodass sie sich fragte, wie sie einen langen Abend höfliches Geplauder überstehen sollte.

Tracy reichte ihrer Schwester einen großen Pappbecher Kaffee.

„Mensch, Tracy, du denkst an alles, oder?"

„Ich versuche es."

„Du bist so gut zu mir."

„Dafür sind große Schwestern doch da."

„Ich bin nicht annähernd so gut zu dir wie du zu mir."

„Das meinst du nicht ernst. Was ist mit den Jahren, in denen ich alleinerziehende Mutter war und du Brooke an den Wochenenden genommen hast? Das werde ich nie wiedergutmachen können."

„Stimmt auch wieder." Sam trank einen großen Schluck Kaffee. „Jetzt fühle ich mich schon besser."

„Ha, das ging aber fix."

„Wie läuft es eigentlich mit Brooke?"

„Schrecklich. Sie ist so verdammt starrsinnig und vorlaut."

„Kann mir gar nicht vorstellen, woher sie das hat."

„Ich weiß! Ich erkläre Mike jeden Tag, dass sie einfach ihrer Tante Sam zu ähnlich ist."

Sam lachte. „Ah, das habe ich jetzt davon."

Tracy lächelte, während sie hochkonzentriert arbeitete. „Das war eine Steilvorlage."

„Du kommst aber klar, oder?"

„Man sagt ja, es wird besser, aber ich muss zugeben, dass ich die Tage zähle, bis sie nächsten Juni ihren Abschluss macht und aufs College geht. Wir können alle eine Waffenruhe gebrauchen."

Sam sah ihre Schwester im Spiegel an. „Ich weiß, du hast schon genug um die Ohren, aber ich muss noch über etwas anderes mit dir reden."

Tracy hielt mit dem Auftragen von Make-up auf der unverletzten Seite von Sams Gesicht inne. „Okay."

„Erinnerst du dich, als Dad im Krankenhaus lag und ich dir davon erzählt habe, dass ich den Fall Fitzgerald neu aufgerollt habe?"

„Was ist damit?"

„Du hast etwas darüber gesagt, was zwischen Mom und Dad damals gewesen sei, und dass ich zu jung sei, um mich daran noch zu erinnern. Was meintest du?"

„Das sind alles alte Geschichten, Sam. Warum interessiert dich das jetzt?"

„Sag es mir einfach."

„Ich weiß gar nichts Genaues. Ich habe lediglich einen Verdacht."

„Welchen?"

„Damals, während des Fitzgerald-Falls, warf Mom ihm vor, eine Affäre zu haben. Da zog sie zum ersten Mal aus."

Sam musste erst einmal versuchen, mit der Vorstellung zurechtzukommen, ihr Vater sei ihrer Mutter untreu gewesen. Es war nämlich die Untreue ihrer Mutter gewesen, die das ultimative Ende ihrer Ehe eingeläutet hatte, einen Tag, nachdem ihr jüngstes Kind, Sam, die Highschool beendet hatte. Sam, die ihrem Dad stets nähergestanden hatte, hatte seither kaum Kontakt zu ihrer Mutter gehabt. Und nachdem sie auf Sams Hochzeit eine Szene gemacht hatte, gar nicht mehr. „Hast du eine Ahnung, ob es gestimmt hat?", wollte Sam wissen. „Hat er sie betrogen?"

„Ich bin mir nicht sicher, aber ich nehme an, dass da etwas gewesen ist, seinem Verhalten nach zu urteilen. Er war kaum zu Hause, und wenn er mal da war, schien er in Gedanken ständig woanders zu sein. Daran erinnere ich mich noch lebhaft."

Sam wünschte, sie besäße irgendeine Erinnerung daran, aber sie war noch so jung gewesen.

Tracy gab Sam das Schminkschwämmchen. „Möchtest du die schlimme Seite nicht lieber selbst machen? Ich will dir nicht wehtun." Sam stand auf, um näher an den Spiegel heranzugehen, und tupfte die flüssige Grundierung auf die Prellungen oberhalb und unterhalb des weißen Verbandstücks. „Wow, das Zeug ist erstaunlich."

„Das war noch übrig aus meiner Theaterzeit. Damit kann man die größten Sünden überschminken."

„Gegen das zugeschwollene Auge kann ich nicht viel ausrichten, aber der Rest sieht wenigstens ein bisschen weniger übel aus. Danke."

„Gern geschehen. Und jetzt stecken wir dich in dieses umwerfende Kleid."

„Klopf, klopf", rief eine vertraute Stimme aus dem Schlafzimmer.

„Komm rein", sagte Sam.

Shelby Faircloth betrat das große Badezimmer und blieb

abrupt stehen beim Anblick des wundervollen Seidenkleids. „O wow! Ich glaube, ich bin gerade für eine Sekunde ohnmächtig geworden. Ist das pink?"

„Absolut nicht", widersprach Sam. „Das ist Champagner."

„Es ist pink."

„Sie ist verrückt nach pink", erklärte Sam ihrer Schwester.

Tracy musterte Shelbys pinkfarbenes Kostüm und die dazu passenden High Heels, die sie immerhin fast auf Sams Schulterhöhe brachten. „Das sehe ich."

„Deshalb sieht sie auch dort pink, wo gar keines ist", sagte Sam.

„Wenn ich mich mit einer Sache auskenne, dann mit Pink. Und dieses Kleid ist eindeutig pink."

Sam betrachtete das Kleid noch einmal eingehender, konnte jedoch keinerlei Anzeichen der gefürchteten Farbe entdecken. „Was machen Sie überhaupt hier, Tinkerbell?", fragte Sam, sie mit dem Spitznamen anredend, den sie Shelby während der Planung ihrer Hochzeit gegeben hatte.

„Ich musste Nick ein paar Unterlagen wegen meines neuen Jobs vorbeibringen." Shelby klatschte in die Hände und quietschte. „Ich kann es kaum erwarten, bis endlich Montag ist."

„Was ist denn Montag?", wollte Tracy wissen.

„Die zwei haben mich engagiert, ihr Leben zu organisieren", verkündete Shelby mit kaum gebändigter Begeisterung. „Und ich bin so aufgeregt!"

„Was für eine großartige Idee", sagte Tracy. „Ich könnte ein wenig Hilfe dabei gebrauchen, sie aus einem Schlamassel nach dem anderen herauszuholen." Sie deutete auf das Blutbad in Sams Gesicht.

Die drei Frauen lachten zusammen.

„Ich nehme jede Hilfe, die ich kriegen kann", sagte Sam.

„Nick meinte, Sie sind hier oben und machen sich hübsch, und dann entdecke ich, dass das Kleid pink ist." Shelby seufzte dramatisch. „Ziehen Sie es an. Ich muss das wunderbare Ding mal in Aktion sehen."

„Einen Moment." Sam gab es auf, Shelby davon überzeugen zu wollen, dass sie sich das Pink des Kleids nur einbildete. „Zuerst kommt die Folterkammer-Unterwäsche."

„Oh." Shelby schüttelte sich. „Unterwäsche."

„Sie ist nicht ganz richtig im Kopf", rief Tracy Sam hinterher, als die über den Flur zu ihrem begehbaren Superluxuskleiderschrank ging.

„Das habe ich schon vor der Hochzeit gesagt", rief Sam zurück, während sie bis zum Oberschenkel reichende Strümpfe anzog und sich in ein Designer-Korsett-Ungetüm zwängte. „Aber auf mich hört ja niemand."

„Seien Sie still und ziehen Sie Ihr Höschen an", forderte Shelby sie auf. Sam zog den String an, der zum Korsett gehörte. Als sie sich umdrehte und ins Schlafzimmer zurückkehren wollte, blockierte ihr Mann den Türrahmen.

Er ließ seinen Blick an ihr hinunterwandern.

„Sieh mich nicht so an", sagte sie und hob die Hand, damit er nicht hereinkam. „Wir haben absolut keine Zeit für diesen Blick."

Nick betrat dennoch den begehbaren Kleiderschrank und schloss die Tür hinter sich. „Ich muss dich einmal rasch spüren, damit ich bis später durchhalte. Denn dann werde ich jedes köstliche Detail ausführlich untersuchen."

Sam lachte nervös und legte ihm die Hand auf die Brust, um ihn am Näherkommen zu hindern. „Das ist aber dann nicht meine Schuld, wenn ich nicht rechtzeitig fertig werde."

„Zur Kenntnis genommen", entgegnete er, nahm ihre Hand von seiner Brust und zog Sam an sich. Er legte die Arme um sie und ließ die Hände von ihren Schultern hinunter zu ihrer Taille und tiefer zu ihrem Po gleiten. Als er sie fest an sich drückte, spürte sie seine pulsierende Erektion. Dann spürte sie seine warmen Lippen auf ihrem Hals, und sie legte den Kopf in den Nacken, um sich ganz diesen Zärtlichkeiten hinzugeben. „Wie soll ich mich denn heute Abend konzentrieren können, wenn ich weiß, was du unter deinem Kleid trägst?"

Sam musste die Zähne zusammenbeißen, um nicht lustvoll zu stöhnen, als er jene Stelle an ihrem Hals fand, die sie verrückt machte. Sie schob die Hände in sein Smokingjackett, um ausgiebig seine Brust- und Bauchmuskeln zu streicheln. „Warum bist du nach oben gekommen?"

„Hab mein Handy im Schlafzimmer vergessen."

Ein Klopfen an der Tür erschreckte beide.

„Macht ihr zwei da drinnen Blödsinn?", rief Tracy. „Nick, wenn du meine Make-up-Arbeit ruinierst, bist du dran."

„Verschwinde", knurrte Nick.

„Der Wagen ist in fünfzehn Minuten da", erinnerte Tracy ihn.

„Sie wird fertig sein."

„Nick ..." Sam lachte und erschauerte, da seine fleißigen Hände ihre Nervenenden in Flammen setzten. „Komm schon, wir haben wirklich keine Zeit für so etwas."

„Ich hasse es, dass wir ständig irgendwelche Termine haben."

Sie umfasste sein glattrasiertes Gesicht, damit er sie ansah. „Das macht die Vorfreude süßer." Auf Zehenspitzen stehend, presste sie ihre Lippen sachte auf seine und sog scharf die Luft ein, da bereits dieser sanfte Kontakt in ihrem verletzten Gesicht schmerzte. „Du kannst dich ab jetzt stundenlang auf das freuen, was wir machen werden, sobald wir zu Hause sind und du mich ganz für dich allein hast." Sie schob die Hand unter seinen Gürtel und drückte seine Erektion.

Er stöhnte. „Das ist nicht gerade hilfreich." Er hielt ihre Hand fest und hob sie an seine Lippen. „Außerdem bist du verletzt. Ich sollte dich nicht wie ein irrer Lüstling befummeln."

„Ich liebe es, dass du mich so sehr begehrst", versicherte sie ihm. „Hör nie auf damit."

„Keine Sorge, Babe." Er löste sich von ihr und nahm sich sichtlich zusammen. „Je länger wir zusammen sind, umso mehr begehre ich dich. Das ist wie ein Fieber."

Sie tat ihr Bestes, um zu lächeln. „Ich kann dir dein Handy holen."

„Das ist wahrscheinlich eine gute Idee. Ich sollte mich mit diesem auffälligen ‚Problem' lieber nicht im Hornissennest blicken lassen."

Die Türklingel hallte durchs Haus, und Nick stöhnte. „Wer zur Hölle ist das denn nun?"

„Könnte es schon der Fahrdienst sein?"

„Vermutlich. Mist, du bringst mich völlig durcheinander."

„Ich habe dich ja gewarnt, mich zu berühren. Das hast du jetzt davon." Sam lachte über seine gequälte Miene und sauste vor ihm zur Tür hinaus.

Shelby und Tracy bestürmten sie, kaum hatte Sam das Schlafzimmer wieder betreten.

„Ah", rief Tracy und sprang von der Bettkante auf. „Endlich! Ist das Gefummel vorbei?"

„Fürs Erste", entgegnete Sam und errötete, trotz ihres eisernen Willens, das nicht zu tun. Sie war noch nie in der Lage gewesen, dem durchdringenden Blick ihrer älteren Schwester auszuweichen. Jetzt konnte sie nur hoffen, dass das Make-up ihre Röte verbarg.

„Ich sollte mich wohl besser an solche Dinge gewöhnen", meinte Shelby.

Sam hörte eine gewisse Wehmut aus dieser Bemerkung.

„Die fallen bei jeder Gelegenheit übereinander her", versicherte Tracy ihr.

„Hallo", machte Sam sich bemerkbar, während sie in das Kleid stieg, das Tracy für sie bereithielt. „Ich bin hier im gleichen Raum wie ihr."

„Ich sage nur, wie es ist."

Shelby kicherte über die schwesterlichen Kabbeleien.

Nachdem Tracy den Reißverschluss am Kleid hochgezogen hatte, drehte Sam sich vor dem großen Spiegel.

„Sie sehen hinreißend aus", rief Shelby. „Pink ist definitiv Ihre Farbe."

„Es ist nicht pink." Sam musste allerdings zugeben, dass sie ziemlich gut aussah, trotz des geschwollenen Gesichts.

„Eines ist mal sicher – man wird zuerst das Kleid und deinen tollen Body wahrnehmen und erst dann dein Gesicht", meinte Tracy.

„Wie tröstlich", erwiderte Sam und ging ins Badezimmer, um sich die Zähne zu putzen – vorsichtig – und ein letztes Mal die Haare zu bürsten. Da sie während des Wahlkampfes nur äußerst selten dazu kamen, einen Abend gemeinsam zu verbringen, ließ Sam ihr Haar offen, denn das mochte Nick am liebsten. Als sie das Badezimmer wieder verließ, umarmte sie ihre Schwester kurz. „Tausend Dank, Trace. Du hast mir wie immer riesig geholfen."

„War mir ein Vergnügen, Schätzchen. Du siehst umwerfend aus. Los, zeig's ihnen!"

Wegen des besonderen Anlasses streifte Sam sich ihren

funkelnden Verlobungsring vor den Ehering, den sie ständig trug. Dazu band sie sich die Kette mit dem diamantbesetzten Schlüssel um, die Nick ihr zur Hochzeit geschenkt hatte.

Sie nahm Nicks Handy von seiner Kommode und ging zusammen mit den anderen beiden Frauen nach unten. Zu ihrer Verblüffung stand Agent Hill in ihrem Wohnzimmer. Er und Nick beäugten einander wie zwei knurrende Hunde, die drauf und dran waren, sich gegenseitig an die Kehle zu gehen.

Dann bemerkte Nick sie und richtete seine ganze Aufmerksamkeit auf sie.

Später, in Ruhe, würde sie sich an den bewundernden Blick erinnern, mit dem Hill sie betrachtete, als er sie in dem eleganten Kleid sah. Zum Glück war gleich wieder die lässige Fassade da, bevor irgendwer es bemerken konnte. Doch Sam hatte es sehr wohl registriert, und beunruhigt fragte sie sich, was es zu bedeuten hatte.

12

Nick ging zu ihr, legte den Arm um sie und küsste sie auf den Kopf. „Du siehst fantastisch aus.“

„Danke.“ Leise, nur für seine Ohren bestimmt, fügte sie hinzu: „Heb bloß nicht das Bein zum Pinkeln.“

Er sah sie perplex an. „Was?“

Sam beschloss, sich erst im Auto mit ihm darüber zu unterhalten. „Was gibt es, Hill?“

„Tut mir leid, Sie zu Hause behelligen zu müssen, aber ich komme von den Kavanaughs, und da ich schon mal in der Nähe war, wollte ich Sie darüber informieren, dass wir eine heiße Spur bei der Entführung haben.“

Sam horchte auf und schaltete prompt in den Cop-Modus. „Schnell, lassen Sie hören.“

„Die Spurensicherung hat das Signal des GPS-Chips empfangen, den Victoria dem Baby am Tag nach der Geburt hat implantieren lassen.“

„Ist das Ihr Ernst?“, fragte Sam. „Wer macht denn so was?“

„Zum Beispiel eine Mutter, die Angst vor genau dem Szenario hatte, dass dann später tatsächlich eintrat.“

„Wusste Derek davon?“

Hill schüttelte den Kopf. „Die IT-Abteilung hat das Signal zu einem Haus in Bellevue verfolgt.“ Das war eine üble Gegend im äußersten Südosten der Stadt.

„Ich werde Cruz informieren", erklärte Sam. „Der kann unser Team leiten."

„Ist schon geschehen. Er hat das SWAT-Team eingeschaltet, und wir sind in fünfzehn Minuten einsatzbereit."

Sam stand regungslos da und kämpfte gegen das beinahe übermächtige Bedürfnis an, Teil des Teams zu sein, das hoffentlich Maeve Kavanaugh aufspürte. Die Hand ihres Mannes auf ihrer Schulter erinnerte sie daran, dass sie heute Abend anderswo sein musste. „Gut. Halten Sie mich auf dem Laufenden."

Hill schien fast überrascht zu sein, dass sie nicht Teil der Mission sein wollte.

Sam bemerkte, wie sein Blick nach rechts wanderte, zu Shelby und Tracy. „Meine Schwester Tracy und unsere neue, äh, Assistentin Shelby Faircloth. Agent Avery Hill."

Hill nickte den Frauen zu. „Ladys." Zu Sam sagte er: „Sie haben eine Assistentin, ja?" Sein amüsierter Unterton ärgerte Sam.

Leider konnte sie ihre übliche finstere Miene nicht aufsetzen. „Müssen Sie sich nicht um Ihren Einsatz kümmern?"

„Bin schon unterwegs. Ich werde Sie darüber informieren, wie es läuft." An Nick gewandt sagte er nur: „Senator."

Nick erwiderte nichts, und Hill verließ das Haus. Erst dann wandte Nick sich an Sam. „Er ist extra zu uns nach Hause gekommen, um dir das mitzuteilen? Funktioniert dein Telefon nicht?"

Sam gab ihm sein Handy. „Meins war hier unten in meiner Handtasche. Außerdem bin ich froh, dass er vorbeigekommen ist, um mir mitzuteilen, dass Maeve möglicherweise gefunden wurde. Bist du darüber nicht auch froh?"

Er grollte sichtlich. „Natürlich bin ich das."

Wow, dachte Sam. Eigentlich hatte sie gedacht, er könnte nicht noch sexyer sein; doch der eifersüchtige Nick bewies ihr das Gegenteil.

„Du meine Güte." Shelby fächerte sich Luft zu. „Wer um alles in der Welt war das?"

„Habe ich Ihnen doch gerade erklärt", antwortete Sam genervt. „Agent Hill."

„Was für ein Agent?", wollte Shelby wissen, rehäugig und leicht errötet.

„FBI."

„Dieser Akzent", bemerkte Tracy. „Dieser Stimme zu lauschen war fast schon so gut wie Sex."

„Ich musste an Sex am Stiel denken", sagte Shelby. „Übrigens habe ich ihn zuerst gesehen!"

Tracy musste lachen. „Leider bin ich schon verheiratet. Er gehört Ihnen."

„Es wird mir dermaßen gut gefallen, hier zu arbeiten", sagte Shelby. „Alle Männer, die ich bei meiner jetzigen Arbeit kennenlerne, sind schon versprochen. Bekommen wir noch mehr von dem süßen Agent Hill zu sehen?"

„Mann, ich hoffe nicht", brummte Nick.

„Ist er Single?", wollte Shelby wissen.

„Wenn ich das wüsste", sagte Sam. „Wenn ihr fertig seid mit Sabbern wegen meines Kollegen, müssten wir langsam los zu unserer Wohltätigkeitsveranstaltung."

„Der Wagen wird in fünf Minuten hier sein", informierte Nick sie.

„Verrate mir noch mal, warum fahren wir nicht selbst?", fragte Sam.

Nick legte den Arm um ihre nackten Schultern und zog sie nah an sich. „Ich bekomme nicht viel Zeit allein mit meiner Frau. Warum soll ich zwei Stunden hin und zurück hinter dem Steuer sitzen, wenn ich diese Zeit doch viel … produktiver nutzen kann?"

„Ihr seid so was von schnuckelig", bemerkte Shelby.

„*Er* ist schnuckelig", sagte Sam mit Nachdruck zu ihrer neuen Assistentin. „Ich bin ganz und gar nicht schnuckelig. Verstanden?"

„Absolut." Shelby unternahm einen halbherzigen Versuch, ihr Grinsen zu verbergen. „Verstanden, Boss."

„Wirst du mir verraten, warum du vorhin geweint hast?", fragte Nick, kaum dass sie auf der Rückbank der schwarzen Limousine Platz genommen hatten, die sie nach Leesburg bringen würde. Eine getönte Scheibe trennte sie vom Fahrer.

Sam ergriff Nicks Hand. „Ich habe mit Celia darüber

gesprochen, dass die Wirkung der Dreimonatsspritze endet, und über die große Entscheidung."

Er schien den Atem anzuhalten. „Und?"

„Sie meinte, wenn wir es nicht ein letztes Mal versuchen, würde ich mich immer fragen, was wohl gewesen wäre."

„Und wie stehst du dazu?"

„Sie hat recht. Ich würde mich immer fragen, ob es funktioniert hätte. Ich habe so lange geglaubt, es sei nicht möglich, und jetzt ..."

„Jetzt, wo du weißt, dass es möglich ist, kannst du an nichts anderes mehr denken."

„Ja." Sie zwang sich, ihm in die Augen zu sehen. „Ich will es noch einmal versuchen. Nur einmal noch. Wenn es nicht klappt, adoptieren wir eines oder engagieren eine Leihmutter oder was Leute sonst tun, wenn sie keine eigenen Kinder haben können."

„Bist du dir sicher?"

Da sie ihrer Stimme nicht traute, nickte sie nur.

„Wenn du schwanger werden würdest, wie würdest du Arbeit und alles andere unter einen Hut bringen?"

„Darüber habe ich mir viele Gedanken gemacht. Auf keinen Fall will ich zehn Monate gar nichts machen. Ich würde meine Routine so lange wie möglich beibehalten."

„Aber dann würdest du dich schonen?"

„Na ja, ich würde nichts mehr riskieren", sagte sie. „Aber in eine Schutzhülle wickeln kann ich mich auch nicht."

„Glaub mir, wenn das möglich wäre, hätte ich das schon vor langer Zeit getan." Er hob den Arm, damit sie näher kam.

Sie legte die unverletzte Seite ihres Gesichts an seine Brust, wobei sie ihre Haare benutzte, um seinen Anzug nicht mit Make-up zu beschmieren.

„Werden wir es wirklich tun?"

Sie nickte.

„Und du wirst wirklich damit klarkommen, wenn es nicht funktioniert?"

„Wirst du für mich da sein und mich trösten?"

„Immer."

„Dann werde ich klarkommen."

„Ich liebe dich so sehr, Sam. Du hast keine Ahnung, wie sehr."

„Wenn es nur annähernd so sehr ist, wie ich dich liebe, dann ist es schrecklich viel."

Er drückte ihre Schulter und küsste sie auf die Stirn. „Ich habe ein gutes Gefühl dabei."

„Das freut mich." Von Emotionen überwältigt, schloss sie die Augen, aus Rücksicht auf die Mascara, die Tracy aufgetragen hatte. „Bis auf die letzten fünf Minuten war dieser Tag großer Mist."

„Tut dein Gesicht noch sehr weh?"

„Es ist auszuhalten, aber das ist mein kleinstes Problem." Sie berichtete ihm von McBride und Tyrone, ebenso von der unbefriedigenden Auseinandersetzung mit ihrem Vater.

„Meine Güte", meinte Nick. „Als wäre es nicht genug für einen Tag, wenn man eine Schusswaffe ins Gesicht geschlagen bekommt."

Sam lachte und stöhnte gleich darauf, weil die Bewegung der Gesichtsmuskeln Schmerzen erzeugte. „Bring mich nicht zum Lachen."

„Was glaubst du, verbirgt dein Vater vor dir?"

Sam hatte sich noch nicht angefreundet mit der Vorstellung, ihr Dad könnte etwas verheimlichen, das sein Leben – und ihres – ruinieren könnte, sollte es je ans Tageslicht kommen. „Ich glaube, er hatte eine Affäre, die in irgendeiner Verbindung zum Fitzgerald-Fall steht."

„Ehrlich? Ich kann ihn mir gar nicht als den ehebrecherischen Typ vorstellen."

„Na ja, du kennst ihn auch nur als Querschnittsgelähmten."

„Trotzdem kenne ich ihn, und ich sehe es einfach nicht."

„Tracy hat Anspielungen gemacht, da sei etwas Schwerwiegendes zwischen meinen Eltern vorgefallen zu der Zeit des Fitzgerald-Falles. Aber selbst sie weiß nicht genau, um was es sich dabei gehandelt hat. Offenbar ist meine Mutter damals zum ersten Mal ausgezogen. Ich habe jedenfalls keine Erinnerung daran."

„Wie alt warst du?"

„Zehn."

„Und du erinnerst dich nicht daran, dass deine Mutter ausgezogen ist?"

„Sie war ständig unterwegs mit ihren Freundinnen oder

Schwestern, deshalb habe ich mir wohl nichts dabei gedacht, dass sie weg war. Schließlich kam sie ja irgendwann zurück.“

„Ich sage es nur ungern ...“

„Ich denke es bereits“, gestand Sam.

„Wenn dein Vater nicht darüber reden will, dann vielleicht sie.“

Die Vorstellung, ihre Mutter nach vielen Jahren des Schweigens anzurufen, erfüllte Sam mit Furcht.

Nick rieb beruhigend ihren Arm. „Du musst nichts unternehmen, ehe du dich nicht bereit dazu fühlst.“

„Ich fürchte, mein Vater wird nie mehr mit mir reden, wenn ich dieser Sache nachgehe. Aber wie kann ich es nicht, wo ich doch weiß, dass einige Spuren damals nicht verfolgt wurden?“

„Als leitender Detective der Mordkommission bist du verpflichtet, deinen Job zu machen. Würde er an deiner Stelle nicht genauso handeln?“

„Vermutlich, aber es fällt mir schwer, mich daran zu erinnern, dass es mein Job ist, wenn mein Vater mir sagt, ich soll die Finger davon lassen.“

„Er hat dich in eine untragbare Lage gebracht.“

„Das ist milde ausgedrückt. Ich weiß, du würdest es nicht tun, aber ich bitte dich vorsichtshalber trotzdem, mit niemandem darüber zu reden. Mir ist keine andere Wahl geblieben, als McBride und Tyrone zu suspendieren, nur muss niemand den Grund dafür erfahren. Natürlich schnüffelt Stahl schon wieder herum.“

„Sei unbesorgt, Babe. Ich werde kein Wort sagen.“

„Ich wünschte, ich würde etwas von Freddie hören wegen des Einsatzes.“

„Wirst du bald. Sobald die dir etwas mitzuteilen haben, werden sie sich melden.“

Freddie war klar, dass das Ziel die sichere Bergung Maeve Kavanaughs war, und er war ganz auf das Kleinkind konzentriert. Trotzdem wurmte es ihn, von dem FBI-Mann Anweisungen entgegennehmen zu müssen, der wegen Sams Abwesenheit das Kommando bei diesem Einsatz hatte.

Ramsey und sein Partner saßen im Stau in Maryland fest, wo sie einigen Hinweisen nachgegangen waren, die unmittelbar nach dem Amber Alert eingegangen waren.

Während sie auf das SWAT-Team warteten, hielt Freddie seine Position und erwartete Hills Befehl, hineinzugehen. Wegen der Kevlarweste, die er über seiner Kleidung trug, und der drückenden Hitze, schwitzte er wie verrückt. Er hatte seine Waffe gezogen und ließ das kleine Haus mit der Schindelfassade nicht aus den Augen. Es schien schon bessere Zeiten gesehen zu haben, genau wie die übrigen Häuser in der heruntergekommenen Gegend.

Als das Sondereinsatzkommando da war, führte Hill einen Anwesenheitsappell durch, um sicherzugehen, dass sich jeder auf seinem Posten befand. Sobald er fertig war, wartete Freddie auf das Kommando.

„Zugriff", rief Hill und gab dem SWAT-Team das Signal zur Erstürmung des Hauses. Mit einem Rammbock überwanden sie die Tür, als wäre sie aus Pappe. Der schrille Schrei einer Frau empfing sie.

„Gesichert", meldete der Leiter des Teams keine dreißig Sekunden später.

„Cruz, Arnold", sagte Hill. „Los."

Freddie rannte auf die offene Tür zu, gefolgt von Detective Arnold, der ihm Rückendeckung gab. Drinnen fanden sie eine ältere farbige Frau vor, die hysterisch schrie. Angesichts der zwei Dutzend auf sie gerichteten halbautomatischen Handfeuerwaffen hatte sie die Hände erhoben.

Das Haus wirkte auf den ersten Blick sauber und ordentlich. In einem Hochstuhl in der Küche neben dem Wohnzimmer saß Maeve Kavanaugh und beobachtete das Geschehen misstrauisch, als wüsste sie nicht, wie sie den ganzen Aufruhr zu deuten hatte.

„Hallo, Maeve", begrüßte Freddie sie mit sanfter Stimme, um das arme Kind nicht noch mehr zu ängstigen. „Mein Name ist Freddie, und dein Daddy hat mich geschickt, um dich zu holen."

Das Kind machte einen unversehrten Eindruck, es war sauber und offensichtlich gut versorgt. Es gab auch keine Anzeichen für ein Trauma, was natürlich nicht automatisch bedeutete, dass es nicht traumatisiert war.

„Dada."

„Ja, Dada hat mich geschickt." Während Arnold die hysterische Frau verhaftete und ihr ihre Rechte erläuterte, versuchte Freddie vergeblich, das Tablett des Hochstuhls abzubekommen.

Einer der SWAT-Officer erbarmte sich schließlich und griff unter das Tablett, um es zu lösen.

„Danke", sagte Freddie. „Hab keine Kinder."

„Hätte ich nicht gedacht", erwiderte der Officer grinsend. Die Erleichterung im Raum war greifbar, nachdem Maeve unversehrt gefunden worden war.

Als Freddie das blonde Kleinkind aus dem Hochstuhl hob, stieß es einen Protestschrei aus. Der winzige Körper des kleinen Mädchens versteifte sich in seinen Armen. Wahrscheinlich hatte es die Nase voll, ständig mit Fremden zu tun zu haben.

„Mama! Mama!" Jetzt begann Maeve richtig zu weinen. Freddie trug sie hinaus zu den Sanitätern, die sie ihm abnahmen.

„Ich fahre mit ihr", erklärte Freddie dem FBI-Agenten draußen. „Haben Sie Mr. Kavanaugh schon informiert?"

„Ja. Er wird Sie im George Washington Hospital erwarten."

Als Detective bei der Mordkommission erlebte Freddie nicht oft ein Happy End. Maeve Kavanaugh zu ihrem Vater zurückzubringen war etwas, worauf er sich wirklich freute.

„Was wissen wir über die Frau?", erkundigte er sich. Vor dem Einsatz hatte es keine Zeit für Fragen gegeben.

„Nur ihren Namen, Bertha Ray. In der Nachbarschaft ist sie anscheinend als großmütterlicher Typ bekannt, sie kümmert sich ständig um irgendwelche Streuner."

„Das passt nicht zum Profil eines Mörders und Kidnappers."

„Nein", stimmte Hill ihm zu, der so frustriert wirkte, wie Freddie sich fühlte. „Ich fahre zum Hauptquartier, um Mrs. Ray zu befragen. Halten Sie mich über Maeves Verfassung auf dem Laufenden."

„Mach ich. Und ich werde dem Lieutenant ausrichten ..."

„Ich werde sie informieren", fiel Hill ihm ins Wort.

Was hatte das nun wieder zu bedeuten? „Ja, Sir, Agent Hill." Freddie gab sich keine Mühe, den Sarkasmus in seinem Ton zu unterdrücken. „Wie Sie wünschen."

Hill nickte noch einmal kurz, dann ging er zum Kommandanten des SWAT-Teams.

„Verdammt dämlich", murmelte Hill vor sich hin, als er von Cruz wegging. Er war ziemlich erbärmlich darin, seine Gefühle für den sexy weiblichen Lieutenant zu verbergen. Wenn er daran dachte, wie sie ausgesehen hatte, als sie in diesem schimmernden Abendkleid die Treppe heruntergeschwebt war ...

Ihr Mann hatte sie im gleichen Moment bemerkt wie er, was der einzige Grund war, weswegen Hill noch lebte. Hätte der Senator seine Reaktion auf den Anblick dieser wundervollen Frau bemerkt, hätte Hill ihm einen Gewaltausbruch kaum verdenken können.

Er war tief gesunken, indem er auf die Frau eines anderen scharf war. Jetzt fragte Cruz sich, weshalb er den Lieutenant unbedingt selbst informieren wollte, obwohl es doch weitaus logischer war, dass ihr Partner das tat.

Hill marschierte auf den SWAT-Kommandanten zu, der ihn misstrauisch beobachtete.

„Alles in Ordnung, Agent Hill?"

„Ja", antwortete Hill. „Wir sind fertig. Richten Sie Ihrem Team meinen Dank aus."

„Mach ich. Wir sind froh, dass wir das Kind gefunden haben."

Hill nickte zustimmend. Seine Emotionen verursachten ein Kribbeln auf seiner Haut, das ihn daran erinnerte, wie er als Kind auf einen Feuerameisenhaufen gefallen war. Er wartete, bis die Spurensicherung eintraf, und gab ihnen Anweisungen, ehe er in seinen Wagen stieg und die Klimaanlage aufdrehte.

Eine ganze Weile saß er da im kühlen Gebläse. Er dachte weder an das Verhör, das er überwachen musste, noch an das Kind, zu dessen Befreiung er beigetragen hatte. Auch nicht an den verwirrenden Fall, der allmählich epische Dimensionen anzunehmen schien. Nein, seine Gedanken galten einzig und allein der Szene, als Sam in diesem umwerfenden Kleid die Treppe heruntergekommen war. Und wenn er hundert Jahre alt werden sollte, niemals würde er vergessen, wie wundervoll sie in diesem Kleid ausgesehen hatte.

Er raufte sich die Haare, atmete mehrmals tief durch und hoffte, sein pochendes Herz zu beruhigen. Er musste sie anrufen und sie darüber informieren, dass der Einsatz erfolgreich gewesen war. Obwohl er das Verhör sehr gut selbst überwachen konnte, wollte er ihre Meinung über die weitere Vorgehensweise hören.

Seit wann hatte er ihre Stimme eigentlich im Kopf? In diesem Moment saß sie vermutlich an ihren schneidigen Ehemann geschmiegt auf der Rückbank einer Limousine auf dem Weg zur Benefizgala. Sam hatte wahrscheinlich keinen Gedanken mehr an ihn verschwendet, seit sie das Haus verlassen hatte. Wohingegen er an nichts anderes mehr denken konnte als an sie.

Warum war er überhaupt zu ihr gefahren? Er vermochte es nicht genau zu sagen. Vielleicht hatte er gedacht, gerade sie würde wegen des vermissten Kindes am meisten leiden. Er kannte ihre Geschichte der Fehlgeburten – nahezu jeder kannte die, nachdem der *Reporter* Anfang des Jahres eine triefende Story über sie gebracht hatte. Deshalb hatte er sie schnellstmöglich über die heiße Spur in Kenntnis setzen wollen. Da sie nicht ans Telefon gegangen war, hatte er ohne nachzudenken gehandelt, und nun bekam er das Bild von ihr in diesem Kleid nicht mehr aus dem Kopf.

„Das hast du nun davon, Idiot. Steckst deine Nase in Sachen, die dich nichts angehen. Reiß dich gefälligst zusammen!" Er hätte sich die ganze Nacht Vorhaltungen machen können, es hätte trotzdem nichts geändert. Er griff nach seinem Handy, fand ihre Nummer in seiner Kontaktliste – warum sie sich unter diesen Nummern befand, war schon wieder eine andere Frage – und drückte die Anruftaste.

Während er darauf wartete, dass sie sich meldete, rieb er sich die Nasenwurzel, denn innerhalb er vergangenen Stunde hatte sich ein zunehmender Kopfschmerz bemerkbar gemacht.

„Holland." Ihre Stimme klang rau und sexy, als hätte sie geschlafen oder … Nein. Denk nicht daran. Denk. Nicht. Daran.

„Hill? Sind Sie das?"

„Verzeihung, jemand hat gerade mit mir gesprochen. Wir haben das Kind."

„Ist sie …"

„Ihr scheint nichts zu fehlen. Sie ist mit dem Krankenwagen

unterwegs in die Notaufnahme, wo ihr Vater sie in Empfang nehmen wird. Cruz ist mit ihr gefahren."

„Das ist gut. Was für eine Erleichterung."

„Allerdings."

„Wer hatte sie?"

„Eine ältere Frau namens Bertha Ray. Mein Instinkt sagt mir, dass sie mit der Entführung nichts zu tun hat. In der Straße heißt es, sie sei die Babysitterin für die Nachbarn gewesen. Ein echter Großmuttertyp. Wir werden herausfinden müssen, wer sie angeheuert hat."

„Klingt vernünftig. Halten Sie mich auf dem Laufenden."

„Morgen müssen wir noch mal von vorn anfangen und uns richtig reinknien in diese Sache." Ihm fiel etwas anderes ein. „Arbeiten Sie morgen überhaupt?"

„Selbstverständlich. Warum sollte ich nicht?"

„Ich dachte, wegen der Verletzung ..."

„Mir geht's gut. Wir sehen uns morgen. Sorgen Sie dafür, dass irgendjemand mich über das Ergebnis des Verhörs von Bertha Ray informiert."

„Mach ich."

Dann legte sie auf. Einfach so. Unterwegs zu einem glamourösen Abend mit ihrem glamourösen Mann.

Avery fuhr durch die verstopfte Stadt zum Hauptquartier. Er hatte die Strecke erst zur Hälfte hinter sich, als Detective Arnold ihn anrief und wissen wollte, ob er selbst vorbeikommen und das Verhör durchführen wollte oder ob sie das erledigen sollten.

„Ich bin in zehn Minuten da."

Er musste sich unbedingt in die Arbeit stürzen. Später würde noch genügend Zeit sein, um über das nachzudenken, was er nicht haben konnte.

Vor dem Behandlungsraum, in dem Dr. Harry Flynn die sehr mitteilungsfreudige Maeve Kavanaugh untersuchte, überlegte Freddie, ob er Sam anrufen sollte. Wen kümmerte es, was Hill gesagt hatte? Schließlich war sie Freddies Partnerin, und wenn er es für richtig hielt, würde er sie eben anrufen. Sein Telefon klingelte und holte ihn aus seiner Wut. Er kannte die Nummer auf dem Display nicht.

„Cruz.“

„Malone.“

Freddie nahm unwillkürlich Haltung an beim Klang der Stimme des Captains. „Sir.“

„Sie haben das Kavanaugh-Kind?“

„Ja, Sir.“

„Und es ist wohlauf?“

„Offenbar, Sir. Der Arzt ist jetzt bei ihr.“

„Die Medien haben Wind davon bekommen, dass wir sie gefunden haben. Man hat mir mitgeteilt, dass eine Reportermeute vor der Notaufnahme lauert. Ich möchte, dass Sie sich darum kümmern.“

„Darum kümmern, Sir? Inwiefern?“

„Auf die übliche Weise. Geben Sie eine Erklärung ab über die Ereignisse. Erwähnen Sie nicht den GPS-Chip oder Mrs. Rays Rolle.“

Freddie brach der kalte Schweiß aus. „Ich soll mit den Medienvertretern reden?“

„Das habe ich gerade gesagt. Schaffen Sie das?“

„Ja, Sir. Natürlich.“ Er sprach das mit deutlich mehr Überzeugung aus, als er hatte.

„Wenn Sie dort fertig sind, fahren Sie nach Hause. Wir kommen morgen früh Punkt sieben wieder im Hauptquartier zusammen.“

„Ja, Sir.“

„Hat der Lieutenant schon erwähnt, dass Melissa Woodmansee das Department verklagt hat?“

„Ja, Sir, das hat sie.“

„Die werden Ihnen Fragen darüber stellen. Sie geben keinen Kommentar dazu ab. Verstanden?“

„Verstanden.“

„Danke, Cruz.“

Eine ganze Weile, nachdem das Gespräch beendet war, stand Freddie wie eine Puppe da, das Telefon von sich weghaltend. als könnte es explodieren. Normalerweise kümmerte Sam sich um die Medien. Das war nie seine Sache gewesen.

Bis jetzt.

Freddie beschloss, diese Begegnung möglichst lange aufzuschieben, und wartete weiter im Flur, auf einen Bericht des Arztes hoffend.

Kurze Zeit später flogen die Doppeltüren auf, und Derek Kavanaugh kam durch den Gang gerannt, gefolgt von zwei anderen Leuten, die Freddie für seine Eltern hielt. Kavanaugh sah noch mitgenommener aus als beim letzten Mal, als Freddie ihn gesehen hatte. Die Haare standen ihm zu Berge, in den Augen ein wilder Ausdruck, und er hatte seit Tagen keinen Rasierapparat mehr gesehen.

„Wo ist sie? Wo ist meine Tochter?"

„Dr. Flynn ist jetzt bei ihr", erklärte Freddie, zum Behandlungsraum deutend.

Kavanaugh lief an ihm vorbei und stieß einen gequälten Laut aus beim Anblick des Kindes, das auf dem großen Bett saß.

„Dada."

„Ja, Liebes, ich bin es." Derek brach in abgehacktes Schluchzen aus. „Ich bin's, Dada." Er schob sich vorbei an Harry und den Krankenschwestern, um das blonde kleine Mädchen hochzuheben und so fest an sich zu drücken, dass es aus Protest kreischte. „Ist sie wohlauf?", wandte er sich an Harry.

„Es scheint ihr gutzugehen", antwortete Harry. „Wir konnten weder Anzeichen für eine Verletzung noch für eine Traumatisierung feststellen. Offenbar ist sie gut versorgt worden."

„Dem Himmel sei Dank", sagte Dereks Mutter und wischte sich die Tränen aus dem Gesicht.

„Kann ich sie mit nach Hause nehmen?", fragte Derek.

„Wir warten noch auf die Ergebnisse der Bluttests, danach kann sie gehen."

„Danke, Harry." Derek vergrub das Gesicht in den blonden Locken, und seine Schultern zuckten von den Schluchzern. „Ich danke dir von ganzem Herzen."

Harry legte seinem Freund die Hand auf den Rücken, während Dereks Eltern ihren Sohn und ihre Enkelin umarmten.

Freddie fühlte sich plötzlich wie ein Eindringling angesichts dieser emotionalen Wiedervereinigung, deshalb verließ er den Raum.

Harry kam eine Minute später heraus und wischte sich verstohlen Tränen aus dem Gesicht. „Wir sind wirklich alle erleichtert", sagte er.

„Absolut. Draußen sind offenbar Reporter. Besteht die Möglichkeit, die Familie hier herauszubekommen, ohne dass Mr. Kavanaugh seine Tochter durch die Menge tragen muss?"

„Wir organisieren eine Eskorte durch den Haupteingang. Ich werde den Sicherheitsdienst benachrichtigen."

„Danke."

Freddie versuchte nach wie vor, sich innerlich darauf einzustellen, der Presse gegenüberzutreten. Er beschloss, noch zu warten, bis Maeve entlassen wurde.

Minuten später trat Derek auf den Gang. Der Ausdruck in seinen Augen hatte etwas von der Wildheit verloren, doch sein Gesicht war tränennass. Aus dem Behandlungsraum hörte Freddie Maeves Großeltern mit dem Kind sprechen.

„Wo haben Sie sie gefunden?", wollte Derek wissen.

„In einem Haus in Bellevue."

„Und dieser GPS-Chip, den meine Frau unserem Kind ohne mein Wissen hat implantieren lassen, hat Sie dorthin geführt?"

„Ja." Freddie konnte ihm seine Bitterkeit nicht verdenken, mit der er von seiner verstorbenen Frau sprach.

Dereks Miene veränderte sich, und er richtete den Blick auf die gegenüberliegende Wand. „Warum hat sie das getan? Warum hat sie unserem Kind einen Chip implantieren lassen, mit dem man es ausfindig machen kann?"

„Ich nehme mal an, aus denselben Gründen, die jeder andere für eine solche Entscheidung hat – Angst, es eines Tages zu brauchen." Die Verzweiflung, die Freddie in Dereks Augen las, brach ihm das sensible Herz.

„Nach allem, was Sie bis jetzt über meine Frau herausgefunden haben, scheint sie tatsächlich einen Grund für die Angst vor einem solchen Szenario gehabt zu haben."

Freddie wusste nicht, was er dazu sagen sollte. „Da bin ich mir nicht sicher, Sir. Sagt Ihnen der Name Bertha Ray etwas?"

Derek schüttelte den Kopf. „War Maeve bei dieser Frau?"

„Ja."

„Warum sollte jemand, von dem ich noch nie gehört habe, meine Frau umbringen und mein Kind entführen?"

„Wir wissen noch nicht, ob sie für diese Taten verantwortlich ist."

„Aber sie hatte Maeve!"

„Jemand könnte sie angeheuert haben, um sich um Ihre Tochter zu kümmern. Agent Hill und Detective Arnold haben sie in Untersuchungshaft genommen und werden sie in Kürze befragen."

„Dann haben Sie zwar Maeve gefunden, aber noch nicht den Mörder meiner Frau."

„Das ist korrekt." Dereks bohrende Fragen waren eine gute Übung für die bevorstehende Konfrontation mit der Presse.

„Wenn Maeve doch nur ein wenig älter wäre, dann könnte sie uns verraten, wer das getan hat."

„Für sie wird es ein Segen sein, dass sie sich später nicht mehr daran erinnern kann."

„Stimmt auch wieder." Derek fuhr sich durch die Haare, was diese noch mehr in Unordnung brachte. „Ich würde gern weiter auf dem Laufenden gehalten werden."

„Selbstverständlich."

„Und ich würde meine Frau gern beerdigen können."

„Sobald die Gerichtsmedizinerin ihre Arbeit getan hat, wird man Sie benachrichtigen." Freddie wartete, ob Derek noch weitere Fragen hatte. „Das Sicherheitspersonal des Krankenhauses wird Ihnen dabei helfen, Ihre Tochter ohne Medienrummel hinauszubringen."

„Dafür wäre ich Ihnen dankbar."

„Ich wurde gebeten, mich der Presse zu stellen. Darf ich denen berichten, dass es Ihrer Tochter gutgeht?"

Derek dachte einen Moment darüber nach. „Die Leute haben sich alle solche Sorgen um Maeve gemacht. Wir sollten der Öffentlichkeit mitteilen, dass sie wohlauf ist und es ihr gutgeht, zumindest gemessen an dem, was sie durchgemacht hat."

„Ich werde mich darum kümmern."

Dereks Mutter spähte hinter einem Vorhang hervor. „Sie fragt nach dir, mein Lieber."

Derek nickte Freddie noch einmal zu und ging zurück zu seiner Tochter.

Freddie atmete schwer aus und ließ den Kopf nach hinten gegen die Wand sinken. Er schloss die Augen und versuchte sich vorzustellen, wie höllisch es für Derek sein musste, zu erfahren, dass seine Frau nicht die gewesen war, für die er sie gehalten hatte. Obwohl man seine Tochter unversehrt gefunden hatte, würde sein Leben nicht mehr dasselbe sein. Nichts würde seine Frau zurückbringen. Und während Freddie überzeugt davon war, dass sie den Mörder irgendwann finden würden, wusste Derek vielleicht nie, ob ihre Gefühle für ihn echt gewesen waren.

Manchmal war dieser Job echt Mist, fand Freddie. Er machte die Augen wieder auf und sammelte die Kraft, die er brauchte, um den wild gewordenen Reportern gegenüberzutreten. Bevor er zur Tür ging, zog er sein Handy aus der Tasche und rief Elin an.

„Hey", meldete sie sich und klang ein wenig gehetzt. „Wo bist du?"

„Im George Washington Hospital, Notaufnahme."

„Ist Sam schon wieder verletzt?"

„Nein, das war heute Morgen. Hast du das Video gesehen?"

„Ja, habe ich. Das war unglaublich. Sie war unglaublich. Warum bist du immer noch in der Notaufnahme?"

„Wir haben Maeve Kavanaugh gefunden."

„Oh, du lieber Himmel, ist sie …"

„Es geht ihr gut. Ist schon wieder bei ihrem Dad und den Großeltern."

„Oh, Freddie. Das sind gute Neuigkeiten. Die Kunden im Fitnesscenter haben über nichts anderes geredet. Wie habt ihr sie gefunden?"

„Das erzähle ich dir, sobald ich zu Hause bin." Er liebte ihre gemeinsame neue Wohnung in Woodley Park, wo er aufgewachsen war, und freute sich auf die Abende zusammen. „Und wo bist du?"

„Komme gerade aus dem Fitnessclub."

„Warum erst jetzt?"

„Der letzte Kunde kam zu spät, da habe ich gewartet."

Freddie dachte lieber nicht an die sportlichen Typen, die sie trainierte und Freunde nannte. Er wusste inzwischen, dass er sich damit nur verrückt machen würde. „Tja, also, könnte sein, dass du mich in den Nachrichten siehst."

„Warum?"

„Malone hat mich gebeten, die Presse zu informieren, die sich vor dem Krankenhaus versammelt hat."

„Das ist cool! Bist du nervös?"

„Verdammt, ja. Ich hab das noch nie gemacht."

„Ach, du wirst großartig sein. Sei ganz du selbst. Die werden dich lieben."

„Das musst du sagen, weil du mich liebst", murrte er.

Lachend erwiderte sie: „Ja, das tue ich. Und jetzt beeil dich, bring diese Presse-Sache hinter dich und komm nach Hause. Ich bin scharf."

Freddie gab ein gequältes Stöhnen von sich. „Das musstest du ausgerechnet jetzt sagen?"

Sie lachte noch mehr. „Beeil dich!"

Freddie beendete das Gespräch und steckte das Telefon wieder ein. Sein ganzer Körper war angespannt. Als wäre er nicht ohnehin schon nervös genug gewesen. Nun geisterten ihm auch noch Visionen von den gepiercten Nippeln seiner Geliebten durch den Kopf. Entschlossen, die Pressekonferenz hinter sich zu bringen und dann nach Hause zu Elin zu fahren, ging er auf die Doppeltür zu.

Kaum war er in die schwüle Hitze hinausgetreten, bestürmte man ihn mit Fragen. Es mussten mindestens dreißig Reporter und vier oder fünf TV-Kameras sein. Der Parkplatz war voller Übertragungswagen, um die neuesten Nachrichten senden zu können.

„Wo war Maeve Kavanaugh?"

„Wer hatte sie?"

„Wie haben Sie sie gefunden?"

„Haben Sie den Mörder gefasst?"

„Ist der Lieutenant bei der Wohltätigkeitsgala ihres Mannes?"

Freddie musste sich wegen der letzten Frage ein Lachen verkneifen. Als würde er ihnen irgendetwas über Sams Privatleben verraten. Er hob die Hände, um die Meute zum Schweigen zu bringen. Das hatte er sich von Sam abgeschaut. „Wenn Sie mir einen Moment Zeit geben, werde ich Ihnen alles erzählen, was ich kann." Zu seiner Verblüffung verstummten sie tatsächlich und schenkten ihm ihre ganze Aufmerksamkeit.

„Etwa gegen Viertel vor sieben stürmten wir mit der Unterstützung eines Sondereinsatzkommandos des MPD sowie in Zusammenarbeit mit dem FBI ein Haus im Stadtteil Bellevue, in dem wir Maeve Kavanaugh körperlich unversehrt vorfanden. Sie wurde hierhergebracht, und die Ärzte attestieren ihr einen guten Zustand. Ihr Vater und die Großeltern sind bei ihr, aber wir bitten Sie, in dieser schwierigen Zeit die Privatsphäre der Familie zu respektieren."

„Wie haben Sie das Kind gefunden?", wollte Darren Tabor wissen.

Freddie hätte dem Reporter, der sich in der Vergangenheit ihm und Sam gegenüber sehr anständig verhalten hatte, gern die Fakten anvertraut. Stattdessen sagte er: „Darüber können wir zum jetzigen Zeitpunkt noch keine Auskunft geben."

„Handelte es sich bei der Person, bei der Maeve sich aufhielt, um die gleiche Person, die ihre Mutter getötet hat?"

„Wir sind noch dabei, die Details zu klären."

„Haben die Verletzungen von Lieutenant Sam Holland sie daran gehindert, die Wohltätigkeitsgala ihres Mannes zu besuchen?" Diese Frage kam von einer blonden Frau, die für den *Reporter* arbeitete, jene Klatschzeitung, die regelmäßig Storys über Sam und Nick brachte, ob sie nun der Wahrheit entsprachen oder nicht. Diese gnadenlose Fokussierung auf das Paar war Quell ständigen Ärgers seiner Partnerin und dessen Mann.

Freddie ignorierte die Frage.

„Stimmt es, dass Melissa Woodmansee das MPD wegen Polizeibrutalität verklagt?"

„Kein Kommentar. Das wäre alles." Er bahnte sich einen Weg durch die Menge zu Sams Wagen in dem Gefühl, einen ganz guten Job gemacht zu haben.

Eilig fuhr er vom Parkplatz. Er wollte dringend nach Hause. Seine Freundin war scharf.

13

———————

Während sie durch die Tore des Belmont Country Clubs in Ashburn fuhren, breitete sich Nervosität in Sam aus. Als Ehefrau eines aufsteigenden Politikers ausgestellt zu sein lag dermaßen weit außerhalb ihrer Komfortzone, dass es schon nicht mehr lustig war. Seit sie verheiratet waren, hatte Sam bereits mehrere seiner Wahlkampfveranstaltungen und einige Wohltätigkeitsdinner besucht. Die hatte sie durchstehen können. Doch dies hier, fand sie, als der Wagen den Hügel hinauf auf die herrschaftliche Backsteinvilla zurollte, war ein bisschen zu viel.

Nick drückte ihre Hand. „Verlier nicht die Nerven.“

„Wer verliert denn hier die Nerven?“

Lachend hob er ihre Hand an die Lippen. „Du.“

„Es ist ärgerlich, wenn du so tust, als würdest du mich so gut kennen.“

„Ich tue nicht so. Ich kenne dich wirklich. Besser als jeder andere, und genau deshalb weiß ich auch, dass du langsam in Panik gerätst.“

„Es werden ziemlich viele Leute da sein.“

„Ja.“

„Wie viele?“

„Graham meinte, sie erwarten etwa tausend.“

„Ach Quatsch ... Im Ernst?“

„Ja.“

„Und jeder hat viel Geld bezahlt, um hier zu sein?"

„Zehntausend pro Kopf."

„Du meine Güte. Warum bist du ruhig und ich aufgeregt?"

„Innerlich bin ich auch aufgeregt."

„Bist du nicht."

„Doch, bin ich. Ich fühle mich immer noch wie ein Betrüger. Ständig warte ich darauf, dass John mir auf die Schulter klopft und mir erklärt, die Show sei vorbei. Er ist zurück, und er hat alles unter Kontrolle."

„Nick ..." Sie streichelte sein Gesicht. „Du bist kein Betrüger. All diese Leute sind heute Abend deinetwegen da. Sie glauben an dich. Ich glaube an dich. Und ich bin sehr stolz auf dich, auch wenn ich ziemliches Lampenfieber habe."

Sein Lächeln ließ sie – und jede andere Frau in der Hauptstadtregion – ins Schwärmen geraten. „Das bedeutet mir viel, Babe. Danke." Er gab ihr vorsichtig einen Kuss auf die Lippen, und dann noch einen auf die Stirn. „Bereit?"

„Und wie." Sie ergriff seine Hand.

„Lass bloß nicht los, ja?"

„Niemals."

Ihre Ankunft war dreißig Minuten nach dem Eintreffen der Gäste geplant, deshalb brandete Applaus im Ballsaal und auf der Terrasse auf, als sie Hand in Hand erschienen.

Graham und Laine erwarteten sie in dem eleganten Saal. Sie empfingen das Paar mit Umarmungen und erkundigten sich besorgt nach Sams neuester Verwundung.

„Du siehst großartig aus, Schätzchen", flüsterte Laine Sam ins Ohr. „Nur du bringst es fertig, morgens eine Pistole ins Gesicht geschlagen zu bekommen und abends stilvoll aufzutreten."

Perplex von diesem Kompliment, umarmte Sam Nicks Ersatzmutter. „Das ist sehr lieb von dir."

Zu dem Wirbelsturm aus Begrüßungen gehörten auch Nicks stellvertretender Stabschef Terry O'Connor und dessen Freundin Lindsey McNamara.

„Sie sehen gut aus, Sam", sagte Lindsey.

„Sie aber auch. Wow, lassen Sie sich mal anschauen."

Die Gerichtsmedizinerin trug ein blassgrünes trägerloses Kleid, das perfekt zu ihren roten Haaren und grünen Augen passte. Terry stand im Smoking neben ihr und sah entspannt und glücklich aus.

„Schön, Sie zu sehen, Sam", begrüßte er sie und küsste sie auf die Wange. Das Verhältnis zwischen ihnen hatte eine lange Entwicklung durchgemacht, von der Zeit, in der Sam ihn des Mordes an seinem Bruder verdächtigt hatte, bis zur heutigen freundlichen Bekanntschaft. Ihnen beiden war sehr wohl bewusst, dass die neue Harmonie zwischen ihnen in Nicks bestem Interesse lag.

„Gleichfalls, Terry. Schön, ein paar freundliche Gesichter inmitten der Meute auszumachen."

„Gonzo und Christina schwirren irgendwo hier herum", meinte Lindsey.

„Ja, habe ich auch schon gehört."

Judson Knott und Richard Manning, Vorsitzender und Stellvertreter der Demokratischen Partei Virginias, kamen auf Nick zu. Direkt hinter ihnen befand sich Virginias Gouverneur Mike Zorn und dessen Frau Judy.

Nick ließ Sams Hand nur los, um den Männern die Hand zu schütteln, dann nahm er sie wieder in seine.

Sam drückte sie dankbar.

Ohne die Unterhaltung mit den anderen Männern zu unterbrechen, drückte er ebenfalls ihre Hand, was Sam ein Lächeln entlockte.

„Ich dachte schon, ihr taucht nie mehr hier auf!", meldete eine junge Stimme sich.

Als wären der Gouverneur und der Parteivorsitzende niemand Besonderes, wandte Nick sich von ihnen ab, als er Scottys Stimme hörte.

Der Junge trug den Anzug, den sie ihm zu ihrer Hochzeit gekauft hatten, und breitete strahlend die Arme aus.

„Wow!", rief Nick. „Das ist die allerbeste Überraschung!"

„So schön, dich zu sehen, Kumpel", sagte Sam und küsste ihn auf seinen seidigen Kopf.

„Habt ihr euch darüber heute im Wagen unterhalten, am Telefon?", wollte Nick wissen.

Scottys Grinsen ähnelte Nicks so sehr, dass er tatsächlich sein biologischer Sohn hätte sein können. Es war eine der vielen

Eigenarten, die der Junge von Nick übernommen hatte. „Vielleicht."

„Ich freue mich riesig, dass du hier bist." Nick umarmte Scotty noch einmal. „Danke, dass ihr ihn eingeladen habt und für all das hier", wandte Nick sich an Graham.

„War uns ein Vergnügen." Man merkte Graham trotz seiner rauen Fassade den Stolz auf Nick an. „Jetzt müsst ihr zwei, du und deine Frau, euch mal ernsthaft unter die Leute mischen, junger Mann."

Sam beobachtete, wie Nick den Blick über die enorme Menge schweifen ließ, ehe er sie und Scotty wieder ansah, auf eine Weise, die kaum Zweifel daran ließ, wo ihr Mann am liebsten den Abend verbracht hätte. „Ja, das sehe ich."

Sam hakte sich bei ihm unter, was ihr ein dankbares Lächeln ihres Mannes einbrachte. „Dann lassen Sie uns mal an die Arbeit gehen, Senator."

„Wir sehen uns später, Kumpel", sagte Nick zu Scotty.

„Kein Problem. Mrs. L meint, wir müssen erst um halb zehn wieder zurück nach Richmond."

„Wir arbeiten so schnell, dass wir noch reichlich Zeit mit dir haben werden", versprach Nick ihm.

Laine trat hinter den Jungen und legte ihre Arme um seine Schultern. „Ich werde mich mal darum kümmern, dass Scotty die Eisbar findet."

Scotty schaute zu ihr hoch. „Ist das Eis hier so gut wie das, was wir auf der Farm gemacht haben?"

„Nicht mal annähernd, aber zur Not geht es auch."

„Klasse", sagte Scotty und ließ sich von ihr wegführen.

Nachdem sie sich zwei Stunden lang durch den Saal gearbeitet hatten, merkte Nick, dass Sam allmählich erschöpft war. „Willst du nicht eine Pause machen, Babe?", flüsterte er ihr zu.

„Mir geht's gut."

Über ihre Schulter hinweg stellte Nick Blickkontakt her zu einer großen Blonden, die ihm mit den Fingern zuwinkte. Geschockt rutschte ihm ein „Ach du Schande" heraus.

„Was ist denn?"

„Äh, Liebes ..." Doch ehe er seine Frau vorwarnen konnte, stürmte die Blonde sich auf Nick für eine parfümgetränkte Umarmung.

„Nicky! Wie schön, dich zu sehen! Wie lange ist es her? Vier oder fünf Jahre?"

Nicht lange genug, hätte er am liebsten geantwortet. „Mindestens vier."

Sam räusperte sich und drückte seine Hand.

Zu seinem Erstaunen sah sie belustigt aus, und ein wenig verwirrt. „Patrice, das ist meine Frau Samantha."

Bevor Patrice sich auch auf sie stürzen konnte, streckte Sam schnell die Hand aus. „Freut mich, Sie kennenzulernen."

Sichtlich enttäuscht darüber, dass ihr die Umarmung verweigert wurde, schüttelte sie Sam die Hand. „Gleichfalls. Ich habe schon viel von Ihnen gehört."

„Ich wünschte, ich könnte dasselbe von Ihnen behaupten."

Wäre die Situation nicht schrecklich unangenehm gewesen, hätte Nick über die kühle Bemerkung seiner Frau gelacht.

„Keine Sorge", erwiderte Patrice in einer Lautstärke, die sie für Flüstern hielt. Inzwischen verfolgten die Umstehenden die aufgeladene Szene. „Es ist schon seit einer Weile vorbei mit mir und Nicky. Er gehört ganz Ihnen."

„Gut zu wissen", bemerkte Sam.

Nick prustete los, er konnte nicht anders. Mann, das würde er sich später anhören müssen! „Was machst du hier, Patrice?"

„Ich bin mit Bryce hier, und ich wollte auch deinen Wahlkampf unterstützen. Außerdem habe ich gehofft, dich zu sehen und deine reizende Frau kennenzulernen. Es ist ja viel zu lange her. Wir sollten uns alle mal irgendwann treffen."

Wenn die Hölle zufror. „Es war schön, dich zu sehen", sagte Nick, um sich loszueisen, „aber wir müssen leider weiter."

„Melde dich mal wieder, Nicky", forderte sie ihn auf und zog einen Schmollmund, was vermutlich bei den meisten Männern wirkte. Bei ihm nie. „Wir hatten gute Zeiten. Und es war nett, Sie endlich einmal kennenzulernen, Samantha."

Noch ein Fettnapf! Nick war der Einzige, der sie so nennen durfte. Es wurde immer schlimmer.

„Gleichfalls", erwiderte Sam mit zusammengebissenen Zähnen. „Graham sucht dich, Nick."

„Wir müssen wieder an die Arbeit. Wir sehen uns, Patrice."

„Bye, Nicky."

Im Weggehen sagte Nick: „Werde ich nachher dafür büßen müssen?"

„Was glaubst du wohl?"

„Oh, ich kann's kaum erwarten." Er legte den Arm um sie, drückte sie an sich und gab ihr einen Kuss auf die Schläfe. „Mach dich doch auf die Suche nach Scotty und Laine und ruh dich eine Weile aus. Ich merke, dass du nicht mehr kannst."

„Ich habe Angst, dass Patrice mich dir wegnimmt, wenn ich dich aus den Augen lasse, Nicky."

„Mach dir deswegen keine Sorgen. Ich gehöre ganz dir. Na los, geh, ich finde dich nachher schon wieder."

„Wenn du darauf bestehst. Aber ich werde dich im Auge behalten, Nicky."

„Anders würde ich es gar nicht haben wollen." Er schickte sie mit einem dezenten Klaps auf den Po fort und schaute ihr hinterher, wie sie sich einen Weg durch die Menge bahnte, bis zu dem Tisch, an dem Laine, Scotty und seine Begleiterin, Mrs. Littlefield, saßen.

„Das war vielleicht eine Show, die Ihre Frau heute Morgen geliefert hat", bemerkte Gouverneur Zorn.

„Sie ist unglaublich mutig", fügte seine Frau Judy hinzu.

Den Blick weiter auf Sam gerichtet, sagte Nick: „Ja, das ist sie."

„Haben Sie keine Angst um sie?", fragte Judy mit gedämpfter Stimme. „Ihr Job ist schrecklich gefährlich."

„Ja, ich mache mir oft Sorgen", gab Nick unumwunden zu und richtete seine Aufmerksamkeit endlich ganz auf den Gouverneur und dessen Frau. Er hatte allerdings nicht vor, Leuten, die er kaum kannte, seine tiefsten Empfindungen anzuvertrauen.

„Nun, Sie sollten jedenfalls stolz auf sie sein", fand der Gouverneur.

„Das bin ich auch."

Nick blieb das weitere Gespräch über den Job seiner Frau erspart, da Graham mit Brandon Halliwell im Schlepptau aufkreuzte. Der neue Vorsitzende der Demokratischen Partei war ein paar Jahre älter als Nick und voller Leidenschaft für seinen Posten.

Er gab Nick die Hand. „Freut mich, Sie wiederzusehen, Senator."

„Freut mich auch, Brandon", sagte Nick.

„Könnte ich Sie vielleicht für einen Moment sprechen?"

Nick sah zu Graham, der so gut gelaunt aussah, dass Nick lächeln musste. Obwohl er vor fast sieben Jahren aus dem Amt geschieden war, mischte Graham nach wie vor im politischen Geschäft mit und liebte jede Minute davon. „Wenn Senator O'Connor dabei sein darf", erwiderte Nick, denn dieser Moment gehörte Graham ebenso wie ihm. Schließlich würde all das nicht passieren ohne Grahams vorangegangene Unterstützung.

„Kein Problem", sagte Halliwell.

Die drei Männer gingen nach draußen und zogen sich in eine stille Ecke auf der Terrasse zurück.

„Ich nehme an, Senator O'Connor hat bereits unser Angebot von der Grundsatzrede auf dem Parteitag erwähnt", begann Halliwell ohne Umschweife.

„Ja, hat er."

„Und?"

„Ich fühle mich geehrt und bin dankbar für diese Gelegenheit."

„Ich hoffe, Ihnen ist klar, dass die Partei Sie voll und ganz unterstützen wird, wie auch immer Ihre Ambitionen für die Zukunft aussehen mögen."

Was, wie Nick sehr wohl wusste, Politikersprache war für: Sollten Sie in vier Jahren als Präsident kandidieren wollen, sind wir absolut dafür.

„Der Vizepräsident hat angedeutet, dass er kein Interesse an einer weiteren Kandidatur hat", fuhr Halliwell fort. „Das bedeutet, wir brauchen einen Nachfolger. Alle Augen sind auf Sie gerichtet, Senator, und die Partei setzt große Hoffnungen in Sie."

Nick konnte förmlich sehen, wie Grahams Brust vor Stolz anschwoll, während der Parteivorsitzende redete.

„Wie stehen Sie dazu?", wollte Halliwell wissen.

„Um ehrlich zu sein, ich bin erstaunt", gestand Nick. „Sie müssen mich verstehen. Vor acht Monaten erst wurde ich vereidigt, um die Amtszeit meines Freundes zu erfüllen. Es sollte ein Jahr sein, mehr nicht. Und heute reden wir hier über Dinge, die weit jenseits meiner kühnsten Vorstellungen liegen. Das ist ziemlich überwältigend, besonders angesichts der Tatsache, dass ich bisher noch gar keine Wahl aus eigener Kraft gewonnen habe.“

„Das Ergebnis Ihres Wahlkampfes steht doch so gut wie fest. Ich wünschte, ich könnte dasselbe von unserem amtierenden Präsidenten behaupten“, sagte Halliwell und verzog dabei das Gesicht. „Die jüngsten Umfragewerte zeigen, dass Arnie Patterson dabei ist, in die traditionellen Hochburgen der Demokraten vorzupreschen. Der Mann ist entschlossen, von einem rücksichtslosen Ehrgeiz beseelt und finanziell extrem gut ausgestattet. Der bereitet uns echte Sorgen. Nelson ist angreifbar geworden. Er war ein effizienter Präsident, aber kaum der charismatische Anführer, den wir uns erhofft hatten. Und diese Sauerei um Sanborn hat natürlich auch nicht gerade geholfen.“

Nick sah immer noch rot, sobald jemand den Namen des Mannes erwähnte, mit dem Sam während ihrer letzten Schwangerschaft gekämpft hatte, was die Fehlgeburt zur Folge gehabt hatte, die ihr und Nick bis auf den heutigen Tag zu schaffen machte. Doch der Angriff auf eine Polizistin war noch das geringste der Verbrechen Sanborns. Der ehemalige Vorsitzende der Demokratischen Partei hatte zwei Einwanderinnen ermordet, um die Existenz eines Prostituiertenringes zu vertuschen, den er und andere hohe Regierungsmitglieder jahrelang unterhalten hatten.

„Die Partei braucht Sie, Senator“, sagte Halliwell, „und die Grundsatzrede ist lediglich der Anfang unserer Pläne. Doch bevor wir in dieser Richtung weitermachen, muss ich wissen, ob Sie bereit sind, diesen Weg ganz zu gehen.“

Wie jedes Mal in solchen Momenten wollte Nick einen Blick über die Schulter werfen, überzeugt, John zu sehen, der ihm einen Rat gab.

Graham legte Nick die Hand auf den Rücken, ein stilles Zeichen der Unterstützung und des Verständnisses.

„Ich mache Ihnen einen Vorschlag“, sagte Nick. „Ich werde die Grundsatzrede halten und abwarten, was im November passiert. Danach können wir erneut über die nächsten Schritte reden.“

„Na schön", meinte Halliwell und schüttelte Nick und Graham die Hand. „Falls ich bis dahin irgendetwas für Sie tun kann, steht Ihnen meine Tür stets offen."

„Ich bin Ihnen dankbar für Ihre Unterstützung."

Nachdem Halliwell gegangen war, wandte Nick sich an Graham. „Passiert das wirklich?"

„Darauf kannst du wetten."

„Wie können die mich für den obersten Posten aufbauen, wenn ich noch nicht mal eine Wahl gewonnen habe bisher?"

„Du hast alles, was sie wollen. Du bist jung, besitzt das gute Aussehen eines Filmstars, bist sympathisch, charismatisch, effektiv, skandalfrei und schwer verliebt in deine wundervolle Frau, die selbst eine Heldin ist. Du bist der perfekte Kandidat. Die wären schön dumm, würden sie dich nicht auf große Dinge vorbereiten."

„Das gute Aussehen eines Filmstars?", wiederholte Nick spöttisch, um die Emotionen zu überspielen, die Grahams Komplimente in ihm auslösten.

Graham lachte laut. „Ach komm schon. Als würde ich dir etwas sagen, was dir deine Frau nicht jeden Tag erzählt."

„Wenn sie das sagt, mag ich das genauso wenig."

Grinsend und mit einem Ausdruck väterlichen Stolzes im faltigen Gesicht, legte Graham ihm die Hand auf die Schulter. „Das war ein großer Moment, Sohn. Ich hoffe, das ist dir klar. Du wurdest auserkoren." Graham unterstrich seine Worte, indem er Nicks Schulter drückte.

„Ich bin mir nicht sicher, ob ich das verdient habe. Aber ja, es ist mir klar."

„Da ist noch etwas, was ich dir sagen möchte."

„Okay." Nicks Herz schlug schneller, und seine Atmung verlangsamte sich, während er darauf wartete, was Graham ihm zu sagen hatte.

Graham nahm sich Zeit, um seine Gedanken zu sammeln. „Ich habe meinen Sohn geliebt."

„Das weiß ich. Er wusste es auch."

„Das hoffe ich sehr." Graham holte tief Luft und sah Nick ins Gesicht. „Ich habe ihn geliebt, aber mir waren auch seine Grenzen sehr wohl bewusst. Er hat für den Senat kandidiert, weil ich es so wollte, nicht, weil es sein Wunsch gewesen wäre. Terry wollte, John nicht." Terry hatte seine Chancen wegen Trunkenheit am Steuer ruiniert, wenige Wochen vor der Bekanntgabe seiner lange vorbereiteten Kandidatur.

„John ist mit seinen Aufgaben im Amt gewachsen", erinnerte Nick ihn, da er sich verpflichtet fühlte, seinen verstorbenen Freund zu verteidigen.

„Das stimmt, und er hat mich jeden Tag, an dem er den Menschen in Virginia gedient hat, stolz gemacht. Aber du ... du hast dieses Feuer, das John nicht hatte. Ich weiß, du denkst oft, dass du von dem profitierst, was ihm gehören sollte. Nur bezweifle ich, dass Halliwell diese Unterhaltung jemals mit John geführt hätte."

„Das kannst du nicht wissen."

„Natürlich nicht. Wir werden es nie mit Sicherheit wissen, aber ich glaube einfach nicht, dass John in diese Lage gekommen wäre, schon allein deshalb, weil er es gar nicht gewollt hätte. Deshalb möchte ich, dass du all das ganz und gar als deinen eigenen Verdienst ansiehst. Verstanden, Senator?"

Wow, der alte Mann würde ihn gleich zum Weinen bringen, wenn Nick das nicht sofort beendete. „Graham, ehrlich ...“

„Dies ist dein Verdienst, Nick", sagte Graham mit rauer Stimme. „Niemandes sonst. Nicht meiner, nicht Johns. Nur deiner. Und ich habe nicht den leisesten Zweifel daran, dass du es in vier kurzen Jahren bis in die 1600 Pennsylvania Avenue schaffen wirst. Wenn es das ist, was du willst, werde ich alles tun, damit du dieses Ziel verwirklichen kannst."

„Dein Glaube in mich beschämt mich, wie immer. Alles, was ich heute habe, verdanke ich dir."

„Ach, Unsinn. Auch wenn du das nicht wahrhaben willst. Aber genug von diesem rührseligen Mist. Machen wir uns lieber auf die Suche nach unseren Frauen. Ich bin in Feierstimmung."

Erleichtert darüber, dass er die Unterhaltung überstanden hatte, ohne die Fassung zu verlieren, sagte Nick: „Klingt gut."

Avery Hill stand vor dem Verhörraum im Hauptquartier und beobachtete die Frau darin. Sie war stämmig, Mitte bis Ende sechzig, mit grauen Haaren und dunkelbrauner Haut. Die Arme hatte sie vor ihrem ausladenden Busen verschränkt, auf eine Weise, die Trotz ausstrahlte und ihn ärgerte. Wäre sie verängstigt gewesen, hätte er zuversichtlicher sein können, Informationen aus ihr herauszubekommen. Trotz war nicht gut.

Detective Arnold gesellte sich zu ihm.

„Sind Sie bereit?", fragte Hill den jungen Detective.

„Wenn Sie es sind."

„Mir nach."

„Ja, Sir."

Sie betraten den Raum, und Bertha Ray empfing sie mit bohrendem Blick. „Ich will einen Anwalt."

Mann, da haben wir's, dachte Hill. „Ich werde gern Ihren Anwalt informieren, Mrs. Ray. Aber wenn Sie uns bei unseren Ermittlungen helfen, wird das gar nicht nötig sein." Hill spürte, dass diese Frau nichts mit Victoria Kavanaughs Ermordung und der Entführung ihrer Tochter zu tun hatte.

„Ich will trotzdem einen." Sie klang zwar aufsässig, doch Hill entging nicht, dass ihre Hände zitterten und Streifen getrockneter Tränen auf ihren Wangen zu sehen waren.

„Wen sollen wir für Sie anrufen?"

„Woher soll ich das wissen? Ich habe noch nie einen Anwalt gebraucht! Müssen Sie mir nicht einen stellen, wenn ich mir keinen eigenen leisten kann?" Sie deutete auf Arnold. „Das hat er gesagt, als er mich in Handschellen aus meinem Haus geschleift hat."

„Wir stellen Ihnen gern einen Pflichtverteidiger zur Verfügung", erklärte Hill. „Es könnte allerdings sein, dass wir um diese Uhrzeit keinen erwischen. Sie werden höchstwahrscheinlich die Nacht im Gefängnis verbringen müssen, bevor wir diese Angelegenheit klären können."

Bei diesen Worten schien sie ein wenig in sich zusammenzusacken. „Ich will nach Hause."

„Wir rufen den Pflichtverteidiger an und schauen mal, ob wir ihn herbekommen können." Mit einer Kopfbewegung forderte er Arnold auf, ihm hinauszufolgen.

„Warten Sie!"

Hill drehte sich um. „Ja?"

„Was wollen Sie wissen?", fragte sie misstrauisch.

„Ich fürchte, ich kann Ihnen keine Fragen stellen, es sei denn, Sie ziehen die Bitte um einen Anwalt zurück."

Sie verzog den Mund, erst nach links, dann nach rechts, während sie überlegte. „Ich ziehe die Bitte zurück."

„Detective Arnold, würden Sie dieses Gespräch bitte aufzeichnen?"

„Ja, Sir." Arnold schaffte ein Aufnahmegerät herbei und stellte es auf den Tisch „Befragung von Mrs. Bertha Ray." Er nannte Datum und Uhrzeit. „Anwesend sind FBI Special Agent Avery Hill und MPD Detective Arnold Arnold."

Hill warf dem Detective einen irritierten Blick zu.

Arnold zuckte die Schultern. „Das war der Humor von meinem Dad." Er kehrte auf seinen Posten an der Tür zurück.

„Mrs. Ray, haben Sie Ihre Bitte um einen Anwalt zurückgezogen?", fragte Hill.

„Das habe ich."

„Ist es Ihre Entscheidung, die Bitte um einen Anwalt zurückzuziehen?"

„Ja, das ist es."

„Danke. Können Sie uns jetzt bitte berichten, wie Maeve Kavanaugh zu Ihnen gekommen ist – das Kind, das nach der Ermordung seiner Mutter entführt wurde?"

Sie erbleichte, ihre Augen traten hervor und ihre Kinnlade klappte herunter. Mit dieser Reaktion bestätigte sie Hills Vermutung, dass Mrs. Ray keine Ahnung gehabt hatte, wer das Kind in ihrer Obhut wirklich gewesen war. „Sie wurde was?"

Hill legte die Hände auf den Tisch und beugte sich vor. „Entführt nach dem Mord an ihrer Mutter."

„Von einer Entführung oder einem Mord hat er nichts gesagt!"

„Wer, Mrs. Ray?"

Sie zögerte, ehe sie den Kopf schüttelte. „Das kann ich nicht sagen."

„Schauen Sie die Nachrichten, Mrs. Ray?"

„Ich hatte nie einen Fernseher im Haus, und ich will auch keinen."

„Zeitung?"

Sie schüttelte erneut den Kopf. „Da stehen ja nur schlechte Nachrichten drin. Was soll ich mich denn damit befassen?"

Avery begriff, dass er es offenbar mit dem einen Menschen in der Hauptstadt zu tun hatte, der vom Mord an der Frau des stellvertretenden Stabschefs des Weißen Hauses sowie der Entführung ihrer Tochter nichts gehört hatte. Er legte den linken Fuß auf das rechte Knie. Diese Haltung sollte demonstrieren, wie entspannt er war. Als hätte er alle Zeit der Welt, das auszusitzen.

Er ließ eine volle Minute des Schweigens verstreichen. „Hat die Person, die Sie gebeten hat, auf das Kind aufzupassen, Ihnen erzählt, dass es sich um die Tochter des stellvertretenden Stabschefs des Weißen Hauses handelt?"

Und wieder traten ihre Augen hervor, die Kinnlade klappte herunter. Sie brauchte einen weiteren langen Moment, um die Lage zu erfassen. „Wenn ich Ihnen verrate, wer mich gebeten hat, auf das Mädchen aufzupassen, wird diese Person dann Ärger bekommen?"

„Das hängt davon ab, ob diese Person für den Mord und die Entführung verantwortlich ist."

„Oh." Ihre Hände zitterten jetzt deutlicher.

„Mrs. Ray?"

„Ich bin sicher, er hat nichts mit dem Mord und der Entführung zu tun."

„Okay."

„Er ist ein guter Junge, der leider nicht ganz so gute Freunde hat."

„Aha." Er ließ sie noch eine Weile zappeln. „Was hat dieser gute Junge mit den lausigen Freunden denn erzählt, als er Sie bat, sich um das Kind zu kümmern?"

„Er meinte, die Eltern hätten wegen eines Notfalls die Stadt verlassen müssen, deshalb sollte ich für ein paar Tage auf sie aufpassen."

„Und Sie haben sich nicht gewundert, weshalb die Eltern sich nicht selbst um einen Babysitter bemüht haben?"

Sie zuckte die Schultern. „Leute bringen ständig ihre Kinder zu mir. Ich stelle keine Fragen. Ich kümmere mich um die Kleinen. Damit verdiene ich meinen Lebensunterhalt. Schon immer. Jeder weiß, dass er zu mir kommen kann, wenn er in einer Notlage ist."

„Hat er Ihnen den Namen des Babys genannt?“

„Er meinte, sie heiße Susie.“

„Wer hat das gesagt, Mrs. Ray? Wer hat das Kind zu Ihnen gebracht?“

Tränen füllten ihre Augen und liefen ihre runzligen Wangen hinunter. „Ich kann nicht.“ Jetzt offen weinend, sah sie ihm ins Gesicht. „Wenn ich es Ihnen verrate, werden Sie ihn dann verhaften?“

„Wir werden ihn in Gewahrsam nehmen, um ihn zu verhören. Sollte er unschuldig sein an diesen Verbrechen, braucht er sich keine Sorgen zu machen.“

Mrs. Rays Miene nach zu urteilen, hatte sie Grund, an der Unschuld des Mannes zu zweifeln.

„Mein Sohn“, sagte sie leise. „Bobby.“

„Ist sein Nachname auch Ray?“

Sie nickte.

Hill schob ihr Notizblock und Kugelschreiber über den Tisch zu. „Schreiben Sie seine Adresse und Telefonnummer auf.“

Ihre Hände zitterten inzwischen so heftig, dass er sich fragte, ob er ihre Handschrift würde entziffern können.

Sie schob den Notizblock wieder zu ihm herüber.

Hill riss das Blatt ab und reichte es Arnold, der daraufhin den Raum verließ.

„Hat Bobby ein Vorstrafenregister?“

Mrs. Ray bejahte. „Hauptsächlich wegen kleinerer Delikte, und einmal wegen einer schwereren Straftat.“

„Welcher?“

„Einbruchdiebstahl.“ Sichtlich beschämt, senkte sie den Blick. „Ich habe mir Mühe mit ihm gegeben, aber ich war alleinerziehend, und dann geriet er in schlechte Gesellschaft. Ich habe versucht, auf ihn einzuwirken ... Er wollte nicht auf mich hören.“

Hill konnte ihr ansehen, wie überrascht sie war, als er seine Hand auf ihre legte. „Ich bringe Sie nach Hause.“

„Oh, kann ich gehen? Ich kann nach Hause?“

„Ja, Ma’am.“

Während Arnold sich um die Fahndung nach Bobby Ray kümmerte, fuhr Hill Bertha nach Hause. Er begleitete sie über den

rissigen Gehsteig, vorbei an dem MPD Officer, der vor dem Haus
postiert war, und er stützte sie, als sie die Stufen hinaufging. Als
sie die aufgebrochene Haustür sah, blieb sie stehen.

„Gütiger", flüsterte sie. „Was mach ich denn damit?"

„Haben Sie einen Hammer und ein paar Nägel?"

„Ich glaube schon. Im Keller."

„Mal sehen, was ich finden kann."

„Die Kellertür ist in der Küche."

Avery fand die Tür, schaltete das Licht ein und stieg in einen
feuchten Raum hinab. Er brauchte einen Moment, bis seine
Augen sich an das Dämmerlicht der einzigen nackten Birne
gewöhnt hatten. Auf einem Tisch an der gegenüberliegenden
Wand fand er einige Werkzeuge und eine Blechdose mit Nägeln.
Er entdeckte außerdem einen Stapel ausrangierter Bretter und
suchte darin nach einem, mit dem sich das Loch abdecken ließ,
das der Rammbock hinterlassen hatte.

Er brachte seine Funde nach oben, zog sein Jackett aus und
machte sich an die Reparatur der Tür.

„Das ist sehr nett von Ihnen, Agent Hill", sagte Bertha.

„Kein Problem. Ich würde auch nicht wollen, dass die Tür
meiner Mutter die ganze Nacht offen ist."

„Ihre Mutter muss stolz auf Sie sein. Einen FBI-Agenten zum
Sohn haben."

Im Gegensatz zu einem mit einer kriminellen Karriere, dachte Hill.
„Manchmal ist sie ein bisschen zu stolz. Sie bringt mich gern vor
ihren Freundinnen in Verlegenheit."

„So sind Mütter nun mal."

Amüsiert erwiderte er: „Ja, vermutlich haben Sie recht." Er
schlug ein paar weitere Nägel ein, damit das zusätzliche Brett
ordentlich befestigt war, und konzentrierte sich dann auf die bei
dem Rammstoß verbogene Klinke. Indem er Muskeln einsetzte,
von denen er gar wusste, dass er sie besaß, gelang es ihm, sie in
eine Position zurückzubiegen, die das Abschließen der Tür wieder
möglich machte. „Das wird vorerst halten, aber Sie werden
trotzdem eine neue Tür brauchen."

„Da haben Sie wohl recht." Sie knetete nervös die Hände.
„Muss ich Angst haben, dass derjenige, der meinem Jungen das
Baby gegeben hat, hinter mir her sein wird?"

Avery dachte über diese Frage nach und entschied, dass Ehrlichkeit am ehesten angebracht war. „Wenn Sie Freunde oder Familie außerhalb der Stadt haben, wäre dies wohl ein guter Zeitpunkt für einen Besuch."

„Meine Schwester lebt in Philadelphia. Dorthin könnte ich."

„Wollen Sie packen, während ich warte? Ich kann Sie am Bahnhof absetzen."

„Jetzt? Kann ich nicht bis morgen warten?"

„Ich bin ehrlich mit Ihnen, einverstanden?"

Erneut zitternd antwortete sie: „Okay."

„Ich wünschte, ich könnte Ihnen sagen, dass wir wissen, wer Mrs. Kavanaugh umgebracht und ihr Baby entführt hat. Aber wir haben keine Ahnung. Im Zuge unserer Ermittlungen sind wir auf ein paar Dinge gestoßen, die extrem beunruhigend sind. Ich weiß nicht, welche Rolle Ihr Sohn bei der ganzen Sache gespielt hat, doch irgendwie ist das Baby bei ihm gelandet. Ich kann Ihnen versichern, dass wir herausfinden werden, wie Maeve zu ihm gelangt ist, aber das wird mit Ärger verbunden sein. Mein Rat an Sie lautet daher – und den würde ich auch meiner eigenen Mutter geben: Entfernen Sie sich so weit wie möglich von diesem Haus und dieser Stadt. Sofort."

„Geben Sie mir eine Minute zum Packen." Sie eilte in eines der hinteren Zimmer.

Avery setzte sich in einen Sessel und lehnte frustriert und erschöpft den Kopf zurück. Das Klingeln seines Handys zwang ihn, wieder aufzustehen, weil sich das Telefon in seiner Jacketttasche befand. „Hill."

„Arnold. Eine Streife ist zu Bobby Rays Adresse gefahren. Die Nachbarn haben ihn seit einigen Tagen nicht mehr gesehen. Ans Telefon geht er auch nicht, Anrufe werden auf die Mailbox geleitet. Ich habe die IT-Abteilung gebeten, das Telefon per GPS aufzuspüren, falls das möglich ist."

„Gute Überlegung." Hill rieb sich die müden Augen. „Natürlich ist der verschwunden. Wäre ja auch zu einfach gewesen, ihn zu Hause Bier trinkend vor dem Fernseher zu erwischen."

„Solches Glück haben wir nie."

„Die Polizei soll die Suche fortsetzen."

„Schon veranlasst. Ich habe auch einige unserer Leute von der zweiten und dritten Schicht dafür abgestellt."

„Gute Arbeit, danke. Ich werde den Lieutenant informieren, wir sehen uns dann morgen früh."

Er beendete das Gespräch mit Arnold und rief, ohne sich Zeit zum Nachdenken zu nehmen, Sam an.

„Holland."

Beim Klang ihrer Stimme bekam er sofort Herzklopfen. „Verzeihen Sie die Störung, Lieutenant. Ich wollte Sie auf den neuesten Stand bringen." Er gab ihr die wesentlichen Punkte des Gesprächs mit Bertha Ray wieder und was er über ihren Sohn herausgefunden hatte. „Arnold hat die zweite und dritte Schicht auf die Suche nach ihm angesetzt, und die IT-Abteilung versucht, das Telefon zu orten. Ich habe Mrs. Ray davon überzeugt, dass dies ein guter Zeitpunkt für einen Besuch bei ihrer Schwester in Philadelphia ist. Ich warte gerade darauf, dass sie ihre Sachen packt."

„Gute Idee, sie aus der Stadt zu bringen."

„Sagt Ihnen der Name des Sohnes etwas?"

„Nein."

„Übrigens hat Arnold heute Abend gute Arbeit geleistet. Ich fand, das sollten Sie wissen."

„Er macht sich."

„Wie ist die Wohltätigkeitsveranstaltung?", erkundigte er sich und ärgerte sich sofort. Was ging ihn das an?

„Gut. Jede Menge höfliche Konversation." Sie hielt inne, als denke sie über etwas nach. „Tun Sie mir einen Gefallen, Hill. Holen Sie mich morgen um halb sieben bei mir zu Hause ab. Warten Sie draußen auf mich. Ich muss mit Ihnen über etwas sprechen."

„Äh, klar." Er fragte sich, um was es gehen könnte. „Kein Problem. Bis dann."

Im nächsten Moment war das Gespräch beendet. Sie sollte lernen, sich am Ende eines Telefonats vernünftig zu verabschieden.

„Nein, Schwachkopf", sagte er laut, als würde das irgendwie helfen. „Du musst dich verabschieden, und zwar von der idiotischen Vorstellung, dass sie in dir irgendetwas anderes als einen nervigen Kollegen sehen könnte."

Eine Minute später tauchte Bertha Ray mit einem Koffer in der Hand wieder auf. „Kann ich meiner Nachbarin sagen, wohin ich verreise? Sie wird sich Sorgen machen, wenn ich einfach verschwinde."

„Wenn Sie es ihr anvertrauen, bringen Sie möglicherweise auch sie in Gefahr. Ihre Nachbarin wiederum würde Sie und Ihre Schwester in Gefahr bringen, wenn sie jemandem von Ihrem Aufenthaltsort erzählt."

Sie ließ die Schultern noch ein bisschen mehr hängen, während sie diesen Gedanken verarbeitete. „Sie haben recht."

„Haben Sie alles?"

Bertha schaute sich noch einmal in ihrem kleinen, ordentlichen Haus um und nickte.

„Dann lassen Sie uns aufbrechen."

14

———

Während sie lauschte, wie Graham seinen Ziehsohn Nick den anwesenden Gästen vorstellte, floss Sams Herz über vor Liebe für ihren attraktiven Mann. Zu erleben, wie wichtig und einflussreich er geworden war, rief ihr erneut ins Gedächtnis, wie sehr ihr Leben sich im vergangenen Jahr verändert hatte. Sie hatte ihm angeboten, mit ihm gemeinsam auf die Bühne zu gehen, aber er wollte, dass sie sitzen blieb. Er meinte, er sehe ihr an, dass die Schmerzen schlimmer wurden, und das konnte sie nicht bestreiten.

Die Verletzung machte das Kauen zur Qual, daher hatte sie nicht viel essen können, und nun wurde ihr langsam flau und ein wenig übel.

Als Graham zum Ende seiner glühenden Einleitung kam, tippte ihr jemand auf die Schulter. „Mrs. Cappuano?“, flüsterte der Mann.

Erstaunt, ihren Ehenamen zu hören, drehte sie sich um und entdeckte einen der Kellner in weißer Jacke. Auf seinem Tablett stand ein pinkfarbenes, eiskalt aussehendes Getränk in einem hohen Glas. Gekrönt wurde es von einem Klecks Sahne. „Ein Früchtesmoothie-Gruß vom Senator, Ma'am.“

Ihr hungriger Magen knurrte in Vorfreude, während ihr Herz schmolz über seine Aufmerksamkeit. „Oh, danke.“

Er stellte ihr den Drink samt Strohhalm auf den Tisch und zog sich nach einer raschen Verbeugung zurück.

„Nick ist so süß", bemerkte Laine.

„Er ist der Beste", gab Sam ihr recht, zutiefst gerührt, dass er an seinem großen Abend auf diese Weise an sie dachte.

Scotty grinste anerkennend über Nicks Geste und lauschte wieder Graham, der das Podium freimachte für Nick.

Mehrere Minuten anhaltender Applaus brandete auf für den Senator.

„Vielen Dank", sagte Nick, als der Applaus allmählich verstummte. „Danke, Senator O'Connor, für diese wunderbare Einleitung. Ich kann mir nicht vorstellen, diesen Weg ohne dich an meiner Seite zu gehen. Es ist mir eine Ehre, dich schon mehr als mein halbes Leben lang einen Freund nennen zu können und heute den Platz im Senat einzunehmen, der fast vier Jahrzehnte deiner war und danach für fünf wundervolle Jahre der deines Sohnes."

Die Gäste spendeten Beifall für Graham und John.

Graham stand hinter Nick und grinste über das Kompliment.

„Ich kann euch allen nicht genug danken dafür, dass ihr heute Abend gekommen seid, für eure großzügigen Spenden für meinen Wahlkampf und für diesen herzlichen Empfang. Es wäre außerdem nachlässig von mir, den verstorbenen Senator O'Connor nicht zu erwähnen, dessen harter Arbeit und Hingabe für den Staat Virginia und seine Einwohner ich jeden Tag nachzueifern versuche."

Nach erneutem Applaus zu Ehren Johns sprach Nick über seinen Einsatz für Virginia und seinen Wunsch, die Arbeit der beiden Senatoren O'Connor fortzusetzen. „Ich muss auch meiner Frau Sam danken für ihre Unterstützung meines Wahlkampfes. Sie und ich hatten uns darauf geeinigt, dass ich ein Jahr im Senat bleibe. Jetzt besteht die Möglichkeit, dass ich sechs weitere Jahre bleibe. Ich habe keine Ahnung, wie das passiert ist", meinte er lachend. „Wie Sie alle wissen, ist sie heute im Dienst verletzt worden; dafür gibt es sieben Bürger im District of Columbia, die wegen Sams mutigem Einsatz noch am Leben sind."

Der donnernde Applaus überraschte Sam, die ihn entgegennahm, indem sie sich kurz von ihrem Platz erhob. Als sie sich wieder setzte, glühte ihr Gesicht vor Verlegenheit. Das würde er ihr büßen!

„Sam und ich freuen uns sehr, heute Abend hier zu sein, und sind gespannt auf das Wahlergebnis im November. Mit Ihrer Hilfe ist der Sieg in Reichweite. Noch mal danke." Weiterer begeisterter Applaus folgte.

Nick hatte seine kurze Rede beendet, als Dr. Harry sich einen Weg durch die Menge bahnte zu dem Tisch, an dem Gonzo, Christina, Terry und Lindsey zusammen mit Sam, Scotty und Laine saßen. Sam stand auf und umarmte Harry zur Begrüßung. „Wie geht es Derek?"

„Schon viel besser, jetzt, wo er wieder mit Maeve zusammen ist."

„Und ihr fehlt wirklich nichts?"

„Absolut wohlauf und gesund. Ich habe sie persönlich untersucht. Wenn man sie ansieht, glaubt man nicht, welche Tortur hinter ihr liegt."

„Das sind wundervolle Neuigkeiten. Sie muss überglücklich sein, ihren Daddy wiederzuhaben."

Harry nickte. „Und umgekehrt. Es war eine sehr emotionale Wiedervereinigung. Woher wusstet ihr denn, wo das Kind war?"

„Ich fürchte, darüber kann ich noch nicht reden." Sam rückte Harrys Fliege gerade und tätschelte ihm liebevoll die Schulter. Er hatte dunkles Haar, dunkle Augen und hinreißende Grübchen. Obwohl sie von zahllosen Menschen umgeben waren, achtete im Moment niemand auf sie. „Du siehst schick aus, Doc."

„Das Gleiche könnte ich von dir behaupten. Was macht das Wehwehchen?"

„Tut beschissen weh", erwiderte Sam.

Harry machte ein besorgtes Gesicht. „Hat man dir kein Schmerzmittel gegeben?"

„Hab vergessen, es zu holen", gestand Sam mit einem schiefen Grinsen, das sie sofort bereute, als der Schmerz in ihrem Gesicht wieder aufflammte.

„Was sollen wir bloß mit dir machen?"

„Das bekomme ich oft zu hören", sagte Sam. „Hast du Maggie mitgebracht?"

Harrys Lächeln wurde ein wenig schwächer. „Nein. Wir haben

… Anscheinend sind wir bessere Kollegen als Liebende." Er versuchte seine Trauer mit einem kurzen Schulterzucken zu überspielen.

„Es tut mir unendlich leid, das zu hören! Kommst du damit zurecht?"

„Es ist schon vor einer Weile passiert. Inzwischen geht es mir besser."

„O Mann, ich bin vielleicht eine Freundin. Ich hatte keine Ahnung."

Harry lachte. „Du brauchst kein schlechtes Gewissen zu haben. Ich habe es nicht einmal Nick erzählt."

„Gut, denn sonst hätte ich ihn erschießen müssen, weil er es mir nicht gesagt hat." Sie drückte Harrys Arm. „Du weißt hoffentlich, dass wir für dich da sind."

„Ja, das weiß ich."

„Manchmal sind wir lausige Freunde, weil es immer nur um uns zu gehen scheint. Trotzdem vergessen wir nie, wer uns wichtig ist. Und dazu gehörst du."

„Das ist sehr nett von dir, und ich danke dir dafür." Er küsste sie auf die Stirn und senkte seine Stimme. „Mal was anderes, bei dem es nur um euch geht – habt ihr eine Entscheidung getroffen?"

Sam atmete tief ein, um ruhig antworten zu können: „Keine Spritze mehr."

Er hob eine Braue. „Im Ernst?"

„Ja. Noch ein Versuch. Falls es nicht klappt, ist das Thema erledigt."

„Und du kommst klar mit der Möglichkeit, dass es nicht funktioniert?"

„Ich behaupte es, aber …"

„Ich weiß. Wenn du mich fragst, ich finde, ihr tut das Richtige. Andernfalls würdest du dich immer fragen, was gewesen wäre, wenn ihr es noch mal probiert hättet."

„Das hat Celia, meine Stiefmutter, auch gesagt."

„Auch wenn es mit Maggie und mir als Paar nicht funktioniert hat, bleibt sie doch eine hervorragende Geburtshelferin und Gynäkologin. Du solltest dir überlegen, ob du dich nicht von ihr untersuchen lassen willst, um sicherzugehen, ob alles in Ordnung ist, bevor ihr es versucht."

„Wer versucht etwas mit meiner Frau?", fragte Nick, der sich in diesem Augenblick zu ihnen gesellte.

„Niemand außer dir, mein Freund", sagte Harry und schüttelte Nick die Hand. „Toller Erfolg, die Veranstaltung. Glückwunsch."

„Das ist alles Grahams Werk", erwiderte Nick, legte Sam den Arm um die Schultern und drückte sie an sich.

„Natürlich, klar", meinte Harry. „Aber du bist viel zu bescheiden, Senator."

„Wo ist Maeve?", erkundigte Nick sich.

„Wieder wohlbehalten in den Armen ihres Vaters", antwortete Harry.

„Dem Himmel sei Dank", sagte Nick. „Derek ist sicher glücklich."

„Ja, das ist er. Trotzdem ... du weißt schon."

„Ja", sagte Nick.

„Kannst du schon zu uns kommen?", fragte Sam ihren Mann.

„Ich glaube ja. Ich brauche ein bisschen Zeit mit meinem Kumpel." Nick wuschelte Scotty durch die Haare, womit er den Jungen erschreckte, da dieser in eine Unterhaltung mit Gonzo vertieft war. „Redet ihr etwa ohne mich über Baseball?" Er setzte sich auf den freien Platz neben Scotty und nahm Sams Hand in seine, damit Sam sich neben ihn setzte.

„Na komm schon, Harry", forderte Sam ihn auf. „Ohne dich können sie nicht über Baseball quatschen."

„Was weiß der denn?", zog Nick ihn auf. „Er ist doch bekannt als Schönwettersegler, kein echter Fan wie wir." Nick deutete auf Scotty, um ihn in das „Wir" einzubeziehen.

„Ich bin bereit, darauf zu wetten, dass die Feds es dieses Jahr in die World Series schaffen", meinte Harry überzeugt.

Nick warf Scotty einen Blick zu. „Was glaubst du? Sollen wir die Wette annehmen?"

„Unbedingt", entgegnete Scotty. „Wir werden gewinnen. Alle sagen, die Feds werden im August untergehen."

„Du hast den jungen Mann gehört", wandte Nick sich an Harry und streckte die Hand aus. „Die Wette gilt."

Harry schüttelte ihm die Hand. „Abgemacht."

Sam lächelte ihren Mann an und ergriff seine freie Hand unter dem Tisch.

„Wie fühlst du dich?", erkundigte er sich.

„Mir geht's gut. Danke für den Smoothie, das war unglaublich süß von dir."

„Gern geschehen, Liebes. Ich wusste, du würdest hungrig sein."

„War ich auch." Sie strich ihm eine Strähne aus der Stirn. „Das hier hat tatsächlich mehr Spaß gemacht, als ich dachte."

„Weil du von Freunden umgeben bist." Er schaute zu dem Quartett am Tisch, das sich angeregt über Politik unterhielt. „Ich habe dir doch gesagt, dass die Beziehung deiner Leute mit meinen Leuten eine gute Sache ist."

Sam verdrehte die Augen. Wie er sehr wohl wusste, fand sie die Kreuzbestäubung ihrer und seiner Mitarbeiter sowohl verwirrend als auch ärgerlich.

„Sam", wandte Scotty sich an sie. „Was glaubst du? Schaffen die Feds es in die World Series?"

Sam tat, als müsse sie erst gründlich darüber nachdenken. „Die schaffen es nicht nur in die World Series, sondern ich prophezeie, dass sie gegen die Red Sox spielen werden."

Scotty staunte nicht schlecht. „Das wäre nur gerecht! Können wir Tickets bekommen, wenn das passiert, Nick?"

„Pass auf", erwiderte Nick. „Wenn das wirklich passiert, besorge ich Tickets für sämtliche Spiele in Washington. Wie wäre das?"

„Heiliger Strohsack. Wenn ich das den Kids zu Hause erzähle!"

Sam drückte Nicks Hand, in der Gewissheit, dass er das Gleiche dachte wie sie, nämlich, wie sehr sie sich wünschte, Scotty würde ihr Zuhause als seines betrachten. Er passte zu ihnen und behauptete sich an diesem Tisch mit lauter Erwachsenen, während das Gespräch von Baseball über Politik zu Scottys bevorstehendem Aufenthalt bei Nick und Sam wechselte.

„Ich habe Nick schon gesagt, dass er dich wieder zum Reiten auf die Farm mitbringen soll", sagte Graham, der hinter seiner Frau stand, die Hände auf ihre Schultern gelegt.

„Das wäre cool", meinte Scotty. „Ich liebe es, dort zu sein. Können wir wieder Eiscreme machen, Mrs. O'Connor?"

„Ich habe dir doch gesagt, du sollst mich Laine nennen",

erinnerte sie ihn mit gespielter Strenge, die Scotty zum Grinsen brachte.

Er sah zu Miss Littlefield. „Mrs. L findet, es zeugt von schlechten Manieren, Erwachsene mit dem Vornamen anzureden.“

„Es sei denn, sie gestatten es“, meldete Mrs. Littlefield sich zu Wort.

„Siehst du?“ Laine klatschte triumphierend in die Hände. „Das habe ich dir zu erklären versucht.“

„Wir hatten das Thema bereits“, wandte er sich an Mrs. Littlefield und brachte damit die anderen Erwachsenen am Tisch zum Lachen.

„Sie haben ihn zu einem sehr höflichen jungen Mann erzogen“, bemerkte Graham gegenüber Mrs. Littlefield.

„Wir hören häufig von Mrs. Littlefields Prinzipien“, sagte Nick.

„Zum Beispiel als er meinte, ich könnte das Baseballcamp besuchen, ohne mich vorher zu erkundigen, wie viel das kostet“, berichtete Scotty und schüttelte missbilligend den Kopf.

„Das musste ich mir ein paar Tage lang anhören“, sagte Nick. „Ich glaube, seine genauen Worte waren: ‚Mrs. Littlefield findet es nicht sehr verantwortungsbewusst, etwas kaufen zu wollen, bevor man weiß, was es kostet.‘“

Die ältere Frau errötete und lachte. „Ich freue mich, dass einige meiner klugen Worte hängen geblieben sind.“ Sie betrachtete den gut aussehenden Jungen wehmütig, als wüsste sie, was kommen würde, auch wenn er es noch nicht ganz erfasste.

Sams und Mrs. Littlefields Blicke trafen sich, und Sam lächelte ihr beruhigend zu. Was sie und Nick betraf, würde die Frau, die in den vergangenen sechs Jahren Scottys Ersatzmutter gewesen war, stets bei ihnen willkommen sein. Falls ihnen denn das Glück beschieden sein sollte, dass der Junge tatsächlich eines Tages ganz bei ihnen leben würde. Daher hing sehr viel von den nächsten drei Wochen ab.

Kurze Zeit später erklärte Mrs. Littlefield Scotty, dass es an der Zeit war, zurück nach Richmond zu fahren. Der Junge protestierte, bis Nick ihn daran erinnerte, dass er ihn Sonntag für einen dreiwöchigen Aufenthalt bei ihnen abholen würde. „Ich zähle die Tage“, sagte Scotty und umarmte Sam und Nick zum Abschied.

„Wir auch", versicherte Sam ihm.

„Wir brechen auch auf", wandte Nick sich an Graham und Laine. „Sam ist erledigt, und wir müssen beide morgen arbeiten."

„Vielen Dank, dass du mitgekommen bist, Sam", sagte Graham und küsste vorsichtig die unverletzte Seite ihres Gesichts. „Ich weiß, dass du heute Abend wahrscheinlich Besseres zu tun gehabt hättest."

Sie sah Nick an. „Ich wäre nirgendwo lieber gewesen."

Nick schüttelte Graham die Hand. „Nochmal danke."

„War uns ein Vergnügen. Mach uns weiterhin stolz."

„Ich werde mein Bestes tun." Nick umarmte und küsste Laine und verabschiedete sich von den anderen anwesenden Mitarbeitern. „Wir sehen uns morgen pünktlich und in alter Frische."

Christina antwortete mit einem scherzhaften Stöhnen.

„Mein Boss hat mir morgen freigegeben", scherzte Gonzo.

„Träum weiter", sagte Sam. „Dienstbesprechung um sieben."

„Das ist unmenschlich", beschwerte Gonzo sich, was Lindsey und Terry zum Lachen brachte.

Sam und Nick brachten Scotty und Mrs. Littlefield zu ihrem Wagen und winkten ihnen nach, während einer der Parkhelfer ihren Mietwagen vom Parkplatz holte. Kaum saßen sie auf der Rückbank, kickte Sam ihre Pumps fort und schmiegte sich in die ausgebreiteten Arme ihres Mannes. Er hatte sein Smokingjackett ausgezogen, und Sam machte sich gleich an den Hemdknöpfen in Form von Diamantsteckern zu schaffen.

„Äh, entschuldige bitte, aber was tust du da?"

„Ich brauche Haut." Sie schob sein Hemd auseinander und legte die Wange an seine wundervolle Brust.

Er ließ die Hand von ihrem Knöchel zu ihrem Knie und weiter zur Innenseite ihres Schenkels gleiten.

„Und was machst du da?"

„Das Gleiche wie du – Haut suchen."

Sam seufzte zufrieden. „Ich bin so glücklich, dass ich heute mit dir zusammen zu Hause bin."

„Nur heute?"

„Jede Nacht, aber heute besonders. Alle Frauen in diesem Saal wollten dich für sich allein haben, und keine kriegt dich, denn du gehörst allein mir."

„Ja, das tue ich."

„Ich liebe das, weißt du? Egal, was für ein Scheiß im Lauf des Tages passiert – und heute ist jede Menge Scheiß passiert –, am Ende kann ich zu dir nach Hause. Das ist das Beste seit ... na, überhaupt."

Er drückte sie an sich und schmiegte das Gesicht in ihr Haar. „Es ist das Beste überhaupt. Du bist das Beste."

Sie schloss die Augen und atmete seinen anziehenden Duft ein, der Duft ihres Zuhauses.

„Und ich dachte schon, ich kriege Ärger."

„Oh, den kriegst du auch, Nicky." Sam fand ihre Imitation von Patrices hauchiger Stimme ganz gelungen. „Mich da vor allen Leuten zur Heldin zu verklären ... Und ob du Ärger kriegst."

„Ich liebe diese Art von Ärger." Er ließ den Zeigefinger verführerisch über ihren Schenkel kreisen und bewegte ihn immer weiter aufwärts, ohne den Punkt zu erreichen, mit dem sie sich am heftigsten nach ihm sehnte.

„Nick", hauchte sie. „Hör auf, mich scharf zu machen!"

„Schsch. Entspann dich, Baby."

Wie er sehr wohl wusste, schmolz sie einfach dahin, wenn er in diesem sexy rauen Ton zu ihr sprach, den er für ihr Schlafzimmer reserviert hatte. Entspannen? Ja klar ... Wie sollte sie sich entspannen, wenn er sie mit diesen sinnlichen Liebkosungen ihrer nackten Haut allmählich verrückt machte?

Quälende Minuten vergingen, ehe er endlich die Fingerspitzen gegen ihren Seidenstring drückte.

Sie wand sich auf seinem Schoß und versuchte, ihm einen besseren Zugang zu ermöglichen.

Er stöhnte, als ihr Po in Kontakt mit seiner Erektion kam. „Sachte, Baby. Ich hänge an meinen Jungsteilen."

„Ich auch. Du hast die besten Jungsteile der Welt."

Er lachte leise und nah an ihrem Ohr, was eine ganze Flut sinnlicher Empfindungen in ihr auslöste und ihre Mädchenteile zum Leben erweckte. „Niemand macht solche Komplimente wie meine Frau."

„Nick." Sie bog sich ihm entgegen, in der Hoffnung, ihn dazu ermutigen zu können, sich dem, was er da tat, ruhig noch intensiver zu widmen.

„Was?"

Sie legte ihre Hand auf seine und führte sie genau dorthin, wo sie sie haben wollte. „Ja. Dort. Genau da."

Er ließ seine Finger auf ihrem String auf und ab gleiten über der Stelle, die sich am meisten nach seiner Berührung sehnte. „Ist es das, was du willst?"

„Ja!" Sie war ganz auf die Hitze konzentriert gewesen, die sich zwischen ihren Beinen ausbreitete, weshalb sie noch gar nicht gemerkt hatte, dass er die andere Hand an der Vorderseite ihres Kleids in das Mieder geschoben hatte und sie sanft in den einen Nippel zwickte. Diese Kombination ließ sie scharf die Luft einsaugen, keuchen und geradezu explodieren. Sie musste sich auf die Lippe beißen, um nicht zu schreien, und sogar der intensive Schmerz ihrer Wunde dämpfte den mindestens ebenso intensiven Orgasmus nicht.

Langsam brachte er sie wieder herunter, weiter sanften Druck auf ihren Kitzler ausübend und ihren Nippel neckend, bis die Nachwirkungen allmählich ganz verebbten.

„Mm", flüsterte er, das Gesicht an ihre Wange geschmiegt. „Verstehst du nun, warum ich uns einen Wagen gemietet habe?"

Noch immer leicht außer Atem, rutschte Sam von seinem Schoß und machte sich daran, seine Hose zu öffnen. „Du bist nicht nur ein sexy Draufgänger, sondern auch schlau – und du planst vorausschauend. Ich kann mich glücklich schätzen, einen solchen Ehemann zu haben."

Während sie ihn aus der Hose befreite, wickelte er sich eine Strähne ihrer langen Haare um den Zeigefinger. Kaum war sein Penis herausgesprungen, legte sie die Hand darum und begann ihn zu massieren, bis ein Tropfen auf der Spitze glänzte.

Nick legte den Kopf zurück, und in seinen Augen las sie die Begierde. „Was hast du vor, Samantha?"

„Das." Sie raffte ihr langes Kleid, setzte sich rittlings auf ihn und schob den String zur Seite, um Nick tief in sich aufzunehmen. „O wow, fühlt sich das gut an", flüsterte sie.

Seine Hände unter ihrem Kleid fanden ihren Po und drückten zu. „Es gibt nichts Besseres."

„Bist du dir wirklich sicher, dass der Fahrer hier hinten nichts sehen kann?"

„Vielleicht hättest du mich das fragen sollen, bevor du dich über mich hergemacht hast."

Sie hielt mit ihren Bewegungen inne und starrte auf ihn herunter. „Er kann uns nicht sehen, oder?"

„Nein." Nick lachte. „Zumindest hoffe ich das."

„Ach, an diesem Punkt ist es mir auch egal. Meinetwegen könnte ein Dutzend Fotografen aus dem Aschenbecher springen, und ich würde trotzdem nicht aufhören."

„Ziemlich dreiste Worte für eine potenzielle First Lady der Vereinigten Staaten."

Das ließ sie erneut innehalten. „Was hast du gesagt?"

„Du hast mich verstanden." Er packte ihre Hüften und drang tief in sie ein. Auf diese Weise ließ er sie alles vergessen, bis auf das wundervolle Gefühl, ihn hart und heiß in sich zu spüren. „Ich will deine Brüste berühren."

Sam wand sich und versuchte, nicht mehr daran zu denken, was er über die First Lady gesagt hatte. Zumindest so lange, bis sie zum zweiten Mal gekommen war. Irgendwie gelang es ihr, ihre Brüste aus dem Kleid zu befreien.

Er hielt wieder ihren Po gepackt und forderte sie auf: „Gib sie mir."

Sam umfasste ihre vollen Brüste und bot sie seinem Mund dar.

Er entlockte ihr ein leises Wimmern, als er seine Lippen um ihre harten Brustwarzen schloss und sachte zupfte, sie mit der Zunge umspielte und daran saugte, was sie, wie er genau wusste, liebte.

„Ich wünschte, du könntest sehen, wie scharf du jetzt aussiehst, deine Brüste umfassend, das Kleid hochgerutscht bis zur Taille. Sehr sexy."

„Du hast mein geschwollenes Gesicht vergessen."

„Für mich ist jeder Zentimeter von dir sexy." Er verlieh seinen Worten Nachdruck, indem er seine Finger tief zwischen ihre Pobacken gleiten ließ und damit ein furioses Finale einleitete, nach dem sie beide schwitzten und nach Atem rangen.

„Ich habe es seit der Highschool nicht mehr in einem Wagen

gemacht", sagte sie, als sie die Kraft wiedergefunden hatte, zu sprechen. „Da habe ich wohl was verpasst."

„Ich dachte, du würdest zu erschöpft und leidend sein, um die Vorteile dieser Limousine ausnutzen zu können."

„Hast du mittlerweile nicht gelernt, mich nicht zu unterschätzen?"

„Anscheinend lerne ich immer noch dazu."

Sam wappnete sich gegen den Schmerz, um ihn auf die Lippen küssen zu können. „Das Küssen hat mir gefehlt. Das gehört normalerweise zu meinen Lieblingsstellen."

„Zu meinen auch. Ich hoffe, deine Wunde verheilt rasch, damit wir bald wieder knutschen können wie die Teenager, wie wir es immer tun."

Als die Wunde sich durch Pochen bemerkbar machte, ließ Sam den Kopf an seine Schulter sinken. „Können wir auf dem Heimweg Schmerztabletten kaufen?"

„Natürlich, Liebes." Er legte die Arme um sie. „Was immer du brauchst."

Das war das Letzte, woran Sam sich erinnerte, bis er sie sanft schüttelte, um sie nahe Capitol Hill zu wecken, damit sie sich vor ihrer Ankunft zu Hause wieder herrichten konnten.

„Ich werde dein Rezept einlösen."

„Macht es dir wirklich nichts aus?"

„Natürlich nicht." Er küsste sie auf die Stirn, dann auf die Lippen, zärtlich, aus Rücksicht auf ihre Verletzung. „Ich möchte, dass du ein heißes, ausgiebiges Schaumbad nimmst. Wenn ich zurück bin, bringe ich dich ins Bett."

„Abgemacht. Komm schnell zurück."

Er brachte sie zum Haus, reinigte sich im Gästebad unten, holte seinen Wagenschlüssel und gab ihr noch einen Kuss, bevor er die Rampe hinunterlief, die er für ihren Vater gebaut hatte.

Sam war schon halb die Treppe hinauf, als es an der Tür klingelte. Sie wunderte sich, warum er seinen Schlüssel nicht benutzte, und lief wieder hinunter, wo sie die Tür schwungvoll öffnete. „Was hast du vergessen?" Die Worte erstarben ihr auf den Lippen, denn vor ihr standen zwei Polizisten. Den einen kannte sie vom Sehen, den anderen nicht. Ihr erster Gedanke galt Nick, aber der war noch nicht lange genug weg, um in irgendwelchen Ärger hineingeraten zu sein.

Der ältere der beiden, der, den sie kannte, schien überrascht zu sein, sie im Ballkleid anzutreffen. „Tut uns leid, dass wir Sie zu Hause belästigen müssen, Lieutenant. Ich bin Officer Wilkins. Das ist mein Partner Officer Ramirez."

„Was gibt es denn?" Sam befürchtete schon, dieser verrückte Tag würde noch schlimmer werden. Aber, beruhigte sie sich, wenn jemandem aus der Familie etwas zugestoßen wäre, hätte man sie angerufen.

„Wir wurden von der Notaufnahme des Washington Hospital Center informiert. Sie sind als nächste Angehörige eines Peter Gibson aufgelistet."

Sam umfasste den Türknopf fester. „Was ist mit ihm?"

„Er wurde in nicht ansprechbarem Zustand eingeliefert. In seiner Wohnung fand man mehrere leere Schlaftablettenröhrchen, zusammen mit einer an Sie als nächste Angehörige adressierten Nachricht." Der Officer hielt ihr ein gefaltetes Blatt Papier hin.

Sam sah es an, machte jedoch keine Anstalten, es von ihm entgegenzunehmen. „Ich bin keine nächste Angehörige. Wir sind seit Jahren geschieden."

„Ihr Name befand sich in seiner Brieftasche und in seiner Krankenakte, daher haben wir angenommen ..."

„Tut mir leid, aber Ihre Annahme war falsch. Seine Mutter lebt in Wilmington, Delaware. Die könnten Sie anrufen."

„Sie haben nicht zufällig ihre Nummer?"

„Nein, tut mir leid. Aber ihr Vorname ist Irma."

„Das hilft uns schon weiter, danke. Äh, wollen Sie die Nachricht?"

Sam sah auf das gefaltete Blatt Papier, dann wieder den ernsthaft wirkenden jungen Polizisten an. „Nein." Nichts, was Peter Gibson zu sagen hatte, war für sie von Interesse.

„Wir bitten nochmals um Verzeihung, dass wir Sie behelligt haben, Ma'am. Danke für Ihre Hilfe."

„Officer Wilkins?"

„Ma'am?"

„Wird er durchkommen?"

„Tut mir leid, aber das weiß ich nicht."

Sam nickte und wollte schon die Tür schließen, als Nick, der gerade von der Apotheke zurückkam, am Bordstein hielt. Sie wartete an der Tür auf ihn.

Dem abfahrenden Steifenwagen hinterherschauend, kam er die Rampe hinauf. „Was ist los?"

„Peter", antwortete Sam und fröstelte plötzlich, trotz der schwülen Nachtluft.

Nick führte sie ins Haus zurück. „Was ist mit ihm?"

„Anscheinend hat er versucht, sich umzubringen, und eine Nachricht für mich hinterlassen. Ich war als seine nächste Angehörige aufgeführt, deshalb haben sie mich aufgesucht. Aber ich habe die Annahme der Nachricht verweigert. Es ist mir egal, was drinsteht."

Nicks Miene verriet sein Missfallen darüber, dass ihr Exmann sie erneut aufregte. „Ich traue ihm durchaus zu, dass er das nur gemacht hat, um deine Aufmerksamkeit zu bekommen."

„Ja, ich auch. Passiv-aggressives Verhalten ist seine Stärke."

Nick legte ihr die Hände auf die Schultern und ging ein wenig in die Knie, um ihr direkt in die Augen zu sehen. „Das hat nichts mit dir zu tun, Sam. Das weißt du, oder?"

„Ja."

„Möchtest du hinfahren? Ins Krankenhaus?"

Überrascht von seiner Frage antwortete sie: „Nein."

„Bist du dir sicher?"

Sie nickte. Er hatte recht – Peters Probleme waren nicht länger ihre. Es gab nichts, was sie für ihn tun konnte. Und wenn er das getan hatte, um ihre Aufmerksamkeit zu erregen, würde ihr Besuch im Krankenhaus ihm nur in die Karten spielen.

„Alles klar?"

„Ja, es ist nur ein wenig schockierend."

Er legte den Arm um sie und zog sie an sich. „Ich weiß, Babe. Aber es ist wirklich nicht deine Schuld. Ich bin froh, dass du die Nachricht nicht gelesen hast, denn höchstwahrscheinlich macht er dich verantwortlich für alles, was in seinem Leben schiefgelaufen ist. Dabei ist nichts von alldem deine Schuld. Er hat sich alles selbst zuzuschreiben."

Nick hielt sie eine ganze Weile in den Armen, ehe er sie losließ und zur Treppe schob. „Genug für heute. Geh nach oben. Ich mache nur rasch das Licht überall aus und komme nach.“

„Danke“, sagte sie mit einem kleinen Lächeln, das ihrem Gesicht Schmerzen verursachte.

„Jederzeit.“

Sam nahm die Apothekentüte und ging die Treppe hinauf, gestärkt durch Nicks Worte. Sie trug keine Verantwortung. Was auch immer Peter getan hatte, es hatte nichts mehr mit ihr zu tun. Seinetwegen hatten sie und Nick sechs Jahre verloren, in denen sie hätten zusammen sein sollen. Denn Peter, damals ihr platonischer Mitbewohner, hatte Nicks Nachrichten nach ihrer gemeinsamen Nacht nicht weitergeleitet.

Das und die elenden vier Jahre, die sie später mit Peter verheiratet gewesen war, hätten schon genügt, um ihn zu hassen. Doch auch danach hatte er ihr reichlich Gründe dafür geliefert, einschließlich des Versuchs, ihren und Nicks Wagen in die Luft zu sprengen. Nicht mal zu einer Klage war es gekommen, weil Sams Officer ohne Durchsuchungsbeschluss in seine Wohnung eingedrungen waren. Ganz zu schweigen davon, dass er sie in der Nacht vor ihrer Hochzeit auf dem Gehsteig vor ihrem Haus bedroht hatte.

Bei der Erinnerung daran erschauernd, nahm Sam eine der extra starken Schmerztabletten, ließ sich ein Bad ein und schickte Freddie eine Nachricht, dass sie morgen abgeholt werden würde. Sie musste sich mit diesen seltsamen Schwingungen, die Hill aussandte, befassen und die Sache ein für allemal klären, ehe es noch zu Problemen mit Nick führte. Sie stieg gerade aus ihrem Kleid, als Nick ins Badezimmer kam.

„Verdammt, das ist solch ein unglaublicher Anblick“, bemerkte er, sie in dem Mieder betrachtend.

Während sie ihm dabei zusah, wie er seine Fliege löste, musste sie daran denken, wie sehr sich ihre zweite Ehe von der ersten unterschied. Sie stellte das Wasser ab. „Ich brauche kein Bad.“ Sie ging zu ihm, zog ihm das Hemd aus der Hose und legte ihre Hände auf seinen Bauch. „Ich brauche dich. Nur dich.“

„Du hast mich, meine Liebe. Ich bin ganz dein.“

Sam nahm seine Hand und führte ihn zum Bett.

. . .

Viel später hielt Nick sie in den Armen, während ihre Körper sich allmählich abkühlten, nachdem sie leidenschaftlich miteinander geschlafen hatten. Er war stets aufs Neue erstaunt von der Intensität seiner Liebe – und ihrer.

„Nick?"

„Hm?"

„Was wolltest du mit der?"

Verwirrt fragte er: „Mit wem?"

„Mit dieser schrecklichen Patrice."

Lachend küsste er Sam auf die Stirn. „Ist sie schrecklich? Habe ich gar nicht bemerkt."

Sie hob den Kopf und sah ihn an. „Dein Ernst?"

„Nein." Er fuhr sanft mit den Fingern durch ihre Haare, die vom Schweiß feucht waren nach diesem anstrengenden Liebesakt. „Nachdem ich dich kennengelernt hatte und du mich nicht zurückgerufen hattest, ging es mir eine Weile schlecht. Und sie war eben ... da. Verstehst du?"

„Ja, das verstehe ich. Was glaubst du wohl, weshalb ich mit Peter zusammengekommen bin?"

„Ich kann dir gar nicht sagen, wie oft ich daran denke, dass alles vermutlich ganz anders gelaufen wäre für uns, hätte ich dein Schweigen nicht als Urteil hingenommen."

„Geht mir genauso. Ich war fassungslos, dass du nach dieser Nacht nicht angerufen hast. Ich konnte es einfach nicht glauben. Ich hätte dich anrufen sollen. Dass ich es nicht getan habe, gehört zu den Dingen, die ich am meisten im Leben bereue."

„Es hat keinen Sinn, irgendetwas zu bereuen, Babe. Wer weiß, vielleicht wäre es gar nicht gutgegangen mit uns damals. Vielleicht hätten wir eine solche Beziehung wie jetzt noch nicht führen können."

„Es hätte funktioniert. Wir waren schon immer füreinander bestimmt. Das glaube ich."

„Ich auch." Ihre Haut fühlte sich warm und glatt an, als er ihren Rücken streichelte. „Das wusste ich in dem Moment, als ich dich zum ersten Mal gesehen habe. Ah, dachte ich. Da ist sie."

Sam stützte das Kinn in die Hand, sodass sie ihn ansehen

konnte. „Wirklich?“

Mit einem liebevollen Ausdruck in den Augen nickte er. „Ich habe dich unter all diesen Leuten auf dieser Veranda entdeckt und gewusst, dass du zu mir gehörst.“

Erneut schmiegte sie ihre Wange an seine Brust und schwieg eine ganze Weile. „Wie meintest du eigentlich diese Bemerkung über mich als First Lady?“

„Ich habe mich schon gefragt, wann dir das wieder einfallen würde.“

„Ist schwer, es zu vergessen.“

„Halliwell hat heute Abend mit mir darüber gesprochen, dass ich die Grundsatzrede auf dem Parteitag der Demokraten halten soll. Er meinte, die Partei brauche einen Nachfolger, weil Gooding nicht mehr kandidieren will.“ Der derzeitige Vizepräsident hatte bereits zweimal kandidiert und war inzwischen Mitte siebzig.

„Wie denkst du darüber?“

„Ich bin von den Socken. Vor einem Jahr noch war ich Johns Stabschef, und jetzt ist er tot, ich kandidiere für den Senat und die Demokraten reden mit mir darüber, dass ich in vier Jahren für das Amt des Präsidenten kandidieren soll. Das geht über meine Vorstellungskraft hinaus.“

„Willst du das? Präsident sein?“

„Shit, ich habe keine Ahnung“, gestand er und lachte über diese verrückte Vorstellung. „Ich kann nicht fassen, dass mein Name im gleichen Atemzug mit dem Wort ‚Präsident‘ genannt wird.“

„Du könntest es schaffen. Das weiß ich. Ich wette, du würdest die Wahl gewinnen.“

Er spielte weiter mit ihren Haaren und hielt sich eine Strähne an die Nase, um diesen Duft einzuatmen, der ihn immer an sie erinnern würde. „Du bist sehr gut für mein Ego, Babe.“

„Was hast du Halliwell geantwortet?“

„Ich habe gesagt, ich halte die Grundsatzrede, aber bevor ich über alles andere spreche, will ich erst den November abwarten. Ich muss erst einmal diese Wahl gewinnen, bevor wir über meine Zukunft nachdenken können.“

„Du wirst gewinnen.“

Der nervöse Unterton in ihrer Stimme entging ihm nicht. „Ich habe schon gewonnen, Samantha." Er hielt sie fester. „Ich habe alles, was ein Mann sich nur wünschen kann. Wir werden gemeinsam entscheiden, was die Zukunft bereithält. Was immer das sein mag. Und wenn es nicht das ist, was wir beide wollen, dann Ende der Diskussion."

„Du kannst dir eine solche Gelegenheit doch nicht entgehen lassen, nur weil ich möglicherweise dagegen bin."

„Natürlich kann ich das. Eines Tages hoffe ich dich davon überzeugen zu können, dass du allein alles bist, was mir wichtig ist. Alles andere ist zweitrangig."

„Du bist verrückt."

„Nach dir. Und jetzt schlaf. Du bist dermaßen erschöpft, dass es nicht mehr lustig ist." Er fuhr fort, mit den Fingern durch ihre Haare zu streichen und ihren Rücken zu streicheln, bis er glaubte, sie sei eingeschlafen.

„Nick?"

„Ich dachte, du schläfst schon."

„Fast."

„Was, Liebes?"

„Ich habe vergessen, dir zu sagen, dass ich dich liebe."

„Ich liebe dich auch."

Sie stieß einen langen, leisen Seufzer aus, und diesmal war er sicher, dass sie eingeschlafen war.

15

Von Koffein, Adrenalin, Furcht und Scham befeuert, stürzte
Jeannie McBride sich in die Arbeit, um nicht mehr daran
denken zu müssen, was passiert war. Jedes Mal, wenn sie sich
daran erinnerte, wie Sam gesagt hatte, sie sei enttäuscht, brach es
ihr von Neuem das Herz. Denn das war das Letzte, was sie von
ihrem geliebten Lieutenant hören wollte.

Obwohl sie Will gebeten hatte, am Morgen für die Arbeit am
Bericht vorbeizukommen, hatte sie diesen schon seit zwei Stunden
fertig. Sie hatte jeden einzelnen Schritt des neu aufgerollten
Fitzgerald-Falls akribisch aufgelistet und eine Liste der Leute
hinzugefügt, die beim ersten Mal schon hätten befragt werden
müssen, was nicht geschehen war aus Gründen, die nur Skip
Holland kannte.

Am Morgen wollte sie auf Will warten und dann mit ihm zur
Privatadresse von Dr. Norman Morganthau in Annapolis aufbrechen.
Das war der im Ruhestand befindliche Gerichtsmediziner, den sie
wegen des Fitzgerald-Falles angerufen hatte. Im April hatte Jeannie
schon gespürt, dass der alte Mann ihr etwas mitteilen wollte über
Skip Holland, sich aber aus Verbundenheit mit seinem langjährigen
Freund zurückhielt. Wenn sie ihn persönlich aufsuchte, würde er
möglicherweise entgegenkommender sein.

Sie musste einfach irgendetwas tun, um nicht die ganze

nächste Woche nur herumzusitzen und über das Geschehene zu grübeln. Da Michael schon lange schlief und sie alles, was für heute Nacht möglich war, an dem Fall erledigt hatte, konzentrierte sie sich als Nächstes auf eine der Spuren, die sie sich im Fall Kavanaugh näher ansehen wollte.

Ihr war in den Sinn gekommen, dass es eine Verbindung geben könnte zwischen den beiden Namen, die im Zusammenhang mit Victoria Kavanaughs falscher Identität standen. Im Internet recherchierte sie alles, was sie über Denise Desposito und William Eldridge finden konnte.

Eine Stunde später hatte sie eine Verbindung hergestellt zwischen Desposito und einem Krankenversicherungsbetrug, den das FBI vor zehn Jahren in Ohio aufgedeckt hatte.

Jeannie tippte eifrig die Einzelheiten über die falsche Arztpraxis in eine Datei, in der sie die genaue Vorgehensweise bei dem Millionenbetrug dokumentierte sowie die Rolle, die Desposito dabei gespielt hatte. Was sie nicht gewusst hatten – die Regierung war ihnen beinahe von Beginn an auf der Spur gewesen und hatte somit bei der Verhaftung der beiden genügend Beweise für eine Anklage zur Verfügung gehabt.

Dann fertigte sie eine Liste der anderen Verhafteten an und brachte eine weitere Stunde damit zu, herauszufinden, wo sie inhaftiert waren. Vielleicht hatte einer von ihnen eine Idee, wie die Verbindung zwischen Desposito und Victoria Kavanaugh zustandegekommen war.

Bei dem einzigen William Eldridge, den sie finden konnte, handelte es sich um eine ehemalige Führungskraft der Patterson Financial Group in Ohio, aber mehr Informationen gab es nicht. Das war nicht viel, fand Jeannie, aber immerhin etwas – und sie hoffte, es würde dazu beitragen, ihr Ansehen beim Lieutenant wiederherzustellen.

„Was treibst du, Liebes?"

Selbst nach all diesen Monaten zuckte Jeannie beinahe zusammen und wollte instinktiv zurückweichen, als Michael ihr seine Hände auf die Schultern legte, um ihre verspannten Muskeln zu massieren. Tief ein- und wieder ausatmend erinnerte sie sich daran, dass dieser Mann sie liebte. Dieser Mann würde ihr niemals wehtun. Dieser Mann war nicht wie der, der sie geschlagen und vergewaltigt hatte.

„Tut mir leid, wenn ich dich erschreckt habe", sagte er, denn er spürte wie stets ihre Ängste.

„Ist schon in Ordnung. Wie spät ist es?"

„Fast drei. Warum bist du hier unten und nicht bei mir im Bett?"

„Konnte nicht schlafen. Mir ist zu vieles durch den Kopf gegangen. Da habe ich ein bisschen gearbeitet, und das hat geholfen."

„Meinst du, du könntest jetzt noch ein wenig schlafen?"

Jeannie bezweifelte es, aber sie antwortete, was er hören wollte: „Ich kann es versuchen."

Michael bot ihr die Hand, half ihr auf und knipste die Schreibtischlampe aus. Dann verschränkte er seine Finger mit ihren und führte Jeannie durch das dunkle Haus nach oben in ihr Schlafzimmer. Vor dem Bett stehend zog er ihr das T-Shirt und die Shorts aus.

Sie streifte ihm die Boxershorts herunter, die er angezogen hatte, bevor er sich auf die Suche nach ihr gemacht hatte. Er war groß und muskulös, seine dunkelbraune Haut war weich und glatt. Jeannie fand alles an ihm anziehend.

Es hatte lange gedauert nach der Gewalttat, bis sie seine Berührungen wieder hatte zulassen und genießen können, bis sie sich wieder wie früher nackt zu ihm ins Bett hatte legen können, als wäre es keine große Sache. Inzwischen war der Umgang miteinander wieder fast so wie früher. Dennoch kam es gelegentlich vor, dass sie schreckhaft reagierte, und manchmal kehrte die Erinnerung in ihren Träumen zurück, die so echt und intensiv waren, dass diese Albträume sie noch Tage danach beschäftigten.

Schon bald würde sie gezwungen sein, Mitchell Sanborn in einem Gerichtssaal zu sehen, und in aller Öffentlichkeit schildern müssen, was er ihr angetan hatte. Bei dem Gedanken daran erschauerte sie.

„Woran denkst du?"

„An die Verhandlung."

„Ach, Jeannie." Er schloss sie in die Arme. „Warum denkst du denn jetzt daran?"

„Weil es erst vorbei sein wird, wenn das hinter mir liegt. Die Vorstellung, ihn wiedersehen zu müssen, sein Gesicht ... ich weiß nicht, ob ich das schaffe, Michael."

„Natürlich schaffst du das. Wenn er dafür lebenslang hinter Gittern verschwinden wird, dann kannst du das."

„Ich hoffe, du hast recht."

„Meinem armen Schatz geht viel zu viel durch den Kopf."

Sie schlang ihm die Arme um den Nacken und küsste ihn. „Tut mir leid, dass ich all meine Sorgen bei dir ablade."

„Bei wem solltest du sie denn sonst abladen?" Er veränderte ihre Position, sodass sie auf ihm lag, während er weiter ihre verspannten Schultern massierte. „Ich habe über diese Situation mit Sam nachgedacht."

„Was ist damit?"

„Ich weiß, du bist deswegen ziemlich aufgewühlt, weil du glaubst, du hättest sie enttäuscht."

„Habe ich ja auch. Ich habe sie angelogen."

„Du hast es ihretwegen mit den besten Absichten getan. Sobald sie Gelegenheit hat, darüber in Ruhe nachzudenken, wird sie das als deine Freundin genauso sehen. Als dein Lieutenant ist ihr gar nichts anderes übriggeblieben, sie musste dich suspendieren. Sam ist klug genug, diese beiden Aspekte der Angelegenheit auseinanderzuhalten."

„Kann sein."

„Du solltest nicht vergessen, dass du viel Schlimmeres überstanden hast als das. Und du wirst auch das überstehen. Es wirft dich nur vorübergehend ein bisschen zurück, das ist alles."

„Du hast recht."

„Hab ich?"

Lächelnd beugte Jeannie sich vor und küsste ihn. „Kling nicht so überrascht. Ich habe kein Problem damit, dich hin und wieder recht haben zu lassen. Solange es nicht zu oft passiert."

„Ach ja?" Mit einer anmutigen Drehung war er auf ihr.

Jeannie wollte sich nicht gefangen fühlen, aber sie konnte nichts dagegen tun.

„Ich bin's nur, Schatz. Nur ich."

Seine Stimme beruhigte sie, genau wie seine Lippen, als er sie sinnlich küsste.

Sie klammerte sich an seine Schultern und spreizte die Beine, damit er wusste, was sie wollte. Nur ihm gelang es, alles zu vertreiben. Nur er ließ sie vergessen, dass ein anderer Mann ihr einst wehgetan hatte. „Liebe mich, Michael."

„Das tue ich, Schatz. Du weißt, dass ich das tue." Geschmeidig drang er in sie ein und verfiel in einen langsamen Rhythmus, der ihr Blut zum Brodeln brachte und ihren Atem stocken ließ. Er senkte den Kopf, umspielte eine ihrer Brustwarzen mit der Zunge und biss sanft hinein. Jeannie schrie vor überwältigendem Verlangen auf.

Sie bog den Rücken durch, um ihn noch tiefer aufzunehmen, doch er ließ sich nicht drängen.

„Ruhig und langsam", flüsterte er. „Ruhig und langsam."

Jeannie glaubte verrückt zu werden, während sie ungeduldig darauf wartete, dass er das Tempo beschleunigte, doch er nahm sich Zeit, brachte sie zweimal mit den Fingern zum Höhepunkt, ehe er voll in sie eindrang und sie ein drittes Mal zum Orgasmus kam, diesmal zusammen mit ihm.

Hinterher hielt sie ihn lange fest. Er fühlte sich vital und lebendig an. Nur er schaffte es, sie alle Sorgen vergessen zu lassen, und sei es nur für kurze Zeit. „Michael?"

„Hm?"

„Hast du noch diesen Ring, den du mir vor einer Weile gezeigt hast?"

Er hob den Kopf, um ihr Gesicht zu sehen. „Ja."

Sie wusste, dass er seit Monaten darauf wartete, sie sagen zu hören, sie sei jetzt bereit, den Ring zu tragen. Er hatte vorgehabt, ihn ihr nach dem Wochenende, an dem sie überfallen worden war, zu geben. „Wo ist er?"

„An einem sicheren Ort."

„Könntest du ihn herholen?"

„Aus irgendeinem bestimmten Grund?"

„Kann sein."

Er betrachtete ihr Gesicht, dann küsste er sie, zog sich aus ihr zurück und stand auf.

Jeannie bekam einen ausgezeichneten Blick auf seinen

nackten Po, als er auf seinen langen Beinen zielstrebig den Raum verließ.

Eine Minute später kehrte er mit der Schmuckschachtel zurück.

„Könnte ich ihn noch einmal sehen? Ich habe vergessen, wie er aussieht.“

„Das ist glatt gelogen. Du hast dir, als ich ihn dir zum ersten Mal gezeigt habe, jedes Detail eingeprägt.“

„Okay, dann habe ich eben gelogen. Ich will ihn trotzdem noch mal sehen.“

Michael setzte sich neben sie auf das Bett und öffnete die Schachtel. Der Ring, auf seinem schwarzen Samtkissen, funkelte im sanften Schein der Nachttischlampe.

Wie beim ersten Mal war der Anblick des Ringes, den er gemeinsam mit ihrer Mutter ausgesucht hatte, atemberaubend. Sie schaute auf und stellte fest, dass er sie genau beobachtete, als versuche er die Bedeutung dieses Augenblicks einzuschätzen. Aber er sagte nichts, und dafür war sie dankbar. Weder drängte er sie noch bohrte er. Schon während der dunkelsten Tage ihres Lebens waren seine Geduld und Kraft beispiellos gewesen. Und sie liebte ihn. Sie würde ihn immer lieben. Dessen war sie sich sicher.

„Wäre es möglich, dass ich ihn jetzt trage?“, fragte sie zögernd.

„Wenn du es willst.“

Jeannie biss sich auf die Unterlippe und nickte, entschlossen, nicht zu weinen.

Er überraschte sie, indem er vom Bett rutschte und sich vor sie hinkniete, ihre Hand nahm und den Kopf beugte, um ihren Handrücken zu küssen. Einen langen Moment blieb er in dieser Haltung, über ihre Hand gebeugt, bis Jeannie erkannte, dass er weinte.

Sie umfasste seinen Kopf. „Michael.“

„Tut mir leid, Liebes. Ich habe mich so lange gefragt, ob wir jemals wieder dorthin zurückkehren können, wo wir einmal waren. Vorher. Und jetzt ... Verzeih“, sagte er mit einem tiefen Seufzer, der ihn erschauern ließ, und wischte sich das Gesicht mit der freien Hand ab. „Ich habe mit deiner Reaktion einfach nicht gerechnet, das ist alles.“

„Du warst so geduldig und wundervoll, und dafür liebe ich dich so sehr – mehr, als du je ahnen wirst. Du warst genau der, den ich gebraucht habe, den ich immer brauchen werde." Sie öffnete die Arme für ihn.

Er richtete sich auf und drückte sie, bis sie kaum noch Luft bekam. Das hatte er seit der Gewalttat gegen sie nur selten getan, aus Furcht vor einem Rückfall.

„Jeannie, meine süße Jeannie. Ich liebe dich so sehr. Ich liebe deinen Mut und deine Kraft und deine Entschlossenheit. Ich liebe deine Schönheit und deine Anmut. Wirst du mich glücklich machen, indem du mich heiratest? Willst du für immer mit mir zusammen sein?"

„Ja, Michael, es wäre mir eine Ehre, dich zu heiraten."

Und dann küsste er sie, weinte mit ihr und schlief erneut mit ihr, und zum ersten Mal seit der Tat hielt er sich nicht zurück. Er gab ihr alles, was er hatte, all die Liebe und Leidenschaft, die von Beginn an zwischen ihnen gewesen war, ohne einen Gedanken an die Schrecken oder Schmerzen der Vergangenheit.

Jeannie liebte ihn mit der gleichen Intensität, bis sie beide zu einem überwältigenden Höhepunkt gelangten und sie ihre Liebe für ihn herausschluchzte. Ihre Körper bebten noch von den Nachwirkungen dieses sinnlichen Rausches, als Michael ihr den Ring auf den Finger schob und seine Hand um ihre schloss, als wollte er den Bund besiegeln.

„Es tut mir leid, dass ich dich so lange habe warten lassen", sagte sie.

„Das hat mir nichts ausgemacht. Mit dir zusammen zu sein ist das Beste, was mir je passieren konnte."

Jeannie hob die Hand, um den Ring zu betrachten.

„Genau wie ich es mir vorgestellt habe", bemerkte er.

„Besser, als ich es mir hätte vorstellen können. Danke, Michael. Danke."

Er zog sie an sich, bettete ihren Kopf auf seine Brust und streichelte ihren Rücken, um sie spüren zu lassen, wie sicher und geliebt sie in seinen Armen war. Sie hatte alles, was sie brauchte. Die Situation mit Sam würde sich von selbst klären, irgendwann. Und sie würde Mitchell Sanborn im Gerichtssaal gegenübertreten und dafür sorgen, dass er nie wieder die Chance bekam, einer anderen Frau das anzutun, was er ihr angetan hatte.

Umgeben von Michaels Liebe fühlte Jeannie sich, als gäbe es nichts, womit sie nicht fertig werden würde. Er hatte recht. Sie war bereits durchs Feuer gegangen und hatte es überlebt. Sie würde weitermachen, denn was wäre die Alternative?

Michaels vertrauten, tröstlichen Duft einatmend, gelang es ihr, einzuschlafen.

Sam hätte trotz Wecker verschlafen, wieder einmal, wenn Nick sie nicht wachgeküsst hätte. „Warum hörst du ihn und ich nicht?", murmelte sie mit geschlossenen Augen, während sie das Gefühl seiner Lippen auf ihrem Rücken genoss. Ihr Gesicht pochte wie verrückt, und sie sehnte sich nach einer weiteren Schmerztablette, die sie angesichts des vor ihr liegenden langen Arbeitstages jedoch nicht nehmen würde. Sie durften bei der Suche nach dem Mörder keine Zeit mehr verlieren.

„Weil du genau weißt, dass ich ihn höre und dich wecke, deshalb achtest du gar nicht mehr darauf."

„Früher konnte ich auch ohne Hilfe aufstehen." Das kam griesgrämiger heraus als beabsichtigt, nur schien sie in letzter Zeit wirklich andauernd zu wenig Schlaf zu bekommen.

„Ist es nicht schön, dass du das jetzt nicht mehr musst?" Er war unerträglich gut gelaunt am frühen Morgen.

„Ja, das ist sehr schön. Zu schön. Es lässt mich vergessen, dass ich zur Arbeit muss."

„Bald haben wir wieder einen gemeinsamen freien Tag", versicherte er ihr.

„Wann?"

„Ich habe Sonntag frei, falls du Victorias Mörder bis dahin gefasst hast. Samstag habe ich noch eine Kundgebung, aber ich habe gesagt, dass ich den Sonntag frei haben möchte – für alle Fälle."

„Für alle Fälle?"

„Für den Fall, dass ich mit meiner Frau zusammen einen freien Tag verbringen kann, bevor wir Sonntagabend Scotty abholen. Ich glaube, wir brauchen einen ganzen Tag im Bett, bevor der Junge herkommt.“

Sie öffnete die Augen und sah ihn skeptisch an. „Du meinst, da genügt ein Tag?“

„Natürlich nicht, aber es macht bestimmt Spaß.“

„Das glaube ich auch.“

„Jetzt hast du ein Ziel – fang einen Mörder bis Samstag und verbringe den Sonntag im Bett mit deinem Mann. Zeit, aufzustehen und sich ans Werk zu machen.“ Er unterstrich diese Aufforderung mit einem festen Klaps auf ihren Po, der sie gleichermaßen erschreckte und erregte.

„Hast du mir gerade den Hintern versohlt?“

„Nein, nicht so richtig. Aber das kann ich, wenn du es willst.“

Heiß durchströmte es sie und sammelte sich zu einem Pulsieren zwischen ihren Beinen.

„Oh, aha“, sagte er und betrachtete sie genauer. „Wer hätte gedacht, dass meine reizende Frau erregt wird von der Vorstellung, den Hintern versohlt zu bekommen?“

„Ich bin nicht erregt.“

Er lachte. „Samantha, bitte beleidige nicht meine Intelligenz. Ich bin nicht in vielen Dingen Experte, aber ich merke, wenn meine Frau erregt ist.“

Als sie empört aufstehen wollte, zog er sie zurück, indem er seinen starken Arm um ihre Taille legte.

Sie versuchte sich zu befreien, verlegen und aus der Fassung gebracht durch diese seltsame Unterhaltung.

„Stopp.“ Er hielt sie so, dass sie unter ihm lag, und sah sie mit diesen Augen an, die sie glatt durchschauten. „Schäm dich nie, mir zu verraten, was du willst. Verstanden?“

Sie wich seinem Blick aus. „Aber das will ich nicht.“ Ihr Gesicht fühlte sich an, als stünde es in Flammen, und das machte sie wütend.

Er strich mit dem Finger über ihre unverletzte Wange. „Ich glaube, du willst es vielleicht doch. Gibt es noch andere Dinge, die du willst und von denen ich nichts weiß?“

„Ich habe dafür jetzt keine Zeit. Ich muss zur Arbeit.“

Er legte ihr den Zeigefinger unters Kinn, damit sie ihm ins

Gesicht sah. „Versteck dich nicht vor mir, Sam. Wenn du etwas möchtest, bitte darum."

Ihr Herz pochte wie verrückt. „Ich wusste nicht, dass es mir gefällt, bis du es getan hast."

Seine Augen weiteten sich und er hielt den Atem an, während sein Schwanz an ihrem Bauch zuckte. „Sam …"

„Ich muss echt los." Sie umfasste sein Gesicht und zog ihn zu einem Kuss zu sich herunter, der ihr enorme Schmerzen verursachte.

Als sie ihn losließ, stöhnte er gequält. „Melde dich krank. Das machen wir beide."

Das brachte sie zum Lachen. Sie stieß ihn in die Rippen und nutzte seine Überraschung, um unter ihm hervorzurutschen. Sie war schon fast unter der Dusche, als er sie erneut aufhielt, indem er den Arm um ihre Taille schlang.

„Fortsetzung folgt", flüsterte er ihr rau ins Ohr, und seine verheißungsvollen Worte lösten ein sinnliches Kribbeln aus.

Sie duschten zusammen, hielten jedoch im Gegensatz zu sonst Abstand voneinander. Beide schienen zu ahnen, dass die kleinste Berührung zur Folge haben würde, dass sie erheblich zu spät zur Arbeit kamen.

„Ich kann dich beim Hauptquartier absetzen", bot Nick an, während er seine braune Krawatte band.

„Ich werde abgeholt." Sam hoffte und betete im Stillen, Nick möge bereits weg sein, bevor Hill hier auftauchte. Als sie diese Verabredung getroffen hatte, hatte sie nicht damit gerechnet, dass Nick so früh auf sein würde.

„Von wem denn?"

Sie wollte antworten, dass Freddie käme, um sie abzuholen, überlegte es sich jedoch anders. Eine solche Lüge würde alles nur noch schlimmer machen, wenn – nicht falls – sie herauskam. „Hill. Wir müssen heute Morgen ein paar Sachen wegen des Einsatzes gestern Abend zusammen durchgehen, und das wollte ich erledigen, bevor wir uns mit dem Team treffen."

Nicks Miene verdüsterte sich, aber er verkniff sich jeden Kommentar.

Sam schob die Waffe in ihr Hüfthalfter, nahm Handschellen,

Notizbuch sowie Dienstmarke und wandte sich an Nick. „Ich habe es bereits gesagt und werde es noch einmal sagen: du hast keinen Grund zur Sorge. Übrigens bist du sehr sexy, wenn du eifersüchtig bist."

„Eifersüchtig? Auf *ihn*?"

„Ah-ha."

„Ich bin nicht eifersüchtig auf ihn. Welchen Grund sollte ich denn wohl haben, auf ihn eifersüchtig zu sein?"

„Gar keinen, aber das scheint dich nicht davon abzuhalten, es trotzdem zu sein."

„Er ist schwer in dich verschossen, und du wirst mich nicht vom Gegenteil überzeugen."

„Okay, dann werde ich es auch gar nicht erst versuchen. Alles, was du wissen musst – und du solltest mir gut zuhören." Sie wartete, bis sie sicher war, seine volle Aufmerksamkeit zu haben. „Der einzige Mann, in den ich schwer verschossen bin, ist der, mit dem ich verheiratet bin. Hast du mich verstanden?"

„Ja", sagte er, jetzt zerknirschter, während er seine Hände auf ihre Hüften legte und sanft seine Finger in ihre Seiten grub. „Schwer verschossen, was?"

„Und wie."

„Das ist gut, oder?"

Sam lachte, und das verursachte ihr heftige Schmerzen im Gesicht. „Sehr gut sogar. Ich liebe dich, du großer Dummkopf. Und nun hör auf, dich wie ein Neandertaler zu benehmen, und lass mich zur Arbeit fahren."

„Richte ihm aus, er soll meine Frau nicht anstarren. Ich liebe sie mehr, als für mich gut ist."

„Nein, du liebst sie gerade richtig. Perfekt, um genau zu sein." Sie verließ ihn nach einem letzten Kuss und einem Tätscheln seines frisch rasierten Gesichts. Sie liebte es, dass der Duft seines Aftershaves noch lange an ihrer Hand haften würde. „Hab einen guten Tag."

„Du auch, Babe. Sei vorsichtig da draußen."

„Bin ich immer." Erleichtert darüber, dass die Diskussion über Hill nicht in einen Streit ausgeartet war, lief sie die Treppe hinunter. Ihr Handy meldete sich mit einer Textnachricht von Jeannie.

„Ich habe Neuigkeiten, die ich dir mitteilen möchte – als

Freundin –, und eine Idee zur Kavanaugh-Ermittlung, die ich dir als meiner Chefin erzählen will. Ruf mich an, wenn du eine Minute Zeit hast."

Sam lächelte, als sie die Nachricht las, dankbar und erleichtert, dass Jeannie sich bemühte. Sie und Tyrone zu suspendieren war der Tiefpunkt ihrer Zeit als Lieutenant der Mordkommission gewesen. Nein, Moment. Das stimmte nicht ganz. Das ungeheuerliche Gewaltverbrechen an Jeannie war der ultimative Tiefpunkt gewesen.

Sie fand Jeannies Nummer in ihrer Kontaktliste und drückte auf „Anruf", während sie in der Küche darauf wartete, dass ihre Brotscheibe getoastet wurde. Sie hatte ihre Lektion gelernt und würde sich so schnell auf dem Weg zur Arbeit nichts mehr zu essen kaufen.

„Guten Morgen, Lieutenant."

Jeannie klang weit munterer, als Sam nach den gestrigen Ereignissen erwartet hätte. „Guten Morgen, Detective. Was gibt es?"

„Ich wollte, dass du eine der Ersten bist, die von Michaels und meiner offiziellen Verlobung erfahren."

„Meinen Glückwunsch. Das sind ja tolle Neuigkeiten. Ich freue mich sehr für euch beide. Besonders nach dem, was ihr zwei durchgemacht habt."

„Er war wundervoll, und ich fand, er hat lange genug gewartet."

„Er ist ein guter Kerl."

„Ja, das ist er." Jeannie machte eine Pause, atmete ein und wieder aus. „Lieutenant ... Sam ... du sollst wissen, dass ich es zutiefst bedauere, dich angelogen zu haben. Aber du solltest außerdem wissen, dass ich es unter den gegebenen Umständen wieder tun würde. Ich weiß, was dein Dad dir bedeutet, was er dem Department bedeutet, und die Vorstellung, er könnte mit dem Verdacht auf einen Skandal sterben, ist mir unerträglich. Ich habe die Entscheidung getroffen; Tyrone ist nur mitgezogen, weil ich ihm klargemacht habe, dass es das Beste ist. Was ich allerdings bedaure, ist, dass ich nicht gleich zu dir gekommen bin, nachdem dein Vater sich erholt hatte. Das hätte ich tun sollen, und daher hattest du jedes Recht, mich zu suspendieren."

„Ich wollte dich nicht suspendieren, aber du hast mir keine große Wahl gelassen."

„Das weiß ich. Ich habe den vollständigen Bericht für dich fertig. Ich werde ihn dir heute Morgen schicken."

„Danke."

„Und du sollst wissen, dass Will und ich uns heute Morgen mit Dr. Morganthau treffen werden."

„Mit dem ehemaligen Gerichtsmediziner? Weshalb?"

„Weil er etwas weiß. Das konnte ich in seiner Stimme hören, als ich im April am Telefon mit ihm gesprochen habe. Er kannte deinen Dad und deutete an, dass der während der Ermittlungen nicht ganz bei der Sache war, weigerte sich jedoch, mehr preiszugeben, aus Respekt vor deinem Vater. Ich hoffe, dass er im persönlichen Gespräch entgegenkommender sein wird."

„Mein Dad ist wütend auf mich. Er hat mir mehr oder weniger befohlen, die Sache auf sich beruhen zu lassen."

„Willst du das? Wenn ja, sag es. Nur Tyrone und ich wissen, dass sich hinter der Geschichte mehr verbirgt, als wir dir bisher gesagt haben. Oh, und Michael weiß es. Übrigens hat er mir im April gesagt, dass ich einen Fehler begehe, indem ich dir unsere Entdeckung verschweige. Ich habe es ihm nur deshalb erzählt, weil ich so hin- und hergerissen war. Schrecklich hin- und hergerissen."

Sam wählte ihre Worte sorgsam. „Ich möchte, dass du weißt ... ich verstehe, warum du gelogen hast, und ich weiß es zu schätzen, dass du meinen Dad und meine Familie zu schützen versucht hast. Deine Freundschaft bedeutet mir viel."

„Deine bedeutet mir auch viel. Besonders nach allem, was passiert ist."

„Unsere Freundschaft kommt aber neben dem Job an zweiter Stelle, Jeannie. Der Job geht vor, solange wir im Dienst sind."

„Ich verstehe."

„Ich kann die Suspendierung nicht zurücknehmen. Ich würde es auch nicht tun."

„Auch das verstehe ich."

„Alles, was du in deiner Freizeit machst, geschieht ohne die Rückendeckung des Departments, geh also vorsichtig vor und unterrichte mich über das, was ihr tut."

„Das werden wir. Soll ich Morganthau treffen oder möchtest du, dass wir es sein lassen?"

Sam dachte über das nach, was ihr Vater ihr dazu gesagt hatte und was ihr Gewissen ihr riet. Sie massierte sich den Nacken, von dem ein Kopfschmerz auszustrahlen begann, und war unschlüssig. „Vier Leute wissen, dass sich mehr hinter der Geschichte verbirgt."

„Niemand würde je ein Wort darüber verlieren."

„Trotzdem", sagte Sam. „Vier Leute wissen davon."

„Fünf, wenn man deinen Dad mitzählt."

„Das sind fünf zu viel", entschied Sam. „Trefft euch mit Morganthau. Lasst nichts darüber verlauten, sondern berichtet nur mir anschließend mündlich. Ich werde dann entscheiden, was als Nächstes geschieht."

„Jawohl."

„Du hast eine Idee zum Fall Kavanaugh erwähnt?"

„Ja." Jeannie berichtete, was sie über Desposito und Eldridge sowie deren Verbindung zu einem Krankenversicherungsbetrug vor Jahren herausgefunden hatte.

„Das ist gute Arbeit, Detective."

„Ich schicke dir die Details per E-Mail."

„Danke", sagte Sam, froh zu wissen, dass ihre Freundschaft, die ihr privat wie beruflich viel bedeutete, keinen Schaden genommen hatte.

„Ich wünsche dir noch einen erfolgreichen Tag, Lieutenant."

„Hoffen wir mal, dass er weniger ereignisreich ist als gestern."

„Ja", pflichtete Jeannie ihr bei. „Hoffen wir das."

„Nochmals herzlichen Glückwunsch. Ich freue mich so für euch beide."

„Danke, Sam."

Sam schob ihr Telefon in die Tasche, rekapitulierte das Gespräch und hoffte, das Richtige zu tun, indem sie McBride und Tyrone tiefer in einem Fall graben ließ, von dem sie laut ihrem Vater die Finger lassen sollte. So sehr sie ihren Dad auch liebte und respektierte, sie hatte einen Job zu erledigen, und das würde sie nach besten Kräften auch tun.

Sollte sie das eines Tages nicht mehr tun, wäre sie des Kommandos der Mordkommission nicht mehr würdig. Und ihrer goldenen Dienstmarke, die sie mit Stolz trug, auch nicht. Sich damit abfindend, dass sie die Konsequenzen mit ihrem Vater würde klären müssen, bestrich sie ihren Toast mit Erdnussbutter, informierte Nick, dass sie jetzt gehen würde, und trat genau in dem Moment aus dem Haus, in dem Hill am Bordstein hielt.

Sam warf einen Blick zum ersten Stock, wo Nick sie vom Schlafzimmerfenster aus beobachtete. Er wirkte alles andere als entzückt. Sie lächelte, so gut es angesichts ihrer Verletzung möglich war, und winkte beim Einsteigen.

„Sie haben mir nicht erzählt, dass Sie Frühstück mitbringen", bemerkte Hill mit einem kurzen Blick auf den Toast und einem deutlich längeren auf sie. Der Duft seines Aftershaves und die schwüle Hitze erfüllten ihre Sinne. „Ich habe bereits gegessen. Trotzdem danke."

„Hören Sie, Hill, ich weiß ja nicht, was Sie im Sinn haben ..."

„He, Moment mal! Ich habe einen Scherz über Ihren Toast gemacht. Wieso glauben Sie gleich, ich führe irgendetwas im Schilde?"

„Sie wissen genau, wovon ich spreche." Sam biss vom Toast ab, den sie schon gar nicht mehr wollte, vor allem da es wehtat, ihn zu essen. Prompt blieb ihr der Bissen Brot im Hals stecken. In dem Bewusstsein, dass Nick sie nach wie vor beobachtete, sagte sie: „Fahren Sie endlich."

Hill legte den Gang ein und fuhr los.

„Wollen Sie nichts sagen?", fragte Sam, nachdem eine ganze Minute in Schweigen vergangen war.

„Was soll ich denn sagen?"

Sam fühlte sich unbehaglich. Auf einmal schien es ihr keine gute Idee mehr zu sein, ihn auf diese komischen Schwingungen zwischen ihnen anzusprechen. „Warum machen Sie das?"

„Was genau mache ich denn?"

Sie krümelte die Reste ihres Toasts in die Papierserviette, die sie mitgebracht hatte. „Meinen Sie, ich habe nicht gemerkt, wie Sie gestern Abend auf mich reagiert haben? Meinen Sie, ich hätte es die anderen Male nicht bemerkt? Ich bin eine ausgebildete Menschenbeobachterin, Hill, außerdem bin ich eine Frau. Ich weiß genau, wann ein Mann mich mit einem Interesse ansieht, das über den Job, den wir gemeinsam erledigen sollen, hinausgeht."

Seine einzige Reaktion, abgesehen vom Zucken eines Wangenmuskels, war, dass er das Lenkrad fester umfasste.

„Das ist alles?", fragte sie. „Sagen Sie gar nichts dazu?"

„Ich frage noch einmal – was soll ich denn sagen?"

Ihr wurde klar, dass er damit ihren Verdacht so gut wie bestätigte. „Es muss aufhören."

„Da stimme ich Ihnen zu."

„Ich habe nicht die Absicht, meinem Mann untreu zu werden."

„Darum habe ich Sie auch nie gebeten. Du meine Güte, Sam, nun machen Sie mal halblang, ja? Ich habe Sie bisher stets mit Anstand und Respekt behandelt."

Sie stellte fest, dass sein Südstaatenakzent stärker wurde, wenn er aufgebracht war.

„Solange wir uns verstehen", erwiderte sie.

„Verraten Sie mir eines ..." Er schüttelte den Kopf. „Schon gut."

Sie wollte nicht fragen, doch ihre Neugier siegte. „Was?"

„Nichts. Spielt jetzt keine Rolle mehr."

„Sie gehen mir auf die Nerven. Wenn Sie etwas fragen wollen, dann fragen Sie. Und danach sprechen wir nie wieder darüber."

Nachdem er an einer Ampel angehalten hatte, sah er sie kurz an, ehe er den Blick wieder auf die Straße richtete. „Wenn wir uns begegnet wären, bevor Sie verheiratet waren, glauben Sie ...?"

Sam ärgerte sich erneut, das Thema angeschnitten zu haben. „Darauf kann ich Ihnen unmöglich eine Antwort geben. Nick ist der Richtige für mich. Das war er immer, und das wird er immer sein. Es gibt keinen Platz für jemand anderen, deshalb sind solche hypothetischen Fragen sinnlos."

„Ich habe schon geahnt, dass Sie das sagen würden." Er fuhr schweigend weiter, bis sie den Parkplatz vor dem Hauptquartier erreichten. „Ich hoffe, er weiß, wie viel Glück er hat."

„Ja, weiß er. Und er ist sehr gut zu mir." Zögernd fügte sie hinzu: „Falls ich irgendetwas gesagt oder getan habe, was Sie ermutigt haben sollte ..." Sie machte eine vage Handbewegung, auf ihn und sich deutend.

„Nein, haben Sie nicht. Es geht allein von mir aus, und ich werde damit fertig. Keine Panik."

Da diese qualvolle Unterhaltung schon viel zu lange andauerte, nickte Sam nur und stieg in dem Moment aus, als Cruz in ihrem Wagen auf den Parkplatz fuhr. Als er sie aus Hills Wagen steigen sah, machte er ein wütendes Gesicht. Heiliger Strohsack, dachte sie. Die Männer in ihrem Leben und deren Problem mit Hill! Jetzt war sie nicht nur äußerst motiviert, den Fall abzuschließen, um den Sonntag mit ihrem Mann im Bett verbringen zu können, sondern sie wollte Hill ein für allemal aus ihrem Umfeld haben. Er verursachte ihr viel zu viele Probleme, zu Hause und bei der Arbeit.

„Es ist nicht das, was du denkst", erklärte sie ihrem Partner, Hill hinter sich lassend.

„Was denke ich denn?" Freddie stopfte sich einen Donut mit Puderzucker in den Mund und spülte mit einem Energydrink nach.

„Du glaubst, ich hätte nicht mit dir fahren wollen, damit ich mit Hill fahren kann. Aber ich musste mit ihm wegen des Einsatzes sprechen und habe auf diese Weise zwei Fliegen mit einer Klappe geschlagen. Das ist alles."

„Ich habe kein Problem damit. Du bist diejenige mit dem schlechten Gewissen."

Sam hätte seinen Kopf jetzt gern gegen Nicks geschlagen. Da das jedoch gerade nicht infrage kam, bahnte sie sich mit ihm einen Weg durch die Reportermeute, die mehr über Maeve Kavanaugh erfahren wollte und wie sie sich erholte. Sam ignorierte sie. Vorläufig.

„Malone hat mir eine E-Mail geschickt zu deinem Auftritt vor den Medien gestern Abend", sagte sie zu Freddie, als sie drinnen in Sicherheit waren.

„Aha."

„Warst du sehr nervös?"

Er warf ihr einen finsteren Blick zu. „Traust du mir denn gar nichts zu?"

„Du warst schwer nervös."

Freddie hielt mitten beim Aufdrücken der Doppeltür zur Mordkommission inne. „Du solltest wissen, dass die Leute darüber reden, was mit McBride und Tyrone los ist."

„Das geht sie nichts an."

„Mag schon sein, sie reden trotzdem."

„Gut zu wissen. Danke für die Information."

„Nach dem Meeting müssen wir mit dem Kongressabgeordneten aus Ohio sprechen, der Victoria für den Job bei Calahan Rice empfohlen hat."

„Ich werde dich begleiten. Jetzt, wo Maeve wieder sicher bei ihrem Vater ist, können wir uns endlich voll auf die Mordermittlung konzentrieren."

„Und natürlich bewaffnete Räuber festnehmen", scherzte er.

„Natürlich."

Sie traten gleichzeitig durch die Doppeltür, und Gonzo kam gleich auf sie zu. „Lieutenant, in der Spätschicht hat es einen Mord gegeben. Das Opfer wurde bereits identifiziert – es handelt sich um Bertha Rays Sohn Bobby. Man hat ihn unten beim Navy Yard gefunden, und wer immer ihn getötet hat, hat damit eine Botschaft gesandt – man hat ihm nämlich die Augen ausgestochen und die Zunge herausgeschnitten, und zwar als er noch lebte."

„Oh Gott", murmelte Sam.

In Anbetracht der geschilderten Situation verkniff Freddie sich einen Kommentar zu ihrer Verwendung des Namens des Herrn.

„Was ist passiert?", wollte Hill wissen, als er sie eingeholt hatte. Sam informierte ihn.

„Verdammt", sagte er, als er hörte, dass Bobby Ray tot war. „Ich werde seine Mutter informieren. Sie hat gestern ein wenig Vertrauen zu mir gefasst."

„Das wäre sehr hilfreich", ermutigte Sam ihn, froh, einmal nicht die schlimmen Nachrichten überbringen zu müssen.

Detective Arnold gesellte sich zu ihnen. „Wir haben die Information hereinbekommen, dass Brandbomben auf Mrs. Rays Haus geworfen wurden. Die Feuerwehr ist bereits eingetroffen." Arnold wandte sich an Hill. „Hat sie sich dort aufgehalten?"

Hill verneinte. „Ich habe etwas Derartiges befürchtet, deshalb habe ich gestern Abend noch dafür gesorgt, dass sie die Stadt verlässt. Sie ist bei ihrer Schwester in Philly."

„Oh, gut", meinte Arnold, sichtlich erleichtert. „Sie ist eine nette Lady, die in etwas hineingezogen wurde, das gar nichts mit ihr zu tun hatte."

„Gute Entscheidung", sagte Sam zu Hill und bekam immer mehr Respekt vor seinem Urteilsvermögen. „Konferenzraum in fünf Minuten, alle. Lasst uns einen neuen Anlauf nehmen und uns richtig reinknien." Sam ging in ihr Büro, um Jeannies Bericht über Denise Desposito und William Eldridge zu holen.

Dann überflog sie diesen und entschied, Gonzo und Arnold nach Harper's Ferry, West Virginia, zu schicken, um mit Eldridges Witwe zu sprechen. Jeannie hatte dem Bericht die Adresse und Wegbeschreibung zum Apartment der Frau beigefügt, die in einem betreuten Wohnblock lebte.

Als sie aufstand, um in den Konferenzraum zu gehen, kündigte der Signalton ihres Handys eine Textnachricht von Nick an. „Jedes Mal, wenn ich daran denke, dir den Hintern zu versohlen, bekomme ich einen Ständer."

Heiß durchströmte es Sam bei der Erinnerung an die Unterhaltung heute Morgen. Das hatte noch gefehlt – ganz erregt im Dienst. Ein kleiner Noteingriff musste her.

Sie schrieb zurück: „Hier ist nicht Sam, Senator, sondern Darren Tabor." Sie lachte bei der Vorstellung, wie er diese Nachricht las, und sammelte ihre Unterlagen ein.

Erneut gab ihr Telefon einen Signalton von sich. „Sehr witzig. Soll ich deinetwegen einen Herzschlag bekommen?"

Sie schrieb: „Eine kleine Erinnerung, dass nicht jugendfreie Texte Ihrer politischen Karriere schaden können, Senator. Und jetzt lassen Sie mich in Ruhe. Ich muss arbeiten."

„Das wirst du mir büßen. Stell dich schon mal drauf ein."

16

I n Gedanken bei Nicks scherzhafter Drohung, betrat Sam den Konferenzraum, wo Gonzo gerade ein altes Fahndungsfoto von Bobby Ray an das Whiteboard heftete.

„Hier ist das ‚Foto danach‘", erklärte Lindsey, die eben erst zu ihnen stieß. Gonzo wurde blass, als er das Foto von ihr entgegennahm und einen Blick darauf warf.

Sie sahen viele grausige Dinge in diesem Job, aber dies war doch heftiger als das Übliche. Als Gonzo das Foto mithilfe eines Magneten an die Tafel heftete, betrachtete Sam genau, was man Bobby angetan hatte. Blutige leere Löcher nur noch dort, wo die Augen gewesen waren, die Lippen waren grotesk aufgequollen.

„Am eigenen Blut erstickt", erläuterte Lindsey sachlich, obwohl Sam wusste, dass sie sehr wohl mit den Opfern mitfühlte. Das taten sie alle.

„Jemand wollte eine Botschaft senden", stellte Sam fest. „Das passiert, wenn jemand redet."

„Ganz genau", bemerkte Hill.

„Wer hat den Anruf entgegengenommen?", wollte Sam wissen.

„Dominguez und Carlucci", antwortete Gonzo. „Die sind mit dem Bericht unterwegs hierher."

„Damit hat sich unsere beste Spur erledigt", sagte Sam. „Also lasst uns schnell eine neue finden. Cruz, möchtest du über unseren nächsten Schritt berichten?"

„Wir werden mit dem Kongressabgeordneten aus Ohio, Roy Tornquist, sprechen, von dem Victoria Taft ein Empfehlungsschreiben für ihre Bewerbung bei Calahan Rice hatte."

„Gonzo, ich will, dass du und Arnold nach Harper's Ferry, West Virginia, fahrt, wo ihr mit William Eldridges Witwe Myrna sprechen sollt. Findet heraus, ob es eine Verbindung zwischen ihm und Denise Desposito gibt. Beide Namen wurden verwendet, um Victorias Identität zu verschleiern, also schaut euch an, wo und wie sie zusammenhängen."

„Verstanden."

„Wie nah sind wir demjenigen, der Victorias Personenüberprüfung durchgeführt hat?", wandte Sam sich an Hill.

„Wir kommen ihm näher. Mein Kontakt beim Verteidigungssicherheitsdienst hat mir versprochen, sich heute bei mir zu melden."

„Lindsey, gibt es schon etwas Neues vom Bericht über die Hautfetzen, die wir unter Victorias Fingernägeln gefunden haben?"

„Noch nicht. Ich werde ein bisschen Druck machen."

„Sagen Sie mir Bescheid, wenn ich mich einschalten soll", meldete Chief Farnsworth sich aus dem Hintergrund zu Wort.

Wo ist der hergekommen?, fragte Sam sich.

„Kann vielleicht nicht schaden", erwiderte Lindsey.

„Ich werde da mal telefonisch nachhaken", versprach Farnsworth.

„Ich habe mir außerdem überlegt, wir sollten uns mal den Fitnessclub ansehen, in dem Derek und Victoria sich kennengelernt haben, und uns Victorias Unterlagen zeigen lassen", sagte Sam. „Möglicherweise erhalten wir dadurch einen Einblick in ihr Leben, bevor sie ihn kennengelernt hat. Cruz und ich werden uns darum kümmern, sobald wir Capitol Hill verlassen haben."

Sam wollte überdies noch mit Freunden sprechen, die Victoria gekannt hatten, bevor sie Derek kennenlernte, und wünschte, McBride und Tyrone könnten sich darum kümmern.

Ein Klopfen an der Tür ging dem Erscheinen von Dani Carlucci und Giselle „Gigi" Dominguez im Konferenzraum voraus.

„Morgen", begrüßte Sam die Detectives von der Nachtschicht, die beide ein wenig angespannter als üblich aussahen. „Was habt ihr über Bobby Ray herausgefunden?"

„Ein Arbeiter vom Navy Yard hat ihn auf dem Mittelstreifen des MLK Parkway entdeckt", berichtete Dominguez. Sie war klein und kompakt, mit dunklen Haaren, dunklen Augen und olivfarbener Haut. Obwohl sie nicht sehr mitteilsam war, schätzte Sam ihre kompetente und gute Arbeit. „Die Leiche war noch warm, als wir kurz nach sechs dort eintrafen, deshalb hat Dr. McNamara das Eintreten des Todes auf den Zeitraum zwischen fünf und sechs Uhr nachmittags eingegrenzt."

„Die haben ihn fertig gemacht", meinte Carlucci. Sie war zwar stolz auf ihre italienische Herkunft, ähnelte jedoch ihrer norwegischen Mutter, mit ihrer Größe, den blonden Haaren und den vollen Brüsten. Die anderen Detectives nannten sie „Barbie", was sie angeblich hasste. Doch manchmal hatte Sam den Eindruck, dass ihr der Spitzname insgeheim ganz gut gefiel. Carlucci deutete auf das Foto von Ray an der Tafel. „Wie ihr sehen könnt."

„Agent Hill wird die Angehörigen informieren", sagte Sam.

„Oh, gut", erwiderte Dominguez erleichtert. „Ich war nämlich nicht gerade scharf darauf."

„Wir bleiben noch und schreiben den Bericht, und wir sprechen mit den Leuten aus seinem Umfeld, sofern die bekannt sind", fügte Carlucci hinzu.

„Das wäre eine große Hilfe", sagte Sam, dankbar für diese Initiative. „Danke. Na schön, ihr habt alle eure Marschbefehle. Berichterstattung um halb sieben. Gonzo, wenn du bis dahin nicht zurück bist, ruf an."

„Mach ich. Gehen wir, Arnold."

Sam bat Carlucci und Dominguez noch einen Moment zu bleiben, während die anderen den Raum verließen. „Das war ziemlich hart. Seid ihr okay?"

„Ja", antwortete Carlucci. „Ich bin nicht mehr sonderlich an einem Frühstück interessiert, aber ansonsten komme ich klar."

„Geht mir genauso", meinte Dominguez. „Grauenhaft."

„Ihr habt euch gut gehalten", lobte Sam die beiden. „Danke, dass ihr noch bleibt. Ich werde die Überstunden genehmigen."

„Danke, Lieutenant", sagte Carlucci. „Wir melden uns, falls wir noch auf etwas stoßen, was von Bedeutung sein könnte."

„Sehr gut." Sam verließ den Konferenzraum und ging zu ihrem Büro, um ihre Schlüssel und ihr Funkgerät zu holen, bevor sie mit Cruz aufbrach. Als sie eine Frau auf dem Besucherstuhl entdeckte, die gerade durch ihre Handynachrichten scrollte, blieb sie stehen. Die Frau trug ein Kostüm, Pumps und die Haare zu einem dieser originellen Knoten zusammengebunden, die Sam mit ihrer wilden Lockenmähne nie hinbekam. „Äh, kann ich Ihnen helfen?"

„Lieutenant Holland?"

„Wer will das wissen?"

Sie stand auf und bot Sam die Hand an. „Jessica Townsend, Anwältin des Departments."

Widerstrebend schüttelte Sam ihr die Hand. „Was ist mit dem alten Leonard passiert?"

„Hat sich zur Ruhe gesetzt."

„Hm, davon habe ich gar nichts mitbekommen. Was kann ich für Sie tun?"

„Ich glaube, Sie wissen, dass Melissa Woodmansee Anzeige gegen das Department wegen Polizeigewalt erstattet hat."

Als würde die Erwähnung von Klagen und Gedanken an Vernehmungen ihren Puls nicht beschleunigen, nahm Sam ihre Schlüssel, das Funkgerät, die Sonnenbrille und ihr Handy. „Ich habe gerüchteweise davon gehört."

„Im Kern geht es um Ihr Verhalten während der Verhaftung. Und deshalb brauche ich eine Aussage von Ihnen."

„Sie haben bereits eine Aussage von mir. Nennt sich Polizeibericht. Haben Sie den gelesen?"

Jessicas blaue Augen wurden sehr kalt. „Ja, ich habe den Bericht gelesen, aber ich habe dazu noch Fragen."

„Tja, die kann ich Ihnen leider nicht jetzt beantworten. Ich muss weg. Sie können sich einen Termin geben lassen."

„Ich verfüge über die Autorität, Sie zur Befragung einzubestellen, wann immer es mir angemessen erscheint."

„Und ich muss den Mörder einer jungen Mutter fassen, der überdies auch noch ein Baby vom Tatort entführt hat. Tut mir leid, wenn ich da ein wenig schroff bin, aber meine Sachen gehen jederzeit vor. Wenn Sie einen Termin vereinbaren wollen, werde ich Ihnen liebend gern darüber berichten, wie gerechtfertigt meine Vorgehensweise zur Überführung einer Mörderin war. Aber nicht jetzt." Sam ging an Jessica vorbei. „Cruz! Gehen wir!"

Freddie kam aus einem der Büroabteile und folgte Sam hinaus aus dem Kommissariat. Halbwegs rechnete sie damit, dass Jessica hinterherkam, aber das tat sie nicht. „Shit", murmelte Sam.

„Was ist?", erkundigte Freddie sich.

„Ich habe mich wegen der Woodmansee-Sache der Polizeianwältin gegenüber wie eine Hexe benommen. Sie wollte mich sprechen, und ich habe sie voll abblitzen lassen."

„Ich kann es dir nicht verdenken, dass du genervt reagiert hast. Ich bin jedenfalls genervt davon, dass sie uns verklagt."

„Aber echt. Ich möchte mal wissen, was jemand anderes an meiner Stelle getan hätte, wenn diese Irre mit einem Sprengstoffgürtel in sein Haus marschiert."

„Jeder hätte das getan, was wir getan haben, und sich hinterher nicht dafür entschuldigt."

„Genau." Sam rollte mit den Schultern und trat hinaus zur Reportermeute. Gingen die denn nie nach Hause? Gaben die nie auf? Wurde denen nicht zu heiß in der prallen Sonne? Anscheinend nicht. Ihr Hunger nach sensationellen Neuigkeiten war stärker als alles andere. „Dummerweise ist es aber nicht die Schuld der Polizeianwältin, dass wir verklagt wurden."

„Stimmt auch wieder. Trotzdem muss sie doch wissen, dass du gerade viel um die Ohren hast."

„Was wissen Sie über die Leiche, die heute im Navy Yard gefunden wurde?", rief einer der Reporter ihr zu.

„Nicht viel", erwiderte Sam.

„War es Mord?"

„Ja."

„Wann werden Sie einen Namen bekannt geben?"

„Später."

Sie und Freddie bahnten sich ihren Weg durch die Menge und zu Sams Wagen. „Zählt das als Pressekonferenz?", fragte sie.

„Für mich schon. Du hast mit der Presse konferiert."

„Mir gefällt deine Art zu denken." Sie öffnete die Wagentür

und wich vor dem Hitzeschwall zurück, der ihr aus dem Inneren entgegenkam. „Da drin ist es ja heißer als ein Ziegenbock mit einem Schweißbrenner."

„Woher zum Geier hast du denn diesen Spruch?"

„Sagt das nicht jeder?", fragte Sam, ehrlich überrascht.

„Äh, nein."

„Hm. Mein Dad hat das immer gesagt." Ihr wurde das Herz ein wenig schwer bei der Erinnerung an ihren Vater, der momentan wütend auf sie war. „Ich dachte, das sei ein Spruch, den jeder benutzt."

Freddie lachte. „Nicht dass ich wüsste, aber ich lerne gern von dir dazu, Lieutenant."

„Lass die Arschkriecherei und erzähl mir lieber, was wir bis jetzt über Tornquist haben", forderte Sam ihn auf, als sie vom Parkplatz herunterfuhr, Richtung Capitol Hill, und sich fragte, ob sie dort ihrem attraktiven Ehemann über den Weg laufen würde. Wäre das nicht schön?

„Er ist ein Unabhängiger aus Dayton, Ohio", berichtete Freddie über Tornquist. „Anscheinend war er Demokrat, verließ die Partei jedoch, nachdem er in den Kongress gewählt worden war. Ich habe gelesen, dass seine Chancen auf eine Wiederwahl gegen Null tendieren. Aber er ist ein großer Befürworter von Arnie Patterson. Es heißt, er wäre ein sicherer Kandidat für einen Posten im Kabinett einer Patterson-Regierung."

„Stammt Patterson nicht auch aus Ohio?"

„Ich glaube schon."

„Interessant", bemerkte Sam. „Behalte das mal für einen Moment im Hinterkopf ..."

„Ich bin Ihr treu ergebener Diener, wie immer."

„Herrgott, Cruz."

„Ich habe dich doch gebeten, den Namen des Herrn nicht unnütz in den Mund zu nehmen."

„Und ich habe dich gebeten, nicht ein solcher Schleimer zu sein."

„Und ich denke, wir befinden uns da in einer Pattsituation ... aber führe doch deine Überlegungen weiter aus."

Er konnte wirklich eine Nervensäge sein, allerdings war ihr Partner auch stets unterhaltsam. „Mir gehen all diese Sachen durch den Kopf, lauter Versatzstücke und Puzzleteile, die nicht recht zusammenpassen, doch alles deutet irgendwie auf Ohio hin. Victorias falsche Identität hat dort ihren Ursprung, ebenso das Empfehlungsschreiben des Kongressabgeordneten. Und Desposito war dort an dem Versicherungsbetrug beteiligt. Eldridge arbeitete für Patterson, Patterson stammt von dort, der Kongressabgeordnete und Patterson sind eng miteinander verbunden. Und dann denke ich darüber nach, wer ein Motiv hätte, jemanden ganz oben in der Nelson-Administration zu installieren."

„Du glaubst, es ist Patterson? Dass alles ein skrupelloser Plan war, die Präsidentschaft zu sichern?"

„Ich weiß, wie abwegig das klingt. Es hätte jahrelange Planung erfordert und einen Haufen Geld, ein Mitglied des Nelson-Teams ins Visier zu nehmen, das den ganzen Aufwand wert ist – eine neue Identität für Victoria zu erfinden, nach ihrer Heirat mit Derek die Personenüberprüfung zu fälschen, genau wie ihre Sozialversicherungsnummer und ihr Fingerabdruckprofil, und ihr darüber hinaus wer weiß wie viel zu bezahlen, damit sie überhaupt mitspielt. Wer hat diese Möglichkeiten und das Motiv dazu?" Sam sah zu Freddie, der vor sich hinstarrte, während ihm die Tragweite dieser Überlegungen dämmerte. „Wie gesagt, es klingt alles irgendwie weit hergeholt ..."

„Der ganze Fall ist irgendwie abwegig. Seit wir herausgefunden haben, dass Victoria gar nicht die war, für die wir sie gehalten haben, fügt sich ein bizarres Teil ans nächste." Freddie schwieg, überlegte weiter und meinte: „In einer Sache aber hast du recht."

Sam runzelte die Stirn, und sofort brannte ihr Gesicht wieder wie verrückt. Sie vergaß ständig, dass ihr viele Gesichtsausdrücke derzeit nicht zur Verfügung standen. „Nur in einer?"

„Du solltest wirklich an deinem mangelnden Selbstbewusstsein arbeiten. Das wird dir helfen, wenn du schon kein Rückgrat hast."

„So ungern ich das auch zugebe, aber dein Sarkasmus hat sich unter meiner Führung sehr gut entwickelt, und ich bin daher stolz auf dich."

„Ach Mensch ... danke."

„Und jetzt erzähl mir, womit ich recht habe. Ich lebe für diese Momente."

Lachend erwiderte Freddie: „Patterson hat mit Sicherheit das Geld und den Ehrgeiz, eine solchen Plan zu verwirklichen."

„Von Nick weiß ich, dass die Demokratische Partei wegen Patterson besorgt ist. Nelson ist verwundbar, und Patterson könnte genug Wählerstimmen der Mitte bekommen und damit eine zweite Amtszeit Nelsons verhindern."

„Du solltest dich reden hören – ganz die Politikerfrau."

„Leck mich."

„Das ist nicht sehr diplomatisch, Mrs. Cappuano."

„Leck mich noch mal." Sams Handy klingelte, sodass er keine Chance auf eine weitere Bemerkung bekam. „Holland."

„Sam, hey."

„Hi, Trace", begrüßte sie ihre Schwester. „Was gibt's?"

„Ich dachte, du willst vielleicht wissen, dass Ang in den Wehen liegt."

Diese Nachricht traf Sam mit voller Wucht in die Magengrube und nahm ihr für einen Moment den Atem. Ihr Kopf war plötzlich völlig leer.

„Sam!", rief Freddie und zeigte auf die gelbe Ampel an der nächsten Kreuzung.

Sie trat auf die Bremse.

„Bist du noch da?", wollte Tracy wissen.

„Ja, Entschuldigung."

„Sam ..."

„Sag es nicht, Tracy. Bitte."

„Angela bat mich, dich nicht anzurufen. Wir wissen nie, wie wir uns in solchen Situationen verhalten sollen."

„Mann, ich bin eine solche Idiotin. Meine Schwester liegt in den Wehen, und ich denke bloß an mich selbst."

„Ach, Schätzchen, komm schon. Es ist nun mal hart für dich, das wissen wir alle."

Sam zwang sich, tief einzuatmen, und trat aufs Gaspedal, als die Ampel wieder auf Grün sprang. „Ich komme klar. Um mich geht es nicht. Es geht um Ang und Spence und Jack. Bei wem ist der eigentlich?"

„Dad und Celia haben ihn vorläufig genommen. Angelas

Fruchtblase ist um acht geplatzt, und Spence hat sie ins Krankenhaus gefahren. Die meinten, unsere Nichte würde wohl erst später im Lauf des Tages kommen."

„Hältst du mich auf dem Laufenden?"

„Mach ich."

„Ich schaue nach dem Dienst vorbei."

„Kommst du wirklich klar?"

„Sicher. Danke für deinen Anruf, Trace." Sam beendete das Gespräch und schob das Telefon in die Tasche.

„Angela bekommt ihr Baby?", erkundigte Freddie sich.

„Ja." Sam war ihm dankbar dafür, dass er nicht mehr sagte. Weder für ihn noch für alle, die sie enger kannten, waren ihre Empfängnisprobleme ein Geheimnis. Was gab es da auch noch zu sagen?

Sie fuhr auf den Parkplatz vor dem Longworth House Office Building und stellte den Motor aus. Auf dem Weg ins Gebäude stoppte sie Freddie. „Behalten wir diese Möglichkeit über Patterson lieber für uns, bis wir mehr darüber in Erfahrung gebracht haben."

„Wirst du Tornquist über seine Verbindung zu Patterson befragen?"

„Mal sehen, wohin uns die Unterhaltung führt. Ich mache das nach Gefühl."

„Okay."

„Warte noch eine Sekunde." Sam zog ihr Telefon aus der Tasche und scrollte durch die jüngsten Anrufe, um Hills Nummer zu finden. Als sie ihn am Apparat hatte, sagte sie: „Wissen Sie, wonach wir noch suchen müssen?"

„Wonach denn?", fragte er.

„Nach dem Arzt, der Maeve Kavanaugh den GPS-Chip implantiert hat. Wo zum Geier hat der während der Berichterstattung über die Entführung gesteckt?"

„Guter Gedanke. Ich werde mich darum kümmern."

„Großartig, bis später." Bevor Sam das Telefon wieder einsteckte, schickte sie Nick noch rasch eine Nachricht wegen Angelas Wehen. „Gehen wir", sagte sie schließlich zu Freddie.

Sie fanden Tornquists Büroräume am Ende eines langen Korridors im zweiten Stock. Drinnen herrschte geschäftiges

Treiben von Mitarbeitern, die telefonierten, am Computer saßen oder zwischen ihren Büroabteilen und dem Büro des Kongressabgeordneten hin und her liefen.

Sam zeigte der Sekretärin ihre Dienstmarke. „Lieutenant Holland, Metro P.D. Das ist mein Partner, Detective Cruz. Wir würden den Kongressabgeordneten gern sprechen."

„Haben Sie einen Termin?", erkundigte sich die schnippische Blonde.

„Sie wissen genau, dass wir keinen haben."

„Er ist den ganzen Tag beschäftigt, aber ich könnte Sie morgen früh gegen halb neun unterbringen. Wäre Ihnen das recht?"

Freddie musste lachen, als Sam sich vorbeugte, die Hände auf den Empfangstresen legte und ihr Gesicht bis auf wenige Zentimeter der Stupsnase der Blonden näherte. „Wir sind Cops. Wir wollen mit Ihrem Boss reden. Jetzt. Verstanden?"

Blondie traten die Augen aus dem Kopf, und ihr Kopf ruckte. Sie sprang auf und verschwand im Büro des Kongressabgeordneten.

„Ich liebe es, wenn sie solche Sachen von sich geben", murmelte Freddie. „Ich zähle immer im Kopf einen Countdown. Fünf, vier, drei, zwei ... über drei bist du nie hinausgekommen."

„Ich bin froh, so vorhersehbar zu sein."

Blondie kehrte zurück, sie sah rot im Gesicht aus und verstört. Eine Gruppe Männer und Frauen in Anzügen und Kostümen folgte ihr, und jeder von ihnen musterte Sam und Freddie mit nervöser Neugier. Nachdem alle verschwunden waren, sagte Blondie: „Er wird Sie nun empfangen."

„Ich liebe diese Art von Zusammenarbeit", bemerkte Sam. „Sie nicht auch, Detective Cruz?"

„Sie wissen, dass das auch für mich gilt, Lieutenant."

Sam genoss Blondies sichtliche Anspannung, als sie an ihr vorbei ins Büro des Abgeordneten gingen. Der Mann war klein und rundlich, mit dunklen Haaren und einer Hornbrille. Es handelte sich nicht um eine der modernen Hornbrillen, sondern um eine altmodische, die ihn wie einen echten Nerd aussehen ließ.

Sam machte alle miteinander bekannt. „Wir sind Ihnen sehr dankbar, dass Sie uns ohne Termin empfangen", erklärte sie in reizendem Ton, der überhaupt nicht ihrem Charakter entsprach, weshalb Cruz beinahe erneut gelacht hätte.

Tornquist bedeutete ihnen, auf dem Sofa Platz zu nehmen, während er selbst sich in einen Sessel setzte, der unter seinem Gewicht ächzte. „Selbstverständlich. Ich bin stets froh, wenn ich dem Metropolitan Police Department behilflich sein kann. Was also kann ich heute für Sie tun?" Er faltete die Hände über seinem Bierbauch, als richte er sich für eine angenehme Plauderei bei Eistee und Gurkensandwiches ein.

„Wir ermitteln im Mordfall Victoria Kavanaugh."

„Ah." Tornquist klang bestürzt. „So eine traurige Sache. Ich kenne Derek Kavanaugh und kann mir seinen schrecklichen Kummer kaum vorstellen."

Sam hielt ihm ein Blatt Papier hin. „Sie haben dieses Empfehlungsschreiben für Victoria aufgesetzt, als sie noch Victoria Taft hieß und sich für eine Stelle in der Lobbyfirma Calahan Rice beworben hat."

Tornquist nahm das Schreiben, überflog es und gab es Sam mit scheinheiligem Lächeln zurück. „Das ist meine elektronische Unterschrift. Haben Sie eine Ahnung, wie viele davon mein Büro jedes Jahr herausgibt für ehrgeizige junge Leute aus Ohio, die in der Hauptstadt Karriere machen wollen?"

„Dann kannten Sie Miss Taft gar nicht?"

„Nein."

„Sie schreiben diese Briefe also für Ihre Wähler, ganz gleich, ob die qualifiziert für den Posten sind, um den sie sich bewerben, oder nicht?"

„Es ist nicht meine Aufgabe, zu entscheiden, ob jemand qualifiziert ist oder nicht. Ich nehme an, der Arbeitgeber prüft die Eignung eines Bewerbers. Ich bürge lediglich für ihren Charakter."

„Wie konnten Sie das, wenn Sie Miss Taft doch nie kennengelernt haben? Woher wussten Sie, dass Sie für jemanden mit verlässlichem Charakter votieren?"

„Lieutenant, angesichts Ihrer Ehe müssten doch gerade Sie wissen, wie diese Dinge funktionieren."

Freddie räusperte sich, ein sicheres Zeichen dafür, dass er

nicht zu lachen versuchte. Sam hätte darauf wetten können, dass er wieder im Stillen den Countdown herunterzählte.

„Herr Kongressabgeordneter, lassen Sie mich Ihnen erklären, wie die Dinge in meiner Welt laufen. Leute empfehlen Leute, die sie kennen. Sie empfehlen andere nicht, weil sie so schlau waren, im großartigen Staat Ohio geboren worden zu sein."

„Ihr Mann hat sicher ..."

„Wir reden nicht über meinen Mann! Wir sprechen über Sie! Kannten Sie nun Victoria Taft, als sie um ein Empfehlungsschreiben bat, oder kannten Sie sie nicht?"

Plötzlich bildete sich eine Schweißperle auf der Stirn des Abgeordneten, und er verzog vor Unbehagen das Gesicht. „Brauche ich einen Anwalt?"

Sam liebte es, wenn ihr Gegenüber diese Frage stellte. Nichts wies klarer darauf hin, dass der andere etwas zu verbergen hatte, als die Forderung nach einem Anwalt. „Sagen Sie es mir. Brauchen Sie einen?"

„Ich kannte sie nicht", antwortete Tornquist zögernd.

„Aber?"

„Ich kenne jemanden, der sie kannte", gestand er, „und derjenige bat mich, den Brief zu schreiben."

„Ich finde es ja sehr interessant, dass Sie sich an einen Brief erinnern, den Sie vor Jahren geschrieben haben, für eine Frau, von der Sie behaupten, sie nicht gekannt zu haben. Finden Sie das nicht auch interessant, Detective Cruz?"

„Absolut, Lieutenant. Ich meine, schließlich schreibt er ziemlich viele Briefe. Warum erinnert er sich ausgerechnet an diesen?"

Während dieser kleinen privaten Unterhaltung zwischen ihnen schwitzte Tornquist weiter und war zappelig.

„Also", richtete Sam ihre Aufmerksamkeit wieder auf Tornquist. „Werden Sie uns verraten, wer Sie darum gebeten hat, dieses Empfehlungsschreiben für Victoria Taft aufzusetzen?"

Sein Gesicht nahm eine unansehnliche violette Färbung an, die Sam für gewöhnlich nur mit Lieutenant Stahl in Verbindung brachte. Er öffnete den obersten Hemdknopf, lockerte seine Krawatte und schien um Atem zu ringen.

Sam und Freddie tauschten einen Blick.

„Ist Ihnen nicht gut, Herr Kongressabgeordneter?", erkundigte Sam sich.

„I...Ich weiß nicht. Meine Brust schmerzt, und ich bekomme plötzlich schlecht Luft."

O verdammt, dachte Sam. *Gerade jetzt, wo wir Fortschritte machen.* Per Funk rief sie einen Krankenwagen. Dann half sie dem Abgeordneten, sich auf den Boden zu legen, nahm ihm die Krawatte ab und öffnete zwei weitere seiner Hemdknöpfe. „Cruz, sag den Mitarbeitern, sie sollen nach dem Krankenwagen Ausschau halten."

„Mach ich."

„Habe ich einen Herzinfarkt?", fragte Tornquist nach Luft schnappend.

„Hoffen wir mal nicht."

Da er bei Bewusstsein war und atmete, blieb Sam die Mund-zu-Mund-Beatmung erspart oder sonst etwas, was sie gezwungen hätte, ihre Lippen oder Hände seinem verschwitzten Körper zu nähern.

„Was haben Sie mit ihm gemacht?", wollte Blondie wissen, als sie hereingestürmt kam.

Freddie war direkt hinter ihr.

„Wir haben gar nichts gemacht", antwortete Sam. „Wir haben nur mit ihm geredet, und auf einmal lief er blau an. Wie könnte das unsere Schuld sein?" Allmählich hatte sie es gründlich satt, ständig dafür angegriffen zu werden, dass sie ihren Job machte.

„Herr Kongressabgeordneter, geht es Ihnen gut?", fragte Blondie, sich neben ihn kniend.

„Es wird bestimmt wieder, Melody. Keine Sorge."

Melody, dachte Sam. *Wie passend.*

Zehn Minuten vergingen in unbehaglichem Schweigen, während Tornquist um jeden Atemzug rang. Als die Sanitäter hereingerauscht kamen, standen Sam und Freddie auf und wichen zurück, damit sie Platz hatten.

Nachdem sie den Zustand des Kongressabgeordneten eingeschätzt hatten, legten sie ihn auf die Bahre und gurteten ihn fest. Auf dem Weg nach draußen streckte Tornquist die Hand nach Sam aus.

„Reden Sie mit Christian Patterson. Er hat mich gebeten, den Brief zu schreiben."

Während die Sanitäter den Abgeordneten eilig hinaustrugen, begriff Sam, dass dies der erste echte Durchbruch im Fall Kavanaugh war.

Sam und Freddie folgten den Sanitätern aus dem Gebäude und schauten zu, wie sie Tornquist in den Krankenwagen verfrachteten.

„Glaubst du, er steckt da mit drin?", fragte Freddie.

„Zumindest weiß er etwas. Dieser Herzanfall kam doch ziemlich unvermittelt."

„Das habe ich auch gedacht. Passte ganz gut."

„Was fangen wir mit dem an, was er uns erzählt hat?"

„Wir sehen uns Christian Patterson mal genauer an." Sie machte sich auf den Weg zu ihrem Wagen. „Können wir darüber reden, wie ich das wieder gemacht habe?"

Freddie stöhnte. „Müssen wir?"

„Ja, müssen wir. Vor nicht einmal dreißig Minuten habe ich gesagt: ‚Hm, ich frage mich, ob Arnie Patterson wohl irgendetwas mit der Sache zu tun hat'. Und vor nicht mal fünf Minuten hat Tornquist uns den Sohn des Mannes auf dem Silbertablett geliefert."

„Weißt du, was mein erster Gedanke war, als er den Namen Patterson genannt hat?"

Sam hüpfte beinahe, begnügte sich jedoch mit einem kleinen Hüftschwung vor Freude. Nichts war erhebender als eine wichtige Spur in einem verwickelten Fall. „Ich habe keine Ahnung. Warum verrätst du es mir nicht einfach?"

„Ich dachte: ‚O nein, jetzt wird sie mir ständig damit in den Ohren liegen!'"

Das brachte Sam zum Lachen, und wie. „Wie gut du mich kennst, mein Freund." Im Wagen zog sie ihr Handy aus der Tasche und rief im Hauptquartier an. „Stellen Sie mich in die Grube durch."

„In die was?", kam es aus der Zentrale.

Sam stutzte genervt. „Sind Sie neu?"

„Wer spricht da?"

„Lieutenant Holland. Verbinden Sie mich bitte mit der Mordkommission." Sie sah zu Freddie und verdrehte die Augen. „Erklären die den Neuen das nicht bei der Einarbeitung?"

„Offensichtlich nicht."

Am anderen Ende der Leitung klingelte und klingelte es. „Carlucci."

„Du meine Güte, du bist immer noch da. Ich brauche die Adresse von Arnie Pattersons Büro hier."

„*Der* Arnie Patterson? Der milliardenschwere Kandidat?"

„Genau der."

„Ich suche sie heraus."

Sam konnte das Klicken der Computertastatur im Hintergrund hören.

„Sieht nach New Hampshire, Ecke R Street, nahe Dupont Circle aus."

„Verstanden. Danke, Carlucci. Tu mir einen Gefallen und schau mal, was du über Christian Patterson finden kannst, Arnies Sohn."

„Bleib dran."

Nach weiterem Tastaturklicken sagte Carlucci: „Mal sehen ... Google listet ihn als Top-Wahlkampfberater auf und als Vizepräsidenten der Investmentfirma seines Vaters. Er war Footballspieler auf der Ohio State University. Er ist verheiratet mit einer ehemaligen Miss Ohio, und die beiden haben zwei Söhne im Alter von zehn und zwölf Jahren. Sieht aus wie sein Vater, groß und blond mit demselben Strahlemannlächeln."

„Das war's, was ich brauchte. Seid ihr denn bald fertig?"

„Ja, allmählich."

„Ich werde euch nicht weiter aufhalten. Danke für die Hilfe."

„Gern geschehen, Lieutenant."

Sam beendete das Gespräch und berichtete Freddie, was sie erfahren hatte.

„Dann nehme ich an, wir fahren in die New Hampshire Avenue?"

„Lass uns unterwegs bei dem Fitnessclub anhalten. Ich würde gern gründlich vorgehen."

„Welcher Club war das?"

„Fitness Emporium in der Massachusetts Avenue.“

„Hey, da hat Elin früher gearbeitet! Vor Jahren.“

„Kannte sie Victoria?“

Er schüttelte den Kopf. „Dann hätte sie es mir gesagt. Nehme ich zumindest an.“

„Ruf sie an und frag.“

„Äh, okay.“

Freddie zog sein Handy aus der Tasche und rief an. „Hallo, Schatz. Ja, alles in Ordnung. Sam und ich haben uns nur gerade gefragt, ob du dich an eine Kundin namens Victoria Taft erinnerst, aus der Zeit, als du im Emporium gearbeitet hast.“

Sam lauschte intensiv und versuchte zu verstehen, was Elin antwortete.

Freddie wandte sich an Sam: „Die Angestellten müssen eine Erklärung unterschreiben, die es ihnen verbietet, jemals über die Kunden zu sprechen. Sie könnte verklagt werden.“

„Soll das ein Witz sein?“

Freddie hielt das Telefon zur Seite. „Nein, das ist kein Witz.“ Zu Elin sagte er: „Werden die mit uns reden, wenn wir dort aufkreuzen?“ Er lauschte. „Das habe ich befürchtet. Okay, danke für die Informationen.“ Er sah zu Sam. „Ja, ich dich auch.“

„Ooch, liebt sie dich?“ Sam machte Kussgeräusche.

„Leck mich.“

„Es ist dir nicht gestattet, das zu mir zu sagen. Das darf nur ich zu dir sagen.“

„Leck mich noch mal.“

Sam prustete vor Lachen. „Was hat sie wegen des Fitnessclubs gesagt?“

„Wir brauchen einen Durchsuchungsbeschluss.“

„Tja, dann besorgen wir uns einen.“ Während sie weiter Richtung New Hampshire Avenue fuhr, rief sie Malone an.

„Sind Sie etwa schon wieder in der Notaufnahme?“, meldete Malone sich.

„Da lachen Sie sich schlapp, oder?“

„Ja, tatsächlich“, gestand er kichernd. „Was kann ich für Sie tun, Lieutenant?“

„Zunächst einmal müssen Sie der Neuen in der Zentrale erklären, was die Grube ist.“

„Darum werde ich mich gleich kümmern."

„Und wenn Sie das erledigt haben, brauche ich einen richterlichen Beschluss für Victoria Tafts Personalakte bei Fitness Emporium in der Massachusetts Avenue. Cruz' Freundin hat früher dort gearbeitet und meint, die Angestellten müssten eine strenge Diskretionserklärung unterschreiben."

„Ich werde es veranlassen."

„Gibt es schon was aus dem Labor über die DNA, die unter Victoria Kavanaughs Fingernägeln entnommen wurde?"

„Noch nicht, aber der Chief hat vor einer Stunde noch mal angerufen."

„Das ist gut", meinte Sam. „Wir brauchen diese Informationen. Ich gehe einer vielversprechenden Spur nach. Könnte sich als große Sache erweisen."

„Ist es bei Ihnen nicht immer eine große Sache, Holland?"

„Ist das etwa meine Schuld?"

„Habe ich nie behauptet. War nur eine Feststellung. Verraten Sie mir lieber mal, was da mit Tyrone und McBride los war."

„Ich, äh, möchte das nicht weiter kommentieren und dazu nur bemerken, dass ich mein Kommissariat so leite, wie ich es für richtig halte."

„Sollten die zwei Widerspruch einlegen ..."

„Das werden sie nicht."

„Stahl schnüffelt hier herum wie ein Hund, der einen saftigen Knochen wittert."

„Soll er doch. Er wird nichts finden."

„Seien Sie vorsichtig, Lieutenant", sagte er in einem ernsteren Ton, als sie es von ihm gewohnt war.

„Bin ich immer, Captain. Sagen Sie mir Bescheid, sobald Sie den richterlichen Beschluss haben."

„Mach ich."

Sam legte ihr Telefon weg. „Dieser Scheißkerl."

„Ich nehme an, das bezieht sich auf deinen alten Kumpel Lieutenant Stahl."

„Auf wen denn sonst? Warum gönnt der sich kein Privatleben und einen echten Job und lässt mich in Ruhe meine Arbeit tun?"

„Weil das absolut kein Spaß wäre."

„Da wir gerade von den Männern reden, die ich mit Inbrunst

hasse – Gibson hat letzte Nacht einen Selbstmordversuch unternommen. Offenbar hat er einen Abschiedsbrief für mich hinterlassen.“

„Ach du Schande. Im Ernst?“

„Ja. Eine Streife hat bei mir geklingelt. Kannst du dir vorstellen, dass er mich nach all der Zeit immer noch als nächste Angehörige angibt?“

„Der Kerl gibt nicht auf, das muss man ihm lassen.“

„Na ja.“

„Wird er durchkommen?“

„Das weiß ich nicht, und ich rede mir auch ein, dass es mich nicht interessiert.“

„Niemand könnte es dir verdenken.“

„Stimmt.“

„Wir könnten es herausfinden, wenn du willst. Ein Anruf genügt. Musst nur was sagen.“

Sam dachte darüber nach, während sie auf den Parkplatz vor dem Gebäude fuhr, in dem sich Pattersons Wahlkampfhauptquartier befand. „Ja, ich will wissen, ob er überlebt hat“, sagte sie zu Freddie. „Aber das ist alles. Keine weiteren Details.“

„Ich kümmere mich darum.“

„Danke.“

„Kein Problem.“

„Und jetzt unterhalten wir uns mal mit Christian Patterson.“

17

In dem kleinen Laden mit Schaufenster, der als Pattersons Washingtoner Büro diente, trafen sie auf einen jungen Mann am Empfang. Ansonsten befand sich dort niemand. Die Fenster und Wände waren gepflastert mit Patterson-Schildern, Slogans, Stickern und anderem Wahlkampfzubehör.

„Kann ich Ihnen helfen?"

Beide zeigten ihre Dienstmarke. „Lieutenant Holland, Detective Cruz, MPD. Wir suchen Christian Patterson."

Der junge Mann betrachtete die Dienstmarken, und sein Adamsapfel hüpfte. „Darf ich fragen, um was es geht?"

„Nein. Ist er hier?"

„Momentan nicht."

„Wo ist er?"

„Er ... Ich ... ich bin nicht befugt, diese Information preiszugeben."

„Wir lieben diese Antwort, nicht wahr, Cruz?"

„Gehört zu unseren Lieblingsantworten."

„Dann passen Sie mal auf", forderte Sam den jungen Mann auf und lehnte sich auf den erhöhten Tresen, der seinen Schreibtisch vor neugierigen Augen abschirmte. „Sie können uns entweder verraten, wo wir Mr. Patterson finden, oder wir verhaften Sie wegen Behinderung unserer Ermittlungen. Was ist Ihnen lieber?"

Sie genoss es, wie seine Augen beim Wort „verhaften" hervortraten.

„Sie können mich nicht verhaften, nur weil ich Ihnen den Aufenthaltsort von jemandem nicht verraten habe."

Auf einen Ellbogen gestützt, sah Sam Freddie an. „Kann ich ihn verhaften, weil er mir den Aufenthaltsort von jemandem nicht verraten hat?"

„Ja, Ma'am, das können Sie durchaus. Wenn die von Ihnen gesuchte Person über Informationen verfügt, die für eine Mordermittlung relevant sind, können Sie jeden verhaften, der Ihre Suche nach der betreffenden Person verhindert."

„Danke, Detective." Sie richtete den Blick wieder auf den inzwischen aschfahlen jungen Mann. „Sie sehen also, ich kann Sie verhaften, und ich werde Sie verhaften. Aber diese ganze unerfreuliche Prozedur und den Papierkram können wir uns sparen, indem Sie mir einfach erzählen, wo er ist."

„Ich werde gefeuert, wenn ich das tue."

Sam hob die Hände, als wäge sie ihre Möglichkeiten ab. „Gefeuert oder verhaftet. Hm, was würden Sie vorziehen, Cruz?"

„Ich glaube, ich würde Option A wählen, da eine Kündigung nicht ewig an mir kleben bleiben würde. Eine Verhaftung hingegen ... tja, das kann einem schon Schwierigkeiten bereiten, wenn man sich um den nächsten Job bewirbt."

„Kann ich mir vorstellen", meinte Sam. „Wenn man verhaftet wird, verliert man wahrscheinlich auch den Job. Verraten Sie mir, was ich wissen muss, dann werden Sie nur gefeuert."

„Ich habe schon von Ihnen gehört", sagte er plötzlich, denn seine Angst verwandelte sich in Wut.

„Oh, ist dies der Moment, in dem Sie mir erklären, Ihnen sei schon zu Ohren gekommen, dass ich ein fieses Miststück bin? Wie ich es liebe, wenn ich das zu hören bekomme. Nicht wahr, Cruz?"

„Ja, Ma'am. Das ist einer Ihrer Lieblingsmomente im Job."

Sam stützte die unverletzte Seite ihres Gesichts in die Handfläche und schenkte dem jungen Angestellten das beste Lächeln, das sie mit nur einer funktionierenden Gesichtshälfte hinbekam. „Und, wofür entscheiden Sie sich?"

„Er ist zu Hause." Der junge Mann schleuderte ihr die Worte regelrecht entgegen.

„Das sich wo befindet?"

„Gaithersburg."

„Schreiben Sie mir die Adresse auf."

Kopfschüttelnd und mit einem nicht sehr einschüchternden finsteren Blick kritzelte er die Adresse auf ein Post-it und gab es Sam.

„Na bitte. War das jetzt so schwierig?"

Sie konnte ihm ansehen, dass ihm die Worte „fahren Sie doch zur Hölle" auf der Zunge lagen, doch er hielt klugerweise den Mund. „Cruz, fahren wir nach Gaithersburg." Sie ging zur Tür, drehte sich noch einmal um und sah, dass der junge Mann ein Handy ans Ohr hielt. „Wenn Sie ihn warnen, dass ich komme, werde ich Sie auf dem Rückweg verhaften."

Er erstarrte und ließ das Handy sofort fallen.

Zufrieden darüber, dass die Botschaft angekommen war, stieß sie die Tür auf. „Wow, das hat vielleicht Spaß gemacht. Oder?"

„Unbedingt", erwiderte Freddie lachend.

„Haben wir nicht die allerbesten Jobs?"

„Überwiegend nein. Unser Job ist richtig scheiße. Aber das gerade, das hat echt Spaß gemacht."

„Ich muss dir gestehen, du bist der beste Partner, den ich je hatte." Die Worte waren heraus, ehe Sam näher darüber nachdenken konnte. Prompt starrte er sie vollkommen verblüfft an. Mist.

„Bin ich? Wirklich?"

„Ich kann bereits sehen, wie dir das zu Kopf steigt."

„Davon werde ich Wochen zehren."

„O Gott, ich und mein loses Mundwerk."

Mit düsterer Miene erklärte er: „Du weißt, dass ich es nicht mag, wenn du den Namen des Herrn unnütz aussprichst."

Sie entriegelte den Wagen. „Du kannst mich. Puh, aufatmen. Wieder auf der Spur. Krise abgewendet."

„Ich habe nicht vergessen, was du gesagt hast."

„Was habe ich denn gesagt?"

„Dass ich der beste Partner bin, den du je hattest."

„Daran kann ich mich nicht erinnern."

„Du bist wirklich fies, Lieutenant."

„Höre ich oft. Also, Christian Patterson führt ein strenges

Regiment, wenn der Junge gleich gefeuert wird, weil er den Aufenthaltsort seines Chefs verrät.“

„Das fand ich auch seltsam.“

„Ich spüre da deutlich etwas. Mein Gefühl weist in Richtung Patterson und seinem Wahlkampf. Es darf allerdings nichts nach außen dringen, ehe wir Gewissheit haben. Wir müssen erst stichhaltige Beweise haben, bevor wir mit irgendwem darüber sprechen.“

„Das gilt für alle?“

Sam dachte darüber nach, während sie fuhr. „Ja, für alle.“

„Wir sagen also auch Malone, Farnsworth und Hill nichts?“

„Noch nicht. Wir können uns auf keinen Fall erlauben, dass etwas darüber durchsickert. Je mehr Leute davon wissen, desto größer ist das Risiko, dass es herauskommt. Momentan sind nur wir zwei eingeweiht. Wir werden die anderen erst einbeziehen, wenn wir genau wissen, dass wir sie kriegen.“

„Du kannst dafür in ziemlich große Schwierigkeiten geraten.“

„Lass das mal meine Sorge sein. Wenn wir den Fall erfolgreich abschließen, kräht kein Hahn mehr nach unserer Vorgehensweise.“

Auf dem Weg nach Gaithersburg klingelte Sams Handy. Sie warf einen Blick aufs Display. Es war Nick, deshalb nahm sie den Anruf entgegen. Ihr Herzklopfen vor Glück überraschte sie nach all diesen Monaten immer noch. „Hey, Babe.“

„Wie läuft's bei dir?“

„Ganz gut, ehrlich gesagt. Wir kommen endlich voran.“

„Kannst du mir etwas verraten?“

Sam dachte sofort an das, was sie Freddie gerade erklärt hatte. „Noch nicht. Hast du heute mit Derek gesprochen?“

„Vor ein paar Minuten erst.“

„Wie geht es Maeve?“

„Fragt nach Mommy, scheint aber ansonsten okay zu sein. Hat gut geschlafen letzte Nacht. Sie durfte bei ihm im Bett schlafen und hat sich die ganze Nacht an ihn geklammert.“

„Das ist süß und traurig zugleich. Wie bringt man denn einem Kleinkind bei, dass die Mami für immer fort ist?“

„Ich habe keine Ahnung. Es ist schrecklich. Derek meinte, er würde gern ins Haus und Sachen von Maeve holen und Kleidung für sie beide. Kannst du das ermöglichen?"

„Natürlich." An Freddie gewandt meinte sie: „Ruf mal die Spurensicherung an, damit Derek Kavanaugh ein paar Sachen aus seinem Haus holen kann. Die sollen sich mit ihm absprechen."

„Geht klar."

„Freddie kümmert sich darum", sagte sie zu Nick.

„Danke. Da wir gerade von Kindern sprechen ..."

Sam bekam prompt Bauchschmerzen bei der Erinnerung daran, dass ihre Schwester in den Wehen lag. „Du hast meine Nachricht wegen Ang bekommen."

„Ja. Wie geht es dir damit, Babe?"

Gerührt, weil er wusste, wie schwer es für sie sein würde – er wusste es immer –, antwortete sie: „Ach, ganz gut. Ich freue mich darauf, meine Nichte kennenzulernen."

Freddie telefonierte inzwischen auch, trotzdem war Sam sich der Tatsache bewusst, dass er jedes Wort, das sie sagte, verstehen konnte.

„Du wirst auch noch an die Reihe kommen. Daran glaube ich wirklich."

Sam holte tief Luft und versuchte den Aufruhr der Gefühle im Zaum zu halten angesichts seiner sanften Worte. „Wie ist dein Tag bisher?"

„Es ist alles ein bisschen unwirklich. Ich mache mir gerade Gedanken über die Rede für den Parteitag der Demokraten."

„Oh, wow. Kein Druck, was?"

„So sieht's aus", bestätigte er lachend.

„Die wird fantastisch. Die werden alle begeistert sein."

„Du bist da möglicherweise ein klein wenig voreingenommen."

„Ach was."

„Samantha."

Ihr ganzer Körper kribbelte, wenn er ihren vollständigen Namen in diesem besonderen Ton aussprach. „Ja?"

„Besuch Angela nicht ohne mich im Krankenhaus, ja?"

„Okay."

„Ich komme nach Hause, sobald ich kann, und dann fahren wir zusammen hin."

„Abgemacht.“

„Lieb dich, Babe. Sei vorsichtig da draußen.“

„Lieb dich auch“, sagte sie, denn es war ihr gleichgültig, ob Cruz es hörte. „Und ich bin immer vorsichtig.“

„Ach, und ich habe deine Bestrafung nicht vergessen. Bis später.“ Er legte auf, bevor sie noch etwas erwidern konnte. Doch die Erinnerung löste einen sinnlichen Schauer aus. Verdammter Kerl!

Wegen des Verkehrs brauchten sie fast vierzig Minuten bis nach Gaithersburg. Christian Patterson lebte in einer umzäumten und bewachten Vorortsiedlung. Am Tor zeigte Sam ihre Dienstmarke. Der Wachmann untersuchte sie genau, bevor er sie ihr zurückgab.

„Sind Sie die, die mit dem Senator verheiratet ist?“

Während Freddie auf dem Beifahrersitz kicherte, antwortete Sam nur: „Jap.“ Wie sie es hasste, im Dienst von Leuten auf ihr Privatleben angesprochen zu werden.

„Hm.“

„Was bedeutet das?“

„Nichts. Fahren Sie.“

„Sollten Sie ihn vorwarnen, dass ich zu ihm unterwegs bin, komme ich zurück und verhafte Sie. Verstanden?“

„Ja, ja. Sie sind ein echtes Herzchen, was?“

„Das ist wirklich nett von Ihnen.“ Sie schloss das Fenster wieder, damit die drückende Hitze draußen blieb. „Ich kriege alle möglichen Komplimente heute.“

„Ist ein besonderer Tag für dich.“ Freddie sah sie kurz an, dann richtete er den Blick wieder nach vorn.

„Meinst du etwas Bestimmtes?“

„Ich habe mich nur gefragt ...“

„Was denn?“

„Nick fährt mit dir zum Krankenhaus, um Angela und das Baby zu besuchen, oder?“

Sie hatte damit gerechnet, dass er etwas über den Fall sagen würde. Gerührt, weil er ihretwegen besorgt war, sagte sie: „Ja, er fährt nachher mit mir hin. Mach dir meinetwegen keine Gedanken. Ich komme schon klar.“

„Solange er bei dir ist, werde ich mir keine Sorgen machen.“

„Es ist sehr süß von dir, daran zu denken."

„Wegen deiner Komplimente ist es auch für mich ein besonderer Tag."

Sie war ihm dankbar für seine Bemühungen, dieses für sie emotional belastete Thema mit Humor aufzulockern. „Ach, ich und mein loses Mundwerk."

„Davon werde ich noch Monate zehren."

Christian Patterson wohnte in einer Backstein-Villa. Anders konnte man es nicht nennen. Das im Kolonialstil erbaute Haus hatte schwarze Fensterläden und weiße Säulen sowie einen wunderschön gepflegten Garten.

„Sieh dir das Haus an", bemerkte Sam.

„Nette Hütte. Wenn er da nur vorübergehend wohnt, überleg mal, wie sein richtiges Haus wohl aussieht."

Sie bog in die halbkreisförmige Auffahrt ein und parkte neben einer silbernen Mercedes-Limousine und einem weißen Mercedes-SUV, beide mit Ohio-Kennzeichen. „Mein armer kleiner Wagen fühlt sich eingeschüchtert."

Amüsiert folgte Freddie ihr den Steinweg entlang zur Buntglashaustür.

Sam klingelte und lauschte dem Echo der Türglocke im Inneren des Hauses. „Das würde mir eine Heidenangst machen, wenn ich hier wohnen würde."

„Du würdest aber nie hier wohnen. Viel zu protzig."

„Stimmt auch wieder." Sam klingelte noch einmal. „Klingt wie in einer verdammten Kirche."

„Musst du die Worte ‚verdammt' und ‚Kirche' in einem Satz benutzen?"

„Musst du dauernd dermaßen empfindlich sein?"

Ehe er etwas erwidern konnte, wurde die Tür geöffnet, und Christian Patterson stand vor ihnen, groß, blond, gut aussehend, mit nichts weiter bekleidet als einem seidenen Bademantel. Sein Haar war zerzaust, seine Wangen unrasiert. Er sah aus, als wäre er gerade aus dem Bett gefallen. „Kann ich Ihnen helfen?"

Sie hielten ihre Dienstmarken hoch, und Sam stellte sie beide vor. „Wir würden Sie gern einen Moment sprechen."

„Um was geht's denn?"

„Wir ermitteln in dem Mordfall Victoria Kavanaugh.“ Sam beobachtete seine Reaktion, aber er ließ sich nichts anmerken.

„Was hat das mit mir zu tun?“

„Dürfen wir hereinkommen?“

Er schaute über die Schulter, dann wieder zu ihnen. „Äh, sicher, denke ich.“

„Sind Sie allein zu Hause, Mr. Patterson?“

„Meine Frau ist da, aber sie ist oben.“

„Und Ihre Kinder?“

„Die sind im Zeltlager.“

Ah, dachte Sam, *Mom und Dad nehmen sich also ein bisschen Zeit für sich, während die Kinder aus dem Haus sind.*

Er ließ sie eintreten.

„Schönes Haus“, bemerkte Sam, was die Untertreibung des Jahrhunderts war.

Er führte sie in ein formales Wohnzimmer und sagte: „Oh, danke. Wir wohnen hier nur vorübergehend. Wir sind bloß bis zur Wahl hier, danach geht es zurück nach Ohio.“

Sam und Freddie setzten sich auf das Sofa, während er sich auf ein Zweiersofa ihnen gegenüber setzte. Im Stillen sandte Sam ein Dankgebet zum Himmel dafür, dass sein Bademantel beim Hinsetzen geschlossen blieb, denn sie vermutete, dass er darunter nackt war.

„Welche Rolle spielen Sie im Wahlkampf Ihres Vaters?“

„Ich bin Chefberater.“

„Und was bedeutet das?“

„Im Grunde bin ich einer der Wahlkampfmanager – einer von zwei mit ständigem Zugang zum Kandidaten.“

„Bei einem so wichtigen Job im Wahlkampf überrascht es mich, Sie mitten an einem Arbeitstag zu Hause anzutreffen.“

„Wir waren die ganze letzte Woche unterwegs. Ich bin gestern Abend erst zurückgekommen.“

Sam begriff, dass ihm das praktischerweise ein Alibi für den Mord an Victoria verschaffte. „Und wo waren Sie?“

„Houston, Dallas, Austin, San Antonio, Oklahoma City, Little Rock, Nashville, Chattanooga und Atlanta. Ich glaube, das waren alle Stationen. Eine einzige Abfolge von Flughäfen und Städten und Hotels.“

Sam zog das Empfehlungsschreiben von Tornquist für Victoria aus der Tasche und gab es Patterson. „Haben Sie das schon mal gesehen?"

Er überflog es und reichte es ihr zurück. „Äh, nein. Sollte ich?"

„Laut Aussage des Kongressabgeordneten Tornquist haben Sie ihn darum gebeten, diese Empfehlung für Victoria zu schreiben."

Zum ersten Mal schien Christians kühle Fassade zu bröckeln. „Er hat gesagt, ich hätte was getan?"

Sam gab sich Mühe, langsamer zu sprechen, damit er es dieses Mal verstand. „Er meinte, Sie haben ihn darum gebeten, eine Empfehlung für Victoria Taft, später Kavanaugh, zu schreiben, als sie sich um eine Stelle bei Calahan Rice bewarb."

„Ich habe keine Ahnung, wer Victoria Taft oder Kavanaugh ist. Ich habe weder von ihr noch von Calahan Rice jemals gehört. Was ist das? Eine Anwaltskanzlei?"

„Ein Lobby-Unternehmen der Autoindustrie."

„Davon habe ich noch nie gehört. Von ihr auch nicht."

„Sie haben in dieser Woche auch nichts davon gehört, dass die Frau des stellvertretenden Stabschefs des Weißen Hauses, Derek Kavanaugh, ermordet und seine kleine Tochter entführt wurde? Das war eine ziemlich große Story. Ich kann mir vorstellen, dass die Medien in Austin und Oklahoma City oder Chattanooga darüber berichtet haben."

Er hob die Hand. „Natürlich habe ich diese Woche von ihr gehört. Ich meinte, dass ich vorher nie etwas gehört habe."

„Oh, da bin ich froh, dass Sie das erklärt haben. Können Sie mir dann verraten, warum der Kongressabgeordnete uns gesagt hat, Sie hätten ihn um dieses Empfehlungsschreiben gebeten?"

„Ich habe keine Ahnung, warum er Ihnen das gesagt hat. Ich kenne ihn ja kaum."

„Christian!", rief eine Frau aus dem oberen Stockwerk. „Kommst du wieder ins Bett?"

Prompt wurde er rot. „Ich bin gleich da, Schatz." Indem er die Aufmerksamkeit wieder auf Sam und Freddie richtete, sagte er: „Tut mir leid. Während des Wahlkampfes haben wir nicht viele Tage für uns."

„Wir bedauern die Störung", versicherte Holland ihm, nicht

ohne eine deutliche Spur Sarkasmus hineinzulegen. „Wie lange plant Ihr Vater seine Kandidatur für das Präsidentenamt schon?“

Er schien von der Frage überrascht zu sein. „Ah, hm, ich weiß gar nicht genau, wann er anfing, das zu planen. Er spricht jedenfalls schon ziemlich lange davon.“

„Definieren Sie 'lange'. Reden wir hier von einem Jahr, zwei, fünf oder womöglich zehn Jahren?“

„Wahrscheinlich seit über zehn Jahren. Es war schon immer sein Ziel. In den letzten zehn Jahren wurde es dann ernst.“

„Würden Sie ihn als ehrgeizigen Mann bezeichnen?“

Das brachte Christian zum Lachen. „Ich bitte Sie! Er ist Selfmade-Milliardär. Was sagt Ihnen das? Er ist in ärmlichen Verhältnissen in Appalachia aufgewachsen.“

„In West Virginia?“ Sam dachte sofort an William Eldridge.

„Ja, warum?“

„Kein bestimmter Grund. Wollte ich nur wissen.“

„Sicher, er ist extrem ehrgeizig und vom Erfolgswillen getrieben. Und diese Eigenschaften hat er mir und meinen Geschwistern anerzogen.“

„Wie viele Geschwister haben Sie?“

„Zwei Brüder und eine Schwester.“

„Arbeitet von denen auch jemand für den Wahlkampf Ihres Vaters?“

„Mein Bruder Colton.“

„Und was macht er?“

„Das Gleiche wie ich, er ist Berater.“

„Wo können wir ihn finden?“

„Er wohnt im Gästehaus hinten, aber ich glaube nicht, dass er zu Hause ist.“

„Wo könnte er jetzt sein?“

„Das weiß ich nicht. Ich behalte ihn nicht im Auge.“

„Hat er Sie auf der Wahlkampfreise begleitet?“

„Nicht auf dieser.“

„Was machen Ihre anderen Geschwister?“

„Mein Bruder Billy ist Feuerwehrmann in Ohio, und meine Schwester Tanya ist verheiratet und lebt dort mit ihrer Familie.“

„Wo in Ohio?“

„Defiance.“

Die Stadt, aus der die fiktive Victoria Taft stammte. Allmählich schien sich das Puzzle zusammenzufügen. Sam musste sich zusammenreißen, um ihre Aufregung zu verbergen. *Bleib cool*, ermahnte sie sich. Noch konnten sie nichts beweisen.

„Meinen Sie, diese Befragung wird heute noch irgendwann zu Ende sein? Meine Frau wartet auf mich ...“

„Ich weiß, ich weiß“, sagte Sam, „und Sie bekommen nicht viel Zeit mit ihr allein.“

„Ja“, bestätigte er, von Neuem errötend.

„Eine letzte Frage noch“, bat Sam. „Wie entschlossen sind Sie, dafür zu sorgen, dass Ihr Vater gewählt wird?“

„Was meinen Sie?“ Er war sichtlich perplex von der Frage.

„Wie weit würden Sie und Ihr Bruder gehen, um sicherzustellen, dass er das bekommt, was er schon immer gewollt hat?“

„Wir würden keine Gesetze brechen, falls es das ist, was Sie damit andeuten wollen.“

„Ich deute gar nichts an. Ich frage nur, wie weit Sie gehen würden, damit er sein Ziel erreicht.“

„Na ja, ich habe mein eigenes Leben im vergangenen Jahr zurückgestellt, um seinen Wahlkampf mitzumachen. Ich bin mit meiner Frau und meinen schulpflichtigen Kindern hierhergezogen, weg von ihren Vereinen und Freunden, damit ich effektiver arbeiten kann. Ich würde sagen, ich habe bereits gezeigt, wie weit ich gehen würde, damit er bekommt, was er will.“

„Was springt für Sie dabei heraus?“

„Wie meinen Sie das?“

„Warum tun Sie das alles? Warum entwurzeln Sie Ihre Familie und unterbrechen Ihr gewohntes Leben, um Ihrem Vater zu helfen?“

Er sah sie an, als hätte sie die albernste Frage überhaupt gestellt. „Weil er mich darum gebeten hat.“

„Und alles, was er zu tun braucht, ist fragen?“

„Er ist mein Vater, Lieutenant.“

„Sieht Ihr Bruder die Sache ähnlich?“

„Selbstverständlich. Unser Vater hat alles für uns getan. Es gibt nichts, was wir nicht für ihn tun würden.“

Bingo, dachte Sam. Er hatte genau das gesagt, was sie hören wollte. Sie stand auf, und auch Freddie sprang auf, offenbar überrascht von ihrem plötzlichen Aufbruch. „Danke für Ihre Zeit, Mr. Patterson."

„Wollen Sie mir nicht verraten, um was es eigentlich geht?"

„Da bin ich mir selber noch nicht ganz sicher", erwiderte sie, ihn genau beobachtend. Sie wünschte, ihr einschüchternder Blick wäre verfügbar, doch ihre verdammte Verletzung behinderte sie. „Sie können jedoch getrost darauf wetten, dass ich es herausfinden werde."

„Was hat das nun wieder zu bedeuten?"

„Exakt das, was ich gesagt habe." Sie gab Christian Patterson ihre Karte. „Richten Sie Ihrem Bruder aus, dass er mich anrufen soll."

Damit ließ sie ihn stehen, mit der Karte in der Hand und ihr hinterherschauend, mit einem verblüfften Ausdruck auf dem attraktiven Gesicht, während sie mit Freddie zusammen zur Tür marschierte.

„Heiliger Strohsack", murmelte ihr Kollege auf dem Weg zum Wagen.

„Du fluchst", stellte sie fest und tat empört.

„Ich finde es angemessen."

„Da hast du wohl recht." Sie stieg ein, startete den Motor und war froh über den sofort einsetzenden angenehmen Luftstrom der Klimaanlage. Der heutige Tag war noch heißer als der gestrige, falls das überhaupt möglich war. Als sie den Rückwärtsgang einlegte, bemerkte sie, dass Christian Patterson ihnen von einem der Fenster unten hinterherschaute.

„Was machen wir jetzt?", fragte Freddie, als sie davonfuhren.

„Jetzt nehmen wir die Pattersons auseinander und finden heraus, wer von ihnen – oder wie viele – diese ganze Geschichte in Gang gesetzt hat."

Nach dem Mittagessen rief Nick seine drei wichtigsten Berater in sein Büro, um ihnen von seiner bevorstehenden Parteitagsrede zu erzählen und sich mit ihnen gleich an die Arbeit zu machen. Christina Billings, seine Stabschefin, die wegen einer

Babysitterkrise mit dem Sohn ihres Verlobten zu spät gekommen war, betrat als Erste sein Büro.

Die zierliche blonde Frau wirkte ungewohnt nervös. „Es tut mir schrecklich leid wegen heute Morgen. Angela sollte erst in einer Woche entbinden, deshalb kann Tommys Mutter uns momentan hier nicht mit Alex helfen, und Ang ist ja jetzt im Mutterschutz." Sams Schwester Angela kümmerte sich um Gonzos Sohn, wenn er arbeitete.

Nick hatte Christina selten so aufgewühlt erlebt. Normalerweise war sie der Inbegriff kühler Kompetenz. „Das ist doch kein Problem. Du hast lange gearbeitet gestern."

„Trotzdem fühle ich mich schrecklich, zu fehlen, ohne Bescheid zu sagen. Tommy durfte das Morgenmeeting im Hauptquartier nicht verpassen, also bin ich zu Hause geblieben, bis Celia anrief und anbot, Alex zu nehmen. Sie war unsere Rettung."

„Sie ist wirklich erstaunlich", meinte Nick. „Jetzt hol mal tief Luft, Chris. Es ist alles in Ordnung." Erschrocken nahm er zur Kenntnis, dass ihr Kinn zu beben begann. *Ach du Schande*, dachte er. „Was ist denn?"

„Ich weiß nicht, ob ich das schaffe", gestand sie mit leiser Stimme. Als er John O'Connors Stabschef und sie die stellvertretende Stabschefin gewesen war, hatte sich ein freundschaftliches Verhältnis zwischen ihnen entwickelt, das nach Johns Tod noch tiefer geworden war. Als Nick den Platz im Senat eingenommen hatte, hatte er sie zur wichtigsten Mitarbeiterin befördert.

„Was schaffen?" Er setzte sich neben sie.

„Irgendetwas muss ich aufgeben. Ich kann diesen Job nicht machen und gleichzeitig eine Familie haben."

„Warum nicht?"

„Weil ich mich permanent überfordert fühle mit der Situation. Ich habe das Gefühl, dass nie etwas genug Aufmerksamkeit von mir bekommt. Dauernd sitzt mir alles im Nacken." Sie sah ihn erschrocken an. „Du liebe Zeit, was habe ich mir dabei gedacht? Du bist mein Boss und deshalb die letzte Person, mit der ich diese Unterhaltung führen sollte."

„Ich dachte eigentlich, wir sind auch Freunde. Schließlich haben wir zwei schon einiges zusammen durchgemacht."

„Ja, das haben wir." Tränen rannen ihr über die Wangen.

Terry O'Connor klopfte an und steckte den Kopf zur Tür herein. „Du wolltest mich sehen?"

„Gib mir zehn Minuten und sag das bitte auch Trevor."

„Okay."

Terry schloss die Tür wieder.

„Rede also mit mir als Freund, nicht als dein Chef", bat Nick sie.

„Es ist irgendwie schwierig, den einen vom anderen zu trennen", gestand sie mit einem schwachen Lächeln.

„Versuch es."

„Gut, wenn du darauf bestehst ... ich liebe Tommy und Alex. Ich liebe die beiden so sehr, und wir sind so glücklich zusammen. Aber egal, wo ich bin, ich habe das Gefühl, ich müsste irgendwo anders sein."

„Hast du mit Tommy darüber geredet?"

Sie schüttelte den Kopf. „Wie könnte ich, wenn er doch mit Sicherheit genauso empfindet? Seit Alex in unser Leben gekommen ist, hat sich alles in Stress verwandelt. Es gibt überhaupt keine Pause mehr für uns."

„Vor einem Jahr hätte ich dir geantwortet, dass du verrückt bist, solche Dinge von dir zu geben. Ich hätte dich daran erinnert, wie glücklich wir uns schätzen können, solch tolle Jobs zu haben, und du hättest erwidert, du wärst verrückt, auch nur ans Aufgeben zu denken, um zu Hause bei einem Baby zu bleiben, das technisch betrachtet nicht einmal deines ist."

„Und jetzt?"

„Jetzt ist alles anders, und das verstehe ich. Manche Dinge sind wichtiger als die Arbeit. Ich würde dich nur ungern in meinem Team entbehren, besonders wo es gerade anfängt, interessant zu werden. Aber du musst tun, was das Beste für dich und deine Familie ist."

„Was heißt das, es wird gerade interessant?"

Nick erzählte ihr von der Unterhaltung, die er und Graham am Abend zuvor mit Brandon Halliwell geführt hatten.

„Oh, Nick ..." Ihre Augen weiteten sich. „Ich meine, Senator. Tut mir leid, das vergesse ich manchmal."

Nick lachte. „Ich auch, und du sprichst mit mir als mein Freund, schon vergessen? Für dich bin ich Nick. Ich werde immer Nick für dich sein."

Neue Tränen liefen ihr die Wangen hinunter. „Ich hasse mich momentan. Ich hasse Frauen, die bei der Arbeit weinen. Mein ganzes Erwachsenenleben habe ich damit verbracht, auf Frauen herabzuschauen, die sich wegen Männern zum Narren machen und auch nur in Erwägung ziehen, ihre Karriere für ein Baby zu opfern. Und jetzt sieh mich an. Ich heule meinem Boss die Ohren voll, der ein verdammter U.S. Senator ist, und überlege ernsthaft, all die Sachen zu machen, die ich verachte."

Er wusste, er sollte besser nicht lachen, denn es war ihr todernst, daher verkniff er sich diesen Impuls. „Die Dinge ändern sich, Chris. Solche Sachen passieren. Wer wüsste das besser als ich? Ehrlich, ich kann dich gut verstehen." Er stützte die Ellbogen auf die Knie, beugte sich nach vorn und nahm ihre Hände in seine. „Sieh mich an."

In ihren Augen schimmerten Tränen.

„Du hast gesagt, dass du auf etwas verzichten musst."

Sie biss sich auf die Lippe und nickte.

„Ist Tommy und Alex aufzugeben eine Option?"

„Nein."

„Ich wage die Behauptung, dass es auch für ihn keine Option ist, dich aufzugeben. Wenn du also nicht mehr weißt, wie du das alles bewältigen sollst, muss einer von euch beiden seinen Job aufgeben. Falls du diejenige sein musst, werde ich Verständnis haben. Du würdest mir schrecklich fehlen, aber natürlich würde ich es verstehen."

„Meinst du, Sam würde das Gleiche zu Tommy sagen?"

„Absolut nicht", antwortete er ohne Zögern. „Um ehrlich zu sein, ich glaube, sie würde stocksauer sein und mir am Ende vorwerfen, es sei alles meine Schuld, weil ich dich zur Silvesterparty eingeladen habe, auf der du ihn kennengelernt hast."

Christina lachte, genau wie er es gehofft hatte. „Ja, ich kann mir gut vorstellen, dass sie dich dafür verantwortlich macht."

„Es ist vielleicht besser für uns beide, wenn du diejenige bist, die ihren Job aufgibt."

„Ich verdiene mehr als er."

„Du hast bereits mehr Geld als wir alle zusammen", erinnerte er sie.

Sie verzog das Gesicht. „Ich hätte dir nie anvertrauen dürfen, dass meine Familie Geld hat."

Lächelnd über ihr Unbehagen erwiderte er: „Du hast dein gesamtes Erwachsenenleben hindurch dein eigenes Geld verdient und hattest eine erfolgreiche Karriere in einem Job, den du liebst. Wenn du jetzt etwas von dem Geld dafür aufwendest, um dich für eine Weile auf deine Familie zu konzentrieren, macht dich das nicht weniger erfolgreich. Es bedeutet nur, dass du Prioritäten setzt."

Christina drückte seine Hände, dann ließ sie sie los. „Deine Frau kann sich wirklich glücklich schätzen. Ich hoffe, sie weiß das auch."

„Äh, danke. Ja, das weiß sie wohl."

„Du wirst möglicherweise für das Präsidentenamt kandidieren", sagte sie verdrießlich. „Ich will dabei sein."

„Dann geh für ein paar Jahre nach Hause, bring deine Familie auf den richtigen Weg und komm zurück, wenn dieses Hirngespinst tatsächlich real wird. Falls die Wähler bis November nicht noch ihre Meinung ändern, werde ich hierbleiben, und für dich wird immer ein Platz in meinem Team sein."

Christina stand auf und beugte sich herunter, um ihn zu umarmen. „Danke, dass du ein solch wundervoller Freund bist. Und verzeih mir den Zusammenbruch."

„Du musst dich nicht entschuldigen. Nimm dir ein paar Minuten, und wenn du bereit bist, bitte Terry und Trevor herein. Wir müssen eine Rede schreiben."

Nachdem sie fort war, ging Nick hinter seinen Schreibtisch und ließ sich in seinen Bürosessel fallen. Während er Christinas Dilemma wirklich verstand, konnte er sich sein Team ohne ihre Führung nur schwer vorstellen. Die Aussicht, mit jemand Neuem von vorn anzufangen, fand er beinahe unerträglich.

Er betrachtete das Foto von ihm und John auf der Kommode. Nick schob den Sessel nach vorn und nahm das Bild in die Hand, das kurz nach Johns Wahl in den Senat aufgenommen worden war. Die beiden jungen Männer betrachtend fragte Nick sich, was sie wohl anders gemacht hätten im Leben, wenn sie gewusst hätten, was auf sie zukommen würde. Nick hätte Sams Schweigen damals nicht einfach hingenommen, und John hätte sich mehr um den Sohn gekümmert, der ihn später in einem Wutanfall getötet hatte. Die Dinge wären für sie beide völlig anders verlaufen.

Er stellte das Foto wieder zurück und nahm das daneben stehende, das ihn mit Sam an ihrem Hochzeitstag zeigte. Sie war unfassbar schön, dachte er und fuhr mit dem Finger über das Glas. Dass er jeden Abend zu ihr nach Hause konnte, war das Beste an seinem neuen Leben. Der ganze Rest war nur Lärm, verglichen mit ihrer Ehe.

Nick wünschte, er könnte mehr Zeit mit ihr verbringen, und mehr als alles andere wollte er ihr das Baby schenken, nach dem sie sich so sehr sehnte. Auch er wollte es sehr, obwohl er das ihr gegenüber nie zugeben würde. Sie stand in dieser Sache bereits genug unter Druck. Er wollte ihr keine zusätzliche Last aufbürden, indem er ihr seinen innigen Wunsch, Vater zu werden, gestand. Sie würden dorthin kommen, auf die eine oder andere Weise. Und sie konnten sich schon glücklich schätzen, Scotty in ihrem Leben zu haben. Hoffentlich würde er nach seinem Sommerbesuch bei Sam und Nick nicht mehr wegwollen.

Es klopfte an der Tür, dann traten Christina, Terry und Trevor ein.

Nick stellte das Foto zurück und wandte sich an die anderen. „Christina meinte, du hättest Neuigkeiten für uns", sagte Trevor.

„Ja, was ist los, Senator?"

„Die Demokraten haben mich gebeten, die Grundsatzrede auf dem Parteitag zu halten."

Terry entglitten vor Schreck die Gesichtszüge. „Wow, das ist ein Ding. Herzlichen Glückwunsch."

„Danke. Ich war überrascht, gelinde gesagt."

„Es ist nur folgerichtig", meinte Terry. „Natürlich haben die ein Auge auf dich geworfen. Niemand hat solche Umfragewerte wie du, in keiner der beiden Parteien."

„Ich bin nach wie vor nicht überzeugt davon, dass die Zahlen alle mir gelten."

„Wie meinst du das?", wollte Christina wissen.

„Ich hatte die Sympathien nach dem Mord an John auf meiner Seite, und der Medienrummel um die Hochzeit hat ebenfalls dazu beigetragen."

„Du stellst dein Licht ein wenig unter den Scheffel, wenn du glaubst, du würdest immer noch von diesen Dingen profitieren", erklärte Terry. „Es hilft natürlich, dass ihr zwei ein prominentes Paar geworden seid, aber das ist nicht der einzige Grund für deine Popularität. Du hast verdammt gute Arbeit für Virginia geleistet und dir damit diese Umfragewerte verdient."

Derlei Lob von Terry nicht gewohnt, sagte Nick nur: „Danke."

„Ich würde gern den ersten Entwurf der Rede schreiben", sagte Terry. „Selbstverständlich nur, wenn es dir recht ist."

„Sicher", ermutigte Nick ihn, zufrieden mit Terrys Begeisterung. Er hatte sich enorm entwickelt, seit Nick darauf bestanden hatte, dass er dreißig Tage in der Entzugsklinik verbrachte, bevor er dem Stab angehören durfte.

Auch Trevor, der für gewöhnlich mit Nick zusammen an den Reden arbeitete, war einverstanden. „Bei dieser Rede nehme ich gern jede Hilfe an, die ich bekommen kann."

„Was schwebt dir denn vor, Terry?", fragte Nick.

Terry, seit fünf Monaten nüchtern, scharfsichtig und wieder voll engagiert, antwortete: „Folgendes sollten wir meiner Ansicht nach tun."

18
____

Avery wartete viel länger mit dem Anruf bei Bertha Ray, als er sollte. Er hatte noch ihr Gesicht vom Vorabend in Erinnerung, auf dem sich Empörung, Würde, Resignation und Akzeptanz widergespiegelt hatte. Und jetzt quälte ihn die Vorstellung, ihr das Herz endgültig brechen zu müssen. Er hegte keinerlei Zweifel daran, dass sie sich bei der Erziehung ihres Sohnes größte Mühe gegeben hatte. Nur hatte es einfach nicht gereicht, um ihn vor der schiefen Bahn zu bewahren.

In solchen Momenten wünschte Avery, er wäre Bauarbeiter oder irgendetwas anderes geworden, was ihm ersparen würde, Leuten niederschmetternde Nachrichten überbringen zu müssen.

Da er es nicht länger aufschieben sollte – und durfte –, nahm er das Telefon und rief die Nummer an, die Bertha ihm genannt hatte. Da Sam unterwegs war, hatte er ihr Büro beschlagnahmt und war deshalb gezwungen, das Hochzeitsfoto von ihr und ihrem sie vergötternden Gatten anzusehen. Er versuchte nicht hinzuschauen, doch sein Blick wurde immer wieder aufs Neue davon angezogen, während er dem Freizeichen am anderen Ende der Leitung lauschte. Das Büro roch nach ihr, was seine Qualen verstärkte. Was machte er überhaupt hier?

„Hallo", meldete sich endlich eine Frau atemlos, als sei sie zum Telefon gerannt.

„Hier spricht Special Agent Avery Hill vom FBI. Könnte ich bitte Mrs. Ray sprechen?"

„Ja, einen Moment bitte."

Während Avery wartete, nutzte er die Gelegenheit, Sam anzusehen, ohne sich darum sorgen zu müssen, dass er sich in ihren Augen und in denen ihrer Kollegen zu einem abartigen Narren machte. Denn zu dem war er geworden, seit er Sam kennengelernt hatte, und sie hatte ihn bereits darauf angesprochen. Die Erinnerung an diese peinliche, demütigende Unterhaltung war immer noch sehr lebendig.

Er öffnete den obersten Knopf seines Hemdes und lockerte seine Krawatte, um besser Luft zu bekommen. Mann, sie schaffte es, dass er sich wie der letzte Idiot vorkam! Und das Schlimmste war, dass er jede einzelne ihrer spöttischen Bemerkungen über sein Verhalten verdient hatte. Er konnte nicht einmal so tun, als wüsste er nicht, wovon sie sprach, denn er hatte sie ja wirklich angestarrt. Seine Gefühle waren ihm derart deutlich anzumerken gewesen, wie bei einem unerfahrenen Schuljungen und nicht wie bei einem gestandenen Mann, für den er sich bisher stets gehalten hatte. Das muss aufhören, dachte er, während er ihr wunderschönes Gesicht betrachtete. Und zwar sofort.

Na ja, noch einmal anstarren würde die Sache auch nicht mehr schlimmer machen, oder?

„Agent Hill?", meldete Bertha sich.

Er legte Sams Foto mit der Bildseite nach unten auf den Schreibtisch, unfähig, sie anzusehen, ohne sie zu begehren. „Ja, ich bin hier."

„Ist etwas passiert?"

Wie war das noch mal mit den mütterlichen Instinkten?

„Ich fürchte, ja."

Sie gab ein Wimmern von sich, das ihm sein ohnehin schon belastetes Herz zerriss. „Ist es Bobby?"

„Ja." Er schloss die Augen und rieb sich die Nasenwurzel. Es war ihm zutiefst zuwider, ihr das antun zu müssen. „Ich muss Ihnen leider mitteilen, dass er umgebracht worden ist." Solange er lebte, würde er den Laut nicht vergessen, den sie von sich gab, als seine Worte in ihr Bewusstsein drangen. Im Hintergrund hörte er jemanden mit ihr reden, dann wurde das Telefon fallengelassen und landete mit einem lauten Aufprall auf dem Fußboden.

„Agent Hill? Hier spricht Berthas Schwester Dolores. Was ist geschehen?"

„Es tut mir leid, Ihnen sagen zu müssen, dass Ihr Neffe ermordet wurde."

„O Herr im Himmel, nein, nein, nein. Arme Bertha. Dieser Junge hat ihr so viele Jahre ständig das Herz gebrochen." Sie schniefte und sammelte sich einen Moment lang.

Avery dachte an die Hütte am Strand, in der er während eines Urlaubs vor einigen Wintern in Jamaika gewohnt hatte. Wenn dieser Fall abgeschlossen war, würde er wieder für ein paar Wochen dorthin verschwinden, um endlich einen klaren Kopf zu bekommen.

„Können Sie mir erzählen, was passiert ist?", fragte Dolores.

„Er ... sie ... Es war übel."

„Grundgütiger", flüsterte sie. „Was machen wir denn jetzt?"

„Die Gerichtsmedizinerin Dr. Lindsey McNamara wird Kontakt zu Ihnen aufnehmen, sobald der Leichnam freigegeben ist. Sie müssen sich an ein Beerdigungsinstitut wenden, am besten bei Ihnen in Philadelphia. Mir wäre es lieber, Bertha würde nicht nach Washington zurückkommen, bis wir diesen Fall abgeschlossen haben."

„Ich verstehe."

„Da ist noch etwas ..."

„Um Himmels willen, was denn noch?"

„Man hat einen Brandanschlag auf ihr Haus verübt."

„Oh ... ihr Haus ... Warum sollte jemand ihr das antun?"

„Wir glauben, dass die Täter eine Botschaft senden wollen an jeden, der möglicherweise in irgendeiner Form mit ihren Taten in Verbindung steht. Bis wir der Sache auf den Grund gegangen sind, müssen Sie stark sein für Bertha und sie bei sich behalten."

„Ja, natürlich. Sie hat mir erzählt, dass Sie sehr freundlich zu ihr waren, Agent Hill. Dafür danke ich Ihnen."

„Sie ist eine wundervolle Lady, die das alles nicht verdient hat."

„Nein, das hat sie nicht. Ist von ihrem Haus noch etwas übrig geblieben?"

„Das weiß ich nicht genau. Ich habe es noch nicht gesehen, aber ich fahre gleich hin. Anschließend werde ich mich noch mal bei Ihnen melden." Er hielt inne und wählte seine Worte sorgfältig. „Ich weiß, dies ist eine schwierige Zeit für sie, aber besteht vielleicht die Möglichkeit, dass Sie Bertha nach Bobbys Freunden fragen? Wir müssen mit ihnen reden über das, was er ihnen unter Umständen erzählt hat."

„Bleiben Sie dran."

Avery hörte die Stimmen leise im Hintergrund, auch Berthas Schluchzen.

„Agent Hill?"

„Ich bin da."

„Sie meint, Sie sollten mit Sonny Jordan sprechen. Er war Bobbys bester Freund."

„Das hilft mir schon weiter. Richten Sie ihr meinen Dank für diese Information aus."

„Danke für Ihren Anruf."

„Sagen Sie Bertha, ich denke an sie."

„Mach ich."

Avery legte auf und verließ das Büro. Er musste da heraus und etwas Produktives tun, bevor er noch vollständig den Verstand verlor. Auf dem Weg zum Parkplatz nahm er einen Anruf von seinem Kontakt beim Verteidigungssicherheitsdienst entgegen, der ihm dabei half, denjenigen aufzuspüren, der für das Update von Derek Kavanaughs Sicherheitsüberprüfung nach dessen Heirat mit Victoria zuständig gewesen war.

„Hill."

„Möglicherweise habe ich da etwas für dich."

„Raus damit."

„Der Kerl, der Kavanaughs erneute Sicherheitsüberprüfung vorgenommen hat, Delman Jones vom NCIS. Er ist tot. Ermordet ungefähr einen Monat, nachdem er den Bericht über das Sicherheits-Update abgegeben hat."

„Natürlich ist der tot", sagte Avery, und seine Kopfschmerzen nahmen zu. „Erzähl mir alles, was du hast."

· · ·

Der Gerichtsmediziner im Ruhestand Dr. Norman Morganthau wohnte am Ende einer unbefestigten Straße am Stadtrand von Annapolis, Maryland. „Hübsch hier draußen", bemerkte Jeannie, während sie den Wagen über die holprige Piste lenkte.

„Ja", pflichtete Will ihr bei. Er hatte auf der langen, angespannten Fahrt aus der Stadt wenig gesprochen.

„Bist du sauer auf mich, Will?"

Er sah sie an. „Nein, ich bin nicht sauer auf dich. Ich bin sauer auf mich selbst. Ich bin sauer über die ganze Situation."

„Du sollst wissen, was ich Sam gesagt habe."

„Du hast mit ihr gesprochen?"

Jeannie nickte. „Ich habe sie angerufen, um ihr von der Verlobung zu erzählen und der neuen Version unseres Berichtes."

„Ich wollte dir dabei helfen", wandte er mürrisch ein.

„Es hat mir nichts ausgemacht, ihn allein zu schreiben. Ich fühlte mich auch verantwortlich, weil ich dich in die ganze Sache mit hineingezogen habe."

„Du hast mich in gar nichts hineingezogen. Wir haben uns damals darauf geeinigt, dass es richtig wäre, ihr nichts zu erzählen."

„Und das glaube ich nach wie vor. Das habe ich ihr auch gesagt. Die Vorstellung, dass Skip stirbt, während ein Skandal um ihn droht, war einfach unerträglich."

„Wie hat sie darauf reagiert?"

„Sie meinte, sie verstehe, warum wir es getan haben und sei auch dankbar für die gute Absicht. Dennoch sei es falsch gewesen, sie zu belügen. Ich hab ihr erklärt, das Einzige, was ich bedaure, sei, die Dinge nach Skips Genesung nicht gleich klargestellt zu haben."

„Ja, ich sehe das genauso. Da haben wir es vermasselt."

„Stimmt. Vielleicht kommen wir der ganzen Sache mithilfe von Dr. Morganthau auf den Grund."

„Hoffen wir es mal."

Das weitläufige Ranchhaus stand versteckt in einem kleinen Wäldchen. Jeannie klopfte an die Haustür. Da der Doktor sie erwartete, war sie nicht überrascht, als er um die Hausecke kam.

„Da sind Sie ja", begrüßte er die Besucher lächelnd. Er war von durchschnittlicher Größe, drahtig, mit freundlichen blauen

Augen. Auf dem Kopf trug er einen großen Strohhut, und er stopfte schmutzige Handschuhe in seine Hosentasche, um ihnen die Hand schütteln zu können. „Haben Sie es leicht finden können?"

„Ihre Wegbeschreibung war klasse", sagte Jeannie. „Ich bin Detective McBride, und das ist mein Partner, Detective Tyrone."

„Es ist mir ein außerordentliches Vergnügen, Sie beide kennenzulernen. Wie ich bereits bei unserem ersten Gespräch am Telefon erwähnt habe, bin ich ein großer Bewunderer von Ihnen, Detective McBride."

Damals hatte er ihr gesagt, wie sehr er ihre Haltung bewundert hatte, nachdem Mitch Sanborn ihr Gewalt angetan hatte. „Vielen Dank, Sir. Wir sind Ihnen dankbar, dass Sie uns empfangen."

„Kommen Sie mit nach hinten. Ich lasse mir nie die Chance entgehen, meinen Garten vorzuführen."

Jeannie und Will folgten ihm ums Haus herum in einen duftenden Garten, der in voller Blüte stand.

„Wow, der ist ja toll", bemerkte Jeannie.

„Das ist meine Leidenschaft im Ruhestand."

„Das sieht man." Sie zeigte auf lange Stängel mit hellgelben Blüten. „Was sind das für welche?"

„Großes Löwenmaul. Und hier drüben sehen Sie meine preisgekrönten Rosen."

Es handelte sich um weiße Rosen, gelbe, rote und solche in drei verschiedenen Pinktönen.

„Sie haben einen grünen Daumen", stellte Will fest.

„Früher nicht", gestand Dr. Morganthau. „Da hatte ich den Ruf, alles umzubringen, was ich im Garten anfasse. Meine Freunde und meine Familie nannte mich Dr. Death, und zwar nicht wegen meines Berufs."

„Witzig", sagte Will kichernd.

„Man muss eben die Zeit haben, sich seinen Leidenschaften hingeben zu können", erklärte Dr. Morganthau. „Aber natürlich sind Sie nicht hier, um über meinen Garten zu plaudern. Meine Frau Amy hat uns einen Krug Eistee und Kekse auf die Terrasse gestellt, bevor sie mit unserer Tochter zum Shoppen gefahren ist. Kann ich Sie zu einem kalten Erfrischungsgetränk überreden?"

„Das klingt wundervoll", sagte Jeannie. „Diese Hitze ist wirklich drückend."

„Warten Sie mal ab, bis Sie ein wenig älter sind, junge Dame. Wenn einem ständig kalt ist, fühlt sich die Hitze verdammt gut an."

„Wenn Sie das sagen."

Jeannie und Will folgten ihm einen Steinweg entlang, der zu einer Terrasse führte, auf der Topfpflanzen und einladende Gartenmöbel standen.

„Nehmen Sie Platz", forderte er seine Gäste auf und goß Eistee in drei hohe Gläser. „Er ist bereits gesüßt. Ich hoffe, das ist in Ordnung."

„Für mich schon", sagte Will, während Jeannie nickte.

Dr. Morganthau setzte sich an den Tisch. „Und nun – was kann ich für Sie tun?"

„Wie ich bei unserem Telefonat bereits erwähnt habe", begann Jeannie, „setzen wir unsere Ermittlungen im Mordfall Fitzgerald fort. Als wir im Frühjahr miteinander gesprochen haben, haben Sie angedeutet, Skip Holland sei während seiner Ermittlungsarbeit vielleicht nicht immer ganz bei der Sache gewesen. Vielleicht können Sie das näher erläutern."

„Ich glaube, ich habe Ihnen damals gesagt, dass Skip ein Freund war und ein guter Kollege. Es war mir eine Ehre, mit ihm zusammenzuarbeiten."

„Ja", sagte Jeannie, „das haben Sie. Es ist nicht meine Absicht, Sie in Verlegenheit zu bringen. Aber wenn es noch etwas gibt, was Sie uns sagen könnten, das zur Aufklärung dieses Falles führt, wären wir Ihnen sehr dankbar."

Morganthau nahm den Strohhut ab und strich sich über das dünner werdende weiße Haar. Er schien auf einmal in Gedanken weit weg zu sein. „Es war von Anfang an ein schwieriger Fall. Es ist immer unglaublich hart, wenn ein Kind vermisst wird. Das brauche ich Ihnen bestimmt nicht zu sagen nach dem Kavanaugh-Fall in dieser Woche."

Er trank einen Schluck Tee und wählte seine Worte offenbar sorgfältig. „Das Department machte damals wegen der Budget-Kürzungen schwierige Zeiten durch. Wir hatten zu wenig Leute, alle leisteten unfassbar viele Überstunden und hatten zu kämpfen.

Und während dieser katastrophalen Zustände verschwindet Alice Fitzgeralds Kind." Er schüttelte den Kopf. „Es war einfach zu viel, verstehen Sie?"

„Sie erwähnen den Namen, als würden Sie sie kennen", meinte Will. „Mrs. Fitzgerald."

Morganthau schien von der Frage überrascht zu sein. „Natürlich kannten wir sie. Sie war Steven Coynes Witwe."

Jeannie und Will tauschten Blicke.

„Wer war Steven Coyne?", fragte Jeannie und hatte den leisen Verdacht, dass sie das eigentlich wissen müsste.

„Wie schnell die Menschen vergessen", meinte Morganthau, erneut den Kopf schüttelnd. „Das war Skips erster Partner, als die beiden noch Streifenpolizisten waren. Er wurde aus einem fahrenden Auto heraus erschossen, die Hintergründe der Tat nie aufgeklärt."

Jeannie fragte sich, ob es Will genauso durchfuhr wie sie, angesichts der Entdeckung, dass Tylers Mutter einen direkten Bezug zu Skip und dem Department hatte. Plötzlich ergaben viele Dinge einen Sinn.

„In den uns vorliegenden Berichten zu dem Fall wurde eine Verbindung zwischen Alice Fitzgerald und dem Department nicht erwähnt", erklärte Jeannie.

„Wir haben das nicht an die große Glocke gehängt. Steven war zu der Zeit schon seit fast zwanzig Jahren tot. Nach einer sehr schwierigen Trauerphase war Alice mit ihrem Leben wieder zurechtgekommen. Wir haben keinen Grund dafür gesehen, die schmerzlichen Erinnerungen daran wieder zu wecken, als sie später mit dem Verschwinden und dann der Ermordung ihres Sohnes konfrontiert war." Er sah abwechselnd Jeannie und Will an. „Sie wussten nicht von Alice?"

Jeannies Herz klopfte wie verrückt. „Nein, Sir."

„Ich kann mir vorstellen, wie das rückblickend auf Sie wirken muss. Aber versuchen Sie sich mal vorzustellen, wie Skip sich gefühlt hat, als er in einem Mordfall ermittelte, der die Frau seines ermordeten Expartners betraf."

„Er tat, was er konnte, um sie und ihre Familie zu schützen", sagte Jeannie, die noch immer versuchte, das alles zu verarbeiten.

„Er tat, was jeder von uns getan hätte."

„Darf ich fragen", begann Will zögernd, „warum ausgerechnet er mit einem Fall betraut wurde, der ihm doch persönlich nahegehen musste? War der innere Konflikt nicht vorprogrammiert?"

„Es wäre für jeden im Department ein innerer Konflikt gewesen. Wir kümmern uns umeinander, wie Sie selbstverständlich wissen, deshalb kannte sie eben auch jeder. Soweit ich mich erinnere, bestand Skip sogar darauf, den Fall zu übernehmen, und weil es zu wenig Leute gab im Department, protestierte niemand dagegen, dass er einen Fall übernahm, der undankbar zu werden versprach, um es milde auszudrücken."

Kein Wunder, dass Skip sich dermaßen bemüht hatte, Alice' zerbrochene Familie zu schützen. Er hatte zugelassen, dass Cameron Fitzgerald wenige Tage nach dem Verschwinden seines Bruders zum Militär ging. Das war jetzt viel eher nachzuvollziehen als vorher.

„Unterhielt Skip eine persönliche Beziehung zu Mrs. Fitzgerald?", wollte Will wissen. „Außer, dass er sich um sie kümmerte?"

„Das kann ich nicht beantworten. Ich habe keine Ahnung."

„Hat irgendwer jemals angedeutet, dass hinter der Beziehung mehr steckt als Freundschaft oder Fürsorge?", erkundigte Jeannie sich.

„Es gab Gerüchte, aber Sie wissen ja, wie die Leute tratschen."

„War irgendetwas dran an den Gerüchten?", wollte Jeannie wissen.

„Nicht dass ich wüsste."

„Was glauben Sie?", fragte Will.

Morganthau überlegte, ehe er antwortete. „Ich glaube, Skip Holland war ein guter Mann, der in dieser schwierigen Situation hin- und hergerissen war und einfach tat, was das Beste war."

Und das, dachte Jeannie, ist auch schon alles, was der gute Doktor über diese Geschichte erzählen wird. Nur Skip Holland konnte etwas über die wahre Natur der Beziehung zwischen ihm und Alice Fitzgerald preisgeben, und Jeannie bezweifelte stark, dass er darüber sprechen würde. Wie mit dieser Geschichte umzugehen war, würde ganz allein bei Sam liegen.

Jeannie stand auf und reichte dem Doktor die Hand. „Danke

für Ihre Zeit und Gastfreundschaft und den Einblick in die
Zusammenhänge, den Sie uns gewährt haben."

„Gern geschehen. Ich hoffe, ich konnte Ihnen helfen."

„Mehr als Sie glauben", erwiderte Jeannie.

Will schüttelte dem Arzt die Hand. „Danke, Doc."

„Richten Sie bitte allen meine Grüße aus", bat Morganthau, als
er die beiden zum Wagen begleitete. „Ich vermisse die Kollegen,
aber nicht die Leichen. All die vielen sinnlosen Tode. Es hat mir
irgendwann doch zugesetzt, wissen Sie?"

Wusste sie? Und ob. „Ja, Sir. Genießen Sie Ihren Ruhestand.
Sie haben ihn sich verdient."

„Danke. Passen Sie gut auf sich auf."

„Machen wir."

Sie fuhren schweigend die Zufahrt zum Haus entlang und
waren auf der Route 50, die zurück nach Washington führte, bevor
Will das Schweigen beendete.

„Das erklärt allerdings einiges."

„Das tut es."

„Was jetzt?"

„Jetzt berichten wir Sam und überlassen es ihr, zu entscheiden,
was zu tun ist."

„Ich beneide sie in diesem Fall nicht."

„Ich beneide sie bei den meisten Fällen nicht."

„Aber dieser ist ..."

„Ja", sagte Jeannie. Diese Sache war noch vertrackter.

„Was wissen wir über Colton Patterson?", fragte Sam Freddie. Sie
hatten den Konferenzraum belegt und das Bitte-nicht-stören-
Schild an die Tür gehängt. Zum Glück war das Kommissariat leer,
sodass niemand auf sie achtete. Sie dachte immer noch darüber
nach, warum sie in ihrem Büro ihr Hochzeitsfoto auf der Bildseite
liegend vorgefunden hatte und der Duft von Avery Hills
Aftershave an ihrem Telefon hing. Es beunruhigte sie, dass er
anscheinend nicht verstanden hatte, was sie ihm morgens
versucht hatte zu sagen. Aber sie schüttelte diese unerfreulichen
Gedanken ab, um sich auf den Fall konzentrieren zu können.

Freddie scrollte durch die Informationen auf dem Bildschirm

seines Laptops, während Sam auf und ab ging und ihren Stressball knetete. „Er ist vierzig, hat ebenfalls auf der Ohio State University studiert, war nie verheiratet, hat einen Ruf als Playboy. Früher war er mal mit Tenley James zusammen." Das war eine berühmte Schauspielerin. „Während Christian brav und bürgerlich wurde, scheint sein Bruder einen ganz anderen Weg eingeschlagen zu haben – jede Woche eine neue Freundin."

„Wie sieht er aus?"

„Hier, schau selbst." Freddie drehte den Laptop, um ihr das Foto eines verwegen gut aussehenden Mannes zu zeigen, dessen Haare so dunkel waren wie die seines Bruders blond. „Er muss wohl der Mutter ähnlich sehen."

„Ich kann verstehen, warum die Frauen ihn mögen. Überprüfen wir sie beide, mal sehen, ob es Strafakten gibt."

„Mache ich gerade."

„Wir brauchen außerdem Informationen über Defiance und müssen herausfinden, ob die Stadt irgendwelche dunklen Geheimnisse hat."

„Was denn für dunkle Geheimnisse?"

„Vermisste junge Frauen zum Beispiel."

„Ah, ich verstehe."

„Starte mal eine Suche nach den Namen Greg, Betty und Defiance, Ohio."

Freddie tippte hastig, um mit ihren schnellen Gedanken mithalten zu können.

Sam spürte die Energie in sich, und genau für dieses Vibrieren lebte sie, denn es signalisierte ihr, dass sie einer Sache auf der Spur war.

„Über Greg und Betty Taft aus Ohio finde ich nichts." Freddies braune Augen waren auf den Bildschirm konzentriert. „Oh, wow. O Mann. Sieh dir das mal an. Ein George und eine Barbara Tate wurden bei einem Brand vor zwölf Jahren getötet. Ihre Tochter Valerie, ein Mädchen im Teenageralter, wurde von den Pattersons aufgenommen." Erneut drehte Freddie den Computer, auf dessen Monitor jetzt das Foto einer sehr jungen Victoria Kavanaugh zu sehen war.

„Heiliger Strohsack!" Sam reckte die Faust in die Luft. „Wir haben sie!"

„Ich mache dich nur ungern darauf aufmerksam, dass wir lediglich eine Verbindung zwischen Victoria und den Pattersons haben. Das beweist noch lange nicht, dass sie Victoria ermordet haben."

„Aber es ist ein Anfang", sagte Sam. „Wir haben außerdem ein Motiv. Wer außer ihnen hätte jemanden ganz in Nelsons Nähe platzieren sollen, wenn nicht derjenige, der es auf Nelsons Job abgesehen hat?"

„Müssen wir immer noch beweisen", erwiderte Freddie.

„Du bist ein Stimmungskiller, weißt du das?"

„Sagst du mir ständig."

Sam lief weiter vor dem Whiteboard auf und ab. „Recherchiere mal Valerie Tate aus Defiance, Ohio."

Freddies Finger flogen über die Tastatur. „Lauter Zeug über das Feuer und die Pattersons, die das Mädchen aufgenommen haben. Ein paar Fotos. Auf jedem hat Colton den Arm um sie gelegt."

„Ich frage mich, ob die zwei zusammen waren."

Freddies Augen bewegten sich hin und her, während er die Informationen auf dem Bildschirm las. „In diesem Artikel heißt es, Colton sei in der ersten Klasse schwer krank gewesen, weshalb er wiederholen musste und in der gleichen Klasse wie Christian und Valerie landete. Es gibt ein Foto von den dreien mit Absolventenhut und Talar beim Abschluss der Highschool. Offenbar ist alles, was die Pattersons machen, in Defiance eine Nachricht wert."

„Wo hat Valerie das College besucht?"

„Bryn Mawr", antwortete Freddie und sah sie an.

„Ich wusste es! Es musste ja in irgendeiner Weise mit den Pattersons in Verbindung stehen."

„Ich bestreite diese Verbindung auch gar nicht. Ich mache dich nur noch einmal darauf aufmerksam, dass diese Verbindung nicht automatisch bedeutet, dass wir einen Mörder haben."

Sam warf ihm einen finsteren Blick zu und drehte eine weitere Runde durch den Konferenzraum, angetrieben von nervöser Energie, während sie im Geist die Puzzleteile zusammenzufügen versuchte.

„Pass auf – Valeries Online-Präsenz endet genau zu der Zeit, als sie ihren Abschluss an der Bryn Mawr macht. Danach wird sie kein einziges Mal mehr irgendwo erwähnt."

„Sehr interessant. Jemand in ihrer reichen Pseudofamilie hat sie also darauf angesetzt, den Nelson-Wahlkampf zu unterwandern. Ich will wissen, wer das war, und ich will wissen, warum. Reiche Leute wie die haben Lakaien. Die haben Personen, die sich um Situationen wie diese kümmern – ein Maulwurf, der plötzlich nicht mehr richtig mitarbeitet. Wir müssen dahinterkommen, wer die Helfer der Pattersons sind, und mit ihnen reden."

„Großartig. Und wie stellen wir das an?"

„Hm, indem wir sie fragen?"

Freddie dachte einen Moment darüber nach. „Wir rufen Christian Patterson an und fragen einfach: Wer sind Ihre Lakaien?"

„Klar." Sam zuckte die Schultern. „Warum nicht?"

Ein Klopfen an der Tür unterbrach sie. Sam wartete, bis Freddie den Laptop zugeklappt hatte. „Herein."

Agent Hill betrat den Raum. „Was gibt es Neues?"

„Nicht viel", antwortete Sam. „Und bei Ihnen?"

„Ich habe den Namen des NCIS-Agenten, der für Dereks Sicherheits-Update nach seiner Hochzeit mit Victoria zuständig war."

„Und?"

„Er ist tot."

„Natürlich ist er das", sagte Sam. Die Pattersons waren gründlich. „Wie?"

„Sein Tod wurde als Selbstmord eingestuft. Er ist von einer Brücke in Alabama gesprungen."

„Hat da jemand mal nachgeforscht?"

„Nein. Offenbar war er ein Einzelgänger, daher hat ihn eine Woche lang auch niemand als vermisst gemeldet. Als man ihn schließlich fand, gab es nicht mehr viel nachzuforschen." Avery fuhr sich durch die Haare, eine Geste, die Sam inzwischen als Ausdruck von Frustration zu deuten gelernt hatte. „Apropos nicht viel übrig – Berthas Haus wurde angezündet, genau wie die Nachbarhäuser zu beiden Seiten."

„Jemand verletzt?"

Er schüttelte den Kopf. „Zum Glück sind alle noch rechtzeitig rausgekommen." Auf den Computer deutend meinte er: „Haben Sie mehr über den Kongressabgeordneten herausfinden können?"

„Nicht allzu viel", antwortete Sam. „Er hatte einen Herzanfall, bevor wir ihn befragen konnten."

„Meine Güte, uns bleibt auch nichts erspart."

„Das wird schon. Wir müssen nur dranbleiben."

„Ich werde mit dem Arzt reden, der Maeve Kavanaugh den GPS-Chip implantiert hat. Bis zum Meeting um halb fünf bin ich zurück."

„Wir werden hier sein."

Er musterte die beiden misstrauisch, dann verließ er den Raum wieder.

„Er weiß, dass da etwas im Gange ist", stellte Freddie fest.

„Schön für ihn."

„Wann willst du die anderen einweihen in das, was wir entdeckt haben?"

„Bald. Wir brauchen noch ein bisschen mehr, und ich weiß auch schon, woher wir es bekommen." Sie winkte ihm, ihr zu folgen.

Er nahm den Laptop und lief ihr hinterher.

„Wohin gehen wir?"

„Zurück zu unserem Freund in Pattersons Wahlkampfzentrale."

Sie verheimlicht etwas, dachte Avery auf der Fahrt zum Washington Hospital Center in der Irving Street Northwest. Es war grauenhaft, aus diesem Gewirr von Northwest, Northeast, Southeast und Southwest in Washington schlau zu werden. Warum benutzten die keine Straßennamen ohne diese Richtungs-Anhängsel? Wenn er Einheimischen diese Frage stellte, sahen die ihn bloß verständnislos an und erwiderten, so hätten sie es eben schon immer gehalten. Trotzdem, begriffen die denn nicht, dass das verwirrend war für Auswärtige?

Natürlich kehrten seine Gedanken zu Sam zurück, die ein wenig zu freundlich und entgegenkommend gewesen war. Inzwischen kannte er sie gut genug, um das als Anzeichen dafür zu deuten, dass sie irgendetwas im Schilde führte. Hoffentlich weihte sie ihn bald ein, damit sie diesen verdammten Fall abschließen konnten. Und sobald das geschafft war, würde er unterwegs nach Jamaika sein.

Derek Kavanaugh hatte ihm erzählt, dass Dr. Bernard Saltzman sich bei Maeves Geburt um Victoria gekümmert hatte. Saltzmans Praxis befand sich im Washington Hospital Center, wo er auch ein Belegrecht hatte für Patientinnen in den Wehen, Geburten und Operationen.

Avery parkte und ging gefühlt eine Meile bis zum Haupteingang, wo er sich nach dem Weg zu Saltzmans Praxis in der zweiten Etage erkundigte. Das Wartezimmer war voller schwangerer Frauen. An der Rezeption zeigte er seine Dienstmarke vor. „FBI Special Agent Hill, ich möchte zu Dr. Saltzman.“

Die ältere Frau musterte die Marke, dann ihn. „Er hat gerade eine Patientin.“ Sie deutete auf das Wartezimmer. „Und noch viele andere, die auf ihn warten.“

Normalerweise hätte er darauf bestanden, den Arzt sofort zu sehen, doch scheute er davor zurück, die Behandlungen in dieser Praxis zu unterbrechen. „Ich werde zwischen zwei Patientinnen mit ihm sprechen.“ Avery hielt Ausschau nach einem freien Platz im Wartezimmer und fand einen neben einer hochschwangeren Frau. Einige der Frauen im Raum hielten Händchen mit eingeschüchtert aussehenden Männern.

Avery setzte sich, in der Hoffnung, nicht lange warten zu müssen.

Von schwangeren Frauen umgeben zu sein, machte ihn stets unruhig. Er wusste nie, was er sagen oder wie er sich verhalten sollte. Seine Schwestern bekamen seit Jahren ein Kind nach dem anderen. Davon war Avery sehr weit entfernt. Zwar konnte er von sich behaupten, in seine Nichten und Neffen vernarrt zu sein, aber sich mit der schwangeren, hormongeplagten und emotionalen Phase herumzuschlagen, überließ er gern seinen Schwagern.

Die Praxistür ging auf, und herein kam die blonde Elfe, die er am Abend zuvor in Sams Haus kennengelernt hatte. Wie hieß sie noch? Er zermarterte sich das Hirn und lauschte angestrengt, als sie sich anmeldete. Shelby! Das war's. Die neue Privatsekretärin des Senators und seiner Frau. Vielleicht würde sie ihn gar nicht bemerken, inmitten all der Schwangeren.

Aber dann drehte sie sich um und hielt genau wie er vorhin Ausschau nach einem freien Platz. Überrascht rief sie: „Agent Hill? Sind Sie guter Hoffnung?" Sie sah die Frau zu seiner Rechten an.

Entsetzt schüttelte er den Kopf. „Ich bin hier, um mit dem Doktor über den Fall zu sprechen, an dem ich gerade arbeite."

Shelby setzte sich an die andere Seite neben ihn. Ihrer schlanken Figur nach zu urteilen war auch sie nicht schwanger oder wenn, erst seit Kurzem.

„Ist er in Schwierigkeiten?", flüsterte sie.

„Nein. Nichts dergleichen." Er sah sie an und fragte sich, wie gut sie Sam kannte. „Wann ist es bei Ihnen so weit?"

Ihr Lächeln erstarb, und sofort bereute er seine Frage. „Ich bin nicht schwanger. Ich versuche es noch."

Unauffällig schaute er auf ihren Ringfinger.

„Verheiratet bin ich auch noch nicht."

Anscheinend war er nicht unauffällig genug. Er hob beide Hände. „Ich erlaube mir da kein Urteil."

Ihre blauen Augen füllten sich mit Tränen. Avery wäre am liebsten im Boden versunken.

„Tut mir leid", sagte sie, ihre Augen mit einem Taschentuch betupfend, das sie aus der größten pinkfarbenen Handtasche genommen hatte, die er je gesehen hatte. Genau betrachtet war alles an der Frau pink. „Die Hormone machen mir zu schaffen, und ich muss wegen jeder Kleinigkeit weinen. Neulich hat der Wagen vor mir einen Hasen in einer Seitenstraße angefahren, und ich musste eine Stunde lang weinen!" Während sie sprach, liefen ihr die Tränen über die Wangen. Sie wischte sie hastig weg und versuchte die Flut zu stoppen. „Lieber Himmel, ich bin völlig neben der Spur."

Da Avery nicht widersprechen konnte, schwieg er.

„Sie können mir nicht verraten, was der Doktor getan hat?", fragte sie in einer Lautstärke, die sie offenbar für Flüstern hielt.

„Nein."

„Verzeihung, das hätte ich nicht fragen sollen."

„Sam würde nicht wollen, dass Sie solche Dinge fragen, wenn

Sie für sie arbeiten." Die Worte kamen schroffer heraus als beabsichtigt.

Prompt flossen neue Tränen.

„Ach, kommen Sie. Das habe ich nicht gesagt, um Sie zum Weinen zu bringen."

„Tut mir leid", meinte sie und wirkte gekränkt. „Ich kann nichts dagegen tun."

Er versuchte Konversation zu machen. „Wie findet Ihr Freund diese Wasserfälle?"

„Ich habe keinen Freund."

Und wieder bereute Avery seine Frage.

„Ihr Akzent ist reizend", sagte sie wehmütig. „Ist es Charleston?"

„Ja", bestätigte er, verblüfft darüber, dass sie wusste, woher er stammte. „Woher wissen Sie das?"

„Ich habe einige Zeit dort verbracht. Schon lange her."

„Nicht", warnte er sie sanft, da ihr Kinn zitterte und ihre Augen schon wieder glänzten.

„Tut mir leid." Sie zupfte ein neues Taschentuch heraus. „Schmerzliche Erinnerungen."

„Ich habe beinahe Angst zu fragen, wie Sie ein Baby ohne Freund oder Ehemann bekommen wollen."

Ein schwaches Lächeln erschien auf ihrem Gesicht. „Wissenschaft."

„Hm."

„Was soll das bedeuten?"

„Was soll was bedeuten?"

„Das ‚Hm'?"

„Nichts. Drückt Überraschung aus."

„Was überrascht Sie?"

Du liebe Zeit, wie bringe ich mich immer wieder in solche Situationen? „Man sollte meinen, die Männer stünden bei Ihnen Schlange, um der Vater Ihres Kindes zu werden."

Das entlockte ihr einen Schluchzer. „Finden Sie wirklich?"

„Lassen Sie mich das nicht bereuen", warnte er sie.

Die Sprechstundenhilfe kam in das Wartezimmer.

„Agent Hill? Der Doktor empfängt Sie jetzt."

„Dem Himmel sei Dank", murmelte Hill. „Es war nett, Sie zu treffen. Viel Glück bei Ihrem, äh, Projekt."

„Danke", erwiderte Shelby und griff nach einem weiteren Taschentuch.

Avery folgte der stämmigen älteren Dame durch ein paar Flure, die zum Sprechzimmer des Arztes führten.

Saltzman sprach gerade in ein Diktiergerät, winkte ihn jedoch herein und bedeutete ihm, sich zu setzen.

Die Sprechstundenhilfe machte die Tür zu, als sie ging.

Saltzman war groß und dünn, mit graubraunem Haar und einer Drahtgestellbrille. Als er mit dem Diktieren fertig war, schaltete er das Gerät aus. „Verzeihen Sie, dass ich Sie habe warten lassen. Ich bin Bernie Saltzman."

Avery schüttelte ihm die ausgestreckte Hand. „Special Agent Avery Hill, FBI."

„Sie sind hier wegen Maeve Kavanaugh und dem GPS-Chip."

„Ja ..."

„Bevor Sie danach fragen, warum Sie von mir nicht gehört haben, unmittelbar nachdem sie vermisst wurde – ich bin gestern von einer Afrika-Safari mit meiner Frau und meinen Kindern zurückgekehrt. Ich habe erst heute Morgen von dem Fall Kavanaugh gehört, nachdem das Kind gefunden wurde."

„Das beantwortet bereits einige meiner drängendsten Fragen."

Saltzman ließ sich in seinen Bürosessel fallen und streckte die langen Beine aus. „Es ist schrecklich. Victoria war eine reizende Person. Sie und ihr Mann haben sich so sehr über das Baby gefreut."

„Erinnern Sie sich an all Ihre Patienten so gut?"

„Ich wünschte, das täte ich, aber es sind sehr viele. Sie sind mir in Erinnerung geblieben wegen der Verbindung zum Präsidenten."

„Nach der Geburt des Babys ließ Victoria ihrer Tochter einen GPS-Chip in den Arm implantieren. Ist das üblich?"

„Wird immer verbreiteter."

„Hat Victoria Ihnen erzählt, weshalb sie dem Baby den Chip implantieren lassen wollte?"

„Sie war besorgt, jemand könnte das Kind wegen des Jobs ihres Mannes entführen."

„Fanden Sie diese Sorge seltsam?"

„Eigentlich nicht. Sie hatte problematische Ängste und ging damit offen um, daher überraschte es mich nicht."

„Bekam sie Medikamente wegen ihrer Angstzustände?"

„Nicht während der Schwangerschaft."

„War Ihnen klar, dass ihr Mann von dem GPS-Chip gar nichts wusste?"

Das schien ihn zu erstaunen. „Nein, das wusste ich nicht. Andererseits ist es nichts Ungewöhnliches für mich, nach der Geburt eines Kindes nur mit der Mutter zu tun zu haben. Die Väter kommen und gehen."

Avery stand auf und gab Saltzman seine Karte. „Ich danke Ihnen für Ihre Zeit, Doktor. Falls Ihnen noch etwas einfällt, rufen Sie mich bitte an."

„Agent Hill?"

Er drehte sich noch einmal um.

„Ich habe gestern Abend noch einmal ihre Krankenakte gelesen, um mein Gedächtnis aufzufrischen. Vielleicht möchten Sie wissen, dass Victoria deutlich mehr als das übliche Interesse am Sicherheitsstandard des Krankenhauses gezeigt hat, und zwar vor der Geburt."

„Wie meinen Sie das?"

„Sie hat Informationen darüber verlangt, wer in die Krankenhausstation kommt und wie die Besucher kontrolliert werden. Solche Dinge."

„Hatten Sie den Eindruck, dass Sie bereits in der Angst vor einer Entführung des Babys lebte?"

„Im Nachhinein muss ich diese Frage bejahen."

„Nochmals vielen Dank."

Avery folgte den Ausgang-Schildern zum Wartezimmer, wo er Shelby zunickte.

Sie winkte schwach.

Er war froh zu sehen, dass sie aufgehört hatte zu weinen. Auf halbem Weg zum Fahrstuhl hörte er seinen Namen. Er drehte sich um und sah Shelby, die ihm hinterherlief.

„Verzeihung", sagte sie, ein wenig errötend.

„Kann ich Ihnen noch irgendwie helfen?"

Sie war so klein und zierlich, dass sie ihm selbst auf

Stilettoabsätzen nur bis zur Brust reichte. Entsprechend musste sie fast zu ihm aufschauen. „Ich habe mich gefragt, ob Sie vielleicht mal irgendwann Lust auf einen Kaffee haben."

Fragte sie ihn gerade, ob er mit ihr ausgehen wollte? „Oh, na ja, ich würde schon gern, aber ich werde nicht bleiben, nachdem wir den Fall abgeschlossen haben. Ich muss weg." *Weit weg,* dachte er.

Ihre Miene verriet Enttäuschung. „Okay. Dann will ich Sie nicht aufhalten."

„Viel Glück", wünschte er ihr, sah zur Arztpraxis und fügte hinzu: „Mit allem."

„Das wünsche ich Ihnen auch."

Im Fahrstuhl rekapitulierte er diese merkwürdige Begegnung noch einmal und empfand Bedauern darüber, dass er jemanden wie Shelby nicht schon vor Jahren kennengelernt hatte, als er noch an den Dingen interessiert gewesen war, die sie sich heute wünschte. Und bevor er gewusst hatte, dass es Sam Holland gab. Ja, damals war alles einfacher gewesen.

19

———

Sam öffnete die Tür zu Pattersons Wahlkampfzentrale und marschierte hinein, als gehöre ihr der Laden.

Der junge Mann hinter dem Tresen erbleichte, als er sie sah, und sprang auf. „Ich habe ihm nicht gesagt, dass Sie kommen! Sie können mich nicht verhaften!"

„Entspannen Sie sich", sagte Sam. „Niemand wird verhaftet. Noch nicht."

„Was soll das heißen?"

„Ich brauche noch mehr Informationen. Wenn Sie mir helfen, sind wir quitt. Falls nicht ..." Sie sah zu Freddie. „Dann haben wir möglicherweise ein Problem."

Sein Blick sprang zwischen Sam und Freddie hin und her. „Was für Informationen?"

Sam lehnte sich auf den Tresen, als wollte sie nur mit einem alten Freund plaudern. „Fangen wir mit Ihrem Namen an."

„Sam."

„Hey!", sagte Sam. „Was für ein Zufall. Das ist auch mein Name. Ist das nicht cool?"

„Ja, ist es wohl." Er zuckte die Schultern. Es war offensichtlich, dass er das nicht annähernd so cool fand wie sie. Mit zitternder Hand fuhr er sich durch die gewellten dunklen Haare. Er konnte seine Nervosität nicht verbergen.

„Ich stelle mir vor, dass viele Leute nötig sind, um diese Organisation am Laufen zu halten.“

„Ja. Und?“

„Wie viele ungefähr?“

„Ein paar hundert, mehr oder weniger, arbeiten hier, und tausend oder noch mehr überall im ganzen Land verteilt.“

„Wo befindet sich heute jeder?“, fragte Sam, obwohl sie das längst wusste.

„Heute haben alle frei, nach der großen Südstaatentour.“

„Warum haben Sie nicht frei?“, fragte Freddie.

„Irgendwer muss Telefondienst machen.“

„Wie viele der tausend oder mehr Leute, die am Wahlkampf mitwirken, werden dafür bezahlt?“

„Mehr als fünfhundert, die übrigen sind Freiwillige. Arnie hat ziemlich viele Anhänger. Wir haben mehr Freiwillige, als wir unterbringen können.“

Sam fand, er hörte sich an wie ein stolzer Jünger. „Wer arbeitet am engsten mit dem Kandidaten zusammen?“

„Seine Söhne Christian und Colton.“

„Und wer arbeitet eng mit denen zusammen?“

Er verschränkte die Arme und wirkte ein bisschen genervt. „Ich habe wahrscheinlich genug gesagt.“

„Wer hat die Maulkorbsperre verhängt?“

„Christian. Er ist mehr oder weniger der Chef. Und er ist sehr eigen, was undichte Stellen angeht.“

„Inwiefern eigen?“

„Er hat uns allen klar zu verstehen gegeben, dass jeder, der mit Außenstehenden über den Wahlkampf redet, hier nicht mehr lange arbeitet.“

„Gab es Beispiele für Leute, die gefeuert wurden, weil sie geplaudert haben?“

„Ja.“

„Wer?“

„Ich ... Sie müssen sich einen richterlichen Beschluss besorgen. Ich werde nicht über Personalprobleme mit Ihnen sprechen. Ich stecke auch so schon genug in Schwierigkeiten.“

Sam erkannte, dass sie nicht weiterkam, und fragte stattdessen: „Wer sind Christians und Coltons engste Mitarbeiter?“

„Porter Gillespie arbeitet für Colton, und Jonathan Thayer ist Christians Berater."

Freddie notierte sich die Namen. „Können wir ihre lokalen Adressen haben?"

Der junge Sam ließ sich auf einen Stuhl fallen. „Die bringen mich um dafür." Er schrieb die Adressen auf einen gelben Notizzettel.

„Schreiben Sie doch auch gleich noch die Handynummern dazu, wenn Sie schon dabei sind", forderte Freddie ihn auf.

„Christian und Colton kennen die beiden also schon lange?", fragte Sam.

„Ja, nehme ich mal an."

„Wie lange?"

„Ganz schön lange. Die Pattersons haben viele Freunde. Sie sind beliebt."

„Lassen Sie mich Folgendes fragen", sagte Sam.

Der junge Mann schien kaum zu atmen, während er auf die nächste Frage wartete.

„Wenn einer der Patterson-Brüder, sagen wir, eine schmutzige Angelegenheit zu regeln hätte, würden sie das dann von Porter oder Jonathan erledigen lassen?"

Sein Adamsapfel hüpfte wie verrückt. „Was denn für schmutzige Angelegenheiten?"

„Sie wissen schon, Sachen, die halt in einem hitzigen Wahlkampf erledigt werden müssen." Sam beugte sich noch ein bisschen weiter vor. „Dinge, die der Kandidat und seine Familie nicht selbst erledigen wollen."

„Ich weiß nicht, worauf Sie da anspielen."

Sam vermochte nicht genau einzuschätzen, ob der junge Mann begriffsstutzig oder naiv war. „Ich nehme an, ich meine Dinge, die an moralische und rechtliche Grenzen stoßen."

„Wir führen einen sauberen Wahlkampf, Lieutenant", erwiderte er empört, was Sam dazu veranlasste, sich zu fragen, ob er das ernsthaft glaubte.

„Klar tun Sie das. Tun sie das nicht alle, Detective Cruz?"

„Davon bin ich überzeugt. An Politik ist nichts Schmutziges oder Unmoralisches."

Sam und Freddie vertieften ihre Unterhaltung und ignorierten den nervösen jungen Mann, dessen Blick zwischen ihnen hin und her sprang, als verfolge er ein Tennismatch. „Mit Ausnahme einiger Fälle ist Politik eine absolut saubere Sache. Und ich glaube nicht, dass es sich hier um eine dieser Ausnahmen handelt. Du etwa?"

„Na ja, ein bisschen stinkt die Sache schon", meinte Freddie, sich auf das Spiel wie so oft einlassend.

Wann war er denn dermaßen gut geworden darin? Ganz unbemerkt war das geschehen. „Ich kann diesen Geruch nicht richtig deuten", erklärte Sam, sich an den anderen Sam wendend. „Aber diese Sache stinkt tatsächlich besonders, nicht wahr, Detective Cruz?"

„In der Tat. Es hat etwas von verdorbenem Essen, Zwiebeln und vielleicht einem Hauch schmutziger Windeln."

Sam verkniff sich ein Lachen und nickte zustimmend.

„Reden Sie mit Jerry", sagte der junge Mann, der es plötzlich eilig zu haben schien, die beiden Polizisten loszuwerden.

„Wie meinen?", fragte Sam, als hätte sie ihn nicht verstanden.

„Ich sagte, reden Sie mit Jerry."

„Jerrys Nachname?"

„Smith."

„Und was macht er?"

„Er fährt Leute und erledigt spezielle Aufgaben ... Sachen halt."

„Oh." Sam klatschte in die Hände. „Sachen halt. Warum habe ich den Verdacht, dass Sie schon die ganze Zeit genau wussten, wovon wir reden? Tja, und wo finden wir diesen Jerry Smith?"

Er schrieb die Adresse auf ein Blatt Papier, riss es vom Block und warf es ihr hin. „Wenn ich draufgehe, ist das Ihre Schuld."

„Nein, mein Freund, es ist Ihre Schuld, weil Sie blöd genug waren, für Leute zu arbeiten, die Sie umbringen, wenn Sie die Wahrheit sagen. Sie sollten Ihre Berufswahl überdenken." Sam wandte sich zum Gehen, drehte sich aber noch einmal um. „Schreiben Sie Ihren Namen, Adresse und Telefonnummer auf."

„Warum?"

„Weil wir möglicherweise noch einmal mit Ihnen sprechen müssen, und es würde mir nicht gefallen, wenn Sie verschwinden."

Jetzt zitterte seine Hand deutlich, während er die gewünschten Informationen aufschrieb und ihr auch diesen Zettel gab.

„Ausgezeichnet. Bleiben Sie in der Stadt, für den Fall, dass wir Sie brauchen."

Sie traten wieder hinaus in die sumpfige Schwüle, die in ihren Lungen brannte. „Das war ein sehr lustiger Tag", stellte Sam fest.

„Manche Leute würden deine Vorstellung von lustig vielleicht nicht teilen, aber ich stimme dir zu."

„Das mit der schmutzigen Windel war eine hübsche Idee."

„Hat's dir gefallen? Ich fand es auch ziemlich brillant."

Sam verdrehte die Augen und schloss den Wagen auf. „Um was wollen wir wetten, dass Jerry Smiths DNA mit der übereinstimmen wird, die wir unter Victoria Kavanaughs Fingernägeln gefunden haben?"

„Ich würde alles darauf wetten." Freddie deutete auf das Wahlkampfbüro. „Der arme Kerl wird nie mehr derselbe sein. Du hast ihn dir da drinnen hörig gemacht."

„Ja, habe ich, oder?" Sam grinste zufrieden und startete den Wagen. „Er muss sich einen anderen Job suchen. Er weiß, dass das Mistkerle sind, trotzdem legt er den Kopf in die Schlinge für sie. Ich kann diese Art von Loyalität für Leute, die es nicht wert sind, absolut nicht nachvollziehen."

„Patterson hat eine riesige und treue Anhängerschaft in diesem Land. Die Leute sehen das, was sie sehen wollen."

„Ja, stimmt."

Jerry Smith wohnte in einem Extended Stay Hotel mit Apartments, sechs Blocks von der Wahlkampfzentrale entfernt. Der junge Sam hatte sogar die Zimmernummer aufgeschrieben, was Sam und Freddie die Prozedur des Fragens an der Rezeption und der Drohung mit einem Durchsuchungsbeschluss ersparte.

Auf dem Parkplatz bemerkte Sam einen schwarzen Lincoln SUV mit getönten Scheiben und einem Patterson-for-President-Aufkleber auf der Stoßstange. Sie machte Freddie darauf aufmerksam. „Zumindest wissen wir, dass er da ist."

Sie betraten die Lobby und gingen direkt zum Fahrstuhl, der sie in den dritten Stock brachte.

Sam klopfte an die Tür mit der Nummer 424 und hielt ihre Dienstmarke vor den Spion, als sie im Zimmer Geräusche hörte.

„Metro Police Department. Machen Sie auf, Jerry." Sie legte die Hand auf ihre Waffe, stieß Freddie an und deutete mit dem Kinn an, dass er vom Türrahmen weggehen sollte, für den Fall, dass die Sache hässlich wurde. Erst jetzt fiel ihr ein, dass sie wahrscheinlich vorher hätten Verstärkung anfordern sollen. „Jerry, Sie stellen meine Geduld auf die Probe. Ich weiß, dass Sie da drin sind. Ich habe Ihren Wagen vorn gesehen."

„Was wollen Sie?"

„Wir müssen mit Ihnen reden. Machen Sie die Tür auf, oder ich schicke meinen Partner los, um den Manager zu holen."

Eine weitere Minute verging, in der die einzigen Geräusche die des Fernsehers im Zimmer waren. Wenn sie nicht im dritten Stock gewesen wären, hätte Sam befürchtet, er könnte durch das Fenster fliehen. Als eine Türkette klirrte, zog Freddie seine Waffe.

Da er ihr Rückendeckung gab, ließ Sam ihre Waffe vorerst stecken.

Der Riegel wurde zurückgeschoben, und die Tür wurde schwungvoll geöffnet. Jerry war über eins achtzig, kahl, muskelbepackt und tätowiert. Sams erster Gedanke war, dass die zierliche Victoria gegen diesen Kerl nicht den Hauch einer Chance gehabt hatte. Er war wie geschaffen für schmutzige Jobs – das reinste Klischee, von seinem Dreitagebart über das Muskelshirt bis zu seiner finsteren Miene. Und war das eine Prellung dort an seinem Kinn? Sam fragte sich, ob das Victorias geprellte Fingerknöchel erklärte. Sie hoffte es.

„Was wollen Sie?"

„Reinkommen", antwortete Sam.

„Hier passt mir besser."

„In der Innenstadt wäre uns noch lieber, nicht wahr, Detective Cruz?"

„Das würden wir bevorzugen, allerdings. Obwohl wir Sie für die Fahrt mit Handschellen fesseln müssten. Wenn ich Sie wäre, würde ich uns für eine vernünftige Unterhaltung hereinbitten, statt mich mit Handschellen gefesselt ins Polizeihauptquartier schleppen zu lassen."

Seine Miene verfinsterte sich noch mehr, falls das überhaupt möglich war, aber er ließ sie in die unaufgeräumte Wohnung eintreten, die nach Zigaretten und abgestandenem Bier roch.

„Genießen Sie Ihren freien Tag, Jerry?", fragte Sam.

„Was wollen Sie?"

„Fangen wir noch mal von vorn an, ja? Ich bin Lieutenant Holland, und das ist mein Partner Detective Cruz. Wir ermitteln im Mordfall Victoria Kavanaugh und der Entführung ihrer Tochter Maeve." Sam beobachtete genau seine Reaktion auf die beiden Namen, doch seine Miene blieb unverändert störrisch und bedrohlich.

„Was hat das mit mir zu tun?"

„Das würde ich gern erfahren. Ihr Name ist im Zuge unserer Ermittlungen aufgetaucht."

Diesmal lösten die Worte eine Reaktion aus, denn seine Schroffheit schlug um in Wut.

„Wer hat Ihnen meinen Namen genannt?"

„Spielt keine Rolle."

„Für mich schon!"

„Warum?"

Als er knurrend den Mund verzog, verstand Sam, warum der junge Sam ihnen nur sehr widerwillig von Jerry erzählt hatte.

„Weil ich mit diesem Großmaul gern ein Wörtchen reden würde."

„Wie wir Sie gefunden haben, ist irrelevant", erwiderte Sam. „Wir würden gern wissen, wo Sie am Sonntag waren."

„Warum?"

„Darum."

„Das muss ich Ihnen nicht sagen."

„Doch, das müssen Sie, sonst bleibt uns nämlich keine andere Wahl, als Sie zu verhaften."

„Mit welcher Begründung?"

„Zurückhalten von Informationen in einer Mordermittlung."

„Ich weiß nichts über irgendeinen Mord!"

„Haben Sie Vorstrafen, Jerry?" Bei all den Jerry Smiths auf dieser Welt würde es zu viel Zeit kosten, ihn mit den entsprechenden Dateien abzugleichen.

Diese Frage bewirkte jedoch schon, dass seine Wut verpuffte. „Ja, na und?"

„Weswegen denn?"

„Körperverletzung, Diebstahl, Autodiebstahl."

„Reizend. Ist Ihre Mutter stolz auf Sie?"

Das brachte die grimmige Miene zurück. „Geht's in dieser Unterhaltung auch um was Konkretes?"

„Ja. Ich will wissen, wo Sie am Sonntag waren."

„Ich war den ganzen Tag hier. Hab mir'n Spiel im Fernsehen angeschaut, hatte 'ne Pizza, hab entspannt."

„Während die Wahlkampftruppe also durch den Süden getourt ist, sind Sie in der Stadt geblieben?"

„Die haben mich nicht gebraucht. Bei jeder Station hatten sie Fahrer aus der Region."

„Ist das ungewöhnlich?"

„Manchmal fahre ich mit, manchmal nicht. Kommt ganz drauf an."

„Worauf?"

„Was sonst noch anliegt. Ich fahre dahin, wo ich gebraucht werde."

„Haben Sie irgendwen getroffen am Sonntag? Mit jemandem geredet?"

„Wenn ich nicht arbeite, bleibe ich meistens zu Hause, besonders wenn es dermaßen heiß ist."

„Irgendwohin unterwegs gewesen?"

„Paar Besorgungen. Reinigung, Supermarkt, solche Sachen."

„Sie sind nicht zufällig in Capitol Hill vorbeigekommen?"

„Nicht dass ich wüsste."

„Lassen Sie uns über die Pattersons sprechen."

Sofort war er auf der Hut. „Was ist mit denen?"

„Stehen Sie ihnen nahe?"

„Ja, ich denke schon."

„Allen? Christian, Colton, Arnie?"

„Jap."

„Wie nahe?"

„Was wollen Sie andeuten?"

„Ich will einfach wissen, wie nahe Sie ihnen stehen. Auf einer Skala von ‚lockere Bekanntschaft' bis ‚ich würde alles für sie tun', wo stehen Sie da?"

„Sie sind wie eine Familie für mich. Schon seit meiner Kindheit."

„Mit anderen Worten, es gibt nichts, was Sie nicht für sie tun würden?"

Er zuckte die Schultern, als sei die Antwort darauf klar.

„Würden Sie für die Pattersons morden?"

Er kniff die Augen zusammen und sah aus, als wollte er sie allein für die Frage schon umbringen. „Ich will einen Anwalt."

Manchmal machten sie es einem verdammt einfach. Oft genug war die Forderung nach einem Anwalt nervig, gelegentlich aber auch genau das, was Sam brauchte. „Cruz, verhaften Sie Mr. Smith."

„Weswegen denn?", schrie Smith. „Ich habe nichts getan!"

„Da wir Sie ohne Ihren Anwalt nicht weiter befragen können, müssen wir Sie ins Hauptquartier bringen, von wo man Ihren Anwalt kontaktieren wird. Sobald er oder sie auftaucht, können wir unsere Unterhaltung fortsetzen. Cruz?"

„Mr. Smith, Sie haben das Recht zu schweigen. Alles, was Sie sagen, kann und wird vor Gericht gegen Sie verwendet werden."

Während Freddie ihn über seine Rechte aufklärte, schäumte Jerry und bedachte Sam mit einem tödlichen Blick, der sie jedoch nicht im Geringsten einschüchterte. Sie schaltete das TV-Gerät aus und folgte den beiden aus dem Zimmer, wobei sie die Tür hinter sich zumachte. Auf dem Weg zum Fahrstuhl blieb Sam ein paar Schritte zurück, um Captain Malone anzurufen.

„Ich habe noch nichts vom Richter gehört", erklärte er.

„Ich brauche noch einen."

„Weswegen diesmal?"

Sie nannte ihm den Namen des Hotels, die Adresse und die Zimmernummer. „Wir haben Grund zu der Annahme, dass der Bewohner des Zimmers Victoria Kavanaugh umgebracht hat."

„Berichten Sie mir, was Sie bis jetzt haben."

Obwohl Sam die ganze Sache vorerst hatte geheim halten wollen, gab sie in groben Zügen wieder, auf was sie gestoßen waren bei den Nachforschungen über den Patterson-Wahlkampf sowie Jerrys Rolle als Handlanger. „Er scheint nicht der Typ zu sein, der seine Sachen allzu oft wäscht, also könnten wir Glück haben mit blutiger Kleidung oder DNA, die ihn mit Victoria in Verbindung bringt. Deshalb benötige ich auch einen richterlichen Beschluss für die Entnahme seiner DNA-Probe. Falls sie zu der

DNA passt, die wir unter ihren Fingernägeln gefunden haben, wovon ich überzeugt bin, haben wir den Fall gelöst."

„Wow, gut gemacht, Holland. Sie erstaunen mich immer wieder aufs Neue."

„Smith ist bloß die Spitze des Eisbergs", sagte sie. „Wir müssen noch einen größeren Fisch an den Haken kriegen, bevor wir die Sache unter Dach und Fach haben."

„Erklären Sie das."

„Einer oder alle Pattersons haben den Mord an Victoria in Auftrag gegeben."

Malone stieß einen leisen Pfiff aus. „Mit einem solchen Vorwurf schmeißen Sie den gesamten Wahlkampf über den Haufen."

„Deshalb muss ich mir meiner Sache ja auch sehr sicher sein, bevor die Presse davon Wind bekommt."

„Heiliger Strohsack. Sie haben nicht gescherzt mit Ihrer Andeutung, die Sache könnte groß werden."

„Sie müssen mir helfen, dass alles geheim bleibt, bis wir die nötigen Fakten haben."

„Absolut. Wie lautet Ihr Plan?"

Sie senkte die Stimme und ließ sich noch weiter zurückfallen, während Cruz Jerry zum Fahrstuhl führte. „Ich werde im Hauptquartier erst mal warten, bis Jerry sich beruhigt hat, in der Hoffnung, dass eine gewisse Zeitspanne in Gewahrsam ihn kooperationsbereiter machen wird. Er hat ein Vorstrafenregister und weiß daher, was für ihn auf dem Spiel steht, wenn er wieder ins Gefängnis muss."

„Die Patterson-Truppe wird sich entweder massiv auf ihn stürzen oder ihn einfach fallen lassen."

„Ich rechne mit Option B. Ich glaube, er ist mit der Verhaftung bereits eine Persona non grata für die Pattersons. Die werden so tun, als hätten sie den Burschen nie kennengelernt und als sei alles, was er getan hat, seiner Vorstellung von Loyalität entsprungen. Die hatten nichts damit zu tun, blablabla."

„Damit haben Sie vermutlich recht."

„Er wird eine bittere Lektion erteilt bekommen darüber, wen die Pattersons, die er als Familie betrachtet, schützen, sobald es hart auf hart kommt. Wir sind gleich da."

„Ich beantrage die richterlichen Beschlüsse."

„Wir brauchen auch dringend Victorias DNA-Bericht."

„Ich kümmere mich darum."

„Nichts darf nach außen dringen, Captain."

„Keine Sorge, Lieutenant."

Wegen der Medienvertreter, die nach wie vor das Gebäude belagerten, und weil Sam wegen der Pattersons noch nichts sagen konnte, führten sie und Freddie den Verhafteten durch den Eingang zum Leichenschauhaus ins Polizeihauptquartier. „Bring ihn nach oben für die Aufnahmeprozedur", bat sie Freddie. Smith würde sich einer gründlichen Leibesvisitation unterziehen müssen, man würde seine Fingerabdrücke nehmen und ihn fotografieren, was seine gute Laune weiter verbessern dürfte. Sie senkte die Stimme, damit nur Freddie sie hörte. „Ich will wissen, ob er irgendwo am Körper Kratzspuren hat."

Freddie nickte.

„Und dann bring ihn in einen Verhörraum."

„Verstanden."

Sam eilte in die Leichenhalle, auf der Suche nach Lindsey. „Hey, Doc?"

„Hier hinten", rief Lindsey aus ihrem Büro.

„Ich brauche Sie."

„Was kann ich für Sie tun, Lieutenant?"

„Sie müssen eine DNA-Probe nehmen und mir möglichst rasch das Ergebnis liefern."

„Ist Ihnen eigentlich klar, dass jede Anfrage hier mit dem Vermerk ‚eilig' reinkommt?"

Sam grinste über die freche Erwiderung der Gerichtsmedizinerin. „Mich bringen Sie damit nicht auf die Palme. Dafür läuft es heute viel zu gut. Das ist der beste Tag seit einer gefühlten Ewigkeit."

„Fangen Sie gleich an, vor Freude zu singen?"

„Könnte glatt noch passieren heute."

„Dann gab es wohl einen Durchbruch im Fall Kavanaugh?"

„O ja, und warten Sie ab, bis Sie alles erfahren. Mehr kann ich im Augenblick nicht verraten."

„Ist die Sache größer als die mit dem Parteivorsitzenden der Demokraten damals, dem Sprecher des Weißen Hauses und dem Senior Senator?"

„Vielleicht nicht ganz, aber trotzdem groß. Wir warten gerade auf den richterlichen Beschluss für die DNA-Probe. Ich rufe Sie an, sobald der da ist."

„Ich werde hier sein. Wie geht es dem Gesicht?"

„Tut immer noch weh, aber es ist nichts, was mich heute runterzieht." Sam wandte sich zum Gehen, hielt jedoch inne. Sie wollte doch eigentlich den Menschen, die ihr etwas bedeuteten, eine bessere Freundin sein. Und Lindsey bedeutete ihr etwas. „Wie läuft es mit Terry? Sie haben in letzter Zeit nicht viel erzählt."

Lindsey lächelte, und ein sanftes Glühen leuchtete in ihren grünen Augen. „Es läuft großartig. Ich bin froh, dass ich den Schritt mit ihm gewagt habe. Es hat sich gelohnt. Er war es wert."

„Ich freue mich, dass Sie glücklich sind. Sie beide passen auch optisch gut zusammen."

„Danke, vor allem auch dafür, dass Sie geheiratet haben und ich auf diese Weise die Chance bekommen habe, ihn kennenzulernen."

„Stets gern zu Diensten, obwohl ich von diesen Kreuz- und Querverbindungen meiner Berufswelt mit Nicks nach wie vor Ausschlag bekomme." Sam schüttelte sich übertrieben.

„Dagegen gibt es Medikamente", erwiderte Lindsey trocken.

„Ha-ha."

„Ich habe gehört, Sie werden Ende des Monats nach Charlotte reisen."

Für einen kurzen Moment wusste Sam nicht, wovon Lindsey sprach, aber dann fiel es ihr wieder ein. „Ach, richtig. Der Parteitag." Bis zu diesem Augenblick war ihr gar nicht klar gewesen, dass sie mit Nick gemeinsam dort würde sein müssen. *Ich bin wirklich blöd,* dachte sie.

Lindsey hob eine Braue. „Das ist eine wirklich bedeutende Angelegenheit, Sam."

„Hat man mir schon gesagt."

„Sind Sie nervös deswegen?"

„Ich? Nervös? Selbstverständlich nicht."

„Wenn Sie das sagen", meinte Lindsey lachend. „Ich bin jedenfalls ganz aus dem Häuschen, dabei ist es nicht mein Mann, der die Grundsatzrede auf dem Parteitag der Demokraten halten wird."

„Warum sind Sie deswegen aufgeregt?"

„Weil mein Freund die Rede schreiben wird und er total nervös ist. Er sagt, die Rede muss perfekt sein. Ganz schöner Druck."

Sam schämte sich beinahe, dass sie sich gar keine Gedanken darüber gemacht hatte, was alles nötig war, um Nick für seinen Auftritt vorzubereiten. „Ich bin sicher, er wird großartige Arbeit leisten."

„Ja", sagte Lindsey, und ihr Lächeln verschwand.

„Was?"

„Ach, ich mache mir Sorgen. Seine Genesung liegt noch nicht lange zurück, und der Stress könnte der Auslöser für neue Probleme sein."

„Er hält sich fabelhaft, und er scheint sein neues Leben zu lieben. Warum sollte er all das aufs Spiel setzen?"

„Ich weiß, Sie haben recht, aber besorgt bin ich trotzdem."

„Ich bin sicher, es wird alles gut gehen. Er ist genau der Richtige, um die Rede zu schreiben. Nick kann sich glücklich schätzen, ihn im Team zu haben, und das weiß er auch."

Lindsey nickte zustimmend. „Bleiben Sie in der Nähe Ihres Telefons."

„Mach ich."

Als Sam durch das Flurlabyrinth ging, das von der Leichenhalle zum Kommissariat führte, dachte sie über ihre Unterhaltung mit Lindsey nach. Ihr war erschreckend klar geworden, dass sie sich mehr auf das konzentrieren musste, was in den nächsten Wochen mit ihrem Mann passierte. Ihre Arbeit stand fast ständig im Mittelpunkt ihrer Beziehung, dabei war seine mindestens genauso wichtig – und jetzt, angesichts des bevorstehenden Parteitags und der näher rückenden Wahl, mehr denn je.

Plötzlich sehnte sie sich heftig nach ihm.

Im Kommissariat traf sie auf Freddie. „Er ist im Verhörraum eins. Officer DuPont ist bei ihm."

„Anruf?“

Freddie nickte. „Er hat Christian Patterson angerufen, hat ihm erzählt, er sei verhaftet worden und brauche einen Anwalt. Patterson hat ihm versprochen, umgehend einen zu schicken.“

„Ausgezeichnet.“

„Was machen wir jetzt?“

„Wir warten. Wenn ich mit meiner Einschätzung richtig liege, wird Patterson niemanden schicken, und dann war das der letzte Kontakt, den Smith zu den Pattersons hatte.“

„Und wenn du falsch liegst?“

„Wann kommt das denn mal vor?“

„Du bist unerträglich, weißt du das?“

„Das hat man mir schon das ein oder andere Mal gesagt.“ Sam schaute auf ihre Uhr. Fünf vor halb fünf. „Perfektes Timing. Alle werden zum Meeting um halb fünf hier sein. Ruf mal den Generalstaatsanwalt an, er soll einen seiner stellvertretenden Staatsanwälte herschicken. Ich will die Staatsanwaltschaft im weiteren Verlauf dabeihaben.“

„Wirst du denen von unserem Verdacht berichten?“

„Das habe ich noch nicht entschieden.“

„Das solltest du aber langsam. Da kommt Hill.“

20

—————

Hills neugierigen Blick in ihre Richtung ignorierend, als er das Kommissariat betrat, ging Sam in ihr Büro, um vor dem Meeting noch rasch ihre E-Mails durchzusehen. Außerdem schickte sie eine Textnachricht an Tracy, in der sie sich nach Angela erkundigte.

„Sie ist schon recht weit", antwortete Tracy eine Minute später. „Viele Schmerzen, ist aber tapfer. Innerhalb der nächsten Stunden solltest du deine neue Nichte haben."

„Richte ihr aus, dass ich sie lieb habe", schrieb Sam. „Ich komme, sobald ich kann."

„Wird gemacht."

Sam holte tief Luft, da sie auf einmal von Gefühlen überwältigt zu werden drohte. Sie freute sich auf ihre Nichte und für Angela sowie deren Mann Spencer. Schließlich hatten die beiden vier lange Jahre versucht, nach Jack ein zweites Kind zu bekommen. Sie hatten es fast aufgegeben, als Angela doch noch schwanger geworden war. Trotzdem konnte Sam nichts gegen ihre Eifersucht tun, da ihre Schwestern Kinder bekommen konnten, während sie das mit der Fortpflanzung einfach nicht hinbekam.

„Vielleicht ja diesmal", flüsterte sie.

„Alles in Ordnung, Lieutenant?", erkundigte Hill sich, der im Türrahmen stand.

Erschrocken, ihn zu sehen, erwiderte Sam: „Ja, klar. Was gibt es denn? Haben Sie mit dem Arzt gesprochen, der den GPS-Chip implantiert hat?"

„Ja. Er war auf Safari mit seiner Familie, als der Mord und die Entführung passierten, deshalb haben wir wegen des Chips nichts von ihm gehört."

„Ich hatte mich schon gewundert."

Seine Notizen konsultierend, meinte Hill: „Laut Aussage des Arztes findet der GPS-Chip immer weitere Verbreitung. Er sagt, manche Eltern seien eben paranoider als andere. Victoria gehörte definitiv zu den paranoiden. Als ich ihn fragte, ob sie zu glauben schien, dass sie ernsthafte Gründe zur Besorgnis habe, erzählte er, wie genau sie sich nach dem Sicherheitsstandard des Krankenhauses erkundigt hatte."

„Sie hat also von Anfang an Angst gehabt, jemand könnte ihr Kind entführen."

„Sieht ganz danach aus."

„Ich will Derek vor dem Meeting dazu befragen. Ich komme gleich nach."

Hill wandte sich schon zum Gehen, hielt dann aber noch einmal inne. „Ich habe Ihre neue Assistentin im Krankenhaus getroffen."

„Shelby?"

„Ja."

„Was hat sie dort gemacht?"

„Saltzman aufgesucht und geweint – viel. Sie hat mir erzählt, dass sie versucht, ein Baby zu bekommen."

Sam nickte. „Sie steht unter dem Einfluss von Hormonen. Die machen sie kirre."

„Offensichtlich. Ich lasse Sie jetzt telefonieren."

Nachdem er gegangen war, wählte Sam Dereks Handynummer. Er meldete sich nach dem dritten Klingelton.

„Hey, hier ist Sam."

„Oh, hallo. Wie läuft es? Weißt du schon etwas?"

„Wir kommen der Sache näher. In den nächsten ein oder zwei Tagen müsste ich dir mehr sagen können."

„Gut." Seine Stimme klang matt und tonlos. „Ich sollte mich wohl freuen, das zu hören, aber die Wahrheit sieht ja wohl so aus, dass mir die Ergreifung des Mörders Victoria auch nicht zurückbringen wird. Das wird mir keinen Aufschluss darüber geben, was ich wirklich wissen will."

Sam musste ihn nicht fragen, was das war. „Wie geht es Maeve?"

„Hervorragend. Sie ist vollkommen glücklich und ahnungslos. Durch sie werden wir jedenfalls von unserer Trauer abgelenkt."

„Ich bin froh, dass sie gesund und wohlauf ist. Da wir gerade davon sprechen, würde ich gern wissen, ob Victoria um ihre eigene Sicherheit und die ihres Kindes auffallend besorgt war."

„Ja", bestätigte er. „In puncto Sicherheit hat sie es übergenau genommen. Vielleicht hat sie schon die ganze Zeit befürchtet, jemand könnte sie umbringen und Maeve kidnappen – oder nur Maeve kidnappen. Sie hat ständig abends die Türen und Fenster überprüft. Mehr als einmal habe ich sie dabei ertappt, wie sie das mitten in der Nacht gemacht hat. Ich habe sie damit aufgezogen, dass sie an einer Zwangsneurose leide, aber inzwischen frage ich mich, ob sie nicht doch gute Gründe für ihre Befürchtungen gehabt hat."

„Möglicherweise." Sam war noch nicht bereit, ihm anzuvertrauen, was sie herausgefunden hatten. „Das war sehr hilfreich. Danke."

„Gern. Was immer ich tun kann. Maeve ist aufgewacht, ich muss zu ihr. Hältst du mich auf dem Laufenden?"

„Klar."

„Danke, Sam. Ich weiß deine Bemühungen sehr zu schätzen."

„Kein Problem."

Seine überwältigende Traurigkeit dämpfte ihre gute Stimmung. Zwar verschaffte es ihr einen Kick, einem Mörder auf die Spur zu kommen, doch unterm Strich würde Dereks Frau tot bleiben, und er würde weiterhin Fragen haben, die möglicherweise niemals zu seiner Zufriedenheit beantwortet werden würden.

Sie wollte sich auf den Weg zum Konferenzraum machen, als ihr Handy klingelte. Auf dem Display erschien Jeannie McBrides Nummer, deshalb nahm sie den Anruf entgegen.

„Hey, was gibt's?"

„Ich muss dich sehen."

Ein flaues Gefühl breitete sich in Sams Magen aus und

dämpfte ihre Stimmung zusätzlich. „Ich bin auf dem Sprung in ein Meeting, danach können wir uns treffen. Bei mir zu Hause in einer Stunde?"

„Ich werde da sein."

„Falls ich später komme ..."

„Ich werde auf dich warten."

„Bis dann." Sam war sich fast sicher, dass sie lieber nicht hören wollte, was Jeannie ihr zu erzählen hatte. Natürlich wollte sie die Wahrheit wissen, aber das hieß nicht, dass sie sich vor dieser Wahrheit nicht auch fürchtete. Alles, was mit ihrem Dad zu tun hatte, stellte einen wunden Punkt für sie dar, besonders, seit er durch einen Schützen so schwer verletzt worden war – was bis heute ein ungelöster Fall geblieben war.

Sie wollte nicht hören, dass er sich während der Ermittlungen im Fall Fitzgerald nicht heldenhaft verhalten hatte. Sie wollte nicht, dass irgendetwas seinen tadellosen Ruf besudelte. Und ganz sicher wollte sie nicht verantwortlich für ein Herumstochern im Wespennest sein, das ihm oder dem Department Kummer bereitete.

Das ist ja eine schöne Position, in der du dich da befindest, dachte sie auf dem Weg in den Konferenzraum. Ihr kam der Spruch ‚Wie man's macht, macht man's verkehrt' in den Sinn. „Na schön, gehen wir die Sache an, Leute", begrüßte sie beim Eintreten die Anwesenden, zu denen Freddie, Hill, Gonzo, Arnold, Malone und Farnsworth gehörten, außerdem die stellvertretende Staatsanwältin Charity Miller. „Cruz, was hat die Leibesvisitation erbracht?"

„Welche Leibesvisitation?", wollte Hill sofort in gereiztem Ton wissen.

„Moment, ja? Dazu kommen wir gleich."

Cruz hielt das Foto einer behaarten Brust mit drei übel aussehenden Kratzern hoch, die vom Schlüsselbein bis zum Brustbein reichten. Dann hielt er ein zweites Foto hoch, auf dem Jerrys Kopf zusammen mit der Brust zu sehen war. Die Prellung am Kinn war deutlich zu erkennen.

„Ausgezeichnet", sagte Sam und vibrierte innerlich vor Aufregung. „Gonzo, was hast du in West Virginia herausgefunden?"

„Interessante Informationen von Mrs. Eldridge. Ihr Mann Will war Arnie Pattersons Kindheitsfreund.“

„Reden wir von Arnie Patterson, dem Präsidentschaftskandidaten?“, fragte Hill.

„Genau von dem“, bestätigte Sam. „Wir haben auch eine Verbindung zu ihm hergestellt. Dazu komme ich gleich. Was noch, Gonzo?“

„Denise Desposito war Eldridges Tochter. Laut Aussage der Frau arbeitete Eldridge für Pattersons Finanzgruppe, bis Denise wegen des Krankenversicherungsbetruges verhaftet wurde. Danach wurde Will entlassen, und Arnie weigerte sich, seine Anrufe entgegenzunehmen. Sie hörten nie wieder von ihm. Sie meinte, Will sei an gebrochenem Herzen gestorben, nachdem sie Denise durch eine gewalttätige Auseinandersetzung im Gefängnis verloren hatten. Anscheinend ist sie mit einer anderen Gefangenen in Streit geraten und bei einem Sturz auf den Kopf gefallen.“

Sams gute Stimmung kam mit Macht zurück. Jede neue Spur zog das Netz um die Pattersons fester zusammen.

„Agent Hill, was haben Sie für uns?“

Ein sichtlich verärgerter Hill berichtete von seinem Besuch bei Dr. Saltzman und was er dort über Victoria Kavanaughs Fixierung auf Sicherheitsmaßnahmen und -standards erfahren hatte. „Ich bin außerdem zu Bertha Rays Haus gefahren oder besser gesagt dem, was davon noch übrig ist, was nicht viel ist. Der Brandmeister meinte, es sei eindeutig Brandstiftung gewesen. Das Feuer hat auch die Nachbarhäuser zu beiden Seiten zerstört.“

„Haben Sie mit ihr über ihren Sohn gesprochen?“

„Ja, habe ich. Ich habe den Namen seines engsten Freundes, den ich nach diesem Meeting aufsuchen will.“

„Gute Arbeit. Cruz und ich hatten ebenfalls einen interessanten Tag. Was ich jetzt berichten werde, darf diesen Raum unter gar keinen Umständen verlassen. Ihr dürft weder zu Hause mit euren Partnern darüber reden noch mit jemandem aus dem Department oder sonst irgendeiner Person. Wenn ihr das Gefühl habt, es unbedingt jemandem anvertrauen zu müssen, dann redet mit eurem Hund. Die Sache muss absolut geheim bleiben, wenn wir die Hintermänner des Mordes an Victoria kriegen wollen. Habe ich mich klar genug ausgedrückt?“

Alle Anwesenden im Raum nickten.

Sam begann mit ihrem Besuch beim Kongressabgeordneten Tornquist und schilderte von da aus die Zusammenhänge, so wie sie sich ihnen dargestellt hatten, und endete mit der Verhaftung von Jerry Smith. Als sie fertig war, schaute sie in die verblüfften Gesichter ihrer Kollegen.

„Sie behaupten demnach“, sprach Hill als Erster, „dass das Patterson-Lager schon vor Jahren jemanden im Nelson-Lager platziert hat, in Erwartung von Pattersons Präsidentschaftskandidatur, und diese Person dann umgebracht hat?“

„Umbringen ließ“, präzisierte Sam. „Großer Unterschied. Jerry Smith ist ein kleiner Fisch in diesem Fall. Er hat die Drecksarbeit erledigt, aber hinter ihm hat jemand anderes die Fäden gezogen und den Mord an Victoria befohlen. Und das ist die Person, oder besser: sind die Personen, die ich erwischen will.“

„Warum wurde sie jetzt ermordet?“, fragte Hill.

„Das weiß ich noch nicht“, gestand Sam. „Vielleicht hat sie keine Informationen mehr weitergegeben oder damit gedroht, sie auffliegen zu lassen. Wer weiß? Wir müssen uns noch einmal die Telefonprotokolle ansehen. Wenn ich nur einen einzigen Anruf von ihrem Anschluss finde, der jemandem von den Pattersons oder deren Mitarbeitern galt, haben wir sie.“

„Ich bin mir fast sicher, dass keine der Nummern mit den Pattersons auch nur in Verbindung gebracht werden kann“, gab sich Gonzo skeptisch.

„Was sagen euch die Namen Jonathan Thayer oder Porter Gillespie?“, fragte Sam.

„Bei Gillespie klingelt was“, erwiderte Gonzo. „Ich hole mal die Akte. Wir sind bei der Sichtung der Telefonverbindungen erst bis E gekommen.“

Sam nickte, und er verließ eilig den Raum. Sie spürte das Adrenalin durch ihre Adern rauschen.

„Was haben Sie mit Smith vor, Lieutenant?“, erkundigte Chief Farnsworth sich, der an seinem üblichen Platz im hinteren Teil des Raumes stand.

„Er hat sein Recht auf einen Anruf für ein Telefonat mit Christian Patterson genutzt und ihm mitgeteilt, dass er einen Anwalt braucht. Ich bin überzeugt davon, dass Patterson diese Bitte ignorieren wird, deshalb werde ich Smith im Verhörraum noch eine Weile schmoren lassen – unter Bewachung –, bis ihm dämmert, dass er allein dasteht. Könnte die halbe Nacht dauern, wenn man bedenkt, dass er die Pattersons als seine Familie ansieht.“

„Sie glauben wirklich, dass die ihn am ausgestreckten Arm verhungern lassen?“, fragte Hill.

„Da bin ich mir ziemlich sicher“, bestätigte Sam.

„Warum sollten sie das tun, wenn er doch so viel weiß?“

„Sie zählen darauf, dass seine Loyalität ihn schweigen lässt“, argumentierte Sam und war sich mit jeder Minute sicherer, dass es genau so kommen würde. „Ich werde ihn jedenfalls dort sitzen lassen, bis ihm klar wird, dass niemand auftaucht. Dann versuche ich ihn zu knacken. In der Zwischenzeit warte ich auf den richterlichen Beschluss, eine DNA-Probe von Smith nehmen zu dürfen. Sollte die mit der übereinstimmen, die wir unter Victorias Fingernägeln sichergestellt haben, haben wir wenigstens schon mal unseren Mörder. Aber ich will die großen Fische. Ich will Patterson und seine Söhne, wenn sie denn hinter der ganzen Geschichte stecken.“

„Und was, wenn Sie die nicht drankriegen?“, wollte Farnsworth wissen.

„Dann geben wir alles, was wir über Victoria und Smith wissen, an die Medien weiter und lassen die Öffentlichkeit ihre eigenen Schlüsse ziehen. Das sollte genügen, um Pattersons Ambitionen zunichtezumachen, damit wir am Ende nicht einen Mörder im Weißen Haus sitzen haben.“

Farnsworth nickte zustimmend.

„Sollte er jedoch dieses Verbrechen eingefädelt haben, will ich ihn hinter Gitter bringen“, erklärte Sam.

„Ich auch“, sagte Hill.

Die anderen nickten.

Gonzo kam zurück und hielt ein Blatt Papier hoch. „Bingo bei Gillespie. Drei Anrufe von ihm bei Victoria in der Woche, bevor sie umgebracht wurde.“

„Damit haben wir eine direkte Verbindung zwischen dem Patterson-Wahlkampf und Victoria", stellte Sam fest. Endlich fügte sich ein Puzzleteil an das andere. „Fahr los und hol ihn." Sam sah zu Charity, die ihr Okay gab. „Cruz, ruf mal das Bild von Colton Patterson auf, damit Gonzo weiß, wer das ist, wenn er ihm begegnet."

Cruz tippte etwas in den Computer und drehte ihn anschließend, um Gonzo das Foto von Colton zu zeigen, auf das sie gestoßen waren.

„Ich werde einen Haftbefehl für Gillespie ausstellen", kündigte Charity an.

„Bring ihn vorne rein", sagte Sam. „Ich will, dass die Medien sich fragen, warum ein Top-Berater des Patterson-Wahlkampfes in Haft genommen wird. Da ich damit rechne, dass er genauso kooperativ sein wird wie Jerry, lassen wir ihn auch über Nacht schmoren. Vielleicht ist ihnen beiden nach einer Nacht im Stadtgefängnis nach Reden zumute. Wenn ich es mir genau überlege, will ich sie sogar in die gleiche Zelle sperren und sie per Video überwachen. Video und Audio."

„Ich werde mich um die Überwachung kümmern", bot Cruz an. „Dies ist seine Adresse während seines Aufenthaltes in der Stadt." Freddie gab den Zettel, den er von dem Wahlkampfhelfer bekommen hatte, an Gonzo weiter.

Gonzo winkte seinem Partner, Detective Arnold, ihm zu folgen.

„Charity?", fragte Sam. „Was meinen Sie? Haben wir schon genug Beweise für eine Anklageerhebung zusammen?"

„Mit der DNA haben Sie auf jeden Fall Smith wegen Mord und Entführung", erwiderte Charity. „Aber Patterson und seine Söhne haben Sie nicht – noch nicht."

„Cruz, plaudern wir doch noch ein wenig mit unserem Freund Mr. Smith", wandte Sam sich an ihren Partner.

„Haben Sie etwas dagegen, wenn ich dabei bin?", wollte Hill wissen.

„Keineswegs", antwortete Sam. Wenn sie einmal von dem seltsamen persönlichen Dilemma zwischen ihnen absah, konnte sie nicht bestreiten, dass er bei dieser Ermittlung ein echter Gewinn gewesen war. „Möglicherweise begreift unser Freund Mr.

Smith eher, in welcher Scheiße er steckt, wenn wir das Akronym FBI ein paarmal erwähnen."

„Sie verstehen es wirklich, sich auszudrücken, Lieutenant", bemerkte Hill amüsiert.

„Hat man mir schon öfter gesagt."

Im kleinen Verhörraum eins lief Smith auf und ab. Er erinnerte Sam an einen eingesperrten Tiger voller Wut, die sich bei ihrem Eintreten sofort gegen sie richtete.

„Dies ist Special Agent Avery Hill vom FBI."

Die Erwähnung des FBI hatte tatsächlich den gewünschten Effekt, denn Smiths Augen weiteten sich vor Überraschung. „Sie können mich nicht hier festhalten! Ich habe nichts getan!"

„Ich kann Sie hier festhalten, bis Ihr Anwalt eintrifft, um den Sie gebeten haben. Haben Sie eine Ahnung, wann das sein wird?"

„Mein Boss hat gesagt, er würde jemanden schicken. Der Anwalt müsste also jeden Moment hier eintreffen."

„Großartig. Wir bringen ihn zu Ihnen, sobald er da ist. Kann ich in der Zwischenzeit etwas für Sie tun? Möchten Sie Wasser? Etwas zu essen?"

„Von Ihnen will ich nichts", fuhr er sie finster an.

„Na schön." Sam fragte sich, ob er wohl kleinlauter sein würde, nachdem er zehn oder zwölf Stunden ohne Essen und Trinken ausgeharrt hatte. „Dann sehen wir uns wieder, sobald Ihr Anwalt da ist. Falls Sie zur Toilette müssen, sagen Sie Officer DuPont Bescheid, der wird Sie begleiten."

„Fick dich."

„Och", entgegnete Sam. „Liebend gern, aber ich bin verheiratet, und mein Mann gehört zu der eifersüchtigen Sorte."

Jerry zeigte ihr den Finger, während sie den Verhörraum wieder verließen und die Tür hinter sich schlossen.

„Er ist nach wie vor davon überzeugt, dass die kommen", sagte Sam. „Er hat eine lange Nacht vor sich. Ich habe anderswo noch etwas zu erledigen, aber ich werde später noch einmal zurückkommen und nach ihm schauen. Wir werden ihn weiter regelmäßig besuchen, bis er begriffen hat, dass er auf sich allein gestellt ist."

„Wenn er nicht eine Frau kaltblütig ermordet und ihr Kind entführt hätte, täte er mir fast leid", meinte Freddie.

„Schon klar", sagte Sam. „Wir brauchen immer noch eine Verbindung zwischen Smith und Bobby Ray. Wie hängen die zusammen?"

„Ich werde mich mal darum kümmern", versprach Hill. „Bertha hat mir ja den Namen von Bobbys bestem Freund genannt. Mal sehen, was der mir verrät. Von einem Jerry Smith hat sie jedenfalls nicht gesprochen."

„Wie auch", sagte Sam. „Er stammt aus Ohio, genau wie die Pattersons. Er lebt nur vorübergehend hier. Er und Bobby könnten sich in einer Bar oder im Fitnessclub kennengelernt haben. Finden Sie heraus, wo Bobby sich herumgetrieben und trainiert hat. Ich wette, das führt uns zu Smith."

„Mach ich", erwiderte Hill.

„Danke. Ich mach mal Pause. Cruz, mach doch auch Feierabend. Wenn ich dich brauche, rufe ich dich an."

„Hört sich gut an. Dann bis morgen, wenn nicht früher."

„Gute Arbeit heute, Detective."

„Danke, Lieutenant. Geb ich zurück."

Zu Hill sagte sie: „Lassen Sie mich wissen, wenn Sie eine Verbindung zwischen Smith und Ray gefunden haben."

„Mach ich. Schönen Abend noch."

„Gleichfalls." Sam spürte seinen Blick, während sie ihre Sachen zusammensuchte und das Kommissariat verließ. Im Gehen schrieb sie eine Textnachricht an Jeannie. „Bin jetzt auf dem Heimweg."

„Bis gleich", schrieb Jeannie zurück.

In der Lobby lief Sam Captain Malone über den Weg. „Ich hab die Anordnung für die DNA-Probe", erklärte er. „Ich habe es an Dr. McNamara weitergegeben, die jetzt den Abstrich macht."

„Gut", sagte Sam. „Da hat Jerry dann noch etwas, worüber er sich Gedanken machen kann, während er auf den Anwalt wartet, der nicht kommt."

„Leider hatten wir kein Glück, was den richterlichen Beschluss für den Fitnessclub angeht. Die Richterin meinte, unser Antrag sei nicht hinreichend begründet."

„Das macht nichts", erwiderte Sam. „Den brauchen wir wahrscheinlich gar nicht. Ich fahre jetzt für eine Weile nach Hause, schaue aber später noch mal nach Jerry. Vermutlich wird ihm erst morgen früh klar, dass die ihm keinen Anwalt schicken werden."

„Das werden sie wohl nicht. Wir sehen uns dann."

„Bis dann."

„Hervorragende Arbeit, wie immer, Lieutenant", rief er ihr hinterher.

Sam blieb stehen und drehte sich zu ihm um. „So ungern ich es auch zugebe, aber Hill war uns bei diesem Fall eine große Hilfe. Seine Vorgesetzten sollten darüber in Kenntnis gesetzt werden, dass er hier sehr gute Arbeit geleistet hat."

„Ich werde dafür sorgen."

„Danke, Captain."

Sam schob sich durch die Menge der Medienvertreter draußen vor dem Haupteingang des Departments und hoffte beinahe, dass Smith sich weigern würde, die Pattersons zu belasten. Liebend gern hätte sie die Möglichkeit, sich vor die Medien zu stellen und ganz allein Jahre der Planung und Machenschaften – zusammen mit Arnies Wahlkampf – zu ruinieren. Sie würde es für Victoria tun. Obwohl die bis zu einem gewissen Grad an den diesen Machenschaften beteiligt gewesen war, verdiente es doch niemand, auf diese Weise zu sterben.

Sam schickte eine weitere Textnachricht, diesmal an Nick. „Bin auf dem Heimweg. Treffe mich noch mit McBride, und danach will ich ins Krankenhaus zu Ang."

„Bin auch bald da", schrieb er zurück. „Fahr nicht ohne mich."

„Würde mir nicht im Traum einfallen", sagte Sam, während sie den Wagen startete und Richtung Capitol Hill fuhr. Unterwegs überlegte sie, wann und was sie Derek über die Dinge, die sie herausgefunden hatten, erzählen sollte. Einerseits vertraute sie ihren Kollegen bedingungslos, andererseits fürchtete sie ein Durchsickern von Informationen. Es konnte sogar vom Patterson-Lager kommen, auch wenn sie damit eher nicht rechnete. Trotzdem ... Derek sollte den neuesten Stand der Ermittlungen nicht aus den Medien erfahren.

Entschlossen rief sie ihn an. „Hi, Derek, ich bin's noch mal, Sam." Im Hintergrund hörte sie Maeve schreien. „Hast du eine Minute?"

„Klar, ich sage nur schnell meiner Mom Bescheid, damit sie mir mit Maeve hilft."

Sie lauschte, wie er im Hintergrund sprach und das Baby an seine Großmutter übergab.

„Da bin ich wieder."

„Also hör zu. Ich glaube, wir haben den Fall gelöst."

„Oh." In diesem einen Ausdruck lag eine Welt an Emotionen – Hoffnung, Angst, Kummer, Verzweiflung.

„Ich muss dich warnen, es wird hart, das zu hören."

Er lachte bitter. „Schlimmer als das, was ich bereits erfahren habe?"

„Vermutlich nicht." Ihre Worte sorgfältig wählend, berichtete sie ihm, was sie über den Zusammenhang zwischen der Tat und dem Patterson-Wahlkampf herausgefunden hatte.

„Sie haben sie also bei jemandem platziert, der Nelson nahesteht, um uns ausspionieren zu können?", fragte er ungläubig. „Das ist ja das reinste Watergate."

„So lautet zumindest unsere momentane Hypothese. Wir versuchen noch, es zu beweisen. Wir glauben jedoch, den Mann verhaftet zu haben, der Victoria umgebracht hat."

„Wer ist es?", fragte Derek leise.

Sie erzählte ihm von Jerry Smith, dem Ansprechpartner der Pattersons für unangenehme Angelegenheiten, wie zum Beispiel Mord.

„Wenn die einen derartigen Aufwand betrieben haben, um sie als Spionin zu platzieren, warum bringt man sie dann kurz vor der Wahl um? Wäre sie ihnen denn nicht gerade jetzt am nützlichsten gewesen?"

„Sollte man meinen. Vielleicht hat sie keine Informationen mehr geliefert oder gar damit gedroht, diese Machenschaften aufzudecken. Möglicherweise hat sie sich in ihren Mann verliebt und wollte ihm keinen Schaden zufügen."

„Ja, sicher", meinte er bitter. „Das ist ein sehr wahrscheinliches Szenario."

„So wahrscheinlich wie jedes andere. Wir werden es nie mit Sicherheit wissen."

„Du erwartest doch nicht ernsthaft, dass Smith die Pattersons ans Messer liefert, oder?"

„Nein. Auch wenn sie ihn fallen lassen, gehört ihnen vermutlich seine grenzenlose Loyalität. Er wird sie nicht verpfeifen.“

„Dann wird er büßen für das, was er Vic angetan hat?“

„Wir hoffen, ihn mithilfe der DNA überführen zu können, und durchsuchen sein Zimmer nach Beweisen, die ihn in Verbindung mit Victoria bringen. Finden wir die, wird es ausreichen, um ihn lebenslänglich hinter Gitter zu bringen. Allerdings hoffen wir immer noch, die Hintermänner zu fassen. Wir glauben, es ist einer der Patterson-Söhne oder auch beide, vielleicht der Vater auch. Leider wirst du dich innerlich darauf einstellen müssen, dass wir sie nicht drankriegen.“

„Dann kann er fröhlich weitermachen und im November gewählt werden?“

„O nein. Wir werden den Medien genug geben, dass die ihre eigenen Schlüsse ziehen können. Wenn wir mit den Pattersons fertig sind, wird er auf keinen Fall mehr Präsident.“

„Gut. Das ist gut.“ Er seufzte. „Und alles nur wegen meines verdammten Jobs. Seit ich Sonntag nach Hause gekommen bin und sie gefunden habe, habe ich befürchtet, dass es am Ende in irgendeiner Weise auf meine Arbeit hinausläuft.“

„Es ist nicht deine Schuld, Derek. Das ist etwas, was man dir angetan hat. Du hast überhaupt nichts Falsches getan.“

„Offenbar habe ich mich in die falsche Frau verliebt.“

„Wenn das alles vorbei ist und schon eine Weile hinter dir liegt, wirst du dich hoffentlich an die guten Zeiten mit ihr erinnern und versuchen, den ganzen Rest zu vergessen. Es hat doch gar keinen Sinn, alles infrage zu stellen. Damit machst du dich doch nur selbst verrückt.“

„Zu spät.“

„Derek, es ist wirklich wichtig, dass du mit niemandem darüber sprichst – weder mit deinen Eltern noch mit Harry, und schon gar nicht mit deinen Kollegen im Weißen Haus. Wir versuchen Beweismaterial gegen die Pattersons zusammenzutragen, aber wenn sich das vorzeitig herumspricht, erschwert das unsere Arbeit enorm.“

„Ich verstehe. Ich werde nicht darüber sprechen, wie meine Frau mich benutzt hat, um an unseren Rivalen politische

Geheimnisse weiterzugeben." Er lachte erneut bitter. „Die müssen allerdings ganz schön enttäuscht darüber gewesen sein, was sie ihnen an Informationen zugespielt hat. Wir haben nämlich kaum über den Wahlkampf oder die Arbeit gesprochen. Wie ich dir bereits gesagt habe, haben wir in den wenigen Stunden, die wir hatten, nicht viel geredet."

„Lass mich dir als Frau versichern, dass sie nicht so viel Zeit auf diese Weise mit dir verbracht hätte, wenn es nicht wirklich ihr Wunsch gewesen wäre. Klammere dich einfach an diese Gewissheit, okay?"

„Ich werde es versuchen."

„Pass auf dich auf. Ich melde mich wieder, sobald ich mehr weiß."

„Danke, Sam, für alles. Du und Nick, ihr wart großartig, seit es passiert ist."

„Wir werden für dich und Maeve da sein, solange du uns brauchst, Derek. Das verspreche ich."

„Danke, das weiß ich zu schätzen." Seine Stimme klang schon wieder belegt.

Sam beendete das Gespräch und bog in die Ninth Street ein, wo sie Jeannies Auto vor ihrem Haus entdeckte. Sie trafen sich auf dem Gehsteig vor der Rampe, die zu Sams Haustür hinaufführte. Sam bemerkte Jeannies zutiefst besorgte Miene und bekam prompt Magenschmerzen. „Komm rein."

Jeannie folgte ihr die Rampe hinauf und in das angenehm kühle Innere des großen Hauses.

„Möchtest du etwas zu trinken?", erkundigte Sam sich.

„Zu einem Wasser mit Eis würde ich nicht Nein sagen. Es ist unfassbar heiß."

„Ich habe gehört, dass es so auch in den nächsten Tagen bleiben soll. Dem Himmel sei Dank für die Klimaanlage."

„Absolut."

Sam schenkte zwei Gläser voll und brachte sie an den Küchentisch.

Jeannie setzte sich und schaute ziemlich lange auf ihr Glas Wasser.

„Was immer es ist, sag es", forderte Sam sie auf.

Jeannie zögerte noch einen langen Moment, aber dann sah sie

Sam an. In ihren Augen lag ein gequälter Ausdruck. „Sagt dir der Name Steven Coyne etwas?"

„Selbstverständlich. Er war der erste Partner meines Dads. Wurde aus einem fahrenden Wagen erschossen. Der Fall wurde nie aufgeklärt."

„Stimmt." Jeannie trank einen Schluck Wasser. „Alice Fitzgerald war seine Witwe."

Sam hatte auf einmal das Gefühl, sämtliche Luft entweiche aus ihren Lungen. Sie starrte Jeannie an, als hätte sie nicht richtig gehört. „Das wird in den Fall-Akten nirgendwo erwähnt."

„Laut Dr. Morganthau haben dein Dad und alle Beteiligten sich bemüht, Alice' Verbindung zum Department aus den Medien herauszuhalten. Sie wollten nicht, dass die Umstände des Mordes an Steven erneut ans Licht der Öffentlichkeit gezerrt werden, während sie den Verlust ihres Sohnes betrauert."

Sams Gedanken wirbelten durcheinander, während sie diese neuen Informationen zu verarbeiten versuchte. „Deshalb hat er Cameron erlaubt, zum Militär zu gehen, statt in einer Richtung weiterzuermitteln, die direkt auf den Jungen deutete."

„Ja."

„Und Alice ... Ich kenne sie nicht richtig, aber mein Dad stand einer Frau namens Alice nahe. Kümmerte sich nach dem Tod ihres Mannes um sie." In den Tiefen ihres Bewusstseins sah Sam, dass irgendwie mehr dahintersteckte, nur konnte sie sich nicht daran erinnern.

„Das hat Dr. Morganthau auch gesagt."

„Chief Farnsworth wusste doch sicherlich von der Verbindung zu Coyne. Und Captain Malone auch. Und Deputy Chief Conklin." Sams Herz schlug schneller bei dem Gedanken an den Tag, an dem ihr Vater angeschossen worden war. Kurz vorher hatten sie einen schrecklichen Streit wegen des Fitzgerald-Falles gehabt. „Deshalb hat er mir gesagt, ich solle mich heraushalten. Sie wussten es alle und deckten einen der ihren. Jeannie, wenn das ans Licht gekommen wäre, wären einige Karrieren beendet gewesen. Kein Wunder, dass er so wütend auf mich ist."

„Es ist durchaus möglich", wandte Jeannie ein, „dass die anderen gar nicht wussten, wer die Mutter war. Denn wie eng war der Kontakt zu Alice wohl noch nach dem Tod ihres Mannes?

Vielleicht wusste nur dein Dad, dass sie wieder geheiratet hatte und es ihr Sohn war, der vermisst wurde."

Sam presste die Finger an ihre plötzlich pochenden Schläfen. „Allmählich wird mir klar, dass ich möglicherweise ziemliches Glück gehabt habe, weil du und Tyrone mich angelogen habt. Was, wenn wir der Sache nachgegangen wären? Wenn wir ermittelt und herausgefunden hätten, dass mein Vater bewusst einen Mörder geschützt hat? Vorausgesetzt, Cameron war tatsächlich der Mörder. Der Ruf meines Vaters wäre ruiniert. Verdammt, meiner möglicherweise auch."

„Es tut mir leid, dir das alles erzählen zu müssen. Ich wusste, es würde dich aufregen."

„Das ist ganz bestimmt nicht deine Schuld. Ich hebe eure Suspendierung auf. Du und Tyrone, ihr seid ab morgen wieder im Dienst. Ich werde dafür sorgen, dass euch der heutige Tag auch bezahlt wird."

„Du musst das nicht tun, Lieutenant. Unterm Strich bleibt es dabei, dass wir dich angelogen haben."

„Ich werde vergessen, dass das passiert ist und mich einfach darauf verlassen, dass es nie wieder vorkommt."

„Wird es nicht. Ich habe meine Lektion gelernt, und Will auch."

„Was sage ich bloß meinem Dad?", sagte Sam und hörte, wie die Haustür auf und zu ging.

„Babe?", rief Nick. „Bist du zu Hause?"

„Ich bin hier", rief Sam zurück.

Als er in die Küche kam, zog er sich gerade die Krawatte vom Kragen. Er blieb unvermittelt stehen, als er sah, dass Sam nicht allein war. „Oh, hey, Jeannie. Wie geht es dir?"

„Ganz gut, Senator. Und Ihnen?"

„Ich heiße Nick", erwiderte er lächelnd. „Und jetzt, wo ich nach einem endlos langen Tag voller langweiliger Anhörungen zu Hause bin, geht es mir auch gut." Er betrachtete Sam genauer. „Was ist los?"

Jeannie stand auf und trug ihr Glas zur Spüle. „Ich muss los, Lieutenant. Ruf mich an, falls ich irgendetwas tun kann."

„Mach ich. Danke. Wir sehen uns morgen." Jeannie verließ die

Küche, doch Sam rief ihr hinterher: „Warte, ich habe den Ring noch nicht gesehen!“

Verlegen drehte sie sich um und streckte die Hand aus, damit sie den funkelnden Edelstein sehen konnte.

„Wow“, staunte Sam. „Der ist fantastisch. Richte Michael aus, dass er das gut gemacht hat.“

„Mach ich.“

„Der ist wunderschön, Jeannie“, sagte Nick und küsste sie auf die Wange. „Meine Glückwünsche für dich und Michael.“

Jeannie war sichtlich hin und weg von Nicks Kuss und seinen freundlichen Worten. Er hatte diese Wirkung auf Frauen, selbst auf die glücklich verlobten.

„Ich danke euch beiden vielmals. Ihr seid uns so gute Freunde gewesen. Ich hoffe, ihr könnt auf unserer Hochzeit tanzen.“

„Die werden wir uns bestimmt nicht entgehen lassen“, versprach Sam. „Bis morgen dann.“

Nachdem sich die Haustür hinter Jeannie geschlossen hatte, setzte Nick sich an den Tisch und nahm Sams Hand in seine. „Warum ist deine Hand so kalt?“

Sam stand noch unter Schock durch das, was Jeannie ihr berichtet hatte, und suchte nach den richtigen Worten. „Ich … ich habe etwas erfahren. Über meinen Dad. Das war … in gewisser Weise aufwühlend.“

„Was denn?“

„Wenn ich es dir erzähle, darfst du es niemandem weitersagen. Niemals.“

„Natürlich nicht. Das versteht sich doch von selbst. Also raus damit, Babe.“

Zögernd begann sie zu berichten, was Jeannie und Will bei ihrem Besuch des Gerichtsmediziners im Ruhestand erfahren hatten.

„Wow“, sagte Nick, als sie fertig war.

„Ja, allerdings.“

„Was machst du mit diesen Informationen?“

„Das ist eine sehr gute Frage. Gehe ich damit zu meinem Dad und sage: ‚Ich weiß, was du getan hast und warum, aber meine Güte, Dad. Du hast deine Karriere und deinen Ruf aufs Spiel gesetzt'?" Sie massierte sich die Schläfen. „Ich bekomme plötzlich heftige Kopfschmerzen."

„Glaubst du, da war mehr hinter der Beziehung zwischen ihm und Alice, als du weißt?"

„Möglich. Vergiss nicht, dass Tracy erzählt hat, Mom sei während der Ermittlungen im Fall Fitzgerald ausgezogen. Es gehört nicht viel Fantasie dazu, sich vorzustellen, dass das etwas mit Alice zu tun hatte."

„Wirst du ihn nach ihr fragen?"

„Ich nehme an, das muss ich. Er ist sauer auf mich, weil ich den Fall wiederaufgerollt habe. Da wird er ganz bestimmt wissen wollen, was los ist." Sie seufzte dramatisch. „Ich will mir diese Unterhaltung lieber nicht ausmalen. Heute war ein richtig guter Tag, bis vor zwanzig Minuten. Wir haben den Kerl, der Victoria umgebracht hat." Sie brachte ihn auf den neuesten Stand der Dinge.

„Meine Güte", murmelte er. „Der Patterson-Wahlkampf. Nimmst du mich auf den Arm?"

„Nein."

„Weiß Derek es?"

„Ja, ich habe schon mit ihm gesprochen. Er meinte, es wäre wie Watergate."

„Aber echt." Nick stand auf, stellte sich hinter sie und schob ihre Hände fort, um die Massage ihrer Schläfen übernehmen zu können. „Für eine derartige Sache braucht man jahrelange Planung. Derek und Vic waren seit vier Jahren verheiratet. Nehmen wir noch die Zeit dazu, die sie unverheiratet zusammen waren ... Das ist unwirklich. Mir war klar, dass Pattersons Ehrgeiz keine Rücksicht kennt, aber das ... Wow. Warum haben die sie umgebracht?"

„Wir gehen davon aus, dass sie keine Informationen mehr geliefert hat oder aus der Vereinbarung herauswollte, die man mit ihr getroffen hatte. Wenn sie vor der Wahl geredet hätte, wäre alles ruiniert gewesen. Wahrscheinlich haben sie entschieden, es sei zu riskant, sie am Leben zu lassen."

„Ich kann einfach nicht fassen, wozu Menschen imstande sind, um zu bekommen, was sie wollen."

„Du kannst es deshalb nicht fassen, weil du lieber auf die

altmodische Art gewinnen oder kämpfend untergehen willst. Dieses Maß an Hinterhältigkeit verstößt gegen alles, woran du glaubst. Du kannst es nicht verstehen, weil du nicht denkst wie die."

„Dem Himmel sei Dank. Wird es dir gelingen, es Patterson oder seinen Söhnen nachzuweisen?"

„Das ist momentan die große Frage. Wir hoffen, dass Smith sie ans Messer liefert, aber sehr wahrscheinlich ist das nicht."

„Auch nicht, wenn er begriffen hat, dass die ihn hängen lassen?"

„Seine Loyalität ist tief verwurzelt. Ich nehme an, er hält lieber für alle den Kopf hin, als den Wahlkampf zu behindern."

„Er ist ein Dummkopf."

„Aber ein treuer Dummkopf. Das ist natürlich alles Spekulation. Wer weiß? Vielleicht singt er wie ein Kanarienvogel und macht es uns leicht. Aber ich rechne lieber nicht damit. Wir haben außerdem den Assistenten von Colton Patterson am Haken, weil er Victoria angerufen hat, sodass wir eine Verbindung von ihr zum Wahlkampf haben. Im Augenblick ist auch die Frage, ob er die Strippenzieher preisgibt oder nicht. Wir kriegen Patterson, so oder so – entweder wird das Gericht über ihn urteilen oder die Öffentlichkeit. Wir können ihm reichlich Schaden zufügen, indem wir andeuten, dass er und seine Söhne dahinterstecken."

„Sein Wahlkampf wird vorbei sein, so viel steht fest."

„Sollte er auch sein."

Sams Handy kündigte eine Nachricht von Tracy an: „Glückwunsch, Tante Sam! Ella Holland Radcliffe hat um 5:42 Uhr das Licht der Welt erblickt. Gewicht: 3700 Gramm, Größe: 61 cm. Sie ist hinreißend! Die Mutter ist wohlauf! Kommt endlich her!"

„Ang hat ihr Baby bekommen", informierte Sam ihn. „Ella Holland Radcliffe. Sie haben sie nach meiner Großmutter benannt."

Nick legte ihr die Hände auf die Schultern. „Herzlichen Glückwunsch, Tante Sam."

„Gleichfalls, Onkel Nick."

„Hey, stimmt ja. Ich bin Onkel!"

„Ja, bist du." Sam tätschelte seine Hände. „Lass mich aufstehen."

Er wich zurück. Sam stand auf und drehte sich zu ihm um. „Jetzt lass uns das richtig machen." Sie ließ sich von ihm in die Arme schließen und spürte seine Liebe. Ihr Gesicht an seiner starken Brust, das kraftvolle Schlagen seines Herzens und die Geborgenheit seiner Umarmung spendeten ihr Trost. „Wir sollten zum Krankenhaus fahren."

„Gleich", sagte er. „Zuerst brauche ich hiervon noch ein bisschen mehr."

Sie schlang die Arme um ihn und hielt das fest, was ihr am meisten bedeutete.

21

___

Als Gonzo und Arnold sich Porter Gillespies Backstein-Reihenhaus in Adams Morgan näherten, stoppte Gonzo seinen Partner und lauschte angestrengt. „Hört sich nach einer Party an."

Sie folgten der Musik und dem Lärm auf die Rückseite des Hauses, wo sich eine Gruppe von etwa zwanzig gut gekleideten, gut aussehenden jungen Leuten auf einer Terrasse versammelt hatte. Jimmy Buffett sang über Cheeseburger im Paradies, und mehrere Männer standen um einen Grill, rauchten Zigarren und hielten Gläser mit bernsteinfarbener Flüssigkeit in den Händen.

Das wird lustig, dachte Gonzo und malte sich aus, wie sie Gillespie vor einem faszinierten Publikum aus seinem Haus zerrten. Gonzos Vorstellung von amüsant war nach zehn Jahren bei der Mordkommission etwas schräg. Er wechselte einen Blick mit Arnold und registrierte das Funkeln in dessen Augen. Offenbar war er nicht der Einzige, der sich auf die bevorstehende Verhaftung freute.

„Verzeihung", rief Gonzo laut genug, um sich trotz der Musik Gehör zu verschaffen.

Alle Blicke richteten sich auf ihn, dann verstummte das Geplapper bis auf die Musik. Gonzo entdeckte Colton Patterson in der Gruppe der um den Grill versammelten Männer.

Gonzo hielt seine Dienstmarke hoch, Arnold tat dasselbe.

„Detectives Gonzales und Arnold, Metro P.D. Wir suchen nach Porter Gillespie."

Geschockte Mienen, während die Gruppe sich teilte und den Blick auf Gillespie am Grill freigab. Sein dunkles Haar war tadellos frisiert und er trug eine Drahtgestellbrille, ein hellblaues Hemd und eine Schürze, auf der „Küss den Koch" stand.

„Ich bin Porter", sagte er.

„Wir müssen Sie auffordern, uns zu begleiten, Sir."

Bestürzung breitete sich unter den Gästen aus, während Porter die Polizisten mit versteinerter Miene ansah. „Weswegen?", wollte er im kultivierten Ton reicher Leute wissen.

„Das klären wir im Hauptquartier."

„Was klären?"

Da er nicht geneigt schien, mit ihnen zu gehen, marschierten Gonzo und Arnold über den Rasen zur Terrasse. Gonzo gab seinem Partner mit einem Nicken zu verstehen, dass er loslegen konnte.

„Mr. Gillespie, Sie sind verhaftet wegen Beihilfe zum Mord an Victoria Kavanaugh sowie zu der Entführung Maeve Kavanaughs. Sie haben das Recht zu schweigen."

Als Arnold die Handschellen um Gillespies Handgelenke zuschnappen ließ und das Wort „Mord" aussprach, verlor Gillespie die Fassung. Die Gruppe um ihn herum murrte protestierend.

Gillespie schaute zu Colton Patterson, der sich zum Rand der Gruppe bewegt hatte, als wollte er mit dem, was sein Assistent getan hatte, nichts zu tun haben.

„Ich weiß nicht, wovon Sie sprechen", sagte Gillespie. „Ich habe nichts mit einem Mord zu tun."

„Erzählen Sie das dem Richter", erwiderte Gonzo und umfasste Gillespies Arm, um ihn aus dem Garten zu führen.

„Colton, sag es ihnen! Ich könnte niemanden umbringen! Ich will einen Anwalt! Colton, besorg mir einen Anwalt!"

Die Forderung nach einem Anwalt nahm Gonzo mit Genugtuung zur Kenntnis. Arnold grinste ebenfalls zufrieden. Mit diesen Worten hatte Gillespie ihnen direkt in die Hände gespielt. Jetzt konnten sie ihn über Nacht dabehalten – oder bis der Anwalt kam, der sich nur nie blicken lassen würde.

„Keine Sorge, Porter", beruhigte Colton ihn. „Wir klären das."

Coltons Worte schienen Porter tatsächlich zu beruhigen.

Eine blonde Frau kam aus dem Haus gerannt.

„Was ist los? Porter?"

„Nichts, Cam." Porter versuchte es mit einem beruhigenden Lächeln, was jedoch wegen der zitternden Lippen misslang. „Nur ein Missverständnis. Zum Abendessen bin ich wieder zu Hause."

„Darauf würde ich nicht unbedingt wetten, Sportsfreund", warnte Gonzo ihn.

Cam packte Porters Arm und hielt ihn fest, während Gonzo versuchte, den Mann abzuführen. „Sie können ihn nicht grundlos verhaften!"

„Oh, glauben Sie mir, wir haben gute Gründe." Gonzo hielt den Blick fest auf Porter gerichtet, damit der andere glaubte, sie wüssten tatsächlich viel mehr, als er vermutete. „Und Sie können ihn entweder loslassen oder uns begleiten. Ihre Entscheidung."

Sie ließ ihn so abrupt los, als stünde er plötzlich in Flammen. Tränen liefen ihr über die Wangen. „Ich verstehe das nicht", sagte sie leise. „Was hat er denn nur getan, dass Sie ihn so behandeln?"

„Nichts, Cam", versicherte Porter ihr. „Es ist alles ein großes Missverständnis."

„Reden Sie sich das nur weiterhin schön ein", meinte Gonzo. „Genießt euer Abendessen, Leute", rief er und sah dabei Colton Patterson direkt an. „Entschuldigen Sie die Störung."

Dann brachten er und Arnold ihren Gefangenen zum Wagen.

„Ihr wisst nicht, mit wem ihr euch anlegt."

„Doch, doch, das wissen wir, und sieh mal an, wir sind nicht im Mindesten eingeschüchtert", erklärte Gonzo. Die ganze Verhaftung machte noch viel mehr Spaß, als er gedacht hatte. „Oder, Arnold?"

„Nein, wir haben keine Angst."

„Die werden Sie aber haben, wenn Sie der ganze Zorn Arnie Pattersons trifft, Sie und Ihr Department voller unfähiger Cops. Dann werden Sie ganz schön eingeschüchtert sein."

„Ach ja?" Gonzo überhörte die Beleidigung einfach, während Arnold den Wagen zum Hauptquartier lenkte. „Ihr Kumpel Jerry Smith schmort bei uns jetzt schon wie lange? An die vier Stunden, oder, Arnold?"

„Ja, kommt ungefähr hin.“

Gonzo drehte sich so, dass Gillespie ihm ins Gesicht sehen konnte. „Dem ist noch gar nicht klar geworden, dass Arnie und seine Jungs ihn fallen gelassen haben.“ Zufrieden registrierte Gonzo das Auf und Ab von Gillespies Adamsapfel in dessen dürrem Hals. „Ich frage mich, wie lange es dauert, bis er es schnallt. Was meinen Sie?“

„Die werden ihn nicht hängen lassen.“ Gillespie spie ihnen die Worte beinahe entgegen. „Der ist praktisch bei ihnen aufgewachsen. Er gehört zur Familie.“

„Tatsächlich? Tja, wenn ich meine Familie bäte, mir einen Anwalt zu besorgen, weil ich verhaftet wurde, würden meine Schwestern innerhalb von Minuten nach dem Anruf die Kavallerie in Bewegung setzen. Die würden mich jedenfalls ganz bestimmt nicht Stunden im Gefängnis sitzen lassen.“

„Wahrscheinlich konnten Sie so spät am Tag niemanden mehr erreichen.“

„Na klar, daran wird’s gelegen haben.“ Gonzo machte das mit jeder Minute mehr Spaß. „Ganz bestimmt hat es nichts damit zu tun, dass Blut dicker ist als Wasser, ganz zu schweigen davon, was Ehrgeiz mit den Menschen macht.“

„Sie haben nichts gegen mich in der Hand, weil ich nämlich nichts getan habe.“

„Das haben Sie schon mal behauptet, nur fürchte ich, dass wir doch etwas gegen Sie in der Hand haben, sonst hätten wir von der stellvertretenden Staatsanwältin keinen Haftbefehl bekommen.“

Die Worte „Haftbefehl“ und „Staatsanwältin“ ließen Gillespies Adamsapfel noch heftiger hüpfen.

„Ich nehme an, Sie glauben ebenfalls, Sie stünden den Pattersons nahe, oder?“

„Ich stehe ihnen auch nahe. Colton ist seit der Schulzeit mein bester Freund.“

„Dann wird er jemanden schicken, der Sie aus diesem Schlamassel herausholt?“

„Selbstverständlich wird er das tun.“

„Wahrscheinlich denselben Burschen, der sich Jerrys Angelegenheiten annimmt, oder?“

Porter kniff die Augen zusammen und begann zu schäumen. „Werden Sie mir jetzt verraten, was gegen mich vorliegt?"

„Noch nicht." Gonzo schaute wieder nach vorn. „Unser Lieutenant gibt sich gern selbst die Ehre. In der Hinsicht ist sie ein echtes Raubtier."

Kurz darauf erfüllte der durchdringende Geruch von Urin das Innere des Wagens.

Während Arnold das Gesicht verzog und das Fenster herunterließ, sah Gonzo, dass sein Partner sich leise schüttelte vor Lachen.

Gonzo biss sich auf die Lippe, um sich seinerseits ein Lachen zu verkneifen. Da ihre Jobs selten so amüsant waren wie eben, mussten sie es auskosten, wenn sich die Gelegenheit bot.

Als Gillespie bei der Ankunft vor dem Hauptquartier Minuten später die Medienvertreter sah, erschrak er sichtlich. „Sie bringen mich nicht da vorne rein."

„O doch, und ob wir das tun werden", versicherte Gonzo ihm, packte ihn am Arm und zerrte ihn vom Rücksitz. Seine ganze Hose war vorn nassgepinkelt.

„Das können Sie nicht machen! Es gibt noch gar keine Anschuldigung gegen mich. Sie ruinieren mein Leben, ganz zu schweigen von dem Schaden, den Sie dem Wahlkampf zufügen."

„Glauben Sie etwa, das interessiert uns auch nur die Bohne? An Ihr Leben und den Wahlkampf hätten Sie denken sollen, als Sie sich zum Komplizen von Victoria Kavanaughs Mörder gemacht haben."

„Damit hatte ich nichts zu tun!"

„Das können Sie alles dem Richter bei der Anklageerhebung schildern."

„Anklageerhebung?"

„Was glauben Sie denn, was nach Ihrer Verhaftung geschieht?"

„Wir reden noch nicht einmal darüber? Ich habe Rechte!"

„Die haben Sie absolut, einschließlich des Rechts auf einen Anwalt, den Sie sich ja erbeten haben. Und deshalb wird es auch erst Gespräche geben, sobald er oder sie aufgetaucht ist."

Es waren nicht mehr ganz so viele Reporter vor dem Gebäude versammelt, aber diejenigen, die der Spätnachmittagshitze trotzten, bekam natürlich mit, dass etwas hinter ihnen passierte.

Gonzo hörte das Raunen: „Wer ist das?"

„Woher kenne ich den bloß?"

„Hat er sich eingepisst?"

„Arbeitet der nicht im Patterson-Wahlkampf mit?"

„Detective, wie lautet der Vorwurf?"

„Hat er etwas mit dem Fall Kavanaugh zu tun?"

„Weiß Arnie Patterson, dass sein Wahlkampfhelfer verhaftet wurde?"

Gonzo reagierte auf keine dieser Fragen, während er mit Gillespie den Spießrutenlauf absolvierte. Gillespie hielt den Kopf gesenkt, wie Verhaftete es häufig taten, um nicht fotografiert zu werden. Trotz dieser Bemühungen rechnete Gonzo damit, sein Gesicht morgen auf den Titelseiten zu sehen.

Drinnen durchlief Gillespie die Aufnahmeprozedur, die eine Leibesvisitation vorsah, die Abnahme der Fingerabdrücke sowie Polizeifotos. Während der gesamten Zeit drohte er damit, das Department zu verklagen wegen polizeilicher Gewalt und ungerechtfertigter Durchsuchung. Wahrscheinlich hatte der Kerl ein paar Semester Jura studiert und glaubte jetzt, er würde sich auskennen.

Gonzo musste zugeben, dass es ihm eine gewisse Genugtuung verschaffte, als man den Verhafteten aufforderte, sich nach vorn zu beugen und die Backen zu spreizen. Nachdem die für die Prozedur zuständigen Officer mit dem Abtasten und Herumbohren fertig waren, gab man ihm die nassen, riechenden Sachen zurück, die er schon beim Hereinkommen getragen hatte. Je mehr sich die Demütigungen häuften, desto aufgewühlter und zittriger wurde Gillespie. Seine Hände zitterten so stark, dass Gonzo schon fürchtete, ihm seine Kleider anziehen zu müssen. Schließlich brachte man ihn in den Verhörraum neben dem, in dem sich Jerry Smith befand.

„Setzen Sie sich", forderte Gonzo ihn auf. „Wir melden uns, sobald Ihr Anwalt eingetroffen ist."

„Ich brauche neue Kleidung."

„Brooks Brothers haben wir nicht auf Lager", erklärte Gonzo. „Ich kann Ihnen bloß Gefängnis-Orange anbieten. Wär das recht?"

„Vergessen Sie's", murmelte Gillespie. „Ich sehe, dass Sie sich köstlich amüsieren."

„Darauf können Sie wetten. Es ist äußerst befriedigend, einen schwierigen Fall abzuschließen und die Dreckskerle zu erwischen, die eine junge Frau ermordet und ihr Kind entführt haben."

Aus Gillespies Gesicht wich alle Farbe. „Ich habe niemanden umgebracht und auch kein Kind entführt! Ich habe keine Ahnung, wovon Sie sprechen!"

„Dann brauchen Sie sich ja auch wegen nichts Sorgen zu machen", meinte Gonzo. „Ich habe Feierabend, also sehen wir uns morgen früh wieder. Officer Beckett hier wird ein Auge auf Sie haben, bis Ihr Anwalt eintrifft. Viel Glück."

„Warten Sie! Sie können mich nicht hierlassen. Ich habe Rechte!"

„Ja, die haben Sie, deshalb kann ich nichts tun, bevor Ihr Anwalt kommt. In dem Moment, als Sie verkündet haben, dass Sie einen Anwalt wollen, ist die Sache nicht mehr in meiner Hand gelegen. Und jetzt wünsche ich Ihnen eine gute Nacht."

„Halt! Stopp! Das ist doch Irrsinn! Ich verlange zu erfahren, welche Beweise gegen mich vorliegen, die mich mit einem dieser Verbrechen in Verbindung bringen!"

Gonzo ging lachend den Flur entlang Richtung Kommissariat und hörte, wie Beckett dem Gefangenen befahl, sich hinzusetzen und den Mund zu halten. Damit kam ein sehr guter Tag zu einem befriedigenden Ende.

Sams Handy klingelte, gerade als Nick auf den Krankenhausparkplatz einbog. „Hey, Gonzo. Wie ist es gelaufen?"

„Es wird in die Geschichte eingehen als eine meiner Lieblingsverhaftungen aller Zeiten", antwortete er und berichtete schadenfroh von Gillespies Verhaftung. „Am Schluss hat er sich im Wagen noch vollgepinkelt. Das war klasse."

Sam musste lachen über seine Schilderung. „Du amüsierst dich ein bisschen zu sehr."

„Tue ich wirklich. Ich bin jetzt auf dem Heimweg. Beckett ist bei ihm, solange er auf den Anwalt wartet, den Colton Patterson ihm umgehend zu schicken versprochen hat."

„Ausgezeichnet. Danke für die großartige Arbeit heute."

„Sag Bescheid, falls du heute Abend noch etwas brauchst."

„Mach ich."

„Hey, hat Ang ihr Baby bekommen?"

„Vor Kurzem. Ella Holland Radcliffe. Wir sind unterwegs zum Krankenhaus."

„Oh, toll. Richte ihr meine Glückwünsche aus. Alex wird sich freuen. Er liebt sie – und Jack."

„Ich werde es weitergeben. Bis morgen." Sie beendete das Gespräch und steckte das Telefon ein. Dann erzählte sie Nick die Geschichte von Gillespies Verhaftung und freute sich über sein Lachen, als sie zu der Stelle kam, an der Gillespie sich nass gemacht hatte.

„Das Patterson-Lager muss in hellem Aufruhr sein."

„Das bezweifle ich. Die glauben fest daran, sich abgesichert zu haben, und möglicherweise stimmt das auch. Wenn ihre Lakaien nicht singen, kriegen wir sie nicht."

„Das Schlimmste, was ihnen dann passieren kann für ihre Machenschaften und den Auftrag zur Ermordung Victorias, ist, dass die Wahlkampagne Schaden nimmt?"

„Ja. Ich bin mir zu hundert Prozent sicher, dass Jerrys DNA mit der übereinstimmt, die wir unter Victorias Nägeln gefunden haben. Außerdem können wir in den Wochen vor ihrem Tod mehrere Telefonkontakte zwischen Gillespie und Victorias Handy nachweisen. Wir wissen, dass ihr Vater früher für Patterson gearbeitet und sie nach dem Tod ihrer Eltern Zeit in deren Zuhause verbracht hat. Aber wir haben nichts, was einen der Pattersons direkt in Verbindung mit dem Mord an ihr bringt."

Er parkte und stellte den Motor aus, sodass auch der angenehme Luftstrom der Klimaanlage versiegte. „Du hast allerdings genügend Verdachtsmomente, um die Kampagne scheitern zu lassen."

„Stimmt." Sie sah beklommen zum Krankenhausgebäude.

Den einen Arm über das Lenkrad gelegt, betrachtete er sie. „Was denkst du?"

„Mir ist eine ganze Menge widerfahren, seit eine meiner Schwestern zuletzt ein Baby bekommen hat. Jack ist sechs, und Tracy hat Abby vor sieben Jahren bekommen, kaum zu glauben."

„Du machst dir Sorgen darüber, wie du auf dieses Kind reagieren wirst."

„Ein wenig." Weil sie fürchtete, die ohnehin brüchige Fassung zu verlieren, wenn sie ihn ansah, hielt sie den Blick weiter auf das Krankenhaus gerichtet. „Ich freue mich schrecklich für Angela und Spencer und Jack. Die wünschen sich schon lange ein weiteres Kind."

„Das weiß ich, Babe. Und sie wissen das auch. Natürlich wissen sie das." Er nahm ihre Hand in seine. „Wenn dir nicht nach einem Besuch ist, werden sie auch das verstehen."

Sam schüttelte den Kopf. „Angela ist meine Schwester und eine meiner zwei besten Freundinnen. Heute geht es nicht um mich. Es darf heute nicht um mich gehen." Sie schloss die Augen, holte tief Luft und atmete langsam wieder aus, während sie die Augen aufmachte. Jetzt, wo sie mit Nick darüber gesprochen hatte, war sie schon viel ruhiger. „Gehen wir."

„Ich werde die ganze Zeit bei dir sein."

Sie drückte seine Hand. „Das hilft, glaub mir."

Sie näherten sich dem Fahrstuhl in der Lobby, als Sam plötzlich jemandem gegenüberstand, den sie seit fünf Jahren nicht gesehen hatte. Prompt gab sie einen erschrockenen Laut von sich, der Nicks Aufmerksamkeit auf die Frau lenkte, die sie anstarrte. „Sam", sagte die Frau und lächelte freundlich.

Sie hatte sich nicht allzu sehr verändert. Ihr schulterlanges dunkles Haar wies inzwischen mehr graue als schwarze Strähnen auf, aber ihre braunen Augen waren noch exakt so wie in Sams Erinnerung, mit attraktiven Falten in den Augenwinkeln vom lebenslangen Lachen und Lächeln.

„Und Sie müssen Nick sein."

„Ja", bestätigte er verwirrt.

„Ich bin Brenda Ross, Sams Mutter."

Sie benutzte also wieder ihren Mädchennamen. Sam fragte sich, ob das bedeutete, dass sie nicht mehr mit dem Mann verheiratet war, wegen dem sie Sams Vater verlassen hatte. Allerdings interessierte es sie nicht genug, um danach zu fragen.

„Oh." Nick schüttelte ihr die Hand. „Freut mich, Sie kennenzulernen."

„Mich auch. Ich habe viel von Ihnen gehört. In natura sind Sie noch attraktiver als auf den Fotos."

„Äh, danke."

Sam schaute und hörte zu, als ob das Gespräch im Fernsehen und nicht direkt vor ihr stattfinden würde. Sie hatte keine Ahnung, was sie sagen sollte. Zum Glück bewahrte Nick sie vor der Notwendigkeit, etwas sagen zu müssen.

„Wollt ihr Angela besuchen?"

„Ja", antwortete er.

„Sie liegt im fünften Stock. Ich fahre mit euch rauf."

Nick sah unsicher zu Sam, ehe er sie sanft zum Fahrstuhl führte.

Schweigend fuhren sie in den fünften Stock. Nick wartete, bis Brenda ausgestiegen war, dann legte er den Arm um Sam und drückte sie. Gemeinsam folgten sie Brenda in einigem Abstand den Flur entlang zu Angelas Zimmer. „Alles in Ordnung, Babe?", erkundigte er sich mit leiser Stimme.

Sam nickte.

„Sag etwas."

„Etwas."

„Okay, gut. Einen Moment lang habe ich mir schon Sorgen gemacht."

„Es hat mich nur ein bisschen überrascht."

„Ich weiß, Liebes."

„Ich muss ihr allerdings recht geben – in natura siehst du wirklich noch besser aus als auf den Fotos. Zum ersten Mal seit fast zwanzig Jahren bin ich mit ihr einer Meinung."

Er lachte, genau wie sie gehofft hatte. „Ja, du bist wirklich okay, und jetzt kannst du auch gern wieder den Mund halten."

Dem Himmel sei Dank für ihn, dachte sie zum millionsten Mal. Bevor er in ihr Leben zurückgekehrt war, hätte eine zufällige Begegnung mit ihrer Mutter sie für Wochen aus der Bahn geworfen.

Diesmal ging es ihr schon nach wenigen Minuten wieder besser, nur weil Nick da war.

Skip und Celia kamen gerade aus Angelas Zimmer und stutzten, als sie Brenda auf sich zukommen sahen, gefolgt von Sam und Nick.

„Hallo Brenda", begrüßte Skip sie in einem frostigen Ton, den er früher für Mordverdächtige reserviert gehabt hatte.

„Skip." Sam begriff, dass sie ihren Exmann zum ersten Mal im

Rollstuhl sah. „Herzlichen Glückwunsch zu deiner neuen Enkelin."

„Danke."

„Sie müssen Celia sein", wandte Brenda sich an Sams Stiefmutter und bot ihr die Hand.

Da Celia zu höflich war, um ihr die Geste zu verweigern, schüttelte sie Brenda die Hand. Sam hätte sie am liebsten laut bejubelt, denn Celia kam es immerhin nicht über die Lippen, dass sie sich freue, Brenda kennenzulernen.

„Wie geht es Angela?", fragte Sam.

„Wunderbar", erwiderte Celia, deren Miene sich deutlich aufhellte, als sie mit Sam sprach. „Das Baby ist wunderschön."

„Hast du es eilig, nach Hause zu kommen?", fragte Sam ihren Dad.

„Nicht besonders."

„Ich würde dich gern einen Moment sprechen, bevor ihr aufbrecht."

„Dann werde ich auf dich warten."

„Danke." Nicks Hand festhaltend, führte sie ihn vorbei an ihrer Mutter, Stiefmutter und ihrem Vater in Angelas Zimmer, entschlossen, diese emotionale Schlacht mit möglichst wenig Narben zu überstehen.

22

———

Sam!", rief ihr Neffe Jack, der auf der Kante des Krankenbettes seiner Mutter saß. „Komm und sieh dir meine Babyschwester an! Sie ist so süß!"

Sam lächelte den hinreißenden kleinen dunkelhaarigen Jungen an, der wie sein Vater aussah. „Lass mich mal sehen", sagte Sam und ließ Nicks Hand los, um das Baby genauer zu betrachten.

Angela leuchtete förmlich vor Glück, als sie das Baby hochhielt. Ihr Mann Spencer stand auf der anderen Seite des Bettes und sah erschöpft, aber glücklich aus.

Sam fragte sich, wie Nick wohl aussehen würde, nachdem er ihr bei der Geburt beigestanden hatte. Sie hoffte sehr, dass sie das eines Tages herausfinden würde. „Du hast vollkommen recht, Jack. Sie ist eine der hübschesten Babyschwestern, die ich je gesehen habe." Ellas Gesicht war rot und schrumpelig, die Lippen geschürzt und die flaumigen Augenbrauen noch kaum erkennbar. Aber Sam fand, dass sie eines der schönsten Wesen war, das sie je gesehen hatte.

Tränen stiegen ihr in die Augen, während sie jedes Detail genau betrachtete.

„Möchtest du sie halten?", fragte Angela mit sanfter Stimme, da sie sich selbst wie auf einem Minenfeld bewegte.

„Wäre das okay für dich?"

„Na klar."

Während sie behutsam und vorsichtig das schlafende Baby von ihrer Schwester entgegennahm, staunte Sam darüber, dass etwas derartig Zartes und Kleines für manche Menschen so schwer zu bekommen war. „Hallo, Ella, ich bin deine verrückte Tante Sam, und das ist dein gut aussehender Onkel Nick. Aber verrate ihm bloß nicht, dass ich das gesagt habe, denn er mag es nicht, wenn man ihm sagt, er sei gut aussehend.“

Nick, der den Arm wieder um sie gelegt hatte, lachte leise und küsste sie auf die Schläfe.

„Wir können es kaum erwarten, dich richtig kennenzulernen und dich und deinen Bruder bei uns übernachten zu lassen.“

„Können wir da jetzt schon einen Termin vereinbaren?“, fragte Angela und brachte damit alle zum Lachen, was Sams emotionale Anspannung löste, die sie von dem Augenblick befallen hatte, in dem ihre Schwester ihr das Baby in die Arme gelegt hatte.

„Jederzeit“, versicherte Nick ihr und sprach für sie beide.

Tränen liefen ihr über die Wangen, doch es waren Freudentränen, weil es nun ein weiteres Kind in ihrem Leben gab, das sie lieben und verwöhnen konnte. Sie wandte sie an ihren Mann: „Möchtest du auch mal?“

Er wischte ihr die Tränen aus dem Gesicht. „Da sag ich nicht Nein.“

Sam legte ihm das winzige Bündel in die starken Arme.

„Hallo du Kleine“, sagte er, und seine Miene drückte eine Mischung aus Ehrfurcht und Staunen aus. „Willkommen auf der Welt.“

Ihn das Neugeborene halten zu sehen, löste seltsame Dinge in Sam aus, wo sie doch ohnehin schon durcheinander war wegen der Begegnung mit ihrer Mutter und dem Kennenlernen ihrer kleinen Nichte.

Jack kam zu ihnen und reckte die Arme. Sam hob ihn hoch, wie sie es immer tat.

Als wüsste er ganz genau, was sie brauchte, schlang er seine Ärmchen um ihren Nacken und drückte sie fest.

„Ah, Kumpel, das tut gut.“

„Wie geht's deinem Aua?“ Jack gab Sam ganz vorsichtig einen Kuss auf die Wange, unterhalb des Pflasters, unter dem sich die genähte Wunde befand.

„Viel besser", antwortete sie, obwohl es nach wie vor höllisch wehtat. Mit ihrem Neffen auf dem Arm trat sie an Angelas Bett. „Wie ist es gelaufen?"

„Ich hatte schon bessere Tage, aber nun ist es ja vorbei."

„Sie hat das ganz routiniert gemacht", meinte Spence und drückte seiner Frau die Schulter.

„Mom ist draußen", sagte Sam.

„Oh, wirklich? Sie meinte, sie würde wohl vorbeischauen, wenn das Baby da ist, aber ich habe nicht gedacht, dass sie schon in der Stadt ist. Tracy muss sie angerufen haben. Sie ist übrigens los und holt Abby und Ethan ab, damit die zwei ihre neue Cousine kennenlernen können. Brooke hat anscheinend andere Pläne."

„Ach nee." Sam verdrehte die Augen. Ihre ehemals reizende Teenager-Nichte hatte sich innerhalb des vergangenen Jahres in eine echte Nervensäge verwandelt. „Du und Trace, ihr steht in engem Kontakt zu Mom, was?"

„Eng würde ich das nicht nennen, aber wir stehen in Verbindung. Das wusstest du."

Sam zuckte die Schultern. „Ja, schon."

„Hast du mit ihr gesprochen?"

„Nicht richtig." Sam drückte Jack noch einmal an sich, dann setzte sie ihn zu seiner Mutter aufs Bett. „Können wir noch irgendetwas für euch tun?"

„Nein, wir haben alles. Spencers Eltern kommen morgen und kümmern sich um Jack. Dad und Celia nehmen ihn heute Nacht."

„Ich darf bei Grandpa übernachten", verkündete Jack. „Celia hat gesagt, wir machen Popcorn und sehen uns ‚Madagaskar' an."

„Wow, das klingt nach einem Riesenspaß." Sam beugte sich herunter, um Angela einen Kuss zu geben. „Herzlichen Glückwunsch, Leute. Sie ist bezaubernd."

Nick gab das Baby der Mutter zurück und küsste Angela auf die Wange. „Dito. Bezaubernd." Er schüttelte Jack und Spencer die Hand. „Gute Arbeit, Jungs."

„Was haben die denn bitte schön gemacht?", bemerkte Angela trocken.

„Was ich gemacht habe, kann ich vor dem Jungen nicht sagen", konterte Spencer mit einem breiten Grinsen.

„Warum nicht?", fragte Jack. „Ich will es aber wissen!"

„In diesem Sinne", sagte Sam. „Wir gehen, damit Mom hereinkommen kann. Wir schauen morgen wieder vorbei."

„Hoffentlich sind wir morgen Nachmittag schon wieder zu Hause."

„Dann treffen wir euch dort, mit Geschenken."

Bei diesen Neuigkeiten hellte sich Jacks Miene auf.

Sam strich zärtlich mit dem Finger über die flaumige Wange des Babys. „Hab euch lieb, Leute."

„Wir dich auch", erwiderte Angela. „Danke fürs Vorbeischauen."

Sam verließ das Zimmer, gefolgt von Nick. Im Flur lehnte ihre Mutter an der Wand und wartete offenbar darauf, dass die zwei herauskamen, damit sie an der Reihe war. Sams Vater und Celia waren nirgends zu sehen. Sam würde es zwar niemals zugeben, doch sie war ihrer Mutter dankbar dafür, dass sie ihre Schwester samt Familie in Ruhe hatte besuchen können, ohne dass dieser Besuch von der Fehde zwischen Brenda und Sam überschattet wurde.

Sie nickte ihrer Mutter zu und ging den langen Flur hinunter, in der Hoffnung, ihren Dad und Celia im Wartezimmer zu finden.

„Sam!"

Sam brauchte einen Moment, um sich zu sammeln, ehe sie sich zu der Frau umdrehen konnte, die sie alle zutiefst verletzt hatte. Sie hatte Skip einen Tag nach Sams Highschool-Abschluss verlassen, wegen eines Mannes, mit dem Brenda schon seit geraumer Zeit heimlich geschlafen hatte. Und nun musste Sam sich fragen, ob alles, was sie über die Ehe ihrer Eltern zu wissen geglaubt hatte, falsch war.

„Ich würde mich gern mit dir treffen", meinte Brenda zögernd. „Um mit dir zu reden. Es gibt Dinge, die du wissen solltest. Dinge, die ich dir schon vor langer Zeit hätte sagen sollen." Sie sah zu Nick, der den Arm um Sams Taille legte. „Geht das denn jetzt nicht lange genug so?"

„Ich habe dir nichts zu sagen. Komm, Nick, gehen wir."

Bevor sie sich abwandte, bemerkte sie die Enttäuschung auf dem Gesicht ihrer Mutter. Sam wollte nicht, dass es ihr etwas ausmachte, doch das tat es. Welches Recht hatte ihre Mutter, wegen irgendetwas enttäuscht zu sein? Schließlich war sie diejenige gewesen, die einfach gegangen war! Sie war diejenige, die sich über alles andere gestellt hatte! Tracy und Angela mochten vielleicht in der Lage sein, ihr zu verzeihen, aber Sam würde das niemals tun.

„Atme tief durch, Baby", forderte Nick sie mit sanfter Stimme auf, während sie den Flur entlanggingen und sich dabei ganz im Einklang bewegten.

Sam holte mehrmals tief Luft, was half, ihre Nerven zu beruhigen. „Kümmerst du dich einen Moment um Celia, während ich mit meinem Dad spreche?"

„Klar."

„Danke. Ich brauche nur ein paar Minuten."

Im Wartezimmer, das Skip und Celia ganz für sich hatten, las Celia ihm aus der neuesten Ausgabe der *Newsweek* vor.

„Celia", sagte Nick und streckte den Arm aus. „Könnte ich dich für einen Drink begeistern? Ich habe gehört, hier gibt's eine ausgezeichnete Bar."

„Zu einem solchen Angebot sage ich nicht Nein", antwortete Celia, stand auf und gab ihrem Mann einen Kuss auf die Wange, bevor sie sich bei Nick unterhakte.

„Geh nicht zu weit mit meinem Mädel, Senator", mahnte Skip.

„Würde mir nicht im Traum einfallen", versicherte Nick ihm mit jenem charmanten Lächeln, das Sam immer noch Herzklopfen bescherte.

Celia kicherte wie ein Schulmädchen, was Sam zum Lächeln brachte, als sie sich zu ihrem Vater setzte.

„Alles okay mit dir, mein Kind?"

Sam war ihm dankbar dafür, dass er wusste, wie schwer es für sie war – nicht nur wegen des Babys, sondern auch wegen der ersten Begegnung seit Jahren mit ihrer Mutter.

„Ja, alles in Ordnung. Und bei dir?"

„Mir geht's bestens. Ich habe eine neue Enkelin, die genauso hübsch ist wie ihre Mama, ihre Tanten und Cousinen. Das Leben ist gut."

„Ja, ist es."

„Ich freue mich darüber, dass sie das Baby nach meiner Mutter benannt haben", sagte Skip. „Darüber freue ich mich wirklich."

„Das habe ich mir gedacht." Ella Holland hatte in Sams

Kindheit zu den Menschen gehört, die ihr am liebsten gewesen waren, und sie vermisste sie. „War es schwer, Mom zu begegnen?"

„Nö. Sie hat keine Macht mehr über mich. Schon lange nicht mehr."

„Es wurmt mich irgendwie, dass Tracy und Angela in Kontakt zu ihr stehen."

„Es ist ihr gutes Recht. Unabhängig von meiner Meinung über sie, ist sie doch ihre und deine Mutter. Am Ende lief es ziemlich übel zwischen uns, aber für die drei wundervollen Töchter, die sie mir geschenkt hat, werde ich ewig dankbar sein."

Obwohl er es nicht spüren konnte, schlang sie die Arme um seinen Arm und legte den Kopf an seine Schulter, denn sie musste ihm nahe sein.

„Was beschäftigt dich?"

Sie schloss die Augen und stellte sich vor, seine starken Arme würden sie halten, seine große Hand würde durch ihr Haar streichen und sie würde wie einst jenes Gefühl von Sicherheit in seinen Armen spüren. „Ich weiß von Alice."

Er sog scharf die Luft ein.

„Ich weiß, warum du getan hast, was du getan hast im Fitzgerald-Fall." Sie wartete, denn er sollte die Chance bekommen, etwas dazu zu sagen, wenn er wollte.

Er wollte nicht.

„Ich verstehe", sagte sie nach längerem Schweigen.

„Wer hat es dir erzählt?"

„Jeannie hat sich mit Morganthau unterhalten. Dadurch haben sich die Puzzleteile für uns zusammengefügt."

„Was wirst du mit diesem Wissen anfangen?"

„Nichts", entschied Sam spontan. Denn wem wäre damit jetzt noch gedient?

„Wenn du mich fragst, war es ein Unfall. Cameron hatte nicht die Absicht, ihn zu töten, und als er merkte, dass der Junge tot war, bekam er Panik. Er hat uns zu der Leiche geführt, die wir ohne ihn niemals gefunden hätten. Ich hatte nicht den Eindruck, er könnte für irgendwen außer für sich selbst eine Gefahr sein. Deshalb ließ ich ihn wie geplant zur Army gehen. Er hat für jene Nacht seither täglich dafür bezahlt, und genauso oft habe ich meine Entscheidung hinterfragt."

Die Bestätigung zu hören, dass Cameron der Mörder war, bedeutete für Sam eine gewisse Erleichterung, weil die Sache damit für sie abgeschlossen war. „Warum hast du es mir nicht erzählt?"

„Ich wollte dich nicht in die Position bringen, handeln und entscheiden zu müssen zwischen Gerechtigkeit für Tyler oder mich und deinen Verpflichtungen als Polizistin."

„Dachtest du, ich würde dich nicht verstehen? Ich kenne die Grauzonen unseres Berufes seit Jahren."

„Ich wollte nicht darüber reden. Es war schon schlimm genug, dass ich es wusste, dass Alice und ihr Mann es wussten, und dass Cameron und ihr anderer Sohn Caleb es wussten."

„Hat Mom es auch gewusst?"

„Ja."

„Hat sie dich deshalb während der Ermittlung verlassen?"

„Woher weißt du davon? Du warst zu jung, um dich daran erinnern zu können."

„Tracy hat es erwähnt, und ich habe zwei und zwei zusammengezählt."

„Sie war wütend auf mich, weil ich meinen Job aufs Spiel gesetzt habe und Alice' Ruf. Es gefiel ihr nicht, dass ich Zeit mit Alice verbrachte, sie empfand es als Bedrohung."

„Hatte sie denn Grund dazu?"

Er zögerte lange genug, dass Sam ihre eigenen Schlüsse daraus ziehen konnte. „Ich empfand etwas für sie, und sie empfand etwas für mich, aber wir haben diesen Gefühlen nie nachgegeben. Kein einziges Mal. Ich war gerade mit deiner Mutter zusammengekommen, als Steven getötet wurde, und wegen der Zeit, die ich nach den Schüssen auf ihren Mann mit Alice verbrachte, hätten wir uns beinahe getrennt. Wir haben es geschafft, die Beziehung weiterzuführen, und einige Monate später geheiratet. Doch die Tatsache, dass ich mich um Alice gekümmert hatte, hörte nie ganz auf, ein Problem zwischen uns zu sein. Besonders, nachdem Alice wieder geheiratet hatte."

„Warum ausgerechnet dann?"

„Jimmy war ein guter Kerl, aber er hatte nicht durchgemacht, was wir durchgemacht hatten. Verstehst du? Er hatte zu Stevens Zeiten nicht zu ihrem Leben gehört, daher hielt sie sich an mich.

Wahrscheinlich länger, als gut war. Deine Mutter fing an, sie zu hassen, was ich nie verstanden habe, aber irgendwie habe ich es als Teil meines Lebens mit ihr akzeptiert. Manchmal denke ich, sie hatte am Ende das Gefühl, dass meine Beziehung zu Alice ihr Verhalten rechtfertigte."

„Danke, dass du mir das alles erzählt hast. Es hilft mir, einige Dinge zu verstehen."

„Wer außer McBride und Tyrone weiß davon?"

„Nick."

„Sind das nicht zu viele Leute? Soll ich reinen Tisch machen? Ich würde es tun, damit es dir keine Bauchschmerzen mehr bereitet. Cameron wusste immer, dass der Tag kommen könnte, an dem ich ihn nicht mehr schützen kann."

„Was ist mit Alice?"

„Ich liebe Alice und werde es immer tun, aber dich liebe ich mehr. Wenn du das, was du herausgefunden hast, verwenden willst, werde ich dich nicht davon abhalten, und ich werde es dir auch nicht vorhalten."

„Keiner von denen, die ich kenne, würde je ein Wort darüber verlieren. Daher sehe ich keinen Grund dafür, erneut aufzuwühlen, was vor vielen Jahren passiert ist. Eines möchte ich aber noch loswerden."

„Ich höre."

Sam war froh, den Kopf an seine Schulter gelehnt zu haben und ihm bei diesem Gespräch nicht ins Gesicht sehen zu müssen. „Du hast mich durch deine Forderung, die Finger von der Sache zu lassen, in eine sehr schwierige Lage gebracht. Jetzt verstehe ich zwar, warum du es getan hast, aber das bedeutet nicht, dass du unser Verhältnis dazu benutzen kannst, mir deinen Willen aufzuzwingen. Du bist derjenige, der mir beigebracht hat, dass der Job immer an erster Stelle steht. Du hast mich regelrecht dazu genötigt, in dieser Angelegenheit zwischen dir und meiner Arbeit zu wählen, und das gefällt mir ganz und gar nicht."

„Du hast absolut recht, und ich habe mich absolut falsch verhalten."

„Ehrlich?" Sam hatte eine derartig widerstandslose Kapitulation nicht erwartet.

Er prustete vor Lachen. „Überrascht, was?"

„Kann man wohl sagen.“

„Ich hatte Angst vor dem, was mit Alice passieren würde, wenn das herauskommt. Ich hatte außerdem Angst davor, welche Auswirkungen meine Sünden auf deine Karriere haben würden, falls jemand dahinterkäme, was ich getan habe.“

„Deine Absichten waren jedenfalls ehrenhaft.“

„Ich würde mir gern einreden, dass sie das stets waren, aber manchmal kommt einem das Leben in die Quere.“

„Das musst du mir nicht sagen.“ Sam hob ihren Kopf und sah in diese blauen Augen, die ihren glichen. „Dann ist zwischen uns alles wieder gut?“

„Ganz bestimmt.“

„Gut.“ Sam legte ihren Kopf erleichtert wieder an seine Schulter. „Ich hasse es, wenn wir uns streiten. Das macht mich körperlich ganz krank.“

„Ob du es glaubst oder nicht, ich hasse es genauso.“

Sam erstarrte ein wenig, als sie sah, dass ihre Mutter den Flur entlangkam.

Brenda entdeckte Sam, die sich an ihren Vater schmiegte, und blieb im Türrahmen stehen, die Hände auf den schmalen Hüften. „Ihr seid nach wie vor ein Herz und eine Seele, was?“ Da keiner von beiden darauf etwas erwiderte, setzte sie ihren Weg kopfschüttelnd fort.

„Du solltest deinen Frieden mit ihr schließen, Sam. Sie ist schließlich deine Mutter. Es wäre traurig, wenn du es eines Tages bereuen würdest.“

„Ich bin schon so lange wütend auf sie, dass ich gar nicht mehr weiß, wie das ist, es nicht zu sein.“

„Vielleicht ist es an der Zeit, darüber hinwegzukommen. Was zwischen ihr und mir passiert ist, liegt sehr lange zurück. Du hast inzwischen selbst genug Erfahrungen mit der Ehe gemacht, um zu wissen, dass zwei Leute dazugehören, damit sie funktioniert. Und es braucht zwei Leute, um es zu vermasseln. Ich war nicht völlig schuldlos.“

Sam versuchte sich vorzustellen, wie es wäre, wenn Nick sich um die Ehefrau eines ermordeten Freundes kümmern würde, für die er offenkundig zärtliche Gefühle hegte. Zum ersten Mal erkannte sie, dass es nicht immer einfach gewesen war für ihre Mutter, mit Skip verheiratet zu sein. „Ich werde darüber nachdenken." Sam stand auf und gab ihm einen Kuss auf die Stirn. „Ich muss wieder ins Hauptquartier. Ich habe zwei von Pattersons Lakaien auf Eis gelegt, die auf Anwälte warten, die Patterson ihnen niemals schicken wird."

Skip starrte sie verblüfft an. „Patterson hat mit dem Kavanaugh-Mord zu tun?"

„Jap, und ich habe die beiden Lakaien am Haken. Ich hoffe, dass ich Patterson und seine Söhne auch noch drankriege, aber das ist leider nicht sicher. Wie auch immer es ausgeht, sein Wahlkampf dürfte dadurch ruiniert sein. Na, wie hört sich das an?"

„Heiliger Strohsack. Das wird eine Riesensache!"

Sam lächelte. „Malone meinte, es sei immer eine Riesensache, wenn ich damit zu tun habe."

„Das ist mein Mädchen." Skips Augen leuchteten vor Begeisterung. „Ich bin verdammt stolz auf dich, Samantha Holland Cappuano." Flüsternd fügte er hinzu: „Und wie stolz ich bin."

Sie blinzelte gegen die aufsteigenden Tränen an und küsste ihn noch einmal auf die Stirn. „Das bedeutet mir unendlich viel, Dad."

Er grinste, so gut er es mit einer nach dem Schlaganfall infolge der Schüsse gelähmten Gesichtshälfte vermochte.

„Dann werde ich jetzt mal nachschauen, was mein Mann in der Zwischenzeit mit deiner Frau angestellt hat." Auf dem Flur entdeckte sie Nick mit Celia bei den Fahrstühlen. Sie unterhielten sich angeregt, und Sam war gerührt, als Nick den Kopf in den Nacken warf, weil er über etwas lachte, was Celia gesagt hatte. Wow, sie liebte ihn so sehr.

Er sah sie und grinste.

Sie gab ihm ein Zeichen, Celia zurückzubringen.

Die beiden kamen zu ihr, und Sam umarmte Celia. „Gratuliere, Großmama."

„Danke, Sam. Ich könnte nicht aufgeregter sein, wenn sie meine eigene Enkelin wäre."

„Das ist sie aber doch. Sei nicht albern."

„Lieb von dir, das zu sagen. Hast du dich mit deinem Vater wieder versöhnt?"

„Ja, hab ich."

„Oh, das ist gut", sagte sie. „Er leidet schrecklich, wenn ihr zwei euch gestritten habt."

„Ich kann dich hören, Celia", rief Skip, der mit seinem Rollstuhl in den Flur rollte.

Celia grinste ihn keck an. „Ich sage nur die Wahrheit, mein Lieber."

„Wir müssen los", erklärte Sam. „Wir sehen uns morgen."

„Bis dann", sagte ihr Dad.

Als Nick den Arm um sie legte, lehnte Sam sich an ihn.

„Alles in Ordnung?", erkundigte er sich.

Als sein vertrauter Duft sie umgab und tröstete, wurde ihr klar, dass sie diese vergangene schwierige Stunde vor allem deshalb überstanden hatte, weil sie stets Kraft aus seiner Liebe zog. „Alles bestens."

„Gut."

„Ich muss noch mal ganz kurz zum Hauptquartier, danach gehöre ich ganz dir, bis sieben Uhr morgen früh."

„Das klingt gut. Soweit ich mich erinnere, müssen wir noch eine wichtige Unterhaltung zu Ende führen."

„Ich habe keine Ahnung, wovon du sprichst."

Prompt gab er ihr einen Klaps auf den Po, als sie den Fahrstuhl betraten. „Lügnerin."

Obwohl sie protestieren wollte, reagierten sämtliche Nervenenden auf die Berührung seiner Hand.

„Hm", meinte er und schmiegte das Gesicht an ihren Hals. „Das wird aufregend."

Im nächsten Moment lagen sie einander in den Armen, und Nicks Hände schienen überall gleichzeitig zu sein. Sam war im Nu so heftig erregt, dass sie befürchtete, in Flammen aufzugehen. Sie sehnte sich danach, ihn zu küssen, wild und leidenschaftlich, nur war ihr Gesicht noch nicht verheilt.

„Mensch, ich vermisse es, dich zu küssen", flüsterte er, umfasste ihre Brüste und kniff sie sanft in die Brustwarzen, bis diese hart waren.

Sie drückte seinen Schwanz, was Nick ein Stöhnen entlockte. „Ich auch."

Als die Fahrstuhlklingel die Ankunft in der Lobby ankündigte, lösten sie sich voneinander. Ein wenig außer Atem sahen sie sich an, beide gleichermaßen benommen von der Intensität ihres Verlangens. „Wahrscheinlich haben wir den Sicherheitsleuten des Krankenhauses an ihren Monitoren eine gute Show geboten." Sam war entsetzt darüber, dass sie vor diesen intimen Streicheleien nicht daran gedacht hatte.

Nick nahm ihre Hand und zog Sam praktisch hinter sich her aus dem Fahrstuhl heraus. „Beeil dich lieber im Hauptquartier, verstanden?"

„Ja", versprach Sam, noch ganz aufgewühlt von der Tatsache, dass sie den dominanten Nick ebenso liebte wie den liebevollen, sanften Nick. „Mach ich."

Da es zu heiß war, um draußen zu warten, begleitete Nick sie ins Hauptquartier. Auf dem Weg ins Kommissariat hielt Captain Malone sie auf. „Lieutenant, der Laborbericht ist da. Jerry Smiths DNA stimmt mit der Haut überein, die wir unter Victorias Fingernägeln gefunden haben."

„Ja!" Sam machte eine pumpende Faust. „Fantastisch!"

Malone grinste. „Wir erheben morgen offiziell Anklage wegen Mordes."

„Sie können getrost noch Entführung dazunehmen", meinte Hill, der sich in diesem Moment zu ihnen gesellte. „Ich habe zwei Freunde von Bobby Ray aufgespürt, die aussagen werden, dass sie Smith in einer Bar getroffen haben. Smith hat erwähnt, er habe ein Kind, auf das jemand aufpassen müsse, worauf Bobby von seiner Mutter erzählt hat."

„Ausgezeichnet", lobte Sam ihn und fühlte sich euphorisch, weil sich jetzt alles zusammenfügte. „Mit diesen Aussagen brauchen wir nicht mal den gerichtsmedizinischen Nachweis, um Jerry mit dem Mord an Bobby in Verbindung zu bringen."

„So sehe ich das auch", sagte Hill. „Was glauben Sie, weshalb die Maeve nicht auch umgebracht haben?"

„Vielleicht hat sogar ein Verbrecher wie Jerry Smith Skrupel bei einem wehrlosen kleinen Kind."

„Mag sein. Hervorragende Arbeit, Lieutenant. Sie haben auf die Patterson-Connection getippt und goldrichtig gelegen."

„Danke", erwiderte Sam ein wenig befangen, da das Lob von einem Mann kam, der sie nicht nur in beruflicher Hinsicht bewunderte. Befangen war sie vor allem auch deshalb, weil ihr Mann direkt neben ihr stand. Ohne Zweifel würde er noch seinen Kommentar dazu abgeben, dass Hill ihr Komplimente machte. Aber sie hatte keine Zeit, sich deswegen jetzt Gedanken zu machen.

„Sollen wir unsere Gäste zu ihren Schlafgemächern führen?" Wie Gonzo zuvor fand auch Sam, dass der Job richtig Spaß machen konnte, wenn man einen Verdächtigen überführt hatte und alle es wussten – bis auf den Verdächtigen selbst.

„Wie lautet Ihr Plan, Lieutenant?", wollte Malone wissen, der selbst ein bisschen schadenfroh dreinblickte.

„Wir sperren Jerry und Porter über Nacht zusammen in eine Zelle. Cruz hat für Überwachung gesorgt. Wir hoffen, dass einer von ihnen dumm genug ist, ungehemmt zu sprechen. Ich tippe auf Jerry."

„Erinnert sie an ihre Rechte", sagte Malone.

„Das mache ich, wenn ich sie in die Zelle bringe, damit es gleich aufgezeichnet wird."

„Gut", sagte Malone. „Versuchen Sie, es nicht allzu sehr auszukosten."

„Warum nicht?", entgegnete Sam mit einem breiten Grinsen, das sie umgehend bereute. „Wie oft haben wir denn mal richtigen Spaß bei unserem Job? Haben Sie schon gehört, dass Porter sich in die Hose gepinkelt hat?"

Hill lachte über diese Neuigkeit.

„Klar", meinte Malone kichernd. „Beckett hat den ganzen Abend über den Gestank gejammert."

„Na gut, ich hole ihn da raus", sagte Sam und ging voran zum Kommissariat. Zu ihrer Bestürzung fand sie dort Lieutenant Stahl vor, der in dem fast leeren Bereich herumschlich. „Was machen Sie denn hier?"

„Ich bin zufällig hier durchgekommen, nicht, dass Sie das

etwas anginge. Apropos angehen – die Polizeipsychologin hat mir berichtet, dass sie nicht mal fünf Minuten Ihrer Zeit bekommt."

„Ich werde Zeit für sie haben, sobald ich den Fall Kavanaugh abgeschlossen habe, nicht vorher. Was geht Sie das überhaupt an?"

„Alles geht mich etwas an, Lieutenant." Er kniff die Knopfaugen zu schmalen Schlitzen zusammen, während er sprach, was Sam eine Gänsehaut verursachte.

„Treten Sie zur Seite", forderte Sam ihn auf. „Ich habe Arbeit zu erledigen."

„Was macht er denn hier?" Stahl deutete auf Nick. „Er ist nicht autorisiert, sich hier hinten aufzuhalten."

„Er ist autorisiert, sich überall dort aufzuhalten, wo ich ihn autorisiert habe, sich aufzuhalten. Also verziehen Sie sich und lassen Sie mich meinen Job machen."

Sein Gesicht nahm die schon gewohnte tiefrote Farbe an. „Nehmen Sie sich in acht, junge Dame. So spricht man nicht mit einem Vorgesetzten."

„Beschweren Sie sich doch. Anscheinend haben Sie ja nichts anderes zu tun in Ihrer freien Zeit."

„Möglicherweise tue ich das tatsächlich."

„Meinetwegen. Und jetzt lassen Sie mich arbeiten."

Stahl funkelte sie noch einmal ausgiebig finster an, dann watschelte er davon, um jemand anderem auf die Nerven zu fallen.

„Du meine Güte", meinte Nick. „Ist der immer so reizend?"

„Ehrlich gesagt, das war eines unserer netteren Gespräche."

„Mir gefällt die Vorstellung nicht, dass du hier einflussreiche Feinde hast."

„Der ist nicht mal annähernd so einflussreich, wie er glaubt." Sie schloss ihr Büro auf. „Du kannst hier drin warten, aber widersteh um Himmels willen deinem Drang, Ordnung zu schaffen."

„Ich bin außerstande, diesem Drang zu widerstehen." Er tätschelte ihr den Po. „Und einigen anderen Dingen kann ich auch nur sehr schwer widerstehen, also beeil dich lieber, bevor mein Drang mich übermannt."

„Hör auf", knurrte sie und gab ihm einen kleinen Schubser. „Mach mich nicht hier heiß, verdammt."

„Was soll ich machen? Du musst dich um meine dringenden Bedürfnisse kümmern."

„Bleib hier", ermahnte sie ihn. „Und räum nicht auf. Ich bin gleich zurück."

„Beeil dich."

Sie redete sich ein, dass sie sich beeilte, weil sie es selbst wollte, nicht, weil er es ihr befohlen hatte. Sie nahm von niemandem Befehle entgegen außer von ihren Vorgesetzten, und auch dann nur, wenn es unbedingt sein musste. Warum also fand sie die Vorstellung, dass Nick sie im Bett herumkommandierte, so aufregend, dass es sich anfühlte, als stünde ihre Haut in Flammen? Sie schüttelte den Kopf, um diese lüsternen Gedanken zu vertreiben. Dafür hatte sie jetzt keine Zeit.

Als sie den Verhörraum zwei betrat, musste sie sich wegen des Gestanks fast übergeben. Porter lief auf und ab wie ein Raubtier im Käfig. Bei ihrem Eintreten blieb er stehen und sah sie an. „Ich hoffe, Sie haben sich schon mal auf eine Klage eingestellt, Madam."

„Sie dürfen mich Lieutenant nennen, Mr. Gillespie. Und weshalb möchten Sie das Department verklagen?"

„Wegen Polizeigewalt! Man hat mich aus meinem Zuhause gezerrt, vor den Medien gedemütigt, einer Leibesvisitation unterzogen und mich stundenlang wie einen gemeinen Kriminellen hier festgehalten!"

„Und was davon war brutal? Das verstehe ich nicht."

Er starrte sie an, als hätte sie den Verstand verloren. Angesichts des wilden Ausdrucks in seinen Augen fragte sie sich, ob er möglicherweise gerade einen Nervenzusammenbruch hatte. *„Alles!"*

„Mr. Gillespie", sagte Sam in ihrem herablassendsten Tonfall, „mir ist durchaus bewusst, dass es neu für Sie ist, ein Krimineller zu sein. Aber alles, was Ihnen widerfahren ist, gehört zur üblichen Prozedur. Wenn die ersten Worte aus dem Mund eines Verdächtigen lauten: ‚Ich will einen Anwalt', dann sind uns die Hände gebunden, bis dieser Anwalt auftaucht. Verdächtige, denen ein schweres Kapitalverbrechen vorgeworfen wird, müssen sich einer Leibesvisitation unterziehen. Und wir haben keinen Einfluss darauf, wo die Medienvertreter sich auf öffentlichen Grundstücken gerade aufhalten. Ich fürchte daher, Ihr Anwalt oder Ihre Anwältin, sofern er oder sie je hier auftaucht, wird mir recht geben müssen, dass es keine Klage in diesen Punkten geben wird. Er oder sie wird vielmehr besorgt über den Vorwurf der Beihilfe zu Mord und Entführung sein, und das sollten Sie auch."

„Ich werde Ihnen das Gleiche sagen, was ich schon dem Officer gesagt habe, der mich hier hereingeschleppt hat – ich habe nichts zu tun mit irgendeinem Mord oder einer Entführung."

„Das können wir gern im Beisein Ihres Anwaltes diskutieren, sobald er da ist. Haben Sie eine Ahnung, wann das sein wird?"

Porter starrte sie wütend an. „Nein."

„Wurde Ihnen ein Anruf gestattet?"

„Ja, aber ich habe es vorgezogen, damit zu warten."

„Möchten Sie diesen Anruf vielleicht jetzt tätigen?"

„Ja, ich glaube schon. Ich kann mir nicht vorstellen, warum es so lange dauert."

Sam nickte Beckett zu, der den Raum verließ und kurz darauf mit einem Telefon zurückkehrte, das er in einen Wandanschluss einstöpselte. Er drückte die Lautsprechertaste, meldete ein externes Gespräch an und bedeutete Gillespie, seinen Anruf zu machen.

Der sah Sam an. „Ich habe ein Recht auf Privatsphäre."

„Selbstverständlich haben Sie das. Wir warten draußen. Aber machen Sie es kurz."

Sam und Beckett gesellten sich zu Hill und Malone im Beobachtungsraum, von wo aus sie Porter dabei zuschauten, wie er wütend aus dem Gedächtnis die Nummer eintippte. Am anderen Ende klingelte und klingelte es, bis der Anrufbeantworter ansprang. „Hier ist der Anschluss von Colton Patterson. Ich kann Ihren Anruf momentan nicht entgegennehmen. Bitte hinterlassen Sie eine Nachricht, ich rufe Sie sobald wie möglich zurück. Danke und schönen Tag."

„Colton", sagte Porter mit hysterischem Unterton, „wo zur Hölle bleibt der Anwalt? Ich bin schon seit Stunden hier! Schick endlich jemanden und sag ihm, er soll mir Wechselkleidung mitbringen. Cam kann sie besorgen. Beeil dich, ja?" Er drückte die Taste zum Beenden des Gesprächs.

Beckett stöpselte das Telefon wieder aus und entfernte es aus dem Raum.

„Unglücklicherweise benötigen wir diesen Raum für andere Dinge, deshalb bringen wir Sie in Kürze in eine Zelle im Stadtgefängnis."

„Ich muss hierbleiben? Über Nacht?"

„Bis Ihr Anwalt eintrifft, muss alles warten." Sie schaute auf ihre Uhr. „Da es schon acht Uhr abends und von Ihrem Anwalt noch nichts zu sehen ist, wird sich das wohl bis morgen hinziehen."

„Wann kann ich gehen?"

„Das kommt darauf an, wann der Anwalt auftaucht und ob der Richter eine Kaution festlegt. Aber ich warne Sie lieber gleich, dass das in Anbetracht der zu erwartenden Anklage unwahrscheinlich ist." Sam beobachtete, wie ihm allmählich dämmerte, dass ihm ein längerer Gefängnisaufenthalt blühte. „Officer Beckett wird Sie zu Ihrer Zelle bringen."

„Damit werden Sie nicht durchkommen", zischte Gillespie ihr entgegen, als sie sich zum Gehen wandte.

„Sie aber auch nicht", konterte Sam mit liebenswürdigem Lächeln, das ihr prompt wieder heftige Schmerzen verursachte. Aber das war es wert, denn der arrogante Ausdruck auf seinem Gesicht wich nackter Angst.

„Mann, das hat Spaß gemacht", gestand sie Malone und Hill, als die beiden aus dem Beobachtungsraum kamen.

„Es geht doch nichts darüber, einem aufgeblasenen Arsch einen Dämpfer zu verpassen", meinte Hill.

„Genau", pflichtete sie ihm bei. Zu Beckett sagte sie: „Bringen Sie Gillespie und Smith in die Zelle, die Cruz für die Überwachung vorbereitet hat, und sagen Sie mir Bescheid, sobald die beiden dort sind."

„Ja, Ma'am, Lieutenant."

Da ihr ein paar Minuten blieben, ging sie zurück zu ihrem Büro und hörte auf dem Weg dorthin den Anrufbeantworter ihres Handys ab. Cruz hatte eine Nachricht hinterlassen: „Sam, ich habe die Info, die du über Gibson wolltest. Ruf mich an, wenn du diese

Nachricht abhörst." Sam schaltete die Mailbox aus und rief Cruz an. „Hey, was hast du für mich?", fragte sie, als er sich meldete.

„Hi." Er klang verschlafen und benommen, wie es häufig der Fall war, seit er mit Elin zusammenwohnte. Sam verdrehte die Augen. „Ich habe mich wegen Gibson erkundigt. Das war gar nicht so einfach, wegen der Schweigepflicht und so. Aber ich bin hin und dachte, ich probiere mal eine der Krankenschwestern mit meinem Charme herumzukriegen."

„Und natürlich ist sie schon bei deinem Anblick dahingeschmolzen."

„Natürlich."

Sam lachte. „Und?"

„Er wird durchkommen, da er nicht genug von was auch immer genommen hat, um sich umzubringen. Sie meinte, es sähe doch sehr nach dem üblichen Versuch aus, Aufmerksamkeit zu bekommen. Ich würde also sagen, es war richtig von dir, dich von ihm fernzuhalten. Andernfalls hättest du ihm genau das gegeben, was er wollte."

Während sie zuhörte, betrat sie ihr Büro, wo Nick die Füße auf ihren Schreibtisch gelegt hatte, die Hände auf dem Bauch gefaltet, die Augen geschlossen. Sie fragte sich, ob er wohl schlief, doch kaum hatte sie den Raum betreten, machte er die Augen auf. Und als ihre Blicke sich trafen, war sofort jenes elektrisierende Knistern da. Zwischen ihnen hatte es stets diese verrückte Anziehung gegeben, von der ersten Nacht an. Aber dies war ganz neu und noch verrückter als das, was sie schon gewohnt war.

Anscheinend fühlte er dieses neue Knistern auch, denn er stellte die Füße auf den Boden und setzte sich aufrecht hin. „Fertig?"

Sie schüttelte den Kopf. „Danke für die Info, Freddie. Ich bin dir wirklich dankbar, dass du das für mich getan hast."

„Kein Problem. Wie geht es Angela?"

„Großartig. Sie hat eine hinreißende kleine Tochter namens Ella zur Welt gebracht."

„Das ist fantastisch. Wie geht es dir?"

„Ganz gut", erwiderte sie, gerührt von seiner Sorge. „Wir sehen uns morgen früh." Sie steckte ihr Telefon ein, ging um den Schreibtisch und lehnte sich dagegen, ihren Mann ansehend.

„Cruz hat herausgefunden, dass Gibson seinen vorgetäuschten Selbstmordversuch überlebt hat. Die Krankenschwester meinte, es sei vermutlich nur um Aufmerksamkeit gegangen. Mit anderen Worten: typisch Peter."

„Fühlst du dich besser, jetzt, wo du das weißt?"

Sie nickte. „Ich hoffe, du verstehst das – ich habe Freddie nur deshalb darum gebeten, sich zu erkundigen, weil ich wissen wollte, ob Peter noch lebt. Das war alles."

„Sam, Liebes, ich weiß, dass du nichts für ihn empfindest. Wie könntest du auch, nachdem er dir derartig übel mitgespielt hat – uns beiden. Er hat uns sechs Jahre genommen, ganz zu schweigen von dem, was er dir genommen hat."

„Es hat mich irgendwie aus der Bahn geworfen, als ich erfahren habe, dass er mich als nächste Angehörige genannt und mir einen Brief geschrieben hat."

„Das ist doch ganz normal. Alles andere wäre nicht menschlich und würde überhaupt nicht zu dir passen. Aber jetzt, wo du weißt, dass es seinem üblichen Verhalten entspricht, denk nicht mehr weiter darüber nach."

Sie nahm seine Hand und verschränkte ihre Finger mit seinen. „Mach ich nicht."

„Es ist schrecklich, dass so viele Dinge in deinem Leben dir Angst machen. Es ist mir ein Rätsel, wie du angesichts all dessen ausgeglichen und bei Verstand bleiben kannst."

„Bin ich ausgeglichen?"

„Sehr."

Ein Klopfen an der Tür veranlasste sie, seine Hand loszulassen und sich zum Türrahmen umzudrehen.

„Die beiden sind jetzt in ihrer Zelle, Lieutenant."

„Danke, Beckett. Tut mir leid, dass sie die ganze Zeit auf diese stinkige Hose aufpassen mussten."

„Es war schon ziemlich abstoßend." Er verzog das Gesicht. Der junge Mann absolvierte gerade sein erstes Berufsjahr. „Ich hatte keine Ahnung, dass Pipi so übel riechen kann."

„Willkommen bei der Polizeiarbeit, bei der die widerwärtigen Gerüche niemals enden."

„Gut zu wissen", meinte Beckett lächelnd. „Bis morgen dann."

Sam wandte sich an Nick. „Fünf Minuten noch, Senator, dann gehöre ich ganz Ihnen."

„Beeil dich, viel Geduld habe ich nicht mehr. Es wird Zeit, dass du deine Strafe erhältst dafür, dass du mich den ganzen Tag hast warten lassen, und für deine Vorstellung von komischen Textnachrichten. Ganz zu schweigen davon, dass ich stumm danebenstehen musste, während dein gar nicht so heimlicher Verehrer dir Komplimente macht."

Sam starrte ihn mit offenem Mund an und machte den Mund wieder zu, was sie vor Schmerzen nach Luft schnappen ließ. Verblüfft über das Spiel, das sie gerade spielten, verkniff sie sich den Kommentar, der ihr schon auf der Zunge lag. Im Weggehen war sie sich der Tatsache bewusst, dass er ihr hinterherschaute. Ihre vernünftige, feministische Seite warnte sie, ihn mit einer solchen Bemerkung nicht durchkommen zu lassen. Ihre andere Seite jedoch, die lächerlicherweise von diesem Spiel erregt war, erklärte der Vernunftseite, sie sollte einfach still sein. Letztlich konnte Sam nicht leugnen, dass sie äußerst neugierig darauf war, was in dieser Nacht noch geschehen würde.

Unten im Stadtgefängnis grüßte sie im Vorbeigehen den diensthabenden Sergeant.

„Ihre Jungs befinden sich in Zelle drei, Lieutenant", informierte er sie.

„Danke, Sarge."

Als sie sich der Zelle näherte, hörte sie Jerry und Porter miteinander flüstern, konnte jedoch nicht verstehen, was sie sagten. In der Zelle gab es zwei schmale Pritschen, ein kleines Waschbecken und eine Metalltoilette zwischen den Betten. Schon vom Flur aus konnte sie Porter riechen und musste würgen.

„Gentlemen", sagte sie und klatschte laut in die Hände, was die beiden zusammenzucken ließ. Sie liebte das. „Ich möchte Sie daran erinnern, dass Sie das Recht haben zu schweigen." Sie zeigte auf die Kameras in den Ecken unter der Decke. „Alles, was Sie sagen, kann und wird vor Gericht gegen Sie verwendet werden. Sie haben ein Recht auf einen Anwalt. Falls Sie sich keinen leisten können, wird Ihnen ein Pflichtverteidiger zur Seite gestellt. Haben Sie Ihre Rechte in dieser Angelegenheit verstanden?"

Die beiden nickten mit finsterer Miene.

„Sie müssen antworten: ‚Ja, ich kenne meine Rechte.'" Erneut zeigte sie auf die Kameras.

„Ich kenne meine Rechte", sagten sie mit tonlosen Stimmen.

„Können Sie ihm nicht neue Klamotten geben?" Jerry deutete mit dem Daumen auf den rotgesichtigen Porter. „Er stinkt erbärmlich."

„Ich glaube, man hat ihm einen Overall angeboten, den wir ihm sehr gern zur Verfügung gestellt hätten. Aber den wollte er nicht."

„Nimm ihn, du Idiot", raunzte Smith seinen Zellengenossen an. „Ich will nicht die ganze Nacht deine Pisse riechen."

„Jungs, Jungs", sagte Sam in mahnend herablassendem Ton. „Versucht doch, miteinander auszukommen."

„Ich nehme den Overall", zischte Porter mit zusammengebissenen Zähnen.

„Ich werde Ihnen einen bringen lassen."

„Ich muss mich hier umziehen?"

„Wo denn sonst?", erwiderte Sam. „Dies ist nicht der Country Club." Sie rief den Wärter und bat ihn, Porter Wechselkleidung zu bringen. „Ich komme morgen früh wieder", wandte sie sich an die Gefangenen. „Hoffentlich sind Ihre Anwälte bis dahin aufgetaucht, damit wir ein bisschen plaudern und Anklage erheben können. Ich kann mir nicht vorstellen, was die so lange aufhält." Sie zuckte die Schultern, als hätte das keine weitere Bedeutung für sie, was auch stimmte.

Die zwei hatten eine lange, harte Nacht vor sich. Mit etwas Glück würden sie noch vor Sonnenaufgang begreifen, dass die Pattersons sie fallen gelassen hatten.

„Schlaft gut", verabschiedete Sam sich im Weggehen und grinste, als Jerry murmelte: „Leck mich."

„Du mich auch, mörderischer Mistkerl", flüsterte sie vor sich hin, bereits die Treppenstufen zum Kommissariat hinaufsteigend. „Gehen wir", sagte sie zu Nick, der beim Klang ihrer Stimme hochschreckte.

Zu wissen, dass er es eilig hatte, nach Hause zu kommen, sandte ihr einen sinnlichen Schauer den Rücken hinunter, während sie ihre Bürotür abschloss und mit ihm hinaus in die schwüle Nacht ging.

23

———

Sam wusste, dass sie ernstlich in Schwierigkeiten steckte, als Nick, der Ordnungsfreak, sein Jackett völlig untypisch schwungvoll aufs Sofa warf. Das machte sie sprachlos. Sachen auf das Sofa zu werfen, das war ihre Macke, nicht seine.

Und er verblüffte sie weiter, indem er ihr die Bluse aufknöpfte, sie ihr von den Schultern streifte und auf den Boden fallen ließ.

„Wer bist du und was hast du mit meinem ordnungsfanatischen Mann gemacht?"

„Sei still und tu, was man dir befiehlt."

Du liebe Zeit ... da er heute Abend in eine völlig neue Rolle schlüpfte, beschloss sie, sich einfach darauf einzulassen. Schließlich war sie gespannt darauf, wohin sie beide das führen würde. Natürlich hatte sie nicht die Absicht, eine Gewohnheit daraus zu machen, sich von ihm herumkommandieren zu lassen. Doch diese neue, noch ganz unbekannte Seite ihres sexy Ehemannes faszinierte sie sehr. Sie hätte ihm das gar nicht zugetraut und hatte ihn in dieser Hinsicht, wie ihr jetzt klar wurde, grob unterschätzt.

Er führte sie zur Treppe und kickte unterwegs seine Schuhe fort, auf eine Weise, die Sam erregte. Als er ihr den BH wie aus dem Highschool-Lehrbuch für Jungen aufhakte, richteten sich prompt ihre Brustwarzen auf.

Ihr Slip und seine Unterwäsche folgten, und irgendwie landete ihr BH auf dem unteren Treppenpfosten.

„Hoch." Er deutete auf die Treppe. „Jetzt."

Sam fürchtete sich fast, ihm den Rücken zuzukehren. Ihr Po kribbelte angesichts der Möglichkeit, dass Nick auf dem Weg nach oben schon zur Sache kam. Zögernd betrat sie die erste Stufe, dann die zweite. Darauf zu warten, was er tun würde, war fast so aufregend wie zu wissen, was sie oben erwartete.

Ihre Beine fühlten sich schwer und unbeholfen an beim Hinaufgehen in der Gewissheit, dass er direkt hinter ihr war, ohne sie jedoch anzurühren. Denn sie hegte keinerlei Zweifel daran, dass er den Anblick zutiefst genoss. Plötzlich bekam sie einen trockenen Mund und feuchte Hände, während ihr Kitzler pochte und sie zwischen den Beinen feucht wurde. Nie zuvor war sie derartig erregt gewesen, und dabei hatte er sie nicht einmal berührt! Noch nicht.

Im ersten Stock angekommen, sagte er: „Geh weiter."

Er wollte zu ihrem besonderen Ort im Dachgeschoss, den er geschaffen hatte zur Erinnerung an ihr Flitterwochen-Paradies auf Bora Bora. Dass er es dort tun wollte, steigerte die sinnliche Vorfreude zusätzlich, und in dieser Stimmung stieg sie die nächste Treppe zum Dachboden hinauf. Es fühlte sich aufregend sündig an, nackt durchs Haus zu gehen und zu wissen, dass er ebenfalls nackt war.

Im Dachgeschoss duftete es dank der Kerzen, die er gekauft hatte, nach Strand. Sofort fühlte sie sich zurückversetzt in jene glücklichen Tage und Nächte ihrer Hochzeitsreise.

Nick ging an ihr vorbei, um die Rückenlehne des Doppelliegestuhls, der exakt dem glich, den sie auf Bora Bora gehabt hatten, herunterzustellen. „Leg dich hin", befahl er. „Auf den Bauch."

Sich seiner Blicke nur allzu bewusst, streckte Sam sich mit dem Gesicht nach unten auf der Liege aus und bettete die unverletzte Seite ihres Gesichts auf das Kissen.

„Bequem?", erkundigte er sich.

„Ich denke schon ..." Sie war nervös und verlegen und erregt und noch alles Mögliche, das sie nicht zu benennen vermochte, während sie ihn hinter sich hantieren hörte – er zündete Kerzen an und drehte ihre Lieblingsmusik von der Insel auf.

„Tut deine Wange weh?"

„Nein."

„Wirst du mir sagen, wenn sie anfängt wehzutun?"

Sie hatte den Verdacht, dass ihr Gesicht in ein paar Minuten ihre geringste Sorge sein würde. „Ja."

Der Liegestuhl gab unter seinem Gewicht ein wenig nach, als er sich zu ihr legte. Sie wollte den Kopf heben, um zu sehen, was er tat, doch er stoppte sie. „Nicht bewegen. Schließ deine Augen und vertrau mir."

Da es niemanden gab, dem sie mehr vertraute, erfüllte sie seine Bitte, obwohl ihr ganzer Körper vor sinnlicher Vorfreude und Erregung vibrierte.

Seine Hände glitten über ihren Rücken, warm und glatt, während ein neuer Duft ihre Sinne betörte: Zedern, Gewürz und Blumen. Sie konnte es nicht einordnen. Massageöl, erkannte sie, als er damit begann, ihren verspannten Nacken und die Schultern zu massieren, ehe er sich von dort langsam ihren Rücken hinunterbewegte. Die Erkenntnis, dass er sich über die Gestaltung dieses Abends offenbar einige Gedanken gemacht hatte, steigerte ihr Verlangen in nie da gewesenem Ausmaß.

Nach langem Schweigen, in dem Sam ihn am liebsten direkt gefragt hätte, was genau er eigentlich vorhatte, erklärte er: „Ich bin verärgert über dich."

Sein spielerischer Ton verriet ihr, dass er alles andere als verärgert war. „Was habe ich denn diesmal angestellt?"

„Ich habe eine lange Liste von Vergehen und beabsichtige, dich für jedes einzelne zu bestrafen."

„Tatsächlich?", spielte Sam mit und hätte beinahe geschnurrt wegen der magischen Wirkung, die seine Hände auf ihrer Haut entfalteten. Wo hatte er diese Fähigkeit in den vergangenen Monaten versteckt?

„O ja. Beginnen wir mit deinem Freund Avery Hill, der dich ansieht, als wollte er dich auf der Stelle mit nach Hause nehmen, um dich an sein Bett zu fesseln und dich tagelang gefangen zu halten." Der Klaps auf ihren Po erfolgte schnell und hart; es war ein Schock und gleichzeitig unglaublich erregend.

Sam sog scharf die Luft ein und biss sich auf die Unterlippe, um nicht laut zu schreien. Hitze strahlte von der Stelle aus, an der seine Hand sie getroffen hatte, und die reinste Flut neuer Feuchtigkeit veranlasste sie, die Beine zusammenzupressen. Als könnte sie damit irgendetwas verhindern.

„Es ist mir völlig egal, wie der mich ansieht." Der nächste Klaps traf ihre andere Pobacke, gefolgt von einem weiteren Klaps auf die erste Stelle, die jetzt brannte und kribbelte. Nick rieb beide Pobacken mit Massageöl ein, was zwar das Brennen linderte, keinesfalls aber die Begierde.

Die Mühe, die es sie kostete, sich nicht zu bewegen und den Anschein zu erwecken, seine Liebkosung habe keine Wirkung auf sie, brachte sie dazu, sich ein wenig zu winden, was dazu führte, dass ihre Nippel am rauen Leinenstoff des Liegestuhls rieben. Sollte Nick auch nur auf ihren Kitzler pusten, würde sie explodieren wie ein Feuerwerk. Sie hatte das Gefühl zu schweben, als er bei ihren Schultern begann und sich erneut nach unten vorarbeitete. Diesmal schenkte er ihrem Po besondere Aufmerksamkeit. Seine Finger glitten zwischen ihre Backen, und er rieb Öl auf ihren Anus. Als er mit dem Finger eindrang, sog sie scharf die Luft ein.

„Und jetzt lass uns über die Textnachricht reden, die du mir geschickt hast und die mir heute beinahe einen Herzanfall beschert hat." Ein weiterer Klaps folgte, härter als die vorangegangenen.

Sam hätte gelacht, wenn sie nicht so auf ihre Atmung konzentriert gewesen wäre.

„Ich bin außerdem nicht glücklich über die Tatsache, dass du mir wieder einmal Dinge vorenthältst." Er legte die freie Hand erneut auf ihren Po und drang diesmal tiefer in sie ein.

„Welche Dinge?" Die Worte kamen quietschend heraus, da sich ein Orgasmus epischen Ausmaßes anbahnte. Das ungewohnte Gefühl seines Fingers in ihrem Po brachte sie um den Verstand. Sie hatte keine Ahnung gehabt, dass ihr das so gut gefallen würde. Sie hatte keine Ahnung gehabt, dass ihr irgendetwas von dem derartig gut gefallen würde.

„Na, dass du das magst." Er gab ihr einen Klaps auf die andere

Backe. „Und das." Er zog den Finger zurück, nur um gleich darauf wieder in sie einzudringen.

Sam kam heftiger denn je, dabei hatte er noch nicht einmal den Punkt berührt, der normalerweise nach konzentrierter Aufmerksamkeit verlangte. Von Empfindungen überwältigt, schrie sie auf. Etwas Vergleichbares hatte sie noch nicht erlebt. Indem er seinen Finger fest in ihrem Po ließ, zog er sie auf die Knie und rammte seinen Schwanz in sie.

Sam stieß einen Lustschrei aus, wegen des doppelten Anschlags auf ihre Sinne und Nicks fast schmerzhaftem Eindringen. Hatte er sich je dicker und größer in ihr angefühlt? Sie konnte sich jedenfalls nicht erinnern. Aber anscheinend hatte diese neue Phase ihres Sexlebens eine ähnlich überwältigende Wirkung auf ihn. Dieser Gedanke brachte unmittelbar den nächsten Orgasmus auf den Weg, während er die Bewegungen seines Fingers und die seines Schwanzes geschickt koordinierte, sodass stets ein Teil von ihm ganz in ihr war, hart und tief.

Als er auch noch nach vorn griff, um ihren Kitzler zu liebkosen, kam sie erneut, länger und heftiger als beim letzten Mal. Sie schrie ihre Lust heraus, während er in sie stieß und mit einem heiseren Laut ebenfalls zum Höhepunkt gelangte. Noch lange, nachdem sie auf den Liegestuhl gesunken waren, blieben sein Finger und sein Penis in ihr, das Vibrieren der Nachwirkungen zwei der erstaunlichsten Orgasmen ihres Lebens aufnehmend.

„Wow", sagte er und zog quälend langsam seinen Finger heraus. „Wer hätte das gedacht?"

Sam lachte benommen, während er sich ganz aus ihr zurückzog und sie auf die Schulter küsste, ehe er ins Badezimmer ging. Sam blieb mit dem Gesicht nach unten liegen, etwa genauso außer Atem wie nach der Verfolgung eines Verdächtigen. Nick hatte sie zu etwas verführt, das sie nicht zu träumen gewagt hätte. Und sie hatte jede Minute geliebt. Wahrscheinlich, weil sie ihn so sehr liebte.

Als eine Frau, die stolz darauf war, hart und kompromisslos zu sein, sollte sie sich eigentlich dafür schämen, sich von ihm komplett dominieren zu lassen. Aber das tat sie nicht. Sie hatte es genossen, und sie würde sie nicht so tun, als sei das nicht so gewesen. Nick verstand genau die Regeln ihres Spiels, ohne dass sie ihm groß erklären musste, dass sie ein derartiges Verhalten anderswo nie und nimmer tolerieren würde.

Er kehrte zu ihr zurück und legte sich neben sie auf den Liegestuhl.

Sam kuschelte sich an ihn, legte ihr Gesicht auf seine Brust und lauschte dem Pochen seines Herzens, das noch genauso heftig war wie ihres. „Und?", fragte er nach einer ganzen Weile zufriedenen Schweigens.

„Und was?"

„Hat es dir gefallen?"

Sie lachte – laut. „Zwei schreiende Orgasmen haben nicht alles gesagt?"

Er küsste sie auf den Kopf. „Die haben mir zumindest eine ganz gute Vorstellung davon vermittelt. Trotzdem wüsste ich gern, was du denkst."

„Mir war nicht klar, dass es mir gefallen würde", gestand sie.

„Ich wusste auch nicht, ob es mir gefallen würde."

„Hat es aber?"

„O ja. Es war unbeschreiblich aufregend, zuzuschauen, wie mein Finger in dich eindringt, während deine Backen immer roter wurden." Er ließ seine Hand ihren Rücken hinuntergleiten und liebkoste ihren Po, der sich warm und weich anfühlte. „Es hat nicht wirklich wehgetan, oder?"

„Es hat gebrannt, aber das hat sich aufregend angefühlt."

„Ich habe mir ein bisschen Sorgen gemacht, ich könnte die Kontrolle verlieren und dir wehtun. Ich war so erregt. In meinem ganzen Leben war ich nicht derartig erregt."

„Ich auch nicht." Sie hob den Kopf, damit sie sein Gesicht im Kerzenschein sehen konnte. „Ich hätte das mit niemandem außer mit dir tun können. Ich hoffe, du weißt das."

„Baby, glaub mir, das weiß ich. Falls es jemand anderen gibt, den du willst, sagst du es mir hoffentlich. Ich will nicht, dass es dir jemals peinlich ist, mich um irgendetwas zu bitten."

„Ich mochte, was du mit deinem Finger gemacht hast", sagte sie, jetzt doch ein wenig verlegen. „Ich hätte nichts gegen mehr davon."

Er schluckte, und sein Adamsapfel hüpfte. „Wie viel mehr?"

Sie schob ihre Hand seinen Bauch hinunter und umfasste seinen Schwanz, der erneut hart war. „So viel, wie du mir geben kannst." Sie massierte ihn, um ihren Worten Nachdruck zu verleihen.

Nick stieß die Luft aus. „Hast du das schon mal gemacht?"

Sie schüttelte den Kopf. „Du?"

Sein Schulterzucken war Antwort genug. Er sprach nur selten über die anderen Frauen, mit denen er zusammen gewesen war. Zu gern hätte Sam Details erfahren, die er natürlich nicht mit ihr teilen wollte.

Was spielte es für eine Rolle? Er gehörte jetzt ihr, und sie hatte die Absicht, dafür zu sorgen, dass er nie mehr eine andere wollte. Mit diesem Gedanken richtete sie sich auf, setzte sich rittlings auf ihn und nahm ihn tief in sich auf. Nick stöhnte lustvoll.

Er umfasste ihre Brüste und drehte ihre Nippel zwischen Daumen und Zeigefinger, während sie ihn in schnellem Tempo ritt, bis zu einem weiteren heftigen Höhepunkt, der ihr die restliche Kraft raubte. Erschöpft sank sie auf ihn herab, umfangen von seinen starken Armen, schon mit dem Schlaf flirtend.

„Ich muss mich waschen und die Kleidungsstücke einsammeln, die wir unten liegen gelassen haben."

Lachend erwiderte sie: „Nein, musst du nicht!"

„Ich kann nicht schlafen, wenn ich die Sachen die ganze Nacht da herumliegen lasse."

„Versuch es. Ich habe mich nur für dich auch ganz und gar nicht meinem Charakter entsprechend verhalten. Es ist an der Zeit, dass du dich dafür revanchierst."

Er grinste. „Ich liebe dich, Samantha Cappuano."

Sam, die nie vorgehabt hatte, ihren Namen für irgendeinen Mann zu ändern, liebte den Klang ihres neuen Nachnamens aus seinem Mund. „Ich liebe dich auch."

Sams erster Halt am nächsten Morgen galt dem Stadtgefängnis, wo ihre beiden Gefangenen aussahen, als hätten sie in der Nacht kein Auge zugemacht. Sam dagegen hatte geschlafen wie ein Baby, weshalb sie sich jetzt, nach dem besten Sex ihres Lebens, energiegeladen und kampfbereit fühlte. Sie und Nick hatten auf dem Dachboden geschlafen und sich ziemlich erstaunlichem Morgensex hingegeben. Wer auch immer gesagt hatte, die Ehe sei langweilig, kannte ihren unersättlichen Ehemann nicht.

„Guten Morgen", begrüßte sie die beiden Männer, ohne im Geringsten ihre gute Laune zu verbergen. „Ich hoffe, Sie haben gut geschlafen. Haben Sie schon Ihr Frühstück erhalten?"

„Wenn man es so nennen kann", murrte Porter, in dem Gefängnis-Orange sichtlich seines Selbstbewusstseins beraubt. Offenbar entsprach auch die Gefängniskost nicht seinem üblichen Standard. Seine dunklen Haare waren zerwühlt, sein Gesicht unrasiert. Zwar stank es in der Zelle nicht mehr so stark wie noch am gestrigen Abend, doch der Geruch nach Urin war nicht verschwunden. Sam fiel auf, dass Porter mit dem Verschwinden seiner glatten Fassade auch seinen Mut verloren hatte.

„Wir haben bisher noch nichts von Ihren Anwälten gehört", erklärte Sam und verschwieg dabei, dass sie zu ihrer Freude erfahren hatte, dass sie auch in dieser Hinsicht absolut recht behalten hatte. In letzter Zeit war das öfter als üblich der Fall gewesen. Und es gefiel ihr, recht zu haben. Der Tag war schon allein durch die Neuigkeit gerettet, dass die Kollegen von der Spurensicherung blutige Kleidung in Jerrys Hotelzimmer gefunden hatten. Wie dumm war dieser Mensch? Es bewies, dass er niemals damit gerechnet hatte, überführt zu werden. Er hatte nicht mit Sam gerechnet. „Gibt es sonst noch jemanden, den wir für Sie anrufen sollen?"

Die beiden tauschten nervöse Blicke.

„Wir sind nicht von hier", erklärte Porter. „Wir müssen Leute in Ohio anrufen und hierherbitten."

„Ich könnte Ihnen einen Pflichtverteidiger besorgen, falls Geld ein Problem darstellt", bot Sam an.

„Tut es nicht", fuhr Porter sie an. „Wir können unsere eigenen Anwälte bezahlen."

„Sprich für dich, Arschloch. Christian und Colton werden mir jemanden schicken. Ich warte."

Porter sah Jerry düster an. „Die werden dir überhaupt niemanden schicken."

Sam war froh, dass wenigstens einer der beiden begriffen

hatte, dass sie auf sich gestellt waren und keinerlei Hilfe aus dem Patterson-Lager zu erwarten war. Jerry gab die Hoffnung jedoch nicht auf.

„Kann ich jemanden in Ohio anrufen?", fragte Porter. „Der wird wissen, wen ich hier anrufen soll."

Sam reichte ihm ein Notizbuch und einen Stift durch die Gitterstäbe. „Geben Sie mir die Nummer, wir rufen für Sie an." Sie beobachtete, wie er darüber nachdachte. Offenbar stand er schon wieder kurz davor, seine Rechte zu erwähnen, verzichte dann aber schlauerweise doch darauf. Laut Aussage der Officer, die die Zelle per Kamera überwacht hatten, war im Lauf der Nacht nicht viel zwischen den beiden gesprochen worden. Schade, dachte Sam. Es wäre ganz nett und angenehm gewesen, hätten die zwei sich ein paar Dinge anvertraut, während sie Gäste der Stadt waren.

Aber da hatten sie kein Glück gehabt. Es ärgerte Sam zwar, dass sie möglicherweise keinen der Pattersons für den Mord an Victoria belangen konnten, aber wenigstens hatten sie den Kerl, der sie umgebracht hatte, und dazu seinen Komplizen.

Porter gab ihr das Notizbuch zurück. „Ich habe die Nummer nicht im Kopf, aber ich habe Ihnen seinen Namen und die Adresse aufgeschrieben."

„Ich werde anrufen und Sie wissen lassen, was er gesagt hat." Dann fügte sie hinzu: „Sollte einer von Ihnen bereit sein, ohne die Anwesenheit eines Anwalts mit uns zu sprechen, werden wir Ihnen gern zuhören."

Erneut tauschten die beiden einen Blick.

„Was müssen wir Ihnen denn sagen?", wollte Jerry wissen.

„Die Wahrheit", erwiderte Sam mit einem Schulterzucken. „Wir wollen wissen, warum Victoria nahe der Nelson-Regierung platziert worden ist. Wir wollen wissen, wer hinter dieser Sache steckt. Wir wollen wissen, wer die Befehle gegeben, wer die Fäden gezogen, die Rechnungen bezahlt hat. Wir wollen alles wissen."

„Im Gegenzug für was?", fragte Porter.

„Das hängt davon ab, was Sie uns zu bieten haben."

Die beiden Männer standen mit verschränkten Armen und störrischen Gesichtern da, während sie sich Sams Worte durch den Kopf gehen ließen.

„Ich werde Sie in Ruhe darüber nachdenken lassen", sagte sie mit munterem Winken und wandte sich zum Gehen.

„Und was sollen wir in der Zwischenzeit machen?", knurrte Jerry.

„Ausruhen und entspannen." Sam schenkte ihnen ein heiteres Lächeln und verließ das Gefängnis.

Gonzo kam ihr im Kommissariat entgegen. „Derek Kavanaugh wartet in deinem Büro und will dir etwas zeigen. Er sieht aus, als hätte er geweint."

„Shit", murmelte sie und hoffte, dass ihre gute Stimmung nicht auf der Strecke bleiben würde. Sie betrat ihr Büro und schloss die Tür hinter sich. Derek saß im Besuchersessel, die Ellbogen auf die Knie gestützt, den Kopf zwischen den Schultern hängen lassend, ein Bild des Elends. „Derek?"

Er sah mit von Kummer gezeichnetem Gesicht auf.

„Was ist los? Was ist passiert?"

„Sie hat mich geliebt", sagte er mit leiser Stimme. „Es war echt. Unsere Beziehung war echt."

Erleichtert, neugierig und sofort alarmiert, lehnte Sam sich gegen den Schreibtisch. „Woher weißt du das?"

Er gab ihr einen großen weißen Umschlag mit einem gedruckten Aufkleber, auf dem Dereks Name und die Adresse seiner Eltern stand. Einen Absender gab es nicht. Auf dem Umschlag fanden sich keine weiteren Informationen, bis auf den Einschreiben-Aufkleber.

„Das kam heute Morgen via Einschreiben bei meinen Eltern an. Sie hat das arrangiert für den Fall, dass ihr etwas zustößt. Darin steht die ganze Geschichte mit einer notariell beglaubigten Aussage unter ihrem offiziellen Namen. Es kann also als Beweis vor Gericht dienen. Es gibt dazu eine Nachricht von einem Anwalt, in der er darüber informiert, dass diese Dokumente aus einem Postfach geholt werden mussten und es deshalb einige Tage gedauert hat, ehe sie mir zugestellt werden konnten. Er schreibt weiter, er sei bereit, unter Eid zu bezeugen, dass er Victoria in dieser Angelegenheit vertreten habe."

„Heiliger Strohsack", flüsterte Sam, während sie den in Victorias Handschrift verfassten Brief las, in dem sie ihre tiefe Betrübnis darüber zum Ausdruck brachte, Teil eines Komplotts gewesen zu sein, aus dem sie für sich kein Entkommen mehr gesehen hatte. Sam las schnell und gierig jedes Detail darüber, wie Valerie Tates Vater George als Arnies Stellvertreter bei der Patterson Finanzgruppe gearbeitet hatte, bis er ganz plötzlich gekündigt hatte. Ein paar Tage später waren er und seine Frau bei einem Feuer in ihrem Haus umgekommen.

Die Behörden hatten Brandstiftung vermutet, konnten es aber nicht beweisen. Valerie, die mit Colton Patterson auf der Highschool zusammengewesen war, hatte nach dem College in Bryn Mawr in Pennsylvania gearbeitet, als ihre Eltern gestorben waren. Am Boden zerstört war sie nach Defiance zurückgekehrt. Die Pattersons hatten sie aufgenommen, sie wie ein Familienmitglied behandelt und ihr Trost gespendet.

Ausführlich berichtete sie von dem Treffen mit dem Anwalt ihres Vaters. Ihr Vater hatte zu dem Zeitpunkt einen massiven Betrug innerhalb des Patterson-Imperiums aufgedeckt. Deshalb war er aus dem Unternehmen ausgeschieden, das letztlich wie ein Schneeballsystem funktionierte, ein Kartenhaus, das jederzeit zusammenbrechen konnte. Er hatte alles aufgeschrieben, was er wusste, und diese Informationen an seinen Anwalt weitergegeben, einen Tag vor dem Brand. Er hatte die Absicht gehabt, sich an den Staatsanwalt zu wenden. Der Anwalt ihres Vaters vermutete, dass er von Patterson getötet worden war, damit er seine Entdeckung nicht ausplauderte. Geschockt und entsetzt darüber, dass Menschen, die für sie wie eine Familie gewesen waren, möglicherweise für den Tod ihrer Eltern verantwortlich waren, hatte Valerie den fatalen Fehler begangen, Arnie Patterson mit ihrem Wissen zu konfrontieren.

Der Anwalt, der so freundlich gewesen war, wurde am darauffolgenden Tag tot aufgefunden, sein Büro war durch einen Brandanschlag völlig zerstört worden. Dadurch verlor Valerie alle Unterlagen, die ihr Vater mühsam zusammengetragen hatte, um den Betrug zu beweisen. Arnie machte sie buchstäblich zu seiner Gefangenen in seinem Haus. Er weigerte sich, sie gehen oder Kontakt zu irgendwem aufzunehmen zu lassen. Nach zwei Wochen des Eingeschlossenseins stellten Patterson und seine Söhne ihr ein Ultimatum – entweder machte sie bei deren Plan mit, Zugang zum engsten Kreis der Nelson-Regierung zu erhalten, oder sie hängten den Betrug bei Patterson Financial ihrem Vater an.

Sie machten ihr sehr deutlich klar, dass sie nicht davor zurückschrecken würden, seinen guten Ruf zu ruinieren – und ihren dazu –, falls sie ihnen nicht ein Jahr ihres Lebens opfern und exakt das tun würde, was man von ihr verlangte. Das Einzige, wovon die Pattersons noch mehr besaßen als Geld, war Ehrgeiz.

„Einmal hörte ich Arnie bei einer Dinnerparty sagen", schrieb Victoria, „dass er sich, wenn er vor der Wahl stünde, Präsident zu werden oder nie mehr Sex zu haben, für das Amt des Präsidenten entscheiden würde, da Macht das Aufregendste auf Erden sei."

Da sie damals die Gefangene der Pattersons gewesen war, war sie auf den Deal eingegangen, in der Hoffnung, irgendwie einen Ausweg zu finden, wenn sie erst einmal aus dem Haus gelangt war.

Verblüfft von dem, was sie da las und zu verarbeiten versuchte, schaute Sam Derek an, der vor sich hinstarrte.

„Lies weiter", forderte er sie auf. „Es kommt noch besser." Valerie – inzwischen bekannt als Victoria Taft – bekam den ersten Vorgeschmack darauf, dass nichts war, wie es schien, als sie den Aufwand und die Kosten sah, den die Pattersons betrieben, um ihr eine neue Identität zu verschaffen. Das Komplott und ihre neue Identität waren lange vorbereitet worden. Da wurde ihr klar, dass sie alles ganz genau geplant hatten, bis hin zu dem Moment, in dem sie Arnie mit dem konfrontierte, was sie durch ihren Anwalt erfahren hatte. All das hatte bereits zu dem großen Plan gehört, dessen Tragweite sie nicht zu erfassen vermochte.

Um ihr Leben fürchtend, tat sie, was man von ihr verlangte, und freundete sich im Fitnessclub mit Derek an. Sie begann ein Katz-und-Maus-Spiel, das darin gipfelte, dass er sie über einen Monat später um ein Date bat. „Du hast viel länger gebraucht, als sie erwartet hatten, mein Liebster", schrieb Victoria.

„Wir hatten die Hoffnung schon aufgegeben, als du mich endlich doch noch gefragt hast. Es ist mir unendlich wichtig, dass du weißt: Auch wenn wir uns unter den schlimmstmöglichen Umständen kennengelernt haben, war für mich alles mit dir echt – der Zauber, die Feuerwerke, das Knistern. Von der ersten Nacht an, die wir zusammen verbracht haben, war das, was ich über meine Gefühle für dich und später für unsere wundervolle Tochter gesagt habe, wahr. Ich habe dich geliebt. Und ich habe Maeve geliebt. Ich habe unser gemeinsames Leben sehr geliebt, deshalb bin ich auch nach dem Jahr, das ich denen versprochen hatte, bei dir geblieben. Aber dann habe ich gemerkt, dass sie gar nicht die Absicht hatten, mich jemals gehen zu lassen, ehe Arnie nicht im Weißen Haus war. Danach wäre der Plan wahrscheinlich gewesen, mich auch zu beseitigen.

Ich habe wirklich versucht, mich von ihnen zu befreien. Es war ein Pakt mit dem Teufel – und seinen Söhnen –, auf den ich mich eingelassen hatte. Ich begriff, wie tief ich in dieser Sache drinsteckte, als meine Sicherheitsüberprüfung nach unserer Hochzeit nichts ergab. Dabei hatte ich gehofft, dass der Officer die Wahrheit aufdecken würde. Aber selbst den haben sie aus dem Weg geräumt.

Wenn du diesen Brief erhältst, sind meine schlimmsten Ängste wahr geworden und unser gemeinsames Leben ist vorbei. Du sollst wissen, dass ich ihnen, nachdem ich mich in dich verliebt hatte, keine wichtigen Informationen mehr gegeben habe, die sie gegen dich oder den Präsidenten, dem du treu dienst, hätten verwenden können. Mit dir habe ich mich bewusst nicht mehr über deine Arbeit unterhalten oder bei unseren Gesprächen von diesem Thema abgelenkt, damit du nicht unbeabsichtigt etwas sagst, was ich möglicherweise gegen dich oder den Präsidenten hätte verwenden können. Wenn ich nichts weiß, kann ich auch nichts verraten, selbst wenn sie mich foltern würden. Aber weil ich keine Informationen mehr weitergegeben habe, wurden sie wütend.

Als ich mit unserer wunderschönen kleinen Tochter schwanger wurde, wurden sie wütend wie nie. Das gehörte nicht zum Plan, deshalb versuchten sie, mich zu einer Abtreibung zu zwingen. Ich weigerte mich, und sie drohten mir, dir, dem Baby. Die ganze Zeit hatte ich Angst. Ich wollte dir so gern erzählen, was los war, aber ich fürchtete mehr, dich zu verlieren, sobald du die Wahrheit wüsstest, als das, was die Pattersons mir vielleicht antun würden. Wenn du den GPS-Chip entdeckt hast, den ich unserem Baby habe implantieren lassen, verstehst du wenigstens, warum ich es getan habe. Seit ihrer Geburt haben sie mir damit gedroht, mir Maeve wegzunehmen. Und ich würde alles tun, um sie zu beschützen.

Wenn ich tot bin, sag der Polizei, sie soll mit Jerry Smith reden. Er ist derjenige, den sie jedes Mal geschickt haben, um mich an meine Verpflichtungen gegenüber den Pattersons zu ‚erinnern‘ und dass sie den Ruf meines Vaters ruinieren würden, sollte ich nicht kooperieren. Colton und Christian haben die Sache mithilfe ihrer Assistenten Porter Gillespie und Jonathan Thayer eingefädelt. Arnie hat sich geflissentlich von der Drecksarbeit ferngehalten, wusste jedoch ganz genau Bescheid. Sollte ich tot sein, hat einer von ihnen den Befehl dazu gegeben, und sie alle wussten davon. Sag den Cops, die sollen sich Patterson Financial genau ansehen. Da ist was faul, und mein Dad hat die Dokumente besessen, um es zu beweisen. Die Wahrheit könnte ans Licht kommen, wenn man die richtigen Fragen stellt.“

Sam sah Derek an. „Victoria hat uns hier etwas geliefert, was wir bisher nicht hatten – den Beweis für die direkte Verbindung zwischen ihrer Rolle in dieser Sache und den Pattersons.“ Sam ging zur Tür, öffnete sie und rief Agent Hill herein. Als er ihr Büro betrat, bat sie ihn, die Tür zu schließen, und gab ihm die ersten zwei Seiten von Victorias Brief, während Sam die letzte Seite las: „Mir fehlen die Worte, um mich bei dir zu entschuldigen, mein Liebster, für das, was ich dir angetan habe. Die Zeit, die wir miteinander verbracht haben, zu zweit und mit unserer Tochter, war die schönste meines ganzen Lebens. Ich habe viel zu bereuen, doch nichts, was dich oder unsere gemeinsame Zeit angeht. Ich liebe dich von ganzem Herzen, und ich werde über dich und unseren Schatz Maeve wachen. Ich wünsche dir Glück und Liebe und Erfolg und alle guten Dinge, die das Leben zu bieten hat. Bitte sei nicht verbittert. Sei bereit für eine neue Liebe, ich gebe dir meinen Segen und wünsche dir von Herzen Glück. Ich hoffe, du kannst mir verzeihen und mich irgendwie in liebevoller Erinnerung behalten. Immer dein, Vic.“

Avery hatte die ersten beiden Seiten gelesen und nahm jetzt die dritte von Sam entgegen. Er las sie sowie das beigefügte beglaubigte Dokument. „Ich werde Haftbefehle für Arnie, Christian und Colton Patterson beantragen sowie für Jonathan Thayer. Wir haben sie.“

„Dank Victoria“, sagte Sam und sah dabei Derek an.

„Ja“, sagte er und wischte sich die Tränen aus den Augen. „Dank Victoria.“

EPILOG

Avery packte in seinem Hotelzimmer in Washington und träumte von Jamaika, als sein Handy klingelte. Er kannte die auf dem Display angezeigte örtliche Nummer nicht. „Hill."

„Agent Hill, hier spricht Marcella, Direktor Hamiltons Sekretärin. Er würde Sie gern in einer Stunde im Hauptquartier sprechen. Können Sie bis dahin dort sein?"

Avery war sprachlos. Eine Vorladung vom Direktor hatte es noch nie gegeben. Er war ein paarmal im gleichen Raum gewesen mit dem Direktor, hatte aber nie persönlich mit ihm gesprochen. In Gedanken ging er rasch die vergangenen Wochen durch, ob er irgendwo Mist gebaut oder irgendetwas vermasselt hatte. Aber hätte er nicht längst durch seinen eigenen Abteilungsleiter davon hören müssen?

Das FBI hatte nach den Patterson-Verhaftungen gute Presse bekommen. Die Medien konnten sich gar nicht mehr beruhigen angesichts der Tatsache, dass beinahe ein verlogener, betrügerischer und mordender Mistkerl zum Präsidenten gewählt worden wäre. Es konnte nichts damit zu tun haben, dass er bei den Verhaftungen einen Fehler gemacht hatte, oder? Seine Sorgfalt und Aufmerksamkeit für jedes Detail stellte sicher, dass es keine Fehler gab. Das konnte es also nicht sein.

„Agent Hill?"

Aus seinen Überlegungen gerissen antwortete er: „Ja, selbstverständlich. Ich werde da sein."

„Danke. Bis dann also."

Er eilte unter die Dusche und schnappte sich auf dem Weg dorthin seinen Rasierer. Fünfundvierzig Minuten später entstieg er der Metro am Federal Triangel und ging zu Fuß durch die schwüle Hitze zum Hauptsitz des FBI in der Pennsylvania Avenue. Zwei Minuten vor dem Termin erreichte er die Büroräume des Direktors, daher nahm er sich einen Moment, um sich den Schweiß aus dem Gesicht zu wischen und die Krawatte zu richten, die er sich vor dem Verlassen des Hotels noch rasch umgebunden hatte.

Marcella erwartete ihn bereits und führte ihn gleich ins Allerheiligste des Direktors.

Das Ganze kam Avery unwirklich vor, als sei er plötzlich in einem Film gelandet, in dem Jack Nicholson die Rolle des Direktors spielte. Doch es war der echte Troy Hamilton, der aufstand und hinter seinem Schreibtisch hervorkam, um Avery die Hand zu schütteln. Und es war der echte Troy Hamilton, der Avery einen Drink anbot und ihn bat, Platz zu nehmen, als wären sie alte Freunde, die sich nach langer Zeit wiedertrafen. „Vielen Dank, dass Sie so kurzfristig gekommen sind", sagte Troy, nachdem er jedem von ihnen zwei Finger breit Bourbon eingeschenkt hatte. Er war groß und breitschultrig, mit kurz geschorenen silbergrauen Haaren und intensiven blauen Augen. Der Mann war eine lebende Legende beim FBI, und Avery war voller Ehrfurcht.

„Das war kein Problem."

„Ich habe gehört, Sie wollen verreisen. Ich hoffe, ich habe Ihre Pläne nicht durchkreuzt."

Hatte er, doch das würde Avery niemals zugeben. Flüge konnte man umbuchen. Ein Treffen mit dem Direktor hatte man einmal in der gesamten Karriere, falls überhaupt. „Nein, haben Sie nicht."

„Ich habe Sie hergebeten, weil ich mich persönlich für Ihren Beitrag an der Aufklärung des Falls Kavanaugh bedanken wollte. Von Chief Farnsworth und Lieutenant Holland weiß ich, dass Sie einen wesentlichen Anteil beim Zusammentragen des Beweismaterials gegen die Pattersons und ihre Komplizen hatten."

Ganz beflügelt von der Tatsache, dass Sam seine Arbeit gelobt hatte, wusste Avery nicht, was er antworten sollte. „Danke, Sir. Freut mich zu hören."

Troy stellte einen großen Fuß, der in einem schwarzen Lederslipper steckte, auf den Couchtisch. „Außerdem hat Mrs. Bertha Ray mich wissen lassen, dass Sie ihr das Leben gerettet und großes Mitgefühl gezeigt haben, als Sie ihr die Nachricht vom Tod ihres Sohnes überbracht haben. Sie fürchtete, man könnte Sie bei all dem Wirbel nach der Verhaftung von Arnie Patterson und seiner Söhne übersehen."

„Oh", sagte Avery perplex. „Das hat sie gesagt?"

Troy nickte und trank einen Schluck. „In ihrer E-Mail heißt es, sie sei besorgt, dass ich, wenn sie mir nicht schreibe, nie erfahren würde, was für einen hervorragenden Agenten ich in Ihnen hätte. Aber das wusste ich bereits. Sie sind seit geraumer Zeit auf meinem Radar."

„Tatsächlich?" Am liebsten hätte Avery sich geohrfeigt. Er hörte sich an wie ein Idiot. Nur hatte er mit einem solchen Verlauf des Tages nicht gerechnet. Eigentlich hätte er jetzt zu seinem Lieblingsstrand unterwegs sein sollen, statt sich das Lob des FBI-Direktors anzuhören. Er hätte nicht einmal gedacht, dass Hamilton seinen Namen kannte.

„Ja, tatsächlich. Ist Ihnen bewusst, dass Loring Ende des Monats in den Ruhestand geht?"

Der Direktor spielte auf den Leiter der Abteilung Kriminalpolizeiliche Ermittlungen im FBI-Hauptsitz an. „Nein, Sir, das wusste ich nicht."

„Ich möchte, dass Sie seinen Platz einnehmen."

Avery starrte ihn an, während ihm die Tragweite dieses Wunsches klar wurde. Er würde nach Washington ziehen müssen. Er würde in regelmäßigem Kontakt mit dem MPD und einem gewissen weiblichen Lieutenant stehen. Das würde bedeuten, seine Pläne, möglichst weit weg zu sein von ihr, aufzugeben.

„Agent Hill?"

„Verzeihung, Sir. Ich bin ein wenig überrumpelt."

Troy lächelte über diese Bemerkung und fuhr fort, seine Ziele für die Abteilung zu erläutern sowie seine hochfliegenden Hoffnungen für Averys Karriere.

Obwohl Avery zuzuhören versuchte, konnte er nur daran denken, dass er in Washington in der Nähe der Frau bleiben würde, die er liebte, aber nicht haben konnte. Wäre es da nicht besser, sein neu entdecktes Ansehen beim FBI dazu zu nutzen, um eine Versetzung ins Hinterland zu bitten, wo er sie nie würde wiedersehen müssen? Oder sollte seine Karriere an erster Stelle kommen und er stattdessen einfach versuchen, auf Distanz zu dieser Frau zu bleiben?

„Agent Hill?"

„Ich habe mich gefragt, Sir, ob ich nach wie vor im Außendienst sein könnte?" Schon bei der Vorstellung, den ganzen Tag im Büro zu sitzen, fühlte er sich eingesperrt.

„Sie könnten Ihre Abteilung organisieren, wie Sie es für richtig halten."

Averys Gedanken wirbelten durcheinander, während seine Pläne, Washington schnellstmöglich zu verlassen, durch eine unerwartete Beförderung gekippt wurden.

„Kann ich darauf zählen, dass Sie die Abteilung Kriminalpolizeiliche Ermittlungen übernehmen werden?", wollte Hamilton wissen.

Wider bessere Vernunft drängte es Avery, aus persönlichen Gründen um eine Versetzung zu bitten, idealerweise an die Westküste, wo keine Chance bestand, dass er sie je wiedersehen würde. Doch während sein Gehirn ihm diese Botschaft laut und deutlich sandte, verlangte sein Herz, dass er dort blieb, wo ihre Wege sich wenigstens ab und zu kreuzen würden. Das war besser als nichts, zumindest redete er sich das ein. Er konnte nicht glauben, dass er die wichtigste Entscheidung seiner Karriere von einer Frau abhängig machte, die er ohnehin nie haben konnte. Und wenn er noch nach Beweisen dafür gesucht hatte, dass er den Verstand verloren hatte, hier waren sie.

Das Wort „Nein" lag ihm schon auf der Zunge. Nur war es nicht das, was aus seinem Mund kam.

„Ja, Sir", sagte er stattdessen. „Es wäre mir eine Ehre."

„Ausgezeichnet. Ihr erster Punkt auf der Tagesordnung wird sein, den Präsidenten darüber zu unterrichten, wie es Arnie Patterson und seiner Gruppe gelungen ist, das Nelson-Lager zu infiltrieren. Er will den Schaden einschätzen, den sein Wahlkampf genommen hat. Sind Sie darauf vorbereitet, über den Fall zu berichten?"

Bilder seines Lieblingsstrandes in Jamaika zogen vor seinem inneren Auge vorbei, doch er antwortete: „Ja, Sir."

Der Jubel der Menge war so laut, dass Sam kaum noch ihre eigenen Gedanken hören konnte, ganz zu schweigen von dem, was Nick sagte. Zum Glück hatte sie die Rede in den vergangenen Wochen so oft gehört, dass sie sie auswendig kannte. Der Jubel, sagte sie sich, bedeutet dann wohl, dass diese Rede gut aufgenommen wurde.

Terry O'Connor sah mit breitem Grinsen zu Sam und Christina und hob die Daumen. Graham und Laine mussten den Parteitag ausfallen lassen wegen einer Grippe. Nick und Terry hatten vorher Witze darüber gemacht, in welcher Stimmung Graham sich wohl befand, weil er Nicks großen Moment verpasste. „Besser, Mom spielt für ihn den Babysitter, als ich", hatte Terry gesagt und alle zum Lachen gebracht.

„Das ist verrückt", sagte Scotty mit breitem Grinsen zu Sam. Er stand neben ihr hinter der Bühne und wartete mit ihr auf das Signal des Stage Managers.

„Traust du dir wirklich zu, da mit hinauszugehen?", fragte Sam, selbst nicht ganz sicher, ob sie dem gewachsen war. Sich vorzustellen, vor all diesen vielen Leuten über die Bühne zu ihrem Mann zu gehen, hatte sie in den vergangenen Nächten wachgehalten. Sie hatte sich ausgemalt, wie ihr dabei ein Absatz abbrach und sie vor den Tausenden in dem riesigen Ballsaal und den Millionen am Fernseher der Länge nach hinfiel. Und was sie sich alles von ihren Kollegen beim MPD hatte anhören müssen wegen ihres TV-Auftritts zur besten Sendezeit. Allein schon deshalb kam ein Sturz auf der Bühne gar nicht infrage.

„Ich bin total aufgeregt", gestand Scotty. „Das ist das Coolste, was ich je gemacht hab."

Worüber machte er sich Sorgen? Er trug keine Acht-Zentimeter-Absätze, zu denen Shelby sie in einem Augenblick der Schwäche überredet hatte. Wenigstens waren sie nicht pink. Dem Himmel sei Dank für diese kleine Gnade. Das rote Kleid, das die

Wahlkampfstylistin von Nelson für sie ausgesucht hatte, würde zu den roten Streifen auf Nicks und Scottys Krawatten passen. Es gab tatsächlich Leute, die dafür bezahlt wurden, dass sie sich über solche Dinge Gedanken machten. Wie langweilig deren Leben sein musste, verglichen mit ihrem.

Ihr Name war überall in den Medien gewesen, wieder einmal, nachdem sie zur Verhaftung der Pattersons und dem Ende von Arnies Wahlkampagne beigetragen hatte. Die Nachrichten hatten sich gierig auf die Story über einen Wahlkampf gestürzt, dessen Ehrgeiz selbst vor Betrug, Spionage und Mord nicht haltmachte, um einen Vorsprung zu haben. Die Börsenaufsicht prüfte gerade die Unterlagen bei Patterson Financial, und man zog bereits Parallelen zum Watergate-Skandal. Arnies Bemerkung über Sex und Macht wurde wieder und wieder zitiert, bis Sam die Nase voll davon hatte und nichts mehr über die Pattersons hatte hören wollen.

Von der Berichterstattung über die Verhaftung der drei Pattersons auf ihrem Anwesen in Defiance hingegen konnte sie beinahe nicht genug bekommen. Mit dabei gewesen war auch Christians Chefberater Jonathan Thayer. Das gehörte jedenfalls mit zu dem Besten, was sie je im Fernsehen gesehen hatte. Hill hatte ihr einen Platz im FBI-Flugzeug angeboten, als er mit dem Team aufgebrochen war, das für die Verhaftung Pattersons zusammengestellt worden war. Doch Sam hatte abgelehnt. Sie hatte ihren Beitrag geleistet und empfand nicht die Notwendigkeit, bei den Verhaftungen dabei zu sein. Da es Hill nichts anging, erwähnte sie in diesem Zusammenhang ihre Flugangst nicht. Außerdem war sie froh gewesen, den lästigen Agenten los zu sein.

Statt nach Ohio zu fliegen, war sie daheimgeblieben, um ihren Mann bei den Vorbereitungen für den größten Moment seiner bisherigen Karriere zu unterstützen. Außerdem hatte sie sich um das Kind kümmern wollen, das für zwei der spektakulärsten Wochen ihres Lebens bei ihnen wohnte. Sie hatten ein Spiel der Red Sox gegen die Orioles im Camden Yards in Baltimore besucht und mehrere Heimspiele der Federals. Außerdem waren sie bei Freddies „Überraschungsparty" zu seinem dreißigsten Geburtstag gewesen und hatten sich über Scottys Begeisterung für sein Baseballcamp gefreut, die schon allein deshalb gerechtfertigt erschien, weil der Star Center Fielder der Federals, Willie Vasquez, vorbeigeschaut hatte.

Sam würde es das Herz brechen, wenn sie Scotty wieder nach Richmond zurückbrachten, und sie wusste, dass Nick deswegen genauso betrübt war. Sie hatten einfach jede einzelne Sekunde mit ihm genossen, und er schien sich ebenso darüber zu freuen, so viel Zeit ohne Unterbrechung mit ihnen verbringen zu können. Er hatte ihnen sogar gesagt, sie hätten genau die richtigen Chicken Nuggets und Käsemakkaroni für ihn gekauft, worüber sie sich beide maßlos freuten.

Das Einzige, was ihre gemeinsame Zeit beeinträchtigt hatte, waren Arnie Pattersons Drohungen gegen Sam und ihre Familie, die dazu geführt hatten, dass der Secret Service Nick für die restliche Dauer des Wahlkampfes Schutz angeboten hatte. Da man Gewalt seitens einiger Patterson-Anhänger fürchtete, drängte Sam ihn, diesen Schutz auch anzunehmen – während sie ihn für sich selbst strikt ablehnte, sehr zum Missfallen ihres Mannes.

Sie nahm die Scherze der Kollegen über ihren TV-Auftritt in Kauf, aber unter keinen Umständen wollte sie von Secret-Service-Leuten bewacht werden, als könnte sie nicht auf sich selbst aufpassen. Zum Beispiel mithilfe der Dienstwaffe, die sie unter dem glamourösen Kleid an ihrem Bein befestigt hatte. Sie hatte extra auf einem Kleid bestanden, in dem sie ihre Waffe tragen konnte, ohne die sie niemals das Haus verließ. Schon gar nicht, wenn ein Mörder ihre Familie bedrohte.

Nicks Rede, die eigentlich auf eine Länge von zwanzig Minuten angelegt war, dauerte nun schon dreißig Minuten, weil sie so oft von tosendem Applaus unterbrochen wurde. Terrys Rat beherzigend, hatte er sich für eine ähnliche Rede entschieden wie die, die er bei John O'Connors Beerdigung gehalten hatte. Mit der Schilderung seiner bescheidenen Anfänge beginnend, vom Studienstipendium für Harvard und die dort entstandene Freundschaft mit dem Sohn eines Senators.

Während Nick über John O'Connors tragischen Tod redete und die Konsequenzen, die sich für Nick daraus ergeben hatten, lauschte das Publikum gebannt, und Sam blinzelte gegen die Tränen an. Der Schmerz über den Verlust war ihm noch anzumerken, selbst nach all diesen Monaten. Sam fühlte mit ihm, als er sich eine lange Pause nahm, um sich zu sammeln. Dann erholte er sich und beendete die Rede, indem er seine Hoffnung auf eine zweite Amtszeit von Präsident Nelson bekundete und seinen Optimismus, die Zukunft des Landes betreffend, zum Ausdruck brachte, was ihm donnernden Schlussapplaus bescherte.

„Er hat es raus", sagte Terry begeistert.

„Absolut", pflichtete Christina ihm bei. „Das wird ihn gewaltig nach vorn katapultieren."

Sam war sich nicht sicher, wie sie das fand, wenn es ihn irgendwohin katapultieren würde, gar gewaltig, daher konzentrierte sie sich lieber mit pochendem Herzen auf den Stage Manager, der ihr gleich das Zeichen geben würde, auf die Bühne zu kommen. Nick war stets für sie da, nun wollte sie für ihn da sein und betete im Stillen zu einem Gott, an den sie nicht recht glaubte, dass sie es heil bis zu ihrem Mann schaffte.

Dann winkte der Stage Manager ihr zu, sie solle losgehen.

Sam nahm Scottys Hand, froh über seine Begleitung. „Bereit, Kumpel?"

Er strahlte übers ganze Gesicht. „Und wie! Los geht's!"

Als wären sie unterwegs zu einem gemütlichen Sonntagspicknick im Park, schlenderten sie auf die Bühne zu Nick, während der Applaus geradezu ohrenbetäubend anschwoll. Sam hielt den Blick fest auf Nick gerichtet, der links vom Podium geduldig auf sie wartete. Als sie ihn ohne Zwischenfall erreicht hatten, legte er den Arm um sie beide und gab Sam einen Kuss auf die Stirn.

„Ist das zu fassen?", flüsterte er ihr ins Ohr. Trotz des Lärms konnte sie ihn verstehen und lächelte. Die Bühnenscheinwerfer waren so grell, dass sie lediglich die Leute in den ersten Sitzreihen sehen konnte. Nick nacheifernd, winkten sie und Scotty ins Publikum, und Sam versuchte nicht daran zu denken, dass Millionen weitere Menschen – ihre Kollegen eingeschlossen – ihnen zu Hause vor ihren Fernsehern zusahen.

Natürlich hatten sie sich darauf vorbereitet und darüber gesprochen, wie die Medien darauf reagieren würden, dass Scotty mit ihnen auf der Bühne stand. Die Presse würde wissen wollen, wer der Junge war und in welcher Beziehung er zu ihnen stand.

Sam und Nick hatten sichergehen wollen, dass Scotty mit der Aufmerksamkeit der Medien zurechtkam.

„Klar, kein Problem für mich“, hatte der Junge mit dem unerschütterlichen Selbstbewusstsein eines Zwölfjährigen geantwortet.

„Bist du dir sicher?“, hatte Nick gefragt. „Reporter können ziemlich rücksichtslos sein, wenn sie eine gute Story wittern, und sobald dein Gesicht in den landesweiten Nachrichten erschienen ist, wirst du möglicherweise auch Personenschutz benötigen. Und das ist nicht witzig.“

„Kein Problem“, versicherte Scotty ihnen.

„Woher weißt du das?“, hatte Sam wissen wollen.

„Das erzähle ich euch später“, erwiderte er mit einem hinreißenden Lächeln. „Nach der Rede.“

Natürlich hatten Nick und Sam sich gefragt, was er ihnen zu erzählen hatte, während sie ihre sorgfältig ausgewählten Garderoben angelegt hatten. Sie bewohnen ein Hotelzimmer gegenüber dem Kongresszentrum, und Nick hatte Scotty nach der Rede Eiscreme vom Zimmerservice versprochen.

Zehn Minuten lang dauerten der Applaus und die Sprechchöre. Sam hatte zuerst keine Ahnung, was das Publikum rief, aber dann hörte man sehr deutlich die Worte: „Cappuano for President!“

Sie sah ihn an, und er schüttelte nur verwundert und staunend den Kopf.

Er winkte der Menge ein letztes Mal zu, dann führte er Sam und Scotty hinter die Bühne, wo er Sam fest in die Arme schloss.

Sam erwiderte die Umarmung und freute sich wahnsinnig für ihn, dass es so gut gelaufen war.

„Das war klasse!“, meinte Scotty. „Ich hab noch nie so viele Leute auf einem Haufen gesehen!“

„Ich auch nicht, Kumpel“, sagte Nick.

„Und alle haben dir zugejubelt. Das ist vielleicht cool!“

Nick wuschelte ihm durch die Haare. „Freut mich, dass du das denkst.“

„Du warst fantastisch, und ich bin so stolz auf dich“, sagte Sam.

„Danke, Babe.“ Nick küsste sie und wackelte mit den Brauen, um sie wissen zu lassen, dass er es später noch besser machen würde. „Fahren wir ins Hotel zurück. Ich habe einem Jungen ein Eis vom Zimmerservice versprochen."

„Hast du hier nichts mehr zu erledigen?", fragte Sam.

„Jedenfalls nichts, was wichtiger wäre, als mein Versprechen gegenüber Scotty zu halten."

„Ich könnte ihn mitnehmen, falls du noch eine Weile hierbleiben musst."

„Ich wäre aber viel lieber mit euch zusammen, also los."

Es dauerte jedoch noch eine Stunde, bis Nick sich von den vielen Leuten losreißen konnte, die ihm die Hand schütteln und diesen glorreichen Moment mit ihm teilen wollten. Als der Secret Service sie endlich über die Straße ins Hotel begleitete, hatte sich bereits die Dunkelheit über Charlotte gesenkt. Die drückende Hitze war beinahe eine Wohltat nach den Stunden in dem kühlen Kongresszentrum. Sam konnte es kaum erwarten, ihre Schuhe auszuziehen und es sich mit ihren beiden Männern gemütlich zu machen.

Im Hotel erwarteten sie weitere Gratulanten. Erst zwanzig Minuten nach dem Betreten des Hotels schafften sie es aus der Lobby zum Fahrstuhl.

„Du bist irrsinnig beliebt", sagte Scotty und fasste damit den Trubel in vier einfachen Worten zusammen. Sam und Nick lachten.

„Es hätte ohne euch überhaupt keinen Spaß gemacht", sagte Nick, während er seine Krawatte lockerte sowie die obersten beiden Knöpfe seines hellblauen Hemds öffnete, das im grellen Scheinwerferlicht für wirkungsvoller erachtet worden war als ein weißes. Dazu trug er einen neuen dunkelblauen Anzug mit dezenten Nadelstreifen, und Sam wagte die Prognose, dass er heute Abend die Stimme jeder Frau in Amerika gewonnen hatte – eine Vorstellung, die eine gewisse Verunsicherung in ihr auslöste.

„Werden Sie für den Rest des Abends in Ihrem Zimmer bleiben, Senator?", erkundigte sich einer der Security-Männer.

„Ja, werden wir."

„Dann noch einen schönen Abend. Wir sehen uns morgen früh."

„Danke."

Nick signalisierte Sam und Scotty, dass sie voran ins Zimmer gehen sollten, dann folgte er und schloss die Tür hinter sich. Er lehnte sich dagegen, schloss die Augen und atmete schwer aus, das einzige Anzeichen von Nervosität, das er an diesem Tag gezeigt hatte. Ansonsten war er absolut cool und gefasst gewesen.

„Darf ich das Eis bestellen?", fragte Scotty.

„Klar, nur zu", ermunterte Nick ihn.

Scotty lief los in sein Zimmer.

Sam ging zu Nick, knöpfte ihm das Hemd weiter auf und küsste dabei seine Brust. „Froh, dass es überstanden ist?"

„Woher weißt du das?"

„Dein Ausatmen gerade hat dich verraten." Lächelnd presste sie weitere Küsse auf seine Brust und seinen Hals. Dann drehte sie sich um und forderte ihn auf: „Mach mir den Reißverschluss auf. Ich will aus diesem Kleid raus. Sofort. Und wenn Shelby mich das nächste Mal zu Acht-Zentimeter-Absätzen überredet, wird sie anschließend achtkantig gefeuert."

Nick ließ sich Zeit beim Herunterziehen des Reißverschlusses, wobei er ebenfalls strategische Küsse auf ihrer nackten Haut platzierte. „Ziehst du die Schuhe später wieder an?"

„Im Ernst? Gefallen sie dir?"

Er nickte und hechelte wie ein Hund, was sie zum Lachen brachte. „Die sind echt heiß."

Als er sie an sich ziehen wollte, wich sie ihm aus. „Nicht, wenn der Junge nebenan ist, Senator", sagte Sam tadelnd, lächelte ihm jedoch über die Schulter zu und zog ihn an der Krawatte hinter sich her in ihr Schlafzimmer, wo sie Jogginghosen und T-Shirts anzogen.

„Ist das ein Ja zu den Schuhen nachher?" Er legte ihr die Hände auf die Hüften und küsste ihren Nacken, was sie vor sinnlicher Begierde erschauern ließ. Es knisterte mehr denn je zwischen ihnen seit jener Nacht auf dem Dachboden, wo sie, seit Scotty zu Besuch war, schon mehrere Nächte verbracht hatten, denn das Loft befand sich von seinem Schlafzimmer aus gesehen auf der anderen Seite des Hauses.

„Wir können da möglicherweise etwas aushandeln."

„In zehn Minuten ist es da, Leute", verkündete Scotty, an ihre Tür klopfend. „Beeilt euch. Das eklige Küssen könnt ihr auch später noch machen." Er zog sie gern mit dem „ekligen Küssen" auf, das überall im Haus stattfand. Er bemerkte, ihm sei nicht klar gewesen, wie oft sie sich küssten, bis er bei ihnen wohnte. Natürlich küssten sie sich häufiger als sonst, denn seit Sams Gesicht endlich verheilt war und das Küssen nicht mehr wehtat, hatten sie einiges nachzuholen auf diesem Gebiet.

Mit diesem Gedanken im Hinterkopf gab Sam ihm einen langen, feuchten Kuss, zur Überbrückung bis später, wenn sie allein sein würden.

„Fortsetzung folgt", flüsterte Nick ihr auf dem Weg zu Scotty ins Wohnzimmer zu.

„Können wir uns einen Film ansehen?", fragte der Junge.

„Warum nicht?", antwortete Nick. „Wir feiern schließlich."

„Unbedingt", sagte Sam. „Aber ich will etwas mit Schießereien und Explosionen."

„Ist ja klar." Nick verdrehte die Augen

Scotty sah zu Nick, krümmte sich und prustete los vor Lachen.

„Was ist denn so witzig?"

„Du", erwiderte Scotty und lachte, bis ihm die Tränen übers Gesicht liefen. Er zeigte auf seinen Mund. „Lippenstift steht dir. Ich wusste doch, dass ihr euch da drin geküsst habt."

„Hoppla", meinte Sam und wischte ihrem Mann die Lippenstiftreste ab. „Ertappt."

„Und wie", lachte Scotty, sich die Tränen abwischend.

„Na, wie schön, dass wir zu deiner Belustigung beitragen", bemerkte Nick trocken. „Aber ich werde dich daran erinnern, wenn du anfängst, Freundinnen zu haben und mit Lippenstift im Gesicht nach Hause kommst."

Scotty schüttelte sich bei dieser Vorstellung. „Igitt!"

„Wir sprechen uns in einem oder zwei Jahren wieder, Kumpel", sagte Nick selbstsicher. „Wie steht's jetzt mit einem Film?"

„Bevor wir das machen", wandte Scotty zögernd ein, „könnte ich mit euch noch etwas Ernstes besprechen?"

Das ließ Sam aufhorchen. „Natürlich kannst du. Alles, was du willst, nur mit dem ekligen Küssen werden wir nicht aufhören, egal was du sagst."

Scotty lachte, was die Spannung zu lösen schien. „Na ja, ich habe mich gefragt ... was ihr mich vor einer Weile gefragt habt ...

ob ich für immer bei euch leben möchte ... Ich weiß, ich hab gesagt, ich bin mir nicht sicher, ob ich das tun sollte. Aber nachdem ich jetzt ein paar Wochen bei euch war, kann ich mir gar nicht vorstellen, jemals wieder von euch wegzugehen. Wenn ihr also noch wollt, dass ich bleibe ... ich meine, wenn das okay für euch ist ... dann, äh, wäre es für mich auch okay, denn ich hänge ganz schön doll an euch, und ich glaube, ihr auch an mir ...“

„Ja!“ Sam lachte mit Tränen in den Augen, schlang die Arme um ihn und drückte ihn fester denn je. „Ja, wir wollen dich! Ja, wir hängen an dir! Wir fanden die Vorstellung, dass du nächstes Wochenende wieder fährst, unerträglich.“

Seine braunen Augen weiteten sich vor Erstaunen. „Echt?“

„Und ob“, meinte Nick und legte den Arm um sie beide.

„Was ist der Schule und allem?“, fragte Scotty vorsichtig.

„Ach, die Einzelheiten klären wir noch in Ruhe.“ Nick winkte ab.

„Kann ich Mrs. L und meine Freunde in Richmond weiterhin sehen?“

„Jederzeit“, versprach Sam, strich ihm die Haare aus dem Gesicht und küsste ihn auf beide Wangen. Bei den Küssen zuckte er zusammen, was Sam erneut zum Lachen brachte.

„Seid ihr euch auch ganz sicher? Es ist eine ziemlich große Sache, ein Kind aufzunehmen, das nicht eures ist ...“

„Wie könntest du mehr unser Kind sein, als du es jetzt schon bist?“, entgegnete Nick und entlockte Scotty damit ein Lächeln. „Du weißt doch, dass meine Rede heute Abend eine große Sache war, oder?“

Scotty nickte. „Das war wirklich ein Ding.“

„Aber das hier ist viel, viel größer.“

Sam ergriff die Hand ihres Mannes und verschränkte ihre Finger mit seinen. „Viel größer.“

„Größer als all die vielen Leute, die deinen Namen gerufen haben?“

„Viel, viel größer. Ich hatte noch nie einen Sohn. Was könnte bedeutender sein?“

„Wollt ihr mich adoptieren oder so was?“

„Liebend gern würden wir dich adoptieren“, versicherte Nick ihm. „Wenn es das ist, was du willst.“

„Müsste ich meinen Namen ändern?"

„Nur wenn du willst."

Scotty kaute auf der Unterlippe. „Ich habe darüber nachgedacht. Was, wenn ich Dunlap als Mittelname behalte und Cappuano als Nachnamen annehme?"

Nick drückte Sams Hand. „Das klingt für mich nach einer großartigen Idee. Findest du nicht auch, dass das eine großartige Idee ist, Sam?"

Sam gab sich Mühe, nicht wie ein Baby loszuheulen. „Das ist die beste Idee, die ich seit Langem gehört habe."

Scotty lehnte sich in ihre Umarmung. „Es ist schon sehr lange her, dass ich eine richtige Familie gehabt habe", sagte er. „Ich kann mich an meine Mom und meinen Grandpa kaum noch erinnern."

„Du hast jetzt eine große Familie, die dich sehr liebt", erklärte Sam. „Großeltern, Tanten, Onkel und Cousinen, die begeistert darüber sein werden, dass du bei uns bleiben willst. Aber niemand liebt dich mehr als wir beide."

„Danke, Sam", sagte Scotty und wischte sich eine Träne aus dem Auge. „Das ist echt nett von dir, so was zu sagen."

Ein Klopfen an der Tür veranlasste Scotty, sich aus Sams Armen zu befreien und zur Tür zu rennen, um den Zimmerkellner hereinzulassen.

„Ist das alles wirklich geschehen?", fragte Nick leise, während Scotty für das Eis unterschrieb, wie Nick es ihm am Morgen gezeigt hatte, als sie das Frühstück bestellt hatten.

„Ja, ist es."

„Möglicherweise ist mir das Herz für einen Augenblick stehen geblieben."

„Meins auch."

„Kommt schon, Leute! Es schmilzt!"

Auf dem Tablett standen drei Schalen Vanilleeis, dazu Schälchen mit allen möglichen Beilagen.

„Ich möchte die Eisbecher zubereiten", verkündete Scotty. „Was wollt ihr?"

„Ladys first", sagte Nick.

Sam überlegte, wofür sie sich entscheiden sollte. „Ich nehme Karamell, Nüsse, M&Ms, Sahne und eine Kirsche obendrauf."

Scotty machte das Eis fertig und präsentierte es Sam schwungvoll.

„Vielen Dank, Sir."

„Nick?"

„Ich nehm dasselbe."

Scotty bereitete Nicks Eis zu, ehe er seinen eigenen Eisbecher mit Karamell, heißer Schokoladensoße, Streuseln, M&Ms, Nüssen, Schlagsahne und einer Kirsche verzierte. Mit der übervollen Schale ging er zum Sofa und setzte sich zwischen Sam und Nick.

„Ich glaube, das verlangt nach einem Toast", sagte Sam und hielt ihre Schale hoch.

Scottys Grinsen erinnerte sie wieder einmal an Nick. Er hielt ebenfalls seine Schale hoch.

„Auf die Cappuanos", erklärte Sam und sah dabei in Nicks wundervolle Augen.

„Hört, hört", erwiderte Nick und stieß mit ihr an. So glücklich hatte sie ihn noch nie gesehen. Es war für sie beide eine enorme Erleichterung, zu wissen, dass Scotty bei ihnen bleiben würde.

„Hört, hört", sagte Scotty, seinem Vorbild Nick wie immer nacheifernd.

Sam hatte Nick zwar noch nicht das Baby schenken können, nach dem sie sich beide schrecklich sehnten, doch nun hatte er endlich eine eigene kleine Familie. Das war ein Anfang.

ENDE

NACH DEM EPILOG

Es dauerte lange, bis Nick nach diesem ereignisreichen Tag, der gerade zu Ende gegangen war, abschalten konnte. Die Aufregung um seine Rede, der Zuckerschock durch die Eiscreme und die monumentale Entscheidung, eine Familie zu werden, hatte ihnen allen dreien einen Höhenflug beschert – besonders Scotty, der sehr erleichtert wirkte, nachdem er das Gespräch über seine Zukunft angestoßen hatte.

Um ein Uhr nachts erklärte Nick ihm, es sei Zeit, ins Bett zu gehen.

„Aber der Film ist noch nicht zu Ende.“

„Den Rest schauen wir uns morgen an.“

Scotty schien weiter protestieren zu wollen, überlegte es sich dann aber anscheinend anders. „Okay.“ Er stand auf, umarmte Nick und gab Sam, die, den Kopf auf Nicks Bein, schon schlief, einen Kuss.

„Bis morgen, Kumpel. Sam und ich sind vielleicht schon weg, wenn du aufstehst, weil wir TV-Interviews geben müssen. Bestell dir zum Frühstück, worauf du Lust hast. Wir sind zurück, sobald wir können. Die Security-Leute werden da sein.“

„Okay.“ Er schlurfte in Richtung des zweiten Schlafzimmers der Suite davon, drehte sich aber noch einmal um. „Nick?“

„Was gibt's?“

„Das Ding, über das wir vorhin gesprochen haben?“

Nick musste lachen. „Das Ding" gehörte mal eben zu den wichtigsten *Dingen,* über die er jemals gesprochen hatte. „Was ist damit?"

„Ich war wirklich nervös, als ich mit euch darüber gesprochen habe, und hinterher wurde mir klar, dass ich das gar nicht hätte sein müssen. Ich wollte nur, dass ihr das wisst. Danke und so."

Nick bettete Sams Kopf auf ein Kissen und ging zu ihm. „Du brauchst niemals nervös zu sein, wenn du mit uns über etwas sprechen möchtest. Egal über was. Wir lieben dich mehr, als du dir jemals vorstellen kannst."

„Ja, daran muss ich mich immer noch gewöhnen."

„Du hast den Rest deines Lebens Zeit dafür." Nick drückte ihn, und Scotty erwiderte die feste Umarmung. „Und jetzt schlaf."

„Du auch."

Scotty ging in sein Zimmer und schloss die Tür hinter sich.

Nick sah diese Tür lange an, unendlich froh darüber, dass eine Entscheidung getroffen worden war und Scotty beschlossen hatte, bei ihnen zu bleiben. Er und Sam hatten wochenlang unter Druck gestanden, weil sie nicht recht wussten, wie sie damit umgehen sollten, falls der Junge beschließen würde, in das Kinderheim in Virginia zurückzukehren.

Und nun mussten sie sich darüber keine Gedanken mehr machen, worüber sie unendlich froh waren. Er ging zum Sofa und küsste seine Frau wach.

Sie schlug die Augen auf, und ein Lächeln erschien auf ihrem schönen Gesicht.

„Du wachst sonst nie lächelnd auf."

„Doch, wenn ich davon geträumt habe, einen Jungen ins Herz zu schließen, der sich entschieden hat, für immer bei uns zu bleiben."

„Ich freue mich sehr, dir mitteilen zu können, dass das kein Traum war." Nick bot ihr die Hand, um ihr aufzuhelfen und ins Schlafzimmer zu führen. Er mochte es, wenn sie sanftmütig, verschlafen und glücklich war.

„Du wirst sehr, sehr glücklich heute Nacht."

„Ich bin jede Nacht glücklich, weil ich mit dir schlafen kann."

„Heute Nacht erreichen wir aber ein ganz neues Glückslevel."

„Da gibt's noch ein anderes?"

„Und ob. Das absolute Toplevel, das nur erreicht wird, nachdem wir Eltern geworden sind und du eine unglaubliche Rede gehalten hast. Ich bin fast geplatzt vor Stolz auf dich. Aber wütend hat es mich auch gemacht."

„Darf ich es wagen, zu fragen, was dich wütend gemacht hat?"

„Jetzt werden überall Frauen scharf auf meinen Mann sein."

„Wenn ich es nicht besser wüsste, würde ich glatt meinen, du hättest getrunken."

„Weil ich darüber rede, wie unfassbar sexy du bist?"

Nick verdrehte die Augen, wie jedes Mal, wenn sie derartige Dinge sagte.

„Zieh dich aus."

Allein diese zwei klaren Worte genügten, um sein Verlangen zu wecken. Er zog sein T-Shirt aus, und noch während er dabei war, zog sie ihm die Jogginghose herunter. Ehe er sich von dieser Überraschung erholte hatte, stieß sie ihn aufs Bett und setzte sich auf ihn.

„Halt deinen Hut fest, Senator. Jetzt wird's heiß."

„Ich halte mich lieber an dir fest. Und heiß ist es immer mit dir."

Am nächsten Morgen machten Nick und Sam die Runde durch die Morgenshows, angefangen mit „Wake-up America", wo man sie prompt nach dem Jungen fragte, der am Abend zuvor mit ihnen auf der Bühne gestanden hatte.

Nick sah Sam an und erklärte: „Er ist unser Sohn, Scotty Dunlap Cappuano."

„Oh", sagte die Moderatorin. „Ich wusste nicht, dass Sie einen Sohn haben."

„Wir sind dabei, Scotty, der bisher unter staatlicher Obhut in Virginia lebte, zu adoptieren." Er erzählte die Geschichte, wie er Scotty bei einem Halt auf seiner Wahlkampftour kennenlernte und sich auf Anhieb mit ihm verstand, nicht zuletzt wegen ihrer gemeinsamen Liebe zu den Boston Red Sox.

„Nach der Rede am gestrigen Abend wird Ihr Name im Zusammenhang mit der nächsten Präsidentschaftskandidatur genannt. Wie sehen Ihre Pläne aus, Senator?"

Nick ergriff Sams Hand und drückte sie. „Ich habe vor, weiterhin den Bürgern Virginias zu dienen, während meine Frau und ich unserem Sohn dabei helfen, sich in seinem neuen Zuhause und der neuen Schule zurechtzufinden. Wir haben also reichlich um die Ohren, um es milde auszudrücken."

„Wie stehen Sie zur möglichen Präsidentschaftskandidatur Ihres Mannes, Mrs. Cappuano?"

„Lieutenant Holland", korrigierte Nick sie.

„Selbstverständlich. Verzeihen Sie, Lieutenant."

„Kein Problem. Was Nicks mögliche Kandidatur betrifft, so glaube ich, dass er ein großartiger Präsident wäre. Aber wie er bereits erwähnte, haben wir momentan wirklich viel zu tun, und unsere ganze Aufmerksamkeit gilt jetzt unserem Sohn, so wie es auch sein sollte."

Nick lächelte sie an, und sie beide waren in völligem Einklang, wie immer.

DANKSAGUNG

Ich danke dir, meine liebe Freundin und Assistentin Julie Cupp, die alle meine logistischen Fragen, Washington, D.C., betreffend, beantwortet und mich jeden Tag mit ihrem Lachen, ihrer Freundschaft und unermüdlicher Unterstützung aufbaut. Mein Dank gilt auch Captain Russel Hayes vom Newport Police Department, Rhode Island, der jedes Buch der Serie liest und mir dabei hilft, die Polizei-Action detaillierter und präzise darzustellen. Besonderer Dank gilt meinem Mann Dank für die Information darüber, wie Sicherheitsüberprüfungen und das sie durchführende Amt funktionieren.

Dank an meine Testleserinnen Ronlyn Howe, Kara Conrad und Anne Woodall. Ich bin euch unendlich dankbar für eure Ideen. Danke an alle bei Harlequin und Carina Press für ihre Hingabe bei der Verwirklichung der Serie, und an meine Agentin Kevan Lyon für ihre Hilfe bei den Feinheiten. An Alison Dasho – danke für deine Hilfe bei diesem Buch! Riesendank allen meinen Lesern, die Sam und Nick und ihre Geschichte ins Herz geschlossen haben, und an Lesegruppe auf Facebook, die mich anfeuerte, nachdem ein Computerabsturz mich beinahe das halbe Manuskript gekostet hätte. Glücklicherweise konnte ich die Dateien rekonstruieren, aber lustig war das nicht.

Um eure drängendste Frage zu beantworten: Ja, da kommt noch viel mehr von Nick und Sam. Also am Schluss auch noch ein großes Dankeschön an Sam und Nick, über die ich immer noch wahnsinnig gern schreibe. Ihretwegen gehe ich jeden Tag glücklich an die Arbeit, und nach sechs Büchern sind sie so lebendig für mich, dass es mir an manchen Tagen schwerfällt zu glauben, dass sie nicht lebendig sind und schwer verliebt in Washington wohnen. Also glaube ich einfach, dass sie genau das tun.

Um sich mit anderen Lesern der Serie auszutauschen, macht mit bei der Facebook-Lesegruppe unter www.facebook.com/groups/FatalSeries/. Um euch über die Details von *Fatal Deception* auszutauschen (Spielverderber sind erlaubt und ermutigt), macht mit bei der Lesegruppe auf Facebook unter www.facebook.com/groups/FatalDeception. Ich liebe es, von meinen Lesern zu hören! Ihr könnt Kontakt zu mir aufnehmen unter marie@marieforce.com. Danke fürs Lesen!

xoxo

Marie

WEITERE TITEL VON MARIE FORCE

Wild Widows

Someone like you – Neues Glück mit dir

Someone to hold – Nur mit deiner Liebe

Die Fatal Serie

One Night With You – Wie alles begann (Fatal Serie Novelle)

Fatal Affair – Nur mit dir (Fatal Serie 1)

Fatal Justice – Wenn du mich liebst (Fatal Serie 2)

Fatal Consequences – Halt mich fest (Fatal Serie 3)

Fatal Destiny – Die Liebe in uns (Fatal Serie 3.5)

Fatal Flaw – Für immer die Deine (Fatal Serie 4)

Fatal Deception – Verlasse mich nicht (Fatal Serie 5)

Fatal Mistake – Dein und mein Herz (Fatal Serie 6)

Fatal Jeopardy – Lass mich nicht los (Fatal Serie 7)

Fatal Scandal – Du an meiner Seite (Fatal Serie 8)

Fatal Frenzy – Liebe mich jetzt (Fatal Serie 9)

Fatal Identity – Nichts kann uns trennen (Fatal Serie 10)

Fatal Threat – Ich glaub an dich (Fatal Serie 11)

Fatal Chaos – Allein unsere Liebe (Fatal Series 12)

Fatal Invasion – Wir gehören zusammen (Fatal Serie 13)

Fatal Reckoning – Solange wir uns lieben (Fatal Serie 14)

Fatal Accusation – Mein Glück bist du (Fatal Serie 15)

Fatal Fraud – Nur in deinen Armen (Fatal Serie 16)

Fatal Serie Bände 1-6

Fatal Serie Bände 7-11

First Family

State of Affairs – Liebe in Gefahr, Band 1

State of Grace – Für alle Ewigkeit, Band 2

State of the Union – Du und ich gemeinsam, Band 3

State of Shock - Meine Liebe, mein Leben, Band 4

State of Denial – Riskantes Spiel mit dir, Band 5

State of Bliss – Unser Traum von Liebe, Band 6

Miami Nights

Bis du mich küsst

Bis du mich berührst

Bis du mich liebst

Bis du mich verzauberst

Bis du mit mir träumst

Die McCarthys

Liebe auf Gansett Island (Die McCarthys 1)

Mac & Maddie

Sehnsucht auf Gansett Island (Die McCarthys 2)

Joe & Janey

Hoffnung auf Gansett Island (Die McCarthys 3)

Luke & Sydney

Glück auf Gansett Island (Die McCarthys 4)

Grant & Stephanie

Träume auf Gansett Island (Die McCarthys 5)

Evan & Grace

Küsse auf Gansett Island (Die McCarthys 6)

Owen & Laura

Herzklopfen auf Gansett Island (Die McCarthys 7)

Blaine & Tiffany

Rückkehr nach Gansett Island (Die McCarthys 8)

Adam & Abby

Zärtlichkeit auf Gansett Island (Die McCarthys 9)

David & Daisy

Verliebt auf Gansett Island (Die McCarthys 10)

Jenny & Alex

Hochzeitsglocken auf Gansett Island (Die McCarthys 11)

Owen & Laura

Gansett Island im Mondschein (Die McCarthys 12)

Shane & Katie

Sternenhimmel über Gansett Island (Die McCarthys 13)

Paul & Hope

Festtage auf Gansett Island (Die McCarthys 14)

Big Mac & Linda

Im siebten Himmel auf Gansett Island (Die McCarthys 15)

Slim & Erin

Verzaubert von Gansett Island (Die McCarthys 16)

Mallory & Quinn

Traumhaftes Gansett Island (Die McCarthys 17)

Victoria & Shannon

Schneeflocken auf Gansett Island

Geliebtes Gansett Island (Die McCarthys 18)

Kevin & Chelsea

Blütenzauber auf Gansett Island (Die McCarthys 19)

Riley & Nikki

Sommernächte auf Gansett Island (Die McCarthys 20)

Finn & Chloe

Verführung auf Gansett Island (Die McCarthys 21)

Deacon & Julia

Magie auf Gansett Island (Die McCarthys 22)

Jordan & Mason

Sonnige Tage auf Gansett Island (Die McCarthys 23)

Versuchung auf Gansett Island (Die McCarthys 24)

Cooper & Gigi

Neubeginn auf Gansett Island (Die McCarthys 25)

Jace & Cindy

Sturmwolken über Gansett Island (Die McCarthys 26)

Die Green Mountain Serie

Alles was du suchst (Green Mountain Serie 1)

Endlich zu dir (Green Mountain Serie 1/Story 1)

Kein Tag ohne dich (Green Mountain Serie 2)

Ein Picknick zu zweit (Green-Mountain-Serie/Story 2)

Mein Herz gehört dir (Green Mountain Serie 3)

Ein Ausflug ins Glück (Green-Mountain-Serie/Story 3)

Schenk mir deine Träume (Green-Mountain Serie 4)

Der Takt unserer Herzen (Green-Mountain-Serie/Story 4)

Sehnsucht nach dir (Green-Mountain Serie 5)

Ein Fest für alle (Green-Mountain-Serie 5/Story 5)

Öffne mir dein Herz (Green-Mountain-Serie 6/Story 6)

Jede Minute mit dir (Green-Mountain-Serie 7)

Ein Traum für uns (Green-Mountain-Serie 8)

Meine Hand in deiner (Green-Mountain-Serie 9)

Mein Glück mit dir (Green-Mountain-Serie 10)

Nur Augen für dich (Green-Mountain-Serie 11)

Jeder Schritt zu dir (Green-Mountain-Serie 12)

Ganz nah bei dir (Green-Mountain-Serie 13)

Meine Liebe für dich (Green-Mountain-Serie 14)

Eine Ewigkeit für uns (Green-Mountain-Serie 15)

Die Neuengland-Reihe

Vergiss die Liebe nicht (Neuengland-Reihe 1)

Wohin das Herz mich führt (Neuengland-Reihe 2)

Wenn das Glück uns findet (Neuengland-Reihe 3)

Und wenn es Liebe ist (Neuengland-Reihe 4)

Für immer und ewig du (Neuengland-Reihe 5)

Die Quantum Serie

Tugendhaft (Quantum-Serie 1)

Furchtlos (Quantum-Serie 2)

Vereint (Quantum-Serie 3)

Befreit (Quantum-Serie 4)

Verlockend (Quantum-Serie 5)

Überwältigend (Quantum-Serie 6)

Unfassbar (Quantum-Serie 7)

Berühmt (Quantum-Serie 8)

Andere Bücher

Sex Machine – Blake und Honey

Sex God – Garrett und Lauren

Five Years Gone – Ein Traum von Liebe

One Year Home – Ein Traum von Glück

Mein Herz für dich

Nicht nur für eine Nacht

Take-off ins Glück

The Fall – Du und keine andere

Dieses Mal für immer

Helden küsst man nicht

Küsse für den Quarterback

Gilded Serie

Die getäuschte Herzogin

Eine betörende Braut

ÜBER DIE AUTORIN

Marie Force ist New-York-Times-Bestseller-Autorin von zeitgenössischen Liebesromanen und Romantic Suspense. Zu ihren Büchern gehören unter anderem die beliebten Reihen „Fatal", „First Family", „Gansett Island", „Butler Vermont", „Neuengland", „Miami Nights" und „Wild Widows" sowie die erotische „Quantum"-Serie. Ihre Bücher haben sich weltweit bislang mehr als zehn Millionen  Mal verkauft, wurden in ein Dutzend Sprachen übersetzt und standen über dreißigmal auf der New-York-Times-Bestseller-Liste. Außerdem ist sie USA-Today- und #1-Wall-Street-Journal-Bestseller-Autorin und in Deutschland Spiegel-Bestseller-Autorin.

Ihre Ziele im Leben sind einfach: Bücher zu schreiben, solange sie kann, ihre beiden Kinder weiter dabei zu unterstützen, glückliche, gesunde und produktive junge Erwachsene zu werden, und niemals in einem Flugzeug zu sitzen, das Schlagzeilen macht.

Tragen Sie sich in Maries Mailingliste ein, um alles Wichtige über neue Bücher und Veranstaltungen zu erfahren. Folgen Sie ihr auf Facebook und auf Instagram.